# 军旗飘飘

骆烨 著

中国言实出版社

**图书在版编目（CIP）数据**

军旗飘飘 / 骆烨著 . -- 北京 : 中国言实出版社，
2018.6

ISBN 978-7-5171-2831-1

Ⅰ . ①军… Ⅱ . ①骆… Ⅲ . ①长篇小说—中国—当代
Ⅳ . ① I247.5

中国版本图书馆 CIP 数据核字（2018）第 138906 号

**责任编辑：**代青霞
**责任校对：**史会美
**责任印制：**佟贵兆
**封面设计：**淡晓库

**出版发行** 中国言实出版社
　　　　　地　　址：北京市朝阳区北苑路 180 号加利大厦 5 号楼 105 室
　　　　　邮　　编：100101
　　　　　编辑部：北京市海淀区北太平庄路甲 1 号
　　　　　邮　　编：100088
　　　　　电　　话：64924853（总编室） 64924716（发行部）
　　　　　网　　址：www.zgyscbs.cn
　　　　　E—mail：zgyscbs@263.net
**经　　销** 新华书店
**印　　刷** 北京温林源印刷有限公司
**版　　次** 2019 年 1 月第 1 版　　2019 年 6 月第 2 次印刷
**规　　格** 710 毫米 ×1000 毫米　1/16　26.75 印张
**字　　数** 450 千字
**定　　价** 56.00 元　　ISBN 978-7-5171-2831-1

# 摧枯拉朽的再现与启示

黄亚洲

名曰"解放战争"的那段摧枯拉朽的中国历史，在东半球声震一时，至今余响不绝。政治家一直在总结缘由，史学家一直在推理逻辑，军事家一直在比排阵势，文学家则一直在从中描绘硝烟与寻找秘闻。

现今的中年以上的人群，从各种典籍与传媒中，比较多地了解过这段历史，一五一十能谈上来的不少，再年轻的族群，似乎就知之不多了；辽沈战役、平津战役、淮海战役，只是一个"诗与远方"式的模糊概念。

因此，以长篇小说的样式，以说故事的方式来再现这段摧枯拉朽的战争画卷，在眼下，还是必要的。

年轻的编剧就来做这件事情。

年轻的编剧叫骆烨，一个认真而谦和的小伙子。

他曾经编剧创作了同名的电视剧，现在又经过大量的采访与历史考证，力图全方位地生动贴切地把千军万马与千炸万轰呈现在读者面前。他表现的主要是淮海战役，三大战役中规模最大、条件最艰苦、解放军歼敌最多的一场战役。

这当然是不容易的，何况是年轻人来做这件事情。

在骆烨的创作甘苦中，许多人向他伸出过援手，以致他一说起就充满感激之情。譬如何克希将军的女儿，譬如在台北所采访的黄百韬、邓文仪等国民党将领的后人。

于是作者就得到了不少鲜为人知的历史细节。

作者力图讲述好宏大背景下一个个有血有肉的小人物的故事，以小视角勾勒大战局。

"司令部文学"与"战壕文学"的结合，应该是描绘宏大战争题材的可取方向。

骆烨的探索与成功，十分可喜。

重温这段呼啸的历史，我们的情感既是振奋的，也是复杂的。

有人贬解放战争是"兄弟相残"，这的确是"中国人打中国人"的一场大战，但历史的发展是有其深刻的内在规律的，这是中国国内阶级矛盾到了不可调和时期的一种客观的剧烈爆发，我们要从一定的历史高度来审视这场殊死之战，从中悟出许多道道来。我们不希望这种大规模的内战在华夏土地上一再发生。所以，在现今还没有实现祖国完全统一的情况下，我们要尽可能珍视来之不易的和平局面，轻易不言战，努力相向而行，争取和平统一。

当然，我们也不惧战。若有域外势力干扰，那么肯定会英勇保卫祖国、保卫和平。骆烨在这一长篇作品中所描绘的那种大无畏英雄气概，又将溢出书页，成为新一代将士的不可抑制的豪情了。

"解放"，无论是体现在思想的进取上，还是体现在为人民谋福利上，都是一种豪情。

（黄亚洲：中共十六大代表，第八届全国人大代表，第六届中国作家协会副主席，第六届浙江省作家协会主席，第四届鲁迅文学奖获奖作家。现为中国电影文学学会副会长、中国作家协会影视委员会副主任）

# 第一章

"中华人民共和国中央人民政府今天成立了！"

伴随着毛泽东主席的宣告，一个新的中国由此诞生，全国沸腾，寰宇震动。雄壮的步伐响起，天安门广场上开始了宏伟的阅兵仪式，战士们的脸上带着坚毅的表情，这种坚毅不是来自训练场上按部就班的排演，而是久经沙场浴火重生的绽放。

毛宝在中国人民解放军第三野战军的队伍中行进着，快了，快了，快到了，马上就要经过主席台前，他经历了很多次战斗，可总也改不掉这个心急的性子。

终于，朱德总司令的目光注视在第三野战军队伍的身上，敬礼致意，第三野战军的战士们也敬礼示意。毛宝举起了敬礼的手，眼中满含着激动的泪花。他敬礼的手沉甸甸的，因为举托着昔日战友们的期望，他想擦下忍不住泛起的泪花，可是他又不能，每一滴泪花，仿佛都是昔日战友们的目光。他心里曾答应过他们，要帮他们看到这日子的到来，这是他们在战火纷飞的岁月里心中的企盼。

树梢筛落着金灿灿的阳光，这是二〇一八年的十月，淮海烈士陵园中，秋高气爽，即使日照当头却也没有那么灼热。垂垂老矣的毛宝对着面前的烈士墓碑敬礼，老人的眼眶里含着眼泪。墓碑上的烈士名字已经被杂草和青松树枝遮挡住，他弯下了身子，用手轻轻地除掉了杂草，抚摸那些烈士墓碑。

陈三笑烈士之墓、江小白烈士之墓、毛草根烈士之墓……一个个名字出现在了毛宝的面前，这些名字他曾经都很熟悉，熟悉得不能再熟悉了。

毛宝慢慢地对着墓碑："兄弟们，老哥哥来看你们来了……"

毛宝坐了下来，从身后拿出来用军用壶装着的自家烧的诸暨同山烧酒，把几只碗放在墓碑前，给每一只碗里都倒上了酒，最后把自己的碗里也倒上了酒。他拿起了酒碗，眼眶噙着热泪："来，老哥我先自罚一碗，这么久才来看你们。"

说着，他便一饮而尽，然后擦了擦嘴，又给自己倒了一碗："嘿，小白脸，江小白同志，你不是说我们诸暨的同山烧太辣吗，今儿个可得和老哥喝一个。"

他先把江小白墓碑前的酒倒在了墓碑下，随后又把自己的酒喝光了。

寂静的烈士陵园，偶尔有几声鸟儿啁啾。

毛宝又给自己倒了一碗酒，对着陈三笑烈士的墓碑："我说笑面虎啊，你在那边还好吗？还是不是整天乐呵呵的？老哥哥对不住你啊，那时候答应你打到南京城，就让你和你的对象见上面，可是，可是……"言及此处他再也说不下去，擦了一把泪，吃力地想要站起来，但一个趔趄差点摔倒。

毛宝缓了缓神，也稳了稳身："老了，真老了，兄弟们，你们在这里躺了快七十年了，我这个老哥哥也马上就要来陪你们喽。"

毛宝望了望陵园，往陵园的深处走去。


烈士陵园的山下，几个市领导聊着天，衬着秋意暖阳。

副市长："毛宝同志是老英雄啊，这次能重回我们这里，真是我们的荣幸，小毛同志，到时你和你爷爷说说，让他给我们党政干部讲讲当年淮海战役的英雄事迹。"

那个被称为小毛同志的是毛宝的孙女毛荷荷，她回答："好的，我过会儿和他说。"

副市长秘书："老英雄怎么还不下来？要不我们去看看？"

副市长："唉，小刘啊，老英雄不让我们陪同，肯定有他的理由的，我们不要去打扰。再等等。"

秘书："好。"

毛荷荷："要不我去看一下吧？"

老英雄不让人陪同，但小英雄去的话应该可以吧，副市长闻言点了点头。

毛荷荷也向市长点了头，往陵园里走去。

陵园深处，蹒跚的脚步声像遇上了休止符，毛宝的脚步停了下来。

毛宝站在一块墓碑前，看着墓碑，眼泪突然止不住地流了下来。

墓碑上写着七个字，字字戳到了他柔软的心窝：何仙女烈士之墓。

毛宝抚摸着墓碑上的名字，神情很是悲痛："仙女啊，我毛宝这辈子最对不住的人，就是你了，我答应过你，等战争结束，就娶你的……"他忍不住抱住了墓碑，无声地抽泣起来，眼泪落在墓碑上："仙女，如果有来生，我一定会娶你为妻……"

"爷爷，这是怎么了？"毛荷荷来到陵园里，几寻不见，来到这陵园的深处，却看到爷爷抱着一块墓碑在哭泣，她狐疑地走向前，"爷爷？"

毛宝没有回答，抱住石碑的臂弯也没有松开。

毛荷荷看着一方小小的土包："爷爷，这里面葬着谁呀？"

毛宝抬起头来，泪流满面，眼泪流淌在他深深的皱纹沟壑当中。当孙女的见了爷爷这个样子，有些惊讶，又有些担心："爷爷，你没事吧？"

毛宝擦了擦眼泪："没事，没事。"

毛荷荷这时看了看墓碑上的字："何仙女烈士，爷爷，她是一位女烈士啊？"

毛宝："嗯，一位女英雄。"

毛荷荷笑着，也略带小小的惊讶："厉害了我的女英雄，当年你们队伍里还有女兵啊，哦，不对，她是不是卫生队的？"

毛宝摇摇头："她是一位民兵队长，如果她要是活着的话，她就是你的奶奶了。"

毛荷荷愣了一下，随即明白过来："噢——我懂了，你们是……哈哈哈。"带着一脸小小的坏笑，这笑容放在毛荷荷的俏脸上，调皮可爱。毛宝假装呵斥地说道："小鬼，别调皮！"毛荷荷捂住了嘴，却掩不住眼里的笑意。

毛宝转向了墓碑："仙女啊，这是我的孙女毛荷荷，我对不起你，回到诸暨老家后，开头几年我推掉了所有的相亲对象，但是到了四十岁，实在拗不过家里人。我对不住你，但是这么多年来，我的心里一直放不下你，请你相信我。"

毛荷荷也清了清嗓子对着墓碑说道："何奶奶，您真的要相信我的爷爷哈，自打我有记忆开始，他就一直提到一个人，我到了今天才知道，原来就是您啊！"

毛荷荷看了一眼爷爷，爷爷没有说话。毛荷荷："奶奶，您放心，我毛荷荷现在读大学了，长大成人了，我一定会照顾好爷爷的！"

毛宝摸着墓碑上的字："仙女，等我死后，我也会把骨灰埋到这里来，来陪你们。"

一阵小小的秋风吹过，吹动了毛荷荷的发梢，她想起了什么，于是说道："爷爷，领导们在下面等着您。"

毛宝沉默了一下："我再去看一位老朋友。"

毛荷荷："老朋友？"

毛宝缓缓站起身，自顾自往陵园一边走去，走到了陵园侧面，这里是一批国民党的起义将领的坟墓。这里的墓显得更加破败一些，毛宝一块块看过去，好不容易才找到一块墓碑，上面的字迹已经模糊了：陆胜文烈士之墓。

毛荷荷也跟了上来，她想知道爷爷提到的老朋友到底是谁，此刻见了墓碑，于是问道："爷爷，这位烈士就是您的老朋友吗？"

毛宝："老朋友，打小一起玩到大的老伙计啊，不是兄弟，却亲如兄弟。我们还一起打过鬼子呢。"

毛荷荷："亲如兄弟？那淮海战役的时候，你们也一起并肩作战了？"

毛宝："淮海战役，我和他打得死去活来。"

毛荷荷："啊？"这实在有点超出她的理解，既然是亲如兄弟，却为何要刀剑相向？

毛宝不再言语，他望着肃穆的烈士陵园，这里看起来很宁静，甚至宁静地有些破败了，可他的心中却泛起了涟漪。这些涟漪随着思绪的飘荡越发震颤，他的眼前出现了炮火连天的场面，他想起了那段峥嵘坎坷的战争岁月……

那是一九四八年九月的济南，滚滚浓烟接连泛起，熊熊战火炽热燃烧，两军正在交战，一个为了守，一个则是要破其守。

一个年轻的解放军干部正率领着一支解放军队伍攻打济南城。他真的很年轻，才三十岁不到，他身边的人无法想象几十年后他的模样，只有后来成为他的孙女的毛荷荷见过，他老泪纵横的时候，泪痕在皱纹里流淌的模样。他是毛宝。

毛宝："笑面虎，你的小钢炮是吃屎的吗，再给我轰他狗日的。"

操纵着小钢炮的是解放军战士陈三笑，因为他最喜欢笑，打起仗来却猛如老虎，因此得名。听到毛宝的呵斥，他回应："是，团长！"旋即填好炮弹，一炮打向济南城城头。

在城楼上还击的几个国民党士兵被炮弹击中，砖石瓦砾纷飞，三具尸体从城头摔下来，后面的国民党将士退缩了。

笑面虎拍了拍自己的小钢炮，得意地笑："嘿嘿，老伙计，我从打鬼子时就带着你，这么多年了，你还是这么厉害！"

毛宝："同志们，跟着我，冲啊！"话音刚落，身边的张大憨抢着机关枪，对着城上扫射着，毫无畏惧地往前冲去，为后面的解放军战士开路。果然人如其名，憨直猛烈。毛宝也手持双枪，对着城头上的国民党士兵开枪，连着干掉了两个。

枪炮轮番蹂躏之下，城楼上的还击减弱了不少。毛宝以为国民党士兵被他们打怕了，喊道："哈哈哈，那些狗崽子们被我们打怕了，同志们，冲上去！"

解放军战士们闻言前赴后继冲向济南城城下。突然，从城头上露出三挺机枪，猛地对着冲上来的解放军战士扫射。

"哒哒哒，哒哒哒，哒哒哒哒哒……"如催命夺魂的小鼓响个不停，成片的解放军战士倒了下去。毛宝见状着急了起来："隐蔽，快隐蔽！"

然而枪火猛烈，黑子、小飞等几位战士倒在血泊中牺牲。战士毛草根也被子弹击中，毛宝拉过了毛草根，躲过了飞来的子弹，却来不及救下黑子和小飞了。他看着二人的尸体："黑子、老海、小飞……"

大憨还要往前冲，毛宝："大憨，回来，别冲了。快回来，隐蔽。"言罢跳到了城外的战壕里，但国民党军打过来的子弹还在他的头顶飞过。大憨撤退下来，手臂上受伤。终于，解放军停止冲锋，城楼上的机枪也停止了扫射。

硝烟过后，片刻的阴郁沉静。

毛宝看着受重伤的营长老海口吐鲜血，老海说出了最后一句话："团长，我们来世还做兄弟……"说完便牺牲了。

毛宝眼泪夺眶而出："老海，我的一营长啊！"哀极生怒，作势就要冲出去，"哒哒哒"国民党军这边又打过来一连串子弹，毛宝被笑面虎他们拉住，笑面虎对毛宝说："团长，太危险了！我们撤吧！"

毛宝不甘心地对着城楼上狠狠地怒视了一眼，看到一位戴着墨镜的国民党军官。

济南城的城楼上，戴着墨镜的国民党军官手里还握着机枪，刚才那一连串子弹就是他打的。他的副官胡国忠："团长，我们不如趁胜冲出去，和共军干一场。"

军官摘掉了墨镜，露出沉稳坚毅的面容："我们的任务是坚守济南城。"

胡国忠："是！"

军官望向城楼下战壕里的毛宝他们，他的眉头皱了皱，若有所思。

他是陆胜文。

城外的战壕里，毛宝和城楼上的国民党军官陆胜文对视了一眼，没有认出彼此是谁。他嘴里骂道："狗崽子，老子一定会取你性命，为我死去的战友报仇！"

这时，二团团长姚公权从后面上来："老毛，王司令员命令，让你们先撤退下来。"

毛宝："让我们撤退？"

姚公权："是啊，你们死伤太惨重了，这里交给我们了。"

毛宝："我们一团，只要还有一个活着的，就会和敌军干到底。"

姚公权："你们先下去休整，这是王司令员的命令。"

毛宝还想说什么，身边的一名战士胸口处不断地冒出鲜血来，喘着大气，毛宝对笑面虎说："带上小赵，走。"

笑面虎："是，团长。"

毛宝看了看剩下的一团战士们，很不甘心："一团，撤退！"

陆胜文坚守在城楼上，城下的解放军战士发起了又一轮进攻，是姚公权带着战士们来冲锋。城楼上的机枪不断扫射，打退了姚公权他们的进攻。国民党军火力网太过严密，姚公权率领的二团解放军战士也死伤惨重，没办法，姚公权命令："撤，撤退！"

解放军往后撤退，陆胜文看着姚公权他们撤退下去，终于松了一口气。这时，国民党军长张天泉走上城楼来。陆胜文向张天泉敬礼，干脆利落，张天泉拍了拍陆胜文的肩膀："胜文，这一仗打得很漂亮啊！"

陆胜文："谢谢军座夸赞，我陆胜文一定会带着部队，死守住济南城。"

张天泉："嗯，很好，济南城作为战略要地，绝不能让共军攻破了，如果济南丢失，后果不堪设想。"

陆胜文："是，军座，我明白。"

张天泉："哦，胜文啊，我夫人的一个表妹是《中央日报》的记者，昨天来到济南城，想要采访一下党国的英雄楷模，我看你很合适。"

陆胜文："要采访我？军座，我不行，要采访的话，也该采访您才是。"

张天泉："你也别谦虚，我推荐你，就是因为你才是战斗在第一线的，你才是真英雄。"

陆胜文："军座，这……"抬眼看去张天泉已经往城楼下走去，一旁的胡国忠有些羡慕嫉妒地看着张天泉。陆胜文没有看到胡国忠的表情，下令道："大伙儿都抓紧休整一下，共军肯定还会再次攻城的。"

陆胜文的手下们："是！"

深夜，本应是万籁俱寂的时候，可华东野战军指挥部里是一片繁忙的景象，电报声"滴滴滴"地响个不停。王强副司令员皱着眉头，眼睛一直盯着作战图看着。政委洛奇在一旁，脸上也是一副愁容。

毛宝快步地从外面走进来："司令员，司令员……"洛奇"嘘"了一下，示意让毛宝轻点声，王司令员没有回头，继续看着作战地图。

毛宝小声地对洛奇政委说："我们死了太多人了，那守城的国民党军官不好对付。"

洛奇："二团也撤下来了。"

这时，王司令员："这场攻坚战不好打啊！"

毛宝："司令员，让我毛宝再试一试。"

王司令员："你们团伤亡太惨重了。"

毛宝："就算是打得只剩下我一个人，还是要再打！"

王司令员："这样下去，连建制都会被取消掉。"

毛宝："那难道就不打了？济南城我们就不攻了？"

王司令员："攻，当然要攻，粟司令已经下达指示，三日内，必须拿下济南城！"

毛宝脸上露出笑容来，回味着王司令的话，说道："三日内攻下济南城，好，这个好，司令员，我毛宝在你这儿，立下军令状，两天，给我两天时间，我带着队伍，一定会攻下济南城。"

王司令员看着毛宝，没有说话。毛宝："王司令员，我求您啦。"

饶是如此，王司令员还是没有说话。

毛宝对政委说："政委，您替我说句话啊。"

洛奇："毛宝同志，这场攻坚战很难打，你们团现在只剩下这么点人马了，不是守城的国民党军的对手啊。"

毛宝："司令员、政委，只要你们让我毛宝来担任主攻就行，对了，可以让二团的姚公权、三团的叶峰他们担任助攻。"

王司令员："你小子，不就是想抢个头功嘛。"

毛宝："嘿嘿，生我者父母，知我者王司令员啊。"

王司令员："少给我拍马屁。"

毛宝："司令员，您就答应我吧，我毛宝要是攻不下来，提头来见。"

王司令员："提头来见？我要你保住你的脑袋。"

毛宝："司令员您同意啦？"

王司令员的脸还是紧绷着，没有说话，只是微微点头，毛宝向王司令员敬了个礼："王司令员，我毛宝保证完成任务。"说完便兴冲冲地走了出去。

毛宝刚走到外面，洛奇政委追了上来："毛宝，毛宝。"毛宝回头看见是政委，问道："政委，您这边还有什么吩咐？"

洛奇："刚才王司令员的话，你都听到了，攻打济南城，不是一场简单的战斗，是一场攻坚战。"

毛宝："我知道是攻坚战，我毛宝自从参加革命来，还没打过这么难打的战斗。那个守城的国民党军官，我一定要活捉了他。"

洛奇："不一定要活捉那个军官，现在只要是三天内攻占济南城，就已经是大胜利了。"

毛宝："好。"

洛奇："王司令员和我都担心你们的安危，尤其是你，是一员能打硬仗的虎将，我们都舍不得你。"

毛宝："嗨，政委，您放心，我毛宝一定会活着回来的。"

洛奇政委捶打了毛宝一拳头："你小子少给我贫，打仗一定得多留个心眼，我给你准备了好酒，等你回来，给你庆功。"

毛宝："哈哈哈，政委，您真是我毛宝的亲人啊，对我实在是太好了，好，两天后，我毛宝回来喝庆功酒。"

言罢，两人分别，毛宝心满意足地往军营走去了。


济南城头，刮起凉风阵阵，夜已经深邃，城楼之上却仍有一位军官在巡逻，这人便是陆胜文了。他的副官胡国忠跟在一旁："团长，今晚上共军肯定不会再攻上来了，你打了一天的仗，也累了，回去睡一觉吧。"

陆胜文："我不困，你回去眯一下。"

胡国忠："那我还是陪着你巡逻吧。"

陆胜文没有再说话，继续去巡逻。走到一个守城的士兵面前，士兵开始打瞌睡了，陆胜文拍了一下他的肩膀，士兵吓了一跳，睁开眼睛发现是陆胜文，忙道："团，团长……"

陆胜文却没有责怪的意思，仍是淡淡地说了句"没事"，然后给士兵整理一下军装，继续往前走去。


济南城外的阵地，毛宝带着他的手下大憨、笑面虎等人上来，笑面虎："团长，我们是不是要趁着夜色攻上去？"毛宝没有说话，拿着望远镜看着城楼上的灯火。

望远镜里，一个军官的身影出现，很是熟悉，毛宝反应了过来："娘的，好像就是白天那个守城的军官。"

大憨："团长，我一定会帮你突突了这小子。"

毛宝："都别给我说话了，就地休息，等天亮。"

笑面虎："啊，等天亮？"

毛宝："小豆子负责警戒，其余同志赶紧睡觉。"

战士小豆子："是！"

毛宝已转过身，躺在战壕里，闭上眼睛："老子就不信这小子是神仙，不用睡觉了！"

笑面虎："噢，我明白团长的意思了。"

大憨："啥意思啊？"

笑面虎拍了一下大憨的脑袋说："别说话，睡觉！"说完便开始睡觉，再不理人。大憨见状摸了摸脑袋，也躺了下来。

有人说黎明之前是最黑暗的，而战场上的黎明前除了黑暗，还有一股死寂的气氛笼罩着。无数的希望与绝望交织，无数的热血与肝胆泼洒，也成了无数的亡魂。当这些亡魂即将呼啸之际，天边吐出了一抹鱼肚白。

毛宝睁开了眼睛，他一个翻身，拿出望远镜，对着城楼上看。城楼上的灯火还亮着，但那个国民党军官已不在那里。毛宝的脸上露出一丝笑容："嘿，是时候干你小子了。"他拍了拍身边的笑面虎："起来了，喂孙子们吃早饭了。"笑面虎迷迷糊糊醒来，揉了揉眼睛，去拍醒大憨他们。


济南城上，巡逻了一夜的陆胜文终于疲惫了下来，坐在石墩子上迷迷糊糊地睡着了。他的身体似乎在慢慢变小，变成了孩子的模样，世界也是一片光亮和清新。

枫桥大庙，儿时的陆胜文与另一个小男孩和一个小女孩在大庙的戏台子前嬉戏耍闹。这时，一个大个子男孩抢了小女孩的糖葫芦，小女孩自然哭泣，小陆胜文上去理论："把糖葫芦还给我妹妹！"

大个子男孩推了陆胜文一把，陆胜文摔倒在地。另一个小男孩冲了上去，和大个子男孩拼命，大个子男孩比小男孩高出半个头。

饶是如此，小男孩毫不畏惧："你敢欺负我好兄弟，我跟你拼了。"

一阵拳脚，小男孩和大个子男孩拼命，被打得满脸是伤，但小男孩还是不放弃，陆胜文也冲上来，两人一起和大个子男孩拼命。

小女孩在一旁哭了起来："别打了，别打了。哥哥们，你们别打架了。"

小男孩一口咬住了大个子男孩的手臂，大个子男孩哭叫着离开。小男孩和陆胜文很开心地大喊道："胜利了，我们胜利了！"

在一旁的小女孩也破涕为笑，泪痕挂在脸上，笑得却像一朵含苞欲放的花。

陆胜文对小男孩说："兄弟，谢谢你。"

小男孩："嗨，谢我干吗，你是我的好兄弟啊。"

陆胜文握住了小男孩的手："嗯，好兄弟。"

小女孩着急了："还有我呢？"

小男孩："哈哈哈，你不是好兄弟。"

小女孩闻言作势要哭了起来，陆胜文安慰她："你是我们的好妹妹啊。"

阳光灿烂，三个人也笑得格外灿烂。

济南城头上的陆胜文眼睛还闭着，嘴里梦呓着："兄弟，妹妹，你们现在在哪里？"


天已蒙蒙亮。

济南城下，毛宝的队伍已经集结，毛宝振臂一呼："同志们，为了新中国，跟着我冲啊！"

冲锋号吹响，毛宝带着解放军战士包围上去，他对张大憨等人喊道："兄弟们，今天我们必须拿下济南城，别让姚公权他们抢了头功去。冲！"战士们呼喊着冲向了城楼，毛宝接着喊道："笑面虎，给我继续对着城头轰！"

笑面虎："是，团长！"

大憨一如往常端着机枪冲在前面，也势如猛虎。

突然，一发炮弹打到了城楼上，顿时炸起一团火光，碎石满天飞，那是笑面虎的杰作。

陆胜文从睡梦中惊醒过来，儿时美梦化为泡影。城楼上已经响起喊声："共军偷袭，共军杀上来了！"

陆胜文往城楼下看去，除了毛宝的部队，又有一支队伍杀将过来，那是姚公权的部队，姚公权带着二团的将士们前赴后继地冲杀上来。

喊杀声四起，枪炮声交响开来，城楼上的国民党士兵们终于反应了过来，连忙紧急作战，却不免有些局促混乱。陆胜文喊道："机枪手，跟着我一起打！"几个机枪手抡起机枪，"突突突"对着城楼下开射。

毛宝看到城楼上的机枪手探出脑袋来，举起双枪，干掉了一个机枪手，然后对笑面虎说："笑面虎，对着机枪手那边开炮！"

笑面虎："是！"

毛宝："大憨，给我掩护笑面虎！"

大憨："是！"

大憨对着城楼扫射，城楼上守卫的国民党士兵不敢轻易探头，笑面虎对着城楼上又开了一炮。

城墙上的陆胜文看到下面的解放军炮手开炮，急忙闪躲，笑面虎打过来的炮弹在城楼上爆炸开，碎石溅射，当场有几个国民党士兵被炸死。陆胜文的手臂被碎石溅伤，但他顾不得这么多，立马又拿起机枪，对着城下扫射。

天色已亮起来，毛宝快速冲到城楼下，喊道："笑面虎，对着城门开炮，我们杀进去！"

笑面虎："哈，得令！"填装炮弹，准备开炮，动作一气呵成，着实痛快。

陆胜文看到下面的解放军炮手又要开炮，忙对着笑面虎这边扫射，一阵枪声中，笑面虎被子弹击中了。毛宝："掩护，快掩护！"

笑面虎对毛宝说："团长，我好像中彩了。"

毛宝："快躲开！"说完想去推开笑面虎，笑面虎却一个翻身，躲开了扫射过来的子弹，面露嬉笑："嘿，团长，我骗你，我笑面虎福大命大，怎会被子弹咬中？"

毛宝："娘的，这个时候还有心思开玩笑，给我开炮啊！"

笑面虎："好嘞！"说完躲到掩体边上，对准城门，一炮弹打了过去。炮弹不偏不倚打在了城门上，城门被炸开一个口子。

毛宝："哈哈哈，好小子，厉害。同志们，城门炸开了，跟着我冲啊！"说完就冲了进去。

城楼之上，胡国忠着急忙慌地跑到陆胜文身边说道："团长，团长，不好了，城门被共军炸开了。"

陆胜文："国忠，你带着二团的弟兄们守在城楼上，其余人都跟我来。"

胡国忠等人："是！"

陆胜文往城楼下快步奔去。

与此同时，毛宝带着解放军部队冲杀上来。毛宝："哈哈哈，济南城要被我一团攻破了，同志们，跟着我杀进去！"

大憨等人："冲啊！"

陆胜文带着手下们已经冲到城门口，外面解放军喊杀之声愈发真切，他正准备抵挡正在冲杀进来的毛宝，就在毛宝和陆胜文二人正要会面之时，张天泉带兵从后面冲了过来。

陆胜文："军座，您怎么来了？"

张天泉："我张天泉亲自来抵御共军，城在人在，城破人亡！"

国民党将士们看到军长亲自来参战，顿时士气高涨。众人也跟着大喊："城在人在，城破人亡！"

张天泉端着机枪在城门口，对着冲上来的解放军战士们开枪扫射，顿时解放军战士如被割之草一般倒下一大片。陆胜文也对着城外的解放军开枪，张天泉："胜文，这里交给我，你回到城楼上去。"

陆胜文："军座，这里太危险，还是交给我吧！"

张天泉："服从命令。"

陆胜文："是，军座。"说完只得转身又回到城楼上去，留下张天泉继续对着城外冲上来的毛宝他们开枪射击。

眼见战士们死伤越来越惨重，济南城却久攻不下，毛宝心急如焚，对战士们喊："停止进攻，停止进攻！"说完，毛宝和大憨他们躲到了掩体后面。

张天泉见解放军停止进攻，他举了一下手，示意也停止射击。

震耳欲聋的喧嚣过后，又迎来了片刻的平静，只是硝烟未散，双方等待着。

毛宝看着城门口这边不开枪了，喘了口气："这硬骨头还真不好啃啊。"

大憨："团长，我们还冲吗？"

笑面虎："找死啊，你没看到城上城下都是国民党军吗，我们冲上去就是当活靶子！"

毛宝沉默了一会儿，向济南城的方向喊话："城里的国军兄弟，我们先不打了。我们静下来，先谈一谈。"

张天泉没有回话，陆胜文见城下熄火了，他也侧耳听着下面的说话声。

毛宝："国共本来就是一家，都是中国人，只要你们放下武器，我们人民解放军，绝对会优待你们的。"

张天泉："你是在开玩笑吗，我张天泉堂堂黄埔军校三期毕业，怎么会向你们共军投降？"

毛宝："呵，是张天泉啊，国民党的军长啊，我们竟然碰到了一个大官。"

笑面虎："嘿嘿，大官啊，活捉了他，至少得赏我们一千块大洋。"

毛宝："真是掉到钱眼里去了。"旋即又对城门口那边喊话："原来是张军长啊，久仰久仰。张军长当年在徐州会战中，围攻土肥原师团，打得这个日本刽子手满地找牙，是何等英勇，我毛宝虽是新四军出身，但听闻了张军长的事迹，也是热血沸腾，心里早已有敬佩之情，一直想要见您一面，不料，今日我们却在这战场上见了面。"

张天泉："知道我张天泉就好，我就不信你们的队伍会比土肥原师团更厉害。只要我张天泉守着济南城，你们就不可能攻进来。"

毛宝："张军长，此言差矣啊。今非昔比了，以前您带着队伍是打日本鬼子，今日您带着部队，可是和人民为敌啊。"

张天泉："小兄弟，我们各为其主而已，你又何必说这种话来劝降我！"

毛宝："好，张军长果然是个明白人，对，现在你们已经被我们人民解放军围困，投降是你们最好的出路，只要你们投降，我们解放军绝不会为难你们。而且像张军长这样的英雄豪杰，我们粟裕司令、王司令员都很欣赏您，只要您来到我们人民的队伍中，至少也是个纵队司令啊。"

陆胜文问胡国忠："国忠，下面的共军是要我们投降吗？"

胡国忠："是的，那个共军要我们张军长投降，真是太可笑了。"

陆胜文没有说话，看向毛宝这边，毛宝被炮弹灰弄糊了脸，陆胜文看不清他的模样。

张天泉："少给我废话，我张天泉生是蒋校长的人，死是蒋校长的鬼，不可能向你们共军投降的，给我打！"话音刚落便率先对着城外面开枪，国民党将士们看到他们的军长这般英勇，也跟着和城外的解放军拼命。

上面的陆胜文见张天泉对着城外继续开枪，于是喊道："给我狠狠地打！"国民党士兵对着城下的解放军奋力扫射，机枪"突突突"的声音顿时又响了起来。

子弹如雨点般飞速来袭，毛宝他们被城门口和城楼上的子弹打得抬不起头来。大憨要冲杀上去，被毛宝拉住说道："大憨，别冲了，这些国民党反动派已经是死了心要和我们打到底了。"

大憨："那不打了吗？"

毛宝："打，当然要打。不过现在硬冲上去不是办法，我们得另外想法子。"

城楼上的子弹还在不断射过来，来不及躲闪的解放军战士纷纷中枪倒地，破空之声频频响起，哀号之声也夹杂其间。

毛宝看了一眼城楼上："老子一定要亲手灭了这个国民党军官！"

说完不甘心地一挥手，怒吼："撤退！"解放军战士们有序地往后面撤退下来。

张天泉见解放军撤退下去，没有追击，对手下说："抓紧把城门修好，共军肯定还会再次来攻城的。"

手下："是，军座！"

张天泉顿了顿神，离开了城门，向内走去。

天不觉间已是大亮了。


华东野战军指挥部中，王司令员召集了三个攻坚团团长在开会。此刻的王司令员有些恼火，一拳头砸在桌子上："这已经我们第三次被打退了，真是丢脸丢到家了！"

毛宝："我们差点就攻进去了，没想到那个张天泉杀出来，国民党的士气一下子就高了。"

王司令员："好了，别说了，败了就是败了。"

毛宝："司令员，再给我一次机会，我毛宝保证可以攻入济南城。"

王司令员："闭上你的嘴！没有机会了，你的脑袋还欠我一个。"

毛宝自知理亏，摸了摸自己的脑袋，没有说话。

王司令员的眉头紧锁，愁云满面，姚公权趁机站了起来："司令员，我看还是让我们二团上吧，我姚公权向你保证……"

毛宝听着姚公权的话，有些心急了，寻思这哪行，要是这姚团长出去打了胜仗，功劳岂不是全让他给抢去了！本想出口制止，却想起自己刚吃了败仗，哪里还有脸挡别人？

王司令员："你给我坐下，你们二团的伤亡也很惨重，不适合担任这场攻坚战了。"

毛宝听到这句话，偷偷地一笑，松了口气，看向姚公权。后者瞪了毛宝一眼，坐了下来。

洛奇："这场攻坚战必须由我们纵队拿下，现在一团和二团伤亡都很惨重，我看啊，这主攻的任务就交给三团了。"

三团长叶峰兴奋地抬起头来，看着洛奇。

王司令员："好，接下去就由三团来担任主攻。叶峰。"

三团长叶峰激动起来，立正挺直身板答道："到！"

王司令员："你小子可别给我丢脸了。"

叶峰："不会的，请司令员放心，我叶峰和三团，一定不辱使命。"

毛宝和姚公权都耐不住了，两人异口同声："司令员，不行……"两人对望了一眼，毛宝反应快，转头说道："小叶同志虽然和我们一样是团长，但是作战经验不够丰富。"

姚公权："对对对，我和毛宝都参加过抗日战争，小叶同志没有啊，我看这攻坚战，还得我们这些老同志来打。"

叶峰："嗨，就算我没打过日本鬼子，但是内战爆发后，我打的仗可不比你们少。"

王司令员："好了，都别吵了，都给我坐下。毛宝、姚公权，你们也没得闲，一团和二团，就作为打援部队参战。"

毛宝："啊？让我们打援？"

王司令员："这事就这么决定了。"

姚公权："司令员……"

王司令员："谁要是再说废话，就给我休整去！"

"休整？那还不如打援呢！"毛宝和姚公权二人心里都是这么想的，却也都没敢说出来，于是只好闭上嘴巴。

叶峰脸上露出开心的笑容。


济南城中张天泉的住处来了一位客人，这是一位年轻漂亮的女孩，名叫沈琳，《中央日报》的女记者，此刻的她与张天泉夫人赵美霞在一起聊着什么。

沈琳对赵美霞说："美姨，我就和张叔叔再说一下，让我去采访前线的将士吧。"话语中带着一丝小小的央求与调皮。

赵美霞："我说小琳啊，你张叔叔已经给你去说过了，但是现在前线的将士都在抵抗共军的进攻。"

沈琳："那我直接上前线采访不就行了？"说着就站起来，要走出去。

赵美霞："不行，前线多危险啊，子弹可是不长眼睛的。万一你有个三长两短，我怎么向你父亲交代？"

沈琳："哎呀，美姨，没事的。你看看我们的宋美龄女士在抗战时期，不也上战场嘛。"

赵美霞："是的，蒋夫人是上了战场，但是她也遇到了危险，要不是身边有人保护着她，她早就……"她没有说下去，拉着沈琳的手，缓了缓才继续说："你可没有卫兵保护你。"话语中充满了担心。

沈琳："美姨，您放心好了，我不会有事的，我到了前线，会把要采访的对象叫过来，在安全地带采访他。"说着往外面走去。

赵美霞："哎，小琳，小琳，你真的不要去啊！"

可是沈琳已经走远，娇俏的背影充满了青春的活力。


黄昏时分，济南城外的战壕中叶峰带着三团的解放军战士们正在紧急备战，充满了紧张的气氛。与之对应，毛宝他们一团正在休整，笑面虎躺在战壕里，从胸前拿出一张用手帕包好的照片，有滋有味地欣赏着，不时地发出一声笑声。

大憨爬过去："嘿嘿，虎哥，你在看啥呢？"

笑面虎："我看啥，关你什么事！"

大憨："嘿，我看到了，好像是一个姑娘的照片，哈哈。"

笑面虎："去去去，大人在干正经事，小孩子一边待着去。"

大憨："什么大人的正经事，不就是在想姑娘嘛。"

笑面虎一拳头打在大憨的肩膀上："你能不能给我滚蛋了。"

这时，毛草根也爬了过来，他平时最喜欢凑热闹，此刻见笑面虎和大憨你一搭我一搭地闹着，也过来问道："啊，虎哥在看什么啊，让我们看看啊。"

笑面虎："你小子身上的伤还没有好，还来凑热闹？"

毛草根："呵呵，只要有大姑娘看，我这身上的伤也能好得快啊。"

笑面虎抓起身边的泥巴，砸向毛草根骂道："都给我滚蛋！"

大憨："就给我们看一眼嘛。"

笑面虎把照片包好又藏到了胸前，不耐烦地说："滚滚滚，滚。"

大憨和毛草根在一旁没有离开，目光中带着七分期待、两分坚定、一分笑意。


夕阳残照，倦怠的阳光洒在济南城的城楼上。

夕阳无限好，只是近黄昏，可此刻的夕阳里好似融入了无数战士的鲜血，多了一份惨淡的离殇。

陆胜文在城楼上巡防，国民党士兵们正在休整。不远处传来了一阵轻巧的脚步声，是记者沈琳从城楼下跑上来。

胡国忠连忙拦住了沈琳："喂，你干什么？这里你不能上来！"

沈琳对胡国忠亮出了记者证："我是《中央日报》的记者，我来这里采访。"

胡国忠："记者？采访？噢，你是我们张军长家的亲戚吗？"

沈琳："知道就好，带我去采访在前线作战的将士。"

胡国忠："嗨，算你找对了人，我胡国忠就是作战在前线的将士。"

沈琳的怀疑地看了一眼胡国忠。

胡国忠："怎么？不相信啊。你看看，我手臂上的伤痕，就是今天凌晨共军攻城时挂的彩。"说完撸起袖子，露出战争带来的伤痕。

沈琳："哦，这样啊，那我给你拍张照片。"说完拿起相机要给胡国忠拍照，胡国忠连忙整理了一下军装，做好了表情，挺直了腰板，面带着严谨的微笑。

"咔嚓"一声，沈琳拍好了照："还是带我去见你们的长官吧，我要采访他。"

胡国忠拦着沈琳："不行，我们长官有事忙着呢，你就采访我得了。"

沈琳："你给我让道……"

正在纠缠，城楼上的陆胜文喊过来："国忠，你在干吗？"

胡国忠刚要开口说话，沈琳已抢了话头："是陆团长吗？"

陆胜文走了过来："你是？"

沈琳："你好，我是《中央日报》的记者沈琳，来前线采访奋战的国军将士……"

陆胜文不等沈琳把话说完，做出一个"请"的动作道："沈小姐，不好意思，这里是战场，不是娱乐场所，请你立马离开这里。"

沈琳："不是，我……"

陆胜文对胡国忠说道："国忠，带沈小姐离开！"

胡国忠："是！"

陆胜文说完便转身离开，胡国忠站在了沈琳面前："沈小姐，请吧。"

沈琳不甘心："陆团长，你就给我一点采访时间，不会耽误你很久的，就十分钟，十分钟……"

陆胜文径直走着，连头也没有回。

沈琳仍旧未断念想，还叫着："喂，陆团长，陆胜文，陆胜文……难道你要违抗你们张军长的命令吗？张军长也同意我采访你的……"

胡国忠："好了，沈小姐，你不要叫了，我们团长真的是军务缠身，共军很快又要攻城，这里太危险，你啊还是回去吧。"

沈琳噘着嘴，眨了眨眼睛，尽量克制着自己的怒气，她瞪了胡国忠一眼，转身离开。


斜阳洒在照片上，为照片上的女孩抹上了一层金黄的颜色。

济南城外的战壕里，赶走了大憨和毛草根的笑面虎又拿出了对象的照片看了起来，自言自语："阿静啊，我们现在在攻打济南城，我听说解放了济南，我们的部队就要南下了，再打下去，我们就要打南京了，这样我们就能见面了。"说完他把照片贴在胸口，一副幸福的样子。

突然一个人从后面拍了一下笑面虎的肩膀。

笑面虎吓了一跳，要骂过去："你个……"回头发现是团长毛宝，赶紧收了后面要骂出的脏字。毛宝："干吗呢，一个人嘀嘀咕咕的？"

笑面虎："哦，是团长啊，嘿，我以为又是大憨他们呢。"

毛宝："看什么呢？"

笑面虎又想藏起来："没，没什么。"

毛宝："就你那点小破事，还藏着掖着啊，不就是想你的那位对象嘛，又不是做贼。"

笑面虎挠着头皮，脸庞发红，有些不好意思地笑着："嘿嘿，嘿嘿嘿。"

毛宝："怎么，打算什么时候成亲啊？"

笑面虎支支吾吾："啊，成亲啊，这个，真不好说，团长，你看看，现在我们连济南城都打得这么辛苦，这场仗什么时候是个头啊？"

毛宝："济南城一定会攻下来的，我已经想好了法子。"

笑面虎："什么法子？"

毛宝探过身子去，在笑面虎的耳边轻声地说了几句。

笑面虎张大嘴巴，满脸惊讶神色："啊，这样子可以吗？"

毛宝："当然可以了。"

笑面虎："王司令员知道吗？"

毛宝说："他知不知道不要紧，关键是我们一团可不能让别人抢了头功去。"

笑面虎点点头："这倒也是。"

毛宝又转过身，趴到战壕边上，用望远镜观望着前面的阵势。望远镜里，叶峰率领着三团战士们向济南城靠近。转向城楼，城楼上的国民党将士的身影也是匆匆忙忙、紧急备战中。

笑面虎："团长，你说这济南城什么时候能攻下来啊？"

毛宝还在用望远镜看着，边看边回答："唔，就这两天了。"

笑面虎："哎，这场攻坚战真是太难打了。他们三团也不知道要死多少人了？"

毛宝："反正我们得把自己的命保住，你不是还要打到南京去嘛。"

笑面虎笑了笑："嘿，那是的，我笑面虎肯定要打到南京去。"

毛宝："看你小子美的，等我们打到了南京城，我要在老蒋的宝座上坐一坐，也不知道老蒋的宝座是不是和皇帝的龙椅一样。"

笑面虎："哈哈哈，这老蒋的宝座我倒是不想坐，我就想和我的阿静成亲，生一堆孩子。"

毛宝放下望远镜："瞧你就这点出息。"

笑面虎靠到毛宝身边："我说团长啊，你在你们诸暨老家有没有对象啊？"

毛宝听到这个，也支吾了起来："对象？额，这个嘛……"

笑面虎："哈哈哈，有还是没有，看你从来没提过，应该是没有了。"

毛宝："去去去，怎么可能没有，像我长得这么英俊的人，当然有对象了，而且这对象还是倒追着我毛宝呢！"

笑面虎："对象倒追你？哈哈哈，不太可能吧。噢，我知道了，这对象肯定长得一般吧，所以才倒追着你。"

毛宝："哼，怎么可能不好看，不但好看，而且是貌美如仙，对，貌美如仙，她的名字就叫仙女。"

笑面虎笑得更欢了："仙女？哈哈哈，这名字叫仙女的，样子肯定不咋的啊。"

毛宝："你给我滚蛋。"说罢一脚踢在笑面虎的屁股上，笑面虎乐呵呵走开了。

毛宝看着笑面虎离开，他抬起头望着天空，天色已经渐渐地暗了下来。他的眼前出现了一位美丽的姑娘，伴着清脆的笑声，似乎还在叫着："毛宝哥，毛宝哥……"

想到这里，毛宝喃喃地自言自语起来："仙女，你在哪里？你现在还好吗？"

黄昏的颜色照在了这座普普通通的小镇子上，镇子门口的木牌上写着三个字：新安镇。一个农家小院里，小鸡啄食着稻谷，走着走着，啄到了一个人的脚边，原来是位姑娘。

这座小院暂时当作了驻扎在新安镇的民兵队的临时开会地点，队长便是这位姑娘，姑娘有个很好记的名字：何仙女。

何仙女此刻正和几个民兵队员开着会，她率先问道："猴子，这半个月我们向乡亲们采购的粮食有没有完成指标？"

叫作铁猴子的民兵队战士拍了拍胸脯："嘿，队长，由我铁猴子出马，有完不成任务的吗？"

何仙女点点头："很好，值得表扬，不过接下去的任务可不这么好完成了。"

铁猴子："是不是前线的解放军部队需要更多的粮食了？"

何仙女："数目上没有增加，但是现在国民党的军队有很多开始往我们这边撤退，这些反动派就知道抢老百姓的粮食。老百姓的口粮都不多了，我们再要向他们采购粮食就难了。"

铁猴子："是啊，现在新安镇都一下子来了很多国民党军队，咱们老百姓一反抗，他们就说是共产党，直接抓走。唉！"

何仙女一拳头砸在桌子上："这些人民的死对头，我何仙女不会放过他们的。"说完又转而向一位民兵队女队员问道："凤凰，你这边情况怎么样？"

这位叫作火凤凰的女民兵回答："我这边还行，今天带着妇女同胞们纳了一百双鞋，大家的积极性还是蛮高的。"

何仙女点点头："嗯，这就好，也不知道我们人民解放军什么时候能打到我们这边来。"

铁猴子："应该快了吧，我在采购粮食的时候，听南下的商贩说，济南那边已经被解放军包围住了。"

何仙女："这就好，等解放军打到这里，我带着你们，和解放军一起去打国民党！"

铁猴子听了何仙女的话很兴奋，有一种跃跃欲试的冲动。他抢先响应："好好好，和解放军一起去打国民党。"

火凤凰面露难色："队长啊，你虽然是民兵队长，但毕竟是个女的，还是老老实实做好解放军部队的后勤工作吧，我火凤凰可不想上战场去打仗。"

何仙女："嘿，火凤凰同志，你这话我就不爱听了，女人怎么了，人家花木兰、穆桂英、梁红玉，不是照样上阵打仗？我何仙女说不定就是花木兰转世，以后我就不是什么女民兵队长了，我要当女将军。你要是怕死，就待在大后方纳鞋底。"

火凤凰无奈："好好好，我说不过你。"

情况交代完毕，任务也布置结束，铁猴子和火凤凰等队员也都散了，只留下何仙女一个人坐在小院里，此刻已是晚间，残阳终于溜到了山的另一头。何仙女抬头望见了天上的月亮，月亮很圆。她心中一直萦绕着的思绪，喃喃地吐了出来："解放军就要来了，不知道这支队伍里有没有毛宝哥和胜文哥。毛宝哥，你们现在在哪里啊？"

济南城的城头上，胡国忠走到了陆胜文身边，后者正在遥望着曾经两军炮火交织的战场。

陆胜文："那位沈小姐送走了吧？"

胡国忠："送走了，不过团长你刚才应该接受沈小姐的采访，而且军座也吩咐过的。"

陆胜文："现在都什么时候了，共军都把济南城围住了，这济南还能守多少时间，其实大家心里都清楚，难道我陆胜文还要接受《中央日报》采访，说我们守不住济南城吗？"

胡国忠："团长，你说这济南城还能守多久？"

陆胜文："只要我们众志成城，抵御共军的进攻，就算他们打进来了，我们也能让他们死伤惨重。"

胡国忠叹了口气："唉，要是援军能赶来就好了。"

陆胜文："目前这种情况，援军不太可能赶到了，所以只能靠我们自己了。城在人在，城破为党国成仁。"

胡国忠没有说话，眉头皱了皱。

陆胜文默默地望着济南城城外，心中却一直飘忽，想念着儿时的两个玩伴。

他知道此刻济南城危在旦夕，处在自己这样的位置上是凶多吉少，也许不久就会为党国尽忠，马革裹尸，这当然不枉好男儿一场，可如此便无法再与二位伙伴再见了。他陆胜文朋友不多，有两人是他从小到大最好的朋友，他们一个叫何仙女，另一个叫毛宝。

济南城的街道上已点亮了昏暗的灯光，它们知道今天的日头将维持不久，于是纷纷出来为世间增添光亮。沈琳在街上转了一下，街上已经没有什么老百姓，只有备战的国民党士兵，他们不时地盯着沈琳看，沈琳也不理睬他们的目光。她看到了许多受伤的士兵被抬下来，伤兵们发出来一阵阵凄惨的叫声。

沈琳的眉头皱着，又看向城楼那边。方才被无情拒绝，可心中热情丝毫未减。思索片刻，她心中又萌生出了一个声音：不行，这个陆胜文必须采访，我沈琳怎么能被他拒绝一次，就放弃了呢？

想到这里，沈琳又往城楼方向走去。


张天泉的住处内，黄昏疲倦地挣扎着眼眸，为人间带来最后一丝慵懒的色彩，洒向客厅。张天泉的妻子赵美霞已经让保姆李妈做好饭菜，等张天泉回来。不一会儿张天泉便走进客厅来，在桌子边坐下，沉默着。

赵美霞关切地问道"怎么了，不喜欢这饭菜吗？我叫李妈给你烧碗面。"

张天泉："不用了。"说完给自己倒了一杯酒，一口气喝了下去。

赵美霞："吃点菜吧。"

张天泉没有动筷，又给自己倒了杯酒。

赵美霞看出了丈夫心里有事，轻声问："是不是战争形势不太好？"

张天泉有些愠色："我不是说过了吗，政治上和军事上的事情，不要多过问。"

赵美霞："现在这仗都打成这样了，我不得不问啊，国共两党难道就不能再次坐下来，心平气和地谈一谈？"

张天泉"哼"了一声："没有什么可谈的，共军不消灭，灭亡的就是我们。"

赵美霞："可受苦的是老百姓啊！"

张天泉这次没有接话，气氛有些凝重。

赵美霞："天泉啊，要不我们去美国吧，我们的孩子也在那里，远离战争，多好啊。你不要再去打仗了，好不好？"

张天泉愤怒地把酒杯砸在桌子上："好了，别说了，明天你们化装成老百姓，离开济南城。"

赵美霞愣了神："我……"

张天泉："小琳去哪里了？"

赵美霞："她下午就出去了，说要采访前线的将士。"

张天泉脸上出现不耐烦的神色："这个丫头，也不让人省心。陈彪！"

张天泉的副官陈彪连忙快步进来，张天泉指示道："去，派人去把沈琳找回来。"

陈彪："是！"


黄昏之下，叶峰率领着三团的解放军战士们向济南城城楼边慢慢潜过去。

毛宝看着三团的战士开始往前移动，看了一眼手表："时间差不多了，叶峰他们差不多在半小时后要攻城。草根！"

毛草根："团长。"

毛宝下："通知大家，往东门方向进军。"

毛草根："是！"接到命令的他，便迅速去通知战士们了。战士们接到指令后，跟着前面的毛宝，往东门方向潜了过去。

不远处的姚公权看到了毛宝的行为，心生疑惑，嘴里念叨着："毛宝这小子搞什么鬼？"

二团的一连长阿辉："他们一团的人不是被打怕了吧，怕死就撤退了吧？"

姚公权摸了摸下巴思索着说："不可能，这毛宝是打起仗来不要命的家伙，怎么可能会撤退，他肯定又在想歪点子了。"

毛宝带着一团的战士们，很快消失在黄昏中。


踩着黄昏下的砖石瓦砾，沈琳又偷偷地跑到了济南城的城头上，神不知鬼不觉地靠近陆胜文的身边。

陆胜文身为军人，虽然连日来几经战斗未曾好好歇息，但军人的敏锐仍旧未减，此刻感觉身边有异动，猛一转身，喝了一声："什么人？"

沈琳被吓了一跳，支吾着："我……"

陆胜文："怎么又是你，国忠，你怎么回事，不是让她离开了吗？"

胡国忠才发现这个问题姑娘又出现了，不禁头都大了："团长，我真的让她离开了。"旋即问沈琳道："你怎么又跑回来了？"

沈琳："陆团长，不关你副官的事情，是我自己回来的。"

陆胜文："我说了，这里危险，回去！"

沈琳："陆团长，我就占用你一点时间，难道你吝啬到这几分钟都不肯给吗？"

陆胜文："沈小姐，共军马上又要攻城。如果我陆胜文明天早上起来，还看得到太阳升起的话，我就接受你的采访。"

沈琳："放心吧，你一定会看到明天的太阳的。"

陆胜文："好，那你现在可以下去了。"

沈琳明白自己中了陆胜文的圈套，忙又改口："不是我……我现在采访一下……"

"轰！"

沈琳的话音还未落下，一发火亮的炮弹从济南城外打到了城楼上，弹片如穿梭的乱箭一般射向了沈琳这边。

沈琳从未遇见过这种情形，她瞪大了惊恐的眼睛，眼中是弹片砖墙破碎袭来。

# 第二章

夕阳如血，经过了一天战斗洗礼的济南城内外被这残阳的余光铺照着，更是蒙上了一层血色。实际上这是多此一举的，城墙内外本就喷洒溅射、铺陈刷漆般的鲜血远比日头所赋予的滤镜要真实百倍。

城外，叶峰率领着三团解放军战士开始攻城，其他各纵队的解放军将士们也都向济南城猛攻上去。顿时战火纷飞，喊杀声四起，又要为这残阳的光芒里泼下更深的墨。

济南城头上，一片弹片飞速地飞向沈琳这边，眼看着沈琳要被弹片击中，陆胜文奋不顾身扑向了沈琳，弹片从陆胜文的脸庞划过。沈琳被陆胜文保护着，探出脑袋来，面带惊慌之色，说不出话来。

陆胜文："你没事吧？"

沈琳摇摇头，突然她看到陆胜文身边横着一具士兵的尸体，脑袋被削去了半个，第一次见到如此场面的沈琳惊惧地大叫起来："啊……"

陆胜文："这就是战争，赶紧走。"说完转身来到城楼边上，还击城下进攻上来的解放军。沈琳的身子颤抖着，往城楼楼梯边爬去，子弹从她的耳边呼呼飞过。

这时，陈彪跑上来："沈小姐，原来你在这里，快跟我走！"

沈琳点点头，被陈彪拉着往城楼下跑去，她再也不想在这里耽搁哪怕一分一秒。向下跑的时候，她回过头去看了一眼陆胜文，看到了陆胜文冷峻的脸庞，他正拿着机枪，对着城楼下扫射。

城东，毛宝带着一团的战士们往城东门这边奔袭过来。靠得有些近了，他和手下的战士躲到了废弃的屋子后面，城东门这边也有国民党守军在。毛宝用望远镜看了一下，城头上走动的人影明显不多，他得意地一笑："看来张天泉把兵力都放在了正门中，这边的兵力不多。"

大憨："团长，我们现在就攻上去吗？"

毛宝举起一只手："等等。"说完定睛注意着城东门城楼上，又往城东边上的城墙那里看了看，说："笑面虎。"

笑面虎："到！"

毛宝："你带着炮兵队和大憨他们一起，给我狠狠地攻打东门口。"

笑面虎、大憨："是！"

毛宝："毛草根，你们一排的同志们跟着我。"

毛草根："是！"

毛宝一挥拳头，做出了一个进攻的动作，笑面虎他们向东门这边慢慢地靠近过去。


另一边，叶峰率领着三团的战士们奋不顾身地攻城，此刻的他正在冲锋呐喊："三团的兄弟们，跟着我杀啊！"

解放军将士们的喊杀声不绝，前赴后继地冲上去，成片的战士倒在血泊中，但后面还是有战士冲上来，前赴后继。


城楼上，陆胜文开着机枪，还击着城外的解放军。机枪口不断地吐着红星火舌，如不断喷涌的岩浆、嘈嘈切切的骤雨。

陆胜文一边还击，一边对胡国忠说："国忠，今晚上共军看来是发起总攻了，快叫兄弟部队过来支援！"

胡国忠："是，团长！"

城楼上不断地有国民党士兵倒下，又有许多士兵补给上来。


城东头倒是一阵平静，可以听见正门的轰然交战之声，却更加衬托此地的清静。两个国民党士兵拿着枪在巡逻，年轻的士兵："老马，正门那边打得很凶啊。"

士兵老马："管他呢，我们这边不是已经派了两个营过去支援了？哎，给我点火。"

年轻士兵给老马点了火，老马深深地抽了口烟，一副享受的样子。突然一颗子弹飞来，打在了老马的胸口，老马瞪大着眼睛，倒了下去。年轻士兵还来不及喊出声，子弹从城外飞过来，顿时城楼上好几个国民党的守兵被击中。

大憨率领着解放军战士们，一马当先，对着东门上刚刚反应过来开始还击的国民党士兵一阵扫射。

大憨边扫射边喊着："干你们这群狗娘养的，杀杀杀！"手中的机关枪突突突地发出红信子。

笑面虎："我说张大憨，你省着点子弹不行吗？"

大憨这回没理睬笑面虎，继续往前冲锋着。东门城头上的国民党将士开始还击，子弹从大憨身边飞过。大憨找到了掩体，架起机枪，继续扫射。

笑面虎："嗨，轮到我笑面虎开炮了。"说完和几个炮兵队员们架好了小钢炮，对准了城头上，连着五发炮弹打了过去。

炮弹发射过来，砖瓦迸碎，开始反击的好几个国民党士兵被炸得飞上天。守东门国民党团长大叫着："共军上来了，给我挡住，挡住。"慌张之态尽显，情急之下团长直接拉过几个国民党士兵做挡箭牌，还击着城外的解放军。

毛宝观望了一下阵势，对毛草根他们下令："行动。"

毛草根他们拿出了带抓钩的绳索向东门的侧面潜过去。

正门的战斗更加胶着，陆胜文率领着国民党将士们奋力还击着攻上来的解放军战士。

城外面的叶峰他们浴血奋战，双方打得如火如荼。火线交织，鲜血喷溅，硝烟笼罩里，却瞧得分明。成片的解放军战士倒下去。叶峰杀红了眼："没我的命令，谁也不许撤退，跟着我杀啊！"解放军战士们闻言踏着烈士的鲜血，继续冲锋着。

天色暗了下来，淡月疏星渐显。毛宝带着毛草根他们已经摸到了东门侧面，他观察了一下上面的情况，城楼上没有几个国民党士兵。他做了个手势，示意行动。

毛草根他们挥动着抓钩绳索，一挥手，抓钩抓住了城头，毛宝和毛草根他们几个精干的解放军战士，迅速地往上爬去。

城头上，一个高个子国民党士兵对另一个国民党士兵说："你刚才有没有听到什么声音？"

另一个国民党士兵："是子弹打在墙上的声音吧？"

第一个高个子士兵："不对，走，去看看。"

两个国民党士兵往城楼下看去，高个子士兵："不好，有共军偷袭！"说完连忙向爬上来的解放军战士开枪，一个解放军战士被击中，摔下城楼去。高个子士兵又要对着毛宝开枪。毛宝一个侧身躲过了射过来的子弹，随后松开一只手来，拿枪对着这个高个子士兵就是一枪，后者中枪摔下城去。

毛宝："草根，你们都小心点，他们已经发现了我们。我们得抓紧时间爬上去。"一边说着，一边迅猛地往上爬。

城上不断地有国民党士兵向毛宝他们这边杀过来，对着解放军战士开枪。也不断地有解放军战士被击中，摔下城去。毛草根也差点摔下城去，毛宝连忙抓住了他，后者重新抓住了绳索。

脚踏实地，毛宝先跳上了城楼，城上的国民党某连长看出毛宝是解放军的干部，对身边的士兵喊道："给我干掉这个共军的头头！"

国民党连长对着毛宝开枪，毛宝一边躲闪一边还击着："娘的，我毛宝先干掉你再说。草根，快上！"说完一边对着国民党连长开枪射击，一边招呼着毛草根上来。

国民党军攻击过来，毛宝一看机会来了，干掉了两个对着他开枪的国民党士兵，向国民党连长进攻。国民党连长奋力抵挡毛宝，毛宝闪身躲过子弹，一枪打在了国民党连长的手臂上，顿时鲜血翻涌，一声惨叫。毛宝杀到了国民党连长的眼前，后者还想要反抗，不顾手臂的疼痛，向毛宝扑上来。毛宝的身子往后一仰，拔出双枪，对着国民党连长的脑袋就是一枪。

国民党士兵见连长被打死，没有逃跑，反而都向毛宝扑上来，其中一个黑大个儿的国民党士兵大叫着："为连长报仇！"

毛宝又开枪干掉了两个国民党士兵，但距离太近，毛宝被黑大个儿士兵掐住了脖子。

黑大个士兵："还我连长的命来！"

毛宝几乎要被黑大个儿推下城去，这时，毛草根也跳上城来，和城上的国民党士兵们血战在了一处。

东门城下，笑面虎他们奋力攻城，城上的国民党士兵拼死抵抗着，解放军一时攻打不进来。

大憨："这些反动派打得太凶了，也不知道团长他们那边怎么样了。"

笑面虎："再这样打下去我们一团就要拼完了。"

大憨："虎哥，你给我继续轰他们啊！"

笑面虎："你说轰就轰，老子的炮弹已经不多了，可都是宝贝啊。"他虽然嘴上这么说着，但是还是对着城头开了一炮。

"轰隆隆"的响声呼啸而起，东门这边吸引过来了更多国民党士兵，对着城外的解放军射击。

城墙上，毛宝和黑大个儿还纠缠在一起，毛宝虽然被掐住了脖子，但是还能说话，挤出声音说道："我说兄弟，我们都是中国人，中国人不能打中国人。"

黑大个儿士兵："你杀死了我的连长，我要你偿命！"

毛宝："济南城就要被我们解放了，只要你们放下武器投降，就可以回老家去见爹娘了。"

不知道是"回家"还是"见爹娘"戳中了他，黑大个儿突然愣了一下，毛宝趁着黑大个儿愣神之时，一个反扑，转身便来到黑大个儿身后，用枪顶住了他的脑袋。黑大个儿士兵还想反抗，毛宝喝了一声："别动，再动就打爆你的头！"

黑大个儿："你有种就杀了我！"

毛宝："臭小子，嘴还挺硬啊！"

毛草根："团长，杀了这小子。"

毛宝摇头："不能杀，大家都是中国人，又不是日本鬼子，解放军优待俘虏，兄弟们放下武器投降吧，我们解放军是人民的部队。"

几个国民党士兵犹豫着放下了武器。

毛宝："这就对了嘛。"

黑大个儿士兵："哎呀，我们别中了他们共军的诡计！"

毛宝夺下黑大个儿士兵的枪支后，便推开了他："好小子，到这个时候脑子还不清楚啊，你要是不想打仗了，我们共产党发给你回家的路费，你要是还想干，就跟着我毛宝，我不会亏待你。"

黑大个儿士兵犹豫了一下，却没动作。

毛宝："草根，把他们的武器都收缴了。"

毛草根："是！"说完和几个解放军战士开始收缴国民党士兵的武器。

毛宝："我再重申一句，愿意留下的，就做一名人民的子弟兵。不愿意留下的，明天来领路费回家。但是，如果你们要是再反抗的话，老子手中的双枪绝不会放过你！"说着举起了双枪，看了一眼黑大个儿士兵，后者的脸上还露出不服气的神色。

毛宝："你要是还有什么话要说，等打完这仗来找我。"接着对毛草根他们说："毛草根，你带几个人看着他们，其余人跟我来。"说完，他带着一支小分队向东门口的城楼奔袭过去。

已经是深夜了，可火力喷射的光芒将黑夜打得依然闪亮。东城门，国民党将士们奋力还击着城外的解放军战士们，两挺机关枪"突突突"扫射着城楼外面。

毛宝奔到东门这边，举起双枪，先干掉了两个机枪手。国民党军官一看城楼上的解放军，转而向毛宝他们开枪。

毛宝躲在墙体后面喊话："国军兄弟，济南城是守不住了，已经有很多你们的人马投降了……""砰砰砰"的声音响在毛宝的耳边，国民党军官没有听毛宝的话，继续对着他开枪。

毛宝："还给脸不要脸了！同志们，给我狠狠地打！"说完，自己先对着那个国民党军官开枪，国民党军官继续还击，双方陷入对峙中。

这时，突然听到城门口一声轰响。

原来是笑面虎开了一炮，正中东门，他大笑三声："哈哈哈，虎哥我的炮弹滋味还不错吧。"

大憨竖起大拇指："厉害了，我的虎哥。"

笑面虎拍去了手上的灰尘："冲锋的事情，就看你张大憨的啦。"

大憨一挥手："同志们，跟我冲啊！"说着先抢着机枪往城门口冲去，一团的解放军战士们士气很高，憋足了劲。城门口的国民党士兵抵抗了一阵，开始撤退。

东门城楼上，一个国民党士兵跑到那个军官旁边："团长，不好了，城门被共军给炸开了。"

国民党军官："妈的，这济南城还真守不住了！"

毛宝："喂，兄弟，你听到了，城门都给轰开了，你难道还不投降，还要再打吗？"

国民党军官："老子不会投降。"说完一边对毛宝开枪射击，一边对身边的士兵喊道："你们给我挡住这些共军。"

国民党士兵抵挡毛宝他们，可这国民党军官一转身，却往城下跑走了，快如闪电，动如脱兔，果然做军官的体力就是不一样。

毛宝："嗨，你们看啊，你们的长官都去逃命了，你们还替他卖命，有意义吗？"

国民党士兵一听毛宝这话，其中一个士兵先答了腔："这个共军说得有理啊，我们干吗还要卖命？"

毛宝见此，当然要抓住机会："投降不杀！"

国民党士兵们放下了武器，举起双手来投降。这时，笑面虎他们奔上城楼来，笑面虎得意地说："团长，城门被我轰开了，东门已经被我们占领，马上就可以打下济南城了。"

大憨："明明是我大憨第一个冲进东门的。"

毛宝拍了拍笑面虎的肩膀："国民党军还会反扑的。"

笑面虎："啊？"

毛宝对笑面虎说："你带着炮兵队守在东门，大憨，你们跟我走。"

笑面虎和大憨："是！"


枪声响了一夜，战火烧灼着深色的夜空，似乎硬要撕出一片光亮来。而不知不觉黎明已至，天色真的已经亮了起来。

济南城的街道上，陈彪带着沈琳过来，沈琳已经恢复了神态。到处都是枪炮之声，黎明早没有了它本该有的宁静，沈琳停住了脚步。

陈彪："沈小姐，快跟我走啊。"

沈琳："我不走，我沈琳是来前线采访的，我应该和将士们在一起。"说完转身要走，被陈彪拉住哀求："沈小姐，我求求你了，张军长有令，必须把你带回去。"

沈琳："我不能走，现在正是两军交战时，我去拍照，记录这场战斗，记录我国军的英勇壮举。"说完转身又要走，但是再次被陈彪拦住了。

沈琳："你走开。"

陈彪："我必须保证你的安全，跟我回去吧，战场不是你想象的那么简单。"

沈琳："我知道不是那么简单，我刚才已经经历了一场生死。"

沈琳还要再冲上去，但被陈彪拉住了手，后者说道："对不起了，沈小姐，我必须让你活着，到时你再处罚我吧。"

沈琳挣扎着叫道："放开我，放开我……"

陈彪没有听沈琳的话，把她拉着走。沈琳很是无奈委屈，但还是挣扎着，想要脱离陈彪。

可细小白净的臂腕，怎么能拗得过战场中历练出来的臂膀呢？


济南城的东门城楼下，天色已经亮起来，灰蒙蒙的天，不知道是老天爷的自然杰作，还是人间硝烟的乱笔画就。

解放军战士聚在城楼下，大憨："团长，我们现在干吗？"

毛宝："带着你们去抓大鱼。"

大憨："抓大鱼？"

毛宝："王耀武、张天泉，都是大鱼，擒贼先擒王，如果能抓住一条大鱼，比消灭一个团更牛。"

大憨："哈，我明白了。好好好，我一定要抓住一条最大的鱼。"

济南城的正门城楼上，陆胜文带着国民党队伍还在抵抗着城外的解放军。叶峰的三团伤亡惨重，但还是没有攻打进济南城正门。

胡国忠气喘吁吁跑到了陆胜文面前："团长，不好了，济南城东门被共军给攻破了。"

陆胜文："什么？东门被攻破了？"

胡国忠："那边的守东门的马团长逃走了。"

陆胜文："这个马笑涛真不是个东西，国忠你继续在这里坚守。三团的弟兄们，跟我走。"

胡国忠："是，请团长放心，我一定会坚守在这里。"

陆胜文点点头，带了一支队伍下城去。胡国忠奋力还击城外冲杀上来的解放军。

毛宝他们从东门奔过来，这时，另一支解放军部队也从东门口奔进来。毛宝一看是姚公权他们，问："姚公权，怎么是你们？"

姚公权："嘿嘿，怎么不能是我们啊？老毛啊，辛苦你们啦，从东门偷袭这一招，很不错嘛。"

毛宝："你小子就知道占便宜……"

姚公权："嗨，这哪有什么便宜可以占啊，这东门是你开的，功不可没，不过接下去谁的功劳大，就走着瞧啦。"说完一挥手，对手下的战士们说了声"走"，就带着二团的战士们往内城奔袭去。

毛宝："这个老姚，敢跟老子抢功，没门！"

毛草根："团长，我们要跟上去吗？"

毛宝拍了一下毛草根的脑袋："我们跟着他干吗？他姚公权既然要冲在前面，就让他先冲一会儿。让他们二团的人和内城的国民党打一阵再说。"

毛草根："噢。"

毛宝反而不急了，从身上拿出一个小酒瓶，喝了一口。

天色还没有亮，华东野战军里还是一副忙碌的样子，指挥部里电报声嘀嘀嘀地响着。

洛奇兴奋地走过来，对王司令员说："老王，老王！好消息，好消息！"

王司令员脸上一片疑惑的神情："有什么好消息，看把你乐呵的。"

洛奇："因为是双喜临门啊，所以是极大的好消息。"

王司令员："哦？还双喜啊？洛奇同志，你就别给我卖关子啦。"

洛奇："第一个好消息，国民党第九十六军军长吴化文率部起义。"

王司令员："哈哈哈，吴化文这个老滑头，关键时刻起义了，可喜可贺啊，算他聪明。"

洛奇："是的，济南城两万多国民党将士起义，这是断了王耀武最后的救命稻草啊。"

王司令员："确实啊，这个王耀武看来是要在济南城成为第二个张灵甫了。不对，我们还要活捉了王耀武。"

洛奇："对对对，打开济南府，活捉王耀武。"

王司令员："嘿，你说的还有一个好消息是什么？"

洛奇："毛宝同志带着一团，从济南城东门杀了进去，东门也被我军攻破了。"

王司令员一愣："这小子从东门攻入了济南城？"

洛奇："是的。"

王司令员："我不是让他担任助攻吗？"

洛奇："估计是耐不住性子了。我听说啊，他还是用智取的，一边命令炮兵队对着东门正面强攻，一边又亲自带队，登上了侧面的城楼，说服了很多国民党士兵投降。"

王司令员："好小子！不过违抗了命令，老子也不会奖励他，还得给他点颜色瞧瞧。"这位王司令员虽然这么说着，脸上却露出了久违的笑容。


济南城，姚公权带着二团的战士们向内城这边飞奔过来，街道上燃着战火。姚公权一副很是兴奋的样子喊道："快快快！跟我来！"

他的部下阿辉问："团长，什么事这么开心啊？"

姚公权："东门虽然是他毛宝攻进来，不过我们要是能抓住王耀武，那我们二团立的就是第一功。"

阿辉："这个好，我们二团必须立第一功，要比一团强！"

姚公权他们刚到内城这边，突然一排子弹打了下来，他连忙大喝一声："隐蔽！"然而为时稍晚，许多解放军战士已经倒了下去，姚公权他们开始奋力还击。

此刻，是陆胜文带着他的手下抵挡住了姚公权他们的前进之路，他对自己的手下们说："弟兄们，不能让共军杀进内城，给我消灭这支共军部队。"

听到长官命令的手下们对着姚公权他们猛烈开火，枪弹飞蹿，噼啪作响，内城外没有掩体可以遮挡，解放军战士们很快死伤惨重。

焦灼难挨之际，内城外的毛宝带着毛草根他们过来，看到姚公权他们遭遇了国民党军队的反击，毛宝："老姚同志啊，心急吃不了热豆腐啊，你就慢慢吃你的热豆腐吧。"说完刚要带着毛草根他们离开，突然他看到内城还击的国民党军官有些眼熟："好像又是他？"

毛草根："团长，是谁啊？"

毛宝："那个在济南城抵挡我们进攻的国民党军官，不过这人怎么似曾相识……不可能，不可能。"毛宝摇摇头，他似乎想到了什么，而这种结果一旦被证实，对他自己来说将是一个致命的打击。

毛草根："团长，我们要攻上去吗？"

毛宝："哎呀，天也快亮了，不容易攻。"说着的时候抬头看了一眼天空，又往周边观望了一下，说："走，往那边去。"说完，毛宝他们往内城边上的一条小路奔了过去。


天已经完全亮了，济南城内的街道上，陈彪拉着沈琳跑过来，许多国民党士兵败退下来，本应是冲锋陷阵的顺流，成了败军之伍的逆流。

沈琳拉住了一个国民党伤兵问："前方战事什么情况？"

伤兵："东门被共军攻破了，快逃命吧！"话音刚落，一阵阵枪炮声从沈琳他们身后响起，伤兵："快撤退到内城去吧。"说完就逃命去了。

陈彪对沈琳说："沈小姐，你听到了吧，共军已经攻破外城了，我们快撤退吧。"

沈琳犹豫了一下："不行，城池破了，我更加应该上前线去，去记录这一时刻，将士们的生与死……"

陈彪："我求求你了，我的姑奶奶……"

沈琳还没有等陈彪说完话，挣脱开了他，往东门方向跑去。陈彪连忙追上去，他手下的三个国民党士兵也跟在他的身后。

突然，毛宝带着一团的战士们奔过来，寻找杀入内城的突破口。旁边的毛草根突然喊了一声："有敌军！"

毛草根看到陈彪，对着陈彪他们开枪。子弹从身边飞过，擦过了陈彪的手臂，击中了陈彪身边的一个国民党士兵，士兵应声倒地。

陈彪连忙拉过了沈琳，对着毛草根他们开枪还击。

毛宝："这个国民党反动派胆子还真够大，这么几个小兵还这么猖狂。给我干掉他们。"得了命令的毛草根他们放开了，对着陈彪射击。

陈彪："沈小姐，是共军，你快走，我掩护你！"

沈琳："我不走……"然而子弹无眼，见过死亡恐怖之相的沈琳躲在陈彪身后，陈彪开枪打死了一个解放军战士。

双方僵持在那里。

另一方面，姚公权他们终于不敌陆胜文，被国民党打退。知道这样下去无益，姚公权下令："撤退，快撤退！"说完带着部下们撤退下去。

陆胜文见此乘胜追击，他手下一个团长提醒道："团长，我听到那边有枪声，共军不会在那里找进入内城的突破口吧？"

陆胜文心里一惊："走，赶紧跟我来。"言罢便往毛宝他们这边奔过来。

内城边上，毛宝尚与陈彪等人对峙僵持，毛宝对毛草根说："草根，你吸引住他的火力。"

毛草根领命，继续还击陈彪，让陈彪无暇顾及其他，捉襟见肘。毛宝一个飞身出去，陈彪感觉到不妙，刚侧身要对毛宝开枪，毛宝这边先开了枪，一颗子弹对着陈彪飞过来，打在了他的脑门上，陈彪当场毙命。

沈琳看着瞪大着眼睛死去的陈彪，发出一声凄厉的尖叫声。毛草根他们迅速冲上去，用枪对准了沈琳。沈琳很是惊恐，但极力使得自己冷静下来。

毛宝上来对毛草根说："都把枪放下，一个女人，没必要这么大阵势。"

沈琳既惊恐又愤怒地看着毛宝，嘴里蹦出了两个字："魔鬼。"

毛宝："魔鬼，哈哈哈，她竟然说我是魔鬼，我毛宝哪里像魔鬼了？"

沈琳："你们就是杀人魔鬼。"

毛宝："打仗哪有不死人的？而且我们是为人民群众在打仗。"

沈琳："为人民打仗？哼，你们是在为自己辩解。"

毛宝说："嗨，跟你也说不清，我问你，你是干吗的？"

沈琳没有说话。

毛草根："团长，这个女人由国民党军保护着，估计是哪个大官的姨太太呢。"

沈琳脸色发红："你才是姨太太！"

毛草根："嘿，还真是伶牙俐齿啊，我……"举起拳头要打，但没有下手，停在了半空中，来了一句："好男不跟女斗。"

毛宝："草根，你有觉悟，咱们不跟女人斗。"

毛草根："团长，咱们虽然不跟她斗，但是得把她绑走，说不定她真和哪个大官有关系呢，这样我们就绑着她，让那个大官投降。"

沈琳低下头去，似是被戳中了心事。

毛宝："唔，主意倒是不错，但我毛宝怎么能做这种卑鄙无耻的事情呢？"

沈琳又抬起头来，看了一眼毛宝，眼神中开始有些复杂。

毛宝："你走吧。"

沈琳："什么？"

毛宝："我叫你离开，战场上太危险了，不管你是谁，请你相信我们，我们共产党决不伤害无辜。"

沈琳仔细地看了一眼毛宝。

毛宝："走吧，赶紧离开这里，子弹不长眼。"

沈琳站了起来，跌跌撞撞离开。

毛草根："团长，你这就放她走了啊？"

毛宝拍了一下毛草根的脑袋："你小子难道还想收人家做媳妇啊？"

毛草根不好意思："嘿嘿嘿，没有没有，不过这女子长得倒是蛮好看的。"

毛宝："别看了，我们往前走。"说完带着毛草根，继续往内城边上快步走去。


街道的另一头，沈琳慌乱地跑过来，迎面撞上了一人，沈琳差点又惊叫出来。那人按住了沈琳的肩膀："沈小姐。"

沈琳抬头一看，这才放下心来："陆团长……"

陆胜文："你怎么还在这里？共军已经攻破了外城，赶紧离开这里。"

沈琳："我刚才已经碰到了共军。"

陆胜文："你已经碰到了共军？"他抬头往前一看，毛宝带着部队消失在一条巷子口，陆胜文看到毛宝的背影，心头一愣，随即对手下说："跟我追上去。"言罢便要带着人去追，沈琳叫了一声："陆团长。"

陆胜文对身边的手下说："你们两个留下，护送沈小姐回张军长那里。"两个士兵领命，陆胜文这才继续追上去。

追了一会儿，几人追到了一个小巷子中，旁边一个国民党团长提醒着说："团长，小心有诈。"

陆胜文点了一下头，看了看这似乎有些诡异的巷子，悄声走了进去。

军人的直觉是敏锐的，巷子的另一边，毛宝他们静候在那里，正准备和国民党军展开巷战。

毛草根他们都屏住了呼吸，就等着国民党士兵出现，就杀出去。

陆胜文一步步靠近，他和毛宝之间的距离已经越来越近。突然从陆胜文后面跑上来一个人，是张天泉的警卫排长，他气喘吁吁地说："陆团长，终于找到你了。"

陆胜文："华子，怎么了？"

警卫排长华子："张军长让我来找你。"

毛宝一听到那个国民党的警卫排长的话，眉头一皱，心想："张军长？是张天泉啊，我要找的人，那这人是谁？"心中想着，他不动声色，继续听外面的谈话。

警卫排长华子在陆胜文耳边说了几句话，后者头一点，随即转身说道："走。"言罢便往他们来时的路快步离开。

毛宝听着陆胜文他们离开的脚步，探出身去看了一眼，看到了陆胜文的背影，口中喃喃地说："好像是那个济南城正门的国民党军官，怎么撤下来了？"

毛草根："团长，我们要跟上去干掉他吗？"

毛宝微微一点头："走。"说完跟在了陆胜文他们后面。

陆胜文和华子穿过内城边的封锁线，进入了内城。毛宝他们走到一堵残墙边，毛宝微微探出身去观望，看到了陆胜文进入内城的背影。旋即他又观察了一下封锁线那边的情况，进入内城的封锁线那边布置着五挺重机枪，碉堡里也藏着几个机枪手，枪口对着外面。

毛草根："团长，我们要不要干掉他们？"

毛宝："你想被打成蜂窝，现在就上去。"

毛草根闭上了嘴，毛宝下令："撤。"旋即他们退了下来。


济南城外，解放军已经发起总攻。

叶峰带着剩下的三团战士们冲锋在前面："同志们，跟着我，和国民党反动派拼了！"解放军战士们闻言后前赴后继杀向济南城，喊声震天。

城楼上，胡国忠带着国民党士兵们还击着城下的解放军。

一个国民党连长跑到胡国忠身边说："胡副官，共军已经从东门杀过来，外面的共军也要攻进来了！"

胡国忠："看来这外城是守不住了。"

国民党连长："我们还是撤退吧，撤入内城去。"

胡国忠："好。"言罢便和几个国民党将士们从济南城城楼上撤退下来，他们的身边不断地有国民党士兵逃命，局势终于逆转了过来。

济南城国民党军部，王耀武已化装成一副商人的模样，张天泉从外面进来，看到了王耀武的装扮，略有些惊讶。

张天泉："佐民兄，您这是？"

王耀武拍了拍张天泉的肩膀："天泉老弟，共军已经攻入了外城，我们的打援部队估计还没到济南城，就被粟裕给打回去了。这济南城恐怕是……"王耀武没有说下去，事实上一是他似乎还存在着一丝羞惭，二是他的举动的动机已经非常明显，再多费唇舌反而是把对方当成傻子了。

张天泉："但是我们手头上还有这么多能打仗的将士，我们可以把城池夺回来的。"

王耀武："天泉老弟，我和你说实话，自孟良崮战役，灵甫殉国后，我的心冷了一大半。我也在怀疑啊，难道打这内战，是我们错了吗？"

张天泉："佐民兄，不要灰心，济南城还没有被共军攻下，国军不会失败的。"

王耀武："败的不是我们军队，是那些政客啊。想当年，我们和日军作战时，打得是何等悲壮，但是现在呢？党国上层严重贪腐，连打仗的军饷都要克扣，我们的兵也对我们失去信心了。"

张天泉："那难道我们就放弃了吗？"

王耀武："天泉老弟，我也奉劝你一句，早点自保为妙。"

张天泉："佐民兄，就算你走了，我张天泉照样还会死守济南城，为校长尽忠。"

王耀武苦笑了一声，但对张天泉竖起了大拇指："如果济南城能守住，委员长一定会为你授予青天白日勋章的。"

张天泉："我也不想得到青天白日勋章，只求我们不要败得太惨，能为校长多守住一寸土地就好。"

王耀武回望了一眼军部办公室："这里就拜托给天泉老弟了。"说完径直走了出去。

张天泉有些失落，追了上去："佐民兄，我送你到门口。"

王耀武倒没有拒绝，点了点头，两个人一起向前走去。张天泉把王耀武送到军部门口，门口已经有一辆马车等着王耀武，王耀武的贴身警卫也化了装，等在那里。

张天泉看着这样的场景，心里有些黯然，没有说什么。

王耀武："好了，天泉老弟，送君千里终有一别，你就别送了。"

张天泉："佐民兄，保重。"

王耀武："天泉老弟，临走前送你两个字：突围。"

张天泉沉默着，没有表示，王耀武没有再说话，上了马车，警卫士兵赶起了马车。陆胜文快步走到张天泉身边，望见了王耀武的背影。

张天泉叹息："何等的英雄啊，如今却落到这样的境地。"

陆胜文向张天泉挺直腰板，敬了个礼："军座。"

张天泉转头看见了陆胜文，说："胜文来了？到里面说话。"说完走在前面，陆胜文跟在后面，两个人走到了军部门口，陆胜文跟着张天泉进来，陆胜文："军座，刚才离开的那人是王司令？"

张天泉："你都看到了？"

陆胜文："是！"

张天泉："看来真的是大势已去啊，这也是我为什么把你从前线叫来的原因。"

陆胜文："军座，我们会死守济南城的。"

张天泉："刚才王司令送了我两个字：突围。"

陆胜文："突围？"

张天泉："我们在这内城里，就算共军不攻打，我们也挨不过几天。"

陆胜文："那我们就放弃济南城了？"

张天泉："我没说要放弃，我张天泉死不足惜，而且能为党国尽忠，日后在地下见到校长，也不觉得丢脸。"

陆胜文静静地听着。

张天泉："只是我不想让美霞陪着我送命啊，我与她在中学时期便相识，她跟随我多年，从未有过怨言，我心里一直是愧疚于她的。所以我把你叫来，让你保护夫人，离开济南城。"

陆胜文依然沉默。

张天泉："我已经给淞沪警备司令宣铁吾那边打过电话，他是我多年的知交，你可去上海找他，你们是诸暨同乡，他会给你安排好职位。"

陆胜文："军座。"

张天泉："抓紧时间走吧。"说完话，便背过身去。

陆胜文看了张天泉一眼，这副背影称得上是伟岸，不论是这军装内的身躯，还是浮现在他周身的魂。

陆胜文快步离开了国民党军部。刚出来，胡国忠也刚好跑过来。胡国忠看到了陆胜文，一副悲悯的样子："团长，国忠没用，没能守住济南城。"

陆胜文拍了拍胡国忠的肩膀："跟我走。"

胡国忠以为陆胜文会责备他，不料陆胜文什么都没有说他，他只有默默地跟在陆胜文身后。

济南城张天泉的住所里，沈琳终于回来了，赵美霞拉着沈琳左看右看："小琳，我看看，你有没有受伤，真是太危险了，共军已经攻进来了，我以为你出事了。"

沈琳惊魂稍定，说："美姨，我，我没事，没有受伤，张叔叔呢？"

赵美霞："他早就出去了。"

沈琳："美姨，共军已经打进来了，张叔叔他会不会有事？"

赵美霞露出愁容："我劝他和我一起离开，但他不听我的。"

沈琳："我在前线见到了陆团长，他们团死了好多人，这场仗打得太惨烈了。"

赵美霞没有说话，这时，陆胜文从外面进来，后面跟着胡国忠。赵美霞先看到了陆胜文，忙叫了一声："胜文。"

沈琳转过身去看到了陆胜文，她冷冷地看着他，但随即又看到了陆胜文脸上被弹片划破了的伤痕，有些愧疚之意。

陆胜文走到赵美霞身边，挺直了腰板："夫人。"

赵美霞："胜文，现在外面的情况怎么样？"

陆胜文："不太乐观，共军已经攻破外城，内城已经被共军包围，所以军座让我护送夫人出城去。"

赵美霞："天泉让你送我出城，那他自己呢？"

陆胜文："军座还要守在济南城。"

赵美霞："他是打算和济南城共存亡吗？"

陆胜文没有回答，而没有回答就等于了回答。

沈琳："陆团长，济南城还守得住吗？"

陆胜文看着沈琳，摸不清她是在采访还只是普通询问，答道："就算守不住，我们国军也不会放弃的。"

沈琳："如果我们的将士都像张叔叔和陆团长这样，或许济南城就不会被共军攻打进来了。"

陆胜文微微点头，又对赵美霞说道："夫人，请跟我走吧，抓紧时间，我把你们送出城后，我会回来保护军座的。"

赵美霞看着陆胜文说："胜文，我答应和你离开济南城，但你一定得保护好天泉，和他一起离开济南城。"

陆胜文点了一下头："好，我答应夫人。"

济南城的内城入口处，张天泉带着一干国民党将士过来，张天泉对将士们说："将士们，如今外城已被共军攻破，援军迟迟不到，我们在内城里，只有等死。现在还有一条路可以供我们选择，就是冲出去，和共军决一死战。"

国民党将士们有些丧气，没有回答张天泉的话。

张天泉的参谋长赵高站出来率先做出了表率："我们跟着军座走，一定能打赢共军。"

其中几个团营级别的干部也跟着喊了起来："跟共军拼了，跟共军拼了！"

张天泉："好，现在就跟着我杀出一条生路去！"说完拉开了手枪的保险，走在前面。

内城外，解放军们正准备进攻，姚公权带着部队也赶到。国民党部队率先对解放军开枪，张天泉一边开枪，一边指挥着："给我把这些共军赶出济南城去！"国民党的将士们跟着张天泉向解放军反攻，这猝不及防的反攻，让姚公权的身边倒下去好几位解放军战士。姚公权很是气恼："这些反动派，死到临头还这么猖狂！"于是带着解放军和国民党对峙，枪火互相飞蹿，双方展开了激烈的交战。

毛宝他们在寻找进入内城的突破口，内城入口那边传来激烈的枪声。毛草根对毛宝说道："团长，刚才那个内城的入口处打得真够激烈啊！"

毛宝："看来咱们的部队已经开始对内城发起进攻了，走，我们去支援兄弟部队。"说完带着毛草根他们重新奔向内城入口处。

内城边上的小道，驶过来了一辆车子。开车的是胡国忠，陆胜文带着沈琳和赵美霞坐在车子里。此刻的胡国忠和陆胜文都脱下了军装，换上了平民的衣服。陆胜文坐在副驾驶室，沈琳坐在后面，又看到了陆胜文脸上的伤痕。

沈琳："陆团长，对不起。"

陆胜文回头看了一眼沈琳，没有说话。

沈琳："你为了保护我，才受了伤。"

陆胜文："一点小伤，不碍事。"

与此同时的内城入口处，国民党这边的攻势很猛，姚公权这边败退下来。

毛宝从后面上来了，问姚公权："老姚，怎么样？"

姚公权："什么怎么样？这些反动派真是不要命了，像是发了疯似的开始反击了。"

毛宝："他们是想夺回济南城，你们打得挺辛苦啊！"

姚公权："你小子就别说风凉话了，你试试就知道他们的厉害了。"

毛宝："嗨，不就是一群反动派嘛，我毛宝都打了他们两年多了。"说完看向入口处那里，国民党将士们已经冲出来和解放军厮杀，毛宝定睛一看，几乎是叫了起来："是张天泉啊！"

姚公权："你说是谁？"

毛宝偷偷一笑，使了个心眼，收敛着说："嘿，不是谁，老姚，你们先休息一下，换我们上了。"说完对手下们一挥手，喊道："一团的同志们，跟我上！"

毛草根他们听了命令，开始向张天泉他们这边开枪进攻。


载着国民党高官重要家眷的车子很快从小道里开到了济南城城外，停了下来，四人一起下了车。

陆胜文对胡国忠说："国忠，你护送着夫人和沈小姐去南京。出了济南地界后，找一辆老百姓的马车，让夫人她们坐马车，尽快赶到南京城。"

胡国忠："是，我知道。团长，你不和我们一起走吗？"

陆胜文拍了拍胡国忠的肩膀："不了，我要回去和军座并肩作战，我相信，我们会有机会再见的。"

赵美霞："胜文，一定要把天泉带出济南城。"声音中带着焦急和恳切。

陆胜文没有说话，只是点了点头，向车上走去。

沈琳："陆团长。"

陆胜文："沈小姐还有事吗？"

沈琳："我们还有机会再见面吗？"

陆胜文淡然一笑："如果我还能活着的话，就会有机会的。"说完上车去，启动了车子，掉转头，对赵美霞说道："夫人，一路平安。"

赵美霞面色忧愁："保重。"

陆胜文开车回济南城，车子渐行渐远、越来越小，已慢慢看不见了。沈琳看着车子离开，却觉得开车的人在心里越来越高、越来越大，她的眼神里多了一丝爱恋和不舍之意。

## 第三章

　　济南城还燃着硝烟，谨记着司令两字箴言的张天泉带着手下将士准备突围出内城口，在他面前的却恰是毛宝。

　　毛宝对张天泉说："张军长，我们又见面了，现在投降是你唯一的出路了……"

　　张天泉没有说话，直接对着毛宝这边开枪，这迅雷不及掩耳之势的开火也正如其草率的开场，准头也十分草率。

　　毛宝："还是顽固不化啊，给我打！"

　　毛宝和毛草根他们奋力抵挡张天泉队伍的攻击，这时，大憨他们也冲了上去。

　　大憨："团长，我来了。"

　　毛宝："好家伙，大憨，给我截住那个国民党头头。"

　　大憨："好嘞，明白。"说完抢起机枪，对着张天泉他们这边扫射，噼里啪啦，张天泉被打得抬不起头来，他身边好几个国民党士兵被大憨打倒。

　　毛宝拉住了大憨："大憨，你悠着点。"

　　大憨："团长，你放心，我一定会干掉这个国民党头头的。"

　　毛宝："错了，不是让你干掉他。"

　　大憨："啊？不干掉他，难道还要养着他吗？"

　　毛宝："给我活捉……"然而话还没有说完，张天泉他们那边就扔过来一颗手榴弹，毛宝大喊："卧倒！"

　　手榴弹爆炸开，火焰迸发，碎石乱溅，残烟弥漫。张天泉他们趁着这个间隙，从侧面突围出去。毛宝抬起头，摇落了头上的泥巴，骂了一句："玩老子啊，给我追！"说完带着大憨、毛草根他们飞速追上去。

张天泉他们此刻突破了解放军一个包围圈，赵高带着几个国军士兵跑过来："军座，我们往东门冲去，那边共军的兵力少。"

张天泉："不，走正门，如果援军能够赶到，就关门打狗，把共军困在济南城中。"

赵高："军座，援军真的还会赶来吗？"

张天泉："置之死地而后生，走。"言罢带着国民党将士们往正门那边冲杀过去，而毛宝他们从后面追击了上来。

济南城正门的城楼下，解放军已经冲了进来，国民党士兵零散地抵抗着，大部分已举手投降了。

几个解放军战士对着国民党士兵说着："缴枪不杀，缴枪不杀。"

国民党士兵纷纷放下了武器："我们投降，投降……"

这时，张天泉他们撤退过来，看到了解放军们对着投降的国民党士兵，他率先开枪，他的手下们也从后背对着解放军开枪，毫无疑问的，好几个解放军战士倒下去。

张天泉对着那些投降的国民党士兵："谁也不许投降，给我拿起枪，重新战斗！"

国民党士兵们有几个拿起枪来，有两个没有拿枪，其中一个士兵："长官，我们只要投降，他们就不会杀我们，这仗不打了吧……"

这个国民党士兵话音刚落，便成了绝响，张天泉一枪打死了他，随即环视着周围："谁要是还敢说投降，就是这个下场。"

有了前车之鉴，剩下的国民党士兵一副害怕的样子，重新拿起了枪。赵高："军座，共军追击上来了，小心！"

张天泉看去，毛宝正率领着解放军战士们追上来。张天泉的手下们开枪还击，毛宝做了一个散开的动作，对毛草根说："草根，你带人从侧翼包围上去。"

毛草根："是！"

毛宝："大憨，掩护。"

大憨："好。"言罢对张天泉他们这边扫射，保护张天泉的几个卫兵被打倒。

赵高对另外几个国民党士兵叫着："快，保护军座！"刚刚被要挟着拿起枪的国民党士兵们一副不是很情愿的样子，对着毛宝他们胡乱开了几枪，放鞭炮的都比他们有兴致。

毛宝："大憨，记住了，不要打死张天泉。"

大憨："哦。"

毛宝对国民党士兵那边喊："国军兄弟们，别再为张天泉卖命了，跟着共产党走，有饭吃，有地分，可以回家。"

张天泉身边的国民党士兵一听，都犹豫着不开枪了，张天泉恼羞成怒，对着毛宝这边开枪。这时，毛草根带着几个战士从侧翼袭击过来，击中了张天泉的手臂，华子连忙护住了张天泉："军座！"随即立马对着毛草根开枪还击。剩下的国民党残兵看着解放军包围过来，张天泉身边只剩下赵高和华子两人，其中一人喊道："我们快跑吧！"

仿佛被关了很久的犯人得了有时间限制的大赦一般，国民党残兵纷纷逃命。

赵高："给我回来，回来……"边吼边开着枪，打光了枪中的子弹。

毛宝："张天泉，你还不投降吗？"

张天泉："看来这济南城，是我张天泉为党国尽忠之地啊！"他拿起了枪，正准备自杀之时，一个声音喊过来："军座！"

是陆胜文，他带着一队国民党士兵冲杀过来。

张天泉："胜文？"

陆胜文："军座，我来晚了。夫人已经平安离开济南城。"

张天泉："好。"

陆胜文："您快走！"

赵高跟在张天泉身边，华子掩护着张天泉撤退。

毛宝看到了陆胜文的侧面，有些不敢相信自己的眼睛："陆……"

没错，应该没错，熟悉得不能再熟悉的面孔，毛宝的脑袋嗡了一下。

毛草根："团长，快，别让他们逃跑了！"

远处，陆胜文带着张天泉撤退出去，毛宝看见了，可他的脑袋的思绪却在别处。眼看着张天泉就要逃跑，毛宝终于反应了过来，大吼道："给我打！"

大憨他们对着国民党军扫射起来，陆胜文身边倒下去几个国民党士兵。后者一看不对劲，对张天泉说："军座，你们快撤离济南城！"

张天泉："我不走，我张天泉誓和济南城共存亡。"

陆胜文："军座，济南城保不住了，但是只要活着，就有希望把它夺回来，快走。"

张天泉："不！"

毛宝他们追上来，对着张天泉开枪，枪火擦身而过，陆胜文对赵高说："赵参谋，军座就拜托您了，你们快走，我掩护！"

赵高："好，我知道，军座，我们快走吧。"

陆胜文说着对外面追上来的解放军开枪射击，而这边的毛宝终于看清了陆胜文，清晰得不能再清晰了，毛宝难以置信，嘴里喃喃道："胜文？不可能，怎么可能是胜文？"

赵高他们拉着张天泉下车去，陆胜文掩护着张天泉他们撤退，华子扶住张天泉往城门退去，毛宝在后面大喊："别让张天泉跑啦！"说罢带领着士兵们包围上去。

陆胜文也看到了毛宝，这个在不久之前心里还想着何时能够再重逢的朋友，这个与他儿时一起长大玩耍的伙伴，穿着与自己不一样的军装，可现在的陆胜文来不及多想，他对着冲上来的解放军战士边开枪，边对华子说："华子，快带军座走！"

一颗子弹从张天泉耳边擦过，紧接着，一连串的子弹向张天泉这边扫射。陆胜文迅速拉着张天泉躲到城门的后面。前者对后者说："军座，我来掩护，你们快走！"

毛宝带着解放军冲了过来，势如猛虎。

张天泉："胜文，我不会走的。"

赵高："军座，留得青山在不愁没柴烧啊！"

毛宝他们越来越逼近。

陆胜文对着张天泉严肃地敬礼："军座，保重。"

张天泉："陆胜文，你要干什么？"

陆胜文："胜文得罪了。"说完转身对华子说："华子，不管是绑还是拖，务必带着军座安全离开！"

华子："好！"

张天泉："陆胜文，我在这里，还轮不到你发号施令！"

陆胜文："赵高，快，快带军座走。"华子和赵高架起张天泉往外走："军座，我们快走。"

张天泉在子弹声中咆哮："陆胜文，记得给老子活着！"

陆胜文见张天泉他们往城外撤去，淡然一笑，便以城门为遮挡物，对着冲上来的解放军战士开枪，阻挡他们前进。解放军步步紧逼，毛宝带着解放军向陆胜文包抄过来。这时，城外冲过来一队国民党士兵和陆胜文汇合，是陆胜文带的兵。

一个国民党老兵："团长，我们来了！"

陆胜文："好，给我狠狠地打，给军座他们撤退争取时间。"

陆胜文带着手下奋力还击毛宝他们，双方展开了激烈的战斗，倒下去很多解放军战士，陆胜文身边的国民党士兵也一个个倒了下去，这是一场拉锯战，而这个锯子对于两方来说都是十万火急，锯子划得很快，士兵们倒下得也很快。

陆胜文打完了最后一颗子弹，拿出了手榴弹，准备自杀。毛宝真切地看到那个人的确是陆胜文无误，连忙示意："停止攻击！"

毛草根停止了攻击，但仍然端着枪瞄向陆胜文，毛宝一步一步小心地向陆胜文走去。

大憨："团长，你干吗？小心啊！"

陆胜文躲在城门后面，他见解放军停止了攻击，突然探出脑袋，端起枪瞄准毛宝。

同一时刻，毛草根刚想扣动扳机，毛宝立刻阻止："都不要动。"

陆胜文见是毛宝，大吃一惊："毛宝！"

毛宝对着解放军战士们说："你们留在这里，没有我命令，不许开火。"

大憨："可是……"

毛宝："没有可是，这是命令。"

大憨等人不明所以，原地待命，举枪做警戒状。

毛宝走向陆胜文，陆胜文慢慢地放下了手中的枪，眼神复杂。

济南城的城门外，毛宝和陆胜文背靠着沙袋，席地而坐。本来刀光剑影的战场，此刻终于迎来了片刻的安宁，这样的时光着实可贵。

陆胜文："没想到我们再次见面会是这样的场景。"

毛宝："我还以为你……"说到一半，没有说下去。

陆胜文："以为我早被鬼子给杀死了？"

毛宝点了点头。

陆胜文："这么多年一直都没有你的消息，我也以为你已经牺牲了。"

毛宝和陆胜文四目对视，很是感慨。

陆胜文："毛宝，能看到你活着，真好！"

毛宝眼神复杂，他回头看了眼不远处的解放军战士们，大憨和毛草根正端着机枪虎视眈眈。

陆胜文也看到了大憨他们，他把手按在毛宝的肩膀上："好兄弟，能死在你的手上，我陆胜文死而无憾。"

毛宝："胜文，从小我们就一起长大，你是地主家的少爷，我是长工家的儿子。但你一直拿我当亲兄弟看待，一起吃饭，一起撒尿，还记得有一次我们去掏鸟窝，你从树上摔下来，我被你爹追着满山坡地打。"毛宝说着，不禁笑出声来。陆胜文也笑了："是啊，你小时候跟猴似的，得亏你那会儿跑得快。"两个人都被勾起了美好的回忆。

然而，一阵叙旧，气氛突然冷却，毛宝："胜文，投降吧。我去和王司令员说，饶过你的性命。"

陆胜文："毛宝，你了解我的，我认定的信仰和坚持，绝不会动摇。这么多年，是党国对我的栽培才成就了今天的我，我怎么能贪生怕死、忘恩负义，否则，我跟那些见异思迁的苟且之辈还有何区别？"

毛宝："胜文，你还记得我们小时候，有一次去后山摘野果，结果回家的时候迷路了，怎么绕都绕不出去吗？"

陆胜文："当然记得，那会儿天都黑了，我们一直凭着记忆在原路返回，可任凭我们怎么做记号，怎么走，那会儿就跟鬼打墙似的，回到原点。"

毛宝："是啊，那会儿我是真害怕，我们就这么在山上待了整整一宿。"

陆胜文："对，那晚天太黑，直到天亮，才发现原来是一块大石头的阴影挡住了去路，我们竟然一直没有发现，害得我们担惊受怕一整晚啊。"

毛宝："是啊，天太黑，它蒙蔽了我们的双眼，所以我们无论当时怎么努力，做多少记号，走多少路，也只不过是原地踏步，徒劳一场。"

又是一阵戛然而止而生发出的宁静。

毛宝看着陆胜文说："方向错了，就是错了，调整方向，我们才能到达终点。胜文，你看看现在的国民党，拉帮结派、结党营私、欺压百姓，完全不顾百姓的死活，你为这样的党去战斗，就是在跟全中国所有的同胞为敌啊！胜文兄弟，不要让你的眼睛被黑暗蒙蔽，睁大你的双眼，选择正确光明的道路，这才是真真正正的君子之道啊。"

陆胜文举起毛宝拿着枪的那只手，然后对准自己的额头说："你别说了，于私，我们是朋友；于公，我们是敌人。各为其主，我们都没有错，你杀了我吧，让我死在你的手上，这辈子也值了。"

毛宝大喝："陆胜文！"

陆胜文："开枪吧。"

毛宝急了："你为什么执迷不悟？"

陆胜文反而显得很冷静："就算前方是沼泽泥潭，我也认了。"

毛宝："你真的变了。"

陆胜文："我们已经不是当初的孩子了。来啊！"陆胜文握住了毛宝手中的枪，往自己的脑门上顶住。

毛宝看着陆胜文，很是痛苦，他的手颤抖着。

陆胜文趁着毛宝犹豫之时，突然一把推开了毛宝，枪口朝天。

枪声一响。

陆胜文往后一躲，随后一个跃身，扑到了城门外。

毛宝喝了一声："陆胜文……"

毛宝要对陆胜文开枪，陆胜文已经逃到了城门外。

大憨、笑面虎他们追上来。

毛宝不忍心对陆胜文开枪射击。

陆胜文往城外逃去。

笑面虎："团长，我们不能让这个国民党军官给跑了啊，我带人去追。"

毛宝："笑面虎。别追了，城外还有很多国民党军的残部。"

笑面虎："可是……"

毛宝："让他逃跑了，我毛宝有责任。一人做事一人当，不关你们的事。"


解放军指挥部的门口，凝固着紧张的空气。大憨、笑面虎、毛草根等解放军士兵焦急地站在指挥部门外。

"啪！"门内传来王司令员怒拍桌子的声音。

大憨等人被吓得抖了一下，紧接着，王司令员的声音传出来："好你个毛宝啊，是谁给你的胆子。啊！私自放走国民党军官，这是什么罪，你知道吗？"

沉默了一阵，门外的人在沉默，而门内的人也在沉默。

王司令员怒火中烧，洛奇坐在一旁一言不发。

毛宝："王司令员，这件事情是我的错，任何处罚，我都心甘情愿领受。"

王司令员："心甘情愿？我看你是委屈了吧。"

毛宝："毛宝不敢。"

王司令员："放走国民党军官这种事情你都做了还有什么是你不敢的？我看你是想被枪毙了！"

笑面虎、毛草根等人听到"枪毙"一词，吓得赶紧破门而入，王司令员被笑面虎等人打断，毛宝看向他们："你们进来干什么？出去！"

大憨："司令员，你可不能枪毙我们团长啊！"

笑面虎："是啊，司令员，你不能枪毙我们团长，这济南城刚一攻克，你就要枪毙我们团长，我们表示不服，要死我们陪团长一起死。"

王司令员："好你个毛宝，你看看你带的兵，啊？还有没有纪律了？"

毛宝对自己的手下们说："司令员没说真要枪毙我。都给我出去，想死也给我死在战场上。"

笑面虎："团长，我们不走，就算死我们也要跟着你。"

王司令员："我看你们是反了！"

毛草根："司令员，你听我们解释……"

洛奇故意大声呵斥："好了，都别吵了，解释什么，还有什么好解释的。毛宝，给我去关禁闭，还有你们几个，都跟着你们团长一块儿去关禁闭吧。"

毛宝："一人做事一人当，跟他们无关。"

王司令员指着毛宝："好你个一人做事一人当啊，那你打算怎么担？啊？"

洛奇对着毛草根等人使眼色："你看司令员气的，还不快去关禁闭？"

毛草根等人会意，拉着毛宝往外走："走走走，关禁闭去。"

王司令员："去哪儿？我话还没说完呢。"

洛奇拉住王司令员："好了，老王，毛宝这个人你还不清楚吗，想说的他自然会说，不想说的你拿榔头也撬不开他的嘴。总不能，真的一枪毙了他吧？这可是打仗的奇才啊，我舍得，你舍得吗？"

王司令员气急地拍着桌子："这小子就是被你给惯的！"

洛奇："好了，算我惯的。老王，你也先别生气，毛宝既然这么做了，我相信肯定有他的道理，这几天先让他面壁思过，这毛宝的处分，请示过组织，再来定夺，你看怎么样？"

王司令员没有接话，洛奇暗自松了口气。


这是一间很简单的屋子，简单到它的直接目的就是让人感到无聊，无聊毕竟是一种惩罚，这里是解放军阵地的禁闭室，大憨、笑面虎、毛草根等人和毛宝一起被关在禁闭室里。然而禁闭室里人数一多，尽管沉默，却也是有希望打破的沉默。

禁闭室的光线不太好，大憨他们几个人围坐在稻草堆上，毛宝独自一人坐在角落里，一言不发，众人见状也不敢言语。气氛压抑。

片刻，毛草根终于打破沉默："你们说，咱们团长这是怎么了？"

众人摇头，毛草根又问："这司令员向来是说一不二的，不会真要枪毙我们团长吧？"

大憨："乌鸦嘴，说什么呢。"

笑面虎："不会的，这不还有政委吗，放心，死不了。"

毛宝依然一言不发，独自端坐。众人看向毛宝，心里不是滋味。

这时，笑面虎见状从胸口拿出一瓶白酒："兄弟们，你看这是什么？"

大憨见是白酒，面露馋状，他跑过去想要拿酒瓶，手却被笑面虎一巴掌拍了回去："去去去。"然后把酒瓶子拿到毛宝身边，递给毛宝："嘿嘿，团长先喝。"

毛宝看了眼白酒，猛地打开，狂灌了两口，然后递还给笑面虎："喝。"

笑面虎："好嘞。"说完迫不及待地喝了一口，大憨和毛草根等人也过来抢酒喝。

大憨："给我喝一口。"说完抢过了酒瓶子，和毛草根等人轮流喝了一口。

笑面虎："喝慢点，给团长留点。"说完拿过酒瓶，再递给毛宝。

毛宝的脑海里都是与陆胜文之间的对话，毛宝一饮而尽，喝完，竟大哭起来。众人面面相觑，一时不知如何是好，毕竟长官在一群部下面前放胆地哭泣，不是时常能遇见的事情。


徐州，是国统区战略重镇。张天泉正在国民党徐州"剿总"司令部中办公室内处理公务，卫兵走进敬礼报告："报告军座，外面有个叫陆胜文的说要见您。"

张天泉听到陆胜文，马上放下手头上的公文："胜文？快，快叫他进来。不，我去见他。"

卫兵："是！"

张天泉很是兴奋，兴奋里带着感激、感动、庆幸和喜悦，他嘴里喃喃地念着"陆胜文"，向办公室外走去。

张天泉走出办公室，见到陆胜文，陆胜文向张天泉敬礼。张天泉拉起陆胜文往办公室走，高兴地说："好你个陆胜文，给我活着回来了，好，很好。走，去办公室说话。"两人走进了办公室。

陆胜文："军座，是属下无能，丢了济南城。"

张天泉："济南失守，有方方面面的原因，也不是你一个人的问题。虽说济南城丢失，但上级对你的英勇作战还是很欣赏的，党国有你们这样一批优秀的人才，何愁不能把共军打败！"

陆胜文："败了就是败了，还请军座惩罚。"

张天泉："胜败乃兵家常事，济南丢了我张天泉的罪比你大，但是校长也没有责怪于我，而是让我守徐州城。胜文。"

陆胜文："属下在。"

张天泉："我会向上级汇报，任命你为上校副旅长，协助我驻守徐州城。"

陆胜文："谢军座。"

张天泉："现在共军士气高涨，而我们呢，连着吃了败仗，高层内部又自顾自己的利益。党国目前最需要的就是像你这般英勇的战士，热血忠诚的年轻人啊。好好干，党国是不会亏待你们的。"

陆胜文点点头，不知是因为"好好干"这三个字，还是"不会亏待"这四个字。


解放军指挥部的禁闭室内，毛宝仍旧一个人坐在角落里，大憨等人很是着急。

笑面虎："团长，你已经坐了三天了，你倒是跟我们说说话啊！"

毛草根："是啊，那个国民党军官到底是谁啊？自从你见了他整个人都不对劲了。"

毛宝听到"国民党"三个字，猛地一回头，看向毛草根，毛草根等人被突如其来的反应吓了一跳，但同时也期待着毛宝的回应。毛宝却又扭过头，收回目光，继续之前的姿势，众人叹了口气。

此刻，王司令员和政委洛奇来到禁闭室外，王司令员对着禁闭室外的卫兵招了招手，卫兵小跑到王司令员面前。

卫兵："司令员、政委。"

王司令员："里面什么动静？"

卫兵："什么动静都没有。"

王司令员："什么动静都没有？"

卫兵："嗯，没有。"

王司令员："行，你继续守着，有情况马上报告，去吧。"

卫兵："是！"说完，跑回去继续站岗。

洛奇对王司令员说："这个毛宝有点反常啊。"

王司令员："的确，这不是他的作风。"

洛奇："以毛宝的为人，绝不会做出投敌求荣的事，可这一次……"

王司令员："嗯，这中间必有隐情，但不管真相是什么，先压压他的气焰。"

洛奇："也好，接下来还有那么多任务要交给他，是时候磨磨他的性子了。"

王司令员还在生气，转身往后走，洛奇跟上，指指禁闭室方向说："嗯，那毛宝这边……"

王司令员："再关两天，好好地面壁思过。"

洛奇笑了笑："也罢。"

王司令员向前走去。

徐州城内的国民党驻地，陆胜文在演练场看士兵操练，士兵操练的声音此起彼伏，却又整齐划一，可这些声音此刻在他的耳边作用不大，他的脑海里充满了矛盾，眉头紧锁，闭上眼睛，与自己做思想斗争。不知何时，沈琳在一旁将一切都看在了眼里，她轻轻走近，调皮地用手在陆胜文眼前晃了晃。

陆胜文睁开眼："怎么是你？"

沈琳："不然你以为是谁？"

陆胜文没有回答，看向演练的士兵。

沈琳："刚在想什么呢，这么专注？"

陆胜文："没什么。"

沈琳用手帮陆胜文舒展眉头："眉头都皱到一块啦。"

陆胜文不好意思地后退了两步："你找我什么事？"

沈琳："来谢你的救命之恩啊！"

陆胜文："我是名军人，保护百姓本就是我的职责，不必言谢。"

沈琳："是，你是军人，我是百姓，但怎么说我们也有过救命的交情，好歹也算是朋友了吧？"

陆胜文："若沈小姐不嫌弃陆某一介莽夫，那我们就是朋友了。"

沈琳："既然我们是朋友了，那就重新认识一下，我叫沈琳，战地记者沈琳。"

陆胜文犹豫了两秒，但还是与沈琳握手："陆胜文。"说完便抽回手，又加了一句："要是沈小姐没什么事，我就去练兵了。"

沈琳："行，那我长话短说，第一，我叫沈琳，不叫沈小姐。"

陆胜文："好的，沈琳。"

沈琳："第二，你可以不接受我要表达的感谢之情，但是你不能阻止我去表达。所以，我邀请你这个周末来我家做客，喏，这是我家的地址，周末见。"说完，递给陆胜文一张写着地址的纸条，还没等陆胜文回复，她就跑开了，边跑着边说："一定要来啊！"

陆胜文拿着纸条一时半会儿没反应过来，他捏着纸条，无奈一笑。


解放军指挥部，毛宝被关了五天的禁闭，已经是胡子邋遢的样子，看上去有些颓废。洛奇来到禁闭室，守卫禁闭室的卫兵向洛奇敬礼："政委。"

洛奇："开门。"

卫兵："是！"说完便打开了禁闭室的门。

洛奇："毛宝。"

大憨："政委，你可算来了，再不来我们要被活活憋死了。"

毛草根、笑面虎扶起毛宝："是啊，憋坏了，团长，来，我们要出去了。"

毛宝无精打采："政委。"

洛奇见毛宝颓废的样子，故作玄虚地说："毛团长，这几天没打仗就这样了？可听说接下来要有重大任务交给你。"

毛宝一听，打了个激灵，振奋起精神："走！"

毛草根等人见毛宝又振作了起来，都很高兴："走！"

解放军指挥部内，王司令员坐在沙盘前研究着沙盘，听见脚步声，知道洛奇已经带着毛宝进来，没有抬头便说道："来了？"

毛宝："司令员。"

洛奇坐了下来。

王司令员："反思好了？"

毛宝："反思好了。"

王司令员："那你倒是说说，这些天都反思了些什么。"

毛宝："私自放走国民党军官，是我的错，我保证不会再有下一次，任何处罚我都接受，但是，请司令员不要枪毙我，留我一条命，就算是死，也让我死在战场上。"

洛奇："再有下次，司令员也保不住你这颗脑袋。"

毛宝："是，谢司令员，谢政委。"

王司令员："别急着谢我，组织对你的事情做了讨论，你这个团长就不要做了，降级为连长。"

毛宝："是。对了，司令员，听说有重要任务了？"

洛奇："毛宝啊毛宝，一听说有任务就来了劲。"

王司令员："本来呢，你这颗脑袋是留不住的，但念你初犯，又一片赤心，组织欣赏你的攻坚战，接下来还有很多硬仗要打，就留你一颗脑袋。特命你组建'老虎队'，老虎乃森林之王，它行动迅猛，威力无比，更有敏锐的洞察力，面对敌人，从不言败，这也是组织对老虎队的期望。"

毛宝听得热血沸腾："老虎队，老虎队，好，我喜欢这个名字。"

洛奇坐在旁边看着毛宝笑，毛宝精神百倍："那咱们说好了，我负责组建、训练，那我得是队长，那队员的挑选也得按我的要求来。这事，就交给我了，我一定不会辜负组织、不会辜负司令员对我的信任。"

王司令员哼了一声："可别再给我捅娄子了。"他嘴上这样说，但看着毛宝的眼神中充满了肯定和期望。

毛宝："司令员，你们就放心吧！"

就在毛宝接到了组建老虎队任务的同时，中共中央军委经过慎重考虑，决定乘胜追击，并同意了粟裕同志的意见，发动淮海战役。主要目标就是歼灭黄百韬的第七兵团、李延年第九绥靖区，为夺取徐州做好准备。华东野战军向徐州城方向开赴，打开了淮海战役的序幕，而毛宝和他的老虎队的故事，也即将正式展开。郊野之上，王司令员、洛奇坐在吉普车里，率领着解放军部队行军在路上，毛宝带着大憨、笑面虎等人士气高昂地向前进，迎接他们的，将是另一场战斗。

徐州城内，陆胜文拿着沈琳给的字条，寻着字条找到了沈宅。这是一套欧式洋房，洋房的主人想必要么是家财万贯，要么便是很重要的人物。陆胜文刚要叫门，早已守在门口的沈琳见到了陆胜文，便跑了出来，给陆胜文开门。

沈琳："我就知道你会来，进来吧，等你很久了。"

陆胜文："不，我就不进去了，上次没来得及跟你说清楚你就跑了，我来呢就是怕你一直等，所以就是来告诉你一下，不用等我了，等下我还要练兵。"

沈琳："哎呀，那怎么办，不但是我，还有我爸爸一起，我们都等你一上午了，你要是不进来喝杯茶，我爸爸呀会给我一直念紧箍咒的。"

陆胜文："你爸爸？"

沈琳："是啊，女儿的救命恩人，当爸爸的怎么也得表示表示啊！"

陆胜文还在犹豫，沈琳："你不会是想让一个老人一直坐在家中苦等，这辈子都见不到恩人，心中留有遗憾吧？"

陆胜文："当记者的是不是都这么能编。"嘴上这么说着，心里却已经没那么执拗了。沈琳："我可是战地记者，所说所写句句属实，走吧走吧。"说完大方地拉着陆胜文往洋房走去。

进了房子，沈琳的父亲沈家桥端坐在客厅内看报纸，沈琳拉着陆胜文走进来，调皮地说："爸爸，陆长官来了。"

沈家桥放下报纸，起身看见了陆胜文："你就是陆胜文？"

陆胜文脱口而出："沈市长？"

沈家桥打量着陆胜文："嗯，果然是一表人才啊！"

陆胜文："谢沈市长。"

沈家桥："既然你是小琳的朋友，就叫我一声伯父吧。"

陆胜文："这，胜文不敢。"

沈琳拉着陆胜文坐下："有什么敢不敢的，坐下，来喝茶。"

沈家桥："你既是小琳的朋友，又是她的救命恩人，以后在这个家你就随意一些，不必拘谨。"

沈琳笑着把茶杯端到陆胜文手里，盯着陆胜文，满脸笑意。

陆胜文有些拘谨："谢谢。"沈家桥把一切都看在了眼里，心中暗自赞许，问道："胜文是江浙人吧？"

陆胜文："是，我的老家是浙江诸暨。"

沈家桥点点头："诸暨，好地方啊，自古文人豪杰辈出。春秋时有美女西施，元末又出了大画家王冕。"

陆胜文淡然一笑。

沈家桥一副书生意气："'不要人夸颜色好，要留清气满乾坤'，这诗就是诸暨枫桥人王冕写的啊。"

陆胜文："是的，沈市长学识渊博，'不要人夸颜色好，要留清气满乾坤'，这首王冕写的《墨梅》，我也很喜欢。因为我也是枫桥人，父亲在我很小的时候，就教我这首诗。"

沈家桥："哦，很好，很好啊。不知陆长官家中，可还有些什么人啊？"

陆胜文："这个……前些年日本人占领了诸暨，父母兄弟都被鬼子给……"

沈家桥："唉，造化弄人。"

沈琳："哎呀，爸爸，不要说这些了。"

陆胜文："没事，这么多年过去了，鬼子也被我们赶出了中国，这个仇也算是报了。"

沈家桥："鬼子是走了，我们自己却打起了内战，这个乱局，也不知道何时才能回归平静，百姓何时才能过上个安稳日子。"

陆胜文："沈市长放心，我们定当竭尽全力，剿灭共军，还百姓一个太平。"

沈家桥若有所思，没有接话。

沈琳打破尴尬："好了，爸爸，胜文是来我们家做客的，这些国家大事就不要在家里讨论了。胜文，走，我带你去一个好玩的地方。"

陆胜文为难地对沈家桥说："那胜文就先告辞了。"

沈家桥点了点头，沈琳拉起陆胜文往后花园方向走去。


解放军这边，毛宝召集了大憨、毛草根、笑面虎等人在一块空地上集合。

毛宝向大家伙儿说："同志们，从今天起，老虎队就开始组建了。我毛宝也不是团长了，你们也别叫我团长了，以后我就是老虎队的队长，叫我队长就行。"

队员们站在下面兴奋无比地齐声喊："队长好。"

毛宝开始模仿王司令员的话："老虎乃森林之王，它行动迅猛、威力无比，更有敏锐的洞察力，面对敌人，从不言败，这也是组织对我们老虎队的期望。"

队员们纷纷开始鼓掌，满心的热诚和期待。

毛宝举手示意大家停止，接着说："我对老虎队队员的要求是必须要像老虎一样，强大，迅猛。老虎队的队员不再是普通的解放军士兵，这就意味着你们必须在最危险的时候冲在最前面，在敌人干掉你之前干掉敌人，就算是死，也要完成任务，死得其所。所以，你们当中要是有人害怕了、胆怯了，就请此刻离开队伍。"说完看向队伍，队伍里面没有一个人离开，每个人从头到脚都透露着坚定。

大憨："队长，我们不怕死。"

毛宝："很好，你们是我挑选的队员，训练将充斥着你们每一天的生活，在今后的每一天，都给我把神经绷紧了，哪个松懈了，掉以轻心了，就给我自己滚出去，听明白了吗？"

众人："是，队长！"

不远处的一棵树下，王司令员和洛奇看着毛宝在讲话。

洛奇："这个毛宝的确是个可塑之才，日后加以磨炼，必能成大器啊！"

王司令员："是啊，前面就是新安镇了，接下来场场都是硬仗啊。"

洛奇："猛虎下山，直扑黄百韬。"

王司令员转身离开，洛奇跟着离去。


沈宅的后花园内，沈琳带着陆胜文来到了此处。后花园亭台楼阁，甚是别致，雕梁画栋都是名家作品。

沈琳背着手，对陆胜文说道："我爸爸是不是有些刻板？"

陆胜文："沈市长一身正气、深明大义，只是一直找不到机会前来拜访，今日有幸一见，还真是得谢谢你了，不过真没想到你竟是沈市长的千金。"

沈琳："你说这话的语气啊，跟我爸爸是一模一样。"

陆胜文："你爸爸对时势战局的独到见解我是早有耳闻，今天来去匆忙，都没来得及向你爸爸请教，可惜了。"

沈琳："这有何难，我们沈家的大门随时为你敞开。我爸爸啊就喜欢跟你们这些有识之士探讨国家大事，不过还好，我有先见之明，把你及时给拉出来了。"说完窃窃地笑了起来。

陆胜文："为什么？"

沈琳："你看，你和我爸爸志趣相投，真要聊下去，还不得跟长江黄河水一般滔滔不绝，那还有我什么事？"沈琳说完，意识到失态，竟脸红起来，娇羞地找借口跑开，"你看我种的花开了。"

陆胜文笑了，觉得沈琳有一点可爱，后者摘下一朵花，俏皮地戴在头上，问陆胜文："好看吗？"

陆胜文充满笑意地说："好看。"

沈琳拉着裙子转了一个圈："那你说是我好看，还是天上的仙女好看？"

陆胜文听到仙女，禁不住地一愣，想起了老家何仙女，不觉收起了笑容。

沈琳看着陆胜文，发现刚刚脸上还充满着笑意的陆胜文却突然变了样子，于是问："怎么了？"

陆胜文怔了一下，忙说："没事，时间差不多了，我也该回去了。"

沈琳："是不是我说错什么了，怎么突然不高兴了？"

陆胜文："不是，我突然想起来军中还有要事处理，我先送你回去吧。"

沈琳："好吧。"这时，沈家管家带着赵高过来，管家做了个请的姿势，赵高向管家点了点头，朝着陆胜文走来，管家旋即离去。

陆胜文："赵参谋长，你怎么来了？"

赵高看了眼沈琳，沈琳识趣地走远了一点。

陆胜文："说吧。"

赵高："胜文，前方来报，共军正在向新安镇一带进犯，军座请您立刻过去一趟。"

陆胜文："好，走。"军情紧急，而身为军人的陆胜文一着急，忘记了在不远处还等着他的沈琳，沈琳看着陆胜文远去的身影，有点失落，慢慢地向客厅走去了。

客厅里，沈家桥还在看报，沈琳低着头失落地走了进来，沈家桥："走啦？"

沈琳："嗯，走了。"

沈家桥看了一眼自己的女儿："刚走就愁眉苦脸啊！"

沈琳："爸爸，你还取笑我！"

沈家桥："陆胜文是个好青年，但毕竟年少轻狂啊。"

沈琳："爸爸，你说什么呢？"

沈家桥："没什么，有空多带他来家里坐坐。"

沈琳："好呀，刚陆长官还夸你一身正气、深明大义，还怪我没有让你们好好说话，说有好些问题都还没来得及向您请教呢。"

沈家桥："女大不中留啊，哈哈哈。"

沈琳："爸爸。"

沈家桥笑完，收起笑容，若有所思。


张天泉的办公室内，张天泉正对着地图研究，陆胜文走进来敬礼："军座。"

张天泉一脸凝重，指着地图："嗯，胜文，你来看，现在华东共军正朝着新安镇方向行军，不过两三日便可抵达。"

陆胜文："这么快！"

张天泉："共军一攻克济南，菏泽、临沂等地的国军竟纷纷弃城，共军这次来势汹汹，这是乘胜追击啊！"

陆胜文："新安镇乃兵力重镇，共党是想围歼第七兵团，攻占徐州。"

张天泉："是啊。"

陆胜文："既然华东共军主力和第七兵团之间还有两日的路程，那第七兵团就应该迅速西撤，回徐州。"

张天泉："上峰的命令，在新安镇，等与四十四军汇合后，再西撤徐州，我们能做的只能是等。"

陆胜文："军座，战局不等人啊，再等下去，就是为共军在争取时间啊！"

张天泉："上峰自有他们的考虑，我们执行命令就好。"

陆胜文看着地图："第七兵团要西撤，横在十万大军和徐州之间的是大运河，可两者之间，竟没有一座浮桥，只有一座铁路可用作撤退。这势必会造成行军缓慢，影响撤退的速度，到时我军可真成共军的活靶子，任人宰割啊。军座，现在再不行动，第七兵团不保，徐州也就危险了！"

张天泉："这也是我所担心的，可是，我人微言轻啊！"

陆胜文："军座，您再跟上峰解释解释，这利弊就摆在那儿，上峰不可能是非不分，置十万大军生死于不顾啊。"

张天泉："好了，别说了！"

陆胜文："军座！"

张天泉："我今天叫你来，不是为了征询你的意见的，陆胜文！"

陆胜文："属下在！"

张天泉："即刻起，部署战斗准备，加强巡防兵力，一有动静，火速来报。"

陆胜文无奈地说："是，属下遵命！"

张天泉："好了，出去吧！"

陆胜文还想说些什么，张天泉坐下闭上眼睛，陆胜文欲言又止，转身离去，他走出了办公室，回头看着张天泉办公室大门的方向，眼神复杂。

这时副官胡国忠迎了上来问："旅长，军座怎么说？"

陆胜文只说了一个"走"字，便向前走去，胡国忠跟了上去，陆胜文边走边交代："交代下去，马上就有场硬仗要打，要兄弟们时刻戒备，随时做好准备，进入战斗状态。"

胡国忠："是！"

此刻，陆胜文的内心是矛盾的。他清楚地知道，这样等下去的结果是什么，他想不明白，上峰的考虑意欲何为，但就这样让这一群鲜活的生命白白葬送，他心有不甘，可是，他却无能为力。

# 第四章

　　小村庄外的解放军营地里，战士们正在休息，他们是新成立的老虎队队员。经过紧张的训练之后，每个人都很疲惫，毛宝走过来对大家说道："大家都休整半天，可别给我乱跑啊。"

　　老虎队队员们齐声回答："知道了，队长。"

　　毛宝点了点头，往前走去。笑面虎和大憨他们几个老虎队队员们也坐在一旁，笑面虎看着太阳，眼睛眯着，突然说："这个时候，要是弄几个烤玉米吃吃就好了。"

　　大憨："有个烤鸡腿就更好了。"

　　笑面虎："嘿，大憨，我们这个心动不如行动啊，你看看前面就有个小村庄，周边就有一片玉米地呢。"

　　大憨："啊，这个，虎哥，你的意思是要去偷玉米吗？"

　　笑面虎："什么叫偷啊，我们就是去看看，如果有老百姓剩下来的玉米，我们就拿来烤。"

　　大憨："那要是被老百姓看到了怎么办？"

　　笑面虎："看到了就更好了。"

　　大憨："啊？"

　　笑面虎："我们给他们钱啊！"

　　大憨："哦，是啊，给他们钱就行了。"两个人就这么商定好了要溜出去，毛草根叫了声："你们要去干吗？"

　　笑面虎笑了笑："草根，咱们是不是好兄弟？"

毛草根："嗯，当然是好兄弟啦。"

笑面虎："好，好兄弟那就要有福同享有难同当，对不对？"

毛草根："对啊，有福同享有难同当。"

笑面虎："走，虎哥带你享福去。"说完揽着毛草根的肩膀，往前走去，大憨兴冲冲地跟在后面。毛草根被笑面虎坚实的臂膀揽着，身不由己，但还是不忘记问道："虎哥，你们到底要去干吗啊？"

笑面虎等人来到了玉米地，可是玉米地里贫瘠，早就没有了果实，几个人不禁郁闷。突然，笑面虎的鼻子嗅了一下，说："唔，我好像闻到了一股清香，一股酒的香味。"

听到了酒香，大憨也连忙用鼻子闻："哪里有酒啊？"

笑面虎："走，我们去前面看看。"说着腿已经开拔，大憨快步跟着往前走去。毛草根："哎，你们等等啊，不要去打扰老乡啊。"说是喊，却是低声的喊，然而前面的两位像没听见一样，已经走向了一户农家。

笑面虎他们刚走过来，一个农家妇女走出来，看到了笑面虎他们，笑面虎他们连忙站住了脚。农家妇女看到解放军没有害怕，笑了笑："是解放军同志吧，我早上就听说了解放军要路过我们这里了。"

笑面虎："对不起，老乡，我们是人民解放军，刚刚打完了济南战役，途经你们村子，我们的大部队在村子外休息呢。"

农家妇女："人民解放军真是好啊，都不会来打扰我们村民，不过我们九里村的村民啊，倒是希望解放军来村子里看看我们老百姓。"

大憨："我们不是来了嘛，刚才我们好像闻到了一股酒香……"

毛草根："大憨！"

笑面虎也觉得不好意思："大嫂啊，我们就是到村子口看看，噢，我们现在就要回去了。"

农家妇女："嘿，大兄弟们，我们家啊，还真有酒，我们家男人喜欢喝酒，所以啊，自己留下了一些粮食，用来烧酒。来来来，进屋来吧，我家男人就在里面，一个人喝着呢。"说着要把几个人往里边请。

大憨咽了口口水："真的啊？"

毛草根："大嫂，我们部队有纪律，真不能随随便便吃喝老百姓的东西啊。"

农家妇女："你们是人民解放军，是我们老百姓的部队，路过我们村子，喝口酒算什么啊。"

笑面虎："大嫂，我们给钱，喝多少酒，按市价给你们。"

农家妇女："我们怎么能要你们解放军的钱呢，你们是在为我们老百姓打仗啊。走走走，我说东子他爹啊，解放军来了，出来招呼一下啊。"边说着边把笑面虎等人给推进了屋去。

屋子里的农家大叔看到解放军进来，笑着站起来迎接道："是解放军同志来了啊，真是不好意思，我正喝着酒，没有出来招待你们啊。"

大憨："嘿，现在招待也不迟嘛。"

笑面虎："大憨同志，你的脸皮不要这么厚啊！"

农家大叔："啊？"

农家妇女："对对，现在招待，现在招待。"

毛草根："大嫂啊，他们在开玩笑呢，我们还有事，虎哥，大憨，我们走。"

大憨："草根，我们来都来了，干吗走啊？"

农家妇女："是啊，小同志，来都来了，干吗走，是不是嫌弃我们老百姓啊？"

笑面虎："不是的，不是的，我们解放军和老百姓军民一家亲嘛。"

农家大叔："对对对，军民一家亲。"

毛草根："可是我们解放军有纪律的，不能在老百姓家里……"

笑面虎拉过了毛草根，小声说："草根，我们就喝点酒，过会儿给老乡钱，我们三人，你不说，我不说，大憨不说，谁会知道？"

毛草根："可是……"

笑面虎显得不耐烦了，他轻轻怼了一下草根："可是什么啊，哥不是说了，带你有福同享？"

毛草根："我……"

农家妇女："好了，大家都坐下来吧，我给你们炒几个下酒菜。"

农家大叔："坐坐坐，快坐下来。"

大憨已经坐下，笑面虎拉着毛草根坐了下来。农家大叔给笑面虎他们都倒上了酒，说："来来来，尝尝我自己做的酒，纯高粱烧出来的，好喝得很。"

大憨早就忍不住了，迫不及待喝了一口，连忙吐气。

农家大叔："怎么样？"

大憨："好，好酒啊，不过真的是太烈了。"

农家大叔："嘿嘿嘿，烈酒才配得上你们这些打仗的啊，来，吃点花生米。"大憨毫不客气，吃了花生米。农家大叔继续劝酒："来来来，大家都喝。"得了邀请，笑面虎和毛草根也都喝了起来。

这时，农家妇女炒了两个小菜进来："都别光顾着喝酒，尝尝我的小菜。"小菜虽然食材简单，做法也简单，可看起来却非常香甜可口，几个人见了食指大动，笑面虎："谢谢大嫂啊。"

农家妇女："客气啥，都是自己人，我们老百姓啊，给你们解放军送食物，我们都很开心。"

农家大叔："对对对，你们解放军都是好人啊，替我们老百姓打仗。"

笑面虎："那是当然的，我们老虎队从济南一路打过来，只要解放了的地方，老百姓的日子就安宁了。老乡啊，你放心，过不了多久，全中国就会解放了。"

农家大叔："好，好啊，盼望着这一天早点到啊！"

农家妇女给笑面虎他们倒着酒："解放军同志，来，再喝一碗。"

毛草根："大嫂，我们真的差不多了。"

大憨："什么差不多了，我们不是才刚开始喝嘛。"

笑面虎："对，队长都说了休息半天，那我们就好好放松一下，喝！"说着把碗里的酒喝光了。

天色不早，此时的毛宝回到了营地却找不到笑面虎等人，一个士兵说看见笑面虎他们去了隔壁的村庄，毛宝心里不禁犯着嘀咕。

小村庄的农家里，笑面虎已经喝得差不多了，大憨也有点喝醉了，毛草根的脸也喝得红红的，想必是劝说不成，自己也加入了饮酒大军。

大憨："来，老乡，我们再喝一个。"

农家大叔："大兄弟啊，你的酒量真的不错啊！"

大憨："嘿，小意思了，我张大憨在我们张家村，喝酒那是可以打败整个村子的，哈哈哈！"

笑面虎："好啦，大憨兄弟，你少吹牛啊，就说你能喝得过我陈三笑吗？哈哈哈！"

大憨："虎哥，你是最牛的。"

毛草根："你们都醉了，我看天色也不早了，我们还是早点回部队，不然队长找不到我们，可是要着急的。"

笑面虎："对哦，队长要是找我们怎么办？"

毛草根："我们赶紧回部队去吧。"

笑面虎："好好，走走。"

农家妇女这个时候端来了一摞子物事："大兄弟们，来，拿上我刚烤好的饼。"

笑面虎："大嫂，我们不能要你们老百姓的东西，噢，对了，这个喝酒的酒钱啊，我得给你们。"说着从怀里掏出钱，递给农家妇女，后者没有接，说道："大兄弟，这个可不行啊！"

笑面虎："钱拿着，不然我们解放军白吃白喝老百姓的东西，可是违反纪律的。"

农家大叔："解放军同志，你们拼了命替我们老百姓打仗，我们要是拿了你们的钱，说出去，我们家可是没法见人了，把钱收回去。"

笑面虎："这个……老乡啊，这真是太不好意思了。"

毛草根："虎哥，我们快走吧。"

农家大叔和妇女把笑面虎他们送到了外面，笑面虎他们三人晃晃悠悠往村庄外走去。

无巧不成书，毛宝正要走进村子里，笑面虎他们醉醺醺地唱着歌出来了。毛宝一眼就看到了他们："你们都去干吗了？"

毛草根："队，队长……"

大憨："队长啊，我们去喝酒了啊，哎呀，完了，我们忘记给队长带点酒回来了，那个酒啊，还真是不错啊！"

笑面虎："队长，我们就稍微喝了那么一点。"

毛宝："难道你们不知道我们人民解放军的纪律吗？你们这样无组织无纪律，还像个解放军战士吗？"

笑面虎："队长，我们错了，我们喝酒，是因为这里的老乡太热情了。"

毛宝："你们还喝了老乡的酒，你们难道不知道我们不该拿人民群众的一针一线吗？"

笑面虎："队长，我们要给老乡钱的，不信你自己进村子去问问老乡。"

毛宝："你们这是要气死我啊！"

毛草根："队长，我们错了，下次绝对不会犯这样的错误了。"

笑面虎："对对对，不会再犯错了。"

毛宝："你们知不知道，我们老虎队刚刚成立，有多少人眼红着呢，老虎队是精英队伍，你们又是精英中的骨干力量，一个个喝得醉醺醺的，我怎么向王司令员、向政委交代？嗯？"

笑面虎和大憨都低下头去，不说话，此刻的他们酒已经醒了大半。毛宝："先归队，这老虎队的纪律，必须好好整顿整顿！"

笑面虎等人哪敢不听话，齐声说："是，队长！"

转眼已是黄昏，解放军又开拔行军了。笑面虎他们几个已经归队，老虎队往前走着，毛宝低着头思考着事情，大憨还有些醉醺醺的，走得不稳，一个士兵扶着他，大憨傻愣愣地对着笑面虎旁边的这个士兵一笑。

士兵："你们这样的行为，队长很生气。"

笑面虎："喂，你可得替我们和队长说说啊。"

士兵："你们要受处罚，就是活该。"

笑面虎："嘿，你小子。"

听到了几个人的谈话，毛宝瞪了笑面虎一眼，笑面虎又安静了下来。

天色渐渐转亮，行军的路途渐远，解放军士兵们正在中途休息中。毛宝朝着洛奇走过来说："政委，我有事找你。"

洛奇："毛宝啊，什么事？"

洛奇和毛宝走到一旁，毛宝："政委，我们这儿就数你最有文化了，所以有个事情想听听你的意见。"

洛奇："今儿个吹的是什么风啊，好，你说说，什么事？"

毛宝："政委，你看我们老虎队也成立了，但我觉着吧，一个有生命力的团队，必须要有他的灵魂。我想了想，咱们老虎队也必须要有咱们自己的章程和制度，去规范队员的行为准则，去考核队的专业能力。"

洛奇："嗯，你能这样想，就说明你的思想在进步。你看，咱们共产党有党章，解放军也有纪律条令，如果老虎队也能出台明文条例去约束、规范队员，你们的团队战斗力、凝聚力必会大幅度提升。"

毛宝："太好了，既然政委同意，那我就去做了。"

洛奇："嗯，我和王司令员都会支持你。"

毛宝："谢谢政委，政委，其实还有一件事，我还是想和你说说。"

洛奇："你讲。"

毛宝："其实我们老虎队的队员们，虽然打仗很厉害，但是在生活纪律上还是存在着许多问题的。"

洛奇："你说具体的。"

毛宝："昨天陈三笑他们几位同志在休息时间，去老乡那里喝酒，被我逮了个正着。"

洛奇："哦，还有这事？"

毛宝："我已经批评过他们，不过还是请政委下达对他们的处分。"

洛奇："这老虎队的事情，还是由你这个队长来决定，我给你绝对的权力。"

毛宝："政委，这样我反而更加有压力啊。"

洛奇："这样，念他们是第一次犯错，你好好批评教育他们，下次如果再犯，就得处分。"

毛宝："嗯，我也是这么想的，谢谢政委。"

另一边的笑面虎等人看见自己的队长和上级在说着什么，于是他们也开始窃窃私语地猜测二人在说着什么，经过总结，几个人都觉得应该不是什么好事。

洛奇继续交代："我说的这些你都清楚了吗？"

毛宝："清楚了。"

洛奇："嗯，老虎队队员文化程度普遍不高，所以要尽可能的通俗易懂。"

毛宝："明白，我挑选的队员，每一位都有着自己独特的技能：笑面虎沉着冷静，打炮一流，是个好炮手；毛草根身轻如燕，灵敏矫捷；大憨勇敢无畏，力大无穷。但光有这些，远远不够，所以，我想要队员间互相补足，培养默契。"

洛奇："没错，木桶能盛多少水取决于最短的那块木板，所以队员们必须查漏补缺，扬长补短。"

毛宝："对，就是这个意思。"

洛奇："好好干！"

大憨、笑面虎等人闹了起来，要选出一个勇士去问问队长，几个人自然互相推搡，这时毛宝走过来呵斥："干什么呢？"

笑面虎："队长，闹……闹着玩呢。"

毛宝："看来，是得治治你们了。"

笑面虎赶紧跟上大部队向前走去，众人一起跑开，毛宝看着他们摇了摇头。


徐州城沈宅门口，一脸郁闷的陆胜文不知不觉中来到了此处，他徘徊在沈家门口。沈家管家看到了陆胜文："陆长官，你来可是找小姐的？请进请进。"

陆胜文："不，不，我这次来主要是想拜访沈市长，不知道会不会打扰。"

管家："那您稍等，我这就去通报。"说完进了宅子。这时候，沈琳跑了出来看见了陆胜文，一脸高兴："我还以为我出现幻听了呢，真的是你啊！"

陆胜文："上次走得匆忙，都没有来得及跟你告别，真是对不住啊。"

沈琳："你能主动来找我，我已经很开心了，请进！"

陆胜文："那个，你爸爸在吗？"

沈琳："好哇，原来你不是来找我的，是找我爸爸啊！"

陆胜文："嗯，有些事情，想请沈市长开解一二。"

沈琳："走吧，我爸爸在书房呢，我带你去。"两个人进了宅子，走到了书房门口，沈琳敲门："爸爸。"

沈家桥的声音传了出来："进来吧。"

沈琳："爸爸，你看谁来了？"

陆胜文："沈市长，打扰了。"

沈家桥："胜文啊，快进来吧。"

沈琳："那你们聊，我先出去。"

陆胜文点头示意，沈琳走了出去，屋子里只剩下两人。

沈家桥："坐。"

陆胜文边坐下边说："谢谢。"

沈家桥："我料到你一定会来找我，只是没想到会这么快。"

陆胜文一脸诧异："您怎么知道我会来找您？"

沈家桥笑着说："说吧，什么事？"

陆胜文："沈市长，共军的华东野战军正朝着新安镇逼近，这事儿您知道吧？"沈家桥点了点头，陆胜文继续说："共军这是打算围歼黄百韬司令的第七兵团啊，我军必须马上西撤至徐州，否则一切都晚了啊。"

沈家桥惊叹陆胜文的战略眼光，但不露声色："军事上的事情不是应该向你的上级汇报吗？"

陆胜文："军座也没能说服上峰，我们也只能执行上峰的命令。"

沈家桥："所以呢，你找我是想要我怎么做？"

陆胜文："沈市长，共军一旦拿下新安镇，徐州也将不保啊。您是徐州人民的父母官，您肯定也不想徐州被共军打进来吧。您能不能向上峰建议，将第七兵团撤出新安镇？"

沈家桥："先不说你们张天泉都没能说服的事情，老朽这办不办得到。胜文啊，我觉得整件事情的方向你就弄错了。"

陆胜文不明其意："请沈市长指教。"

沈家桥："你说你不想看着徐州人民生灵涂炭，那你说，这是谁造成的生灵涂炭？"

陆胜文："这，当然是共军啊，共军攻城，我军驻守。"

沈家桥："既然国军现在是徐州城的守城之军，那你有没有想过老百姓愿不愿意让国军守？"

陆胜文："当然，谁愿意家破人亡、妻离子散呢？"

沈家桥："胜文啊，看得出来，你是个善良的孩子，但你却把善良献给了魔鬼。"

陆胜文："市长，您想说什么，还请明示。"

沈家桥："与日本人经历了多年的血战，中华大地满目疮痍、伤痕累累，这个时候，国民党却不顾百姓死活，发动内战，中国人打中国人。你说，是谁在让全中国的同胞家破人亡、妻离子散呢？"

陆胜文："可是，哪一次战争没有付出血的代价呢？我相信委员长，相信党国，待共匪消灭，中华民国统一，必将还中国一个盛世太平。"

沈家桥："你看看现在的国民党，拉帮结派，结党营私，相互打压，唯利是图。对百姓更是巧取豪夺、肆意妄为，你去外面看看，哪个百姓不是怨声载道？你可以不承认，但却抹杀不了这个事实，难道你还指望着这群嗜血啃骨的魔鬼给百姓太平盛世？"

陆胜文难以置信："不，不是这样的。"

沈家桥："就好像这次，第七兵团没有西撤，你以为这是国民党将领拍脑袋决定的吗？这中间牵扯了多少高层之间的利益，这些你知道吗？"

陆胜文一时语塞，沈家桥又说道："当然，国民党内还有很多像你一样的热血青年，但他们早已经病入膏肓，无药可医了，不要等到发现自己已然站在了人民的对立面才觉后悔。胜文，及时回头，为时不晚！"

陆胜文不知道自己是怎么走出沈家的，他魂不守舍。沈家桥站在窗前，此刻，沈琳挽着他爸爸的手，与父亲一起目送着陆胜文远去的背影。

陆胜文穿着军装迷茫地走到了徐州城的大街上，魂不守舍地撞到了一个小朋友，小朋友摔倒在地。陆胜文反应了过来，连忙扶起小朋友："小朋友，没事吧？"

小朋友的妈妈惊恐地跑过来："长官，对不起，对不起。你饶了我们吧，饶了我们吧。"

小朋友："妈妈，是他撞的我！"

小朋友妈妈惊恐地捂住小朋友的嘴巴："长官，小孩子不懂事，你大人有大量，饶了我们吧。"

陆胜文扶起小朋友和母亲："是我撞的你，叔叔向你道歉，对不起，你原谅叔叔吧。"

小朋友："可是妈妈说你们这些带大盖帽的都是坏蛋。"小朋友的母亲急得刚要解释，陆胜文阻止了她的母亲，他蹲在小朋友面前，摸着小朋友的脑袋，一时竟不知说什么，只是难过地说："对不起。"

小朋友的妈妈带着惊恐的面容抱着小朋友赶紧跑开，陆胜文无奈，转身离去。


解放军驻扎在桃林镇，他们没有进村，在村外空地上驻扎下来。毛宝带着大憨、笑面虎、毛草根等人围坐在一起吃干粮。

毛草根："队长，前面就是村子了，干吗不进村啊？"

大憨："是啊，也好讨口热水喝。"

毛宝："我们解放军不到万不得已，就不能给百姓添麻烦。"

毛草根："队长说得对，不能麻烦百姓。"

这时，草丛中传来窸窸窣窣的声音。毛草根警觉性最强，急忙端起枪："谁？"这时，草丛中走过三个老百姓，毛宝起身，按掉毛草根的枪说："收起来。"说完，走向百姓："各位乡亲，我们是解放军，请问你们是有什么事吗？"

其中一位年老的长者："你们真的是解放军？"

毛宝："是的，我们真的是解放军。"

一位中年妇女看着解放军士兵们补满补丁的衣服吃着冰冷的干粮，对那位长者说："你看看他们这吃的这穿的，肯定是咱们人民解放军，国民党军才吃不了这苦呢。"

长者老泪纵横："太好了，解放军来了就太好了。"说着身体就要倒下来，毛宝扶着长者："老先生，您别急，有话您慢慢说。只要解放军可以帮忙的事情，我们义不容辞。"说着扶着长者慢慢坐下。

长者："我们这是盼星星盼月亮，终于把你们给盼来了。"

中年妇女："听说解放军来了，我爸爸非不信，非得亲眼看到你们，他才肯放心啊。"

毛宝："老人家，您快说说，到底是怎么回事？"

长者一边抹着眼泪，一边说："自从这国民党一来啊，我们新安镇的百姓就再也没有一天的安生日子了……"

洛奇和王司令员从不远处走来，见他们围着一圈，王司令员对洛奇问："那边怎么回事啊？"

洛奇："走，过去瞧瞧。"

解放军士兵们一个个沉浸其中，没有发现王司令员和政委走近。长者诉说完，毛宝扶起老者："老大爷，您先回去，您和乡亲们都放心，解放军来了，解放军不会再让国民党为非作歹。我们就算是豁出性命，也会还你们一个太平的新安镇。"

解放军士兵们："请乡亲们放心。"

中年妇女对长者说："爸爸，这下你就放心吧，有解放军在，我们的生活就有盼头了。"

长者含泪点头："放心了，放心了。"说完在其他二位的搀扶下，慢慢起身走了，毛宝目送着他们离去。

大憨："国民党真的太可恶了，烧杀抢掠，跟当初的鬼子还有什么区别？"

笑面虎："痛心疾首啊！"

毛草根："什么时候攻城，我见一个杀一个。"

王司令员："现在是你们老虎队出山去走走的时候了。"

众人转过头去，见是王司令员和政委。

毛宝："司令员、政委，你们什么时候来的？"

洛奇："刚你们说的我们都听见了。"

毛宝："司令员，是不是已经有了作战计划？"

王司令员："你跟我来！"毛宝点头跟了上去。

郊外的小路上，王司令员、洛奇站在毛宝对面。毛宝："司令员，我们的前面就是新安镇，黄百韬兵团就驻扎于此。接下来，我们是要正面开战，围歼黄百韬第七兵团、李延年的第九绥靖区，解放徐州吧？"

王司令员："没错，我们就是要占据主动决战权，歼敌于长江以北。"

毛宝："太好了，司令员、政委，有什么任务就交给我们老虎队，保证不辱使命。"

洛奇与王司令员相视一笑："一有仗打就兴奋。"

毛宝："政委，您可别卖关子了。"

王司令员："大战在即，我们对新安镇的详细情况必须做最充分的了解。毛宝，你带几个得力的队员，乔装进入新安镇，侦探敌情。"

毛宝："是！"

洛奇："记住，不要暴露身份！"

毛宝："明白！"说完，跑向大憨等人处。

大憨、毛草根等人正坐在地上休息，毛宝跑过来，指着大憨、笑面虎说："你们几个，跟我来！"

众人兴奋："是！"毛草根也起身准备跟上，岂料毛宝看见了要站起身的毛草根，说："毛草根原地待命！"

毛草根显得不服："队长，我也要参加任务。"

毛宝说："这次任务很重要，人多太扎眼，反而不好办事。"说完大手一挥，带着笑面虎和大憨离去，笑面虎冲着毛草根做鬼脸，毛草根有点失落。

新安镇，毛宝带着大憨、笑面虎也乔装成了普通百姓，毛宝戴着帽子，大憨乔装成菜贩，两个人在茶馆外推着独轮车在街头卖菜，笑面虎跟在后面。

新安镇民兵队队长何仙女出现在大街上，她手里提着篮子，在采购商品。四处打量的毛宝看到了何仙女，他不敢置信地瞪大了眼睛，心中猛地一惊：何仙女？她怎么会在新安镇？

毛宝盯着何仙女的脸目不转睛，何仙女觉得有谁在看她，四处打量，当她的视线即将扫到毛宝时，毛宝赶紧低下头，不由得压了压帽檐。何仙女觉得毛宝不对劲，慢慢向他走了过来。毛宝故作镇定，低头摆弄车上的白菜。

大憨不明所以，朝着何仙女吆喝："姑娘，买点菜吧。"

毛宝低声骂道："猪啊。"

大憨被骂得云里雾里，不知道下面该如何去做了。

何仙女盯着毛宝问："老板，白菜怎么卖？"

毛宝低着头在挑拣白菜，故意压低了嗓音："两元。"

大憨挑起一棵最大的："姑娘，这棵好。"

何仙女指了指毛宝手中的那棵："我就要这棵。"

毛宝的手突然顿了一下，然后低头递给了何仙女。何仙女接过白菜问毛宝："你为什么一直不抬头？"

毛宝不说话，大憨打圆场，他伸出手："我哥他害羞，害羞，那个，姑娘，两元。"

何仙女看着大憨手上的枪茧，狐疑地看着大憨和毛宝，缓缓地把两元放到了大憨手里。突然，何仙女调转方向，伸手去抓毛宝的帽子，刚想要掀开帽子，不远处传来一声惨叫，正是茶馆的方向。茶馆内一阵躁动，茶馆老板满脸是血被丢了出来，痛得嗷嗷直叫。紧接着，一个国民党胖军官带着两个士兵从茶馆内出来。何仙女被茶馆的动静吸引，向茶馆走去，毛宝等人顿时提高了警惕。

茶馆老板求饶："长官，饶命啊，饶命啊！"

国民党胖军官踩着茶馆老板的脑袋："现在知道讨饶了，刚问爷收钱的架势去哪儿了？"

茶馆老板："长官，小的再也不敢了，不敢了！"

国民党胖军官："爷来你们这小破楼吃饭，是给你面儿，你他娘的还敢问爷收茶钱？"

笑面虎、大憨等人也听到了动静，围在了人群中，毛宝摇头示意他们不要轻举妄动。

茶馆老板："长官，小的都是小本生意，实在是日子过不下去了啊！"

国民党胖军官："还敢犟嘴，爷我一枪崩了你。"

何仙女气不过，上去就是一脚，踢向国民党胖军官。毛宝没想到何仙女会来这么一出，暗自焦急。国民党胖军官被这突如其来的一脚踢得愣了两秒，马上和他手下的士兵调转枪头指向何仙女骂道："活腻歪了！"

何仙女指着他们的鼻子："光天化日，朗朗乾坤，国民党要杀人啦！"

国民党胖军官的手按摸着扳机："老子杀的就是你！"

毛宝急了，他故意大声扯着嗓子喊："你们凭什么滥杀无辜，我们要去你们长官那儿告状！"大憨、笑面虎等人跟着："不能滥杀无辜，我们要去告状，凭什么？啊？"

老百姓们被调动了起来："是啊，凭什么随便杀人，不能杀！"

三个国民党士兵被一群百姓围观着指指点点，有点心虚。

何仙女："你们三个，是中国人吧，是爹娘生爹娘养的吧，看看你们现在的样子，跟当年的日本鬼子还有什么区别？哦，手里端了枪，指着手无寸铁的百姓了不起啦，想想你们老家的爹娘，那么含辛茹苦把你们养大，就是为了让你们对付乡亲们的啊？"

三个国民党士兵一时语塞。毛宝："赶紧滚，不然大家都不会放过你们的！"

百姓们也喊："滚，快滚！"

三个国民党士兵拿着枪指着这个又指向那个，百姓们一副视死如归的样子。其中一个士兵问胖军官："长官，怎么办？"

国民党胖军官狠狠地瞪了眼何仙女，说："走。"说完，三个国民党军官离开了，毛宝长舒了口气，然后对大憨、笑面虎使了个眼色，悄悄地退出了人群。

何仙女扶起茶馆老板，众人给何仙女鼓掌："好！"

何仙女："乡亲们，看到了吧，忍气吞声只会助长他们嚣张的火焰，唯有我们自己团结起来，才有可能震慑敌人，将坏人赶跑。"百姓们又鼓起掌，给何仙女叫好，何仙女回头，想要寻找毛宝的身影，但早已没有了身影，她皱起了眉头，若有所思。

毛宝几个人躲进了一条小巷子内，笑面虎："队长，刚就应该一枪一个崩了那三人。"

毛宝："记住，不到万不得已，绝不能轻举妄动、打草惊蛇！"

大憨："那就放他们这么跑了？"

毛宝："笑面虎你去跟着刚才那女的。"

笑面虎："跟踪她干吗？"

毛宝："少废话，照做就是，记住，千万不要暴露行踪！"

笑面虎："是！"说完走出巷子，向何仙女方向走去。毛宝压了压帽檐，带着大憨走出了巷子。

新安镇的街道上，灰头土脸的三个国民党越想越气。

国民党胖军官："你们觉不觉得刚才那女的很眼熟？"

一个士兵："好像是有些眼熟。"

国民党胖军官突然想起了什么："走，跟我来！"

其他两个士兵问："长官，去哪儿？"

国民党胖军官："去哪儿？立大功。"说着带着两个手下折了回去，毛宝和大憨远远地跟在他们的身后。

毛宝："我就知道，这帮孙子不会轻易地走掉。"

大憨："队长英明。"

毛宝："走。"


僻静小路上，何仙女独自一人走着，她不时地回头看，总觉得有人在跟踪她。她提高了警惕，把手伸进了菜篮子，握住了篮子里的枪，然后故作镇静地继续往前走去。

那三个国民党士兵拿着枪挡在了她的前头。

何仙女："怎么着？三个大老爷们，要欺负我一个弱女子？"

国民党胖军官："你是何仙女，新安镇女民兵队队长，恕我眼拙，刚刚竟然没有认出你来，失敬失敬。"

何仙女："既然你们知道我是谁，那就给老娘让开，否则，我们民兵队可不是吃素的。"

国民党胖军官："哎哟，何队长，刚才都是误会，这样，相逢即是缘，不如上我那儿坐坐去？"

何仙女心里想着，既然已经暴露了身份，若是直接来硬的还真怕斗不过这三个人，于是心下决定周旋："好啊，坐坐就坐坐，怕你不成？"

国民党胖军官："何队长，这边请。"

何仙女："请就请。"她一边说话，一边握紧了篮子里的枪支。

笑面虎此时躲在路边的草垛旁，看着何仙女被国民党士兵带走，他悄悄跟在他们后面。而同时，毛宝、大憨匍匐在树丛中伺机而动。毛宝见国民党胖军官带着何仙女离开，他迅速环顾四周，看到了旁边的泥潭，他迅速用手将泥巴糊满了整个脸。

大憨："队长，你这是干吗？"

毛宝："少废话，跟上。"说完跟了上去，大憨狐疑地看着毛宝的背影跟上。

何仙女走在前面，国民党胖军官走在她旁边，两个国民党士兵拿着枪指着她走在后面。何仙女装作镇静的样子，眼睛却在四处打量，寻找合适的时机。她打量着胖军官的肚子，岔开话题："伙食不错嘛。"

国民党胖军官："那是自然，何队长要是到了我的地盘，好酒好肉的自然亏待不了。"

何仙女："哦，是吗？还有酒啊？"

两个士兵紧张地拿着枪抵着何仙女的脑袋，何仙女故意面露不悦，胖军官挥挥手："退后退后，何队长请。"

树丛中毛宝脸上糊着黑泥，跟在后面，毛草根和笑面虎跑过来跟他会合。大憨："队长。"

毛宝指着两个拿枪的士兵："我左，你右。"

大憨："那个胖子呢？"

毛宝："活捉！"

大憨："是！"

何仙女走着走着，眼前是一个小陡坡，她灵机一动，突然一个踉跄，扑倒在胖军官身上，把他向小山坡下推去。胖军官没有防备，和何仙女一起滚落陡坡。何仙女在滚落的那一瞬间，掏出了篮子里的手枪，指向了胖军官。但同一时间，两个国民党士兵跑到山坡边缘拿枪对准了何仙女。

枪响，两个士兵同时倒地，滚落山坡，而随后出现的，是毛宝和大憨。

胖军官举着手，难以置信地看着被击毙的两个手下，讨饶："女侠饶命，饶命啊。"

何仙女："起来，给我老实点！"

毛宝带着大憨走过来，说："去，把那胖子给我捆起来。"

何仙女："你们是谁？"

大憨："我们可不是坏人，刚要不是我们，你早就被……嘭。"

何仙女："是你？"

大憨："嘿嘿，是我。"

何仙女说完，看向满脸是泥的毛宝。毛宝不敢正视何仙女的眼睛，赶紧走向一边去帮助笑面虎等人捆绑胖军官。胖军官还在求饶："好汉饶命啊，饶命啊，咱可都是中国人。"

毛宝："现在知道自己是中国人了？带他走！"

笑面虎押起胖军官："走，老实点！"同时手中的枪顶在这个胖军官的背后。

何仙女觉得毛宝似曾相识，一直盯着毛宝看。

大憨："队长，这女的一直在看你。"

毛宝："少废话，走。"说完正要带着其他人转身离去，何仙女挡在了他的面前："还未谢过英雄的救命之恩呢，敢问英雄大名，我何仙女他日定当登门拜谢。"

毛宝："举手之劳，不足挂齿。走。"他带着其他人绕开何仙女，刚要离去，何仙女又一次挡在了毛宝面前问："你的声音很耳熟，我们是不是认识？"

毛说："不认识。"说完，心虚地低头捏紧了裤子上的口袋，然后向前快速走去。其余等人虽然觉得莫名其妙，但也不敢多问，紧紧地跟上。

毛宝走了几步，停了下来说："枪声一响，附近的国民党小队伍很快就会包围这里，快点离开。"

何仙女看着这个背影，似曾相识，呆了一会儿，回过神来，迅速离去。

桃林镇，解放军的临时驻扎地，毛宝把胖军官交给毛草根处理，然后跑到了小溪边，大憨和笑面虎跟着。水很清，毛宝正把一抔一抔的水泼在脸上，笑面虎问道："队长，刚那女的是谁啊？我怎么看着她好像认识你一样？"

大憨："是啊，队长，你一见那女的整个人都不对了，快说说，是不是老相好啊？"

毛宝："听好了啊，要是那个女人再来找我，千万别说有我这个人，都给我记住了。"说完，自顾自地快速离去。

笑面虎："果然是有事情。"

大憨："嗯，你看队长魂不守舍的样儿。"

新安镇郊外的村庄，民兵队驻扎的屋子里，何仙女呆呆地坐在桌子旁，她眉头紧锁，回忆着毛宝的种种画面，突然拍桌而起："毛宝，是毛宝！"说完不断地笑："好你个毛宝，你以为糊成大花猫我就不认识你了？"她说完，兴奋地在房间里面踱步，自言自语："刚那几个，个个身手了得，一看就是训练有素的练家子，既然，他们不是国民党，那么，就一定是解放军，解放军……"

这时，何仙女的队员铁猴子走进来，他看着神神道道的何仙女，满脸狐疑："队长。"

何仙女没有回应铁猴子，兴奋地夺门而出，留下铁猴子一脸迷茫："中邪了？"这时，何仙女又折返回来喊了一声："猴子！"

铁猴子："唉。"

何仙女："我有事要出去一趟，民兵队要有什么事情，就去城外解放军营地找我。"

铁猴子："队长，你要去投奔解放军了？"

何仙女："什么投奔不投奔的，军民本是一家人，我回家走走而已。"

铁猴子："那我也要去。"

何仙女："不行，你不能去，我一个人去就行了。"

铁猴子委屈地看着何仙女远去的背影："中邪了？"


徐州城，陆胜文坐在自己的办公室内办公，胡国忠走了进来："报告。"

陆胜文："进来。"抬头见是胡国忠，问："新安镇那边可有什么动静？"

胡国忠："新安镇来报，我军一名连长带着两名属下在巡逻期间失踪，两名士兵的尸体在郊外被发现，一枪毙命，那位连长下落不明。"

陆胜文："好的，我知道了，你出去吧。"

胡国忠："是！"


桃林镇的解放军临时驻扎地，毛宝召集了所有老虎队队员开会。他的手里拿着笔记本，对大家伙儿说："我们老虎队是一支正规的解放军队伍，我们每一个队员首先是解放军，然后才是老虎队队员。我们出去做的每一件事情，都代表着解放军的形象。所以，从今天开始，我对咱们老虎队的日常规范、行动准则做了一个明确的规范。老虎队队员必须严格遵守并执行。首先，也是最重要的，老虎队队员必须以人民的利益为最高出发点，遵守解放军队伍纪律，不滋事、不扰民、不搞小团体。坚决拥护共产党的领导，服从命令，不得擅自行动。第二，非战时期间，积极参加老虎队集训。我这里做了一份详细的集训方案。"

说话间，大憨配合着将集训方案发放到每个队员的手里。

毛宝："我们每一个队员素质不齐，能力也不一，我们集训要做的就是取其长补其短。就比如笑面虎，沉着冷静，是一个难得的好炮手，他就负责教大家准确使用小钢炮、山炮。毛草根身轻如燕，是一个优秀的投弹能手，你就需要把你的技巧和诀窍传授给大家。大家互为老师，互相学习，把咱们老虎队变成一个无坚不摧的堡垒。"

大家正认真地听着，一个解放军士兵跑了过来："毛队长。"

毛宝："有事吗？"

解放军士兵："外面有个女同志找你。"

毛宝："女同志？"他看着所有队员都盯着他看，赶紧拉着这个小战士到了角落，小声地问道："她说什么了？"

解放军士兵："她就问我们队伍里面有没有一个叫毛宝的。"

毛宝："那你怎么回答的？"

解放军士兵："我就告诉他你是老虎队队长啊。"

毛宝："你说你……这样，你现在赶紧去告诉她，你弄错了，咱队伍里面根本就没有毛宝这个人。"

这时，何仙女从毛宝背后走来。解放军士兵看到了，想告诉毛宝："可是……"

毛宝打断了他："没有可是，你必须现在立刻就去告诉那个女同志，这里没有毛宝，让她赶紧走。"

何仙女站在了毛宝的身后，解放军士兵面露难色："可是，她已经站在你身后了。"毛宝扭头看去，何仙女正看着毛宝。

何仙女："毛宝，真的是你！"

毛宝："仙……仙女，你怎么在这儿？"

何仙女："毛宝，我不是在做梦吧？"说话间，上前跑过来抱住了毛宝。

毛宝尴尬地挣脱，何仙女又要上前，毛宝大声喊道："停！"

何仙女立住了："毛宝，昨天那满脸泥巴的大花猫就是你吧？"

众人听完，捂嘴偷笑。

毛草根认出了何仙女："仙女姐！"

何仙女看向毛草根，喊道："毛草根？"

毛草根开心得语无伦次："是，是，是，仙女姐，你怎么也在这儿？"

何仙女摸着毛草根的脑袋："你这小毛孩，都长这么高了，姐都认不出你了。"

毛草根："你也是，比小时候漂亮多了。"

何仙女："姐一直都漂亮好嘛。"

毛草根："是，是。"

毛宝一脸郁闷："好了，好了，都给我去训练。"

众人捂着嘴偷笑，齐声答应："是！"说完都识趣地走开了，毛草根也跑开，说："仙女姐，再见。"

一帮子人呼啦啦地散开了，到了远处却又呼啦啦地汇合了，因为这份难得的场景实在令人提起了兴致，而作为其中除了当事人之外唯一看起来像个内部人员的毛草根显然成了被围拢的中心人物。

大憨："快说说，那个仙女姐到底是谁。"

毛草根："仙女姐是你能叫的吗？"

大憨："少废话，快说。"

毛草根："我记得我那会儿还小，很多事情都记不清了，但这个仙女姐小时候常来我堂哥家，也就是咱队长家玩，还时不时地给我们带点好吃的。所以，对这个仙女姐我还是印象深刻啊。"

笑面虎："也就是说，咱队长和仙女姐是青梅竹马了？"

大憨："既然如此，那咱队长干吗一直躲着人家啊？"

毛草根："不过，我好像听家里的老人们说过，仙女姐应该从小就过继给一个地主家当童养媳的，后来怎么样我就不知道了。"

大憨："毛主席都说了，婚姻要自由！童养媳，这可是封建陋习，还留着干吗，仙女姐的婚姻大事，当然要自己做主。"

笑面虎："大憨说得好，我看那仙女姐好像对咱队长就有那意思，就不知道咱队长怎么想了。"

毛草根："想知道？"

笑面虎："想知道。"

毛草根："去看看？"

众人正有此意："走，去看看。"说完，一帮子人向毛宝方向跑去。

毛宝带着何仙女来到溪边，何仙女心疼地看着毛宝："毛宝，这些年你都去了哪里，你过得好吗？你看你，又黑又瘦。"

毛宝："我挺好的，挺好的。"

何仙女："我就知道新安镇是我的福地，果不其然，就碰到了你。"

毛宝："打鬼子的时候我参加了游击队，抗战胜利后，我就一直跟着解放军。对了，你怎么也在新安镇？"

何仙女："那会儿打鬼子，你们都去参军了，我就想着去找你们，结果在路过新安镇的时候，遇到了鬼子，幸亏民兵队出手相救，后来，我就留在了新安镇，现在我还是民兵队队长呢。"

毛宝："你说你一个女孩子家，不好好地待在家里，出来干吗，不知道这外面有多危险吗？"

何仙女反驳说："女孩子怎么了？小时候你跟陆胜文，哪个打架赢过我了？"毛宝一时无言以对。

何仙女说："对了，你有胜文的消息吗？"

毛宝听到陆胜文，气氛凝重，低下头去。

何仙女问："怎么了？莫非，胜文他已经……"

毛宝："你别多想，胜文他活得好好的，只是，他参加了国民党军。"

何仙女露出了惊讶的表情："国民党？"

毛宝："嗯，济南一战，我们还见上面了，还打了几场仗。"何仙女："这陆胜文从小就木讷，总是拎不清是非黑白，你说他现在在哪儿，我去骂醒他。"

毛宝："我也不知道，自上次一战，就再也没有了消息。"

何仙女："那如果战场上再见，你会怎么办？"

毛宝摇头："不知道。"他确实不知道。

毛宝和何仙女陷入沉思，良久，毛宝说道："时候不早了，你快回去吧。"

何仙女："我不走。"

毛宝："胡闹！快回去。"

何仙女："我没有胡闹，我要留在你们队伍。"

毛宝："我们解放军的队伍全都是男人，你一个女人，不方便。"

何仙女："我可以自己照顾自己，又不会打扰你们，怎么不方便？再说，我好不容易找到你了，这一回去，万一又找不着你了怎么办？"

毛宝："何仙女啊何仙女，当初我就不应该救你。"说完，转身想要离开，何仙女急忙跟上，毛宝呵斥："别跟了，我们解放军有自己的纪律，哪能随便想让谁留下就能留下呢？"说完，又往前走了几步，何仙女还是跟了上去。

这下毛宝真急了："你是想让我受处分掉脑袋是吗？"

何仙女有点委屈地看着毛宝，毛宝心有不忍："好了，赶紧回去吧。"说完转身离去，何仙女目送着毛宝的背影自言自语："我好不容易找到了你，才不会离开你呢。"

毛草根等人赶到，毛宝已经离开，只剩下何仙女一人，众人有点失望。

毛草根："看来，咱队长是没这个意思。不能啊，毛宝队长小时候可喜欢仙女姐了。"

笑面虎："嘿，我们队长现在肯定不好意思啦。"

何仙女看到毛草根："毛草根，过来。"

毛草根："仙女姐。"

何仙女："帮姐一个忙。"

毛草根："好，你说。"

何仙女："这样……"她在毛草根耳边低声嘀咕，毛草根频频地点头。

徐州城，沈宅，沈琳一个人坐在花园里喝咖啡。沈家桥走了过来问："一个人闷闷不乐的，有心事？"

沈琳："爸爸，您来了，快坐。"

沈家桥坐下："在想陆胜文的事情？"

沈琳点了点头，沈家桥说："你是不是也觉得爸爸对他说的话有点太重了？"

沈琳："我相信爸爸是为了胜文好。只是，眼下这时局，究竟谁才是敌谁才是匪，我也快看不清了。"

沈家桥："抛开那些世故偏见，站在人民对立面的就是敌，置人民生死于不顾的就是匪。"

沈琳："爸爸，你不会是共产党吧？"

沈家桥："小琳，爸爸本不想让你卷入这场纷争，只是，时局如此，又有哪一个中国人可以做到置身事外呢？"

沈琳："爸爸，那你说我要怎么做？"

沈家桥："爸爸希望你可以有自己正确的判断，你既然选择了战地记者这份职业，就要对得起这份职业的神圣，不管是非对错，把真实的报道呈现在世人面前，是非曲直，无愧于心。"

沈琳点了点头："爸爸，我懂了。"她看了看远处的天空和似有似无的晚霞。


桃林镇的解放军临时驻扎地中，毛草根带着何仙女来到王司令员办公室外，前者说："喏，就是这里了，毛宝哥最怕的人就是王司令员了。只要司令员点头，我们队长也得听司令员的。"

何仙女显得很高兴："好嘞。"

毛草根："仙女姐，队长还得让我们去训练呢，那我先走了。"

何仙女拍了拍毛草根的肩膀："去吧。"说完整理一下衣装，走向王司令员的办公室。

# 第五章

　　与此同时，指挥部内，王司令员和洛奇正对着地图研究作战计划，王司令员："这黄百韬第七兵团一直按兵不动，势必在等与四十四军会师。现四十四军距离新安镇至少还有几日的距离。所以，我们务必在四十四军到达之前，围歼黄百韬兵团。"

　　洛奇："没错，黄百韬兵团一旦瓦解，我军便可长驱直入，解放徐州。"

　　王司令员指着地图："嗯，你看……"

　　就在这时，响起了敲门声。

　　王司令员："进来。"

　　先进来的是王司令员的通讯员，他说："司令员、政委，外面有个女同志，自称是新安镇民兵队队长，说有事要见您。"

　　王司令员和洛奇对视一眼，洛奇："民兵队队长？好，请她进来。"

　　通讯员："是！"说完走到外面对着何仙女说："司令员请你进去。"

　　后者说："谢啦。"然后走进了办公室："王司令员，你好，我是新安镇民兵队队长何仙女。"

　　王司令员与何仙女握手："你好，何仙女同志，你是民兵队队长？"

　　何仙女："是的。"

　　王司令员："女民兵队队长，厉害！"

　　洛奇也与何仙女握手："何仙女同志你好，你来得正好，我们本来还商量着见你一面呢。"

　　何仙女显得又吃惊又高兴："哦，是吗？"

洛奇："大战在即，我们需要新安镇所有百姓的支持。"

何仙女："太好了，这就叫什么来着，一拍即合。"

洛奇和司令员哈哈大笑。

何仙女："新安镇的百姓们听说解放军来了，特别高兴，都想为你们出份力，尤其是我们民兵队，特别想跟解放军一起，参加战斗。所以，我这次来，就想看看，有没有什么是我们民兵队能帮上忙的，恳请两位领导给我们一次机会。"

王司令员："如此甚好啊，战争非常残酷，两军交火，就怕会伤及无辜，而民兵队都是当地人，熟悉地形，所以，还请民兵队保护乡亲们的安全，一旦战争打响，请带他们迅速撤退。"

何仙女："新安镇的百姓受够了国民党的暴行，尤其是民兵队，没一个怕死的，所以，民兵队请求上前线，跟解放军一起打仗。"

洛奇："何仙女同志，非常感谢乡亲们的信任，还请你转告大家，乡亲们的支持是我们解放军最坚强的后盾，我们解放军也一定会做好乡亲们的壁垒，请乡亲们放心。但是，民兵队如果可以留在城内，帮助我们解放军解决后顾之忧，解放军战士的战斗力才能事半功倍啊。"

何仙说："政委说得有道理，我会把司令员和政委的意思转达给各位乡亲和民兵队员们。"

王司令员："如此，我们便没有了后顾之忧。"

何仙女："司令员，你放心，乡亲们的安危就是我们民兵队的安危，就是……"

王司令员："还有什么难处，你尽管说。"

何仙女："其实也没什么，只是我们民兵队之前跟解放军接触得不多，现在好不容易碰到了解放军，所以，可不可以让我多留几天，好好地观摩学习，也好让我回去把民兵队也照着正规军队去整顿一下。"

洛奇："有这个觉悟很好嘛！"

何仙女："正好借这个机会，我们还可以对战时的工作做个对接，说不定，民兵队还能跟咱解放军来一个里应外合呢。"

王司令员看了看洛奇，洛奇笑而不语，王司令员只好说："行，既然政委没意见，那我就给你派个人，就……"

何仙女："不用，我就跟着那毛宝就行。"

王司令员："毛宝？你认识毛宝？"

何仙女："我……我是他媳妇儿，那司令员这是同意了？"

王司令员惊讶地说："这个……好好好，行，那你就跟毛宝对接。"

何仙女："谢谢司令员，谢谢政委。那我就先出去了啊，司令员再见，政委再见！"何仙女说完，就冲了出去。王司令员一脸雾水："这毛宝还真是神通广大，你说他什么时候认识的新安镇女民兵队队长这媳妇儿。"

洛奇："我看她倒是跟毛宝很般配啊。"

王司令员回过神来："胡闹，大战在即，娶什么媳妇，叫毛宝赶紧过来！"


此刻的毛宝正在训练老虎队队员，队员们正在练习搏击。毛宝一连打了三个喷嚏，大憨："队长，你感冒了？"

毛宝呵斥："继续。"

大憨继续搏击，毛宝对突然起来的喷嚏感觉到莫名其妙。毛草根想着何仙女的事情，时不时地向远处张望。毛宝上前使劲地拍打毛草根的脑袋说："想什么呢，专心点。"

毛草根："是！"

毛宝："行了，先休息下，黑娃你准备准备，接下来你负责教大家练习狙击。"

这个叫黑娃的士兵回答："是！"

老虎队队员疲惫地喊："还练啊？"

毛宝："再加两小时体能训练。"

老虎队队员们："是！"

这时，何仙女走了过来，毛宝惊讶地问："你怎么还在这儿？"

何仙女朝着毛草根眨了眨眼睛，然后看向毛宝说："这次，可不是我要留在你们队伍，这可是你们司令员和政委的意思。"

毛宝怒道："胡闹，司令员、政委岂是你能随便胡诌的？赶紧回去，否则，我就派两人绑你回去。"

何仙女："你敢？你要是敢绑我，我就去司令员那儿告状去。"

这时，王司令员的通讯员走来，何仙女拉着通讯员对毛宝说："你不信，你问他。"说完，对着通讯员说："你说，是不是司令员和政委命令毛宝同志和我对接工作的。"

毛宝看向通讯员，通讯员点头回答："是的，是司令员的意思。"

毛草根对着何仙女暗暗地竖起大拇指，何仙女得意地笑了笑。通讯员："毛队长，你赶紧跟我去一趟，司令员找你呢。"

毛宝："走，我还要找司令员理论去呢。"说完怒气冲冲地走远了，何仙女得意地看着毛宝的背影。

毛宝怒气冲冲地冲进了指挥部办公室："司令员，你怎么可以不经过我同意，就把何仙女给留下呢？"

　　王司令员被说得一愣："好你个毛宝，恶人先告状是吧，何仙女同志都说了，人家是你媳妇儿。你什么时候娶媳妇儿了，怎么都不向组织报告？"

　　毛宝："不是，这不是啊！什么媳妇儿？司令员，你别听她瞎说，没有的事。"

　　王司令员："那你说，怎么回事？"

　　毛宝："我，哎哟，我说不清，总之，她不是我媳妇儿，你不能让她留在这儿。"

　　王司令员："何仙女同志是新安镇民兵队队长，现在我们需要民兵队的协助，她留在这里跟你对接下战时的工作，合情合理。"

　　毛宝："我不同意。"

　　王司令员："于公，你应该服从命令；于私，她也不是你媳妇儿。你凭什么不同意？"

　　毛宝语塞，他看向洛奇求助，洛奇赶紧端起茶杯，假装喝茶。毛宝无奈，转头就走了。

　　王司令员："越来越没有规矩了。"

　　洛奇笑而不语，继续喝茶。


　　老虎队队员们围着何仙女，显然他们对"队长嫂子"非常感兴趣，而何仙女也乐在其中，与老虎队队员们打成一片。

　　毛宝黑着脸从司令员办公室出来，姚公权迎面走上来，面带笑容的，这笑容中还有点幸灾乐祸，他说："哟，这不是毛队长吗？"

　　毛宝黑着脸没有应答，姚公权来到毛宝身边说："我说兄弟，等这仗打完，你得请兄弟们喝酒啊。"

　　毛宝："我为什么要请你喝酒？"

　　姚公权："别装了，整个部队都知道了。"

　　毛宝："知道什么？"

　　姚公权："你媳妇都来找你了，还装。你说你小子，隐蔽工作做得很到位嘛。"

　　毛宝："姚公权，我跟何仙女那就是，就是'发小'。"

　　姚公权："发小好啊，既是发小，又是革命伴侣。"

　　毛宝生气地走开，姚公权指着毛宝的背影："嘿，我说你这小子，得了便宜还卖乖啊！"

毛宝没有继续再理姚公权，走向老虎队的大队伍方向，此时的何仙女还在跟老虎队队员聊天，大家开心地哈哈大笑。

毛宝喊道："何仙女，你给我出来。"

众人又开始起哄，毛宝怒瞪："不要训练吗？"众人连忙散开。

何仙女开心地看着毛宝："司令员同意了，你也不会被处分了，所以，我可以名正言顺地留下来，放心，刚才我和你的队员们聊得很开心，相处很愉快。"

毛宝吼道："何仙女！"

何仙女吓了一跳："我听得见，不用那么大声。"

毛宝："我命令你现在、立刻从我的队伍里消失，你不能留在这里。"

何仙女委屈："为什么？"

毛宝："没有为什么。"

何仙女眼眶里含着泪水："毛宝，我们这么久没见，难道你就不想跟我聊聊天，问问我这几年过得怎么样，生活好不好？我一个女孩子，背井离乡，孤身一人，好不容易遇见你了，你却急着打发我，难道你就一丁点都不想我吗？"

毛宝有些难过，语气明显软化，但态度依旧强硬："这里很危险，你一个女孩子，留在这里不但帮不上什么忙，还会添乱，一旦开战，我们还得想办法去保护你，所以，你必须给我回去。"

何仙女："毛宝，站在你眼前的何仙女已经不是以前爱哭鼻子的小女孩了，我现在是新安镇的民兵队队长，虽说我们民兵队都是民间武装，这人数、规模、设备什么的也没你们正规军强大，但是，我们中大部分都是当地人，最熟悉当地的地形，而且，我们民兵队队员们个个都是不怕死的好汉。真要打起仗来，民兵队的力量也能让敌人为之一震。"

毛宝："既然如此，那你更应该要回去了，战争随时打响，这个时候，你应该跟你的队员一起，做好充分的备战准备，也不至于战争开始时，他们像无头苍蝇一样，没了主心骨，在那乱转丢了性命啊。"

何仙女："你说的我都知道，这些我会交代好的。"

毛宝："仙女，战争局势瞬息万变，你不可能把所有的可能都交代清楚，这个时候你的队员们需要你，新安镇的百姓们也需要你，你应该留在他们身边与他们一起并肩作战。"

何仙女："那你呢？"

毛宝："一旦开战，我希望你能带着民兵队，保护好百姓们的安全，带他们撤离到安全地带，你们在城内接应，我们在城外攻敌，里应外合，并肩作战。"

何仙女沉默了一会儿："好，我听你的。"

毛宝终于松了一口气。

何仙女："那打完仗，我可以来找你吗？"

毛宝："等这仗打完，如果我还活着，我就请你喝酒。"

何仙女伸出小拇指要拉钩："好，你必须给我活着，一言为定！"

毛宝好气又好笑，勾上了何仙女的小指头，说："一言为定！"

何仙女有些不舍："那我走了。"

毛宝："去吧。"

何仙女一步三回头，很不甘心，然后转身离去。毛宝看着何仙女的背影，表情复杂。

何仙女回到了新安镇，民兵队营地里围了一群乡亲们，他们手里拿着大米、白面、棉被、衣服等物资，火凤凰和铁猴子看见何仙女回来了，马上向她汇报，原来这些都是乡亲们对解放军的心意，希望让民兵队帮忙送到解放军那边去。何仙女很开心也很感动，但想起了和毛宝的约定，自己是没办法亲自去的，于是把送物资的这项任务交到了火凤凰和铁猴子的身上。

铁猴子和火凤凰将物资送到了桃林镇的解放军阵地上。本来听说民兵队又来人了的毛宝正在头痛，看到了送来物资的两人才知道是自己误会了，他和毛草根感激地接过老百姓的物资，沉甸甸的物资仿佛象征着沉甸甸的胜利。

徐州城"剿匪"总司令部的会议室里，张天泉正召集将领们开会。

陆胜文："现在解放军已经驻扎在桃林镇，目标直指第七兵团，而第七兵团至今按兵不动，试图守住新安镇，但四十四军迟迟没有到达。一旦这个时候交战，第七兵团必会陷入进退两难的尴尬境地。"

一位国民党副军长反问道："那依陆副旅长所言，该如何是好呢？"

陆胜文："放弃新安镇，退回徐州。"

国民党副军长："陆胜文，第七兵团十万雄兵，又有黄百韬将军亲自坐镇，况且援军不日即可抵达，大战在即，还没开打你就撤退，你让底下的兄弟们怎么想？"

陆胜文说："我知道，大家都不同意第七兵团撤回徐州，那我们就要做好在新安镇打一场硬仗的准备。援军务必加快行程，否则，第七兵团一旦被歼，枣庄、临沂等地也将不保，徐州城孤立无援。"

"啪"的一声响，是那位国民党将领拍桌的声音，他说："陆胜文，这仗还没打呢，何必一直长他人志气灭自己威风呢？"

陆胜文："忠言逆耳，我说的话大家可能不高兴听，但在战前给每一种最坏的打算多做一条退路，又有何不可？"

副军长步步紧逼："你这是打算吗？你这就是贪生怕死、临阵脱逃。"

陆胜文："你……"

张天泉："好了，都别吵了。这仗还没开打，自己内部已经吵得不可开交，像什么样子，都给我坐下！"

陆胜文和那位国民党副军长皆闭嘴坐下。


一九四八年十一月一日，中共中央军委决定中原野战军七个纵队，共约十五万人，以及部分地方部队与华东野战军共同进行淮海战役，参战兵力达到六十万人。实际上，约五十万解放军开始从不同方向秘密夜行，在国军不知情的情况下扑向徐州。

是夜，桃林镇的解放军指挥部中是一片忙碌的景象，电报声此起彼伏不绝于耳，机要员翻译好一份电报，拿到了洛奇的手上。机要员对洛奇说："政委，粟司令急电。"

洛奇拿到了电报，快速地阅览了一下，快步走到了王司令员面前。

王司令员："粟司令怎么说？"

洛奇："粟司令员向我们传达了中央军委的指令，以两个纵队的兵力灭敌一个师的办法，共派六个至七个纵队。"

王司令员："这就是说，分割歼灭黄百韬兵团的三个师？"

洛奇："是的。粟司令说，让我们用五个至六个纵队兵力，担任阻援和打援。"

王司令员："唔。"

洛奇："中央军委和粟司令的意思是使得邱清泉、李弥两个兵团不敢以全力东援。"

王司令员："好，这样的打法，一定能歼灭黄百韬兵团，全部吃掉国民党军徐州军事集团。"

洛奇："老王，这又是一场恶战啊。你看看，这头阵让哪两个纵队来打？"

王司令员看了一眼洛奇："我知道你心里在想什么，你是想让毛宝他们来当先锋部队。"

洛奇："毛宝和姚公权两支队伍。"

王司令员："毛宝是我的爱将，他确实是最合适不过的，这也是我为什么让他组建老虎队的原因。不过这小子气焰太盛，而且现在老虎队还没有完全组建成，我可不想这老虎崽子还没有长大，就遍体鳞伤了。"

洛奇笑道："不过让毛宝这小子去打援，他可不乐意。"

此时的军帐里，毛宝辗转反侧睡不着，突然起身。一旁的笑面虎问："队长，怎么了？"

毛宝："睡不着。"

笑面虎："您有什么心事？"

毛宝在昏暗的光线中看了一眼笑面虎，说："大战在即，王司令员他们却还这样沉得住气，不正常啊。"

笑面虎："不是为了休整嘛。"

毛宝："这次休整的时间有些长，时间越是长，就越是可能打大仗。"

笑面虎："反正有大仗打，就少不了我们一营，少不了我们老虎队，老虎队肯定是要冲在最前面。"

毛宝："这个是必须的，老虎队虽然还没有正式成立，但都是我们一营的老班底，大冲锋，攻坚战，都是我们老虎队干的。"

笑面虎："嘿嘿嘿，是的，是的。队长，您现在可以安心地睡觉了吧。困死我了。"说完打了个哈欠。

毛宝腾地起床："反正睡不着，我得去找王司令员说说话，心里才踏实。"

笑面虎："好好好，您去您去。回来可别吵醒我啦。"

毛宝没有回话，往外面走去。


指挥部内，洛奇和王司令员还在讨论着关于老虎队的事情。

洛奇："这老虎队组建也不容易啊，原先一营的骨干力量大部分牺牲了。"

王司令员："唔，我就是想让毛宝在战斗中把这老虎队组建起来。对了，我们司令部不是来了一个燕京大学的学生嘛，我想让他去老虎队。"

洛奇："你说的是江小白？"

王司令员："对，小江同志。"

洛奇显得有些犹豫："这个……江小白同志的政治觉悟很高，但是毕竟是刚从学校里出来的，打起仗来可是没有经验啊。"

王司令员："毛宝这小子虽然有些歪点子，打起仗来也不要命，但毕竟文化程度不高，有这个燕京大学的大学生去给他当军师，算这小子便宜了。"

洛奇："怕是管不住毛宝这小子，毛宝也不一定要小江同志加入老虎队。"

王司令员："他敢不要！"

洛奇："明天我先找毛宝谈一谈话。"

这时，警卫员进来说："报告。老虎队毛宝在门外，说要见王司令员和政委。"

王司令员："呵，说曹操，曹操就到啊。叫他进来！"

警卫员："是！"

片刻后，毛宝走了进来，脸上带着笑："司令员、政委，你们这么晚还没有睡啊？"

王司令员白了他一眼："你小子无事不登三宝殿，这么晚来找我们，肯定有事。"

毛宝："嘿，司令员您绝对是活神仙，掐指一算就知道我毛宝来找您，就是有事情。好，我也就和司令员直说了。接下去是不是有打仗要打，这打头阵的任务，可得交给我们老虎队。"

王司令员："你小子的狗鼻子还真够灵的。"

毛宝："听司令员的意思，这大仗马上就是打了？好好好，就交给我们老虎队，看看我们老虎队的威力。"

王司令员："就算有大仗打，现在也不会交给你们老虎队。"

毛宝急了："什么？为什么不能交给我们老虎队？"

洛奇："毛宝啊，你不要急，王司令员也是为了你们考虑，毕竟老虎队还在组建中，打黄百韬可是硬仗啊。"

毛宝："我们一营什么硬仗没有打过，济南城铜墙铁壁，我们都打进去了。"

王司令员："攻打济南城的战役，你还有脸说？"

毛宝："司令员，您看，我不也是为了能够在战斗中把老虎队锻炼起来嘛，我又挑好了几个战士，个个都是打仗的好手，很适合打攻坚战哩！"

王司令员："所以这打黄百韬的首战就让老虎队来？"

毛宝眼睛一亮："嘿，王司令员您说得太对啦！"

王司令员："哼，你小子别来绕我，好了，没什么事就给我回去睡觉。"

毛宝："我不去睡觉。"

王司令员："你不去睡，我去睡。"说着便走向了设置在指挥部后面的行军床上。毛宝想要再上去，被洛奇拉住了，他对毛宝使了个眼色说："司令员的脾气你是知道的，你越是惹他，他就越不理睬你了。"

毛宝："那怎么办？"

洛奇："你不要心急，我会帮你说话的。"

毛宝："谢政委。"

洛奇："先别谢我。这老虎队还没有正式成立，你还是要以组建老虎队的任务为主。"

毛宝："啊？"

洛奇："回去休息吧。"说完拍了拍毛宝的肩膀，毛宝叹息了一声，走出了指挥部。

明月夜，陆胜文一个人走在徐州城的街道上，路边的店铺都已经关门，偶尔有一两家挂着灯笼，更显得幽静。他走着走着竟不自觉地走到了沈宅门口，他抬头看了一眼，轻轻地摇了一下头，正准备转身离开时，后面喊过来一声："陆……陆长官。"

陆胜文回头："沈小姐。"

沈琳："你是来找我爸爸，还是，来找我的？"

陆胜文："我，我只是路过而已。"

沈琳："堂堂的战斗英雄，怎么说起话来反而吞吞吐吐了？"

陆胜文："我没有。"

沈琳："好了，就算是路过的，也进来坐坐吧。"

陆胜文："太晚了，会不会打扰到沈市长？"

沈琳："那我们就在这附近走走。"

陆胜文点了一下头，两人走到了河边，夜深人静，沈琳穿着的高跟鞋踩在石板上，在黑暗中发出清脆的声音。

沈琳："陆长官，我爸爸对你说的那些话，可能有些重了，请你不要放在心里。"

陆胜文："或许你爸说得是对的，如今这局势，谁都说不好接下去会怎么样，况且，我们自己人……"讲到这里，他没有说下去。

沈琳："陆长官心里有郁结？"

陆胜文："如果我们自己人能够团结一致，审时度势，何愁不能把共军打败，可是现在党国中有许多人就为了自己的利益考虑。"

沈琳："确实如此，孟良崮战役、济南城战役，这几场战役的失败，败就败在我们不够团结。"

陆胜文："不说了，不说了。"

沈琳："说点开心的事吧，和我一起在英国留过学的小姐妹明天就要结婚了，可惜我参加不了她的婚礼，她没有回国，嫁给了一个英国人。"

陆胜文："现在国外比较安定。"

沈琳："是的，当初我爸爸也是想让我留在英国，但我还是想回国来，就算祖国再破败，那也是自己的国家啊。"

陆胜文："希望再过个十年二十年，我们的国家不要再有战争，我们的后代能过上和平的生活。"

沈琳："对啊，我们的孩子一定要有一个和平的世界。"说完，发现陆胜文看着她，两人对视了一眼，沈琳的脸一阵发烫。

陆胜文："沈小姐，时间不早了，我送你回去吧。"

沈琳点点头："哦。"

两个人往回走，没有再说话。


桃林镇，毛宝回到了军帐里，大憨和笑面虎都打着呼噜，声音此起彼伏，像极了乡亲们敲锣打鼓的协奏曲。他越想越气，突然情绪上来，大声叫喊起来："都别睡了，都给我起来！"

大憨嘟囔着："队长，咋回事啊，还不让人睡觉啊？天还没有亮呢。"

笑面虎："哎，队长啊，什么情况，你不能这样子折腾大伙儿啊？"

毛宝："草根，去，把煤油灯点上。"

毛草根睡眼蒙眬地把煤油灯点上，军帐里亮了起来。

毛宝说："大家都清醒清醒，我有事和你们说。"

大憨："队长，有要紧事啊，就不能明儿说吗？"

毛宝："不但是要紧事，还是天大的事情。"

笑面虎："那你倒是快点说啊，说完大家还得睡觉呢。"

毛宝："马上就要打黄百韬了，但是王司令员却说不让我们打头阵。"

笑面虎："就这事？"

毛宝："是的。"

笑面虎："哎呀，不就是打头阵嘛，让二团三团先去打又何妨，反正他们打不赢，退下来，还是我们老虎队上。"

毛草根："是啊，队长，你不要每次都这么急，心急吃不了热豆腐。"

毛宝："你们都懂什么，我们老虎队刚刚开始组建，如果不去打头阵，让姚公权和叶峰他们几个小子先去打，岂不是让他们笑话我毛宝了？"

笑面虎："原来你担心的是这个啊，哎呀，队长，你就是死要面子活受罪啊。"说着打了个哈欠，又继续睡觉，大憨他们也倒下去重新睡觉。

毛宝："起床起床！我们谈谈怎么说服王司令员。"

毛草根："队长，睡吧。明天的事情，明天再说。"说完也睡下了。

毛宝是又无奈又生气："你们这些没心没肺的家伙！"骂完了这一句一个人坐在凳子上，陷入思考中。

翌日的指挥部内，王司令员和洛奇政委正在召集各纵队开会，姚公权、叶峰等人都已到场。洛奇扫视了一圈人群，问："毛宝到了吗？"

姚公权："嘿，没看到这小子啊。"

王司令员："这浑小子在跟我斗气。叶峰，你去给我把他叫来。"

叶峰："是！"说完转身出去，但很快又进来了："司令员，毛宝他们在门口呢。"

王司令员："怎么不进来？"

叶峰："他们老虎队的队员们都在门口，说让您出去见他们。"

王司令员："这小子要翻天了。"洛奇拦住了王司令员："老王，你别动怒。我出去看看。"说着走了出去，毛宝带着老虎队队员们站在门口，领头的毛宝一副不达目的不罢休的样子，大憨他们跟在毛宝身边。洛奇走出来问："毛宝，你们这是干吗？"

毛宝："我们是来请战的，集体请战。"

笑面虎等人："是的，政委，我们老虎队来集体请战。"

毛宝："让我们老虎队来打头阵。"

洛奇："我说毛宝啊毛宝，你也算是老革命了，怎么还这么胡闹？"

毛宝："我没有胡闹，政委，这淮海战役打响了，我毛宝就是想让老虎队立功啊。"

洛奇："淮海战役你以为是一两日就能打完的吗，我洛奇向你保证，接下去有的是硬仗让你打。"

毛宝："我知道洛政委你对我毛宝好，但是这头阵，真的不能让我们老虎队去冲锋吗？"

洛奇："我问你，你的老虎队现在才多少人？打头阵？你们冲过去就被黄百韬的炮火给吞没了。"

毛宝："这……"

洛奇："好了，听我的，先把老虎队组建起来，我可以说，下面有很多艰巨的任务等着老虎队。"

毛宝："政委，我书读得少，你可别骗我啊。"

洛奇："我洛奇什么时候骗过你？快进来开会。"

毛宝："嘿，好。"

洛奇："记住了，可别惹司令员生气了。"

毛宝："知道了，政委。"说着便跟着洛奇进来开会了。屋子里的王司令员瞪了毛宝一眼，毛宝反而露出笑脸来，一副讨好的样子。

王司令员："你小子给我站一边去。"

毛宝刚要开口，王司令员："不许说话。"

洛奇："好了，大家安静一下，现在开始开会。请王司令员布置战斗任务。"

全场安静了下来，毛宝也站到了边上去。

王司令员："大战在即，有些话我本来不应该说的，但是有些同志思想态度不够端正，我把丑话说在前头，如果有哪位不服从命令，擅自行动，军法处置。"

王司令员把话说得很重，毛宝皱着眉头，姚公权看向毛宝，偷偷一笑，毛宝对着他狠狠瞪了一眼。

王司令员："粟司令已经下达了战斗任务，明天晚上对新安镇的黄百韬这场战役将正式打响。姚公权、叶峰，你们率领二团和三团，和其他打头阵的各纵队，向预定目标开进。"

姚公权和叶峰站了起来："是！"

毛宝也站了起来，刚要说话，洛奇阻止了他，示意他坐下。

王司令员："毛宝率领老虎队，负责打扫战场，以及抓俘虏。"

毛宝瞪大着眼睛："打扫战场？抓俘虏？司令员……"

王司令员："你有什么意见吗？如果觉得这个安排不行的话，就给我去兵工厂当厂长。"

毛宝："啊……"姚公权见到毛宝这副样子差点没有笑出来，强忍着笑。

王司令员走到了作战地图前："现在黄百韬兵团驻扎在新安镇的这个位置，二团和三团从东面这个口子开始攻打。"王司令员指着地图下达着命令，而毛宝一脸的哭丧样。


新安镇此刻还是国民党军的地盘，驻地中的国民党第七兵团副军长杨廷宴此刻也在自己的办公室内研究作战地图，身边站着几个师长和作战参谋。

其中一个师长："杨军长，现在共军已经到达桃林镇，马上就要攻城，我们现在撤退还来得及啊。"

杨廷宴："白师长，我们还没开战，你就想着要逃命了？"

白师长嗫嚅着："我……"

杨廷宴："黄司令准备和共军决一死战，凭着我们现在手上的兵力，取胜的希望很大。"

其中一个作战参谋："是的，如果我们在新安镇将包围过来的共军击退，就是为徐蚌会战打开一个良好的局面。但是如果我们撤退，不但会被共军一路追击，而且委员长那边也不好交代了。"

杨廷宴："魏参谋说得没错，一个良好的开端，等于是成功的一半，可以把整个局面盘活，如果这场战役打赢了，校长的天下就坐稳了。如果输了，我们将是共军的阶下囚，后果不堪设想。"说完看着几个师长和参谋问："有没有信心打赢共军？"

魏参谋说："有。"

白师长他们也只好说："有信心。"

桃林镇的作战会议开完了，王司令员对大家说："好，各位都下去休整一下，天黑之后，向新安镇发起进攻。"

姚公权他们这些领到作战任务的人精神百倍，齐声道："是！"说完便出去了，毛宝也无奈地跟了出去，一起走到了指挥部门口。

姚公权看着毛宝说："哎呀，毛宝同志啊，你们老虎队可得好好打扫战场啊，得仔细点，给我们多捡一些国民党军的美式装备啊！"

毛宝："你……"

这时，里面的王司令员喊了一声："毛宝，你留下，我还有事。"

毛宝一听开心转过身，对姚公权说："嘿，我就知道司令员肯定要给我开小灶呢！"说完对姚公权做了个鬼脸。姚公权一愣，脸上露出嫉妒之色。毛宝兴冲冲地又转进了指挥部里，面带笑容地走到王司令员面前说："司令员，我就知道你对我，嘿嘿，是不是让我带着老虎队执行特殊任务？"

王司令员："现在老虎队组建的怎么样了？"

毛宝："好，很好，大大地好。现在的老虎队，犹如一只猛虎，正要冲下山去，去和敌人决战。司令员，给老虎队布置作战任务吧。"

王司令员："你小子也别忽悠我了，你有几斤几两我还不清楚？我给你推荐一个人，让他进老虎队，等于是如虎添翼。"

毛宝："哈哈哈，老虎长翅膀，那感情好啊，能飞上天！"

洛奇："对，有了他，你们老虎队就能飞天。"

毛宝："嘿嘿，司令员、政委，这人是谁啊？爆破手？神枪手？不会是开坦克的吧？"

王司令说："洛奇，叫小江同志过来吧。"

洛奇点点头，对着门口说道："小江同志，进来吧。"

从门口走进来一个戴着眼镜、斯斯文文的年轻人，他向王司令员和洛奇政委敬了个礼，不是很标准，他托了托眼镜："司令员、政委，江小白报到。"

毛宝看了一眼江小白，有些不屑。

洛奇："好，江小白同志，一路上辛苦了。"

江小白："不辛苦，能加入中国人民解放军，我内心很激动。"

王司令员："唔，很好，小江啊，你一个燕京大学的学生为什么想要参军当兵？"

江小白："其实我在读大学前就想要当兵的，那时差点去读了黄埔军校……"

毛宝："哎呀，差点成了我们的敌人啊。"

王司令员瞪了他一眼："你给我闭嘴。"

毛宝低下头去，王司令员对江小白说："小江同志，现在老虎队的队长毛宝也在这里，你们先认识一下。"

江小白对毛宝敬礼："毛队长好。"

毛宝嘀咕了一声："一点都不好。"

王司令员："毛宝，你给我听好了，江小白同志将编入老虎队，你可得给我照顾好，他可是燕京大学的高才生。"

毛宝大惊："啊？什么什么，司令员，没搞错吧，你让这个白面书生加入老虎队，在开玩笑吗，他能打仗吗？"

王司令员："我没开玩笑。小江同志文化素质高，对提升老虎队的整体素养肯定有帮助。"

毛宝挥挥手："我不要，司令员，你把这个小白脸送给姚公权，他一点文化都没有，让小白脸教他认字去好了。"

王司令员："江小白同志编入哪支队伍，可不是你毛宝说了算。"

毛宝："反正老虎队不要。"

王司令员："你混蛋！"

毛宝："司令员，如果没什么事，我先走了。"说完生着闷气走了出去。

洛奇："毛宝……"

王司令员气得火冒三丈："反了反了，这个毛宝真是反了！"

而这位燕京大学的大学生江小白立在一旁，心里不是滋味，之前的满心欢喜此刻已是烟消云散，他望着毛宝远去的背影和仿佛仍然在屋子里回响的话语，失落地低下了头。

# 第六章

这边的桃林镇的解放军驻扎地里，毛宝因为没有拿到主攻任务以及平白无故多出的小白脸而生气着，暗自下着决心一定要立功。而另一边徐州城"剿匪"总司令部里，陆胜文也没有闲着，他向张天泉申请到了一支加强营，准备着前往新安镇支援黄百韬，战前局势在不知不觉中紧张了起来。

徐州城，陆胜文坐在吉普车里已到了城门口，正准备出发赶往新安镇，胡国忠开着车。

这时沈琳追了上来在后面喊："陆长官，陆长官，你等等。"

陆胜文听到了沈琳的叫声，回头看了一眼沈琳，停住了说："沈小姐。"

沈琳："陆长官这是要去打仗？"

陆胜文只点了一下头，沈琳："我知道军事行动都是保密的，唯有祝愿你平安回来。"

陆胜文："谢谢沈小姐。"

沈琳："不要这么客气，也不要叫我沈小姐，多见外啊，叫我沈琳，或是小琳就行。我就叫你陆大哥。"

陆胜文点头："好。"

沈琳从脖子上摘下一个十字架的挂件，对陆胜文说："把这个戴着吧，主会佑护你的。"

陆胜文显得有些惊讶："这个是你的贴身之物，我不能接受。"

沈琳："戴上吧，我也会为你祈祷的。"

陆胜文："谢谢你，小琳。"他把十字架挂件握在手中，感觉沉甸甸的，沈琳开心地说："平安回来。"

陆胜文："好。"说着便带着部队出发了。沈琳目送着陆胜文离开，随后，她又跑上了城楼，看着陆胜文带兵远去。

沈琳的心中泛起了声音，一个没有说出口的声音："陆大哥，你一定要平安回来，等你回来，我有好多话要和你说。"她看着陆胜文远去的队伍，一直到他们消失在路面的尽头。

陆胜文把沈琳送给他的十字架挂件藏进了怀里。胡国忠看见了陆胜文的举动，问道："旅座你也喜欢沈小姐？"

陆胜文一怔："什么？"

胡国忠："沈小姐对旅座你的心意很明了了，难道旅座不动心？"

陆胜文没有理会胡国忠的问题，而是对身边的传令兵下令："传令下去，火速前进，明日天黑前，务必赶到新安镇。"

传令兵："是！"


桃林镇的解放军临时驻扎地，江小白一副闷闷不乐的样子，洛奇从后面走了上来说："小江同志。"

江小白回头看见是政委，忙说："政委。"

洛奇："怎么，不开心？"

江小白："政委，您是不是很看不起我这个只会读书的学生啊？"

洛奇："怎么会看不起，我洛奇也是投笔从戎的。"

江小白："可是刚才毛队长对我的态度……不让我加入老虎队。"

洛奇："他就是这么个人，所以得有人管着他。这个人就是你。"

江小白："啊？我？"

洛奇："走，去老虎队的军帐。"说完带着江小白去老虎队军帐。

此时的毛宝也是没什么好气，一脸委屈和怒容地在军帐里发着牢骚："让姚公权他们去打头阵，让我们老虎队打扫战场？真是没天理啊。"

毛草根："是啊，太没天理，我们老虎队应该是冲锋部队才对啊。"

洛奇带着江小白从外面进来，说："什么没天理了，老天爷还是讲道理的，让我们人民的军队打败了反动派的军队。"

笑面虎等人连忙站起来："政委来了。"

毛宝："政委。"眼睛动了动一看洛奇身后的江小白，脸上又露出不悦之色。

洛奇："来来来，大家都认识一下，这是燕京大学的大学生江小白同志。"

江小白："大家好，我是江小白，大江东去的江，大大小小的小，白茫茫一片的白。"

毛宝："介绍一下自己需要说得这么复杂吗？就说你会干什么，能不能打枪，杀过几个敌人。"

江小白有些为难地看着洛奇，洛奇对江小白微微一笑，示意没有事，随即转而向毛宝说："毛宝同志，我问你，我洛奇对你怎么样。"

毛宝："政委一直以来对我很照顾，但是这一次把我糊弄了。"

洛奇："这次糊弄了你？我怎么糊弄你了？你倒是说说。"

毛宝："不是说和王司令员说好，让我们老虎队去打冲锋吗？结果让我们打扫战场。"

洛奇："哈哈哈，你小子啊，怎么到现在还没有成熟起来呢？王司令员这么做，就是疼着你们老虎队。"

毛宝："一点都不疼老虎队。"

洛奇："你自己想想，老虎队现在还没有正式成立，你们就这么几号人，大冲锋，一轮打下来，还能剩下几个人，你难道就想这么把这几个你最好的兄弟牺牲掉吗？"

毛宝："那怎么办？难道我们老虎队以后就负责打扫战场吗？"

洛奇："让老虎队在战争中壮大起来。"

大憨他们都认真地听着洛奇的讲话，毛宝也定住了，想听接下来洛奇的言语。

洛奇："姚公权和叶峰他们虽然打了这新安镇的头阵，但是只要你们老虎队壮大了，接下来去打徐州城，就让你们老虎队上。"

毛宝："好家伙，政委这个好，打徐州城，我喜欢啊！"

洛奇："新安镇的黄百韬兵团也不好打，二团和三团不一定能攻打下来，你们老虎队就是一支奇兵，如果姚公权他们败下阵来，你们就从侧翼杀过去。"

毛宝这下开心了："是，政委，我听您的。"

洛奇："当然战场也要你们打扫的，你们老虎队收缴的武器弹药就归你们。"听到这里，老虎队队员们也都很开心，毛宝向洛奇敬礼："保证完成任务，如果完不成，我毛宝提头来见。"

洛奇："好了，你的头，我和王司令员都不想要。不过今儿个，这江小白同志，你必须给我留下。"

毛宝："政委，真要这小白脸来我老虎队吗？"

洛奇："这是司令员和我共同的意见，小江同志有文化，有思想，来你们老虎队，有益无害。"

江小白："毛队长，我知道我刚从学校里面出来，没有杀敌经验，但我江小白有坚定的革命信念。"

　　洛奇："是的，江小白同志在读书的时候已经加入了中国共产党。"

　　毛宝："好吧，就让他来吧。反正打扫战场的时候，他干苦力就行了。"

　　洛奇："毛宝，我可警告你啊，不许欺负小江同志。"

　　毛宝："知道了，政委。"

　　洛奇对江小白说："小江，如果以后毛宝敢欺负你，你就来告诉我。"

　　江小白笑了笑："不会的，我看毛队长人很好啊。"

　　洛奇："好，那我先走了。"说完往外走去，江小白赶紧跟上："政委，我送送您。"说着把政委送出了军帐。

　　毛宝："嘿，这小白脸还真会拍马屁啊。"不过这句话倒是没有让江小白和洛奇听到。江小白送洛奇出来，洛奇对江小白说："小江啊，你现在就是老虎队的一员了，你在老虎队里扮演的其实就是我政委的这个角色啊。"

　　江小白："政委，其实我心里也胆怯，毕竟我没有什么经验，无论是战斗经验，还是思想教育方面的。"

　　洛奇："经验这种东西可以在实践中得到，你在学校里就加入了中国共产党，思想觉悟上就很高了，老虎队的同志们虽然文化程度不高，但是人都很善良。小江同志不要急，慢慢来。"

　　江小白："政委，其实我最担心的不是这个。"

　　洛奇："你怕毛宝会吃了你？"

　　江小白："他不会吃了我，但他的一个眼神足以让我心惊胆战了。"

　　洛奇："好啦，小江同志，你和毛宝相处一段时间，慢慢地去了解他。他这个人身上也是有许多优点的，不然我和王司令员也不会让他当老虎队队长了。"

　　江小白："政委，我知道了。"说着握了握自己之前只拿过笔杆子的拳头，暗暗下了决心，要在老虎队好好待下去。


　　军营中渐渐地紧张起来，每个士兵的步伐也越来越紧凑迅速，这意味着战斗即将打响。姚公权的二团和叶峰的三团士气高涨，做好了开战的准备，此刻的姚公权正在检查战士们的武器装备。一个满脸通红的年轻人正在擦拭自己的狙击步枪，很是认真细心。

　　姚公权蹲了下来对这位擦枪少年说："红娃，你记住了，你主要就是负责消灭国民党的头头，看到哪个当官大的，就给我打爆他的脑袋。"

　　这个叫红娃的士兵淡淡地说："知道。一颗子弹，消灭两个敌人。"

姚公权："嘿，好样的，你可是我们的二团镇团之宝，也要保护好自己，别跟着他们往前冲。"

红娃："知道。"只说了这两个字，他便没有继续和姚公权说话，低下头擦枪。姚公权拍拍红娃的肩膀，站了起来对大家喊道："同志们，战斗在今晚上打响，都给我打起精神来。"

二团的战士们："是！"

毛宝和老虎队的队员在不远处听到了姚公权他们那边士气高涨的喊声。草根他们有些垂头丧气，一副懒洋洋的样子。大憨坐在一边快要睡着了，江小白在看书，每个人都知道老虎队的任务是打扫战场，因此都少了些生龙活虎的调子。

毛宝："你们也给我打起精神来！"

毛草根："队长，今天又没我们什么事，我们就当是放假休息了。"

毛宝："怎么就没我们事了？姚公权他们肯定攻不进新安镇去的，那时我们老虎队就可以行动了。"

笑面虎："那就等那会儿再说嘛。"

毛宝："都给我起来。立正！"

大憨吓得跳起来："怎么了，怎么了？"

毛草根："快站起来，队长要讲话了。"

毛宝："绕着训练场给我跑十圈。"

毛草根等人："啊？跑步啊，十圈？"

毛宝："二十圈。"

笑面虎："队长叫我们跑，我们就跑，哪有这么多的废话。"说完率先跑了起来。刚加入的江小白本着一切听从队长命令的想法也老实地跟在笑面虎身后。

毛宝："快点。"

老虎队队员们都跑了起来，姚公权等人走过来观看毛宝他们，毛宝带着老虎队训练，绕着训练场地跑步。

姚公权："毛宝，你们这是干吗呢？"

毛宝没有理睬姚公权，对老虎队队员们喊道："都给我跑起来，快，快！"

笑面虎："我说队长啊，我们是不是吃饱撑着了，干吗要跑步啊？"

毛宝说："跑步就是为了锻炼身体素质，那些国民党将士为什么连逃跑都会被我们抓回来，就是因为平时不锻炼，山珍海味吃多了，鸦片大麻吸饱了。"

江小白已累得气喘吁吁，停了下来。毛宝走到江小白身边呵斥："你怎么回事？"脸上已经白里透红的江小白说："队长，我，我实在跑不动了……"

毛宝："连跑步都跑不动，你来老虎队干吗？"

江小白："队长，我跑，继续跑。"说着又继续跑起来。

姚公权走过来："哎呀，我说老毛啊，你这是干吗呢……"

毛宝："你是不是很闲，今晚上就要开战了，你还有这个闲心吗？"

姚公权："我不也是为了来放松放松嘛，哈哈哈。"

毛宝强忍住了气，伸展了一下身子，和老虎队队员一起跑了起来。姚公权见毛宝没有再理睬他，无趣地走开了。

毛草根他们几个老兵也累得气喘吁吁的。江小白咬着牙跑着，嘴里默念着："坚持，坚持住，江小白同志，别让这个魔鬼队长看不起你。坚持就是胜利。"他瘦小的身躯在队伍里并不起眼，却异常坚定。

何仙女他们正好来给解放军士兵们送来了伙食，到了训练场上，铁猴子羡慕地看着老虎队。

何仙女："嗨，这个毛宝，也不能这么训练自己的人马啊，是要把他们累死吗？毛宝，毛宝！"她大声叫着，毛宝回过头来，没有理睬何仙女，对老虎队队员们说："看什么看，继续跑。"

毛草根："队长，仙女姐给我们送来吃的啦，你可不能辜负她的一片好意啊。"

毛宝："毛草根，你的眼里只有吃的吗？你，给我加多跑两圈。"

毛草根："不是吧，队长……"

何仙女："喂，毛宝，你这是在惩罚你的队员吗？"

毛宝："我这是训练他们，为了让他们打仗更加威猛。"

何仙女："好了，人是铁饭是钢，一顿不吃饿得慌，你看人家的兵，现在都在吃饭呢。快叫他们停下来，先休息吃饭。"

毛宝："人家是人家，我们老虎队的兵和他们不一样。"

何仙女："我命令老虎队的队员停下来，休息吃饭。"笑面虎他们听到何仙女这么一说，都停了下来，不知道是早就体力透了支，还是何仙女的语气太严肃。

毛宝对何仙女说："你干什么，你有什么权力命令老虎队？"

何仙女："好了，毛宝，我看出来了，你是在生闷气呢。走，我有话跟你说。"说完拉着毛宝走，临走前转头对铁猴子说："猴子，把烧饼分给大家吃，对了，先让同志们喝一碗干菜汤解解渴。"

铁猴子："好嘞，队长，我明白。"

老虎队队员们都停下来休息，铁猴子对老虎队的大家伙儿说："来来来，大家先喝一碗干菜汤。"

毛宝还想制止，却被何仙女拉着，后者强硬地说："跟我走。"说完就扯着毛宝走了。

桃园里的桃树掉落下来叶子，地上也铺上了一层桃叶，景色唯美。何仙女把毛宝拉到了桃园里，两人席地而坐。

何仙女问毛宝："你有什么事不开心，跟我说说。"

毛宝沉默着没有说话，何仙女接着说："毛宝同志，你是不是不相信我啊，我们好歹也是一起长大的，有什么话不能和我说的嘛。"

毛宝："跟你说了也没用。"

何仙女："没用？那说出来，说不定我也能出点主意啊。"

毛宝看了看何仙女："司令员不让我去打头阵。"

何仙女："哈，就为这事啊？"

毛宝："是的，说给你听你也帮不上忙。"

何仙女："哈哈哈，毛宝啊毛宝，我看你的心肠真是小啊，司令员不让你去打头阵，你就生这么大气？"

毛宝："你是在嘲笑我？"

何仙女："我还真是在嘲笑你，你说你，虽然老虎队很厉害，但是司令员不让你们去打头阵，肯定有他的道理。"

毛宝："我……我知道。"

何仙女："你既然知道，为什么还要生气？"

毛宝："姚公权他们几个家伙也笑话我。"

何仙女："哈哈哈，你和姚团长啊，虽然总是斗来斗去，但是我敢打包票，真要是在战场上杀敌，你们肯定比亲兄弟还要亲。"

毛宝："这个……"何仙女步步紧逼着说："是吧？"毛宝："我跟他才不是亲兄弟呢。"话语中不禁带出了点小家子气。

何仙女看着气鼓鼓的毛宝安慰着说："好了，别生气了，来，看我给你带了什么。"她说从胸口掏出一个烧饼来："里面夹着你爱吃的霉干菜，看，还有肉末呢。香吧？"

毛宝看向那块烧饼，咽了一口口水："又给我开小灶啊？"

何仙女："什么小灶，是我何仙女对你的心意。吃吧。"

毛宝："你吃了吗？"

何仙女："嗯，我早吃过了。"

毛宝接过烧饼咬了一口："真好吃，有老家的味道！"

何仙女咽了一口水："那当然了，我亲手做的。"

毛宝："仙女，你对我真好！"

何仙女："知道就好。"

毛宝把烧饼递了过去："你也吃一口。"

何仙女摇了摇头："我不饿。"话音刚落，肚子就咕咕咕叫出了声，毛宝说："你的肚子出卖了你。"

何仙女摸了一下肚子："真是不争气，谁让你叫的？"毛宝把霉干菜饼塞到了何仙女的手里说："吃，这是我的命令。"

何仙女："你以为你是我的队长啊，敢命令我！"

毛宝："好好好，你何仙女是我的领导。我请求领导同志吃一口。"这句话很是受用，何仙女笑了笑，拿过饼咬了口，毛宝脸上也露出了笑容来。


黄沙道上，配着黄昏的照耀，陆胜文带着国民党军队伍在行军。

陆胜文问向身边的胡国忠："国忠，到新安镇还有多少路程？"

胡国忠："旅座，差不多还有十五公里路。再往前五公里，就是共军的阵地了。"

陆胜文："十五公里，好，命令部队原地休整。"

胡国忠："原地休整？我们不是要尽快赶到新安镇去吗？"

陆胜文："不急，等一等。"

胡国忠有些不解地问："等一等？"

陆胜文没有说话，喝了一口水，闭目养神。


国民党士兵们防守在新安镇，好几个士兵都是懒洋洋的样子，或倚着或半躺着或是站着打哈欠。

一个国民党老兵："唉，济南战役被共军打得这么惨，现在又要打，据说追上来的还是打济南的那支队伍。"

一个小兵："叫华东野战军，是粟裕指挥的，张灵甫也是他打的。"

老兵："不知道这回咱们还有没有活命的机会。"

小兵："真不想打了。"

老兵看着小兵说："可怜你了，小汤啊，还没有睡过女人，如果这回能活下来，老哥带你去逛妓院，把你这雏鸡给破了。"

叫小汤的小兵红着脸不说话，看到不远处杨廷宴他们过来，连忙说："长官他们过来了。"说完赶紧紧握着枪，瞄着外面，希望这番面子上的举动能在长官的眼里留下好印象。

老兵却还是抽着烟，一副无所畏惧的样子。

杨廷宴带着手下参谋往防御工地这边走来，杨廷宴向旁边的魏参谋问："魏参谋，我们这防御工事做得还可以吧？"

魏参谋看向四周点了点头："相当不错，看来这共军是要栽在新安镇了。哈哈哈。"

杨廷宴："很好，很好。"

魏参谋："杨军长，我们去那边看看。"说完带着杨廷宴往国民党老兵这边走来。

这位国民党老兵还在抽烟，旁边的小汤连忙小声提醒着："长官来了。"

老兵："怕啥？"

魏参谋走在前头，看到了那个老兵，眉头一皱说："你，过来。"老兵似乎没有听到，魏参谋的声音顿时抬高了几分："叫你呢。"小汤戳了一下老兵的手臂，老兵笑嘻嘻站起来："长官，你叫我啊？"

魏参谋："真是个老油条。"

老兵还是笑，魏参谋随手拿起身边的步枪，用枪托砸在了老兵的下体。老兵猝不及防，捂着裆部，撕心裂肺地大叫起来。魏参谋拉开了枪的保险："还敢叫，再叫的话，老子现在就毙了你。"

老兵强忍着痛处，不敢再叫出声，只是呜呜呜地抽泣着。

魏参谋对在场被震得有些木讷的小兵们说道："都给老子听好了，共军就要打过来了，你们要是不给我好好打仗，下一回可不是跟这个屙货一样吃一枪托的事情了，老子直接毙了他。"

国民党士兵们沉默着，魏参谋问："听到没有？"

国民党士兵们："听到了！"

杨廷宴："好了好了，大战在即，大家都得好好地打，不然共军打过来，你们都得没命。"

国民党士兵们说："是，杨军长！"

杨廷宴对魏参谋说："走吧。"

魏参谋："这帮老油子就该治治，走，杨军长，我们喝酒去，兄弟我刚弄了两瓶三十年藏的茅台酒。"

杨廷宴："三十年的茅台，好家伙，哪里弄来的？"

魏参谋："嘿嘿，刚从新安镇的一个乡绅家里搞来的。"两人乐呵呵地走了。

天色暗了下来，战壕里光线昏暗。

小汤问候老兵："你没事吧？"

老兵擦了一下脸上的泪水："没事。"

小汤："刚才那下子挺重的。"

老兵："下面这老二怕是要废了。"

小汤："啊？"

老兵："没事啦，反正只要能保住命，下面这玩意儿能不能用，都无所谓。"

小汤不知所措："哦。"

老兵："打起仗来，记得躲在我后面。"

小汤感激地看着老兵："嗯。"

老兵："记住了，命最重要。不要被子弹打中了，如果能活命，逃出去，回到老家去，娶个小媳妇，好好过日子。"

小汤想着那番光景，又看了看手中的枪，说："感觉像是在做梦一样。"

老兵苦笑："是像在做梦。"


天色在暗下来，太阳慢慢地下山。姚公权正率领着解放军战士们悄声地潜到了新安镇外，红娃跟在姚公权身后，双手握着狙击步枪。姚公权观察了一番前面国民党军的防御情况，举起一只拳头来，示意手下的人停下。二团的解放军战士们看到了指令，皆匍匐在地上，看向国民党军的阵地。

阵地里，国民党士兵打着哈欠，都快要睡着了。小汤也打着瞌睡，老兵："小汤，你眯一会儿吧，这里有我看着呢。"

小汤："这天快黑了，你说共军会不会趁着天黑打过来啊？"

老兵："嗯，共军喜欢在这个时候偷袭呢，不过没事，反正都要打的，你就安心地睡吧。"

小汤："哦，我先撒泡尿再睡。"说着便站起来，找个角落旁去撒尿，老兵看着小汤走过去。小汤吹着口哨正要撒尿，突然他看到了不远处的草丛中有动静，忙问："什么人？"

草丛中没有动静，老兵似乎感觉到了不对劲，喊了一声："快回来。"

小汤回身，一声枪响，老兵跑过去，一把把小汤拉到了战壕里。

新安镇外，是姚公权身边的一个解放军战士开了枪，姚公权对这个战士喝了一句："谁叫你开枪的？"

战士："他们发现我们了。"

姚公权："混蛋，给我打！"说着开枪对着前面的国民党士兵们射击。

国民党将士们从睡梦中被惊醒，第一反应就知道是遭到了夜袭，他们连忙拿起枪开始还击，双方开始激烈地交火，枪火在月上柳梢头的时节里开始交相辉映。

新安镇外，姚公权振臂一呼："二团的同志们，跟着我冲啊！"解放军战士们得了命令，奋勇地向敌人阵地进攻上去，各纵队的炮火也开始向敌人的阵地打过去。顿时，新安镇外火光冲天，如同白昼。

炮火不断袭来，枪子如同骤雨，小汤被老兵拉到了战壕里，前者惊魂未定。

老兵："没被子弹咬到吧？"

小汤："没有。"

老兵："这就好。"

小汤握着枪，握枪的手还在微微颤抖："共军杀过来了吗？"

老兵："打着呢，不管他。"

这时，一个国民党连长喝了一声："给我打！打！"老兵转过身，对着外面放了几枪。小汤探出身子去，也要开枪射击。老兵拉了拉小兵："保护好自己。"

小兵感激地看着老兵，点了点头。


新安镇外的解放军阵地，毛宝带着老虎队队员在战场的后面观战。毛宝拿望远镜看着，笑面虎在旁边说："我说队长啊，这大黑夜，你能看到什么啊？"

毛宝："你不知道我毛宝是夜猫子啊，夜里眼睛发绿，和白天一样看得清楚。"

毛草根："嘿嘿，厉害了我的哥。"

毛宝："姚公权这小子打起仗来还真是不要命，和我毛宝有一拼啊！"

大憨："反正今晚上也没有我们老虎队什么事，还不如睡觉。"

笑面虎踢了一脚大憨："你就知道睡觉，你是猪八戒转世吗？"

大憨："你才是猪！"

毛宝："好了，别嚷嚷了！"

江小白也盯着前方的战场看，身子有些颤抖。毛宝鄙视地看了江小白一眼："你要是害怕，就给我滚后面去！"

江小白："我不怕。"突然敌军发来一发炮弹，江小白连忙卧倒在地。

笑面虎："小白白，这炮弹离我们远着呢！"

江小白重重地点了点头，慢慢站起了身，偷偷地看向自己的队长，队长摇了摇头。

新安镇的道路上，枪声阵阵传来，撕破了宁静的夜，陆胜文听到了枪炮声。胡国忠对陆胜文说："旅座，好像是打起来。"

陆胜文看向镇口的方向，火光闪动明灭，他说："看来是共军开始攻打新安镇了。"胡国忠点点头。陆胜文继续说："集合部队，往前推进五公里！"胡国忠："是！"

炮火翻江倒海地侵蚀着新安镇，国民党士兵们被打过来的炮火压制地抬不起头来，眼看着解放军将士们逼近眼前。这时，还有些醉醺醺的杨廷宴和魏参谋听到了枪声赶紧带着手下将士从后面上来，杨廷宴阴冷地喊了一声："给我挡住共军！"

国民党士兵们似乎没有听到杨廷宴的声音，还是稀稀拉拉地对着外面开枪。魏参谋大叫："打，给我狠狠地打！你们不卖力，老子就毙了你们！"士兵们听到魏参谋的声音，终于开始奋力地对着冲上来的解放军射击，魏参谋也拔枪对着外面射击。

新安镇外，冲在前面的解放军战士一个个倒了下去，但后面还是有许多解放军继续冲上来。国民党阵地这边向姚公权的队伍飞过来一排子弹，姚公权迅速卧倒，子弹射在身边的土地、掩体以及没来得及躲避的士兵的骨骼上。

姚公权："妈的，差点被打中。"

阿辉："团长，敌人的火力太猛了，我们攻不上去啊！"

姚公权："攻不上去也得攻，跟我冲啊！"说完跳起身来，继续冲锋。

解放军阵地里，毛宝拿望远镜看着："这国民党反动派不好打啊，还说他们要逃命了，这分明是要跟我们解放军拼命啊！"说着又继续拿望远镜看起来。

交战之地，杨廷宴看着解放军还在前赴后继地冲上来，他对白师长说："白师长，叫我们的炮兵上！"

白师长："杨军长，共军已经离我们很近了，再开炮的话，会伤到我们自己人。"

魏参谋："白师长，都这个时候了，还管这么多干吗，和共军同归于尽也在所不惜。"

杨廷宴："对，和共军同归于尽。传令下去，让炮兵上！"

杨廷宴身边的一个营长领命道："是！"

与此同时，新安镇外解放军的驻地附近，一支军队在黑夜中慢慢潜行过来。

"给我开炮！"国民党的阵地中，炮兵连已经准备好，魏参谋亲自指挥，一声大喊。一瞬间，大量的炮弹向冲上来的解放军打了过来。

炮弹炸开，火光冲天。许多解放军战士被炸飞，姚公权大叫："卧倒，快卧倒……"炮声迅速淹没了姚公权的喊声，姚公权身边一个解放军机枪手战士被炸断了腿，在撕心裂肺地惨叫着。

姚公权："卫生队！快叫卫生队上来！"

阿辉："是！"说完低着身子退下去找卫生队。

姚公权把军帽摘下来，重重地扔在地上，抓起身边的机枪，对着国民党阵地一阵扫射。国民党军这边又有几发炮弹打过来，姚公权连忙趴倒在地上。

相对的，几发炮弹在国民党军自己的战壕里炸开，许多国民党士兵被炸死。国民党小汤身边的一个战士被炸出了肠子，惨叫着："救我，救我啊……"小汤不知所措捂住了战友的肚子，但是肠子还是不断地往外流出来，老兵在一旁看着。

小汤："怎么办？怎么办啊？救救他！"

老兵："作孽啊，不用救了。"

小汤："救不活了吗？"

老兵："救活了，也要被自己人打死的。"

小汤："啊？"

老兵："真是作孽啊。自个儿保命吧。"

又是一发炮弹在国民党军的阵地里炸开，老兵连忙用自己的身体扑倒了小汤，小汤抬起身来发现老兵口吐鲜血，他连忙问道："你受伤了？"

老兵："老子没事，记住了，活着出去，替我好好活着。"

小汤："我救你……"说着想要把老兵背起来，老兵喃喃地说道："不用麻烦了。活着……不要再给国民党打仗了……"说着头一歪，死去了。

小汤悲痛地大哭起来："老江，老江……"

新安镇外的解放军阵地里，毛宝放下了望远镜："这个姚公权真是不要命了，国民党的炮火这么猛烈，还要冲上去送死啊。老姚啊老姚，你还是快点下来吧。"

笑面虎："嗨，这个姚团长，还怕被我们老虎队抢了功吗？"

毛宝又拿望远镜看了看："三团的叶峰倒是蛮聪明的，已经停止进攻了。"

大憨："队长，我们要去支援吗？"

毛宝："支援？我们负责打扫战场。"

大憨："对哦。"

毛宝："唔，就算要去支援，现在还不是时候啊！"

天色已经亮了起来，这场攻坚之战与防守之战足足打到了天明，此刻迎来了短暂的宁静。

魏参谋看了看外面的情况："共军停止进攻了。"杨廷宴没有说话，他也拿着望远镜观察着解放军。

魏参谋："哈哈哈，我军的炮火果然是威猛不可挡啊！"

杨廷宴："不好，共军又开始进攻了。"

远处的姚公权从泥地里抬起头来，大喝了一声："同志们，不怕死的，就跟着我姚公权，冲啊！"

冲锋号再度吹响，叶峰带着三团的战士们也开始向国民党阵地进攻。

魏参谋问向左右道："还有炮弹吗？给我统统地打过去。"

炮兵连长："长官，炮弹已经没有多少了。"

魏参谋："都给我打过去，全部打完。"

炮兵连长："是！"

正用着望远镜观察战局的毛宝眼里也布满了血丝，说："不好，敌人的炮弹又要开打了。"

江小白："这个黄百韬真是要下大血本啊。"

毛宝："你懂什么！"

江小白："这么近距离打，我们的战士必死无疑啊！"

毛宝嘴里不停地念叨着："老姚啊老姚，赶紧撤下来。"

战场上的姚公权带着解放军战士攻上去，突然他看到国民党军的炮兵连准备对自己这边开炮，他连忙站住了脚步，对身后的红娃喊道："红娃，红娃！"红娃跑到了姚公权身边，没有说话。

姚公权："红娃，给我干掉这几个炮手。这回看你的啦！"

红娃："好。一颗子弹，消灭两个敌人。"说完迅速地找到了一个狙击位置。

国民党军的炮兵们填装好了炮弹，正要开炮发射。红娃扣动了狙击枪的扳机，一颗子弹飞出，反射着清晨的阳光与凝稠的血色向前冲了出去。国民党军炮兵连长喊着："发……"话音未落，一颗子弹打在了一个炮兵的脑袋上。子弹穿过脑壳，随后击中了炮兵连长的胸口。炮兵仰面倒下，炮兵连长一声惨叫，也倒了下去。

姚公权："哈哈哈，好样的，给我继续干掉这些炮兵！"

红娃异常冷静，迅速地瞄准了国民党军另外几个炮兵，打爆了正要开炮的几个炮兵的头颅。

日头已经升起，天已经大亮，战场的细枝末节越发分明，毛宝拿着望远镜依然在关注着战场的局势，此刻不由得脱口而出道："好家伙，狙击手啊！这姚公权的手下竟然还有这么厉害的角色！"

江小白："想不到我们解放军有狙击手，不过真不应该让狙击手跑上前线去啊。"

毛宝看了一眼江小白，没有和他说话，对笑面虎说："笑面虎，那个二团的狙击手叫什么名字？"

笑面虎："他啊，叫红娃，是二团的镇团之宝，他们姚团长一直藏着，关键时刻才用。"

毛宝："这个老姚还藏得真好啊，这回这么大的宝都押上来了。"说完继续观察，嘴里念着："红娃，厉害了红娃同志啊！"


国民党的阵地里，面对着迟迟打不出去的炮弹和接二连三倒下的炮手，杨廷宴坐不住了："什么情况？炮兵怎么都被共军给打死了？"

魏参谋："杨军长，不好，共军有狙击手啊。"

杨廷宴："狙击手？"

魏参谋："快，快，保护杨军长撤退！"几个国民党警卫员跑过来，杨廷宴转身就走，就在这时一颗子弹飞过来，击中了杨廷宴身后的一个警卫士兵，鲜血喷射，杨廷宴和魏参谋都吓得连忙趴倒在地上，又一颗子弹从杨廷宴他们头顶飞过。

姚公权："红娃，你厉害啊，是我们二团的镇团之宝啊！"

红娃："刚才那枪，一颗子弹没有消灭两个敌人。"

姚公权："不碍事，等打完这仗，我给你发一百颗子弹。"

红娃："好。"

姚公权拍了拍红娃的肩膀："你跟在我后面。其余同志，跟着我冲啊！"话音落下，二团的解放军战士们向国民党的阵地冲杀过去。

杨廷宴他们看到解放军冲锋上来，都大惊失色，魏参谋已经开始手忙脚乱："快，快撤退！"

杨廷宴被白师长搀扶着，往镇子里撤退，后面姚公权带着解放军战士已经追到了眼前。杨廷宴有些不甘心，对着后面开枪射击。魏参谋在旁边着急地说："杨军长，还是快点逃命吧。"杨廷宴点了点头，继续往前跑。魏参谋对身后的几个国民党士兵喊道："你们……你们快点去挡住共军！"被往火坑里推的国民党士兵们无奈转身去还击冲上来的解放军。

姚公权他们已经冲杀到了国民党阵地，与势如洪流的解放军们相比，国民党士兵则是溃不成军、慌乱逃命。姚公权在这洪流之中喊道："活捉那几个国民党高官！"

阿辉他们得了命令，奋力地冲上去。

解放军阵地里的毛宝大赞着姚公权的勇猛，依然用望远镜看着战局，突然他的脸色变了："不好，这，这是哪里来的部队？"

没错，那支神秘的部队属于陆胜文。陆胜文带着队伍从侧翼杀出来，直插姚公权他们的进攻部队。姚公权他们正要打过杨廷宴他们这边，突然大批的解放军战士被打倒。

胡国忠拿着冲锋枪对着二团的战士们扫射，一边扫射，一边大叫着："干掉这些共军，别让他们冲上去！"陆胜文手下的国民党兵奋勇拼杀，抵挡住了姚公权部队的冲锋。陆胜文对着姚公权开枪射击，击中了姚公权的肩膀。

阿辉："团长……"

姚公权咬了咬牙："死不了，给我继续冲！"

阿辉："是，团长。同志们，跟着我冲啊！"说完带着解放军战士继续冲锋。

杨廷宴看到陆胜文带着部队杀过来，眼睛一亮，说："是我们的人马，是援军。"魏参谋惊讶道："援军来了？"杨廷宴点点头："是援军，走，跟我杀回去。包围共军！"说完带着国民党将士折回来，还击冲上来的解放军。

战场之外，毛宝此刻的心情和战场上的战士一样心急如焚，他不顾江小白等人的反对，立马下令："出发，救援！"


战场上，陆胜文他们从侧面包抄过来。杨廷宴带兵从正面杀回来，魏参谋咬着牙对着解放军战士开枪射击，好几个解放军战士被打倒。姚公权的人马被包围在中间，阿辉看着周围："团长，我们被包围了。"

姚公权："跟国民党反动派拼了。"说完对着陆胜文这边奋力还击，陆胜文身边的几个士兵被击倒。姚公权打光了枪中的子弹，想要去拿阿辉的枪来打。

阿辉："团长，我的子弹也打光了。"

姚公权："同志们，上刺刀！"解放军战士们纷纷上刺刀，胡国忠对着打光了子弹的解放军战士开枪，几名解放军战士毫无抵抗能力地倒了下去，姚公权气得双眼放着红光："小子，有种就跟爷爷拼刺刀！"

胡国忠还是直接用枪打解放军战士，好几个战士被打死。姚公权一跃身跳起来，一刺刀刺向了胡国忠，陆胜文连忙拉开了胡国忠，胡国忠差点被刺死。

姚公权见一击不成，转而攻向陆胜文。陆胜文躲过了姚公权的刺刀，随后从身后拔出一把短刀了，挡住了姚公权的再次攻击。

悄然地，毛宝带着老虎队队员已经摸了上来。江小白也跟在毛宝身边，毛宝看了他一眼："拿着枪，会用吗？"

江小白摇头，毛宝一脸无语，刚想骂几句，哪知江小白先发制人说了一句："我不会杀人的……"毛宝没有再理睬江小白，而是看着前方，突然他看到了陆胜文，毛宝愣在那里。

大憨："队长，咋了，冲不冲？"

毛宝沉默着，毛草根也看到了陆胜文："胜文少爷？"毛宝的拳头砸在泥地里。

前方的陆胜文和姚公权正在用刺刀拼杀，阿辉他们也和国民党军开始了近距离的肉搏战，胡国忠还是用枪直接射击解放军战士。姚公权拼出全身力气攻击陆胜文，陆胜文故意落败，随即杀出一个回马枪，眼看着刀子直插姚公权的胸口。

"铛"的一声，一把鬼头刀挡开了陆胜文的尖刀。陆胜文退后了几步，正要还击过来，一看是毛宝，止住了脚步。毛宝和陆胜文四目相对，好一会儿，两人都没有出手。胡国忠正要对毛宝开枪，大憨冲上来，猛地撞开了胡国忠。

笑面虎："队长，快离开这里！"

毛宝："保护好姚团长，撤退！"

毛草根领命背起了姚公权，往后撤退。陆胜文和毛宝还是相互对视着，但两人都慢慢地往后退去。

老虎队带着姚公权他们撤退下来，胡国忠带着国民党士兵还要追击上去。大憨抢起机枪对着冲上来的国民党士兵一阵扫射，猝不及防之下，倒下了一片国民党士兵，胡国忠也连忙躲到了掩体后面。

陆胜文："国忠，不要再追了！"

胡国忠持着手枪，恨恨地看着毛宝他们离开。

这时杨廷宴他们迎了上来，杨廷宴抱住了陆胜文笑着，也是发自肺腑地说："哈哈哈，你们这支友军来得很及时啊！感谢，感谢啊！"

陆胜文："应该的。"

杨廷宴："兄弟，你们是哪支部队？"

陆胜文："张天泉军长派我们来的。"

杨廷宴："张军长啊，了不起了不起啊。兄弟，我看你很眼熟嘛。"

陆胜文："张军长麾下上校副旅长陆胜文。"

杨廷宴："陆兄啊。"

陆胜文："胜文不敢当，杨军长，您还是叫我名字吧。"

杨廷宴："好好好，胜文。走，我们先回新安镇再细说。"

陆胜文："杨军长，共军很有可能还会攻打上来，我们必须派一支部队防守在这里。"

杨廷宴一拍脑门："对，共军还会攻上来。白师长，你带兵在这里防御。"

白师长："是！"说完带着国民党将士守在新安镇镇门口。

杨廷宴对陆胜文说："胜文，请啊。"


毛草根背着姚公权回到了解放军的阵地里，是毛宝等人一路在后面掩护着撤退下来。众人将负伤的姚公权安置好，姚公权："毛宝兄弟，这回真是亏得你啊，不然我老姚这条命就没了啊。"

毛宝笑着："嘿嘿嘿，你小子打起仗来也是不要命啊，我毛宝这回又没和你抢头功。"

姚公权支吾了起来："我，我……毛宝兄弟，我姚公权难为情啊！"

毛宝："你脸皮这么厚，没什么不好意思的。哈哈哈。"

姚公权："你也别取笑我了。你说吧，你要我怎么报答你？"

毛宝："哎，咱们俩是什么关系，怎么能谈报答呢，那多见外啊！"

毛宝连忙摆手："不用，不用，你真是太小看我毛宝了。好了，先回去把子弹取出来，把伤养好了再说吧。"

姚公权："好，好……"口中答着"好"，心中一阵感激，一阵纳闷，到后来发展成了不安：往常没这么好说话的毛宝今天怎么转了性，什么都不要了呢？

# 第七章

桃林镇的解放军阵地中开始忙碌起来，躺着的是伤病，频繁走动的是卫生员。担架以及担架上的人不断地被送进医护帐篷，地上的血像极了交错纵横的交通线。送罢了姚公权，毛宝从战地医院里出来，一眼就看到了红娃，毛宝走到了红娃面前，对他示好地笑了笑。

红娃却没有理睬毛宝，一脸冷漠。

毛宝面带微笑："你是姚公权的兵？"

红娃："是！"

毛宝："你在战场的表现很好，我都看到了。"

红娃："一颗子弹，消灭两个敌人。"

毛宝："哈哈哈，好一个'一颗子弹，消灭两个敌人'。"

红娃："你是哪个？"

笑面虎上来："没看到我们队长刚才救了你们团长一命吗，这是我们老虎队的队长。"

红娃："队长啊，级别好像不高。"

笑面虎："你……"毛宝拉开了笑面虎，没有让他说下去，继续对红娃客气地说："我呢，原先是一团的团长，后来因为放走……噢，后来王司令员给我升了官，让我组建老虎队。你知道老虎队吧？"

红娃摇头："不知道。"

毛宝："这老虎队，其实也可以叫老虎纵队，对，差不多就是纵队的级别。一个纵队，那就相当于一个军。所以呢，我这个队长，其实相当于一个军长啦。"

红娃："哦。"

毛宝得意："厉害吧？"

红娃："你说的话真多。"

毛宝："我？好好好，其实呢，我很欣赏你。"随即靠到了红娃的身边问："有没有兴趣加入我们老虎队？"

红娃："没有。"

毛宝愣了一下："唔？"

笑面虎："到了我们老虎队，你的级别也高了啊，你现在只不过是个兵，来了我们老虎队，你至少是个连长级别的。"

红娃："连长能当饭吃吗？"

笑面虎被问住了："这个……"

毛宝："红娃，你真的不愿意来我老虎队吗？"

红娃："不来。我死都跟着我们姚团长。"

毛宝："嘿，这孩子还真够倔的啊，老姚给你灌了什么迷魂汤了？"

红娃："没有喝汤。"

毛宝："你……"这样油盐不进的兵，毛宝还是第一次碰到。

半晌之后，毛宝带着老虎队队员往指挥部这边走去，边走着，几个人边聊着天。

毛草根："嘿，这个红娃还真是不识好歹，让他加入老虎队，那是看得起他。有多少人挤破头皮想要加入呢。"

毛宝："唔，人才嘛，都是有个性的。人家刘皇叔三顾茅庐请出了诸葛亮，我就不信，我毛宝还搞不定这个陕西娃。"

笑面虎："嘿嘿，我们队长是刘皇叔，那我笑面虎就是关云长啦。"

大憨："呵呵，那我是张飞。"

毛草根："我是赵子龙。"

毛宝催促道："走走走，去找王司令员去。"

这时，何仙女迎面走来。毛草根提醒道："队长，仙女姐来了。"

毛宝："不管她，先去王司令员那里。"

哪知何仙女先声夺人，看见了毛宝喊道："毛宝，你给我站住了！"

毛宝："何仙女同志，我现在还有事呢，得去向王司令员汇报工作。"

何仙女的眼睛里闪着泪光："你刚才上战场去了？"

毛宝："哦。"

笑面虎他们识趣地走开了。毛宝急了："嗨，你们干吗走啊？"

笑面虎："队长，我们就不打扰你们了，我们在司令员的指挥部外面等您来。"说完竟全都走了。

毛宝："这些家伙……"

何仙女："好了，别看他们了。你们老虎队这次不是不用上战场吗，你为什么还要去打？"

毛宝："不是，这个打仗嘛，本来就是我们解放军的事情啊，我们老虎队刚才要是不去打啊，那姚公权就没命了。"

何仙女："你救了他？"

毛宝："是的，哎，救了老姚同志，也遇到了我们的发小啊。说实话，我的心到现在还很乱呢。"

何仙女："遇到谁？陆胜文？"

毛宝点点头。何仙女低下头去："他来了？"

毛宝："我还和他干了一架呢。"

何仙女着急了起来："啊？你们真枪实弹地干架了？"

毛宝："我和胜文啊，要是不认识的话，我们两个中今天就有一个去见阎王爷了。"

听到这里，何仙女沉默着不说话。毛宝："仙女，我知道你和胜文之间……"

何仙女："好了，别说他了。我和他之间已经没有什么关系了。"看着何仙女的表情，毛宝不知该说什么。

何仙女："你去司令员那里汇报工作吧。"说完冷着脸走了，毛宝微微摇头，自语道："我们三个人的事，只能走一步看一步。"说着叹了口气，向王司令员的指挥部走去。

指挥部里，毛宝带着老虎队队员站在王司令员面前，毛宝："报告司令员，我毛宝来认罪了。"

王司令员："你有什么罪？"

毛宝："我不服从命令，老虎队接到的命令是打扫战场，但还是冲上阵去和敌人交战了。"

王司令员："你小子是在骂我啊，骂我看走了眼，不该让你们老虎队去打扫战场！"

毛宝："不是的，打扫战场这活儿很好。"

王司令员："呵，别以为你把姚公权给救出来了，我就会奖励你。"

毛宝："不需要奖励。营救战友，那都是应该的。"

王司令员："唔，那很好，你毛宝讲义气。"

毛宝："那是当然的啦。"

王司令员："没什么事，就下去吧。"

毛宝突然从严肃的认错脸变成了笑嘻嘻的有求脸："嘿嘿，有事……其实……还有一点点事。"

王司令员："你小子能不能把话一次性说完？有屁快放。"

毛宝："其实呢，这事就王司令员一句话的事情就能办成，而且啊主要是为了组建老虎队。"

洛奇："毛宝，你有什么请求，赶紧和司令员说，只要不是无理的要求。"

毛宝："哎呀，当然不是无理的要求。司令员、政委，我就是想要个人。"

王司令员："谁？"

毛宝："二团老姚手下的红娃。"

洛奇："红娃？你是说那个狙击手红娃？"

毛宝点点头："是的。我认为我们老虎队很有必要配备一个狙击手，这样才能更好地完成特殊任务。"

洛奇："毛宝，你的想法是对的，但是这个红娃可是二团的宝，姚公权可不会让给你的啊。"

毛宝："所以这事得司令员和政委做主啊，让老姚把红娃让给我。嘿嘿嘿。"

王司令员："你小子又在给我们出难题，姚公权的脾气你又不是不知道，你觉得他会把人让给你吗？"

毛宝："不会。这小子抠门极了。"

洛奇："毛宝，你求贤若渴这一点，我很欣赏。不过这红娃是姚公权同志的宝，你想要从他手里得到宝贝，就得自己想办法，只要红娃自己愿意来老虎队，我和王司令员都没有异议，而且也会安慰姚公权的。"

毛宝："唉，看来还得我自己搞定这个红娃啊。"

这时，一直没有开口说话的江小白插了一句话："我也来想想办法吧。"毛宝瞪了江小白一眼，江小白连忙闭上了嘴巴。


新安镇，救护有功的陆胜文和胡国忠被杨廷宴请到了自己的办公室中，好酒好菜地招待着，杨廷宴中途出去向黄百韬司令报告情况，只留下了陆胜文和胡国忠在享用酒菜，稍作休息。

杨廷宴从外面回到了自己的办公室，陆胜文他们已经吃好，桌子上的菜吃得差不多了，但是酒没有动。

　　杨廷宴："胜文啊，今天你营救得很及时，刚才黄司令也夸赞你了。"

　　陆胜文："谢黄司令夸赞。"

　　杨廷宴看向了桌子上的酒菜："哎，这酒怎么不喝啊？"

　　陆胜文："战争时期，胜文不沾酒。"

　　杨廷宴："唔，很好。不过今日大家相遇，很是开心。我杨廷宴敬你一杯。"副官连忙倒上了酒，杨廷宴拿起酒杯，陆胜文想要推脱："杨军长……"杨廷宴："共军刚被我们打跑了，今日肯定不会再来，喝几杯酒，不碍事。来吧，兄弟。"陆胜文听到这里，也只能拿起酒杯。两人碰了一下杯子，一饮而尽。

　　喝了酒，陆胜文仿佛卸下了一身担子："杨军长，如果这里没什么事的话，我想到外面去看看，熟悉一下这里的地理环境。"

　　杨廷宴："胜文啊，这个不急，天色都暗下来了，我们不如把酒喝完。"

　　陆胜文有些为难地支吾着："这……"

　　胡国忠在旁边劝说着陆胜文："旅长，杨军长也是一片好意。"陆胜文看了看胡国忠，杨廷宴拉住了陆胜文说："你就快坐下来吧。"两人坐了下来，杨廷宴亲自给陆胜文倒酒，陆胜文以责备的目光看了看胡国忠，又以复杂的眼神看了看那杯斟满了的酒。

　　酒过三巡，陆胜文脸色已经开始出现了淡淡的红："杨军长，酒真的不能再喝了。"

　　胡国忠："杨军长，我替我们旅长喝了。"说完一口就喝掉了杯中酒。

　　杨廷宴："哎，你这小兄弟很不错。"

　　胡国忠："谢杨军长夸奖，我敬军长一杯。"说完又喝了一杯，如此来回，这酒竟又喝了起来。杨廷宴一拍手，喊道："来人，把礼物拿上来。"

　　门口的副官应声："是！"说完拿上来一个盘子，盘子上盖着红布。杨廷宴拿掉了红布，露出三根金灿灿的金条来。胡国忠瞪大了眼睛，陆胜文却只看了一眼。杨廷宴："胜文啊，一点小意思，望笑纳。"

　　陆胜文："杨军长，你这是什么意思？"

　　杨廷宴："这是我们第七兵团的意思，我代表黄司令嘉奖你。这三根黄鱼，胜文兄，你一定得收下。"

　　陆胜文推脱："不行，杨军长，我说过了，来支援第七兵团，是理所当然的事情，是在为党国战斗，我陆胜文不能收礼。"

　　杨廷宴："胜文，你就当犒劳一下你的兄弟，你们一路上也很辛苦，给每个兄弟都分点。"

胡国忠："旅长，你就收下杨军长的好意吧。"

陆胜文有些发怒："国忠，我不是和你说过了吗，我们打仗，不是为了个人名利，不是为了发财升官。"

胡国忠低头："是，国忠错了。"

陆胜文转而对杨廷宴说："杨军长，这些兄弟都是陪我出生入死的，我会好好待他们。但是这金条，胜文真的不能收，还请杨军长替我谢过黄司令。"

杨廷宴："这个……胜文啊，如今党国中像你这样的年轻人真的不多了。黄司令对你也是极度欣赏。"

陆胜文站起了身："杨军长，你今天时候也不早了，我们先回去休息了。"

杨廷宴："好好好，副官，带陆旅长他们下去歇着。"

副官答了声"是"，送着陆胜文和胡国忠下去，及至两个人走远了，杨廷宴看着陆胜文的背影，欣赏地点点头："这小子，如能为我第七兵团效力就好了。"


桃林镇，大憨和毛草根捕获了一个俘虏，是国民党军阵地里活下来的年轻士兵小汤。

小汤显然被吓坏了，一直在跪地求饶。毛宝等人把他扶起，才知道小汤家在菏泽，父母早就在抗日战争的时候死在了鬼子的手里。毛宝等人于心不忍，给了小汤一些盘缠让他回家种地。可经历过了生死的小汤体会到了国共之间的差距，毅然加入了老虎队，为毛宝的队伍增添了新的力量。

民兵队也已经在桃林镇这里建筑起了驻地，何仙女一个人坐在那里纳鞋，针线在鞋底的边缘来回穿梭，一走神，针刺了一下手指头，一颗珍珠般的血珠从手指上冒了出来，她痛得吸了一口伤口。

这时，火凤凰走了过来问："队长，你怎么走神了，在想什么呢？"

何仙女低头继续纳鞋："我没在想什么。"

火凤凰："我都看出来了你有心事，是不是在想毛队长啊？"

何仙女："他有什么好想的？"

火凤凰："啊，那你不想他，难道还在想别的男人啊？"

何仙女："小丫头，你懂什么。"

火凤凰也低下头去："我怎么不懂了，想一个人，其实很辛苦的。"

何仙女看着火凤凰："哦？"

火凤凰："队长，你肯定也是在想一个人。"

何仙女："就当你说对了。"

火凤凰："我说吧，不过你不在想毛队长，那在想谁啊？"

何仙女："是我和毛宝一起玩到大的小伙伴，刚才毛宝在战场上和他厮杀了。"

火凤凰："啊？国民党那边的啊？"

何仙女："虽然他现在是国民党那边的，但他是个好人。从小，我们三个人一起长大，我是他们家的童养媳，我差点就当了他的……"

火凤凰："啊，老婆啊？队长原来你……"

何仙女："别说了。虽然我是他们家的童养媳，但是他的父母一直把我当女儿养，他也把我当妹妹一样。所以我的心里对他有愧疚感，我想毛宝也一样，他们俩像是亲兄弟一样的。"

火凤凰："但是他毕竟是国民党那边的啊。"

何仙女："所以我心里很郁闷。"

火凤凰："队长，我们可不可以想个办法，让你男人，噢，不对，你小时候的玩伴，投诚到我们这里来呢？"

何仙女看着火凤凰："让他投诚过来？"

火凤凰点点头，这个想法实在是一个两全其美的办法，何仙女陷入思考中。

战地医院里，毛宝拎着一袋野果子来看望姚公权："哎呀呀，公权兄弟啊，怎么样，身体恢复一些了吧，子弹取出来，还痛吗？"

姚公权正躺着休息："都好，都好。"

毛宝："这里也找不到什么营养品，给你弄了一些野果子来。"

姚公权："多谢毛宝兄弟了，你真是太客气了。"

毛宝："哎呀，小意思，咱们俩谁跟谁，都是自家兄弟，何必说两家话呢！"

姚公权点点头："对对，都是自家兄弟，我姚公权的这条命都是你的。以后用得着我姚公权的地方，我定当万死不辞。"

毛宝说："嘿，死什么死，你死了，我也没有什么好处啊。不用死，不用死。不过呢，我就向你提个小小的请求。"

姚公权："什么要求，你尽管开口。"

毛宝："向你要个人？"

姚公权一愣："一个人？"

毛宝："对，就一个人。"

姚公权："红娃？"

毛宝："哈，公权兄弟，你真是料事如神啊，一猜就中。"

姚公权跳起来："不行，坚决不行，你想要红娃，那还不如杀了我，把我这条命还给你。"

毛宝："公权兄弟，你听我说，是司令员让我组建老虎队，他说了队员让我自己来挑选了……"

姚公权："你别拿司令员来唬我，就算是司令员来了，我也不会把红娃让给你的。"

毛宝："你这人怎么这么倔！"

姚公权："你想要我性命，现在就来吧。要是暂时不想要我命，现在就给我离开。"

毛宝支吾着："我……"

姚公权索性躺了下来，一拉被子，捂住了自己的脑袋。毛宝指着姚公权说："姚公权，你这狗小子，你……你给我等着。"说完气冲冲地走了出去。

走出战地医院的毛宝回到了自己的营帐，一屁股坐在了床上，一脸闷闷不乐的样子。

笑面虎问："队长，还是没有搞定姚团长？"

毛宝："这个老姚，就是头倔牛。这么小气，连个人都不肯给我！"

江小白走到毛宝身边说："队长，其实我觉得，我们还是要从红娃这里下手，以攻心为上。"

毛宝看着江小白："攻心为上？"

江小白："嗯，攻心为上。让红娃自己心甘情愿地来投奔我们老虎队，这样姚团长也就无话可说了。"

毛宝来了兴趣："怎么个攻心法？"

江小白："队长，这个不能急，得慢慢来。请你把这个任务交给我来完成。"

毛宝看了看江小白："好，这个艰巨的任务就交给你江小白。洛政委说你小子有文化，那就拿出来给我们瞧瞧。"

江小白："是，我一定会完成任务！"


是夜，陆胜文遥望着对面解放军阵地的灯火，心事重重。而与陆胜文相对的，毛宝躺在床上也是辗转反侧睡不着，他睁大着眼睛望着黑漆漆的帐篷顶，仿佛那上面可以寻找到答案，那黑漆漆之中慢慢走出来一个人，是儿时的陆胜文，笑着，转眼间从背后掏出了一柄枪来对着毛宝，毛宝一惊，回过神来，那片漆黑依旧只是漆黑，就像这夜空一样。

毛宝心里想道："我和胜文本来是好兄弟，现在为什么要相互厮杀？中国人不能打中国人，就这么点道理，陆胜文你为什么就不明白呢，为什么要一根筋，跟着国民党走，来危害我们人民群众呢？胜文啊胜文，我毛宝和你一起长大，我不能让你一条道走到黑。"

毛宝的眼前又映出陆胜文的模样来，他的眼角渗出眼泪。

而陆胜文，又何尝不是呢？

天亮了，桃林镇的驻扎地中，红娃在细心地擦拭着自己的狙击步枪，江小白走到了红娃身边："你好，我是江小白。"

红娃看了一眼江小白，继续擦枪。

江小白："是这样的……"

红娃打断了江小白的话："你是老虎队的？"

江小白："是的。"

红娃："你让我去老虎队？"

江小白："是的。"

红娃："你走吧。"

江小白："不是，你让我和你说几句话吧？"

红娃："我不喜欢说话，我只喜欢打枪。"

江小白："打枪？那我们来聊聊枪，噢，对，聊一下这枪的结构。"

红娃一脸懵然："借……借什么狗？我只知道一颗子弹，消灭两个敌人。"

江小白："'一颗子弹，消灭两个敌人'，厉害厉害。这是怎么打的啊，要不你和我说说，教教我呗。"

红娃："你要是想要和我聊下去，除非和我比枪法，赢了我。"

江小白："啊？和你比枪法？这个……这个……我……我不会开枪。"

红娃鄙视地看了一眼江小白，鼻子里哼了一下，冷冷一笑，又低头擦枪。江小白还想和红娃说话，红娃把狙击枪一抬，枪口对准了江小白的脑袋，吓得江小白一屁股坐在了地上。红娃又是轻蔑地一笑，江小白拍拍屁股站起来说："枪口是不能对准自己的同志的……"红娃把枪口一转，示意江小白离开。江小白有些惊魂未定，又有些委屈地往回走，红娃又低头擦枪。江小白本来要离开了，但突然看到红娃用鼻子在嗅气味，江小白也闻到了一股烤番薯的香味。

红娃抬头寻找着香味的来源，江小白也顺着红娃眼神的方向看过去。三团团长叶峰和两个警卫员正拿着烤番薯，一边剥着皮，一边吃着。

叶峰边吃边说："唔，好香啊，这个番薯烤得好，好吃。"红娃看着叶峰在吃烤番薯，咽了口口水。江小白听到了红娃咽口水的声音，红娃看到江小白在看他，瞪了江小白一眼。江小白对红娃笑了笑，然后离开了，而他的心中也有了初步的计策。

指挥部里只有王司令员和几个作战员，洛奇政委不在。毛宝站在王司令员面前，说："司令员，我有事找你。"

王司令员："让我说服姚公权，把红娃要来？"

毛宝："不是这个事情。"

王司令员："哦？还有别的事？"

毛宝："我昨晚上一夜没有睡着。"

王司令员："失眠了？是不是何队长的事情？"

毛宝："也不是。"

王司令员有了些许恼怒："你不要卖关子了，直说吧。"

毛宝："还是我那个国民党军的儿时伙伴陆胜文，我昨天救姚公权的时候，又碰上他了。"

王司令员："这一次是他放跑了你？"

毛宝："也不算，昨天我们打成了平手，因为要救姚公权，所以我们及时地撤退了下来。"

王司令员："你带着老虎队自己冲上去和国民党军交战这事，我们这次就不追究了，但下一回一定得汇报后再执行任务。"

毛宝："是，司令员，我知道了。"

王司令员："你还有什么话要对我讲？"

毛宝顿了顿："司令员，我心里苦。"

王司令员："哦？"

毛宝："司令员，我毛宝想不明白，我们打鬼子是理所当然的事情，保家卫国嘛，可是现在，我们为什么要中国人打中国人？我和陆胜文，亲如兄弟，却要手足相残，我实在是痛苦啊。"

王司令员："你和陆胜文现在是在不同的阵营，我理解你心中的苦闷，你也不要有心理负担，去和陆胜文他们这支部队作战时，我可以不让你们老虎队上战场。"

毛宝："司令员，这场战役，我毛宝怎么可能不去打呢？"

王司令员："你说的这个问题确实是值得思考的，但是你只要知道我们共产党和国民党为什么会打这场战争，抗日战争时期，我们联手合作，共同御敌，也有些国民党军队打得很英勇。但是抗战胜利后，国民党政府变本加厉来迫害共产党，要独裁，要专制，老百姓们的日子过得更加苦了。我们中国人民解放军打这场仗，就是为了人民，为了全中国的老百姓过上好日子。"

毛宝："为了人民。对，我们这么辛苦打仗，就是为了人民群众过上好日子。"

王司令员："毛宝啊，你能想明白就好。"

毛宝："司令员，谢谢您。我明白了，看来胜文是错了，是他跟错了人，那些国民党高官让他来打我们，他也是身不由己。"

王司令员："对的，他也是没有办法。"

毛宝："不行，我不能让胜文这样错下去。司令员，请您允许我，去新安镇内劝说陆胜文，让他改邪归正，对，让他带着他的部队起义投诚。"

王司令员一口否定："不行，你去新安镇里太危险了，一旦被国民党军发现，他们不会让你活着回来的。"

毛宝："司令员，不入虎穴焉得虎子啊！"

王司令员："这事我坚决不同意，现在大战之际，人家如此效忠国民党，你觉得他会答应你投诚吗？"

毛宝有些着急："不试一试怎么知道，而且我和胜文从小一起长大，他肯定也不会要我的性命啊？"

王司令员："就算他不要你的性命，把你关起来，让你坐牢，你也没办法。你现在是老虎队的队长，这支部队不能没有你。"

毛宝央求："司令员！"

王司令员摇头："太危险了，我不会让你冒险的，出去吧。"话已经说到这个地步，毛宝知道再争取也是无用，于是摇了摇头，无奈地走了出去。

江小白低着头走过，毛宝一副心不在焉的样子走来，两人迎面撞了个满怀，江小白差点摔倒。毛宝一看是江小白，气不打一处来："你走路，能不能长眼睛啊？"

江小白："对不起，对不起，队长，是我不对，您没事吧？"

毛宝没好气地："哼！"

江小白："队长，您不开心？"

毛宝："关你什么事！"

江小白："那我来和你说点开心的事。我去找红娃了。"

毛宝眼睛一亮："你说服红娃来我们老虎队啦？"

江小白："没有。"

毛宝亮了的眼睛喷出了怒火："没有？你要我啊！"

江小白："不过我找到说服红娃的突破口了，我现在更加有信心说服他了。"

毛宝没有说话，想着自己的心事。

江小白："队长，您放心，我一定会把红娃招进我们老虎队的。"

毛宝自言自语地说："胜文啊，我毛宝可不能眼睁睁看着你在泥潭里越陷越深啊。"

江小白："队长，你说什么？"

毛宝："小孩子，你不懂的，一边去。"

江小白："我懂的，我知道队长在想什么，你在想昨天打仗碰上的那个国民党军官，他应该是你认识的人，而且关系还不错。"

毛宝："臭小子，谁告诉你的？"

江小白："我猜的，因为昨天我看到你们俩碰到了一起，但是谁都没有对着谁开枪。所以我看出来，你们应该认识。"

毛宝对眼前的这个小子有些微的刮目相看："不简单啊，小白同志，那你说说，我接下去想干什么。"

江小白："想去会会那个国民党军官。"

毛宝："好小子，简直料事如神，诸葛孔明转世嘛。"

江小白不好意思地笑着："嘿嘿，诸葛亮转世不敢当，我也就是猜测罢了。"

毛宝看了看周围，说："来来来，小江啊，我们找个僻静的地方说话。"

毛宝带着江小白来到一个没人的地方，毛宝拍了拍江小白的肩膀，说："江小白同志，看来王司令员把你推荐给老虎队，还是有几分道理的。"

江小白挠挠自己的头发："嘿嘿，毛队长，你就不要再夸我了。"

毛宝："唔，你刚才说我要去会会那个国民党军官，是的，我就是想要去会会这个老朋友，但是王司令员没有同意，你帮我想个法子。"

江小白眉头一皱："这个王司令员没有同意，那就去求政委啊。"

毛宝："对哦，可以找洛奇政委。"

江小白拉住了毛宝，说："队长，你不能直接和政委说是去找那个国民党军官，你应该换种说法。"

毛宝显出了焦急的语气："快点说，别绕弯子了。"

江小白："你可以和政委说，你是去侦察敌情，看看新安镇周边的战斗地形什么的。"

毛宝："好小子，这个说法好。我现在就去找政委。"

江小白："哎，队长，你等一下。"

毛宝："怎么了？"

江小白："我转而一想，其实你去新安镇，太危险了，你不能去。"

毛宝："什么情况，怎么连你也不让我去？你觉得你能管的着我吗？"

江小白笑了笑："我是管不着你的，但是王司令员可以啊。"

面对这个聪明过头的小军师，毛宝抢起手掌要打："你这臭小子。"

江小白："但我也不是那种爱告密的人，队长你只要带上我，我保证不会给你添乱。"

毛宝有些生气地看着江小白，却无可奈何，于是说："好，带上你。"

新安镇里杨廷宴的办公室内，杨廷宴与陆胜文正在讨论着战争态势。陆胜文："杨军长，我昨天晚上和今日观察了一下共军的情况，现在共军部队不断地向新安镇这边进发，他们是想要包围第七兵团啊。"

杨廷宴："胜文，这个我们早已发现了，不过因为校长指示，让我们在新安镇一带等第四十四军。"

陆胜文："杨军长，有些话我就和你直说了，现在共军的势头极猛，粟裕很可能想吃掉我们第七兵团。"

杨廷宴："那依你之见，我们就不等四十四军了？"

陆胜文没有说话，似乎在犹豫。

杨廷宴："我们和四十四军如能完美配合，便可以内外夹击共军，到那时这等待也是值的。"

陆胜文："我也希望如此。"

杨廷宴："好了，胜文，你要乐观一些，校长做这样的决定，自然有他的道理。"

陆胜文听罢，点了一下头。

洛奇的办公室内，毛宝和江小白站在洛奇面前。

洛奇："侦察敌情？想法很好，但是这样做太危险了，现在新安镇周边都是国民党军。一旦被发现，你们肯定没命了。"

江小白："政委，我们会化装成当地老百姓。"

毛宝："是的，江小白同志很聪明，他鬼点子可多了。"说完怕自己说漏嘴，连忙停止不说话了。

江小白："政委，我会管着我们队长。"

毛宝看了一眼江小白，但眼神中却是温和之色："对对对。"

洛奇："好，我同意你们这次行动，务必要注意安全。"

毛宝和江小白高兴地道："是，政委。"说完兴冲冲地走了出去。

走出了洛奇的住所，毛宝在江小白胸口轻打了一拳说："嘿，你小子有点本事，能把政委一下子说服了。"

江小白不好意思地说："嘿嘿，队长，你知道我江小白有点用就行了。那我们现在就出发？"

毛宝："把大憨也叫上，我们慢慢来，不急。"

新安镇正在被国民党的军队把守着，几个老百姓从镇子外进来，国民党士兵让他们停下，以搜寻可疑人士为名敲走了那几个老百姓身上仅存的几个铜板，老百姓想要索回，被国民党士兵举枪威胁着给赶走了。

而此刻，新安镇不远处的草丛里，毛宝他们已经化装成了老百姓的模样，毛宝的脸上糊了一些泥巴，大憨的身边还放着两担子苹果。

江小白："这些国民党反动派，还让不让老百姓活下去了，连这点钱都要抢？"

毛宝："哼，有他们好果子吃。"说完抬头望了一眼天空，天色已经开始暗下来，又说道："把枪藏在这里。"说完他们把枪藏在了草丛里，江小白做了一个记号，毛宝挥了挥手："我们走。"

国民党军官和士兵懒洋洋地守在城门口，其中一个士兵说："看来今天共军不会打过来。"

国民党军官："今天天还没有黑呢。"

这时，毛宝和大憨他们挑着担子上来，国民党士兵看到了毛宝，喝了一声："什么人？给老子站住。"

毛宝他们笑嘻嘻地上来，毛宝："长官长官，你好啊。我们是附近镇子里的果农，来来来，吃几个果子。"说完拿着几个苹果送上来。

国民党军官拿了一个苹果，啃了一口，便扔在地上："给我搜身！"

大憨握紧了拳头要动手，毛宝丢了个眼色，大憨住手。国民党士兵对毛宝他们搜身，从江小白身上搜出一个银圆来。

士兵拿给了军官说："连长，这是个有钱的主啊。"

毛宝看了一眼江小白，江小白的脸色有些发青了。

国民党军官："呵，你们不是这里的果农。"

毛宝："长官啊，我们卖了两担果子才赚到的钱。这是我弟弟，准备卖了今年的果子，过年的时候娶亲呢，这个大洋可是他的老婆本啊。"

国民党军官："老婆本，哈哈哈，这个老婆不用讨了，下次老子替你去睡了那小妞。"说着便把银圆藏进了怀里，身边的国民党士兵对毛宝等人说："滚吧。"

江小白："不行啊，长官，这是我们的……"

国民党军官骂道："滚。你们是要吃枪子……"

毛宝："长官不要杀我，不要杀我，快逃命啊……"说完和江小白、大憨往镇子里快步走去。

天色已黄昏，毛宝和大憨、江小白走进了镇子里，镇子在晚霞下却显得有些惨淡。

大憨："哼，那几个国民党反动派，我迟早要掐断他们的脖子。"

毛宝："你什么时候也这么多废话，记住了，从现在起，不许说话。"

大憨："队长，咋还不让我说话了？"

毛宝："多说话，容易出事情。"

大憨："不说话，我咋做得到？"

江小白从地上捡了一块鹅卵石，塞进了大憨的嘴巴："含着这块鹅卵石，就不能说话了，哈哈哈。"

毛宝："你小子聪明。走，往前去。"说完，他们往前走去。

转悠了半天，他们此刻钻到了一个巷子里，江小白按捺不住说道："队长，我们转悠了这么多路，天色都快黑了。"

毛宝："再转一会儿。"说完，他看了看巷子口，有国民党的机枪手防守在那里，接着他们往镇子的西门口方向走去。

西门口有很多国民党兵力把守在那里，毛宝观察了一会儿。

江小白："我明白队长的意思了。"

毛宝："我们和政委说过的事，也要一起办了。"

江小白："是是是。"

大憨嘴里含着"禁言石"，只能"唔唔唔"了几声。江小白笑了笑，毛宝也没有理睬大憨，往回走，说："走。"

他们又走到了大街上，新安镇的大街已经失去往常的热闹。一个包子铺还开张着，几个国民党军官和士兵在拿包子吃。大憨摸了摸肚子，肚子饿得咕咕叫着，他忍不住把嘴巴里的鹅卵石拿了出来，说："队长，我饿死了，给我去弄一个包子吃吧。"

毛宝："把石头放回去。"

大憨拿着鹅卵石没有放回去。

江小白："大憨兄弟，包子有什么好吃，过会儿，队长肯定会带我们去吃更好的，说不定有大鱼大肉呢。"

大憨重重地咽了一口水："大鱼大肉？"

江小白："赶紧塞上石头。"

为了大鱼大肉，大憨把鹅卵石又放回了嘴巴里。

毛宝他们来到了国民党指挥部附近，毛宝看到了一个国民党士兵走过来，拿着几个苹果走上去说："老总，老总，你好啊，向你打听个事？"说着把苹果塞进国民党士兵的怀里。

国民党士兵："什么事？"

毛宝："我是这新安镇里的人，我听说昨天有一支部队来支援咱们黄司令了。"

国民党士兵："是啊，怎么了？"

毛宝："那个支援部队的长官，是我远房的亲戚，你看，我送来一些果子给他。你知道他住在哪里吗？"

国民党士兵："你是陆长官的亲戚？"

毛宝："是的是的，陆长官，原来老总你知道我们家小陆子啊。"

国民党士兵："嘿嘿，陆长官现在可是红人啊，怎么会不知道？他现在就被安排住在那个小院里，前面那个，还亮着灯呢。"

毛宝："噢，那里啊。太谢谢你了，老总，来来来，再拿几个果子去吃。"说着，又送上去几个苹果到国民党士兵怀里。


那个亮着灯的小院子里，陆胜文没有睡，他看着作战地图，眉头紧皱，心想：共军主力已全力向新安镇包围上来，第七兵团唯一的活路，就是尽快和徐州的兵力汇合，再不走，第七兵团就会被共军吃掉，真想不明白委员长为什么要黄司令在这里死等。

门被轻轻推开，陆胜文没有回头，说："国忠，有什么事？"

然而，没有人回答。陆胜文察觉不对，回头一看是毛宝，目瞪口呆："毛……毛宝？"

毛宝："没有想到是我吧？"

陆胜文和毛宝都向对方靠近了两步。两人无言，相拥在一起。

大憨此刻和江小白在陆胜文住处的门口。大憨想要说话，江小白捂住了他的嘴巴。大憨摸了摸肚子，示意自己已经很饿了。江小白说："再等一下，让队长先和那个陆胜文叙一下旧。"大憨只能无奈地点了点头。

屋子里，陆胜文落下眼泪，对毛宝说："对不起，兄弟，我也不想这样的。"

毛宝："你还能叫我毛宝一声兄弟，我真的很开心。"

毛宝和陆胜文松开彼此，毛宝已是泪流满面，他擦了一把眼泪："是的，我们是兄弟啊，虽然不是亲生的，但比亲生的还要亲。"陆胜文没有说话，毛宝继续说:"我们出来这么多年了,也不知道诸暨老家现在什么情况了,想想还是我们小时候好啊,要是现在我们不打仗了,我愿意回到诸暨去种田,就算是给你们家当长工,我毛宝都愿意。"

陆胜文:"毛宝,你是来劝我投降你们共产党的?"

毛宝:"胜文啊胜文,你打小就聪明,一猜就中。我知道这事对你来说很为难,但也很简单,只要你想明白了,这场仗我们为什么要打,中国人打中国人,自家兄弟打自家兄弟啊,你们是为了老蒋在打,我们共产党是为了穷苦老百姓在打。"

陆胜文:"好了,别说了。我陆胜文现在生死都是党国的人,不可能投降你们共军的。"

毛宝:"胜文兄弟,你听我说啊……"

陆胜文:"毛宝,别说了。你赶紧离开这里,不然的话……"

毛宝:"不然的话,你想干吗,难不成,你还想把我抓起来,枪毙了?"

陆胜文:"我……我不会的。"

毛宝:"胜文,你记住了,你在我毛宝心里,永远是兄弟,无论你走到了哪个地步,我都想着为你好。"

陆胜文沉默了一会儿说:"毛宝,我知道我们两人已经越走越远,这是我最不愿意看到的,但是我陆胜文受过党国的栽培,不会背叛党国。"

毛宝叹息了一声:"唉,胜文……"

陆胜文:"好了,别说了。"

门口,大憨又把鹅卵石吐了出来:"小白,我饿得实在受不了了。队长他们怎么还没聊完,走,进去看看。"说着便往里面走。江小白想要拉住大憨:"大憨,大憨,你等等啊……"然而在饥饿的驱使下,大憨已经走了进去。

屋子里,陆胜文继续劝说着毛宝:"毛宝,你快离开新安镇吧,就算是我求你了。"

毛宝:"我们兄弟好不容易见面,你就这么着急让我走,太不够意思了吧。"

这时,大憨进来说:"队长,你们聊好了吗?"

毛宝:"你们怎么进来了?"

江小白也进来了:"队长,对不起,我没有阻拦住大憨。"

大憨:"队长,我饿得不行了。你们不是说到了这个国民党军官这里,就有大鱼大肉吃吗?"

陆胜文看着大憨和江小白说:"你们还没有吃晚饭吧,来,我这里刚好有一些美国牛肉罐头。"

大憨又重重咽了一口水："美国牛肉罐头？"

毛宝瞪了大憨一眼："没出息！"

陆胜文从桌子下拿出一箱美国牛肉罐头，打开来分发给毛宝、大憨、江小白，说："快吃吧。"

大憨打开牛肉罐头，狼吞虎咽地很快吃掉一罐，又拿了一罐吃。江小白也吃了起来。


院子外，胡国忠走到了陆胜文的住处外，看到了屋子里的灯还亮着。胡国忠自语道："旅长还没有睡，咦，他屋子里好像还有人。"说着，他赶紧往陆胜文的住处走过去。

# 第八章

面对这高等的美国货，毛宝拿着这牛肉罐头却没有吃。

陆胜文："怎么，不喜欢这个？"

毛宝："胜文，想当年我认定你这个兄弟，就是因为你给了我一张饼吃，那时我饿得实在不行，感觉自己快死了，你把一张葱油饼放到了我手里。"说着，毛宝的眼眶里又含着泪水。

大憨嘴巴里含着食物，看着毛宝要哭，他也有些吃不下去。

陆胜文："当年的事情，你不要再提了。"

毛宝："一饼之恩，一生相报！"

陆胜文："毛宝兄弟，你越是这样，我的心里越是过意不去。"

江小白："陆长官，我们都能理解你，我们队长也不会逼迫你，但请您好好想想现在的局势，国民党统治的这几年，老百姓都生活在水深火热之中。陆长官，难道你就没有感觉到吗？"

陆胜文："我知道党国的一些高层确实存在着腐败的现象，老百姓的日子不好过，但是我陆胜文受党国的栽培，怎能忘恩负义？"

江小白还想劝导陆胜文，陆胜文赶紧说道："好了，你们都不要说了。快些离开这里，要是再待下去，真的是太危险。对了，你们回去的时候走新安镇西南方向的一条小路，这样不容易被盘查。"

毛宝微微点头："胜文，不管你今后走向怎样的道路，我毛宝还是会一心把你拉上人间正道的。"

陆胜文带着乞求的语气："你们快走吧。"大憨听到陆胜文让他们走，连忙又打开了一罐牛肉罐头吃起来，陆胜文见此说："这些牛肉罐头，你们都带走。"

大憨高兴地说道："真的啊，好好。"

毛宝怒道："大憨。"

大憨："队长，他们国民党军队反正这种罐头多。"

江小白："队长，带上吧，说不定还有用。"

陆胜文："毛宝，收下吧。"

这时，胡国忠进来了："旅长，你还没有睡啊？"

毛宝听到有人进来，他们三人连忙都低下头，陆胜文连忙说："快走。"说着推着毛宝他们出去，可此时胡国忠已经走了进来，看见了毛宝等人，说："原来旅长这里有客人啊。"

陆胜文："噢，有几个当地的老乡。老乡，你们快走吧。"

大憨抱着牛肉罐头往外走，毛宝走过胡国忠身边的时候，胡国忠仔细地看了他一眼，在昏暗的灯光下，胡国忠看清了毛宝脸庞的轮廓，他的眉头一皱。

毛宝他们已经走到了外面，毛宝对大憨和江小白说："慢慢走，不要跑。"江小白点了一下头，突然，胡国忠从里面出来喊："给我站住了！"

陆胜文一愣："国忠，你还有什么事？"

胡国忠："旅长，这几个人，我感觉在哪里见过。"说着便走了出去，陆胜文连忙跟了出去。

毛宝对大憨和江小白丢了个眼色，示意他们不要轻举妄动。胡国忠走到了毛宝面前问道："我们是不是在哪里见过？"

毛宝歪着嘴巴："长得像我这样子的人太多了，老总是有可能见过。"

胡国忠："抬起头来，让我看看。"

毛宝歪着脖子："我这个脖子不好使啊。"

这时已经有几个国民党士兵过来，大憨正准备动手，毛宝拉住了他，说："老总啊，我们就是这附近的老百姓，你们长官叫我们来了解情况，你们长官人真好，还送了我们这么多牛肉罐头。"

胡国忠："哼，我怀疑你们是共军！"

江小白吓得都不敢动了，胡国忠对身边的国民党士兵下令："给我抓起来！"国民党士兵正准备动手，陆胜文呵斥了一声："住手！"

胡国忠："旅长，他们是共军的奸细。"

陆胜文："什么共军奸细，是我叫来了解情况的老百姓。"

胡国忠："旅长……"

陆胜文："好了，难道还让我再说一遍吗？让他们走。"

胡国忠："旅长，不能放他们走，必须抓起来审问。"

陆胜文："胡国忠，你是不是要违抗我的命令？"

胡国忠低头："国忠不敢。"

陆胜文对毛宝等人说："你们走吧。"

毛宝对陆胜文点点头，两人四目相对，眼神中有说不出的感情。陆胜文喝了一声："还不给我走。"毛宝带着大憨和江小白离开，胡国忠看着他们离开，还有些不甘心，想要追上去。陆胜文："国忠，我们到屋里说话。"胡国忠无奈地跟着陆胜文走进屋子里。

两个人走回了屋子，陆胜文先开了口："国忠，我平时待你如何？"

胡国忠："如兄弟一般。"

陆胜文："今晚上的事情，对谁都不要提起。"

胡国忠看着陆胜文问："旅长，他们真的是共军奸细？"

陆胜文转过身去："不是，是我叫来了解新安镇当地情况的老百姓。"

胡国忠的眼神阴阴地看着陆胜文，心里止不住推想："陆胜文，你为什么还要睁着眼说瞎话，难道你是潜伏在我党国的共党分子？"

陆胜文："国忠，你做事锋芒过盛，凡事还得收敛一些，也是给自己留些余地。"

胡国忠有些不忿，但还是说："是，国忠谨听教诲。"

陆胜文："有些事你心里明白了就好。"

胡国忠点点头："是，旅长。如果旅长您没什么事，我就先下去了。"

陆胜文："不着急，反正现在这样的情况，也睡不着，对了，杨军长这边又派人拿来一些酒，你陪我喝一点吧。"陆胜文不等胡国忠答应，便拿出酒来。胡国忠只能答应："是，旅长。"陆胜文给自己和胡国忠倒了酒，两人喝了起来。


镇子外的小道上，毛宝他们已经从镇子里摸了出来，走在小道上，江小白还心有余悸。天上明星稀，毛宝带着江小白、大憨走到解放军阵地自己的军帐外，他看到了军帐里还亮着灯光，停住了脚步："奇怪，这么晚了，大家怎么还没有睡？"

大憨："嘿嘿，他们肯定是在等我们，想吃美食嘛。"

毛宝没有说话，往军帐里走去，大憨抱着牛肉罐头，兴冲冲地说："兄弟们，都还没有睡啊，看看我给你们带来什么……"大憨话还没有说完，瞪大着眼睛，看着面前的人。毛宝也呆住了，有些说不出话来，但还是吭哧出了一句："王……王司令员……"

王司令员一脸怒容："你小子真是要翻天了，老实交代，你去干什么了？"

毛宝看了一眼王司令员身边的洛奇政委，他保持着镇定，说："报告司令员，我毛宝带着老虎队队员张大憨、江小白同志，去新安镇侦察敌情。"

王司令员："你还敢来糊弄我！"

毛宝："没有啊，洛政委可以替我作证的，我向他汇报了。政委，你替我说句话吧。"

洛奇："老王，毛宝他们向我汇报确实是去新安镇侦察情况。"

王司令员："老洛，你可不要帮着这小子，这小子去干吗了，你难道心里不清楚？"

洛奇："我……"

王司令员："大憨，你手里拿着什么？"

大憨："这个……这个牛肉罐头。"

一旁的毛草根他们咽了口口水："牛肉罐头？"

王司令员："哪里来的？"

大憨："这个……这个……"

江小白："司令员，我们确实是去侦察敌情了，我们队长把敌人的火力点配置、新安镇内的情况都查清楚了。"

王司令员："江小白同志，我让你进老虎队是让你管着毛宝，你却跟着他一起犯错误。"

江小白："司令员，我没有啊。"

王司令员："今天你们几个犯下的错误，不是关禁闭这么简单了。"

毛宝站了出来："司令员，一人做事一人当，我毛宝确实是去新安镇侦察情况，我可以把镇子里敌人的火力、人员配置，给你从地图上标出来，如果您觉得我还是错的，枪毙了我也可以。"

王司令员："你小子在逼我是吧，以为我不敢枪毙你吗？"说完对警卫营喊道："来人，给我把毛宝绑了。"

洛奇："老王，你冷静一下，你就让毛宝把新安镇的敌情讲清楚再说啊。"

王司令员看着洛奇，说："给我来指挥部！"说完气冲冲地走了出去。

毛宝："是！司令员！"说完也跟着走了出去，江小白和大憨要跟上去，毛宝："你们都留在这儿，我不会有事。"江小白和大憨看着毛宝，点了点头。

新安镇里，还有两个喝着酒的人，陆胜文看着时间差不多了，对胡国忠说："国忠，时间也不早了，你回去休息吧。"

胡国忠说："是，旅长。"说完转身出去。陆胜文站了起来，看着胡国忠走远，关上了门，心里想道：毛宝，你也要好自为之，今天我有权放你走，但是下次如果碰到是别人，你就没有这么容易走了。也许是你料定我的心态，知道我不会杀你。我们当年亲若兄弟，可如今却是敌人。为什么？为什么变成这样？如果当年我们一起参加了国军，也许事情就不会发展到现在这样的地步了。

他看着桌上的酒杯，酒杯中已经空空如也。

胡国忠奔跑着来到镇子口，守在镇子门口的国民党士兵正在打瞌睡，听到有人，惊醒过来："谁？"旋即一看胡国忠的军衔，连忙说："长官好。"

胡国忠："我问你们，刚才有没有人出过镇子？"

国民党士兵："长官，这三更半夜的，谁还出镇子啊？没有人出去过，我们都严加防守在这里呢。"

胡国忠："没有人出去过？他们是共军奸细，不可能还在镇子里。这么说他们是从另外的小路转过去的？"

国民党士兵："长官，今天倒是有三个果农进了新安镇。"

胡国忠："果农？对，他们就是化装成了当地的老百姓。以后再发现这些可疑的人，立马给我抓起来审问。"

国民党士兵："是，长官！"


淡漠灯光铺在了桃林镇解放军阵地的指挥部里，毛宝站在一张地图前，地图上以徐州城为中心，新安镇只是占了一小部分，但上面的地理位置都很清楚。

毛宝说："司令员、政委，我们这次去新安镇，收获很大，我把敌军的火力配置点都牢记在心中。"他在新安镇镇子门口的位置画了一个三角形标志，说："国民党军在镇子的正面配置了大量的兵力，黄百韬几乎把所有的兵力压在这里，姚公权带着部队没有打上去，也是正常的事情。这个新安镇现在就像一块大石头一样压在这里，十分坚固，如果我军从正面进攻，死伤必然会很惨重。"

洛奇微微点头，赞同毛宝的话。王司令员没有说话，沉默着。毛宝有些担心地看着王司令员，生怕司令员再把他关禁闭，看着王司令员说："司令员，要不您还是听我把话说完？"

王司令员脸上的怒色已缓了下去："好，你说，怎样才能顺利、快速地拿下新安镇，歼灭黄百韬兵团。"

毛宝笑了一下，又恢复认真的样子说："我把新安镇周边的几个地方都看了一遍，镇子的东南、北面、西面，敌军的兵力布置相对薄弱。我们可以从这三个位置中选择攻入新安镇。但是有一点，现在必须防止新安镇以南的大新集一线，有涟水方向的敌人前来支援。如果没有我军部队打退国民党军援军，我们的处境就会很危险，一旦被敌军南北夹击，后果不堪设想。"

洛奇："唔，大新集这里我们会派防御部队，歼灭国民党的援军。"

毛宝又在新安镇的西面虎扑岭这个位置画了一个小圆圈，说："目前，新安镇西面虎扑岭这个位置是我们攻入镇子的最佳位置，一旦这个口子被我们切开，我们大部队便可以从这里攻入新安镇，就可以一举歼灭黄百韬兵团，而且从伤亡上也可以大大减少。"

洛奇："好，毛宝同志，你的这个点子很好。"

毛宝："嘿嘿，谢谢政委。"

王司令员："哼，别以为你这样纸上谈兵谈一下，就会让我放过你。"

毛宝："司令员，毛宝愿意将功赎罪，带着老虎队从虎扑岭为解放军大部队切开攻入新安镇的口子。"

王司令员："将功赎罪？说了这么多，你小子又想把我绕进去是吧？"

毛宝："没没没，我毛宝哪里敢啊？不过呢，司令员，我觉得这事啊，就得让我们老虎队发挥一下作用了。"说完又看了一眼洛奇。

洛奇："老王，我看行啊，也得让老虎队练练手了，不然得把毛宝这小子憋出毛病来。"

毛宝："是是是，会憋出毛病的。"

王司令员沉默思索了一下："唔，好，可以让你们老虎队去执行这次任务，但必须给我保证，如果伤亡超过三分之一，就给我撤退下来。"

毛宝："是，谢谢司令员，哈哈哈。"

王司令员："别给我得意忘形。"

毛宝："遵命。"说完一脸阳光地走了出去。

毛宝大摇大摆地走进了军帐，毛草根一看毛宝的样子，兴奋地扑了上去说："毛宝哥，队长，你没事啊？"

毛宝："嘿嘿，我毛宝是谁啊，能有什么事！"

笑面虎："我说吧，我们队长神通广大。"

毛宝："对，我不但没事，而且王司令员还表扬了我，不但表扬了我，还给了我们老虎队一个非凡的任务。"

江小白："队长，什么任务啊？"

毛宝打了个哈欠："一个振奋人心的任务，不过现在最关键的问题是：睡觉。"

大憨："对，睡觉。"说完倒头就睡，毛宝也睡下了，留下了剩下的几人呆呆地看着两人。

清晨，陆胜文和胡国忠在新安镇里巡视，酒早已醒了，两人走到了镇子的西面，胡国忠对陆胜文说："旅长，昨晚上真是对不起。"

陆胜文："没事。"

胡国忠："我不应该怀疑旅长。"

陆胜文："国忠，我说了，这事不要再提。"

胡国忠："是！"

陆胜文："我们去前面看看。"说完向前面走去，胡国忠跟上了陆胜文。

两人来到虎扑岭下，这里黄百韬只安排了一个排的兵力，国民党士兵看到陆胜文他们走过来，排长向陆胜文敬礼："长官好。"

陆胜文："这地方叫什么名字？"

国民党军排长："这里叫虎扑岭。"

陆胜文："只有你们这些守在这里？"

国民党军排长回答："是的，杨军长说这地方易守难攻，共军也不可能从这里打进来。"陆胜文拍了拍他的肩膀："好好守在这里。"排长敬礼："是，长官。"陆胜文又看了看周围，和胡国忠正要离开，这时，杨廷宴的副官过来说："陆旅长，我们杨军长请您去他那里开会。"

陆胜文和胡国忠对视了一眼，陆胜文："好，我马上就来。"

一大清早，老虎队的队员们就被一股动力唤醒，那就是享受美味的牛肉罐头。毛草根得令把罐头分发到了大家的手上，每个人都津津有味地吃了起来。

毛宝边吃着边赞："唔，这牛肉罐头就着窝窝头吃，绝对是人间美味啊。"

江小白拿着牛肉罐头，在思考着什么，突然他喊了一声："等等，大家先别忙着吃掉牛肉罐头。"

笑面虎："我说小白啊，你是不是还要留着送给你的相好吃啊？"

毛草根："他江小白又不是你，整天想着老相好，哈哈哈。"

毛宝："小白，你要干吗？"

江小白："山人自有妙计，走，我们到外面去吃。"

大憨他们还是不明白江小白的意思，毛草根嚷嚷着："吃个牛肉罐头，干吗要到外面去吃啊？"江小白和毛宝已经走了出去，剩下的人也连忙跟了出去。

营地里，解放军战士们正在吃早饭，二团的战士们围在一起吃稀粥。红娃已经喝完一碗粥，正在舔碗。老虎队的队员们过来，手里拿着牛肉罐头。

江小白看到了红娃，故意很大声地喊着："美国的牛肉罐头真是太好吃了，大憨，你说是不是啊？"

大憨："啊，对啊，我长这么大还从来没有吃过这么好吃的东西。"

毛草根也忍不住尝了一口赞道："太好吃了。"

红娃的目光已经往老虎队这边看过来。毛宝也看到了红娃，江小白对毛宝使了个眼色，毛宝一下子明白了江小白的意思。不远处的三团战士们也注意到了老虎队这边，叶峰走过来问："毛队长，你们在吃什么啊？"

毛宝："牛肉罐头，美国货，太美味啦。你要不要尝一尝？"

叶峰："哈哈哈，好啊，给我来一点。"

毛宝给叶峰弄了点牛肉，叶峰一尝，赞道："唔，太好吃了。"

江小白看到了红娃咽了口口水，他也喊起来："来来来，二团的兄弟也来尝一尝。"

二团有几个战士走过来，但红娃还是保持着矜持，继续吃自己手中的稀饭。

叶峰："毛队长，你们从哪里弄来的牛肉罐头啊？"

毛宝："这还用说嘛，当然是从国民党那里收缴过来的。"

叶峰："你们厉害啊，什么时候的事情？"

毛宝："就昨天晚上，我带了两个我们老虎队的队员，深入新安镇的敌营，不但毫发无伤地回来，而且还带回来这么多牛肉罐头，这东西可是国民党高级将领才能吃到的东西啊。"

江小白："是啊，正宗的美国货，从美国空运过来的，你看看这罐子上还写着 USA。"

笑面虎："小白你说什么？牛爱死谁啦？"

毛宝："笑面虎，你懂个屁，我们江小白同志是燕京大学的高才生，他说的是英语。"

江小白："是的，虎哥，USA 不是什么牛爱死谁，就是美国的意思。"

笑面虎："噢，果然是高才生。"

毛宝："你看看，咱们几个团，就算华东野战军的几个纵队，有几个是燕京大学毕业的？没几个吧，王司令员对我们老虎队可是深爱有加啊，没几下真本事的，怎么能加入我们老虎队啊？"

毛草根："是的，我们老虎队的队员，个个都有自己的绝活呢。"

叶峰有些不服气了："嘿嘿，毛宝啊，你要是真去了新安镇，王司令员还不枪毙了你？"

毛宝："这事啊，王司令员真知道，而且是他让我去新安镇刺探敌情的。我们安然无恙地回来，得到了司令员的表扬，今天凌晨，司令员已经给我们老虎队下达了一个秘密任务。"

叶峰："什么秘密任务？"

毛宝："我都说了是秘密任务，当然要保密了。不过呢，肯定是为了让我们老虎队建功立业的。"

江小白："是的，建功立业的任务，以后要加入我们老虎队的门槛可是越来越高了。"

叶峰："是是是，你们老虎队厉害。"

毛宝："可不是嘛，老虎队，天下无敌。"

江小白："二团的兄弟们，都别客气啊，尝尝这美国人吃的牛肉啊。"

红娃还是强忍着，但口水都快要流出来了，他狠狠地看了一眼江小白，起身离开。毛宝也看到了红娃离开，带着一丝发愁的意思说："嘿，这小子还软硬不吃啊。"

江小白的脸上却带着微笑："队长，不要着急，我觉得红娃马上就是我们老虎队的人了。"

毛宝惊讶地说："哦？"


杨廷宴的办公室里，杨廷宴和几个师长、作战参谋正在开会，陆胜文和胡国忠进来。杨廷宴热情地说："陆老弟来了，来来来，坐在这里。"说完亲自给陆胜文拉了一把椅子，陆胜文坐了下来。

杨廷宴："我们正在讨论接下去的战斗形势，我也想听听胜文你的意见啊。"

陆胜文："杨军长，我刚刚和国忠巡视前线，讨论战情，正要和您汇报。"杨廷宴看向胡国忠："哦？胡副官也有一些想法吗？"

胡国忠："杨军长，我个人认为共军不出一日，定会对我第七兵团发起全面的进攻，而且在发起进攻前，一定会派出一支队伍突袭新安镇。如果他们刺探过新安镇的地理情况，或是有当地老百姓给他们带路，很容易就切开新安镇的口子。"

杨廷宴："想不到胡副官也很有见解啊。胜文，你觉得我们应该怎么做？"

陆胜文："尽快撤离新安镇，不和共军主力正面交战。"

魏参谋："陆胜文，你什么意思，难道我们还怕共军不成？你带兵来支援我们，我们就应该联起手，和共军好好打一场。我们跑够了，还要再逃命啊？不逃了，和共军打！"

杨廷宴向胡国忠问："胡副官什么意思？"

胡国忠："我同意魏参谋的意思，我们越是想要逃命，越是容易被共军消灭，还不如痛痛快快和他们打一场。"

陆胜文抬头看胡国忠，魏参谋："你看看，陆胜文，你的手下都觉得应该和共军打一场。"

陆胜文："杨军长，就算要和共军打，也得给第七兵团留好退路，请您向黄司令汇报，尽快在运河上架一座桥梁，不然我们的将士连退路都没有了。"

魏参谋："陆胜文，你难道没有听说过破釜沉舟、背水一战吗？只有这样，我们的将士才能卖命地和共军交战。"

杨廷宴："好了，大家都别说了，胜文的意见也是有道理的，容我和黄司令汇报一下，再做下一步战略部署，散会。"

陆胜文没有再多说话，准备走出去，胡国忠跟在后面，突然，杨廷宴叫了一声："胡国忠，留步。"胡国忠站住了脚步，看了一眼陆胜文，转身对杨廷宴说："是，杨军长。"陆胜文一个人往外面走了出去。


桃林镇，解放军战士正在休整，红娃一个人躲在角落里擦着心爱的狙击枪，江小白走了过来，红娃瞪了他一眼。江小白从怀里拿出一罐牛肉罐头对红娃说："拿着吃吧。"

红娃咽了口口水："不要。"

江小白："拿着吧，这种牛肉罐头，我们老虎队多的是，司令员说了以后老虎队的配备就要和美军一样，当然也包括吃的，不但有美国牛肉罐头吃，还有烤鸡、香肠、鸡蛋、牛奶，反正啊，想吃多少，就有多少。"

红娃有些心动了，江小白把牛肉罐头拉开，送到红娃面前，故意嗅着香味："尝尝，味道真的很不错。"

红娃终于没有控制住自己，夺过了牛肉罐头，一口气把牛肉都吃掉了，还用手把罐子缝里的牛肉抠出来，舔了舔自己的手指头："好吃。"

江小白："还想要？"

红娃："嗯。"

江小白："加入老虎队。"

红娃："我和你直说了吧，不是我红娃不想加入老虎队。"

江小白："你有难言之隐？"

红娃点点头："我红娃是喜欢吃，也喜欢吃你们老虎队的牛肉罐头，但是我不能离开二团，因为姚团长对我红娃有恩情。"

江小白："哦？"

红娃："当年打鬼子时，我们的队伍被打散了，我红娃被几个日本兵包围住了，子弹也打光了，我本以为要死了，但是我们的姚团长带着人杀了回来，和鬼子拼杀，把我救了出来，而且他因为救我自己的腹部还中了枪，差点丢了性命。你说这样的救命之恩，我红娃怎么能不报答？"

江小白拍了一下红娃的肩膀："红娃同志，我江小白一直以为你只是一个冷血的狙击手，但是没有想到你如此重情重义。"

红娃："还有内战开始后，国民党反动派知道我红娃是共产党的人，他们杀了我全家，我红娃回去报仇，姚团长二话不说，冒着违反纪律的情况下，去打那些国民党军，虽然那些杀人凶手没有找到，但是姚团长这份情意在那里了。"

江小白："这个姚团长对你确实恩重如山啊。"

红娃："如果是你，你会忘了救命恩人，而去投奔老虎队吗？"

江小白："不会，我江小白最痛恨的就是忘恩负义之人了。但是你有没有想过，其实老虎队和二团都是一家人，我们都是中国人民解放军，姚团长是解放军，毛队长又不是什么国民党军，所以你无论在二团还是老虎队，都是一名解放军，关键是你在老虎队可以发挥更好的作用，因为我们老虎队有更多的特殊任务可以执行，你红娃可以杀更多的敌人。"

红娃："杀更多的敌人？"

江小白："对，杀更多的敌人，我江小白答应你，会帮你找到杀害你家人的国民党反动派，让你报仇雪恨。"

红娃："真的？"

江小白："当然是真的了，只要你能提供那些凶手的线索，我就可以顺藤摸瓜找到他们，找机会消灭他们。"

红娃："你有这么厉害？"

江小白："我江小白可是燕京大学的高才生，脑子可活络了。"

红娃想了一下说："好，我加入老虎队。不过，不过……"

江小白："不过什么？"

红娃："我还是得和姚团长说一下。"

江小白一愣："姚团长这里啊，我们队长已经和他商量好了，只要你自己愿意，姚团长就同意。"

红娃皱着眉头："哦。"

江小白："好了，我保证，你来了老虎队，以后每天都是开开心心的日子，因为咱们老虎队的队员们，都像是亲兄弟一样。"红娃看着江小白，旋即点点头。

新安镇杨廷宴的办公室内，胡国忠走到了杨廷宴身边问："杨军长，您还有什么吩咐？"

杨廷宴喝了一口茶："唔，我看刚才你们旅长在时，你有很多话，是不是不方便说啊？"

胡国忠："这个，是的，我是有些话想跟您说。"

杨廷宴："说吧。"

胡国忠："杨军长，我昨晚上发现了有共军奸细混入新安镇。"

杨廷宴："哦？人抓住了没有？"

胡国忠："让他们逃走了。"

杨廷宴："可惜了。他们肯定是来刺探我们的情况的。"

胡国忠："所以今天早晨，我和我们旅长去新安镇周边查探了一番，我感觉在虎扑岭那一带，很有可能会有共军攻进来，一旦这个口子被撕开，后果不堪设想。"

杨廷宴："国忠老弟，没想到你也这么有见解啊，好，很好。虎扑岭，虎扑岭，这个地方易守难攻，应该不会有事。"

胡国忠："但以防万一，我们还是得派一些兵力到那里。"

杨廷宴略微思考了一下说："唔，也行。"

桃林镇洋溢着欢天喜地的氛围，应该说是洋溢在毛宝的心窝子里。毛宝拍着江小白的肩膀笑着赞道："你小子可以啊，这么快把红娃搞定了，我毛宝给你记一功。"

江小白："谢谢队长，这都是小事情啦。"

笑面虎："嘿，小白白，厉害了，看来你就是我们老虎队的诸葛亮了。"

江小白："不敢当，不敢当。"

毛宝："红娃人呢？"

江小白："在外面，不肯进来。"

毛宝："嘿，小媳妇见公婆，还害羞啦。"说着兴冲冲地走了出去。

红娃站在外面，毛宝冲了出来说："哎呀，红娃兄弟啊，你来了啊，欢迎加入我们老虎队。"

红娃："毛队长，我可以加入老虎队，但是姚团长这边也要有个交代。"

毛宝一愣，随即说："嗯，这是肯定的，我会给老姚一个交代。"

红娃："还有江小白答应我，给我找到杀害我家人的凶手。"

毛宝看了一眼江小白，江小白解释道："队长，红娃家人让国民党反动派杀害了，我答应他，一定会寻找到这些凶手。"

毛宝郑重其事："好，我毛宝也答应你，一定会找到那些凶手，将他们绳之以法。"

红娃："嗯，谢谢毛队长。"

毛宝："嘿嘿嘿，红娃你来了老虎队，我们老虎队可真是如虎添翼啦。"

红娃低下头去，想说什么，但又没有说。江小白拍了拍红娃的肩膀说："红娃，我知道你在想怎么和姚团长这边交代。"

红娃点点头："嗯，是的。"

江小白："没事，我觉得就实话实说啊，而且你来了老虎队，也是为了能够发挥更大的作用，消灭更多的敌人。我相信，姚团长会理解的。"

毛宝："嘿，老姚要是能理解了啊，那我毛宝真是太佩服了。不过红娃，你也不要担心什么，天塌下来，有我毛宝撑着。"

红娃又是点点头："谢谢毛队长。"

毛宝："嘿，都是自家兄弟，以后不要说谢谢两个字了。"

江小白面露开心之色，这番收服红娃的任务，也让自己算是正式地加入了老虎队了。毛宝把红娃迎到了军帐中，热情地说："红娃啊，你这脸这么红，看来是关云长转世啊。"

红娃："关云长？"

毛宝："就凭你这本事，那比三国关公可是强多了，他一刀还干不掉一个敌人，你一颗子弹就能打死一个敌人。"

红娃："错了，一颗子弹，消灭两个敌人。"

毛宝："对对对，一颗子弹，消灭两个敌人。"

另一边，阿辉将此"噩耗"报告给了姚公权，姚公权不顾卫生员明霞和阿辉的劝阻来到老虎队住着的军帐外，姚公权怒气冲冲地叫着："毛宝，你这个骗子，给我滚出来。"

毛宝："嘿，这个老姚跑来要人了。"

红娃有些紧张："是我们姚团长，怎么办？"

毛宝："没事，我毛宝现在是你的队长，你放心，我会保护好你的。红娃，你先留在这里，不要出来。小白、笑面虎，你们几个跟我出去。"说完带着江小白他们几个出去。

毛宝笑嘻嘻地走出了营帐，见到了姚公权说："哎呀，公权兄弟啊，你怎么这么着急出院了，可要多保重身体啊。"

姚公权："给我滚远点！哼，把红娃还给我！"

毛宝："红娃？红娃不在我这里啊。"

姚公权："你这个骗子，还撒谎，你把红娃骗到了老虎队。"

阿辉："对，你们老虎队的小白脸，就是他，把红娃哄骗过去的。"说着指着江小白。

江小白："我哪里有啊，我就是和红娃聊了一下而已，又没有怎么样。"

姚公权听了这话更是怒不可遏，就要冲进军帐，毛宝等人连忙拦住。姚公权见毛宝人多，正要回去叫二团的战士，就在这时，红娃从军帐中走了出来："都别吵了，我红娃在这里。"毛宝和姚公权他们都看着红娃，江小白轻声地问："你怎么出来了？"姚公权指着毛宝的鼻子说道："现在呢？给我个解释！"

毛宝："他是自愿来我这里的。"

姚公权对红娃说："红娃，跟我回去。"

红娃支吾道："团长……"

姚公权："不跟我回去是吧？"

毛宝："你看看，人家红娃自己想加入我们老虎队。"

姚公权："是你们把他骗过来的。我要去找王司令员评理。"

毛宝："嘿，好啊，评理就评理。要是人家司令员、政委，还有红娃自己都说是可以加入老虎队，你就别再说什么了。"

姚公权没有说话，拉着红娃，往指挥部走去。

指挥部里，毛宝和姚公权站在王司令员和洛奇面前。

姚公权："司令员、政委，你们给我评评理啊，这个毛宝光天化日之下抢我的人啊。"

毛宝："我没有抢，人家红娃有觉悟，是自愿的。不信，你问他自己。"

姚公权："红娃，你是不是自愿去老虎队的？"

红娃没说话，只是点了一下头。

姚公权："红娃，你什么意思，你小子太忘恩负义，你的狙击步枪是谁送给你的啊，你打死的第一个敌人，还是我教你打的呢。"

红娃："枪法是我爹教我的，这枪是我自己缴获的。"

毛宝："哎呀，老姚啊，你就别恐吓红娃啦。"

姚公权骂道："你给我滚远点。都是因为你……"

毛宝："怎么是因为我了，司令员，你说过的，红娃自己选择要到谁的队伍里，是不是？"

王司令员："是的。"

毛宝："这不就是了嘛。"

姚公权一拳头打向了毛宝，毛宝眼疾身快，一闪身便躲过了姚公权的拳头。毛宝："君子动手不动口，老姚，你这样子是不对的。"

姚公权哪里肯听："我就是要揍死你这小子。"

毛宝故意叫得很响："救命啊。"

王司令员："都给我住手，胡闹，留着力气，给我去打敌人！"

姚公权被大憨他们拦住，还不服气地对着毛宝骂道："无耻。"

毛宝："司令员，他骂你呢。"

王司令员："你给我闭嘴。"

毛宝捂住了自己的嘴巴，洛奇站了出来："这样，红娃先加入老虎队，等打完了淮海战役，就让他归队，回到二团。你们觉得怎么样？"

这下轮到毛宝有些不舍："打完淮海战役就还给老姚啊？"

姚公权："这淮海战役得打多久啊？"

王司令员："你们要是不同意，就让红娃回老家去。"

毛宝和姚公权异口同声："这个……好，我们同意政委的建议。"

王司令员："红娃，你到了老虎队，可得好好表现。老虎队，给我打得几场漂亮的仗来。"

红娃和毛宝等老虎队队员们："是，司令员。"

毛宝脸上露出得意的笑容，姚公权还是有些不爽。


陆胜文走到新安镇巷子口，满面愁容，白师长路过看见了他，与他说话，两人对新安镇局势的看法不谋而合，陆胜文决定再努努力，劝说杨廷宴。

陆胜文来到杨廷宴的办公室，杨廷宴说道："胜文，你的意思，还是让大部队先撤退？"

陆胜文："对，撤退，不等四十四军。"

杨廷宴："我就是担心第七兵团一旦提前撤退，会落下保存实力的口舌，你是知道的，黄司令不是校长的嫡系出身，但是蒋校长对他又恩重如山啊。"

陆胜文："但是黄司令也不能不顾将士们的生死，第七兵团如果现在尽快撤退，和徐州杜总司令会合，不但不会再有危险，而且能和粟裕他们抗衡，完全有取胜的希望，到那时，黄司令还不是为蒋校长立下大功？"

杨廷宴思考了一下，然后说："好，胜文，我再去和黄司令说说。"

"什么？你要去新安镇找胜文？不行不行，坚决不行。"毛宝看着眼前来找自己商量的何仙女，大声说道。

何仙女经过长时间思考做的决定被毛宝否定，不忿地说："怎么不行了，大家都是儿时的伙伴，叙叙旧嘛。"

毛宝："太危险了，现在新安镇里的国民党军查得很严，一旦被发现，很有可能就不能活着出来。"

何仙女："这个放心了，我对新安镇那边的情况有所了解，不会出事。"

毛宝："反正我不同意你去。"

何仙女看着毛宝，故意逗他："毛宝，你不会是担心我跟胜文好上了吧？"

毛宝："我，我才不担心这事呢。"

何仙女："好，那我就去找胜文，和他谈一谈我和他当年的婚事。"

毛宝："不行。你要是去了，就别回来了。"

何仙女："呵，我要是不回来了，看你怎么办。"

毛宝："我怎么办？我高兴还来不及呢，以后就没有人来缠着我毛宝喽。"

何仙女："好你个毛宝，那我们就走着瞧。"说完转身就走，毛宝忙说："哎，何仙女，我跟你说……"何仙女故意不理睬毛宝，但脸上却露出笑容。毛宝："你真的别去啊。"

红娃有些犹豫地向二团这边走来，他走了几步，又停了下来，他有些为难地自语道："姚团长对我红娃这么好，我却离开了他，我红娃真的太不应该了。"

不远处，姚公权和阿辉等三个解放军战士坐在一起。姚公权叹息着说："唉，我们二团走了红娃，以后的攻坚战啊，就得多浪费子弹了。"

阿辉："团长，要不我们去把红娃挖回来？"

姚公权犹豫了一下："算了算了，红娃能加入老虎队也挺好的。这老虎队本来是我们三个攻坚团中最厉害的，司令员和政委让毛宝组建老虎队也有他们的道理，现在老虎队里都是战斗英雄，说实话，我姚公权心里是嫉妒这个毛宝啊。"

这时阿辉看到了红娃，说："哎，那不是红娃吗。"姚公权抬眼也看到了红娃，叫道："红娃。"红娃看到了姚公权他们，脸更加红了，不知道该如何是好，站在那里不动了。

阿辉："喂，红娃你站在那里干吗呢，快过来啊。"

红娃："我……"

姚公权："红娃，过来。还怕我老姚吃了你不成啊？"

红娃硬着头皮走了过去，姚公权问："怎么了？找我有事吗？"

红娃："团长，对，对不起……"

姚公权："好了，别跟我说什么对不起了，快坐下，一起聊会儿天。"

红娃坐了下来，但还是没有说话，姚公权："你加入老虎队是对的。"

红娃愣了一下："啊？"

姚公权："我们刚才还在说，老虎队是我们三个团中打攻坚战最厉害的，以后你红娃要好好干，多立功，多狙击敌人，发挥出来你红娃更大的作用。"

红娃低下了头，但眼神中满是感激的神色："噢。"

姚公权："说不定你红娃哪天立功多了，能当个团长，当个师长了。"

红娃："红娃不想当官，只想杀敌，而且你姚团长，永远是我红娃的团长。"

姚公权："好好好，我姚公权永远是你的团长，有你红娃这句话，我心里也舒坦了许多啊。"

红娃："团长，请您放心，我红娃到了老虎队不会给你丢脸的。"

姚公权："嗯，好好干，别让毛宝这小子笑话我姚公权这里出去的人是孬种。"

红娃："不会的！"

# 第九章

　　新安镇黄百韬的办公室内，杨廷宴履行了自己的职责，来劝说黄百韬，他站在黄百韬面前说道："黄司令，现在共军已经合围过来，我们还是快些撤退吧。"

　　黄百韬："撤退？四十四军还没有到，我们就提前撤退，你知道这样做是什么？是抗命。"

　　杨廷宴："但是如果我们不撤退，就会被共军吃掉。"

　　黄百韬："廷宴啊，别把共军想象得那么可怕，我黄百韬就不信了，他们共军有三头六臂了？为了委员长，我黄百韬一定要打败共军，为委员长夺回失地。"

　　杨廷宴："司令精神可嘉，廷宴定当以死效忠。"

　　黄百韬："哈哈哈，廷宴啊，你做我的副手这么多年，待打完这场仗，我定向委员长推荐，让你往上升。"

　　杨廷宴："谢司令。"

　　杨廷宴淡然一笑，又有喜又有愁。

　　出来之后，杨廷宴把陆胜文和胡国忠都叫到了自己的办公室，办公室的桌子上准备好了酒菜。

　　陆胜文一看桌上的酒菜，眉头一皱。

　　杨廷宴："胜文、国忠，都坐下吧。"

　　胡国忠正要坐下来，但看着陆胜文没有坐下，他也站在了一边。

　　陆胜文有些焦虑地说："杨军长，我已经吃过饭，而且现在是白天，不喝酒。"

杨廷宴："胜文，我知道你在想什么，现如今共军就要打过来，我们却还在这里喝酒吃肉，确实有些说不过去。"

陆胜文没有说什么。

杨廷宴："我刚去了黄司令那里。"

陆胜文抬头看杨廷宴："司令怎么说？"

杨廷宴："唉，司令的意思，还是要和共军打一场。"

陆胜文："他难道就不顾这么多将士的性命了？"

杨廷宴："胜文，我想过了，我们现在的防御做得都很不错，共军攻打过来，我们也可以抵挡一阵。等打完一仗后，我们就掩护黄司令撤退。"

陆胜文："杨军长，我说实话，这次共军的目的就是想把第七兵团全部吃掉，不给黄司令留退路啊。"

杨廷宴有些惊讶，但叹了口气："我们尽力而为，如果迫不得已，就为党国尽忠。"

陆胜文和胡国忠都看着杨廷宴。

杨廷宴："今时今日，我们有缘聚在一起，接下去生死未卜，不如结拜为异姓兄弟。"

陆胜文："胜文不敢高攀。"

杨廷宴："什么高攀啊，你救过我，这份情谊就能让我杨廷宴终生难忘了。"

陆胜文："这都是应该的。但是结拜为兄弟……"

杨廷宴："怎么，胜文你是不是看不起我？"

陆胜文："不不不，我不是这个意思。"

胡国忠："旅长，杨军长如此器重你，你不要再推辞了。"

陆胜文："我……"

杨廷宴："对，不要再推辞。东汉末年，战火纷飞，刘关张桃园三结义，共同抗敌，建立了蜀国，今日我们也要学学古人啊。"

胡国忠："是的，旅长，你和杨军长结为兄弟，共同抵抗共军。"

杨廷宴："国忠啊，刘关张是三人结义，我看你也有非凡智慧、远大抱负，不如和我们一起结义。"

胡国忠："属下不敢。"

杨廷宴拉起了陆胜文和胡国忠的手："好了，你们都不要推辞了。今日我们杨、陆、胡三人就在这新安镇结为异姓兄弟。外面虽然没有桃花，但是这后院有一片芦苇地，也是相当有意境的。副官，你去准备一下。"

副官："是！"

后院是一片芦苇地，景色有些萧条，芦苇花随风飘散着。副官和两个国民党士兵把结拜用的物件都摆好了。杨廷宴和陆胜文、胡国忠各自拿了一炷香，对着关云长像跪拜。

杨廷宴："今有杨廷宴。"

陆胜文："陆胜文。"

胡国忠："胡国忠。"

三人同声："三人结为异姓兄弟，死生相托，吉凶相救，福祸相依，患难与共，天地作证，山河为盟，一生坚守，誓不相违。"

杨廷宴他们叩拜后把香插在香炉里，胡国忠先开口："杨军长年长于旅长和我，理当称为大哥。"

杨廷宴："好，我做了这个大哥，定当为二位贤弟谋求好前程。"

胡国忠向杨廷宴和陆胜文："大哥、二哥。"

陆胜文："大哥、三弟。"

杨廷宴伸出手来，把陆胜文和胡国忠的手握在一起："精诚团结，杀退共军。"

胡国忠："好，杀退共军！"

陆胜文没有说话。


桃林镇的解放军阵地迎来了一个叫巴甲的黑大个儿，到处找着毛宝。毛宝一看这黑大个儿正是之前国民党军队伍中的一员猛将，毛宝击败了他的团长，此刻他说是要加入老虎队。

毛宝让大憨和笑面虎试了试巴甲的身手，巴甲三下五除二将两人双双击倒，赢得了毛宝的一通夸赞，老虎队也从此又多了一员虎将。

与此同时，何仙女推着独轮车带着火凤凰、铁猴子等民兵队队员来给解放军战士运送物资。独轮车上放着米、面、地瓜、土豆、青菜等各种物资。一只大公鸡被绑着腿摆放在独轮车最上面。大公鸡扑闪着翅膀，"咕咕"地扑腾着。

何仙女等人到了老虎队的军帐附近，老虎队的队员们看见了米面，尤其是看见了鸡，立马欢笑起来，其中当然不包括毛宝。

何仙女见毛宝开心地说："你看，我给大家伙儿抓了只鸡，打打牙祭。"

笑面虎："队长，我现在就去炖了，大家伙儿都快忘记肉是啥味了。"大憨也在一旁叫好，笑面虎说完，抱着鸡刚要转身，毛宝呵斥："回来，米面留下，鸡送回去。"

笑面虎等人难以置信地说："队长？"

何仙女："毛宝，你这是干什么？这鸡可是张大婶辛苦了大半年养大的，她们自己都舍不得吃，非要留给解放军。"

毛宝："就是因为这样，我们就更不应该吃。"

毛宝说完，走到笑面虎面前："张大婶她舍不得吃，你们就吃得下？"

笑面虎等人摇了摇头，缓缓地把鸡递给毛宝。

毛宝接过大公鸡，把大公鸡放到何仙女的怀里："这个，还麻烦你还给张大婶，谢谢。"说完，向营帐里面走去。

何仙女接过大公鸡，急忙转身交给铁猴子，追向毛宝。铁猴子看着毛宝的身影，眼里尽是崇拜之意。

毛宝走在前面，何仙女紧步跟在后面："我这不也是受乡亲们所托嘛，再说，这都是乡亲们心甘情愿的，你怎么总是一根筋……"毛宝突然停下，转过身，何仙女一个趔趄撞到了毛宝的胸前。毛宝尴尬了一秒，然后退后一步，何仙女摸了摸被撞的脑袋，委屈地看着毛宝。

毛宝："何仙女，从现在开始，不许你再踏进解放军军营一步。"

笑面虎、毛草根等人趴在门口偷听，互相间轻声推搡着。

何仙女："我何仙女可是受百姓所托，来给解放军送补给的。再说，这事咱王司令员可是同意的，难道你比人民群众还大还是比王司令员大？"

毛宝："胡搅蛮缠，这是战场。"

何仙女："战场怎么了，古有穆桂英挂帅，现有我何仙女送粮。"

毛宝："你你……我……"

何仙女从口袋里掏出两只鸡蛋："别你你你我我我的，我很忙，现在就得走了，拿着。"

毛宝没有拿鸡蛋："你要去哪里？"

何仙女："我去哪里，你也要管吗？"

毛宝："你要是找陆胜文，我坚决不同意。"

何仙女："嗨，你不同意，你想怎样？"

毛宝："把你关起来。"

何仙女："哈哈哈，你刚才要我不要来，现在又要把我关起来。你毛宝是地主吗？想干什么就要干什么？"

毛宝："我……我不是地主，是你要去找地主。"

何仙女又气又笑，把鸡蛋塞到了毛宝的手里，迅速转身离开："我走啦。"

毛宝看着手里的两个鸡蛋，本来还想叫住何仙女："仙……仙女……"

何仙女猛不丁地开门，笑面虎等人没有防备，全都扑倒在地。笑面虎等人忍着疼痛，冲着何仙女笑，对着何仙女竖起了大拇指。何仙女得意地转头看向毛宝，转身离去。

何仙女回到了新安镇民兵队驻地的院子里，抱着大公鸡，坐在石碾上，火凤凰陪在一旁，这时铁猴子来了。

何仙女："你来得正好，把这鸡给张大婶送回去吧。"

铁猴子："是！"说完，没有走，欲言又止。

何仙女："有心事？"

铁猴子："队长，我的确有事要说。"

铁猴子狠了狠心："我想留在老虎队。"

何仙女难以置信地看着铁猴子，火凤凰着急地说："铁猴子你胡说八道什么呢？"

铁猴子："我没有胡说八道，队长，我想上前线，我想杀敌，我想跟着毛队长。"

何仙女："好样的，不愧是我民兵队的队员。"

铁猴子："队长，您不生气啊？"

何仙女："我为什么要生气？我的队员个个都是英雄，不惧生死，我自豪。"

铁猴子听了这话非常感动，何仙女笑了笑说："把鸡送回去吧。"铁猴子应声抱了鸡正要走，何仙女又说："下午我陪你去。"火凤凰搭茬："我也要去。"铁猴子感激地看着何仙女，说不出话来。


新安镇国民党军的驻地里，杨廷宴坐在办公桌旁拿着电话机："共军的大部队已经追击包围过来了，四十四军呢，在哪？在哪？"

杨廷宴喘着粗气，听着电话那边的解释。

杨廷宴突然发火："等几日？战机会等你几日？敌人他能等你几日？"杨廷宴生气地挂掉电话。

陆胜文走进："杨军长，这是怎么了？"

杨廷宴悲伤："还能怎么？我心忧我心痛啊。大战在即，我们的部队却各怀心思，各自盘算，一盘散沙，焉能不败啊！"

陆胜文也叹息了一声。

杨廷宴整理了下自己的情绪，揉着自己的太阳穴，没有回答。

陆胜文："现在兵团的位置非常不利，我们在新安镇孤立无援，如撤军西进，到不了徐州就会遇敌，而徐州工兵团至今未架设运河桥梁，国防部作战计划一再变更，处处被动，将帅无能，累死三军啊。"

杨廷宴一个手势，示意陆胜文小声点，不要被别人听见，然后说："西撤已然行不通了，看来他们先打我兵团是肯定的了。我兵团十几万人，敌人数量尚不清楚，但来势汹汹，若集中进攻，我兵团岌岌可危啊。倘若我兵团被围，指望别人来救是不可能的了。古人云：胜则举杯相庆，败则出死力相救。我们怕是办不到啊。"

陆胜文："可这次战事与以往不同，可是主力决战，关乎存亡啊。"

杨廷宴苦笑："那又怎么样？人家共产党对上级指示奉行彻底，而我们却是阳奉阴违。你看，四十四军迟迟不到，还不是心怀鬼胎，为的是保存自己的实力？"

杨廷宴闭上了眼睛，紧锁着眉头。

陆胜文走出杨廷宴的办公室，来到一片窗前背着手看向窗外。新安镇出奇地平静，丝毫没有大战在即的波澜与紧张。人民解放军悄声向黄百韬兵团追击包围上来，这种平静，比什么都可怕，其实黄百韬的心里也应该清楚，只是他没有说出来。此刻，陆胜文的心里却掀起了万丈涟漪，坐立不安却无能为力。

桃林镇解放军驻地的空地上，江小白拿着新安镇行军地图，眉头紧锁。毛宝走进，拿过地图："行军地图，你也看得懂？"

江小白不卑不亢："分析下时势战局罢了。"

毛宝："说说。"

江小白："我军驻扎在这桃林镇已有数日，和新安镇的国民党军交过一次手后，就一直按兵不动，怕是这几天要有大动作了。"

毛宝："这还用你说？"

江小白："你看这新安镇是一块千秋干戈之地，北起山东沂源，南至江苏宿迁，与发源于沂山的沭河并行南下，九出其间，构成天然走廊，向有八百里马陵道之称。所以这新安镇自古是兵家必争的战略要隘，连年战事不断。"

毛宝："行行行，我知道你有文化，能不能说点人话？"

江小白慷慨激昂道："黄百韬兵团驻扎在此，就依仗于东陇海线，构成苏北鲁南的巨大军事屏障。所以，战役第一阶段的重心，必是集中兵力歼灭黄百韬兵团，完成中间突破，占领新安镇。对守敌实施分割、包围、监视、阻援。"

毛宝点点头，表示赞同："所以，我们得把新安镇这块巨大的烧饼从中间切开，打乱他们的布局，然后再将他们合而围之，一举歼灭。"

江小白："没错。"

毛宝："行啊，好小子，有两下子。"

江小白得到赞许，非常开心，这时毛草根进来，说政委要找毛宝，毛宝开心地拍了拍江小白的肩膀，随后走出了营帐。

毛草根狐疑地看着毛宝的背影，又看了看江小白，说道："你们什么时候这么亲密了？"

指挥部里，王司令员端坐在会议桌主位，洛奇坐在一侧，下面是毛宝和姚公权等人。王司令员："这次开会呢，主要是商议合围黄百韬兵团。"

毛宝："太好了。终于要打了。"

洛奇瞪了眼毛宝，毛宝讪笑，不再说话。

王司令员："这一次是主力决战，关乎生死，每一步都必须谨慎，不能出错。"

众人："是！"

姚公权："司令员，那这仗我们要怎么打？"

毛宝："嘿，怎么打，我毛宝心里全都盘算好了。"

王司令员看向毛宝："你这么兴奋，你来说说。"

毛宝起立，他的脑海里都是江小白的话，随后一本正经道："这新安镇是一块千秋干戈之地，北起山东沂源，南至江苏宿迁……我们现在的战役，第一阶段的重心，必是集中兵力歼灭黄百韬兵团，完成中间突破，占领新安镇。对新安镇守敌实施分割、包围、监视、阻援。"

众人狐疑地看着毛宝，姚公权瞪大了眼睛。

姚公权："毛宝，你这是诸葛亮附体啊！"

王司令员："所以，你是怎么打算分割、包围、监视、阻援？"

毛宝："黄百韬兵团驻扎已久，尤其是现在，他们必是二十四小时不松懈，正面强攻怕是避免不了了。"

姚公权："你这说了不是等于没说吗？"

毛宝："虽然避免不了强攻，但是，我们还可以另辟蹊径。黄百韬兵团十几万人马，看着是铜墙铁壁，但人心涣散，必有疏漏之处。找一处国民党防守最弱的地方，由我带着老虎队切一条口子进去，打其七寸，咱给他来个里应外合，打他个措手不及。这个口子我已经找到了，而且呢，我带着老虎队精英，进行了实地侦察。"

姚公权："已经侦察过了？厉害了。"

王司令员："嗯，毛宝进步很大啊。"

毛宝不好意思地讪笑："见笑，见笑。其实，这还多亏了江小白提醒，别说，这小子还真有两下子。"

王司令员："不叫人家白面书生了？"

毛宝讪笑："嘿，小白的脸，本来就很白的嘛。"

王司令员："好，这件事，就交给老虎队去准备，叶峰你们三团负责正面进攻。"

毛宝、叶峰："是！"

姚公权："司令员，那我们二团呢？"

王司令员："你的伤还没有痊愈，我另有安排。"

姚公权："我……"

王司令员："好了，别说了。"

叶峰站了起来，有些担忧地问："毛队长的计策是好，可一旦战争打响，黄百韬跑了怎么办？"

王司令员："跑？往哪跑？我军主力已至运河、不老河防线，战斗一旦打响，防线必然土崩瓦解，届时，我军三个主力纵队直插大许家、八义集，截断陇海路，来个瓮中捉鳖，怕是黄百韬插翅难飞喽！"

叶峰："就一个黄百韬兵团倒是好办，可万一敌军增援？"

毛宝："增援？国民党什么做派你还不清楚，哪一次不是大难临头各自飞？"

洛奇："邱、李兵团虽然与黄百韬相距仅二十公里，但这个时候，局势尚未明朗，他们势必会为自己保存实力，尤其是这个邱清泉，世故圆滑，即使肯派兵增援，怕也是做做样子。"

毛宝："没错，就算有敌军增援，我们也不怕。有一杀一，有二杀双。"

姚公权和毛宝刚走出指挥部，姚公权就兴奋地搭着毛宝的肩膀："毛宝兄弟啊，咱们这次可要好好地干一仗。"

毛宝："那是自然。"

姚公权："那你可得在司令员和政委面前，给我多说几句好话。"

毛宝："必须的啊。放心好了，老姚同志。"

这时，何仙女带着铁猴子迎面走来，姚公权故意使坏："何队长，你又来给我们送补给啊？"说完冲着毛宝坏笑，毛宝面露不悦。何仙女："是啊，王婶新做的鞋，特意交代，让我赶紧送过来，看你们合不合脚。"说完把新鞋交到了姚公权手里。姚公权接过鞋子："行，那我现在就去叫战士们试试，你们慢慢聊，慢慢聊。"说完，冲着毛宝眨了眨眼，然后走开。

毛宝见姚公权走远，冲着何仙女小声呵斥："你以后别在我们军营里招摇过市了，让姚公权他们笑话我。"

何仙女显出一副无辜的样子说："他们笑话你，他们是在羡慕嫉妒你，我给你的鸡蛋吃了吗？"

这时，洛奇也从王司令员指挥部出来听见了这话。

何仙女："政委好。"

洛奇："何队长来了？"

毛宝尴尬地看了看洛奇，然后急忙转身离开。铁猴子着急地看了看何仙女，何仙女示意他赶紧追上去。铁猴子点了点头，追向毛宝："毛队长，毛队长。"

毛宝生气地回来，铁猴子寸步不离地跟在后面。

毛宝："你跟着我干吗？"

铁猴子紧张得竟说不出一句话来，毛宝生气，转身又往前走去。铁猴子只得继续跟着。毛宝转身呵斥："别跟了。"铁猴子无辜地点了点头。毛宝转身，铁猴子再一次跟了上去。

指挥部门口，洛奇和何仙女聊天。

洛奇："何队长最近补给送得很是勤快啊，真是辛苦何队长了。"

何仙女："这些都是乡亲们的心意，要谢还得感谢乡亲们。"

洛奇："是的，没有乡亲们的支持，哪有我今日之解放军啊！"

何仙女："军民一家亲，都是应该的，应该的。"

洛奇见何仙女没有要走的意思："何队长还有事吗？"

何仙女讪笑："政委，有个事还真得请你帮忙。"

毛宝见铁猴子还跟着自己，很是无奈："你到底要跟着我到什么时候？"

铁猴子紧张地低下头，毛宝让铁猴子抬头说话，铁猴子下了好大的决心，终于开口："我想加入老虎队。"

毛宝："加入老虎队？这何仙女，又想玩什么花样。"

铁猴子解释道："毛队长，这跟我们队长没有关系，我想加入老虎队是我自己的意思，我想跟你们一起上前线打仗。"

毛宝："老虎队之所以叫老虎队，那是因为我们各个队员都像老虎一样，有着凶狠的獠牙，直击敌人心脏，一招毙命。你说，你会什么？"

铁猴子："我，我会的可多了。"

铁猴子刚拉开架势，准备一展雄姿，毛宝打断了铁猴子："你回去吧，老虎队是不会收你的。你跟着何仙女也挺好，我看她就挺像老虎，母老虎。"

这时候，何仙女带着洛奇过来，何仙女："政委，你听听，你听听。"毛宝瞟了眼何仙女，看向洛奇："政委。"

洛奇："毛宝啊，这就是你的不对，我们解放军的领导干部怎么可以在背后议论民兵队同志的是非呢？赶紧道歉。"

毛宝生气，没有理会洛奇。何仙女出来解围："不用，政委，其实，毛宝能这么说我，我还是很开心的。"毛宝难以置信地看着何仙女，何仙女："我是母老虎，我很喜欢当母老虎，这样就可以管着这只公老虎了。"

毛宝："政委，今天你在这儿，我就要你一句话，以后这个人决不允许再踏进我们的队伍。"

洛奇："毛宝，这我得批评你了。我军的供给物资大部分都是乡亲们支援的，何队长作为民兵队队长，不辞辛劳，不顾危险，亲自护送。你因私事，不让何队长踏足这里，这是置我们解放军于何地？没有老百姓就没有共产党，没有人民群众，就打不赢国民党。所以，她的功劳并不亚于你，甚至要高于你我。"

何仙女沾沾自喜："政委，我觉得毛宝同志已经意识到自己的错误了，你就别再批评了。"

洛奇："这样，何队长，你今天也累了，先回去休息吧。"

何仙女："那铁猴子加入老虎队的事呢？"

铁猴子殷切地看向毛宝，毛宝："这事没得商量。政委，当初成立老虎队的时候，咱可说好的，我全权负责队员的选拔。"

洛奇："对，我的确说过。"洛奇说完看向何仙女。何仙女无奈地看向铁猴子，铁猴子失望地低下头，毛宝心有不忍。


江小白坐在空地上，研究着地图。火凤凰走过，见他面容俊秀、神态认真，竟不自觉地多看了几眼。

何仙女带着铁猴子向火凤凰方向走来，何仙女："你也别灰心，大不了我们也来个三顾茅庐，我了解毛宝，他现在就是拉不下面子，等他见识过你的身手，怕是跟我抢人还来不及呢。"

铁猴子："嗯，谢谢队长。"

火凤凰呆呆地看着江小白的身影。

江小白抬头，看向火凤凰，火凤凰连忙扭头就走，假装只是路过。江小白没有在意，起身离开。火凤凰走到一棵大树背后，偷偷地看向江小白。江小白已经离去。火凤凰脸露失望之色。

何仙女走近："哎，哎，看什么呢？"

火凤凰回过神,尴尬地说:"没什么,没什么。"

笑面虎、大憨、毛草根等人围在军帐中。笑面虎、毛草根各拿着一个鸡蛋在桌子上磕了一磕,开始剥着鸡蛋。

毛宝推门而进,笑面虎和毛草根含着鸡蛋呆呆地看向毛宝。

毛宝跑向笑面虎:"把鸡蛋给我吐出来。"笑面虎咕嘟一声,一口吞下。毛宝捏着笑面虎的嘴巴:"吃完了?"笑面虎点点头。毛宝看向毛草根,毛草根赶紧一口吞下。

毛宝抡起拳头:"我……"

笑面虎吓得赶紧闭上眼睛。毛宝高高举起的手,终于轻轻地放下:"等打完仗,我们天天吃鸡蛋。"

笑面虎等人互相使了个眼色,拔腿开溜,溜到营帐门口说了一句:"队长,我们觉得何队长真不错,你可别辜负了人家啊。"说完跑了出去。毛宝:"你们……"说完看着散落一地的鸡蛋壳,心情复杂。他捡起一片鸡蛋壳,自言自语:"难道真的是我太过分?"

何仙女带着火凤凰、铁猴子来到新安镇外,观察着镇子门口的情况。

火凤凰压低声音:"队长,咱们是要去新安镇啊,难道你真的要去找你那个儿时的玩伴吗?"

何仙女点点头:"国民党军把守得很严,看来我们不能从正面进入了,我不光要找他,还有重要的事情要办。"

铁猴子:"对了,队长,还记得我们上次走过那条山路吗?从牛头山那边可以进入新安镇。"

何仙女点点头,和铁猴子他们走到了牛头山。铁猴子:"往这条山路走下去就可以进入新安镇了。"

何仙女:"好,我们加把劲,时间上有些赶。"

三人正要往山路走下去时,突然后面一个声音喊过来:"站住,什么人?"

火凤凰惊了一下:"完了,是国民党的兵。"

何仙女:"不怕,都给我镇定点。"说完笑着回转身去:"嘿嘿,呀,是老总啊。"两个国民党士兵拿着枪对着何仙女她们,其中一个国民党士兵:"你们干什么的?"何仙女毫不畏惧地说:"我们啊,是这里的山民,来采点草药。"国民党士兵:"草药呢?"

火凤凰在后面和铁猴子轻声嘀咕:"仙女姐怎么连撒谎都不会撒啊,这回咱们完了。"

铁猴子:"别怕!"

何仙女一愣,但还是嬉皮笑脸地说:"我们不是还没有采嘛,来这里采,这牛头山啊,据说还有人参呢。"

国民党士兵:"哪里来的人参,人参长在东北。我看你们是共军的奸细。"

另一个国民党士兵看着何仙女:"你们要真是这里的山民,就让我们搜一下身。"

火凤凰害怕地说:"搜身?"

何仙女的眼神变得气愤起来,往后退了退,对铁猴子他们,轻声地说:"他们两个人,我们三个人,可以和他们拼一把。"

铁猴子:"但他们手上有枪啊。"

何仙女:"先夺下他们的枪。"

国民党士兵一步步逼过来。何仙女假装很害怕,捂着自己的胸口:"老总,真要搜身子呢,这个不好吧。"

国民党士兵坏笑了一声:"嘿嘿,搜一下又没事,你们要真是清白的,我就放你们走。"

何仙女对铁猴子他们轻声地说:"我对付这个,你们两个对付那个。"

国民党士兵:"少废话,都给我老实点。"说完想要抓住何仙女,但何仙女还是躲闪了一下:"老总,你不要这样子啊。"

国民党士兵:"嘿,还不让我摸了?"

另一个国民党士兵色眯眯地看着他们:"抓住她,快抓住她。"

何仙女突然一声大喝:"猴子、凤凰,跟他们拼了。"

何仙女一头撞向了国民党士兵,这个士兵猝不及防竟然被何仙女撞倒在地。另一个士兵大叫一声:"你们想造反啊。"士兵拿起枪要打何仙女,铁猴子飞快地蹿上去,夺住了这个士兵的枪:"凤凰,快来帮忙。"

火凤凰也冲向了国民党士兵,帮助铁猴子夺枪。被何仙女撞倒的国民党士兵起身想要反抗,何仙女身上没有武器,看到身边有一块石头,顺手抓起石头,砸在了国民党士兵的脑袋上。

士兵惨叫一声:"啊,敢打我!"

何仙女:"你们这些反动派,老娘跟你们拼了。"说着举起石头又在这个国民党士兵脑袋上重重地砸了一下,顿时士兵的脑袋血流如注,他晕厥了过去。

另一个国民党士兵:"你们肯定是共军,杀了我们的人,我要消灭你们。"

铁猴子奋力夺下了这个士兵的枪。国民党士兵这时慌了神,看了看手中的枪已经被夺走，又看着拿着石头的何仙女，转身逃跑。铁猴子要开枪打这个国民党士兵，何仙女一把拉住了铁猴子："猴子，别开枪。"

铁猴子："不打死他，他会回去报告的。"

何仙女："现在开枪了，就会惊动镇子里的国民党军队，这样我们连镇子都进不去。"

火凤凰："队长，要不我们还是离开这里，不去新安镇了吧？"

何仙女："来都来了，这样回去太不划算了。走，我们现在快点进新安镇，抓紧办事。"何仙女和铁猴子快步向镇子里走去，火凤凰只能跟上："你们等等我。"

黄昏的新安镇，陆胜文和胡国忠在镇子里巡视，街头上很多国民党士兵很是散漫，有的还在抢老百姓在卖的食物。陆胜文见此摇了摇头，二人边聊着战争形势，边走向黄百韬兵团的指挥部，他们前脚刚进去，何仙女他们后脚就走了过来。

何仙女看到了前面的指挥部，又观察了周围一番，带着两人来到了附近的茶摊边上，远远地观察着指挥部。

火凤凰急了："队长，眼前就是国民党军的指挥部啊，你想干什么？"

何仙女："放心，我有分寸。"

指挥部门口有进进出出的将领和士兵。

天色渐暗，何仙女耐心地观察着。火凤凰和铁猴子面露焦急之色。

瘦弱的国民党军官李参谋单独走出指挥部，向大街东向走去。何仙女扬嘴一笑："看上去是个国民党军的头头，级别不小。走，跟上他！"火凤凰、铁猴子紧随其后。

天色愈暗，何仙女远远地跟在李参谋身后。李参谋走进一条无人的小巷。何仙女低声对铁猴子："绕过去，从前面截住他。"铁猴子点了点头，迅速向巷子另外一端绕过去，何仙女带着火凤凰跟了上去。

李参谋走在小巷子里，丝毫没有觉察到危险。拐弯处，李参谋刚拐弯走进，铁猴子拿着枪指在了李参谋的额头："不许动！"李参谋受到惊吓，不自觉地往后退了两步，然后闪身退回到巷子里面，刚准备拔枪还击，何仙女用枪指在了他的后脑勺。何仙女："不许动！"

李参谋的手按在了枪把上，没有再动。火凤凰上前缴下了他的枪，别在了自己的腰上，面露得意之色。

李参谋："你们是谁？"

何仙女："蹲下！"

李参谋蹲下："这四周可都是我们的人，你一旦开枪，谁都活不了。"

铁猴子上前踢了一脚："叫你嘴硬。"何仙女从胸前拿出匕首，架在李参谋的脖子上："谁说杀人一定得用枪？"李参谋一个哆嗦："你们到底想干什么？"何仙女："很简单，我要进你们指挥部。"

火凤凰和铁猴子听完，惊恐地看向何仙女。

李参谋："不可能，指挥部防卫森严，就算你运气好真的进去了，也别想活着出来。"

何仙女用刀柄重重敲击李参谋的脑袋："好好说话。"李参谋遭遇突如其来的猛击，摔得匍匐在地。何仙女拎起李参谋的脑袋："你能不能活着走出去就看你接下来怎么说话了，给我想仔细了。"

李参谋："晚上八点有个例行会议。所有将领都会去会议室。所以，你能把握的只有这段时间。"说完从口袋里掏出一张通行证递给何仙女。何仙女拿着通行证笑了笑，然后放进口袋。接着她从怀里掏出纸笔："把指挥部的平面图给我画出来。黄百韬，还有那个杨廷宴的办公室给我特别标记。"

李参谋为难："这……"

何仙女："我要是活着出来，你就给我活着回去，我要是死在了里边，铁猴子。"铁猴子拿枪指着李参谋："明白。"

李参谋表情诡谲："我画就是了。"李参谋开始画平面图，何仙女得意一笑。

七点整，新安镇国民党指挥部里，杨廷宴主持会议，所有将领分立会议桌两侧。杨廷宴环视会议室："李参谋呢？"

站在杨廷宴身旁的作战参谋："报告杨军长，李参谋下午出去，就没再回来。"

杨廷宴眉头一皱，觉察到不对劲："打个电话去问问。"

作战参谋："是！"说完刚想离开，陆胜文起身："杨军长，我去吧。李参谋不会无缘无故缺席会议，一定是遇到了什么事。"

杨廷宴想了想："也好。"

陆胜文向杨廷宴敬礼，然后走出会议室，胡国忠跟上。两个人走到了陆胜文自己的办公室，胡国忠打了电话，放下话筒："二哥，李参谋的卫兵说他也没有看到李参谋。"

陆胜文眉头一皱："李参谋的住处在哪儿？"

胡国忠："好像离这儿不远，对了，就住在西溪宾馆。"

陆胜文："加派人手出去巡逻，记住，只是巡逻。"

胡国忠："明白。"

新安镇的小巷子里，火凤凰和铁猴子在巷子两侧把风。李参谋拿着笔故作沉思状。何仙女打着手电催促李参谋："快点画。"李参谋："别催我，笔下可是你我两条命，我总得想清楚吧。"

　　何仙女皱眉看了看表："知道就好。"已经是七点三十五分了，她满意地看着李参谋手绘的平面图："不错。"

　　这时，远处安静的街道传来一阵骚动声。何仙女警惕了起来，李参谋暗自一笑。国民党士兵分成好几个小队，分头在大街小巷巡逻。

　　火凤凰："队长，外面突然多了好多兵。"

　　何仙女看了眼李参谋，李参谋立刻装作害怕的样子："该说的我都说了，你可不能言而无信啊。"

　　何仙女："我又没说要杀你。"说完对着铁猴子一个眼色。铁猴子会意地点了点头，猛地用手掌击向国民党士兵的后脖。李参谋缓缓地倒在了地上。

　　铁猴子："队长，接下来该怎么办？"

　　何仙女环顾四周，看到了巷子尽头的茅草堆，心生一计，她开始扒李参谋的衣服："快，帮忙。"

　　火凤凰、铁猴子："是！"

　　何仙女等人扒下了李参谋的衣服，然后将他的手、脚反绑，用布条堵住了他的嘴。

# 第十章

　　是夜，新安镇的大街上，五个国民党士兵向小巷子方向走来，脚步声渐近。气氛紧张，铁猴子等人将昏迷的李参谋藏到了茅草堆，在他身上盖上了茅草。何仙女带着铁猴子和火凤凰消失在黑夜之中，躲在了废弃院落里。

　　铁猴子："队长，要是那人醒了怎么办？"

　　何仙女："不会，就你那下，他那小身板没个三五钟头醒不来。"

　　铁猴子点了点头，火凤凰："可是队长，外面太危险了。"

　　何仙女此时已经穿上了李参谋的衣服："开弓没有回头箭。再说，不入虎穴焉得虎子。"

　　火凤凰："队长，你到底要进去干吗？"

　　何仙女："到时候你们就知道了。"

　　铁猴子："我跟你一起去。"

　　何仙女："不行，目标太大。你们在外面接应。"

　　铁猴子担心："可是。"

　　何仙女点点头："放心，两个小时后如果我没回来，你们就去城外三岔口等我。"说完边走边整理了下衣帽。铁猴子和火凤凰担忧地看着何仙女远去的背影。

　　镇子门口的大钟显示八点整，整点的钟声响起。大街的尽头，一队国民党士兵巡逻经过，何仙女闪身躲进了墙角。国民党士兵走远，何仙女向指挥部方向走去。

　　大街上，胡国忠亲自带着一队人出现在大街上巡逻。他分辨方向，然后锁定西方大街，自言自语："西溪宾馆。走，往西边去。"

小巷子里，李参谋提前醒来，神情恍惚，身体虚弱。被困住的手脚不能动弹，嘴巴被堵住发不出声音。他扭捏着身体发出了微弱的声音希望可以引来巡逻队员的注意。

李参谋精疲力竭，中途闭眼休息。胡国忠听到了巷子里的动静，他示意队员不要发出声音，所有队员端起枪，悄声前行。

胡国忠来到小巷。小巷尽头是一堆茅草，凌乱的茅草洒满一地。他右手拿枪，左手指一挥，众人跟着举枪悄声向前。走到茅草堆前，胡国忠拿枪指着茅草堆："什么人？出来。"

李参谋听到了胡国忠的声音，反应迅速激烈起来，竟起身向外冲去，茅草堆被扒开，胡国忠身旁的士兵受到惊吓，向李参谋激烈扫射。

枪声划破天际。陆胜文听到了枪声，神情肃穆地从自己的办公桌前起立，向外走去。

街道上的何仙女听到枪声，迅速退回到墙角阴影处。

一个废弃的院落里，铁猴子道："是枪声。"

火凤凰担忧地说："队长不会有事吧？"

铁猴子："我们得出去看看。"

火凤凰："不行，队长交代，我们哪儿都不能去。"

铁猴子急着往外冲去："大不了就是一死，让我做缩头乌龟，我做不到。"

火凤凰急追："猴子，铁猴子。"

火凤凰和铁猴子拉起枪栓，摸黑向外走去。

巷子里，李参谋瞪大了眼睛，死不瞑目的样子。胡国忠上前确认死者的身份："李参谋？是李参谋。"开枪的士兵瞪大了眼睛，胡国忠一个巴掌："混蛋。记住，李参谋是被共匪给杀死的。都听见了没有？"

众士兵战战兢兢："是！"

胡国忠："凶手肯定就在附近，搜。"


黄百韬兵团指挥部外街道，何仙女躲在墙角阴影处观察着指挥部。门口增加了守卫，一队士兵前来支援，分立在大门口两侧。何仙女不甘心地看了眼指挥部大门最后一眼，转身撤退。在何仙女转身的那一刻，陆胜文走了出来，他敏锐地捕捉到了转瞬即逝的黑影，对着门口守卫交代了几句，然后独自一人向黑影消失的方向走去。

何仙女穿梭在巷子里，陆胜文紧紧地跟上。前者意识到自己被跟踪，她紧握着手枪，大脑飞速地转动着。不远处传来脚步声，国民党巡逻队朝着她的方向走来。何仙女加快脚步，快速地走到小巷子拐弯处，然后一个闪身，用枪指着身后，身后空无一人。何仙女一惊，迅速转身，陆胜文已经拿着枪指在了何仙女的脑门上。

陆胜文、何仙女四目相对，惊讶得说不出话。胡国忠带着巡逻队向陆胜文走来。陆胜文迅速收起枪将何仙女推向拐角另一侧，胡国忠似乎瞟到了一个影子，狐疑地看向陆胜文的方向："二哥。"

陆胜文："刚刚枪响是怎么回事？"

胡国忠："李参谋找到了，在巷尾那边，被共匪绑架了，刚才的枪响就是李参谋被共匪杀害的声音。"

陆胜文："人呢，抓到了吗？"

胡国忠："还没有。"

陆胜文："行了，我知道了，你们去那边看看吧。"

胡国忠："是。旅长，我留一队兄弟跟着你吧？"

陆胜文："不用，我马上就回去了。"

胡国忠总觉得有点奇怪，往巷子一侧又瞟了两眼："是！"说完带着巡逻队向另外一个方向走去，脸上满是狐疑之色。

何仙女见巡逻队消失："陆胜文，真的是你？"陆胜文迅速地拉起何仙女："走，这里不是说话的地儿。"说完拉着何仙女消失在黑夜里。

陆胜文警惕地察看了周围，确认无人后带着何仙女推门进入了一个茶馆。

何仙女："这是什么地方？"

陆胜文："放心，这里很安全。"

何仙女："我必须赶紧离开，枪声一响，我的队友一定会出来找我。"

陆胜文："外面都是巡逻队员，这会儿出去，必死无疑。"说完带着何仙女进入茶馆内院。陆胜文点燃一根蜡烛。何仙女和陆胜文四目相对，感慨万千。

陆胜文："没想到，我们再次见面会是这样的场景。"

何仙女讪笑："是啊，毛宝跟我说你参加了国民党军。没想到……"

陆胜文给何仙女倒了一杯茶："你见过毛宝了？"

何仙女接茶点头，没有透露自己的身份："嗯。"

陆胜文和何仙女喝茶，陷入尴尬。

陆胜文打破僵局："对了，你怎么会在新安镇？"

何仙女："前几年你和毛宝都出去参军，我就出来找你们，结果阴差阳错就留在了这里。"

陆胜文："那，这几年，你过得好吗？"

何仙女笑："很好啊。"

陆胜文："那就好。"

气氛再度陷入尴尬，何仙女一边喝茶一边试探地问："你就不问问我，为什么这么晚还在大街上晃悠？"

陆胜文起身："是啊，有点晚了，你住哪儿，我送你回去。"

何仙女："胜文哥，巷尾那个死了的瘦猴是我绑的，但枪可不是我开的。"

陆胜文："我知道。"

何仙女："你知道？"

陆胜文："枪响的那一刻我在指挥部大门口看到你了。"

何仙女："所以，你才一直跟踪我？"

陆胜文："是的，如果不是我，此刻，你已经没命了。"

何仙女："既然如此，你带我进去。"

陆胜文："胡闹。大战在即，新安镇的守卫固若金汤，尤其是指挥部，就算是只苍蝇要飞进去，也得先扒掉三层皮。"

何仙女："这你就不用管，你带我进去，其他的我自己想办法。"

陆胜文："何仙女，你怎么做事还是那么鲁莽？你知道今天死的那个人是谁吗？他可是黄司令的主要作战参谋之一。晚上七点的例行会议他没有出现，指挥部大楼就加强了警戒，并加派了大量兵力全城戒严，你要是敢在这个时候出现，现在还能留你性命？"

何仙女："可他告诉我会议时间是八点啊。"

陆胜文："他这摆明了是为营救自己在创造时间。"

何仙女拿出李参谋画的平面图："那这个也是假的？"

陆胜文看了一眼："自然是假的。"

何仙女生气地将平面图揉成团："竟然敢骗我。"

陆胜文："战争远没有你想的那么简单。仙女，不要掺和其中，等战争结束，无论是谁胜谁败，你就做一个普通的百姓，简单地生活就好。"

何仙女眼神坚毅："我记得从小，只要是你认定的事情就不会轻易改变；而我，也是！所以，谁也不用去说服谁。倘若日后，战场相见，各自为营，不必客气。"

陆胜文难过道："好。"

何仙女附耳听了听外面的动静："外面的动静似乎小了很多，我必须马上离开。"

新安镇的镇子口，陆胜文送何仙女出来，何仙女穿着国民党士兵的衣服。

守在镇子口的国民党士兵看到了陆胜文向他敬礼："陆长官好。"

陆胜文一副淡定的样子，上去向士兵回了个礼："辛苦了，不过得盯紧点，听说镇子里混入了共军。"

士兵："是，请陆长官放心。"

何仙女低着头，嘀咕了一声："还真行啊，够淡定。"士兵看了一眼何仙女："胡长官今晚上没有跟着陆长官啊？"陆胜文："他去追查共军奸细了，好了，你们好好守在这里，我们去前面看看。"

士兵："是！"

陆胜文对何仙女："走。"何仙女低着头快步跟上，士兵狐疑地看了一眼何仙女的背影："奇怪，这个人好像没有见过嘛。"


新安镇外的三岔口，铁猴子和火凤凰见巷子里没了李参谋，于是赶来此处等待何仙女。此刻火凤凰急得来回踱步："队长怎么还不回来啊，会不会出事？"

铁猴子："你能不能不要这样子走来走去，要是被国民党军发现，我们都得没命。"

火凤凰也蹲了下来："真是急死人了。"

三岔口不远处小树林，何仙女："就送到这儿吧。"

陆胜文："等等，仙女。"

何仙女转身，看向陆胜文："怎么，你要干吗，还想要留着我啊？"

陆胜文："关于婚约那个……"

何仙女："噢噢，没事，既然你我互相不喜欢，那婚约就毁了呗。"

陆胜文："不，不是的，其实我有喜欢过你的，到现在……"

何仙女："好了，胜文，我们之间是不可能的，你和我性格不合，就算我们成了亲又如何，那肯定会天天吵架啊，还不如我们现在这样的关系，就当作兄妹就行了。这样多好啊，你说是不是？"

陆胜文没有再说话，看着何仙女，表情复杂。

何仙女："走了。"

陆胜文："你，帮我带句话给毛宝，日后战场相见，叫他不必留情，我陆胜文既然跟了国民党，就得为他们卖命了。保重。"

何仙女："你这个陆胜文啊，亏你还读了这么多书，为什么不肯醒悟呢，你跟着国民党，是为了帮着他们欺负咱们老百姓啊。"

陆胜文："我……我没有欺负老百姓。"

何仙女："可是他们在欺压人民群众啊，就是因为你们这些军人在帮着他们打我们解放军。"

陆胜文："好了，仙女，不要再说了，你快走吧。"

何仙女："好好好，我走。你自己也多保重吧。"

陆胜文目送着何仙女离开，一脸凝重。铁猴子看到了何仙女的身影："队长。"火凤凰立刻起身迎上："队长，真的是队长。"何仙女："我回来了。"铁猴子："队长，你可算是回来了。"火凤凰拉着何仙女上下打量："队长，你吓死我们了，没受伤吧？"何仙女宽慰道："我何仙女吉人自有天相，自然能逢凶化吉，放心。"铁猴子："队长，你快说说，到底发生了什么事情？"

何仙女回头看了看与陆胜文分开的地方："回去再说。"铁猴子、火凤凰："对对对，先回去。"


胡国忠等候在指挥部门口，陆胜文向指挥部走来。胡国忠迎上："二哥，你总算是回来了。"

陆胜文走进指挥部向自己的办公室方向走去，胡国忠紧随其后。陆胜文坐在了办公室前，胡国忠赶紧倒了杯水递给陆胜文，试探地问道："二哥，您这是去哪儿了，这么晚了才回来，我很担心啊。"

陆胜文："李参谋这事一出，这心里总觉得不太平静。就去了趟茶馆，理理思绪。"

胡国忠观察着陆胜文的神色："是啊，李参谋被杀，大哥很生气啊。"

陆胜文假意询问："凶手抓到了吗？"

胡国忠："没有。不过很奇怪，我们几乎围住了整个新安镇，但一点凶手的蛛丝马迹都没有找到。"

陆胜文："这凶手怕是非常熟悉新安镇地形，所以才能在第一时间脱身。"

胡国忠："抑或是有人帮她掩护。"

陆胜文不语，胡国忠继续说："李参谋死前，军服已被脱去，通行证也丢失。你说，这共匪是想干吗呢？"

陆胜文看了一眼胡国忠："大战在即，这件事怕是也只能到此为止了。"

胡国忠："二哥说得是，大哥已经连夜派人给李夫人送去了抚恤金。"

这时门外响起敲门声，一个士兵传令说军座要见陆胜文，后者点点头走了出去，胡国忠看着他的背影，露出了微妙的神情。

片刻后陆胜文进了杨廷宴的办公室，杨廷宴感慨道："李参谋跟我共事了这么多年，最终却落得这个下场。他这一走，我总是有种不好的预感。胜文，你说这是不是预示了什么？"

陆胜文："大哥，李参谋一事纯属个案，请您节哀，此时可千万不能为此事劳心劳神啊。"

杨廷宴点头："援军迟迟不到，叫我如何做到不劳心不劳神啊？"

陆胜文："请大哥放心，就算援兵不到，我整整一个兵团的力量，也定会殊死抗敌。"

陆胜文说完，走到地图前面："虎扑岭一带地势险要，易守难攻。因此，这一带布置的兵力也是最少的。所以，共军一定会掐住这点，从此地切入。我已经在这里安排了一支精锐部队，就等着他们自投罗网。"

杨廷宴："很好，吩咐下去，所有将领，随时待命，做好战斗准备！"

陆胜文："是，请大哥放心！"说完告辞了。

一步一步的脚步声，回荡在寂静的走廊上。

陆胜文仿佛已经闻到了硝烟的味道。他在想，此刻何仙女应该平安回到了解放军的军营里，他不知道何仙女是否将他的话带给了毛宝。尽管，那句话他说的时候很坚定，战场相见，不必留情。可真到了那一刻，他不知道自己是否真的可以做到。


桃林镇毛宝的房间内，毛宝盯着地图，他的眼神聚焦在地图的一个点上：虎扑岭。这时响起了敲门声，毛宝开门发现是气喘吁吁的何仙女："怎么是你？"何仙女想要进去，毛宝挡在了门口。

何仙女："我有很重要的事情要跟你说。"说完猛地推开毛宝，长驱直入。毛宝叹了口气，关上了门。

火凤凰和铁猴子坐在了门口的台阶上，他们无聊地看着天空发呆，困意来袭，打着哈欠。

突然，房间里传来毛宝拍桌子的怒吼声："何仙女，你这是要造反啊？"

火凤凰和铁猴子顿时清醒，赶紧起身把耳朵贴了上去。

军帐中，毛宝生气地拍着桌子："我不是不让你去找陆胜文吗？你为什么不听我的？"

何仙女低着头作委屈状："我只是想帮你们拿到新安镇的布防图。"

毛宝："拿布防图？可笑。你以为黄百韬是吃素的吗？要是想要布防图，还轮得到你去吗？你想事情能不能不要总是这么天真？"

何仙女："我错了。"

毛宝："你能蠢成这样也是阎王爷都嫌弃了你，不肯收你。否则，哪还有你的命！"

何仙女："那接下来怎么办？"

毛宝："接下来，你就别管了。"

何仙女："哦。对了，我这次能顺利脱险还多亏了胜文哥，是他掩护我出了新安镇。"

毛宝："算他还有点良心。胜文兄弟啊，我去新安镇刺探敌情，也和他见面了，唉，事到如今，让他回头很难啊。"

何仙女："嗯，他叫我给你带句话，日后战场相见，叫你不必留情。"

毛宝痛苦地皱起了眉头："他这是在逼我吗？"

何仙女："毛宝，如果你们两个到了迫不得已之时，你会对胜文下手吗？"

毛宝答非所问："这一天，终归是来了。但是说实话，我毛宝不忍对他动手。"

深夜，军帐中，何仙女已经离开。

时钟滴答滴答地转着，毛宝神情凝重地站着。凌晨的钟声敲响，毛宝端起枪毅然地走出了军帐。

毛宝看了看外面的天气："唔，今天的雾气这么大，连老天爷都帮我们的忙啊。"

凌晨时分，老虎队队员们列好队整装待发。

毛宝："现在我们向虎扑岭进发，这一战，只许胜，不许败。我们要给大部队争取时间，争取一举歼灭黄百韬的第七兵团。"

大憨、巴甲等人："是！"


虎扑岭静悄悄一片，雾气缭绕，弥漫着死亡的气息。胡国忠带兵把守在这里，刚好轮到换岗。胡国忠对换岗的国民党军营长："记住了，一定不能掉以轻心。"

国民党军营长："长官，您就回去吧，这里就交给我了。"

胡国忠拍了拍营长的肩膀："好，辛苦兄弟们了。"说完带着几个士兵离开。

毛宝带着老虎队摸到了虎扑岭，看到了胡国忠他们离开。

江小白轻声地说："虎扑岭这里怎么一下子多了这么多的国民党守军？我们上次来最多也就一个排的兵力。"

毛宝："刚才那人看着眼熟。"

江小白："我想起来了，好像是陆胜文的副官。"

毛宝沉默了一下："是我低估了陆胜文，他肯定也料到我们会找攻入新安镇的突破口。"

江小白："队长，那还打吗？"

大憨："当然要打了，不然白来了。"

江小白："大憨同志，你能不能轻点声，要不要再给你塞颗鹅卵石啊？"

大憨连忙闭上嘴巴。

毛宝看了看虎扑岭上面，虎扑岭上雾气缭绕。毛宝："摸不清这虎扑岭上面到底有多少国民党军的守兵，这样，江小白、笑面虎，你们带着一队人马从虎扑岭后山迂回过去，其余人，跟着我从正面摸上去。"

江小白等人："是，队长。"

江小白和笑面虎带着一队人马迂回过去。毛宝做了一个前进的手势，老虎队队员们悄声地往虎扑岭岭上摸过去。虎扑岭上的雾气越来越大，几乎看不清对面的人。毛宝对身边的巴甲和毛草根做了一个手势，示意让先上去拿下守在那里的国民党士兵。毛草根和巴甲点了一下头，两人身手相当矫健，迅速地攀上了虎扑岭的陡坡。

虎扑岭上的国民党士兵端着枪来回走着，严守在那里。巴甲和毛草根对视了一眼，两人极速地扑上去，巴甲抓住了一个国民党士兵，一掌打晕了国民党士兵，毛草根也上去抹了国民党士兵的脖子。两人再上前，悄无声息地干掉了四个国民党士兵。

毛宝听着上面没有动静了，对大憨做了一个手势，示意上前去，老虎队队员们往虎扑岭上上去。雾气越来越浓，毛宝踩到了一个躺在地上的国民党士兵，他低头看了看，又往前去。毛草根和巴甲已经摸向那个国民党军营长，营长还没有发现敌情，毛草根慢慢地靠近这个营长。

突然，躺下的国民党军的一个士兵在昏迷中睁开眼睛来，轻声地喊了一声："共军……"毛宝听到了声音，连忙找到了声音发出来的目标，一刀子刺进了那个国民党士兵的胸口。

国民党军营长已听到了毛宝这边的声音："注意，有共军上来了。"国民党军营长正要对着外面开枪，巴甲已经扑上来，拧断了这个营长的脖子，但是枪声已响起。

毛宝："不好，大憨，找到目标，干掉这里的敌人。"

大憨："是！"

一群国民党士兵已经从山头上杀过来，对着冲上来的解放军士兵开枪射击。大憨在雾气中对准了国民党士兵端起机枪扫射，一下子打死了这批士兵。

在陆胜文的住处，陆胜文和胡国忠都听到了枪声。陆胜文惊叫了一声："不好，虎扑岭！"说完拿起枪就冲了出去，胡国忠也连忙跟了出去。

此刻，老虎队已经和守在虎扑岭的国民党军发生激战。大憨端着机枪不断扫射，在雾气中射击。

毛宝上前："大憨，千万别伤着自己人啊。草根、巴甲他们在前面。"

大憨："队长，都看不清前面的人啊。"

毛宝："草根，你们在哪儿，快回来。"

毛草根和巴甲听到了声音，喊了一声："队长，我们没事。"两人已经拿着手枪，射击前面的地方。两人正要回去，一个国民党士兵杀向巴甲，巴甲一拳头打在这个士兵的头上，士兵立即倒地，两人往毛宝他们这边撤退下去。

老虎队队员们会合在一起，国军士兵们冲杀过来，带头的一个国民党连长："给我狠狠地，把这些共军都消灭掉。"

国民党士兵们对着老虎队疯狂射击，老虎队队员们眼看着就要败下阵来。

毛宝："红娃，能看清那个带头的敌人吗，给我干掉他。"

红娃："是！"说完瞄准了那个国民党军的连长，一枪打了过去，打爆了连长的脑袋，后面一个国民党士兵也一起被干掉了。

陆胜文带着国民党军将士们往虎扑岭奔过来，杨廷宴也带着魏参谋他们过来。

陆胜文："杨军长，共军从虎扑岭那边杀上来了。"

杨廷宴："虎扑岭，好，我们一同去那里把共军打退。"

陆胜文："不，虎扑岭那里就交给我了。共军很有可能用声东击西之计，大哥，你还是带兵防守正门。"

杨廷宴："好，虎扑岭那边就有劳二弟、三弟了。"

胡国忠："大哥小心。"

杨廷宴："唔。"说完带兵去正门，陆胜文他们奔向虎扑岭。

新安镇外，叶峰带着三团的解放军将士们已经靠近新安镇。听到了虎扑岭方向的枪声，解放军战士们对着新安镇的国民党军守军开枪射击。

守在那里的白师长："共军打过来了，还击，还击！"国民党士兵奋起还击冲杀上来的解放军战士们。


江小白和笑面虎他们从虎扑岭后面上来，江小白看清了抵抗毛宝的国民党士兵，随即开枪射击："消灭掉这些敌人。"

抵御毛宝他们的国民党军被两边夹击，死伤惨重。毛宝开始喊话："中国人不打中国人，放下武器，投降不杀。"被老虎队包围的国军士兵听到毛宝的话，都开始犹豫了。这时，巴甲喊过来："兄弟们，我巴甲也是从国民党军投降解放军的，解放军对我很好，我现在从一个俘虏兵变成了老虎队的战士，相信共产党，相信人民解放军。"

国军的一个排长喊话："好，我们投降，投降……"

就在这时，从新安镇这边支援过来的国民党军队已经达到，后面的胡国忠大叫着："不能投降，给我狠狠地打共军。"

胡国忠冲在陆胜文前面，已经开始对着虎扑岭上的老虎队开枪射击。江小白和笑面虎等人连忙躲到了石头后面。笑面虎和几个解放军炮手架好小钢炮，对着支援过来的国民党军将士开炮。

陆胜文大叫一声："卧倒！"

炮弹炸开，许多国民党士兵被炸死。陆胜文的耳朵里嗡嗡地响着，他看到了胡国忠从泥地里爬了起来，拉开了一枚手榴弹，扔向了笑面虎他们那边。手榴弹炸开，笑面虎身边的一个炮兵被炸伤。

笑面虎："娘的，竟然敢伤我的炮兵。"又是打了一发炮弹过去。

陆胜文恢复了一些神志，胡国忠还要冲上去，陆胜文："国忠，小心啊，共军的炮火太猛了。"胡国忠的手臂被弹片刮到，直流血。

毛宝带着老虎队占领了虎扑岭，毛宝振臂一呼："老虎队的队员们听令，江小白、巴甲他们带着一个排的兵力守住虎扑岭，其余的同志，跟着我向新安镇的正门出发。"

江小白等人："是！"

毛宝看到了陆胜文，陆胜文也看到了毛宝，两人没有交手。

毛宝对巴甲说："巴甲，你们抵挡这些人。其余人，跟我走。"说完带着老虎队飞速向新安镇正门进发。陆胜文刚要追上来，巴甲对着他们开枪射击，陆胜文躲到了掩体后面。

毛宝带着老虎队已向新安镇正门奔去，胡国忠要带着兵杀向虎扑岭上的江小白他们，陆胜文拉住了胡国忠："国忠，虎扑岭现在很难攻上去，刚才的共军已经向新安镇正门杀过去，如果他们和外面的共军里应外合，正门的杨军长他们就会被夹击。"

胡国忠："不好，我们快去支援大哥。"陆胜文："走。"说完带着手下们撤退下去。

巴甲看着陆胜文他们撤退下去，觉得有些奇怪："奇怪了，这些敌人怎么不打过来了？"

江小白："他们肯定是去支援正门那边了。"

巴甲："哎呀，那我们从后面打过去，打他个措手不及。"

江小白拉住了巴甲："不行，我们就守在虎扑岭，接应别的解放军部队。"

巴甲："好，听你的。"


新安镇内，老虎队穿过一条小巷子，已经离新安镇正门很近，突然，从后面射来一排子弹，几个解放军战士倒了下去，是陆胜文带着国民党军杀过来。胡国忠他们疯狂地对老虎队开枪射击。老虎队队员找到掩体，还击陆胜文他们。在昏暗的路灯下，毛宝和陆胜文再次正面相视，胡国忠也看到了毛宝："是他？二哥，那人……"

陆胜文听到了胡国忠的话，没有回答他："给我打。"说完向毛宝这边开枪，毛宝躲过了子弹，找到了掩体，但没有还击。

大憨已经抢起机枪，对着冲上来的国民党士兵扫射。笑面虎准备好了小钢炮，准备对着陆胜文他们这边开炮，毛宝制止了他，笑面虎不明原因，毛草根走到他身边："虎哥，队长是不忍心对胜文哥下手。"

笑面虎："难道我们就这样子被包围吗？"

毛草根："我们开枪还击啊。"说着对着胡国忠这边开枪射击。

双方激战，进入白热化战斗。胡国忠在火光中看清了毛宝的脸："二哥，这人就是那天来你住处的共军奸细，他和你……"

陆胜文："别说废话了！"

胡国忠很是气恼，但也无可奈何，更加疯狂地对着毛宝开枪射击。

毛宝对大憨说："大憨，我们在这里吸引住敌人的火力，你带着几个人从侧面包抄过去！"

大憨："是，队长！"说完带着几个人迂回包抄过去。

毛宝和陆胜文对射了一阵，两人其实都不想杀死对方。胡国忠越打越猛，差不多就要杀到老虎队眼前。陆胜文叫着："国忠，不要冲到前面去！"

突然，大憨从侧方包抄过来，对着胡国忠这边开枪射击。陆胜文看到了大憨他们，飞身上去，扑倒了胡国忠，子弹打到了陆胜文的手臂上。

毛宝看着陆胜文这边，也一阵担心。胡国忠抬起头来，对陆胜文说："二哥，你没事吧？"陆胜文："没事。当心……"

大憨又打过来一排子弹，陆胜文和胡国忠连忙分开，分别找到了掩体。胡国忠对着大憨这边射击，大憨也躲到了掩体后面去。

毛宝一看陆胜文没有死，松了口气，随后对毛草根和笑面虎他们说："笑面虎，你们跟着我去正门，毛草根你带人挡住陆胜文。"

毛草根："是！"

毛宝带着笑面虎往另一个方向悄声撤退过去。

陆胜文捂着手臂上的伤口，继续还击着，他看到毛宝消失在前面的队伍里，心里暗叫"不好"，对胡国忠说："国忠，你带几个人快赶去正门那边，千万不能让共军杀到正门那里去，不然大哥他们就危险了，新安镇就不保了。"

胡国忠："好，我知道了，你们几个，跟我走。"说完带着一队国民党士兵离开。

另一方面，新安镇的镇子口，叶峰带着三团还在猛攻新安镇正门，三团的将士已经死伤惨重。一个三团的高营长跑过来："团长，我们攻不进去啊。"

叶峰："攻不进去也要攻，我们三团是什么？"

三团高营长："尖刀团。"

叶峰："对，尖刀团，有什么地方是尖刀插不进去的吗，就算前面的敌人是一块石头，老子也要插出一道缝来。"

这时，姚公权带着队伍赶来，叶峰惊喜交加，原来姚公权不顾自身伤痛，仍和司令请战来支援前线，叶峰感动道谢。姚公权："都是自家人，现在毛宝带着老虎队已经从虎扑岭那边杀过来了，我们正面可要加把劲啊，别又让毛宝这小子抢了头功。"

叶峰："好，同志们，加把劲，跟着我冲啊。"说完带着三团将士冲锋上去，姚公权也带着二团的将士们冲杀上去。

正门的杨廷宴已经有些抵挡不住了，但还是大叫着："挡住共军！"

魏参谋杀红了眼，抱着炸弹："有哪些弟兄不怕死的，就跟着我魏敏上。"几个亲信过来："魏参谋，我们跟着你上。"魏参谋："好，大家都是好兄弟，来世我们再一起大口吃肉，大口喝酒。"

几个敢死队员："好。"

杨廷宴："魏参谋，你要干吗？"

魏参谋："军座，我魏敏身受党国栽培，现在是为党国尽忠的时候了。"

杨廷宴向魏参谋敬礼："多杀共军，为我报仇。"

杨廷宴："好！"

# 第十一章

　　新安镇的正门附近，毛宝带着老虎队队员已经杀过来，胡国忠带兵从后面追击上来。

　　镇子口，叶峰和姚公权带着解放军战士们猛攻上来。魏参谋带着几个国民党军敢死队员抱着炸弹冲过来，他拉开了炸弹的引信，向叶峰他们跳过去。另外几个国民党军敢死队员也拉开引信，准备和解放军同归于尽。

　　姚公权在后面："叶团长，小心啊。"说完举起手枪，对着魏参谋便是一枪，但是炸弹还是炸开了。叶峰和姚公权迅速卧倒，叶峰身边的好几个解放军战士牺牲了。

　　杨廷宴大叫一声："为魏参谋报仇，给我狠狠地打。"国民党军发疯似的还击冲上来的解放军将士。

　　姚公权他们被打退了一阵后，又开始发起冲锋。

　　何仙女带着民兵队伍前来支援，她看到了姚公权，连忙冲过去拉住了他："你是姚团长吧？"

　　姚公权一看是何仙女："毛宝媳妇啊，你怎么上这儿来了？是不是来找毛宝啊？"

　　何仙女："说对一半，你看看，你们用的弹药，都是我们民兵队送上来的，我是带着民兵队来送弹药和食物的。"

　　姚公权："太感谢人民群众啦！感谢何队长啊！"

　　何仙女："口头上说谢也没有什么用，用实际行动，带着我们民兵队上阵杀敌。"

姚公权听到这里连忙拒绝，要是这何仙女有个三长两短，毛宝还不得把自己脑袋拧了？何仙女极力争取，可姚公权说什么就是都不同意，两人正在争执，一发从国民党军阵地上打过来的炮弹在他们面前炸开，姚公权连忙扑倒了何仙女："卧倒！"

炸弹没有伤到何仙女和姚公权，但泥土盖住了何仙女的头发，何仙女甩落了头上的泥土，骂了一句："这国民党反动派，老娘不惹你们，你们倒是惹到老娘头上来了！"说完爬了起来，对身后的铁猴子他们说："同志们，跟着我，冲啊！"

何仙女从腰间拔出了短枪，对着前面开枪射击。姚公权没有拉住何仙女，何仙女已经冲上去。姚公权大叫着："小心敌人的子弹啊！哎呀，这个何队长，怎么和毛宝一样的倔脾气，真是天生的一对！"说着也冲了上去。

正门附近，毛宝带着老虎队打退了胡国忠，胡国忠受了伤，毛宝没有恋战，对老虎队员们命令道："听我命令，集中火力，进攻国民党军的正门！"

老虎队队员们："是！"

老虎队向正门的国民党军猛扑过去。

镇子口，姚公权他们攻上去，前面的解放军战士倒下去许多。

何仙女带着民兵队杀上来，子弹从何仙女耳边飞过，铁猴子冲在前面，前面的几个民兵队员被飞来的子弹击中。铁猴子瞪大着眼睛，就要冲上去，何仙女拉了铁猴子一把："猴子，不要命了，小心啊，我们已经死了三个民兵队员了！"

何仙女刚把铁猴子拉住，前面又倒下去两个解放军战士。

姚公权喝了一声："你们怎么还要跟上来，没看到死了这么多人吗？"

火凤凰上来："队长，我们先退下去吧！"

何仙女他们看着姚公权带着解放军战士们往前冲。

正门口国民党阵地上突然响起炮弹声，一阵骚乱，是毛宝带着老虎队杀过来了。

白师长跑到杨廷宴身边："杨军长，不好了，共军从里面打过来了。"

杨廷宴："什么？共军已经杀进镇子里了？"

白师长："我们赶紧撤吧，去保护黄司令撤离新安镇。"

杨廷宴犹豫了一下，对手下的国民党士兵们说："你们都给我挡在这里，别让共军杀进来。"

杨廷宴说完后，和白师长等几个撤退下去。

天色就要亮起来。

镇子口，叶峰和姚公权面对死去的弟兄喘着粗气，新安镇久攻不下，正欲撤退，却听见了毛宝前来支援的声音，两人重新燃起了希望，带着自己的部队又声势浩荡地向前冲去。

镇门口，杨廷宴他们往镇子里撤退，毛宝看见了杨廷宴，大憨叫了一声："队长，那人是个大官啊。"

毛宝："我知道，大憨你们几个跟着我，去活捉这个国民党军将领。"

大憨："好。"说完带头冲上去，用机枪扫射掉了杨廷宴身边的几个国民党士兵。

白师长看到了毛宝他们，对几个手下喊："保护杨军长。"说完掩护着杨廷宴撤退。

毛宝带着老虎队队员们包围上去。

镇子口，姚公权带着部队猛攻上来，国民党军溃败，纷纷往后撤退去。新安镇终于被攻破，解放军们杀入新安镇中。何仙女等人也涌入了镇子，寻找着老虎队的踪影。

镇子里，老虎队追击着杨廷宴他们，眼看着就要追上杨廷宴，突然从街道口射过来一排子弹。是陆胜文带着几个手下杀过来，抵挡住了毛宝他们的进攻。

陆胜文："保护杨军长，撤退下去！"

几个国民党士兵保护着杨廷宴撤退，老虎队冲杀上来，陆胜文奋力抵挡。

大憨恼火地说："哎呀，让那个国民党头头给跑掉了。"

毛宝："不管了，打死这个头头也行。大憨，你们掩护我。"大憨对着陆胜文他们这边一阵猛烈扫射。毛宝跳上去追击杨廷宴，对着杨廷宴身后开枪。陆胜文看到毛宝追上去，也转身追过来。

虎扑岭上，江小白听到镇子里的枪声稀少了一些，对巴甲说："巴甲，你带着一队人马守在虎扑岭，你们几个人跟我走，去支援队长他们。"

巴甲他们几个："好！"

江小白带着几个解放军战士往新安镇镇子里跑去。

新安镇的一个巷子口，毛宝干掉了杨廷宴身边的两个国民党军卫兵，正要开枪打杨廷宴，陆胜文冲上来，飞起一脚踢落了毛宝手中的枪。毛宝一见是陆胜文，愣了一下，陆胜文的手中的枪也没有射击毛宝。

杨廷宴叫着："二弟，杀了他！"

陆胜文犹豫了一下，毛宝一把夺住了陆胜文手中的枪，转向杨廷宴。杨廷宴连忙闪身躲去，枪响，没有打中杨廷宴。

陆胜文："大哥，快走，这人我来对付。"

杨廷宴："好，二弟，你多保重。"

毛宝还想夺枪射击杨廷宴，陆胜文拧住了毛宝的手腕，子弹打在墙上。

毛宝很是愤怒地说："好你个陆胜文，竟然认国民党反动派做兄弟了。"

陆胜文没有说话，一用力夺回了毛宝手中的枪，枪口对准了毛宝。

毛宝冷笑一声："来吧，你对着我开枪啊。"

陆胜文于心不忍："你走，离开这里。"

毛宝："我已经在这里，就不走了，新安镇马上就要解放了，陆胜文，我劝你还是投降吧。"

陆胜文："新安镇就这么个小地方，我们还有徐州城在，还可以反攻。"

毛宝趁着陆胜文说话，冲上去，对抗陆胜文。陆胜文开枪，毛宝闪身躲过。

毛宝："陆胜文，你还真对我开枪了！"说完拔出身后的鬼头刀，砍向陆胜文，陆胜文对着毛宝开枪，打光了枪中的子弹。

毛宝："陆胜文，想不到啊，你现在竟如此待我！"

陆胜文："毛宝，对不住，我也是身不由己。"

毛宝："现在你枪中也没有子弹，拿出你的刀来，来吧。"

陆胜文拔出刺刀，毛宝杀向陆胜文，陆胜文用刺刀抵挡住了毛宝的进攻。两人战了三个回合，陆胜文渐渐不敌，败退下来，毛宝继续砍杀，陆胜文闪身躲过后，往巷子里逃去，毛宝追上去。

街道上，何仙女他们过来。而街道的另一边，胡国忠带着一队国民党军过来，胡国忠身边的一个排长说道："刚才好像看到了陆旅长往巷子里去了。"

胡国忠："走。"说完，他们也往巷子里走去。

陆胜文把毛宝引进了巷子里，闪身躲进了巷子的拐角处。毛宝追上来，陆胜文杀出，刺刀刺入了毛宝的肩膀。毛宝一把推开了陆胜文，忍着痛楚，鬼头刀向陆胜文砍去，但是砍到陆胜文面前时，毛宝还是收手了。

陆胜文："为什么不杀我？"

毛宝："我不会杀你，因为我们是兄弟……"话音未落，胡国忠带着兵过来，胡国忠大叫一声："二哥！"

胡国忠随后对毛宝这边开枪射击，毛宝连忙躲闪开。几个国民党士兵向毛宝包围上去，毛宝抢起鬼头刀，对着国民党士兵砍杀，干掉了两个国民党士兵。胡国忠对着毛宝开枪，陆胜文急忙阻止道："国忠，不要伤着他。"

胡国忠："二哥，就是这个共军带着人马杀入新安镇的，留不得。"说完还要开枪。

陆胜文："住手！给我抓活的。"

胡国忠脸上带着怒气，毛宝继续反抗，胡国忠开枪打在了毛宝的手臂上，他手中的鬼头刀掉落。国民党士兵扑上去抓捕毛宝，毛宝继续反抗。

何仙女带着民兵队过来，铁猴子看到了巷子口的国民党军围着毛宝："队长，那里好像是毛队长啊。"何仙女不管火凤凰的劝说跑向前去，铁猴子只好跟在后面。

巷子里，毛宝被俘虏。何仙女对着抓走毛宝的几个国民党士兵开枪，打倒了两个，铁猴子也击毙了一个国民党士兵。胡国忠对着何仙女他们开枪，何仙女和铁猴子躲到杂物后。

何仙女看到了陆胜文说："陆胜文，你把毛宝放了。"

陆胜文："仙女……"

胡国忠对手下命令道："给我冲上去，干掉这两个共军的民兵。"

国民党士兵包围上去。

陆胜文喝了一声："都给我住手，把枪放下！"国民党士兵听到了陆胜文下令，只能放下枪。

胡国忠："二哥，你要干吗？"

陆胜文："把枪放下，这事我会处理。"

何仙女看到国民党士兵把枪放下，走向陆胜文。

毛宝喊了一声："何仙女，你们别过来，给我走。"

何仙女："毛宝，我是来救你的。"

胡国忠："你们休想救走这个毛宝，不但救不走，你们也得死在这儿。"

何仙女："你是个什么东西，老娘今天杀不了你，明天也要干掉你。"

胡国忠要对何仙女开枪，陆胜文夺下了胡国忠的枪。

胡国忠："我的二哥，陆旅长，难道你想放走他们吗？"

陆胜文看着毛宝："不，我不会放走他们的。"

何仙女："陆胜文，如果你还念及我们三人从小一起长大的情义，你就放了毛宝。"

陆胜文："仙女，现在的情况不是你想象的那样简单，这是战场，毛宝现在被俘虏了，不过你放心，我不会杀他。"

何仙女："你不杀他，又不放他，你是想把他交给你的上级，去邀功吗？"

陆胜文："我，我……"

何仙女："好了，你别说了，我何仙女愿意用我自己的性命来换毛宝的。"

毛宝："何仙女，你给我滚蛋，我毛宝不需要你可怜，谁稀罕你的小命了！"

何仙女："毛宝，你别想用激将法来让我离开。"

双方僵持在那里。

此时江小白带着几个解放军战士来到巷子口，他看到了火凤凰，叫起来："火凤凰，你怎么在这里？"

火凤凰向江小白道明了原因，江小白带着火凤凰往巷子里走去，火凤凰跟在江小白身后。

江小白他们过来，他一看就看到了毛宝和陆胜文，说："毛队长被俘虏了，不行，我得想办法把队长他们救出来。"他皱着眉头想办法。

巷子里，胡国忠："二哥，快把他们都抓起来啊！"

陆胜文："你给我闭嘴，这里由我说了算。"

胡国忠脸上都是怨气，但没有再说话。

何仙女走近了陆胜文："胜文哥，我们不要再打了好不好，我们都是自家人，没有仇没有恨，但是现在为什么要像仇人一样呢？"

陆胜文低下头去，似乎是在沉思，何仙女趁机猛地扑上去，抓住了陆胜文，对毛宝叫了一声："毛宝，你快走！"

毛宝："仙女……"

何仙女："走！"

胡国忠要对毛宝开枪，铁猴子一个箭步上去，夺下了胡国忠的手枪，胡国忠飞起一脚踢在了铁猴子的胸口。

何仙女："毛宝，我掩护你！"

陆胜文："何仙女，你快放开，不然我对你不客气了！"

何仙女："好啊，叫你放人你不肯，你现在还想怎样，来啊，杀了我吧！"

陆胜文："放开。"

胡国忠对手下几个国民党士兵叫着："给我开枪，消灭这几个共军！"

国民党士兵正要开枪，江小白他们杀过来，打死了要开枪的国民党士兵。江小白一边开枪，一边叫着："解放军来了，投降不杀，放下武器投降！"

国民党士兵想要逃命，胡国忠夺过了一个国民党士兵手中的枪，对着江小白他们这边开枪："跟共军拼了！"

毛宝站起来，想要去救何仙女，胡国忠对毛宝开枪，毛宝躲过了子弹。

何仙女叫着："毛宝，别管我，我不会有事的，你快走啊。"

江小白他们杀过来，胡国忠奋力射击江小白他们。火凤凰也开始还击胡国忠他们，但战斗力明显是胡国忠他们这边占优势。

江小白对还击的国民党士兵说："我们的大部队已经杀入新安镇了，你们还在这里抵抗，是不想活命了吗？"

国民党军的士兵们听到江小白的话，有些畏惧起来。胡国忠还是拼命抵抗："怕什么，大不了和共军同归于尽！"

何仙女还抓着陆胜文不放手，对毛宝喊着："毛宝，你快走，我可以脱身的。"

毛宝不舍地撤退了，火凤凰看着何仙女被陆胜文抓住，冲出去救何仙女："队长，我来救你！"

江小白叫了一声："凤凰，别去啊！"

火凤凰已经冲向了何仙女，她奋不顾身，拔出身上带着刀子，刺向陆胜文。眼看着陆胜文要被刺中，何仙女也急了："凤凰，我没事，你快走！"

胡国忠转身要对火凤凰开枪，何仙女推开了火凤凰，子弹擦过了何仙女的肩膀。胡国忠继续对着火凤凰和何仙女开枪，江小白冲上来，舍身救火凤凰。

何仙女："你们都快走，别管我！"

江小白拉着火凤凰："凤凰，快走！"

毛宝还想去救何仙女，但是一排子弹射过来，毛宝被两个老虎队战士扶着。毛宝："仙女，何仙女……"

何仙女："别管我！"

陆胜文想要挣脱开何仙女，何仙女死死地抓着陆胜文。老虎队和民兵队一边还击，一边撤退下去。

胡国忠见老虎队已经走远，越想越气，要杀了何仙女，被陆胜文制止了。陆胜文下令把何仙女关押起来，这其中伴随着何仙女的破口大骂。

而另一方面，姚公权带着解放军战士们杀入新安镇镇子里。国民党军还在抵抗，姚公权大声喊道："拿下新安镇，活捉黄百韬！"

解放军战士们热情高涨地喊："活捉黄百韬。"

毛宝带着老虎队过来，姚公权看到了毛宝他们跑了过来，忙喊："毛队长，毛队长！"

毛宝："姚团长！"

姚公权："新安镇已经在我们解放军手里了，但是那个黄百韬很有可能没有逃走。"

毛宝："黄百韬？"

姚公权："对，如果我们能够活捉黄百韬，那可是立下大功了啊。毛宝，你可别再跟我抢功劳了啊。"

火凤凰："抢什么功劳啊，我们要先去救我们仙女姐。"

毛宝："是的，要先把何仙女队长救回来。"

这时，叶峰带着几个战士过来："毛队长、姚团长，你们都在这儿，太好了，王司令员亲自来战场了。"

姚团长："啊，王司令员亲自来战场了？"

叶峰："嗯，他是来鼓舞士气的，他叫我们一起过去。"

毛宝犹豫了一下："走，先去王司令员那里。"

火凤凰："毛队长，仙女姐你不救她了啊？"

毛宝："陆胜文不会伤害仙女的。"


何仙女被绑到了陆胜文的住处里，一路上不仅骂着陆胜文，也连带着胡国忠。陆胜文把她关到了柴房里，胡国忠恨恨地看着陆胜文的背影。

这时，听到外面急匆匆的脚步声，是杨廷宴来了，三兄弟见对方没事，都有些欣喜。胡国忠提议反击，赶走共产党军队，杨廷宴摇摇头："不用了，现在我们的主要任务是掩护黄司令离开新安镇。"

陆胜文："这样也好，只要我们能渡过运河，和徐州城的杜总司令员、张司令他们会合，还可以和共军抗衡。"

杨廷宴："嗯，现在我们全力撤退，有劳二位兄弟了！"

胡国忠："大哥，我胡国忠定当誓死追随于你！"

杨廷宴："好兄弟！"

陆胜文："国忠，你先跟大哥去黄司令那里，保护黄司令安全撤出新安镇，我带着部队来殿后！"

杨廷宴："胜文，现在镇子里已经有很多共军，你自己要小心！"

陆胜文点点头，三人各自行动去了。


王司令员和洛奇亲自来到新安镇鼓舞士气。

王司令员："这次老虎队的表现，值得大大表扬！"

洛奇："对的，老虎队初试牛刀，就有这样的表现，确实值得表扬。我和王司令员会向上级汇报，重点嘉奖老虎队，有战斗英雄要加入老虎队，也欢迎。"

毛宝和姚公权、叶峰他们几个团级干部站在王司令员面前，毛宝低着头一副不开心的样子。

王司令员："毛宝，你小子今儿个是怎么了，表扬你，你还不开心啊？"

毛宝："不是的，司令员，我……"

姚公权抢了话："司令员，民兵队的何仙女队长，被国民党反动派给抓走了。"

王司令员："什么？那个何队长被抓走了？"

毛宝点点头，洛奇："毛宝，你不要担心，这样，你带着几个老虎队队员，先去营救何仙女。"

毛宝："好，谢谢政委，你们放心，这个黄百韬，我们老虎队一定会活捉的！"

姚公权："毛队长，你就赶紧去救何队长，追击黄百韬的事情，就交给我们吧！"

毛宝："好。"说完向王司令员和洛奇敬了个礼，随后转身对江小白他们说："江小白、大憨，你们几个跟我去救何队长。"

江小白等人："是！"

铁猴子："毛队长，我也去吧，这新安镇的情况，我蛮熟悉。"

毛宝看了看铁猴子："好，一同去！"

铁猴子露出开心的笑容。


新安镇陆胜文的住处，陆胜文来到柴房里支开了两名守卫。

何仙女："陆胜文，你们叫他们走，是不是想把我放跑啊？"

陆胜文："我不会放你的。"

何仙女："什么？你不放我？你还有没有点良心了？"

陆胜文："如果毛宝真的喜欢你，他一定会来救你。"

何仙女愣了一下："是的，他一定会来救我，他是好人，是正义的力量，不像你们这些国民党反动派，危害老百姓不说，现在连自己的亲人都要祸害了。"

陆胜文："我，我没有危害老百姓，更没有祸害亲人。"

何仙女："你知不知道，就是因为你们蒋委员长发起了这场战斗，有多少老百姓妻离子散，家破人亡。而你们这些人，都是刽子手，帮着老蒋残害百姓。"

陆胜文："好了，别说了，跟我走！"说完拉着何仙女。何仙女："你干吗？你要带我去哪儿？"陆胜文没有说话，带着何仙女离开了柴房。

片刻后，毛宝带着江小白他们来到陆胜文的住处，国民党军队已经撤退完，有几个伤兵躺在那里无法逃走。

大憨冲上去，用机枪对着他们。国民党军伤兵哀求地说："长官不要杀我们，不要杀我们啊。"

毛宝："大憨，住手！"

大憨："是！"

毛宝他们进入陆胜文的住处，陆胜文住处已经人去屋子空，没有了何仙女的影子。江小白进来，拿着一块何仙女衣服上撕下的布头："队长，从柴房找到的，好像是何仙女队长衣服上的。"

毛宝拿着布头看了一下："对，这是何队长的，陆胜文肯定是把仙女带到别的地方去了。走。"

地上的国民党士兵："谢长官不杀之恩，谢长官。"

毛宝："我问你们，有没有看到住在这里的陆胜文，带着一个女人走了。"

一个国民党军伤兵："长官，我看到了，那个女人还一直在反抗呢。"

江小白："他们往什么方向走的？"

国民党军伤兵："往西走的。"

毛宝："往西？可能是黄百韬撤退的方向。"

铁猴子："我们队长不会有事吧？"

毛宝："走。"

毛宝带着老虎队快步往西奔去，国民党士兵还在点头感谢。


陆胜文把何仙女带到了一个破庙里，何仙女："陆胜文，你把我带到这里干吗？"

陆胜文："你，你有没有喜欢过我？"

何仙女没想到这个时候陆胜文会问这样的问题，一下子愣住了："我……"

陆胜文："你无法回答吗？"

何仙女："陆胜文，你怎么到现在还在问我这个事，我不是跟你说过了吗，我们之间就是兄妹情义。"

陆胜文："仅仅只是兄妹情义吗？"

何仙女："那你还想要什么情，当年我爹把我送给你们家，说让我当你的老婆，也是身不由己。"

陆胜文："我知道当年我父亲那样做是不对的，所以我的心里也一直对你很愧疚。"

何仙女："不是的，你们家对我一直很好，而且因为我到了你家做媳妇，我们家也有钱买药了，才治好了我爹的病。我应该感谢你们家，感谢你才对。"

陆胜文："是的，仅仅是感谢，救命之恩的感谢。其实我也明白，从小到大，你一直喜欢毛宝。"

何仙女的脸红了一下，低下头去："胜文，我何仙女虽然名义上到了你们家做媳妇，但是我们之间什么都没有发生过。而且现在都是什么年代了，我们不要再纠缠这个问题了，好不好？"

陆胜文："现在是民国，已经不是封建社会，大家都在谈自由恋爱，我当然不会束缚你，你完全可以去追求自己的幸福。"

何仙女："胜文，对不起。"

陆胜文："不用和我说对不起。我们互不亏欠，但是我陆胜文不会忘记当年我们一起长大的……友情。"

何仙女看着陆胜文没有说话。

外面的枪声不断。

陆胜文："仙女,你自己多保重。"

何仙女怔住了,慢慢起身,他明白了陆胜文的意思,走到庙门口,说:"胜文,谢谢你,不过我劝你一句,不要和人民为敌,共产党能打这么多胜仗,就是因为人民群众支持他们。"

陆胜文沉默了一下,随后快步离开了破庙。何仙女看着陆胜文离开的背影,叹息了一声。

这时,毛宝他们上来庙里,铁猴子察觉有人影,举起枪对准了走出来的何仙女:"不许动。"

毛宝拉住了铁猴子:"住手。"

何仙女:"猴子,你长能耐了,把枪放下。"

铁猴子:"对不起,队长。队长,您没事吧?"

何仙女:"我何仙女是谁啊,天上的仙女下凡,谁也不能把我怎么样。"

江小白:"仙女队长,真是太厉害了。"

何仙女看着毛宝:"毛宝,你是来救我的啊?"

大憨:"我们队长当然是来救你的,你被那个陆胜文抓走后,他可是急死了,连黄百韬都不去追击了。"

毛宝:"大憨,你什么时候也这么多话了,闭嘴。"

大憨嘟嘟嘴:"噢。"

毛宝:"好了,人也找到了,我们走。黄百韬这个反动派,必须是我们老虎队来抓住他。"说着就走了出去。何仙女在后面喊着:"哎哎,毛宝,这个混蛋,你怎么连问候我一下都没有啊,我可是差点死在这些国民党手里啊。"

毛宝走到了破庙外,何仙女追上来,拎住了毛宝的耳朵。

毛宝:"喂,你干吗啊?"

何仙女:"我在跟你说话,我差点被打死了啊。"

毛宝:"是你自己要来新安镇的啊,害得我花了这么大力气来找你。"

何仙女:"你心里很担心我是不是?"

毛宝:"我才不担心,你快放开啊,让大憨、小白他们看笑话了。"

何仙女:"我就不放开,我就是让他们看你的笑话。"

躲在角落处的陆胜文看了毛宝和何仙女一眼,心里有种酸酸的感觉。正在思索之际,胡国忠从后面上来:"二哥。"

陆胜文回头："我们赶紧离开这里。"

胡国忠也看到了毛宝他们，但还是遵从了陆胜文的命令："是！"

新安镇的小道上，胡国忠跟在陆胜文身后，忍不住问："二哥，有些话我憋在心里很久了，刚才的那些共军是不是你的朋友？"

陆胜文："国忠，我也不想再对你隐瞒什么，那个共军和民兵队长是我从小一起长大的朋友，但是现在我们两军交战，他们就是我的敌人。"

胡国忠："那刚才为什么不干掉他们？"

陆胜文："现在新安镇已经被共军占领，如果刚才我们和他们交战，势必会引来大批共军，我们就无法离开新安镇了。"

胡国忠思索了一下："二哥，现在我们差不多离开新安镇了，我答应过大哥，掩护黄司令撤退，抵挡追击上来的共军。"

陆胜文："嗯，其实我也有这个想法，为黄司令他们撤退争取更多的时间。"

胡国忠："好。现在我们还有一个排的兵力，加上撤退的国军如果愿意和我们一起战斗，说不定我们反攻，能夺回新安镇。"

陆胜文没有接胡国忠的话："集结人马，抵挡共军追击！"

胡国忠："是！"


破庙外，毛宝挣脱开了何仙女："好了，现在我们最重要的任务是追击黄百韬，他们肯定没有跑远。"

何仙女表示要一起去，被毛宝阻止，毛宝让铁猴子保护着何仙女离开新安镇。铁猴子还在犹豫，毛宝使出了撒手锏："如果任务完成得好，就有机会加入老虎队。"

铁猴子一听这话，连忙说："好嘞，请毛队长放心，保证完成任务。"

何仙女："猴子，你想干吗，你还是不是我的人啦？"

铁猴子："队长，请走吧，听毛队长的话好不好？"

何仙女："我不……"

毛宝带着江小白他们："老虎队的战士们，跟我去追击黄百韬。"

大憨等人："是！"

何仙女："毛宝，你这个混蛋，你又抛弃我了。"说着想要冲上去，被铁猴子拦住了："队长，我们还是走吧，新安镇肯定还有国民党军的残余分子……"何仙女瞪了一眼铁猴子："你这个叛徒，哼！"

# 第十二章

新安镇外的土山坡上，陆胜文带着国民党军队埋伏在那里。周边静悄悄一片，山坡中间有一条小道。陆胜文拿着望远镜观察着前方的来路，片刻后，毛宝带着老虎队从土山坡外快步过来。

毛宝嘴里骂着："这个黄百韬逃命起来，倒是比兔子还快啊，这么快就离开了新安镇。"

江小白看着土山坡中小道，感觉有些不对劲，他眉头一皱："队长，等等。"

毛宝："有什么事？"

江小白："我总觉得这里有些不对劲。"

毛宝也看了看前面："有什么不对劲的，国民党军早就跑没影了。"

大憨："对啊，我们还是快点去追。"大憨冲在前面，江小白只能跟上。胡国忠恶狠狠地看着山坡下毛宝他们过来，正要开枪射击。陆胜文轻声地说："等共军进入埋伏圈再打。"胡国忠点了一下头。

毛宝带着老虎队到了土山坡下，毛宝也感觉有些不对劲："这里怎么静悄悄一片，不可能啊，奇怪了。"

毛宝看到山坡上的风吹草动，似乎也看到了人影："不好，有埋伏。"

陆胜文见被毛宝发现了，大喝一声："给我打。"

胡国忠狠狠地对着山坡下射击。刹那间，子弹、手榴弹一齐向山坡下的老虎队打过去。毛宝发现情况后，已经迅速躲到了一棵大树后，以作掩护。江小白也躲在毛宝身后，大憨在前面来不及躲闪，被弹片击中胸口，大憨旁边的两名解放军战士已经被子弹击中，牺牲了。

大憨倒在了一个土堆后面，喘着大气。毛宝一边还击着山坡上陆胜文他们的进攻，一边对身边的战士："你们掩护我，我去把大憨救回来。"

江小白等人："是，队长。快，掩护队长救人。"说完也对着山坡上开枪。

大憨："队长，危险，别管我……"

山坡上的胡国忠他们见毛宝要救人，对着毛宝这么更加猛烈地射击。毛宝往前扑了上去，子弹不断地在毛宝身边跳动，呼呼地擦过他的脸颊。毛宝看准一个土包，闪身躲过去。胡国忠看到了毛宝，也认出来了毛宝，对身边的国民党士兵："那人是共军的头头，给我集中火力，干掉他。"

国民党士兵一听指令，都对着毛宝这边射击。国民党军的机枪手一连串子弹射向毛宝这边，陆胜文这一回没有喊住手，但他的枪口没有对准毛宝射击，而是对着江小白他们这边射击。密集的子弹射向毛宝这边，毛宝无法探出身子去。大憨的身上不断流着血。

毛宝："大憨，你坚持着，我一定会救你的。"

大憨："队长，谢谢你对我这么好，我张大憨这辈子除了我娘亲，你是这世上我最亲的人了。如果我今天死了，你就去找我娘，就说我当大官了，暂时不能回来，让她不要担心。"

毛宝："你给我闭嘴，你张大憨什么时候也跟笑面虎一样，这么多废话了？"

胡国忠他们这边的子弹还在射过来，这时笑面虎和红娃他们几个老虎队队员从后面过来。毛宝看到了红娃："哈哈哈，天不亡我毛宝啊。大憨，挺住，我们的救星来了！红娃，找好位置，给我狙击掉上面的机枪手。"

红娃："好，一颗子弹，消灭两个敌人。"他迅速地找到了狙击位置，对准了国民党军的机枪手，手指扣动了狙击枪的扳机。

胡国忠看到了红娃开枪，他惊叫一声："有狙击手……"说完想要推开国民党军的机枪手，但话音未落，子弹已经打进机枪手的胸膛，子弹穿过机枪手的胸口，擦过了胡国忠的肩膀。机枪手倒地，胡国忠躲到山体后，陆胜文也连忙隐藏。又是一颗子弹打过来，两个正在开枪射击的国民党士兵被击毙。

毛宝抓住了机会，一跃身来到大憨身边。胡国忠看到毛宝来救大憨，连忙开枪，但红娃这边的狙击枪对准了胡国忠开了一枪，胡国忠又躲了起来。

毛宝一把把大憨拖到了大石头后面，红娃对着胡国忠隐藏的位置开了两枪，子弹都准确地打在胡国忠隐藏的位置。胡国忠不敢再出来，毛宝搀扶住了大憨，退到了江小白他们这边。

陆胜文指了一下来时的路："国忠，你带几个人去那边，我们从两边袭击共军，那个狙击手无法分身的。"胡国忠带着几个士兵低着身子往来时的方向走过去。

笑面虎："队长，我们还要攻打过去吗？"

毛宝："你这不是废话吗，不打过去，怎么活捉黄百韬？"

笑面虎："好嘞，队长，让我给上面的反动派一炮。"

毛宝："赶紧的。"

笑面虎架好了小钢炮，对准了陆胜文他们那边的山头。"轰"的一炮打了过去。

陆胜文大叫一声："卧倒！"炮弹落在陆胜文身边，几个国民党士兵被炸上了天，惨叫声连天。胡国忠带着几个士兵跑过去，他看到山坡下的笑面虎又要开炮，连忙对手下："给我打下面的共军。"子弹射向老虎队，打在了笑面虎的身边，毛宝："笑面虎快隐蔽！"笑面虎一个翻身，躲到了掩体后面，好几个解放军战士又倒了下去。毛宝对着上面的胡国忠开枪，江小白说道："队长，我们的伤亡太大了，还是撤退吧。"

毛宝："江小白你个混蛋，我们已经死了这么多兄弟，现在撤退下去，太丢脸了，一定要给死去的兄弟们报仇！"

毛宝疯狂地对着胡国忠他们这边开枪射击，射得胡国忠抬不起头来。江小白看着大憨血流不止："队长，如果我们现在不撤退，很有可能会被敌人包围住，那大憨的情况就不乐观了。"毛宝也看到了大憨在不断地流着血，无奈之下，对笑面虎下令："笑面虎，你背着大憨，红娃、江小白，你们几个跟着我打掩护，撤退！"

笑面虎等人："是！"说完背起了大憨往后退。老虎队一边交替掩护，一边撤退下去。

胡国忠还想要带着手下包围上去，山坡下的红娃这边狙击过来，两个国民党士兵被打死。

陆胜文喊过来："国忠，不要追了！"

胡国忠一拳头打在泥地里，但又不敢探出头去，只能回到陆胜文身边。

胡国忠："二哥，共军撤退，我们可以追上去，干掉他们的。"

陆胜文："现在我们的主要任务是给黄司令和大哥他们撤退争取更多时间，而不是消灭这支共军队伍，况且他们还有狙击手。"

胡国忠叹息了一声。


大运河边，大片的国民党军队争着渡过运河去，场面相当混乱。杨廷宴他们几个国民党军官跟着黄百韬，杨廷宴怒气冲冲地说："都给我让道，让道，让黄司令先过去。"

运河外围，姚公权带着解放军部队追击上来，和国民党军队交战，前面的国民党军队更加混乱了。黄百韬坐着的小汽车开过运河上临时搭建的桥，许多国民党士兵掉到了运河里去。

一九四八年十一月七日，黄百韬第七兵团五个军十一个师共约十万人开始向西撤退。由于黄百韬在两天等待中并未在运河搭建浮桥，全兵团只能依靠一座铁桥渡河。由于数万部队和由海州撤退的数万军民都要从运河上唯一的大桥通过，人员、车辆、马匹连绵百余里，加上有解放军逼近的消息，在过桥时争先恐后，互不相让，秩序大乱，有的部队甚至开枪夺路，导致打死、践踏死、掉入运河溺死者不计其数。尽管在渡运河时总共损失约一万余人，但至次日，第七兵团大部还是渡过了运河。


解放军部队已经占领了新安镇，但是对镇子里的老百姓秋毫无犯，全部驻扎在露天营地里。

毛宝走到屋子边的台阶上坐了下来，神情沮丧。

王司令员从后面上来："在想什么呢？"

毛宝："司令员，老虎队这次初试牛刀，伤亡有些惨重，我心里难受，心疼。"

王司令员："你能心疼很好，我不是早就跟你说过了，前面还有很多恶仗要打，不能一下子就把老虎队给押上去。"

毛宝："司令员，我知道了，但是老虎队如果不去打仗，就无法让它快速成长起来啊。"

王司令员："我和洛奇政委为什么要你组建这支老虎队，就是想要把老虎队用在该用的地方，去打奇仗巧仗。"

毛宝："奇仗巧仗？司令员说的是奇袭战？"

王司令员没有回毛宝的话，只是微微点头。

王司令员："好了，不要多想了，快点回去照看老虎队的伤员，休整一下，接下去还有任务呢。"

毛宝："是，司令员。"

新安镇搭起的临时战地医院，何仙女带着铁猴子风风火火地过来，何仙女看着地上躺着几个老虎队的队员，她叫着："毛宝，毛宝，你在哪里？"

大憨喊了一声："何队长？"

何仙女冲到了大憨身边："你受了这么重的伤啊？"

大憨："何队长，对不起，是我拖累了我们队长……"

何仙女一听大憨这话，眼泪一下充满了眼眶："什么？你拖累了你们队长？毛宝，毛宝他难道……"

何仙女看了一圈周围，没有发现毛宝的身影："毛宝牺牲了啊，呜呜呜，毛宝你这个没良心了，你不是说过打完仗就要娶我的吗，怎么就一个人先走了？"

大憨："何队长，不是的，我们队长……"

何仙女："什么不是，是毛宝亲口对我说过的话啊，毛宝啊，你死得好惨啊，连尸体都没有找回来。"

毛宝出现在何仙女他们身后："哭什么丧，我不是好好地在这里吗？"

何仙女一转身看到了毛宝，立马露出笑脸，迎了上去："毛宝，毛宝，你真的还活着啊！"

毛宝："我当然还活着了，难不成我现在是鬼了？"

何仙女擦了一把脸上的眼泪："对不起，对不起。我刚才在这里没有找到你，我还以为你……"

毛宝："好了好了，我都好好的。"

何仙女有些不相信似的围着毛宝看："让我看看，听说你们去追击国民党军中了埋伏，你真的没有伤着吗？"

毛宝："我真的没有事。"

大憨："是啊，我们队长是谁啊，老虎队的猛虎，还救了我大憨一命。"

毛宝："何仙女，以后你能不能不要这大惊小怪了？"

何仙女："我怎么就大惊小怪了，我这不是担心你吗，毛宝，真是太没良心了。"

毛宝："好好，我不说话总可以了吧！"

何仙女："你怎么不说话啊，你得把话说清楚！"

江小白看着毛宝和何仙女的争吵，有些看不下去了，笑着摇摇头，走向了另一边。


小溪边，火凤凰正和卫生队的护士和几个女民兵在洗伤员换下的纱布。江小白正巧走了过来，火凤凰抬头看到江小白，脸红了起来，低下头去，没有说话。

江小白："你们好啊，要洗这么多纱布，真是太辛苦了。"

女民兵小花："我们不辛苦，你们打仗才辛苦呢，还要冒生命危险。"

江小白："哪里哪里，为了解放全中国，我们人民解放军流血牺牲都是应该的嘛。"

火凤凰一直没有说话，低着头拿起放满纱布的脸盆起身而去。

江小白也看到了火凤凰："哎，火凤凰，你怎么不一起聊聊天啊？"

火凤凰："我有活儿在干呢，哪像你这么有空？"说完离开了。

小花："哎，凤凰好像是生气了啊。"

江小白："啊，她人这么好，怎么可能生气呢，是不是谁惹她不开心了？"

丹丹："我看啊，是解放军同志惹我们的火凤凰生气啦。"

小花："是的，是江小白惹凤凰生气了。"

江小白："啊，怎么可能是我惹她生气，我没有做过什么啊。"

小花："还啊什么啊，还不快去追我们的火凤凰？"

江小白："噢，那我去看看她。"

战地医院，火凤凰正在把纱布晾晒出来，但是一副心不在焉的样子。

江小白过来，叫了一声："火凤凰。"

火凤凰惊了一下，手下的纱布掉在了地上，火凤凰有些恼火地说："你干吗啊，你看看这纱布掉在地上，又要重新洗了。"

江小白："啊，对不起，对不起，要不我帮你去洗吧？"

火凤凰："不用，我自己会去洗。"

江小白："那我帮你晾晒吧？"

火凤凰："我才不要你帮忙呢。"

江小白："噢，那没什么事，我就走了啊。"

江小白转身要走。

火凤凰生气地哼了一下："你怎么这么笨？"

江小白："啊？我很笨吗？"

火凤凰的眼眶里含着眼泪："我没说你笨，是我火凤凰笨好不好？"

江小白："你也不笨啊。"

火凤凰："我一个乡下大丫头，大字不识一个，能不笨嘛。"

江小白："不识字，并不代表笨啊，那是因为没有学习的机会。你要是不嫌弃，我江小白可以教你识字啊。"

火凤凰抬头看江小白："你教我识字？"

江小白："嗯，我不但可以教你识字写字，我还可以教你诗歌、绘画、物理、化学，凡是我知道的知识，都可以教给你啊。"

火凤凰："我好像听不懂你说什么屋里、化雪。"

江小白："噢，不是这个，我说物理、化学，嗨，这个反正也没什么用，我们不学也罢。我可以先教你写你自己的名字。"

火凤凰："写我的名字啊，好啊。"

火凤凰脸上终于露出笑容来。

江小白："走，我们找个安静地方去。"

两人来到新安镇的河边沙地上，江小白开始教火凤凰写字，沙地上写了"火凤凰"三个字。

火凤凰第一次看到自己名字的模样，不禁有些欣喜和羞赧。江小白给火凤凰讲解，让火凤凰尝试，火凤凰鼓起勇气，写下了一个"火"字，看着江小白。

江小白夸赞道："第一次写成这样，已经很不错啦，不过接下来两个字比较难写，我来教你吧。"说完握住了火凤凰的手，火凤凰的脸上已经滚烫，一直红到了脖子根。


另一边，何仙女还在"教育"着毛宝打仗不可莽撞，两人唇枪舌剑。这时，外面响起吵闹声："我们要见老虎队的队长毛宝。""我们要加入老虎队。"

毛宝等人走到外面，门口围了一个排的人，都吵嚷着要加入老虎队。

一个解放军战士向毛宝敬礼："毛队长您好，我是华东野战军第六纵队三团突击连的连长陈永冲。"

又跳出一个解放军战士来："毛队长，我是华东野战军第一纵队一团的张华，我已经立过三次二等功，我的特长就是冲锋陷阵、杀敌。我也申请加入老虎队。"

一排战士出来："还有我们，我们也要加入老虎队。"

毛宝乐了，这时候他看见了不远处的洛奇。他用目光询问洛奇，洛奇笑着点了点头，毛宝开心地看着眼前的这帮新兵。


解放军的临时营地里，铁猴子在向何仙女求情："队长，我真的很想加入老虎队，而且现在老虎队在扩招，您就帮我和毛队长去说说情吧。"

何仙女此刻还在生气，对铁猴子的请求爱答不理。

铁猴子见此，连忙说起了好话："队长，您和毛队长两个人都很好，是天生的一对。而且我觉得啊，毛队长其实真的很在乎您。"

何仙女："真的啊？"

铁猴子："当然是真的了，您不知道啊，您被国民党军抓走后，他是多么紧张啊。他要是不在乎，哪里会放着黄百韬不去追击，而是带人来救您呢！"

何仙女喜滋滋地："这倒也是啊。呵，你说这个话，不就是让我去给你说情！"

铁猴子："队长啊，我铁猴子加入老虎队，对您也是有好处的。"

何仙女："我有什么好处？"

铁猴子："只要我进入老虎队，在毛队长身边了，我不就是您安插在他身边的眼线了嘛，如果毛队长对别的女人动心，或是和别的女人勾三搭四，我就可以及时地向您汇报，这样可以把他们的感情消灭在萌芽中。"

何仙女："嗨，猴子，你小子的脑子越来越灵活了嘛。"

铁猴子挠了挠脑袋："嘿嘿嘿，那不是跟着队长您久了嘛。"

何仙女："好，我答应你，给你去和毛宝说情，让你进入老虎队。"

铁猴子："哈哈哈，太谢谢队长啦。"


河边沙地，火凤凰在吃力地写着"鳳"字，写得很歪。

江小白摇了摇头："哎，这个凤字写得太差了，你看看我写的这个凤字。里面这个'鳥'字呢，你不能写得太大了，再写一遍。"

火凤凰紧紧地握着树枝，又写了一个"鳳"字，但还是歪歪斜斜的。

江小白："怎么越写越差了，哎。"

火凤凰把树枝扔在了地上："哼，不写了，这字有什么好写的，太烦了。"

江小白郑重其事道："火凤凰同志，这就是你不对了，学习任何东西，都是要有耐心的，哪有什么事，一朝一夕能学成的。"

火凤凰："多认识几个字，难道就很了不起了？"

江小白："嗨，有点文化当然好了，我们的解放军部队，就是要多一些知识分子，这样我们的军事能力也可以大大提高。"

火凤凰："我又不想去打仗，我火凤凰只要能够把粮食、鞋子准备好，运送给你们就行啦。"

江小白："别岔开话题，你这个名字倒是练不练了，你要是不学的话，我以后也不和你说话了。"

火凤凰气恼了："不理我就不理我，你以为我很稀罕你吗，哼，我也不理你了。"

江小白："嗨，我没生气，你倒是生气了。"

火凤凰："谁生你的气了。"说完正准备转身要走。

笑面虎走过来："呦呦呦，小情侣在这里吵嘴呢。"

江小白："虎哥，你怎么总是开玩笑，我们哪里是小情侣……"

火凤凰红着脸对笑面虎说："你不要乱说话，我们是清白的。"

笑面虎："你们当然是清白了，很纯洁的爱情啊，哎，真是羡慕死人了。"

江小白："虎哥，我们真的没有，我只是教火凤凰同志写她的名字。"

笑面虎："哎呀，教火凤凰同志写字啊，我们老虎队有这么多同志都不会写字呢，你怎么不教教啊，手把手教哦。"

江小白："虎哥，我……"

笑面虎："好了，不要解释了，我看你们啊，也是天生的一对嘛。"

火凤凰的脸更加红了："我，我先走了。"说完快步离开了。

江小白还傻乎乎地喊："火凤凰同志，回去记得练字啊，多写几遍就会了。"

火凤凰没有回应江小白，小跑走远消失了。

江小白摇摇头："嗨，这个女同志，这点耐心都没有。"

笑面虎："耐心没有，有爱心就行了。"

江小白："虎哥，我和火凤凰同志真的只是纯洁革命友谊，你不要想多了。"

笑面虎："我没想多，是火凤凰姑娘在想，而且想你想得很多。"

江小白："啊？"

笑面虎："你小子艳福不浅啊，要好好珍惜人家姑娘的真情。"

江小白："不是，虎哥，我江小白来参加人民解放军，就是想要为革命事业做出贡献，还没有想到谈婚论嫁的地步，而且，我们的部队也是有纪律的。"

笑面虎："好了好了，江小白同志别那么认真嘛，告诉你个好消息，我们老虎队来了很多战斗英雄。"

江小白："战斗英雄？"

笑面虎："是的，都是各个纵队立过大功的，现在他们听说我们老虎队的名气响亮，都要求加入。"

江小白："那太好了，这样我们的老虎队就会变得更加强壮。"笑面虎赞同地点点头，两人的脸上充满了信心，也充满了自豪。


街道上，何仙女把毛宝拉过来。毛宝一脸无奈："又怎么了？"

何仙女："让我民兵队的铁猴子进入老虎队的事情，你考虑得怎么样了？"

毛宝："这猴子是个民兵，没有什么实战经验啊，他也来找过我，但我觉得不合适。"

何仙女："不是，毛宝，我跟你说啊，这个铁猴子呢，也跟了我两年了，自从我当民兵队长后，他就一直跟在我身边，人很灵活，虽然没有什么作战经验，但是谁生出来就会打仗的啊，你就给他一次机会，让他加入老虎队，如果不行的话，你再退还给我。"

毛宝："仙女，这个不是做生意啊，不是说退就能退的。"

何仙女："好了，毛宝，这可是我推荐给你的，你怎么连这点面子都不肯给我？"

毛宝："我……"

何仙女："你就让铁猴子锻炼锻炼怎么了？噢，我知道了，你就是瞧不起我何仙女。好，你瞧不上我，那我偏偏要每天都缠着你。"

毛宝："别别别，我答应你，收了铁猴子还不成嘛。"

何仙女："嗨，这就对了嘛。"

毛宝："要是没有什么事，我先走了，老虎队来了这么多兵力，我也得一一和他们熟络熟络。"说完转身要走，被何仙女拉住："哎，别走啊，急什么，你和你的这些兵，有的是时间熟络。咱们好像好久没有这样单独在一起说话了。"

毛宝一阵紧张："何仙女，你还有什么话要说？"

何仙女："这么紧张干吗，我又不会吃了你。有个事，我一直没有和你说，其实陆胜文把我抓到了破庙里，后来又把我放了。"

毛宝："是他主动把你放了？"

何仙女："是的，其实他一直保护着我，他的那个手下一直想要杀了我。"

毛宝："胜文还算有点良心。"

何仙女："他其实一直喜欢着我。"

毛宝愣了一下："啊？"

何仙女："啊什么，所以你要是对我不好，我可要跟他去了。"

毛宝有些急了："你跟他？那你就是投奔反动派了。"

何仙女拎住了毛宝的耳朵："你以为你毛宝是个好东西吗，整天让我生气，让我着急，别以为我何仙女这辈子没你就不行了。"

毛宝："哎哎哎，放开，放开。好好好，我的姑奶奶，我毛宝错了，还不行吗。快放开。"

何仙女放开了毛宝："哼。"

徐州城内沈宅，沈琳从外面走了进来，沈家桥看到沈琳来，合上了报纸。

沈琳："爸爸，新安镇那边的情况你应该知道了吧？"

沈家桥有些沉重地点点头："黄百韬将军一心想要报恩于蒋委员长啊，希望他不要成为第二个张灵甫。"

沈琳走到了沈家桥身边："您觉得接下去的战斗我们能取胜吗？"

沈家桥："就算取胜又如何，如今最好的情况就是，国共两党能够坐下来和谈，不要再打仗了。"

沈琳："是的，我以前觉得作为一名战地记者，能在战火中采访，是一件很伟大的事情，但是现在看着我们中国人打中国人，真希望这场见鬼的战争赶紧停息。”

沈家桥："嗯，委员长要是这样想就好了，现在大半个中国已经在共产党的手里了，而且据我看啊，共产党还会一往无前，甚至打过长江，整个中国都会成为共产党的天下。"

沈琳："啊？"

沈家桥："委员长要是能和共产党坐下来和谈，划江而治，这是党国最理想的局面了。"

沈琳："划江而治？"

沈家桥："是的，其实党国中有许多人也希望是这样，和共产党划江而治，两党之间，就此停战，休养生息，让老百姓过个太平日子。"

沈琳点点头："嗯，要是这样就好了，我也希望我们的国家能够和平，不要再打仗，这样胜文哥也不用去战场了。"

沈琳把后面这句话说得很轻，但沈家桥还是听到了："小琳啊，你和胜文现在怎么样了？"

沈琳的脸一红："什么怎么样啊，我们之间就那样啊。"

沈家桥："哦——小琳啊，陆胜文这人不错，我也很喜欢，虽然有时候会一根筋，但是他很真诚。"

沈琳："爸爸，我知道的，我也会把握机会的。"

沈家桥："嗯，虽然现在胜文还一心向着党国，要和共产党作战到底，但是我相信他到最后也会明白，他是错误的。"

沈琳看着沈家桥："爸爸，你和我说实话，你是不是已经被共产党……"

沈家桥："好了，小琳你还小，最好还是能够不要掺和到这事中来。这也就是为什么我要让你留在英国的原因啊，但是你就不听爸爸的话。"

沈琳："爸爸，国家如此破败不堪，我作为一名华夏儿女，怎能坐视不管？"

沈家桥："一个人的力量毕竟是有限的，唉，黄百韬改变不了，张天泉也改不了的。我沈家桥已经老了，都无所谓了，但是我希望你们年轻人能好好活着，有一个好的将来啊。"

沈琳微微地点了点头："嗯。"


碾庄圩的国民党军指挥部里，陆胜文和胡国忠站在杨廷宴办公室里，杨廷宴感激地说："此次从新安镇撤退下来，多亏二位贤弟的掩护啊。"

胡国忠："大哥太客气了，都是自家兄弟，我胡国忠就是死，也要保护大哥和黄司令的安危。"

陆胜文没有说话，只是微微点头。

杨廷宴："唔，国忠对党国和黄司令的忠心，我都看在眼里啊，黄司令已经上报校长，要提拔二位兄弟。"

胡国忠："谢大哥和黄司令栽培。"

杨廷宴："胜文啊，徐州'剿总'司令部刚传来一份急电。"说完把一份电报给了陆胜文，陆胜文看了一下："是张军长让我们火速赶回徐州城去。"

胡国忠的眼神阴了一下，眼神中又似乎露出了一丝得意："是什么事情这么着急啊？"

陆胜文："电报上没有说明。"

杨廷宴："嗨，我本想让二位贤弟与我一同驻守碾庄圩。"

陆胜文："黄司令打算驻守在碾庄圩？"

杨廷宴："这也是蒋校长的意思，碾庄圩离徐州城不足五十公里路，我们第七兵团也不能一直被共军追着跑啊，黄司令也是想要挣回来一点面子，碾庄圩易守难攻，粟裕要是敢再咬着我们不放，我们就关门打狗，让共军有来无回。"

陆胜文点头："碾庄圩的村庄错综复杂，只要我们防守得当，确实可以把共军消灭在此地。"

杨廷宴："嗯，这个仇我们得报啊。"

陆胜文："好，大哥，我们先回徐州城，如果需要，我和国忠会再来相助。"

杨廷宴："多谢二位贤弟。"


解放军部队走在行军路上，后面有大批的民兵推着独轮车跟着。毛宝带着老虎队队员们走在前面。何仙女推着独轮车上来，叫喊着："毛宝，毛宝，你等等我。"

毛宝回头看了一眼何仙女："你们怎么又跟上来了？"

何仙女："解放军离不开我们民兵队啊，哪里有解放军，哪里就有我们人民群众。"

毛宝看了一眼何仙女推着的独轮车："好好好，我说不过你。车上装着什么？"

何仙女："棉鞋啊，这可是我们女民兵连夜赶出来的，我都两天两夜没有合眼睡觉了。你看看我的眼睛，是不是黑了？"

毛宝看着何仙女的黑眼圈，有些心疼地说道："来，你坐在车子上。"

何仙女："干吗啊？"

毛宝："你在车子上睡一觉，我推着你走。"

何仙女一阵感动，眼眶里湿湿的。毛宝："还磨叽什么啊，快点上车。"何仙女跑上了独轮车去，毛宝推了起来，何仙女脸上露出幸福的笑容。笑面虎他们几个老虎队员在后面偷笑。

毛宝："笑什么笑，这叫军民一家亲。"

笑面虎："对对，队长，您说得对，一家亲，一家亲，哈哈哈。"

大伙都笑了起来，何仙女也笑了起来。

毛宝："给我闭上眼睛睡觉。"何仙女："嗯，知道了。"说完闭上了眼睛在独轮车上休息起来，脸上露出了甜蜜幸福的微笑。

# 第十三章

徐州城内，陆胜文和胡国忠快步向"剿总"司令部走来，走到门口时，一个警卫团长拦住了陆胜文他们的去路："站住。"陆胜文向警卫团长敬了个礼："我是陆胜文，找张天泉军长。"

警卫团长："知道你陆胜文陆旅长，把身上的武器交出来。"

陆胜文一愣："我见张军长从不需要把武器交出来，这是什么时候定的规矩？"

警卫团长："特殊时期，就有特殊规矩。陆旅长，请你配合一下吧。"

陆胜文和胡国忠交了枪，向张天泉办公室方向走去，前者的脸上有狐疑之色，胡国忠跟在陆胜文身边，露出一丝阴笑。

张天泉正面朝着窗外抽烟，陆胜文敬礼："军座。"张天泉没有回头，继续抽烟。陆胜文更加感觉到奇怪，又叫了一声："军座，陆胜文向您报到。"张天泉："我耳朵还没有聋，不需要说两遍。"胡国忠在后面冷冷地一笑。

陆胜文一思索："军座，胜文是不是做错了什么？"

张天泉："你自己犯下了大错，难道你心里不清楚吗？"

陆胜文："我犯下了大错？"

张天泉转过身来，生气地瞪了一眼陆胜文："有人举报你通共！"

陆胜文："我通共？怎么可能？我陆胜文对党国，对军座您忠心耿耿，怎么可能会通共？请军座明察。"

张天泉："如果是一次两次和共军接触，我可以容你，但是你不但和共军交往，而且放跑了共军，还不止一回。你说你没通共，有谁会信？"

陆胜文一下子明白了是怎么回事，他回头看胡国忠，胡国忠一脸的平静。

陆胜文："军座，我向您承认，我是认识两个共军，因为他们是我从小一起长大的朋友。"

张天泉："朋友？呵，你把共军当成了朋友，那我们就是敌人了。"

陆胜文："军座，他们只是我陆胜文儿时的朋友，现在他们是共军，就是我陆胜文的敌人了。"

张天泉："敌人，你放走了敌人，这也是重罪。"

陆胜文有口难辩："我……"张天泉："来人呐，把陆胜文抓起来。"冲进来两个士兵，抓住了陆胜文："军座，军座，你听我解释。"张天泉："先关起来。"

士兵把陆胜文押了下去，陆胜文走过胡国忠身边时，和他对视了一眼，没有说话。胡国忠假装关心地说："陆旅长，多保重。"

陆胜文被带了下去，张天泉叹息了一声，坐在椅子上。胡国忠："军座，我给您倒杯茶。"张天泉拿起茶杯砸了过去："给我滚出去。"胡国忠："军座，您消消气，不要气坏了自己的身体。"张天泉："还不滚？"胡国忠只好走了出去。

张天泉："胜文啊胜文，你太让我失望了。现在这样的时局，你怎么还这么糊涂，如果换成是别人，我早就枪毙你了。"


解放军阵地里，老虎队迎来了一件大喜事。因为老虎队在多次战役中的出色表现，经过上级认真研讨后，决定正式授予成立老虎队，为此王司令和洛奇政委专门为老虎队举行了授旗仪式。

老虎队的队员们以及其他团的团长都在场，洛奇从警卫营手中拿过老虎队的旗帜，毛宝眼神中带着喜悦，看着洛奇手中的旗帜。

洛奇："毛宝同志，恭喜你们啊，老虎队在今天正式成立。来，拿着老虎队的旗帜。"

毛宝向洛奇敬礼，随后接过了老虎队的旗帜，毛宝迎着风把旗帜拉开。江小白激动地念了出来："中国人民解放军华东野战军老虎队。""老虎队"三个大字格外醒目。

老虎队队员们更加热烈地鼓掌，毛宝的眼眶中也湿润了。

洛奇："同志们，同志们，现在我们请老虎队的队长毛宝同志给大家讲话。"

毛宝擦掉了眼角的泪水："同志们，我知道这面旗帜来之不易，从济南战役到新安镇追击，我毛宝身边已经倒下去了许多兄弟，一条条鲜活的生命离我而去，我的心疼啊。很多时候我都在想，如果这场战争结束了，我毛宝愿意去陪伴这些好兄弟。"

大憨和笑面虎他们都看着毛宝，眼眶中也带着热泪。毛宝继续说："我知道接下去还有更加艰巨的任务，更多恶战要打，我们老虎队作为攻坚队伍，肯定还会牺牲更多的同志，但是我们不怕，为了人民的幸福生活，为了新中国，老虎队永不畏惧。"

老虎队队员们喊起来："为了人民，为了新中国，老虎队永不畏惧。"

毛宝："老虎队，旗在，人在，永不倒下。"

老虎队队员们："老虎队，旗在，人在，永不倒下。"

声音响彻天际，王司令员和洛奇都赞赏地点头鼓掌。


陆胜文坐在监狱里的地上，神情很平静，但神色有些憔悴，头发也乱了。

监狱门被打开，监狱里的士兵："陆胜文就被关在第一个牢房里，记得快点出来。"

沈琳给监狱士兵三块大洋："谢谢你。"监狱士兵拿了钱后，喜滋滋离开了。

沈琳心急如焚地快步走向关押陆胜文的牢房："胜文哥。"

陆胜文："小琳，你怎么来了？"

沈琳："我听爸爸说你被逮捕了，就立即来看你了，你还好吗？"

陆胜文："我没事。"

沈琳："他们说你有通共嫌疑，是真的吗？"

陆胜文："我是清白的。我陆胜文做人堂堂正正，一心了为了党国，怎么可能会通共？"

沈琳："嗯，我相信你是清白的，但是他们相信你吗？你是不是被人诬陷了？"

陆胜文思索了一下："有可能……但我相信张军长一定会查清楚这件事的。"

沈琳："嗯，我让爸爸也去和张伯伯说，一定得把这事查清楚，你可不能出什么事啊。"说着眼角挂着泪水。

陆胜文："小琳，我不会有事的，他们要是想杀我，早就杀我了，还会把我关在这里吗？"

沈琳："胜文哥，现在是特殊时期，只要有通共嫌疑者，上面都不会放过。宁可错杀一千，也不会放过一个。"

陆胜文："如果党国要我陆胜文死，我陆胜文不得不死。我只求内心无愧。"

沈琳："沈大哥，你不会有事的，我爸爸会想办法救你，我也会去求张伯伯，对，我会让美姨和张伯伯说。"

陆胜文："谢谢你，小琳，不过你也别去求张军长了，他待我陆胜文如亲子，我却有许多地方对不起他。”

沈琳："张伯伯这么器重你，他不忍心杀你的，只要他不忍心，就有救你的希望。还有我爸爸也有关系，我会求他，让他找人去向杜司令求情的。"

陆胜文："小琳，我和你说，你回去就告诉你爸爸，千万不要为了我而连累了你们家，现在是特殊时期，他们说我陆胜文有通共嫌疑，你们最好和我撇清关系，免得连累你们。"

沈琳坚决地说："不，胜文哥，我们之间还谈什么连累，你是我沈琳生命中的夜行灯，如果你出事了，我也就失去了活着的希望。"

陆胜文抬头认真看着沈琳："小琳……"

沈琳鼓足了勇气："胜文哥，我喜欢你，情不自禁地喜欢你，也会义无反顾地去爱你。"

陆胜文："沈琳，我不值得你这么做。"

沈琳："我沈琳长这么大，一直被人护着。追求你——你是我第一个主动追求的人。我从来不相信什么一见钟情，是的，我第一次见到你，其实还有些讨厌你，你看上去那么自私，但是我知道你的心肠是暖的，从你用自己的身体保护我的那一刻起，我的心就被你俘获了。"

陆胜文："那都是我应该做的，沈琳，你有更值得去喜欢的男人。"

沈琳："不，我认定的事，认定的人，就不会改变。"

监狱的士兵敲了敲门："时间到了，该出来了。"

沈琳："胜文哥，请你相信我，我一定会把你救出来。"说完没有片刻留恋，站了起来，径直地走了出去。

陆胜文望着沈琳的背影，自语道："沈琳，虽然我早就感觉到了你的爱意，但没有想到你会这样直接，而且是在我陆胜文这样的危难时刻，但是我真的不值得你这样做，如今这世道，我作为一个军人，朝不保夕，这战争也不知道什么时候会结束，我无法给你一个未来，又何必来连累你！"


土山镇的解放军阵地上，毛宝特意把老虎队的旗帜挂在老虎队营地上，他看着旗帜扬扬得意。

毛宝对在一旁的江小白说："叫大家集合，跑步到对面的山头，我毛宝有事情要宣布。"

江小白："是！"旋即对着队伍喊起来："全体都有，跑步到对面的山头，队长有事情宣布。"

老虎队队员们集合，毛宝带头跑在前面，笑面虎等老虎队骨干跟在他身边，老虎队向山头跑去。

老虎队已经集结，队伍整齐，老虎队队员个个精气神十足。毛宝跳上了山头上的一块大石头上："老虎队的同志们，我把你们带到这个山头上来，我不是想要占山为王，成为土匪头子。"

笑面虎等人笑起来，笑面虎说："队长，你说你不是土匪，是什么啊？"

毛宝："我毛宝是要干掉土匪强盗的正义者，是一名中国人民解放军战士。"

战士们止住了笑声，都开始认真地看着毛宝。

毛宝指了指山头的北面："就在我们土山镇的北面，黄百韬的第七兵团驻扎在那里，敌人就在眼前，我们老虎队建功立业的时刻就要到来了。"

江小白喊起来："建功立业，打倒蒋介石，为人民群众打下一个太平盛世！"

老虎队队员都喊起来："建功立业，打倒蒋介石。"

毛宝："好，很好，我毛宝能有这么多好兄弟，我开心啊。我们老虎队的队员们是什么？是老虎，我们要像猛虎下山一样，不怕牺牲，不畏艰险，打败敌人，活捉黄百韬！"

老虎队队员们也喊起来："活捉黄百韬，活捉黄百韬！"

毛宝："王司令员和洛奇政委给我们老虎队授了旗。我毛宝呢，有点小私心，作为老虎队队长，我就是你们的老虎王。今天，我这个老虎王要宣布一件事。"大憨他们都憨厚地看着毛宝，不知道他要宣布什么事。毛宝停了停："我要封五个人为老虎队的五虎上将。"

毛草根他们几个都眼巴巴看着毛宝，但毛宝有意地停顿。

巴甲："队长，您就快点宣布吧，别让我们干着急，您要是不稀罕我巴甲，我也不会说什么。"

毛宝："嘿，你小子不要急嘛，有你的份。"

巴甲："啊？真的啊？太好了，哈哈哈。"

毛宝："这五虎上将呢，都是跟着我毛宝从济南战役开始出生入死的好兄弟，也是上阵杀敌的英雄好汉。新加入老虎队的兄弟也别不服气，以后你们立了功，我毛宝不会亏待你们。"

陈永冲："队长，我们不会不服气，来老虎队，不光是听说你这个队长很厉害，也是因为别的战士们都是打仗的好把手。"

毛宝："这就好。好，现在我宣布，这五虎上将的第一位啊，就是张大憨同志。"

大憨瞪大了眼睛："我入选五虎上将了，还是排在第一的啊？"

笑面虎："开心吧，其实你排在我后面呢，刚才队长是先提到我的。"

毛宝："张大憨同志是我们老虎队的机枪手，冲锋起来，从来不含糊，消灭的敌人数目，没有一个营，也有一个连了。"

老虎队队员们向大憨鼓掌，毛宝继续说："这第二人呢，就是我们的笑面虎陈三笑同志了，他这个人啊，别看他平时嬉皮笑脸的，但是，作为炮兵连连长，技术上绝对过硬，打起炮来，百发百中。"

笑面虎："嘿嘿嘿，其实我——虎哥呢，还是个雏儿。"笑面虎这一说，引得老虎队队员们哈哈哈大笑起来。

毛宝："这五虎将中的第三人呢，跟着我毛宝的时间虽然短，但是他枪法可是百步穿杨，一颗子弹消灭两个敌人，大家说说，这人是谁啊？"

毛草根："是原先二团的镇团之宝，红娃同志。"

红娃一脸的镇定，只是脸上露出一个淡淡笑容。

毛宝："红娃同志现在是我们老虎队的镇队之宝了，希望你再接再厉，多杀敌人。"

红娃："是，队长。一颗子弹消灭两个敌人。"

毛宝："五虎上将已经宣布了三位，这第四位呢，是我毛宝的亲戚，从老家过来投奔我的。虽然我也知道不能任人唯亲，但毛草根同志的表现大家也是有目共睹的，济南战役中，就是他带着一支小分队杀上城头的。"毛草根有些不好意思地挠挠头，毛宝继续说道："毛草根同志虽然是我老家的亲戚，但是大家都得给监管着他，不能让这个毛头小子犯错误。"

笑面虎："好，我们会替队长监管着这小子，肯定不会让他和我们的黄花大闺女勾三搭四，也不会让小嫂子对他勾三搭四。"

众人又是一阵笑，毛宝对着笑面虎说道："笑面虎，你也给我管住你的裤裆子。"

笑面虎："那是肯定的，这可是留给我南京的相好的。"

毛宝："五虎上将的最后一位啊……"老虎队队员们都眼巴巴看着毛宝，都期待这最后一个是自己。江小白也看着毛宝，两人的目光还对视了一下，江小白假装不在意，看向别的地方。

毛宝："巴甲同志。"一说出这个名字，队伍中便窃窃私语。巴甲猛地抬头看着毛宝。一名老虎队的老兵不服地说道："这个巴甲可是国民党军投诚过来的，队长怎么能选他做五虎将？"江小白也有些不解地看着毛宝。

毛宝："我知道你们心里在想什么，对，巴甲同志原先是国民党军的士兵，但是他是一个中国人，他认清了革命的方向，在新安镇追击国民党军的行动中，他英勇无比，已经是一名合格的解放军战士。"

巴甲开口道："队长，您太看得起我巴甲了，虽然我巴甲已经是一名解放军战士，但是在我们老虎队中，有更多的同志适合做这个五虎将，真的！"

毛宝："你小子就别客气了，三国中蜀国五虎上将中黄忠，他也是投降到刘备麾下的，怎么样，定军山一战，斩杀曹操的名将夏侯渊。所以啊，接下去就看你小子能不能给我毛宝争口气了。"

巴甲向毛宝敬礼："队长，我巴甲也会给老虎队杀几个国民党军的将官。"

毛宝："好。"

毛宝看着江小白，江小白有些失落。毛宝："这个五虎上将封好了，现在我得给我们老虎队的核心人物封个官。"江小白又抬头看毛宝。

毛宝："自古以来，刘邦有张良而建立汉朝，朱元璋有刘伯温才有了大明天下，我毛宝呢，想要把老虎队发扬光大，当然也得有个军师了。"

江小白听到毛宝这话脸就红了起来，笑面虎碰了一下江小白说："在说你呢，小白白。"江小白没有说话，只是微微点头。

毛宝："军师这个位子啊，在五虎将之上，《三国演义》有诸葛亮，《水浒传》有智多星吴用，《说唐全传》有瓦岗寨魏征，我们老虎队有江小白同志。"江小白有些感动地看着毛宝。

毛宝："我毛宝承认，江小白同志刚进入老虎队的时候，我对他是有偏见，认为他是一个白面书生，没有打过仗，会拖累我们，但是现在看来，我当时的想法是极其幼稚的。自从小白来了我们老虎队，他凭着自己的智慧，帮了老虎队许多忙，提供了许多智谋，也让我毛宝少犯了许多错误。我在这里谢谢江小白同志。"

江小白笑着说："队长，您客气了，我这都是应该做的。"

毛宝："好，那我们现在请我们的军师，给大伙儿讲几句话。"

江小白："啊，队长，我就不用讲了吧。"

笑面虎："小白，你作为老虎队的军师当然要讲了，也可以讲讲你和民兵队火凤凰的事情。"

江小白的脸一下子红了："我和火凤凰没有什么。"

笑面虎："嘿嘿嘿，真的没有什么吗？"

毛宝："好了，别拿小白开玩笑了，小白你可以给同志们讲讲怎么打碾庄圩，怎么活捉黄百韬。"

江小白："队长，怎么打碾庄圩这事得王司令员他们定夺，我江小白还是说几句我进入老虎队后的一些感触吧。"

毛宝："好，站到我这里来，给大家讲讲。"

江小白走到了毛宝身边："刚才队长也说了，在我江小白刚进老虎队的时候，他是排斥我的，其实我说实话，我也有些看不起他。他这个人呢，脾气这么倔，以为天底下他最牛，但是和他接触久了，会发现他特别善良，尤其是对自家兄弟，可以把自己的性命豁出去，保护我们。我江小白刚从学门出来，确实没有什么作战经验，但在和队长一起战斗的过程中，我也迅速地成长起来，我现在也会打枪了。"

笑面虎："你这个枪法，有打死过敌人？"

江小白："这是我不想杀人。"

毛宝："笑面虎，你能不能不打断人家说话？"

笑面虎："哦。"

江小白："还有上次我们去新安镇刺探敌情，其实我心里紧张得要命，但是跟着我们队长执行了那次任务后，我胆子也大了许多。后来我想啊，这真是队长身上强大的气场感染了我，他那种有勇有谋、临危不惧的气势，最重要是有兄弟情义。"

毛宝："好了，小白同志，你把拍马屁的话都说上了，我毛宝最多也就是勇敢了一些，要是智谋，还是你厉害。"

江小白："嘿嘿。"

老虎队的聚首还在继续，而这一切都被远处的洛奇看在眼里。洛奇赞赏地点了点头："老虎队这才算是真正成熟起来了啊！"

当天深夜，解放军驻地里，毛宝走进王司令员的办公室："报告。"

王司令员和洛奇都在作战室里。王司令员："你小子大晚上的来找我，肯定是想从我这里捞点好处了。"

毛宝："嘿嘿，司令员神通广大，一猜就中。"

王司令员："说吧。"

毛宝："老虎队已经正式成立，大家士气高涨，我毛宝特来请示战斗任务，希望能作为先锋部队，杀进碾庄圩。"

王司令员："哈哈哈，我刚才还在和老洛商量着，让你们老虎队去执行任务。"

毛宝兴奋地说："真的啊，哈哈哈，看来我和司令员您是心有灵犀一点通啊。"

洛奇："唔，我们的老虎队队长和燕京大学的高才生在一起久了，语言水平都提高了嘛。"

毛宝开心地回答道："可不是嘛，我还真得感谢二位领导给我配了这么好的一个军师。"

王司令员："你们俩好好搭档，老虎队的威力就更加强大了。"

毛宝："是的是的，司令员，我们老虎队是不是明天就可以作为先锋部队，攻打碾庄圩？"

王司令员："不，有一项更为紧急的任务，需要你们老虎队来执行。"

毛宝："啊？什么任务？"

洛奇郑重其事地说："突击碾庄圩和徐州之间的曹八集，隔断黄百韬兵团和徐州的联系。"

毛宝："突击曹八集？那碾庄圩不让我们老虎队去攻击了吗？"

王司令员："突击曹八集这个任务更加重要，你们老虎队轻装上阵，明日一早就出发，我不管你用什么方法，两天，我给你两天时间，必须拿下曹八集。只要我们占领了曹八集，黄百韬兵团断了后路，黄百韬就插翅难逃了。"

毛宝思索了一下，向王司令员和洛奇敬礼："是，老虎队保证完成任务！"


徐州城的"剿总"司令部，张天泉的办公室内，张天泉："沈兄是无事不登三宝殿啊。"

沈家桥站在张天泉面前："天泉兄，你我相识多年，在你面前，我也就不拐弯抹角了，我沈家桥确实有求于你。"

张天泉："沈兄尽管开口，只要不违反原则的，我张天泉定替你办到。"

沈家桥："是为了陆胜文的事。"

张天泉眉头一皱："为了他？"

沈家桥点头："天泉兄，我和陆胜文虽然交往不深，但是能看出他是一个好孩子，而且对党国绝对忠诚，不可能会通共，所以恳请天泉兄网开一面。"

张天泉的眉头一皱："不瞒沈兄，我张天泉本有意培养陆胜文，但是他确实和共军来往过密，太令我失望了。"

沈家桥："我也听说了，但这只是他以前的伙伴参加了共军，并不代表胜文会帮着共产党啊。你和我，不也有共产党那边的朋友吗，但是我们还不都是党国的人？"

张天泉看着沈家桥："沈兄，此事容我再想想，现在这个时候，如果有人把这事报告给了校长，我这个军长也别干了。"

沈家桥："我明白沈兄的意思，但何不让陆胜文戴罪立功呢，再观察一下他的表现？"

张天泉："沈兄，此事关系重大，容我再想想。"

沈家桥："天泉兄，请慎重！"

张天泉："知道了。沈兄，时间不早了，你还是早点回去。"

沈家桥："好，告辞。"说完走了出去。

胡国忠在门口看着沈家桥离开，胡国忠心里想："沈家桥？深夜来找张军长，难道是为了陆胜文的事情？"他看着张天泉办公室的灯光，随后便走了进去。

张天泉坐在椅子上，闭目养神："胜文，我又怎么忍心杀你呢，但是我保你了，你要真和共军有什么关系，我张天泉也得完蛋。"

胡国忠进来："报告。"张天泉看了一眼胡国忠："这么晚还有什么事？"胡国忠拿出手中的一份文件："军座，这是陆旅长和共军来往的文字记录，日期和具体地点我都写上了。"

张天泉先看了一眼文件："这份文件还给谁看过？"

胡国忠："事关重大，况且国忠也不敢越级，写完了就拿给军座您了。"

张天泉："好，此事不要对任何人说了。"

胡国忠看着张天泉："军座……"

张天泉举起一只手："好了，我自有定夺。"

胡国忠："是！"说完转身要走。张天泉："国忠啊，陆胜文这个副旅长的职位，暂时由你代替，我明日会向上面汇报的。"

胡国忠瞪大眼睛，挺直腰板，向张天泉敬礼："谢军座栽培。"他从张天泉办公室里面走出来，他的脸上有得意之色，回头看了看张天泉办公室的灯光，心里想着："陆胜文，没想到张军长不肯杀你，看在张军长让我升职的份上，让你逃过这一劫。"说完阴阴地一笑。

而与此同时，张天泉的宅子里，沈琳坐在赵美霞的身边。

赵美霞握着沈琳的手："小琳，你也不要着急，等你张伯伯回来，我就和他说。"

沈琳："嗯，谢谢美姨。"

赵美霞："你和我说实话，你是不是真心喜欢陆胜文？"

沈琳："美姨，在您面前我也就不隐瞒了，我喜欢陆胜文，而且是那种愿意用性命去爱的那种。"

赵美霞："看出来了，我能想象你对陆胜文的爱，我年轻的时候，也是那么义无反顾地爱你的张伯伯，他也是被我的爱感动了，最后我们走到了一起。"

沈琳："嗯，美姨，你真的很幸福。"

赵美霞："我也祝愿你和胜文能够走到一起，能够幸福。"

沈琳微微点头："我现在只愿能把胜文哥救出来，别的我也不强求。"

赵美霞："不会有事的，小琳，你先回去休息。等你张伯伯回来，我就和他说。"

沈琳起身："好的，谢谢美姨。"

赵美霞："你我亲如母女，相信你张伯伯也会原谅胜文的。"

沈琳走了出去："嗯。"赵美霞把沈琳送走。

半晌后，张天泉从外面回到了家里，看见赵美霞靠在沙发上睡着了。张天泉过来，轻声道："怎么睡在这里？"正要给赵美霞盖上毛毯，赵美霞醒了过来。

赵美霞："你回来了？小琳来找过我了，把陆胜文的事情都和我说了。"

张天泉："这两父女真是为这个陆胜文操心啊。"

赵美霞："天泉啊，小琳喜欢胜文，你就放过胜文吧，胜文这孩子的人品你心里也是清楚的，他对你可是忠诚的啊。如果你批准杀他，让那些跟着你多年的军官也会心寒的。"

张天泉："这个我当然知道，我也爱惜陆胜文之才啊，他就是心太善良，你知道这次是谁把胜文有通共嫌疑的事情汇报给我的吗？"

赵美霞："谁啊？"

张天泉："他的亲信副手胡国忠。"

赵美霞："这个胡国忠太可怕了。"

张天泉："关键他们还结义为兄弟了，这个胡国忠对党国也很忠心，但是个阴险小人。"

赵美霞："他会不会跟别的长官去汇报胜文的事情？"

张天泉："我已经把他压下去了，只要胜文以后不做出格的事情，我相信胡国忠也不敢怎么样。"

赵美霞："嗯，这么说你可以放过胜文？"

张天泉："你们这么多人来求情，我能不放过他吗？让他将功赎罪，来证明他和共产党之间没有什么关系。现在共军已经准备攻打碾庄圩，如果黄百韬守不住，我们徐州城也就有危险了。"

赵美霞点点头。


土山镇的天色还蒙蒙亮，老虎队已经集结完毕。

毛宝："王司令员和洛政委给了我们老虎队一项特殊的任务，现在趁着天色还没有亮透，老虎队全体队员火速赶往曹八集。"

老虎队队员们："是！"

老虎队在黎明的晨色中杀向曹八集，急行军赶到曹八集以西地区。毛宝拿出望远镜观察了一番曹八集的地形，随后对江小白说："地图。"江小白拿过来地图，毛宝看了看地图："我们现在在曹八集西面，离镇子只有六公里了。"

毛草根："队长，我们现在就攻打过去吗？"

毛宝："不，我们一路赶过来，大家都疲惫了。命令部队就地休息，养足了精神，再出手。"

毛草根："是！"

徐州城的监狱里，监狱士兵打开了牢门，喝了一声："陆胜文，出来。"

陆胜文："出来？"

监狱士兵："嘿嘿，陆长官，难道你还想在这里过一辈子啊？"

陆胜文走出监狱，监狱士兵："陆长官，您真是命好啊，市长的女儿来救你，现在等在外面呢，快去，别让她等急了，嘿嘿。"

陆胜文没有理睬监狱士兵，走了出去。沈琳已经等在外面，陆胜文走了出来，他看到了沈琳，对她微微一笑，表示感谢。沈琳上去，抱了一下陆胜文。陆胜文有些不知所措："谢谢你，沈琳。"

沈琳："我们之间说什么谢啊，不过我爸爸去和张伯伯说情，是他说动了张伯伯放了你。"

陆胜文："我会找个时间专程登门拜访，去感谢沈市长。"

沈琳："也不用再找时间了，现在就去我家吧，我给你炖了姜茶，你去我家洗个热水澡。"陆胜文犹豫了一下，沈琳拉了一下陆胜文的手："走吧。"

沈宅的客厅，陆胜文洗完澡，换了一套沈琳给他准备的衣服。

沈琳看了看陆胜文："嗯，这套衣服还蛮合身的。"

陆胜文："谢谢你。"

沈琳："怎么又说谢了，来，把这姜茶喝了。"

沈家桥走进来："胜文来了？"

陆胜文连忙站起来："沈市长。"

沈家桥："坐下先把姜茶喝了吧，你看看，沈琳可是从来没有给我这个爸爸熬过姜茶呢。"

陆胜文："沈市长，感谢您替我去向张军长求情。"

沈家桥："你应该感谢的人啊，还是沈琳，她都为你急哭了，自从她妈妈走了后，我可是从来没有看到她为别人哭过。"

沈琳："爸爸，您别说了。"

沈家桥："嗨，女大不中留啊。好，好。"

沈琳撒娇道："爸爸。"

陆胜文看着沈琳，心里都是感激之意。

沈家桥："好了好了，胜文啊，赶紧把姜茶喝了。"

陆胜文："是，沈市长。"


徐州城的国民党军营里，胡国忠替代了陆胜文做了副旅长，原先几个陆胜文的手下对他指指点点，很鄙视胡国忠。

胡国忠："弟兄们，找个时间一起喝酒啊。"

其中一个国民党军副团长："胡旅长，我们可不敢啊，到时被告密了，脑袋都不保啊。"

胡国忠："你……呵，你们给我走着瞧。"说着正要离开，陆胜文走了过来，他已换上了军装，但肩上的军衔都已拿掉。

那几个老手下向陆胜文敬礼："陆旅长。"

陆胜文笑了笑："我已不是什么旅长了，以后大家也不要叫我旅长了。我陆胜文现在就是一名普通的国军士兵。"

国民党军副团长："您在我们这里，永远是旅长。"

胡国忠有些恼火，要走开，陆胜文叫住了他："国忠。"胡国忠站住了脚："二哥有什么事？"陆胜文："我们找个人少的地方聊吧。"胡国忠点了点头。

两人往军营外走去，走到了一条僻静的小街道上。

胡国忠："二哥，对不起。"

陆胜文冷冰冰地回道："你有什么对不起我的！"

胡国忠看不透陆胜文的意思："我……"

陆胜文："好了，我们之间，无论怎样，都是兄弟，现在党国正是危难之际，希望你以大局为重，不要计较个人利益。"

胡国忠点了点头："好，以大局为重，希望二哥以后也不要和你的那些儿时伙伴来往了。"

陆胜文看着胡国忠："国忠，你是不是真认为我陆胜文是通共分子？"

胡国忠："我……"

陆胜文："我知道你心里在想什么，国忠，你跟了我也这么些年了，我从来没有做过对不起你的事情，和你平起平坐，待你如兄弟，但是你是不是希望我陆胜文被枪毙？"

胡国忠："陆胜文，我承认我胡国忠羡慕嫉妒你，凭什么我只能做你的副手，我胡国忠有哪里比不上你，你有这么多人培养你，还有这么美的女人喜欢你。我胡国忠有什么？我只能靠自己的努力，靠自己去拼，去打，我才能得到我想要的一切，你知道吗？"

陆胜文看着胡国忠："好，我明白，以前是我没有注意到这些，原来你胡国忠还是一个胸怀大志的人！"

胡国忠冷笑一声："呵，现在知道了也不晚，你要是再帮着共军那边，我胡国忠绝不对你手软。"说完冷冷地看了一眼陆胜文，独自气哼哼地离开了。

# 第十四章

　　毛宝带着老虎队的队员们已到达曹八集外围。毛宝摆了个手势，队员们停住，压低身体蹲下去，并抬起枪做好防御姿势。

　　毛宝拿起望远镜："曹八集的正面部署很严密，打起来可能会费点劲。"望远镜头里，曹八集正面有一队国民党的士兵巡逻防守。

　　笑面虎："嘿嘿，他再严密也守不住，咱这几炮轰过去，先让他们喝上一壶。"

　　毛宝摇了摇头："不要做无谓的拼勇斗狠。"

　　望远镜头向曹八集的侧面移动，侧面的国民党军士兵零零散散地分布着。

　　毛宝："他们的侧面防守相对薄弱，可以从侧面入手。这样，大憨，你留下一队在这里驻守埋伏，等我信号，务必牵制住曹八集的正面火力，但绝对不可以冒进，懂了吗？"

　　大憨："是，队长。"

　　毛宝："好，其他人，跟我去曹八集侧面，敲他的头，打他的腰，我就不信他还能站得直。"说完起身，带领老虎队员们向树林中移动，向曹八集的侧面潜伏过去，边行进边看向曹八集方向。

　　江小白："队长，我有点不放心。"

　　毛宝："嗯？小白，你不放心什么？"

　　江小白："是大憨，队长，我担心大憨不够机灵，独自带队，可别出了什么问题。"

　　毛宝："呵呵，大憨可不是傻，他只是憨，这项任务正需要大憨这样的战

216

士，如果我派其他人守在曹八集正面，真打起来了要是他们贪功冒进，肯定会造成不必要的损失。可大憨就不一样了，我命令了他不要冒进，他肯定会遵守命令，这也是我没有让草根、笑面虎他们留守的原因啊。"

江小白回头看向毛草根、笑面虎，两个人正在向前跑动着。

江小白："嘀，队长，真有你的，你可是把他们的脾气秉性都摸清了啊。"

毛宝嘿地一笑："你们个个都是猛虎，我只是把你们凑到一块了，嘘。"伸出手向下摆动。

老虎队队员们压低了身体，原地等待。毛宝指着林子外面的方向，江小白顺着毛宝指的方向看去。从林子中，可以看到曹八集的侧面。毛宝拿着望远镜看向曹八集的侧面部署，望远镜内，曹八集的侧面防卫松懈，国民党军士兵正三三两两抽着烟，守在侧面。

毛宝："这曹八集的腰细得很，笑面虎，准备好，给我往镇子里面开轰。"

笑面虎："哈哈，好嘞。"说完架起了炮，一发炮弹直飞出去。

一阵破空响声，国民党阵地的房屋被炮弹攻击炸开来，两个士兵被气浪崩飞，炮火不断向镇子里轰炸过去。镇子里的国民党士兵手忙脚乱地端着枪躲避炮火，几个士兵被炮火炸到飞向四面。一个士兵跑到一个巷子里，旁边的屋子被炮火击中，一个大石板被炸飞，将他压倒在下面，国军士兵惨叫。一个士兵冲过来想帮助他，另一个炮弹炸来，被压着的士兵被炸成了碎片。

炮声隆隆，正面阵地的国军士兵们看到了侧面阵地的炮火，一个国军军官拿出望远镜："不好，我们的侧面阵地遭到了突袭，你们，准备好跟我去支援侧面阵地！"话音刚落，士兵们还来不及回答，一阵子弹扫射过来，几个国军士兵中了数枪倒在地上。又一阵子弹扫射过来，国民党军长官和士兵们连忙蹲下来躲在掩体后面。

一个国民党军士兵："长官，我们的正面也受到了袭击。"

国军长官："废他妈话，我看得见，所有人，还击。"

国军士兵开始射击还击，国民党军的机枪开始向前面扫射，大憨和老虎队队员们匍匐在曹八集正面阵地远处的土坡下面。密集的子弹来袭，众人躲在土坡后面，子弹打在土坡上面，大憨喘着粗气。一个和大憨匍匐在一块的解放军士兵："火力真猛。"

大憨："越猛越好啊，这样的话队长他们就有更多的时间了。"

曹八集侧面，笑面虎正在对着曹八集开炮，一发又一发。

一颗炮弹砸下，气浪将一个国民党军士兵崩飞到一面墙上，又从墙上弹下，口吐鲜血趴在地上，头盔和面部都是墙上掉落的灰。又一个炮弹下来，几个士兵向前奔跑躲开，另一个炮弹又炸在了他们面前，几名士兵被炸到地上。

　　炮火不断向镇子中打来，国民党士兵们开始散乱，向里面退去。

　　曹八集的指挥部里，刘师长、副师长钱海英以及几位军官在里面，屋子随着炮火而颤抖，不时掉下尘土来。

　　刘师长开着门向外面看去，钱海英和几位军官在旁边，都是面色凝重。

　　刘师长："狡猾的共军，竟然从侧面打过来了。"

　　钱海英："看样子炮火很猛烈。"

　　刘师长："哼，他们也只不过是占个出其不意，钱副师长，你们赶紧组织一下，发起反击。"

　　又一个炮弹打来，房子大大地颤动了一下，沙子尘土倾泻下来。刘师长摆手扑了扑，开始咳嗽。钱海英看着外面的炮火，低了低头："师长，这曹八集估计是守不住了。"

　　刘师长："守不住也得守。"

　　钱海英没有说话，刘师长顿了顿，转过头来："你什么意思？"

　　钱海英："师长，我们投降吧。"

　　刘师长："你说什么？"

　　钱海英："师长，曹八集肯定是守不住了，与其白白牺牲这么多战士的性命，不如向共产党军投降。"

　　其他几个军官互相看看，小声地说："是啊是啊。"

　　刘师长："混账，我刘某打了那么多年仗，还从没说过'投降'这两个字，我宁愿在沙场上战死，也不会向共产党投降。"

　　钱海英："可是师长您想想，您也有家人，难道战争结束后您忍心……"

　　刘师长突然拿出手枪指向钱海英："住口，我的家人怎么样不用你来操心，我刘某这条命属于党国，为党国捐躯是无上的光荣。你们几个听好，谁要是再敢说投降，一律军法处置。"

　　钱海英身后的几个军官略带惊慌："是！"

　　钱海英看着刘师长，刘师长看着钱海英，钱海英点点头："是，刘师长。"

　　刘师长"哼"了一声，走到桌子面前，将手枪放在了铺着地图的桌子上，桌子上有很多尘土。

　　曹八集的侧面，毛宝："弟兄们，趁着他们一窝乱，冲。"

　　老虎队队员们呐喊着起身从树林中向外冲去，毛宝带领着老虎队队员从一片林子中冲了出来，喊杀声大起。国民党士兵们退守在几堵墙和断壁残垣后面，向外面看去。老虎队的队员们冲了过来，一个国民党士兵高叫："共军来了，共军来了，射击！"

国民党士兵开始向老虎队射击，老虎队员们向国民党士兵冲锋射击，几个国民党士兵中枪倒下。

国民党士兵喊："往后撤，往后撤！"

国民党士兵开始往后撤，毛宝带领着老虎队队员们乘胜冲锋过去，大憨拎着枪向前面扫射，几个逃跑的国民党士兵中枪一排倒下。

一个国民党士兵躲在一面墙后面，探头准备向老虎队射击，突然头上中了一枪，子弹穿过头部打中了他身后的一个士兵，两个士兵双双倒地。红娃拉了下栓，接着射击。

顿时局势一边倒，国民党的军队受到突袭，只有招架之力。

江小白在掩体后，从口袋里拿出了一个带把的小镜子，拿在手里。

毛草根："臭什么美，这都什么时候了，你还有心情照镜子？"

毛宝看向江小白，江小白一边调整着镜子的方向："这可是我在大学的时候，从一个美国军官那里学来的。"

镜子中出现了两个房子中间正在开火的重机枪，重机枪右面离右边房子的墙壁比较近。

江小白："巴甲，往墙上扔！"

巴甲呆了一呆，然后点了点头，躲在墙后，将手榴弹打开，用力向右边房子的墙壁上扔去。手榴弹扔在墙上，弹到重机枪旁边的地上。一声爆炸，机枪阵地被炸翻，两名国民党军机枪手被炸倒在地。

毛宝："哈哈，好样的，进攻！"

躲在掩体后面的老虎队队员们继续向前射击，国民党士兵向后撤退，躲在房子和掩体后面，只有零星的反抗。老虎队正要大部队冲进阵地，毛宝突然下令："隐蔽，停火，大家都停火！"

老虎队队员们停止射击，几个国民党士兵看见共产党军没了火力，也停止了射击。

毛草根："队长，你这是？"

毛宝："草根，赶紧发信号让大憨他们也先停火。小白，过来一下。"

毛草根闻令走开，江小白来到毛宝身边："队长，你喊我？"

毛宝："嘿嘿，小白，现在发挥你这个大学生才华的时候到了。"

江小白："队长您指示。"

毛宝："来，你向国军喊话，就说让他们放下武器投降，不要与人民为敌，我们也不会为难他们。"

江小白："队长，您这是攻心术啊，明白了，队长。"

曹八集的正面，大憨和老虎队队员们守在土坡，不时向国民党阵地射击骚扰。一枚绿色的信号弹升上天空，大憨等人向天空看去。

大憨："这是，绿色的信号，队长让我们停火，大家都停火。"

老虎队队员们都躲在土坡后面停了火。

一个老虎队队员："大憨哥，我们先撤到林子里吧。"

大憨："好。"说完带着老虎队队员们向林子里撤去。


曹八集的侧面，江小白清了清嗓子，向里面喊："国民党军队的兄弟们，我是解放军战士江小白，我和你们一样，都是一个中国人。曹八集已经被我们解放军包围，放下武器投降，这是你们唯一的出路。投降，并不是一件可耻的事情，我们是为了人民战斗，是为了新中国战斗，是为了早日实现中国的统一而战斗，我们没有理由拼个你死我活。"

国民党军部队那边没有什么动静。

江小白继续喊话："想想在家里面等你的亲人们，你们的父亲、母亲，你们的妻子，也许你们还有的战士还没娶妻生子吧，难道你们不想尽快地结束战斗，回到自己的家乡，娶个媳妇，过上幸福快乐的好日子吗？现在共产党部队给你们这个机会，投降我军，让战争尽早结束，让我们每个人之后都能过上好日子。只要你们投降，我们向你们保证，绝对不会为难你们，放下武器，投降我军，不要再与人民为敌了。"

国民党的士兵一边躲在建筑后听着江小白的喊话，面面相觑。

毛宝对江小白佩服地说道："果然是读过书的，口才就是不一样。"

江小白嘿嘿地笑了笑。

国民党士兵互相看着。

一个国民党士兵："我……我不想再跟着国民党打仗了。"

另一个国民党士兵："我早就不想了，可是他们说的能是真的吗，他们能保证不伤害我们吗？"

第三个国民党士兵："人家都说共产党是人民的军队，老百姓都支持他们，我看应该错不了吧。"

毛宝："估计这下他们已经开始动摇了，接下来我们等等看。"

毛宝看向天空。黄昏的天空昏昏沉沉的。

毛宝："不出所料的话，今晚应该就会有结果了。"

江小白："队长真牛！"

毛宝笑了："哈哈哈，牛的是你啊，小白同志！"

夜里的曹八集内，钱海英在自己的房间里面焦急地踱步，看着外面，外面已经是黑夜。

钱海英叹了口气，喊："二才。"士兵刘二才从门口进来："是，副师长，您叫我？"

钱海英："嗯，把门带上。"

刘二才把门关上，走到钱海英身边："副师长，什么事？"

钱海英："估计你也看出来了，曹八集估计是守不住了，就算是抵抗，最多也只能撑到今晚。现在共军又在喊话，估计战士们的意志已经动摇了，就算是打，也是白费。"

刘二才："那怎么办啊？"

钱海英："这样，我写一封信，你趁着天黑，把这封信交给解放军的长官，说我钱海英准备起义投降，可以配合他们占领曹八集，但是一定要保证，解放军必须答应不能伤害咱们的战士。"

刘二才重重地点头："好，副师长，我保证完成任务。"

曹八集的外围，毛宝和老虎队队员在等待。

笑面虎："这，已经天黑了，怎么还是没有什么动静？"

毛宝看着曹八集，没有说话，红娃突然喝了一声："谁？"毛宝等人看向红娃那边。黑暗中，刘二才向我军这边跑来。

红娃："站住，举起手来！"

其他老虎队队员也举起了枪瞄准了刘二才。刘二才举起双手："长官，长官，我是钱海英副师长派来的，钱副师长让我带信，是关于投降的事。"

毛宝："哈哈，我说什么来着，这不，来了。"

毛宝走到刘二才面前，江小白、笑面虎等人跟在后面。

毛宝："很好，信呢？"

刘二才刚把手往下拿，红娃把枪端高："别动！"

刘二才忙继续举着双手，铁猴子靠近："左边右边？"刘二才："右，右边。"铁猴子从刘二才右边的口袋里拿出一封信，交给毛宝。

毛宝把信给江小白："上面讲的是什么？"

江小白打开信，迅速看完，笑了："队长，副师长钱海英准备今晚起义投降，不再抵抗。不过有个条件，就是不能对国民党军的士兵进行伤害。"

毛宝："哈哈哈哈，果然被我料中了不是？"

江小白："队长，不如我们到旁边商量一下。"

毛宝："嗯？好的，红娃、大憨，你们在这里看着；笑面虎、小白、草根，你们几个跟我来。"

红娃和大憨继续看着刘二才，毛宝和笑面虎、江小白、毛草根几个人走到一旁。

毛宝、笑面虎、江小白、毛草根等人围成一个小圈在商量，远处是红娃盯守着国民党军派来送信的士兵。

笑面虎："厉害了队长，可真有你的，对面还真的派人过来投降了。"

毛草根："队长，你说这会不会有诈啊，万一这是国民党使的计策咋整，假装投降，我们一进去就把我们给收拾了。"

毛宝："看见没，草根同志现在学会分析了，哈哈哈。"

众人也笑了。

江小白："不会是诈降，其一，刚才我们在进攻的时候，敌军的抵抗不是很卖力，而后经过我们的一番喊话，可以明显地看出国民党士兵的军心更加涣散，已经无心再战；其二，曹八集的守军兵力匮乏，就算把我们赚进去，他们也没有把握继续守住曹八集，因此已无再战的必要；其三……"

毛宝："其三，据说这位刘师长放话，谁要是敢投降就按军法处置，这样一来国民党军一个个战战兢兢，早没了战斗之心了，这位钱副师长过来投降也就说得过去了。"

江小白："队长说得没错。"

笑面虎："哈哈，还真是头头是道，那队长，那边那个国名党的兵……"

毛宝："让他过来吧。"

笑面虎向红娃和毛草根的方向招了招手，红娃和毛草根一左一右地将刘二才带到毛宝他们面前，刘二才显得有点战战兢兢。

毛宝："不用紧张，你叫什么名字？"

国民党士兵："刘……刘二才。"

毛宝："刘二才同志！"

刘二才一愣，看看左看看右，急忙敬礼："到！"

毛宝："回去转告你们钱副师长，就说老虎队接受了你们的投降，并且答应你们，如果你们真心实意地投降我军，我军一定不会伤害你们的士兵，明白了吗？"

刘二才显得激动和兴奋："是！"

毛宝："还有，如果你们钱副师长愿意的话，我可以让他加入我们老虎队。"

老虎队队员们看向毛宝。

刘二才："是！"

毛宝："好，我们天亮前就会攻击曹八集，以炮鸣为号，你赶紧回去转告你们钱副师长做好准备，配合我们拿下曹八集。"

刘二才："是！"说完离开，向曹八集方向潜去。

等刘二才走得远了，笑面虎面露疑惑和不解："队长，这么早就答应一个国民党军人加入咱们老虎队，是不是有点……"

毛宝笑着："有点什么？过头了吗？"

笑面虎尴尬地笑笑："呵呵，我也没这么说，但对方是一个国民党军人。"

毛宝："国民党军怎么了，我们的五虎上将中的巴甲兄弟原来还不是国民党军？现在已经有很多国民党军将领加入了我们人民解放军了。"说完看向巴甲，巴甲点点头。

笑面虎："这，这还是不一样。"

毛宝笑着："有什么不一样？"

笑面虎："这……这……"

毛宝笑着："放心吧，我对我的眼光是有信心的。"说完，面露微笑，目光坚毅地看着曹八集的方向。


钱海英的住处，他在焦急地踱着步子，刘二才开门进来："报告长官，老虎队那边答应了我们的条件，只要我们起义投降，就不会伤害我们的士兵，并约定今晚以炮鸣为暗号，让我们里应外合，配合老虎队的行动。"

钱海英："好，非常好，唉，这样我们的士兵们就不会枉送性命了，他们还说了其他的什么没有？"

刘二才："啊，他们的队长还说……还说如果长官您愿意的话，可以让长官加入老虎队。"

钱海英一愣，随即笑了起来："这个毛队长还真是与众不同，那么……"

门口响起了敲门声："报告。"钱海英与刘二才立即停止谈话，顿时露出警觉的神情。门口响起了第二次敲门声，是传令兵在敲门："报告。"钱海英："进来。"

传令兵走进屋子，看见钱海英和刘二才正在从容地坐着在讨论地图，钱海

223

英正对着门口，刘二才背对着门口。

钱海英："什么事？"

传令兵："报告长官，刘师长请长官前去讨论战事！"

刘二才听后微微一惊，故作镇定。钱海英很镇定："好的，我知道了，你先回去通报刘师长，我这就过去。"

传令兵："是！"说完走了出去。

钱海英和刘二才两个人没有立刻说话，听到脚步声渐渐远了。

刘二才："这是？难道刘师长察觉了？"

钱海英："这倒不至于，只是这个时候我过去的话，起义的事情……"说完陷入了思索，说道："这样，二才，你去悄悄地向我们的弟兄传达起义的事情，我得去一趟刘师长处，不然刘师长可能会怀疑。"

刘二才有些为难："啊？我？这……"

钱海英："二才，我相信你，关乎这些弟兄的性命，请务必完成任务。"

刘二才显得有点激动："是！"

钱海英走出门，走了一会儿走进了刘师长的住处。

钱海英："刘师长。"

刘师长："海英来了。"

钱海英点点头："师长，您找我？"

刘师长顿了一顿："曹八集，要完了。"

钱海英一惊："刘师长何出此言？"

刘师长："运河铁桥被炸，我们冲也冲不过去，守也守不住，眼看着被共军包围住，黄百韬也没有半点要来支援的意思，整个曹八集就是一摊子死水。"

钱海英沉默不语，刘师长继续说道："我刘某身死以殉党国倒没什么，可怜这些物资弹药等等又要被共军得去，这不仅无功，反而是大过。海英，我现在叫你来就是为了……"

外面响起了炮声，两个人一齐看向外面。钱海英露出了焦急的神色，看了看刘师长。刘师长露出恨恨的神情："他妈的，共军这是要打进来了！"

钱海英："刘师长。"

刘师长："海英，是我带战士们陷入这个境地，如今突围已然无望，拼是拼不过共军了，但是也不能便宜了他们。"

一个传令兵跑了进来："师座，共军开炮，怕是要发起总攻了。"

钱海英露出思索的神情，刘师长看着钱海英："哼，让他们来，海英，随我出去。"钱海英没有反应过来答话。刘师长："海英？"钱海英："噢，好的，刘师长。"说完跟着刘师长向外面走去。

曹八集的侧面，毛宝和老虎队员们正在阵地中准备。

笑面虎正在开炮，毛宝说道："时间到了，笑面虎，停火吧，同志们，我们出发！"

老虎队员们："是！"老虎队向曹八集进发。

刘师长和钱海英从房子里走出来，面前是聚集的国民党士兵。士兵们显得有些骚乱，看见两位师长之后，渐渐安静下来。

刘师长："战士们，共军马上就会攻打到这里，我们不能让共军占了便宜，现在所有人把武器弹药统统销毁，我们一杆枪、一颗子弹也不要留给共军。"

战士们面面相觑，钱海英惊讶地看着刘师长。刘师长："我刘某就先做出表率。"说完从怀里掏出一只怀表和一只派克钢笔，战士们看着刘师长。

刘师长："这个怀表，还有这只派克钢笔陪伴了我多年，特殊时期，也只能对不住你们了。"说完拿起两样东西，使劲往地上一摔，怀表和钢笔被摔得粉碎。

战士们面面相觑，刘师长看见大家无动于衷，说道："你们还等什么呢？"

战士们都看着钱海英，刘师长看见了这一幕，恍然大悟："钱海英，你，你想干什么？你是要投降共军吗？"

钱海英："对不起，师长。"

刘师长："混账，钱海英，你竟然带着士兵投降了，你对得起党国吗？你对得起校长的栽培吗？"

钱海英："师长，党国不得民心，大势已去了啊。"

刘师长气得发颤，指着钱海英："住口！"说着在身上摸枪，没有摸到，转身回去了屋子里。钱海英凝重地看着刘师长的背影，国民党军战士们都在看着钱海英，刘二才走到钱海英跟前。

刘二才："钱师长，现在怎么办，战士们都听您指示。"

钱海英看着战士们，战士们都流露出信任和期盼的目光，他略加沉吟："战士们，我知道大家都是勇敢的战士，甚至有一些还是打过日本鬼子的，但是现在日本鬼子已经被我们打跑了，我们现在还在打，打的竟然是我们的同胞。现在曹八集是守不住了，共产党的军队就要到了，这是一个和解的机会，这是一个让战争尽早结束的机会。他们已经答应，不会伤害我们的战士，所以请大家不要着急、不要害怕，也不要轻举妄动。"

战士们："是，钱长官，我们听您的！"

钱海英点点头。这时，毛宝带着老虎队的队员们赶到了。刘二才对钱海英说："这个就是老虎队的队长毛宝。"

钱海英走上去："毛队长。"

毛宝来和钱海英握了手："这位是钱副师长吧，多亏了你的帮忙，我们才得以顺利拿下曹八集。"

钱海英："不，是我应该感谢你们老虎队，让这些战士们不至于枉送性命。"

老虎队的队员们仍略显警觉地看着钱海英。

毛宝："呵呵，钱副师长，现在情况是怎样的？"

钱海英："战士们都已安顿妥帖，但是刘师长他……"

毛宝："嗯，现在刘师长他人在哪里？"

钱海英指着屋子里："就在屋子里面。"

毛宝："好。"说着向屋子走去，钱海英一把拉住毛宝："毛队长，还是我去吧。"毛宝看了看钱海英，钱海英露出坚毅的眼神，轻轻点着头。毛宝也点了点头："嗯，好的，那就拜托钱副师长你了。"

钱海英向屋子内走去，等到钱海英走了进去，毛草根凑到毛宝旁边小声地说："队长，这个人可靠吗，我怕他万一进去了，要是有诈咋整？"说完还环顾了一下四周的国民党士兵。

毛宝看着屋子："我相信他。"

钱海英走进屋子，刘师长背对着门口。桌子的抽屉是打开着的，刘师长背过的手上拿着一把手枪。

钱海英："师长。"

刘师长："哼，我现在可不是你的师长。"

钱海英沉默不语。

刘师长："共军的部队已经来了？"

钱海英："是的。"

刘师长："想不到我刘某戎马半生，把日本人赶出去后，却落得个这样的下场。"

钱海英："师长，被围困在曹八集，不单单是因为共产党能打，而是我们的内部已经出现了问题啊。党内的兵团为了保存实力，都不对咱们部队进行增援，在如此危难之际竟然还打着自己的算盘，这样打仗怎么可能打赢？"

刘师长转过身来："你不要再说了，既然打不赢，你们都走吧，这个曹八集，就是我刘某的葬身之所。"说着拿起了枪。

226

钱海英："师长，你难道不想看着战争结束？难道你不想看到有一个新的中国出现的那一天吗？"

刘师长拿枪指着钱海英："不要再说了。也许是我刘某人错了，但是党国待我不薄，我不能忘恩负义。"

钱海英泪眼盈眶地看着刘师长。

屋子里"砰"的一声枪响，在外面等待的毛宝等人一惊。

毛草根："队长，里面怎么了？"

毛宝："笑面虎，你们几个在外面看着，草根、大憨，跟我进来。"

毛宝三人向屋子里冲了进去，墙上的地图被红色的鲜血喷溅，刘师长躺在地上，钱海英笔直地站着，流出了眼泪。

毛宝："发生了什么？"

钱海英有些惋惜地说："刘师长，开枪自杀了。"

毛宝看向刘师长的尸体，拍了拍钱海英的肩膀，毛草根走到门口向大家摆一摆手表示没事。

毛宝："人死不能复生，钱副师长节哀顺变。"

钱海英："我们这么多年的抗战，好不容易打跑了日本鬼子，却还过着自己人打自己人的生活，这种日子我真的过够了。这些年国民党军队什么样儿我很了解，据我观察，这不是一个可以带领人民走向胜利的队伍，我希望我这次的选择没有错。"

毛宝："钱副师长，这一点你大可以放心，我们共产党的队伍是一支人民的队伍，与国民党军的队伍是绝对不一样的，我们始终是为了人民的解放而战，为了成立一个新中国的目标而战，并且我们得到了很多人民群众的支持，我想这些你之后会感受到的。"

钱海英吐了口气："好，那毛队长也不要再叫我副师长了，我钱海英，请求加入老虎队。"

毛宝眼前一亮，旁边的毛草根、大憨露出些惊讶的表情。

毛宝："哈哈，钱老兄这次配合老虎队行动，为我们提供了这么多的战士和装备，这可是大功一件啊，当然有资格申请加入老虎队了，只是……"

毛宝说着，有些不好意思地挠了挠头。

钱海英："毛队长，莫非你这边有什么不方便的地方？如果是这样的话，毛队长可以再接着考察我一段时间，实在不行的话也不勉强。"

毛宝："啊，钱老兄，倒不是这个原因，就是想着，你一个堂堂国民党军的副师长反倒成为我的手下，还真是有些不好意思。"

钱海英一愣，随即笑了："败军之将，不敢言勇，毛队长的老虎队作战勇猛，个个都是精英，前段时间的几场仗我都有所耳闻，能在如此优秀的大将手下，我钱海英心服口服。"

毛宝："你这越说我越不好意思了，能得到钱老兄的加入，将是如虎添翼，但这不是我毛宝的老虎队，这是我们所有老虎队队员的老虎队，程序基本的路子不能少，等回去军营，我把这件事情和政委说明并请示一下，等待政委的准许后，才能把钱老兄正式纳入我们老虎队的一员。"

钱海英："应该的。"


碾庄圩的黄百韬司令部，黄百韬接着电话："什么，曹八集已经失守？这么快就被共军占领了？怎么回事，投降？岂有此理，岂有此理。"黄百韬啪地一下挂掉电话。

杨廷宴："黄司令，曹八集已经失守了？投降的是谁？"

黄百韬："哼，是那个副师长钱海英。"

杨廷宴："曹八集一失守，等于西撤之路被切断，想要冲到徐州怕是不成了。"

黄百韬一摆手："嗯？不一定，现在共军刚刚占领曹八集，部队多不到哪里去，我们现在突围，再加上徐州方面的接应，虽然会有所损失，但二十五军的老底子还是能够保得住的。"

杨廷宴："司令说得没错，不过就这样回去，免不了要受到一番斥责，不说别的，以邱清泉邱司令的脾性，肯定又是一番冷嘲热讽。"

黄百韬："哼，不用理会那个邱疯子，我们做这一切都是为了保全党国的实力，就算是受到责骂，忍着就是了。我虽未在军校中学习，但仍受总统栽培恩重，至少，我得对得起这青天白日勋章。"说着将青天白日勋章在手中厮磨。

杨廷宴："司令说得有理，我这就去做准备，安排我军的突围。"

黄百韬点点头，杨廷宴走了出去。这时，电话响了，黄百韬接起了电话："喂？"

听完了电话，黄百韬将电话撂下，面对着窗，背对着门口。杨廷宴走了进来："司令，我已经安排好各军，随时可以准备突围。"

黄百韬的背影颤动了几下。

杨廷宴："司令。"

黄百韬："嗯，杨军长，重新下达命令，由准备突围改为死守碾庄圩。"

杨廷宴："什么？死守？司令，这是怎么回事？"

黄百韬："呵呵，就在刚刚，杜聿明那边来了电话，让我们死守碾庄圩，并且强调说，这是总统的命令。"

杨廷宴："什么？总统的命令？"

黄百韬目光坚毅："嗯，守住碾庄圩，不成功，便成仁啊。"

杨廷宴："不成功便成仁？"

黄百韬："怎么，廷宴，你心生怯意了？"

杨廷宴："我跟随黄司令这么多年，哪有害怕的道理，只是担心司令您的安危。"

黄百韬："我黄百韬既然接下了这项命令，就算是死，也要把碾庄圩守下来。"

杨廷宴沉思了下："黄司令，我突然想起来一个人来，如果能把这个人调过来作为支援，也许会让我军扭转局势。"

黄百韬："嗯？还有这号人物，你说的是谁？"


徐州城国民党的"剿总"司令部张天泉的办公室门口，陆胜文和胡国忠在门口喊："报告。"

张天泉："进来吧。"

陆胜文与胡国忠走了进来。

胡国忠："军座，您找我们？"

张天泉："嗯，刚刚得到最新消息，今天凌晨，曹八集失守，已经被共军占领了。"

陆胜文惊讶地道："曹八集这么快就失守了？"

张天泉："是啊，是因为曹八集中有人投降了共军，而且这次攻打曹八集的部队就是之前那个共军的华野老虎队。"

陆胜文："老虎队？"

胡国忠："老虎队，又是这个老虎队，这个老虎队也太难缠了，下次找准机会非要把他们收拾掉了不可。"说完瞄向陆胜文，陆胜文表情凝重。

张天泉："这次叫你们来，是在碾庄圩驻扎的杨廷宴军长给我发来电报，让我支援在碾庄圩的部队。"

胡国忠和陆胜文被引起了注意，胡国忠："大哥？"

张天泉："杨军长说，就要从咱们部队借兵，并且点名要胜文。"

胡国忠看了一眼陆胜文，眼神还是带着嫉妒之色。

张天泉："所以这次我准备派你们俩率领一个团的兵力去碾庄圩支援黄司令的部队，帮助他们守住碾庄圩。"

陆胜文："义不容辞！"

张天泉："好，兵贵神速，事不宜迟，你们俩即刻准备一下，立马向碾庄圩方向出发！"

陆胜文、胡国忠敬礼："是！"说完向外走去。

张天泉："国忠，你先等一下。"

胡国忠："噢？"

陆胜文："军座，那我先出去了。"

张天泉："好。"

陆胜文走出了屋子。

胡国忠："军座，什么事？"

张天泉："防卫碾庄圩将是一场硬仗，你和胜文这次要多加小心。"

胡国忠："好的，我明白，多谢军座关心。"

张天泉："嗯，另外，如果到了最后的必要时刻，我批准你，可以使用秘密武器。"

胡国忠睁大了眼睛，看着张天泉："秘密武器？这是违反国际战争法条约的。"

张天泉点点头："小规模使用，只要能打败共军。"

胡国忠敬礼："是，军座！"


土山镇，毛宝带着老虎队队伍回到军营，洛奇政委在军营口迎接，毛宝的旁边是钱海英。

洛奇笑容满面，非常高兴："这不是我们的大英雄回来了吗？哈哈哈。"

毛宝："政委，您可别光夸我一人，这可是我们所有老虎队队员的功劳。"

洛奇："非常好，毛宝同志的觉悟很高，老虎队的队员们，你们这次完美完成了作战任务，立了大功，你们都是好样的。"

老虎队队员们欢呼起来。

洛奇："好的同志们，大家先回去休息吧。"

老虎队队员们："好。"

大部分队员们开始往军营内部走去了。

毛宝对钱海英说："钱兄，这是我们的洛奇政委。"

钱海英："洛奇政委您好。"

毛宝对洛奇说："政委，这位就是在曹八集起义中加入我军的原国民党军的副师长钱海英。"

洛奇："噢？原来这位就是钱海英同志，国民党军副师长，官儿可不小啊，哈哈哈。欢迎你加入中国人民解放军。"

洛奇与钱海英握手。

钱海英："洛政委折煞了我钱海英了，就算我在国民党那边再大的官，现在到了解放军的队伍里，我也愿意从一个普普通通的士兵开始做起。"

洛奇："毛宝啊，你这次拿下曹八集，不仅没有什么损失，反而得了这么多的武器装备，还为我们解放军队伍吸收到了这样一位优秀的人才，小子，这下可美了你了。"

毛宝笑得合不拢嘴："哈哈，还是洛奇政委栽培得好。"

洛奇："得，你小子少在这儿溜须，说吧，是不是有什么要求？"

毛宝："哈哈，还是政委您了解我，钱海英同志申请加入我们老虎队，还需要您的批示。"

洛奇："我就知道你这小子！嗯，一会儿把你们老虎队的骨干成员都叫上，我们开一个小会，在会上你们汇报一下战斗的成果，以及对钱海英同志加入老虎队问题进行讨论。"

毛宝："好嘞，政委。"

过了半晌，老虎队的军帐中，洛奇和毛宝、钱海英以及老虎队的主要成员们在开会讨论。

洛奇："好的，关于攻占曹八集这一战斗的基本情况，我们进行了总结，那么接下来我们对钱海英同志加入老虎队的事宜进行一下讨论，请钱海英同志表达一下自己的想法。"

笑面虎他们对钱海英投射出略带敌意的目光。

钱海英："我是国民党军的钱海英，在国民党的军中待的时间不算短，因此也看清了国民党军中的一些问题，像官商交易、结党营私事情比比皆是，这样的队伍怎么可能打得了胜仗？据我了解，共产党的军队是一支人民的军队，是一支真正为了新中国而战斗的军队，而老虎队是一支特别优秀的解放军特种部队，我对于国民党军的一些战略战术有些了解，想加入老虎队，就是因为这样可以更好地将功赎罪，为新中国的成立贡献自己的一分力量。"

洛奇："好。"说完带头鼓掌，毛宝和老虎队队员也一起鼓掌。

洛奇："钱海英同志说得很好，而且你正好来自国民党军高层，所谓知己知彼、百战不殆，想必有了钱海英同志的助益，我们之后的战斗将会更加顺利。"

毛宝："政委说得对啊，哈哈。"

洛奇："老虎队中，有骁勇善战的战士，有足智多谋的军师，有百步穿杨的狙击手，更有一个出类拔萃的领导。"

笑面虎、江小白、红娃、毛宝等人面带笑容地听着，不时还相视一笑。

洛奇："我提议，让钱海英同志担任老虎队的副队长，帮助毛宝领导老虎队。"

钱海英露出惊讶的表情，笑面虎等人也露出难以置信的表情。

钱海英："这，政委同志，我初来乍到就担此大任……"

洛奇："钱海英同志，你对于国民党的情况比我们了解，我们解放军的队伍就需要你这样的人才加入我们，如果只让你做一个普通的士兵，又怎能突显你的价值呢？"

钱海英："这……"

毛宝："对啊，钱兄，关于国民党军队的情况，我还要从你这里多多了解学习呢。"

钱海英起身敬礼："既然这样的话，感谢共产党对我的信任，我钱海英一定好好努力，才不辜负政委同志、毛宝同志和老虎队的期望。"

洛奇："好，好，钱海英同志坐下吧，其他同志没有什么异议吧？"

钱海英坐下，笑面虎等人表情不满，面面相觑。

笑面虎站了起来："政委。"

毛宝："笑面虎，你有什么话过会儿说。"

洛奇："毛宝，让笑面虎同志说说他的想法。"毛宝无语地点点头。

笑面虎："队长、政委，我笑面虎一向比较直来直去，我就直说了，我对钱海英同志担任我们老虎队副队长这个决定，不是很理解。"

毛宝："你有什么不理解的？"

洛奇："毛宝。"

毛宝不说话了。

洛奇："陈三笑同志，说说你的疑虑。"

笑面虎看了看钱海英，又看向政委："我们的敌人就是国民党军，钱海英同志前一天还是国民党的军人，今天就担任了我们老虎队的副队长，怎么也要考察一段时间啊，我不是很理解。"

钱海英："政委、毛队长，我很愿意从一个士兵开始做起。"

毛宝对笑面虎说："陈三笑，我们共产党的军队不一样的地方就在于我们是真正和人民走在一起的，我们的前进路上，正是融入了广大群众才可以走到今天的，我们共产党的肚量要大一点，不管是共产党、国民党、普通民众，都可以跟着我们打仗，支持我们。而且人家钱海英同志可是做过国民党的副师长，肯定有他的才能在，你说对不对？"

笑面虎不吭声。

洛奇："哈哈，不错不错，毛宝同志的思想觉悟提高得很快啊。陈三笑同志，你的疑虑我理解，这样，我们暂时让钱海英同志担任副队长，在这段时间里，你们可以随时对他观察，如果有问题，你们再提出来也不迟啊，如何？"

笑面虎："这……既然队长和政委都这么说了，我陈三笑就听从指挥。"

洛奇："嗯，这就好了嘛，毛宝同志，你的进步很大，钱海英同志也有很多值得学习的地方，你们要好好合作，把老虎队继续发扬光大，让把老虎队打出更响亮的名声来。"

毛宝、钱海英敬礼："是，政委。"

洛奇："好了，接下来我们要向碾庄圩方向进发，你们抓紧时间休息，养精蓄锐，才能更好地投入接下去的战斗。"

毛宝："是！"

洛奇走出了军帐。

毛宝："一会儿要赶路，大家抓紧时间休息吧。"

老虎队队员们散去了。

钱海英向毛宝伸出手："毛队长，难为你了。"

毛宝握住钱海英的手："哈哈，没有没有，钱老兄也赶紧去休息吧。"

钱海英："嗯，好的，队长。"

# 第十五章

　　火神庙附近，一队解放军将士走来，军队的后面跟着老百姓，老百姓们推着独轮车为解放军运送物资、粮食。毛宝、钱海英和老虎队队员们也在队伍当中。钱海英看见了推着独轮车的老百姓："今天我算是见识到了，共产党的军队有这么广大的人民群众的支持，国民政府怎么比得了，光是这一点，就足以让国民党军自惭形秽了。"

　　毛宝显得很高兴，笑面虎走到毛宝跟前，看了一眼钱海英，目光冷漠。

　　毛草根冷嘲热讽："呵，你们当然应该自惭形秽了，杀了我们这么多老百姓，老百姓难道还帮着你们啊？"

　　笑面虎："当了老虎的副队长，也不知道以后会不会害我们呢。"

　　钱海英欲言又止："我……"

　　毛宝喝了一声："你们都干吗呢，钱副队长现在是老虎队的人，你们就应该好好地和他合作，我们老虎队就应该团结在一起。如果谁对钱副队长还有什么意见，就是跟我毛宝过不去。都听见了没有？"

　　笑面虎他们只是冷笑了一声，毛宝加重了语气："听见了没有？"毛草根他们一副应付的样子："听见了。"

　　江小白："队长，前面就是火神庙了，王司令员说部队就先驻扎在那里。"

　　毛宝："嗯，好。"

　　行进到了火神庙，解放军驻扎下来。火神庙解放军驻扎地王司令员的指挥部内，王司令员和洛奇政委在桌前，毛宝、姚公权、叶峰等人进来。

　　王司令员："好，人都到齐了吧，大家看这里，我们现在的位置是碾庄圩附近的火神庙，刚刚收到中共中央和粟裕司令员的指示，我们的任务是正面进攻碾庄圩。碾庄圩的布防严密，非常难打，这将是一场硬仗，所以我需要完整且作战力强的部队先行对碾庄圩发起攻击。"

毛宝听到这里显得很兴奋，面色得意。

王司令员："因此，三团，还有五团、七团分别同时从碾庄圩的东面、北面、南面发起进攻，其他部队、毛宝的一团、姚公权的二团暂时先做休整，听候指令。"

毛宝露出委屈且难以置信的表情。

王司令员："好，现在没有作战任务的部队可以先回去休整，有作战任务的留下来进一步商讨作战策略。"

毛宝急得跳了起来："有没有搞错，我们老虎队根本不需要休整，司令员，请允许我们老虎队作为先头部队，进攻碾庄圩，杀杀国民党军的士气。"

王司令员："胡闹，当这里是什么地方，集市吗，还讨价还价，出去。"

毛宝："司令员，这不公平，这下战功不都让三团占去了吗？"

洛奇："毛宝，之前还夸过你，说你成长得很快，现在怎么又这么幼稚了，赶紧出去。"

毛宝："政委，我……"

姚公权拉着毛宝向外走："毛宝，走吧。"

毛宝："这不公平啊。"

姚公权："快走吧我的毛队长，这不还有老哥陪着你吗？"

毛宝还在叫嚷，被姚公权拖出了军帐。

碾庄圩的外围，叶峰拿起望远镜向碾庄圩方向看去。望远镜里面，碾庄圩防御工事一层围着一层，每隔一百米就有一个机枪阵地，国民党士兵走动巡逻着。

叶峰面色严峻："想不到国民党军的防御工事做得这么充分，看起来真难啃啊。"旋即面对着身后的战士们："同志们，黄百韬兵团就窝缩在前面的碾庄圩里，我们的任务是作为冲锋部队，杀进碾庄圩去。"

战士们士气高涨："好，这回轮到我们三团立功了！"

叶峰："不过他们的防御工事很完备，这将是一个艰巨的任务，一场难打的硬仗，我们将会流血，我们可能会重伤，甚至，我们也有可能牺牲，同志们，你们怕不怕？"

战士们："不怕！"

叶峰："好，果然是英勇的解放军战士。不怕死的跟着我，为了新中国，为了人民，跟我冲啊。"

叶峰带领着战士们向碾庄圩冲杀过去，喊杀声震耳欲聋。

与此对应的是宁静，毛宝和老虎队队员们在自己的军帐里，毛宝徘徊着。笑面虎坐着，毛宝在笑面虎面前左右徘徊，显得非常焦急："这么重要的一场战役，我们老虎队竟然只是原地休整，太没道理了。"

毛草根："是啊，这么大的战役，也不让我们痛痛快快地打一场，功劳都让别的团抢走了。"

毛宝停下来，沉思了一下："不行，这么干等着非得闷坏了。"说着就要往帐外走。老虎队队员们变得紧张起来，纷纷站了起来。

大憨："队长你干啥去？"

毛宝看到大家的紧张架势，苦笑："你们干啥？坐下坐下，我就是到前面看一眼战况。"

老虎队队员们慢慢坐下，笑面虎笑起来："呵呵呵，队长，你这太吓人了。"

毛宝："别笑了，笑面虎，江小白，你们俩跟我出去看看！"

笑面虎："好嘞。"笑面虎跟了上去，江小白将书放在桌子上，也跟了出去。


叶峰带领着三团战士冲杀到碾庄圩，国军的机枪在碾庄圩内部向外一阵扫射，倒下一片战士。

叶峰："注意隐蔽。"

冲在前面的战士迅速俯下身体，藏在土堆后面，来不及俯身的战士中弹身亡。敌人的机枪猛烈扫射，有些战士被压制在掩体后面。

叶峰："一团掩护，炮兵洗地，先炸敌人机枪手。"

三团战士开始还击，炮兵填装炮弹，瞄准敌人的机枪开炮。炮弹落在敌人机枪手的后方，机枪手被炸飞出掩体。战士们开始反击，立时打倒了几个敌人。

叶峰："同志们，跟着我冲，占领房屋，拿下据点！"

战士们开始冲锋。国民党军的后备机枪手赶来阵地，刚架起机枪，被叶峰几枪打死，几个战士占据机枪点。

战士与国民党军开始在房屋进行遭遇战。一个战士开枪打死了一个房屋里面的国民党兵，并进驻屋子，作为掩体据点。两个战士移动到一个房屋的门口左右隐蔽，其中一个战士向里面扔进手榴弹，一个国民党兵仓皇从门里逃脱出来，被另一个三团战士一枪击毙，两个人进入并占领屋子，各守住一个窗户，向外面射击，几个国民党兵被射杀。两个三团战士互相点了点头，继续向外面射击。

屋子的夹层墙里，一个穿国民党军服的手正在握着枪。

叶峰开枪解决了两个国民党兵，陆陆续续跟上。叶峰看着进军的好形势，露出得意的笑容："看着吓人，这国民党军实际上还真是不堪一击。"

突然响起来一阵枪声，叶峰吓了一跳，连忙回头。

子弹从占领的房屋的夹层墙中射击出来，顿时倒下一片解放军战士。几个三团战士冲进了破败的院子，他看向碾庄圩里面方向，正准备冲上去，子弹从夹层墙里面射出来全都打在了这个解放军战士的身上。

刚刚进屋子的两名战士，其中一个战士被夹层墙里的机枪射死，另外一个战士端起枪刚刚转过头也被射死。解放军队伍被后面房子里面的机枪射得七零八落，迅速寻找掩体还击。来不及躲避的很多战士被机枪打死，鲜血四溅。

叶峰跃入刚刚占领的机枪阵地："妈的，他们怎么跑后面去了？"

三团战士开始还击，国民党兵在房子夹层墙的掩体中用机枪在扫射。国民党军队的火力猛烈，三团战士招架，偶尔开枪还击。叶峰开枪还击，身边的一个三团战士中枪倒地。叶峰的枪打不出子弹，捡起战士的枪接着还击。

叶峰靠在沙包掩体上："准备撤退。"

几个三团战士翻越掩体，被机枪射死。

叶峰旁边的战士小龙："团长，敌人把我们后面围住了，没办法冲过去。"

叶峰在掩体后面，子弹从上面飞驰而过，不时打烂沙子，飘洒到叶峰的脸上。

叶峰："往里面靠拢。"

战士们向碾庄圩内部匍匐撤退，没走多远，又遭到了碾庄圩里面机枪的扫射，当场有许多战士被打中。

叶峰向里面看去，发现村庄的东北角和西北角都有二十几挺重机枪排列，向这边疯狂扫射，屋子里面也冲出国民党兵向这边冲过来。

叶峰："妈的，腹背受敌，我们被包围了。"

战士小龙："团长，我们护送你撤退出去。"

叶峰："说什么呢？我怎么可能自己跑出去？"

战士小龙："团长，敌人火力太猛烈，我们完全被压制了，再不出去等后面的国民党兵都围上来就来不及了。"

叶峰向国民党军开了两枪，想了想说："没错，我不能拿这么多战士的性命开玩笑，这样打下去完全占不到便宜。后面敌人火力薄弱，找好掩体，大家跟着我突围出去。"

叶峰带领着战士们着力向身后来时的村口发起火力攻击，逐步撤退。小龙跟着叶峰前进，向四周开枪，保护叶峰。突然小龙的肩膀中了一枪，叶峰："小龙！"

小龙捂着肩膀，叶峰向小龙方向开了一枪，小龙身后的国民党兵中枪倒地。

叶峰去扶小龙："小龙，一起走。"两个人边开枪便向外围冲去。

三团的战士越打越少，国民党军的子弹穿梭过来，手雷的爆炸逼迫着他们。叶峰和小龙继续撤退，一颗手榴弹从一个屋子里扔了出来，扔到了小龙和叶峰的脚边，叶峰和小龙都看见了地上的手雷。

小龙："团长！"

小龙用身体猛撞向叶峰，叶峰被撞倒在地，一声巨响手榴弹爆炸，小龙被炸得肢体分离。叶峰也受到爆炸气流的影响，被迸出一小段距离，出现耳鸣、眼神迷离。


碾庄圩外的解放军阵地，毛宝等人没有闲着，一直在用望远镜关注着战况。

江小白拿着望远镜："敌人的防御工事看起来很坚固，有多道屏障保护，水濠围墙层层分布，就算能攻进去，估计也要遭受很大的损失，叶团长这场仗打得辛苦啊。"

从碾庄圩方向撤下来了一支队伍往阵地这边走来。

笑面虎："队长，你看，好像是从前线撤下来的。"

毛宝看见，忙迎了上去。这支队伍是三团的将士们，只剩下五十个人，都负伤回来。

毛宝看见了一副担架，担架上是血肉模糊的叶峰。

毛宝："叶团长，辛苦了。"

叶峰："唉，让你毛队长看了笑话。"

毛宝："叶团长别这么说，没有的事，在我心里你一直是个能打硬仗的好汉。"

叶峰："毛队长，虽然你的老虎队队员们很勇猛，但是我们三团的战士也不差，他们勇往直前，没一个怕死的，他们……"

想起了被炸死的小龙，叶峰泪流满面："他们都是好样的。"

身后的笑面虎、江小白也眼圈发红。三团剩下的几十个战士也流泪了，叶峰大哭起来。

毛宝："没错，他们都是三团英勇的战士，他们都是好样的。"

叶峰拉住毛宝的手，毛宝凑近了叶峰。叶峰缓了缓："碾庄圩里面，敌人的防卫非常坚固，每隔一百米就有二十多挺重机枪，而且他们埋伏在夹壁墙里面，根本冲不进去，死了太多弟兄了。"

毛宝："夹壁墙里面？"

明霞和丹丹几个护士跑了过来："赶紧把伤员带下去。"几个卫生员和战士过来帮忙，叶峰被抬走了。

毛宝："叶团长，好好养伤。我会帮你们报仇的。"

毛宝转过身看着笑面虎和江小白，三个人互看无语。

毛宝叹了口气："这会是我们遇到的最难打的仗。"

三人看向碾庄圩的方向，碾庄圩还弥漫着交战的硝烟。


胡国忠和陆胜文带领了部队进入了碾庄圩。

一个士兵走过来敬礼："胡长官好。"

胡国忠："啊，嗯，杨军长呢？"

这个兵指向身后："杨军长正在前边视察。"

杨廷宴正拿着望远镜看着前线。胡国忠点点头，士兵离开了。二人向杨廷宴的方向走去。

胡国忠看着来来往往成堆成列的国民党军士兵："这碾庄圩防卫得真是固若金汤，这下可够那帮共军受的了。"

陆胜文没有说话，看着碾庄圩的各项布防，随后向杨廷宴走去。

胡国忠、陆胜文二人走到杨廷宴跟前："大哥。"

杨廷宴："二位贤弟，你们来了？"

胡国忠："大哥，我和二哥带了一个团的兵力，应张军长之命前来增援。"

杨廷宴："好，很好。"

杨廷宴说话间看了一眼陆胜文，陆胜文沉默着。

杨廷宴将望远镜递给胡国忠："来，二位贤弟看看碾庄圩的布防如何。"

胡国忠接过望远镜看去："刚才我还说，这里的布防固若金汤，打得那些共军落花流水，想必大哥和黄司令一定下了很多功夫。"

望远镜里国民党军用火力将共军堵在碾庄圩外。

杨廷宴："哈哈，刚才的战役三弟也看到了，之前李弥长官驻守在这儿，苦心经营留下许多建筑工事，再经过黄司令加强加固，别说是共军了，就是一只苍蝇也休想飞进来。"

胡国忠满脸兴奋，将望远镜递给陆胜文，陆胜文接过来看。

杨廷宴接着说："你看，在碾庄圩的最外围有一道水濠，再往里是一道围墙，接着再是一道水濠，然后又是一道围墙，层层防守，密不透风，再加上夹壁墙的打法，就算共军有命进来，恐怕也没命出去了。"

胡国忠："哈哈，我看他们啊，进都进不来。"

杨廷宴："哈哈哈，说得也是，这下终于可以一雪济南和新安镇之耻，把这帮共军打得屁滚尿流了。"

胡国忠："若是能在这儿抵挡住共军，甚至是吃掉共军，那可真是大功一件啊。"

陆胜文："功劳倒在其次，若能赢得这场仗，就能在徐州会合保存实力，进而守住南京，若是共军企图攻打南京，我们与南京成掎角之势，将共军歼灭在徐州以南，让其束手无策。"

杨廷宴："哈哈哈，果然找胜文过来是没错的，分析得鞭辟入里。二弟啊，你对咱们的布防情况怎么看？"

陆胜文："这里防卫严密，可以说是铜墙铁壁，不过共军狡猾，我们还是不能疏忽大意，给共军以可乘之机，尤其是……"

杨廷宴："尤其是什么？"

陆胜文停顿了一下："啊，尤其是要注意有没有防卫上的死角和薄弱之处，以免重蹈新安镇的覆辙。"

杨廷宴："对，还是胜文谨慎。"

胡国忠看了陆胜文一眼："共军那边新成立的老虎队势头很猛，我和二哥与他们交战过几次，不可不防。"

陆胜文微微一颤，假装看向远处。

杨廷宴："嗯，最近这老虎队确实猖狂，不过有如此坚固的防御，再加上二位贤弟相助，这一次就算他们长了翅膀，也让他们有去无回。"

陆胜文看着庄外远处，露出思索的表情。


解放军阵地的作战室里，王司令员和洛奇政委正在看着作战地图，商讨战略。

王司令员用手指着地图嘴里喃喃："这里，这里，还有这里，国民党军都布置了火力点。"

毛宝走到军帐门口："报告。"

王司令员还在看着地图，洛奇："毛宝啊，进来吧。"

毛宝走进来，王司令员一拍桌子："敌军守得太严实了，这锯子拉了半天，我们丝毫占不到便宜，再这么打下去，兵都得打没了。"

洛奇："嗯，想不到黄百韬这家伙还真有一手，防卫措施这么到位。"

王司令员："还不是李弥在这儿打的基础，便宜了黄百韬啊。"

洛奇政委点点头，转向毛宝："对了，毛宝，有什么事情吗？"

毛宝："我来就是想向司令和政委申请，让我们老虎队加入战斗，进攻碾庄圩。"

洛奇："这场攻坚战异常艰险，几场战斗下来伤亡太大，你们老虎队个个都是精英战士，可不能让你们这么早就……"

毛宝："政委，既然我们老虎队队员都是精英战士，就更应该加入战场，扭转局势，给敌军一个迎头痛击。"

王司令员："这碾庄圩的布防极为严密，共有两道水濠、两道围墙，敌军驻扎在碾庄圩中的各个小村庄里面，这些小村庄互相照应，有一处被攻击，另外旁边村庄的敌人就会出来打援，互相配合，把我们织进口袋，非常难打。"

毛宝："难打的仗以前又不是没打过，新安镇、曹八集我们都拿了下来，老虎队个个都是好汉，也不怕它碾庄圩。"

王司令员："这不算怕不怕的问题，去送死有意义吗？我要的是你们拿下碾庄圩，不是死在碾庄圩。硬拼我们已经试过了，仗确实需要人打，可是不能再这么打了。"

毛宝低着头："难道我们老虎队就只能眼睁睁地看着战友们一个个牺牲、一个个被抬下来却什么都做不了吗？难道我们就让那些浴血奋战的战士们白死吗？"

王司令员："不能让他们白死，就让你们白死吗？"

毛宝："我有信心取得胜利，司令员，请你批准老虎队参加战斗。"

王司令员："胡闹，现在我批不批准，还要你决定吗？"

洛奇："好了好了，毛宝同志，王司令员其实比你还要着急，但打仗不是儿戏，不是光有决心和信心就可以的，要有正确的战略战术作为前提。毛宝，我们不是不让你去参战，但最起码要有一个作战方案拿出来吧，如果仍是鲁莽前进，结果还不都是一样？"

毛宝："拿出方案来，我就可以带领老虎队参战吗？"

洛奇："如果方案可行，会让你们去的。"

毛宝："当真？"

王司令员："废什么话，你以为跟你在这儿过家家吗？"

毛宝看着洛奇政委，洛奇政委点了点头。毛宝敬礼："放心吧，王司令，放心吧政委，我们老虎队人才济济，不怕没有好的方略，我这就去准备，之后向司令和政委汇报。"

洛奇："嗯，去吧。"

毛宝走出营帐，向前沿阵地走去，远处弥漫着未散的硝烟。他走近前沿阵地，向前面看去。硝烟慢慢消散，战场上无数的尸体出现在毛宝面前。战场上的尸体层叠，还有的四肢不全。天上乌鸦在盘旋飞翔，发出"哇""哇"的声音。毛宝闭上眼睛用手捏着眉心，睁开眼睛，眼里已经噙着泪水，呼了口气。

到处都是尸体，毛宝慢慢走着，表情悲愤，天上的乌鸦在毛宝头顶上空哇哇哇地叫着。毛宝露出不耐烦的表情，抽出配枪，向天空射去。

而此刻的另一边，陆胜文看见碾庄圩外的乌鸦从天上掉了下来。

陆胜文呆看了一会儿，突然他意识到了什么，变换成为严肃的表情，立即拿起望远镜看向乌鸦的方向。

望远镜里是大片的尸体，左右移动搜寻，一个小人影晃过去，望远镜慢慢移动回来，小人影出现在望远镜里。

陆胜文仔细得看去，胡国忠此时走过来："二哥，看什么呢？"陆胜文微微吓了一跳，拿下望远镜，看见是胡国忠："国忠。"

胡国忠："那边刚打过一场，共军的好多尸体都留在那儿了。"

陆胜文"嗯"了一声，又拿起了望远镜。

胡国忠："二哥不必过于谨慎，这碾庄圩就是共军的坟墓，无论多少共军冲过来，那都是必死无疑。"

陆胜文依然是"嗯"了一声，他在用望远镜看着远处。望远镜里，依然是一大片尸体，左右摇晃，那个黑色的人影已经不见了。陆胜文拿下望远镜，露出了思索的表情。


碾庄圩外，毛宝正在观察这国民党军阵地的防御工事，并在一张纸上记录图示。钱海英走了上来，看见了毛宝，毛宝的眼里布着血丝。

钱海英："队长，你出来好半天了，要不先回去休息一下，国民党军队的事情，我比较熟，我来替你班吧，不然队长的身体会吃不消的，这事着急也不是办法，我们老虎队可不能没有了你这顶梁柱啊。"

毛宝没有理睬钱海英。

钱海英："队长？"

毛宝："尸体都叠成山了，我能不着急吗？我答应了三团的叶峰团长，一定要为他们团的战士们报仇。"

毛宝脸上露出坚毅的表情。

钱海英看了看毛宝，转而看着前方阵地："现在是什么情况了？"

毛宝："前线几场仗打下来我们死伤惨重，愣是没占着什么便宜。你看那边，推进太缓慢了，那边那个小村庄的旗子早上的时候是国民党的青天白日旗，中午的时候是我们的旗子，这一下午的工夫，又变成他们的了，这不是开玩笑吗？"

钱海英："看来是场拉锯战，王司令员有没有给咱们老虎队下达作战指令？"

毛宝："今天上午我向王司令员和洛奇政委去请战，没有得到批准，再三表决心之下才说服司令员，如果我们拿出一个作战方案就可以去参与进攻碾庄圩。"

钱海英："那你想到了吗？"

毛宝："唉，就是还没有，所以在发愁。"

钱海英："队长，其实我正是要来跟你说件事情，是关于碾庄圩的布防。"

毛宝："讲讲。"

钱海英："通过我的观察，除了明显的机枪阵地、水濠围墙和村镇打援的打法，国民党军还用了新研究的夹壁墙战术。"

毛宝："夹壁墙？"

钱海英："没错，国民党军之前就有过关于夹壁墙战法的设想，现在看来是实施起来了。队长你看那边的房子，碾庄圩里面有很多这样的防御工事，外表上完全看不出来，但一旦冲进去，国民党军就会从里面开枪，让我们的战士死得不明不白。"

毛宝想到了什么，微微点头："原来是这样，这帮国民党军还真能想，你提供的情报非常有用，我大概已经想出了作战的方案了。"

钱海英："哦？这么快？"

毛宝露出了微笑。

解放军阵地的指挥部，毛宝进来："报告。"

王司令员和政委在军帐里面，王司令员："怎么又来了，你小子总是这么没完没了，不是让你想好作战方案才行吗？"

毛宝："报告司令员，我已经准备好了作战方案。"

王司令员："这才过去一会儿，你毛宝是诸葛亮吗？"

洛奇："毛宝啊，这事儿可不能开玩笑，不能急于求战而随便拿出个不切实际的战术来糊弄啊。"

毛宝："放心吧，我毛宝不打没有准备的仗。"说着拿出自己在纸上画的作战方针："我的想法是，突袭。"

洛奇："突袭？"

毛宝："敌人部署严密，既有表面上层层机枪围墙，还有隐藏在夹层墙里的机枪火力点，以至于我们的战士明明冲了进去却没有办法占领据点。我的想法是，硬攻是不行的，白天的时候我们在明，敌人在暗，现在知道了他们的伎俩，我们便可潜伏在暗处。今晚我带领老虎队队员全部换上黑色的衣服，对碾庄圩进行突袭，潜入敌人内部，直击指挥中心，从内部对碾庄圩的防御进行瓦解，成功之后我们发出信号，其他战士就可以从外部进行攻击，里应外合一定可以把碾庄圩拿下。这是我设计的潜入路线图。"

王司令员和洛奇政委走过来看纸地图，毛宝在纸地图上指点。

毛宝："敌人的东西南北驻守着四个军，据我观察，北面的二十五军实力最强，其他三面的一百军、六十四军、四十四军火力较弱，我们就从南面潜入，这里也是离黄百韬司令部最近的方向。"

王司令和洛奇政委陷入了沉思。

毛宝："司令员、政委，这个想法怎么样，你们的意见是……"

洛奇："毛宝，这样会不会太冒险了？"

毛宝："交战了一整天，敌我双方都非常疲累，我们也没讨到半点好处，敌人一定不会想到交战了一整天，我们夜里竟然还会有所行动，而且这个时候一定是敌人最疲累的时候，也是最容易突破的时候，况且我们已经知道了他们的夹壁墙战术，就不会再吃他们的亏了。"

洛奇："嗯，老王，你看呢？"

王司令员："想法上是好的，但这场行动仍有很大的随机性，实践起来变数太大。"

毛宝："司令员，我们老虎队非常擅长潜入突袭，之前的战斗中我们不是都证明这一点了吗？"

王司令员没有作声。

毛宝："而且我看外面现在起了小雾，这可是天赐给我们的良机啊，过了这村万一没这店了怎么办？"

王司令员："嗯，也好，这攻坚战是不好打，但再这样僵持下去也不是办法，老虎队队长毛宝。"

毛宝敬礼："到！"

王司令员："命令你于今晚对碾庄圩进行突袭，谨慎点，别把命丢了，我要你活着回来复命。"

毛宝："是！"说完高兴地笑，看向政委，政委点点头。毛宝："司令、政委，我们老虎队一定能完成任务的，你们就等着我的好消息吧。"

太阳快要落山了，外面起了小雾，解放军阵地中的战士们在忙碌，毛宝走出军帐。姚公权走了过来，与毛宝擦肩。姚公权看了看毛宝："好啊，我就知道你小子待不住了，没想到还是比你晚了一步。"

毛宝："姚团长啊，你就等我们老虎队立下奇功吧。"

姚公权："哼，瞧你那得意的样。"看见毛宝走远了，姚公权显得越来越不服气，他看了看指挥部，狠了狠心也走了进去。

黄昏，老虎队的军帐内，红娃在擦枪，江小白在看书，巴甲在锻炼。

毛宝走了进来："同志们。"

每个人都停下了手里正在做的事，慢慢围了过来。

毛宝："同志们，老虎队今晚有任务，要对碾庄圩进行突袭，大家赶紧抓紧时间休息，养足精神。"

老虎队队员们："是！"

笑面虎："哈哈哈，终于要开干了。"

毛宝："猴子，你带几个战士去弄一些简单的木板啊、秸秆什么的。"

铁猴子："队长，这个是要……"

毛宝："敌军阵地有水濠，现在十一月份天气太冷，直接下水估计够人受的，而且还容易抽筋什么的，这些东西可以用来过河。"

铁猴子点点头："队长想得周到，我去准备，过来几个战士和我一起。"说完带着几个战士出了军帐。

毛宝："草根，你去弄点煤炭过来，不需要太多。"

毛草根眼珠子转了转："好嘞，我去弄。"说完走出营帐。

毛宝："嘿，这小子脑筋转得倒快，行了，其他人赶紧去休息。"

老虎队队员们散开了，钱海英走了过来："队长，司令同意了？"

毛宝："那必须的！你们队长办事怎么会搞不定？你也赶紧去休息一下。"

钱海英："队长也早点休息。"毛宝点点头，钱海英离开了。

## 第十六章

　　碾庄圩外解放军阵地，毛宝轻轻地走进军帐中，老虎队队员们都在睡觉。唯独笑面虎没有睡着，他拿着一张相片，犯着相思。

　　毛宝走到笑面虎身边，拍了拍笑面虎的肩膀，笑面虎连忙装睡。毛宝接着拍了拍笑面虎肩膀："别装了，出来，有事跟你说。"说完向帐外走去。笑面虎睁开眼睛，向毛宝的背影看了看，起身。

　　外面雾气缭绕，毛宝站在军帐外，笑面虎从军帐里走出来到毛宝的身后。

　　笑面虎："嘿嘿，队长，你别批评我，我也知道今晚的任务挺重要的，应该好好睡觉，但是大憨那鼾声跟杀驴似的，我这实在是睡不着。嘿嘿，队长，要不我换个地儿睡，我肯定马上睡着。"

　　毛宝："谁说要批评你了？"

　　笑面虎："啊？不是批评我，那……哎呀，队长你看见啦，我这，我这睡不着就想东想西的，想着想着就想到了我那对象来了，所以，这就……队长你笑话我的话我也认了。"

　　毛宝一脸认真："没有人要笑话你。今晚我们的任务是潜入碾庄圩，从内部瓦解敌人，拿下黄百韬兵团，接着我们就回去打徐州，到了徐州，南京城就不远了。"

　　笑面虎："啊？"

　　毛宝："你的相亲对象就在南京吧，到那个时候，我会准你一个星期，你就可以和你的梦中情人团聚了。"

　　笑面虎："真，真的吗？队长，这，哈哈哈哈。"

毛宝："小点声儿，看你乐的，嘴都咧成瓢了。"

笑面虎忙捂着嘴巴："嘿嘿，我本来就叫笑面虎嘛。"

毛宝："啧啧，这下可以好好睡觉了吧。"

笑面虎："这下就更睡不着了。"

毛宝："说什么呢，信不信我收拾你。"

笑面虎："哈哈，啊，嘘。我保证去睡上一顿好觉，今天晚上我一定听从指挥攻入碾庄圩。"说完乐呵呵地走进了军帐。

这时，毛草根、铁猴子等人回来了，煤炭、秫秸、木板等物品都有了着落，毛宝对他们赞赏了一番，让他们赶紧回去休息。几个战士离开了，铁猴子还站在原地。

毛宝："铁猴子，你怎么还在这儿杵着？"

铁猴子："这个……我今天去民兵队那边找物资，然后，何队长有个东西交给你，她还说你执行任务要小心，我真的是迫不得已请队长不要责罚我。"

说完往毛宝手里塞了一包东西，一溜烟地跑走了。毛宝一愣，把用布包裹的东西打开，是两个鸡蛋。毛宝拿出一个鸡蛋，端详，看向远方。


夜里下着雾，突袭时间到了。毛宝带领着老虎队员悄悄地向碾庄圩方向前进，大憨和几个魁梧的队员身后背着门板、秫秸。

毛宝在最前头，每个人都穿着黑色的服装，轻手轻脚地前进。毛宝让每个人都在脸上涂上煤炭，黑夜之中他们显得更加隐蔽了。

毛宝和老虎队队员们开始匍匐前进，他们前进到一个小土坡下面，已经看到了国民党军的防守人员离得很近了。

两个国民党军士兵在持枪巡逻，打着哈欠。

毛宝："草根，你去解决左面那个；巴甲，你去解决右边那个。"

毛草根和巴甲同时起身潜伏过去，巴甲率先捂住其中一个的嘴巴，另外一个转过身发现，被毛草根从身后用刀子解决掉了。然后两人分别将两具尸体拖到旁边隐蔽的地方。

毛宝："继续前进。"

老虎队队员们继续跟着毛宝匍匐前进，进入了碾庄圩，在墙根底下慢慢前进。大憨看见旁边的房子里面一个国民党士兵站在窗户前抽烟。

大憨："队长，要不要解决他？"

毛宝："不行，他们的夹层墙里面有埋伏，不要惊动，走没有窗户的地方。"

大憨："好。"

老虎队队员们匍匐向前，毛宝指着一个方向："看见那个房子了吗，那就是黄百韬的司令部，我们慢慢潜伏过去，来他个擒贼先擒王，抓了黄百韬，这碾庄圩就不攻自破了，就算这帮家伙顽抗到底，我们也可以和外面的战士们里应外合，把他们打个措手不及、落花流水。"

老虎队队员们听了都表现得非常兴奋，一副跃跃欲试的样子。

红娃看着黄百韬的房子："只要再靠近一点，我就可以一颗子弹消灭两个军官。"

毛宝："好样的。"

老虎队队员们接着前进，走到了水濠边。大憨和几个老虎队队员们从后背拿下来了门板、秫秸这些东西。

毛宝："草根，你们几个埋伏望风，剩下的人跟我渡河。"

毛草根点了点头，向旁边慢慢移动，毛宝则带人往河边走去。突然，四面八方开始亮起灯来，子弹从后面开始向老虎队队员扫射过来。殿后的几个老虎队队员立即中弹倒下。

毛宝："有埋伏，隐蔽！"

机枪子弹接着扫射过来，来不及隐蔽的几名老虎队队员被打中掉到了水濠里。毛宝和队员们开始找地方隐蔽，有的在屋子后面，有的在土堆后面。毛宝和笑面虎等人躲在一个土堆后面，子弹从上面密集地飞驰而过，打的人抬不起头来。

老虎队队员开始反击，几个老虎队队员又牺牲了。

毛宝："谁被发现了？"

江小白躲在土堆后面，拿出一个小镜子，反射子弹来的方向，发现是敌人的重机枪。

江小白："队长，是重机枪。"

毛宝："看来他们早有准备，我们掉进了他们的陷阱里了。"

毛宝等人也开始还击，打掉了两个机枪手，立刻又有战士补位上去。

钱海英边射击边问："队长，怎么办？"

毛宝："他们准备充分，咱们边打边撤，我可不能让老虎队折在这里。你们几个听着，不要硬拼，不要恋战，都给我活着出去。"

身边的老虎队队员们："是！"


国民党军阵地的防御工事后面，胡国忠和陆胜文正在看着交战的毛宝和国民党军士兵。

胡国忠拿着望远镜："哈哈，这不是那个什么老虎队吗？这下全都掉进口袋里了吧，哈哈哈。"

陆胜文也拿着望远镜看："老虎队？"

胡国忠："对，就是最让人头疼的那个老虎队。这帮老虎队的兔崽子前些日子把我们折腾得够呛，这下可以一举歼灭了，他们现在就是饺子皮儿里面的馅儿，看他们还有什么办法。"

陆胜文的望远镜里，毛宝和老虎队队员们正在浴血奋战。

胡国忠："不过还是二哥厉害，竟然能猜准今天晚上共军会有所行动前来突袭，国忠真是佩服啊。"

陆胜文看着战局，没有说话。

胡国忠："二哥，这下灭了老虎队，可是奇功一件啊，估计二哥也能够马上官复原职了。"说完略显尴尬，不再说话，继续观看战况。

陆胜文放下望远镜，脸上露出忧愁的神色。

碾庄圩内，毛宝等老虎队队员交替掩护，反击着敌人。巴甲一边反击一边说："奶奶的，见鬼了，他们怎么好像知道我们要来一样？"

毛草根不时露头射击，一串子弹飞过来打在土堆上扬起了尘土，毛草根连忙躲下来："敌人火力太猛了，这样下去不是办法呀。"

红娃躲在一个残墙后面，给枪上了子弹，枪后面远处是敌军在扫射毛宝躲藏的土堆，他转身拿起狙击枪向机枪阵地射击，一个国民党军机枪手连带着身后的士兵被贯穿双双毙命。红娃重新藏在墙后，深呼吸了一口气，接着上子弹。

毛宝拿起望远镜观察了一番，看到了隐藏着国民党军，对红娃："红娃，三点钟方向，有敌人。"

红娃得到指令，转身射击，一声枪响，又是一个国民党军机枪手被消灭。

毛宝："大家迅速转移。"

毛宝和老虎队队员开始迅速转移，大憨拿着机枪向四周扫射。

毛宝带领着队员们前进，一堵残墙转角出现两个敌军，毛宝一枪一个解决了他们。

毛宝："在这里隐蔽。"几个人撤到了残墙后面。

胡国忠很是兴奋："哈哈哈，这个老虎队也有尿的时候啊，看来他们以后得改名叫老鼠队了。"

陆胜文沉默着没有说话，心里想着："毛宝啊，你这又是何苦呢，你们攻不进来，徒劳死这么多人，为什么不撤退？"

天色开始亮了起来，毛宝还没有突围。

毛草根："副队长，前面的是一堵墙，我们干不掉里面的敌人。"

毛宝思索了一下："有办法，把墙炸掉，我看他们这些缩头乌龟还往哪里躲藏。陈三笑同志，小钢炮伺候了。"

笑面虎："是！"

毛宝："火力掩护。"

毛宝率先对着前方夹壁墙开枪，老虎队战士们一齐开枪射击。笑面虎迅速地找到了合适的开炮位置，架好了小钢炮，用大拇指目测了前方火力点。"轰"的一声，炸塌了前面的一堵墙，一个国民党军的机枪手被炸飞。

毛宝："好样子的，给我继续轰，老子就不信他们国民党的防御线是铜墙铁壁了。"

笑面虎又开了一炮，毛宝振臂一呼："同志们，跟我冲啊。"说完跳出了掩体向前冲去，老虎队队员们也跟着冲锋。

防御工事后的胡国忠骂了一声娘："娘的，给我狠狠地打这些共军，把所有火力都压上。"国民党士兵得到指令，立即把火力全部压上，夹壁墙里顿时又多出了好几个火力点。机枪口像是火龙一般，对着外面冲上来的老虎队战士们扫射。毛宝身边倒下去好几个老虎队队员，毛宝闪身躲到残墙后，子弹还是击中了他的手臂。

巴甲："队长，你没事吧？"

毛宝："一点小伤，死不了。"

笑面虎："队长，看我的！敢打我们的队长，老子给你们吃大餐！"说完装好了炮弹。

毛宝叫了一声："陈三笑，当心啊。"

胡国忠看到笑面虎这边又要开炮，推开了身边一个国民党军的机枪手："让我来！"胡国忠对着笑面虎这边一阵扫射。一连串子弹射向笑面虎，笑面虎连中了好几枪，其中一颗子弹射进了他的胸膛边上。

毛宝撕心裂肺地大叫一声："陈三笑……"

笑面虎打了个空炮，倒在了血泊中，口中吐出鲜血来。夹壁墙里又是一串子弹打过来，笑面虎又被打中了几枪。

毛宝还击着："我来救你！"

笑面虎看着毛宝："不要……"

子弹打向毛宝这边，毛宝再开了两枪，因为手臂受伤，枪已打歪。毛宝还要冲出去，被毛草根和巴甲拉住，钱海英大叫着："队长，不行啊，你这是去送死。”

毛草根：“是啊，队长，你不能去。”

毛宝很是痛苦和无奈：“笑面虎，笑面虎，我毛宝对不住你。”

钱海英：“队长，你是老虎队的主心骨，你不能有事，让我来。”

毛草根：“钱副队长，我和你一起去。”

钱海英看了一眼毛草根，点了点头。

毛宝：“海英。”

钱海英：“队长放心，我钱海英就是拼了命，也会把陈三笑同志救回来。”

毛宝点了一下头：“同志们，掩护钱副队长和毛草根。”

巴甲等人：“是！”

毛宝拿出了一颗烟幕弹，看了看重伤的笑面虎，随后把目光转向敌人的机枪火舌那边。

胡国忠很是得意地说：“哈哈哈，可恶的老虎队，我胡国忠让你们有来无回。”他扫射了一阵，突然，一声轰响，胡国忠面前的防御工事前一颗烟幕弹炸开，胡国忠愣了一下。

在烟幕弹的掩护下，钱海英和毛草根迅速地扑了出去，拉住了笑面虎。

钱海英：“走。”

两人奋力地把笑面虎往回拉。

胡国忠发现了老虎队的动机，外面的烟雾还没有散开，他对着外面乱射：“给我打，狠狠地打，别让共军逃走了。”

毛宝他们这边的子弹也对着胡国忠这边打过来，胡国忠的视线被外面的子弹挡住。笑面虎被钱海英和毛草根拖了回来。毛宝抓住了笑面虎的手：“三笑，陈三笑，你醒醒，醒醒啊。”

笑面虎吃力地睁开眼睛来：“队，队长……我没有完成任务……”

毛宝：“别说了，三笑，是我错了，我毛宝害了你啊。”

笑面虎吐出一口血来：“队长，我不行了……”

毛宝：“你不会有事的，听我的，坚持住，我会救你，一定会救你的。”

老虎队队员们都很难过地看着笑面虎。

毛草根：“虎哥，虎哥，你不会有事的。”

笑面虎：“谢谢你，草根，刚才冒了这么大的危险，救我……”

毛草根哭了出来。

毛宝：“你们还愣着干什么，大憨，机枪掩护；草根、巴甲，你们几个殿后；其余人跟我突围出去。”

大憨等人："是！"

毛宝背起了笑面虎："三笑，你要坚持住，我们出去了，就可以让医生帮你把子弹取出来。"

笑面虎："队长，我不行了，你们不要再为我做牺牲……"

大憨他们对着国民党军防御的夹壁墙疯狂扫射，大憨怒吼着："敢打我虎哥，我大憨跟你们拼了，呀呀呀。"

胡国忠看着老虎队撤退："还想逃跑，门都没有。给我继续打。"

胡国忠带着几个机枪手，对着外面扫射。

外面的老虎队战士又倒下去两个。

大憨手中的机枪对准了胡国忠这边扫射，遮挡了胡国忠的视线。

胡国忠有些恼火："别想逃，你们几个跟我出去，把这些共军包围住，消灭掉。"

几个国民党士兵："是！"

胡国忠正要冲去，陆胜文拉住了他："国忠，外面的共军火力也很猛，要是这样出去，就是去送死。"

胡国忠："我不怕。"

陆胜文劝导："而且这很有可能是共军的奸计，他们要是知道我们藏身之地的出入口，就会很容易攻破我们的防线。"

胡国忠恶狠狠地瞪了陆胜文一眼，没有冲出去，继续在夹壁墙的枪口处，对着外面扫射。

天色已经转亮，老虎队交替掩护着，撤退下去。毛宝背着笑面虎撤退出碾庄圩，他一直叫着："三笑，三笑兄弟，你要坚持住，你不是还要去和你的对象见面嘛，我们马上就能打到南京城去。坚持住，坚持住啊。"

笑面虎微微地睁开眼睛来，脸上似乎露出了一个笑容来。

胡国忠看着老虎队撤退，很是愤怒，一拳头砸在夹壁墙上："哼，暂且就饶你们一回，下一次，我胡国忠定要将老虎队一举歼灭。"

陆胜文见毛宝他们离开碾庄圩，轻轻地松了口气。

已经是黎明时分，碾庄圩外，毛宝带着老虎队撤退。毛宝背着笑面虎，大憨帮忙在背后扶着。突然，笑面虎一口鲜血喷出。毛宝赶紧将笑面虎放下，在地上躺平。毛草根、大憨、江小白等人围在他的身旁，神色凝重。

毛宝："三笑，你坚持住，我们马上就回军营了。"

笑面虎用尽力气微笑："队长，这辈子，能跟你们做兄弟，值了。"

毛宝："你不要说话了，我这就带你回营地，营地有医生，我们把子弹取出来就没事了。"

毛宝说完，想要重新背起笑面虎，被笑面虎伸手拒绝。

笑面虎拉住毛宝的手："没用了，就让我在这儿静静地跟你们说会儿话吧。"

毛草根抽泣："虎哥，你撑住，你一定会没事的。"

毛宝："陈三笑，我不许你放弃，我们说好的，打败国民党，解放全中国。"

笑面虎："对不起，队长，我等不到那一刻了。"

笑面虎从怀里掏出相亲对象的照片，递给毛宝，照片被鲜血染红。

笑面虎："这个帮我收好。"

毛宝哽咽着接过："好，我帮你收着，你给我挺住，挺住啊，等打完仗，你还要跟她成亲、过日子、生小孩呢。"

笑面虎拉着毛草根、毛宝的手，看着相亲对象的照片，微笑着："我不遗憾。有你们陪在我身边，我满足了。下辈子，我还要和你们一起做兄弟。"说完，微笑着牺牲了。

毛宝抱着笑面虎使劲地摇："三笑，陈三笑，我不准你死，给我起来，起来呀。"毛草根、大憨、江小白等人含泪，脱帽致哀。

毛宝忍痛帮着笑面虎合上了眼睛："三笑，我毛宝发誓，一定会替你报仇。"说完，把照片放进了口袋，然后背起笑面虎的遗体："三笑，我们回军营。"

毛宝背着笑面虎的遗体，向军营走去。毛草根等人跟在身后，望着毛宝和笑面虎的背影，眼神悲凉却充满了刚毅。


老虎队的军帐中，毛宝坐在笑面虎的床上，抚摸着笑面虎的床单，没有说话。江小白、毛草根、大憨等人站在一旁，帐内气氛肃穆。许久，洛奇走了进来。江小白等人见政委走进，还没开口，便被洛奇一个手势阻止。

洛奇冲着江小白等人挥了挥手，江小白等人会意，走出了军帐。毛宝继续看着笑面虎的床发呆。

洛奇走近，坐在毛宝的对面："陈三笑同志牺牲了，大家都很难过。所有的老虎队队员，在此刻，他们和你的心情是一样的。你们伤心，难过，自责，愧疚。在最应该振作的时候，你们选择了悲伤。你是队长，所有老虎队的队员都在眼巴巴地看着你。你若不振作，那老虎队又如何振作？"

毛宝的眼角流下了一滴泪水："是我无能。"

洛奇按住毛宝的肩膀："毛宝同志，陈三笑同志已经牺牲了。他的鲜血不会白流。革命还在继续，现在不是缅怀的时候，唯有胜利才能告慰这些死去的英雄。"

毛宝突然两眼放光："唯有胜利。没错，唯有胜利。"

半晌之后，军事会议开始了，同样在军帐中，洛奇和毛宝部署战略行动。

毛宝："这次行动，的确是我大意了。否则，也不会落入敌军的圈套。"

洛奇："胜败乃兵家常事。况且，我说过，笑面虎等同志的鲜血不会白流。"

毛宝："没错，我一定会替他们报仇。"

洛奇："自从和黄百韬兵团开战，敌方就鲜有胜利战役，而经此一战，敌方大获全胜，他们必定大肆宣扬，以鼓起军心。"

毛宝："骄兵必败。这是我们反扑的好时机。"

洛奇赞赏地点了点头，他随手拿起桌子旁的一条绳子作比较："现在的黄百韬兵团，如同一条困蛇，我们堵其头，截其尾，让他前后无退路。然后，消耗他们的内需，动摇他们的军心，再狠狠地一击，打其七寸！"

毛宝："谢政委，毛宝豁然开朗。"

洛奇赞赏地看着毛宝："我会派姚公权协助你，你们头尾相加，掐头截尾，打他们一个方寸大乱。"

毛宝："是！"

洛奇："行，接下来就看你们的了。那我先出去了。"

毛宝："我送您。"说完上前开帐门。何仙女带着老虎队的队员们一个个正严肃地站在门口。

毛宝："你们怎么都在这儿？你怎么也在这儿？"

何仙女："大家伙儿的来跟你请战，为笑面虎报仇。"

毛草根："是的，队长，我们要为笑面虎报仇。"

毛宝："好，毛宝在这里立誓，此仇不报非君子！"


碾庄圩内则是另一番景象，国民党军队开起了庆功宴。宴会场在一个学堂里，地方不大，但被改造得灯红酒绿，国民党军官们觥筹交错，一片祥和。

胡国忠很是开心，他频繁地举杯和杨廷宴共饮。杨廷宴没见陆胜文，问："胜文呢？"胡国忠环顾四周，看到了角落里的陆胜文。

胡国忠："我去叫他。"

杨廷宴："去吧。"

宴会厅的一角，灯光昏暗，陆胜文一人举杯，大口地喝着闷酒。胡国忠坐到了陆胜文的对面："二哥，怎么不一块儿？"

陆胜文："不去，你们去玩儿吧。"

胡国忠拉起陆胜文的手臂："一个人喝酒多没意思啊，走，大哥还等着咱们呢。"

陆胜文甩开胡国忠的手，他看向杨廷宴，杨廷宴正举着酒杯冲他点头。陆胜文举起酒杯走向杨廷宴，杨廷宴坐在椅子上，陆胜文有些醉意："大哥，我敬你。"

杨廷宴和陆胜文碰杯："这次我们能够大获全胜，胜文老弟功不可没。来，干了。"

杨廷宴、陆胜文一饮而尽。说话间，众多国民党将士围了过来，举着酒杯要跟陆胜文喝。

陆胜文有些微醉："只是一次小小的胜利，有什么好值得庆祝的？底下上万的将士兄弟还在愁着下一顿呢。你们一个个当官的，动动嘴皮子，吃香喝辣；一点点小成绩，就骄傲得不行。骄兵必败，骄兵必败啊。"

众人尴尬，杨廷宴怒："陆胜文，你喝醉了。国忠，快带他下去。"胡国忠拖着陆胜文往外走去："二哥，你喝醉了，我送你回去。"

陆胜文大喊："骄兵必败，骄兵必败啊！"

宴会厅的气氛冷却，杨廷宴一脸肃穆。


碾庄圩外的解放军驻地，毛宝和何仙女边走边聊。

毛宝："乡亲们怎么样，都好吗？"

何仙女："嗯，真的很感动，他们每一个人节衣缩食，给咱解放军省口粮。东郊的王婶，每天就吃米糠窝窝头，却舍不得把鸡蛋给孩子吃，非得塞给我，说是解放军吃饱了才有力气打仗。还有那李叔一家，他们自个儿每天只吃一顿饭，却省出了整整一袋米。"

毛宝："让乡亲们受苦了！"

何仙女："是啊。毛宝，所以这场仗必须要赢，不然……"

毛宝打断何仙女的话："没有不然，我们一定会赢。"

何仙女："是的，我们一定会胜利！"

毛宝："我们解放军一定会用胜利来报答乡亲们。这段时间也辛苦你了。"

何仙女笑："不辛苦，都是我应该做的。你们在前线放心打仗，我们民兵队一定会给前方战士做好后勤保障工作。"

毛宝："谢谢。仙女……"

何仙女："什么？"

毛宝："没什么，就觉得你这段时间成熟了很多，不再是那个毛毛躁躁的丫头了。"

何仙女娇羞一笑，毛宝尴尬，赶紧扭头装作没看见，往前方走去："对了，你去忙吧，我要去找姚公权聊点事。"

何仙女："哦，那我先走了。"

毛宝："好。"

何仙女看着毛宝的背影，嘀咕："真是捉摸不透。"

姚公权营帐内摆放着碾庄圩地图，姚公权："你看，都给你准备好了。"

毛宝满意地说："哈哈哈，我们俩倒是越来越默契了。"

姚公权："政委都跟我说了。这次咱俩连手，保证让那帮孙子吃不了兜着走。"

毛宝："没错，办法我都想好了。"

姚公权："哦？"

毛宝指着地图："声东击西。我负责正面突袭，打他个措手不及，等他们兵力往正门聚集，我见好就收，及时撤退，你的部队紧跟着从侧面偷袭。届时，敌军势必会派军增援侧方，在援军赶来之前，你们赶紧撤退，我们从正面再次进攻。循环往复，虚虚实实，让敌人摸不着脑袋。"

姚公权："哎呀，真是好主意，敌人肯定被我们耍得团团转。"

毛宝："我们每一次的进攻都必须让敌方有总攻的压力，不给他们留喘息的时间。但务必记住，速战速决。"

姚公权拍着胸脯："毛宝啊，你就放心吧，我姚公权什么时候让你失望过？只是，接下来呢？"

毛宝笑："以逸待劳。"

姚公权："什么意思？"

毛宝："黄百韬兵团被我们这么一折腾，一定会把注意力全集中在战事上面，早忘了此时，他们粮库空虚，那些国民党军的军官们又贪，把好吃的都留给了自己。我估摸着啊，他们的士兵就要断粮了。士兵饿着肚子，他们就懒得打仗了。到那时，再好好收拾他们，简直就是事半功倍啊。"

姚公权："毛宝啊，你不愧是老虎队的队长。高，实在是高啊。"

毛宝："嘿嘿嘿，不过呢，我们也偶尔要给这黄百韬兵团，松松筋骨，别让他们认为我们人民解放军怕了他们不成。"

姚公权："对。"


碾庄圩解放军阵地的武器库里，笑面虎的小钢炮静静地立在一旁草地上。

毛草根感慨地拍了拍小钢炮，江小白拿着抹布小心翼翼地擦拭着。

毛宝走近，对着江小白说："小白，以后这小钢炮就归你了。"

江小白抬头："队长，这小钢炮跟着虎哥从抗日战争一直到现在，跟了他这么多年，我就是暂时替他保管，等打完了仗，我会把小钢炮送还给虎哥的。"

毛宝："你少这么多废话，替他保管有什么用，要用这门小钢炮给老虎队继续立功，你江小白既然这么爱惜这小钢炮，又想着为笑面虎报仇，你不是跟着笑面虎学了几招嘛，以后你就来当这个老虎队炮兵的头头。你就说，敢不敢？你要是不敢，我现在就换别人。"

江小白兴奋又坚毅："有什么不敢的，我江小白在读书时候也学过武器知识，这段时间下来，我又有实战的经验，虎哥教我的几招，我也铭记在心里，我江小白还当定这个炮兵了！"

毛宝："好，很好，江小白你也是一个有种的人，是我们老虎队的英雄，记住了，炮在，人在，你以后就是这门小钢炮的主人！"

江小白向毛宝敬礼："请队长放心，我一定不会让虎哥和您失望的！"

毛宝："嗯，我们必须得对得起笑面虎，对得起流血牺牲的解放军战士，还有千千万万双百姓们殷切的眼神。我就不相信，这个碾庄圩还真会是钢铁打造的不成。就算是钢铁打造的，也得给我轰开一个口子，我们老虎队杀进去，给这么多死去的解放军战友报仇雪恨。你们都有没有信心？"

江小白、毛草根："有信心！"

毛宝："小白，让同志们准备下，我们马上就会投入战斗！"

江小白："是，队长！"


碾庄圩国民党军的阵地外，毛宝带着老虎队埋伏在军事掩体后面。江小白架着笑面虎的小钢炮对准了城门。

红娃等狙击手也准备就绪，做好了瞄准姿势。

钱海英在毛宝的身边："这个点，国民党的长官们估计正在吃晚饭。"

毛宝："那就给他们加点猛料。同志们，给我打！"

碾庄圩内杨廷宴的办公室内，杨廷宴、胡国忠、陆胜文正坐在办公室里吃晚餐。突如其来的大炮声，震得桌子发颤。

杨廷宴、胡国忠、陆胜文起身，一个卫兵跑了进来："报告军座，共军发起了正面进攻，火力凶猛啊！"

杨廷宴："胜文、国忠，快去看看，集中兵力，守住防线！"

胡国忠、陆胜文："是！"

二人拿起帽子，匆匆向办公室外走去。

碾庄圩外的江小白此刻正拍着小钢炮："可恨的反动派，让你们好好尝尝我虎哥的小钢炮的威力。"江小白说话间，又向碾庄方向瞄准，打中了目标。

毛宝对江小白竖起大拇指："厉害，江小白，好样的！"

红娃、毛草根等人发挥精准，疯狂向碾庄圩内扫射。

国民党军防线这边，国民党士兵被炸伤大片，一时间，鲜血染墙，哀叫连连。躲在残墙后面的国民党士兵一时间不敢探出脑袋。

陆胜文、胡国忠、马涛赶到。炸弹碎片落在陆胜文的脚下，陆胜文连忙翻滚离开，躲在了掩体后面。

陆胜文拿起望远镜，看向防线外的解放军。毛宝英勇指挥的画面映入陆胜文的眼帘。

马涛："共军火力这么猛，是在发动总攻了吗？"

陆胜文没有说话，把望远镜递给了胡国忠。胡国忠拿起望远镜："老虎队？他们是来报仇吗？太好了，上次让他们侥幸逃脱，这次，我要让他们有去无回！"

陆胜文："总觉得哪里不对，总之，要小心！"

胡国忠："放心，马涛！调炮兵营，火速支援！"

马涛领命而去。

# 第十七章

　　碾庄圩，国民党炮兵营正有序地向防线这边支援。正当国民党军炮兵营准备就绪，防线外，突然安静了下来。

　　马涛上前："报告长官，炮兵营准备就绪，只是……"

　　胡国忠拿着望远镜，看到在撤退的老虎队，狐疑地说："他们这是搞什么鬼？"

　　马涛："我也看不懂，难道他们就为了逞一时之快？"

　　陆胜文起身，看向老虎队撤退的方向，紧皱眉头。

　　这时，碾庄圩东面传来交战的炮火声，陆胜文、胡国忠往东看去。

　　胡国忠："共军怕是在玩声东击西啊。"

　　马涛："我们怎么办？"

　　胡国忠："派一个营的兵力支援东边。我们的人马主要守住正面防线，其余方位加强防守。让兄弟们给我打起精神。"

　　马涛："是！"

　　陆胜文看着东侧燃气的烟火，一言不发。

　　碾庄圩的东侧，姚公权带着二团向国民党军队步步紧逼，国民党节节败退。

　　姚公权："同志们，狠狠地打，咱这气势可不能输给了老虎队啊！"

　　众人："是！"

　　国民党军的士兵轮番倒下，而更多的国民党步兵队跑步前进，持续向东侧方向支援。姚公权从怀里掏出表，看了看时间："这会儿国民党军差不多也热完身了，同志们，撤！"

解放军战士："是！"

姚公权带着二团的解放军战士们迅速撤退。

毛宝带着老虎队绕到了碾庄圩的西侧，开始不断地对国民党的西侧阵地发起猛攻。西侧阵地的敌人刚准备就绪要还击，老虎队员也打得正起劲。毛宝下令："同志们，撤！"

红娃："队长，我这还没怎么打呢？"

毛宝："走，给敌人挠挠痒就够了。"

江小白笑着给毛宝竖起了大拇指："这一挠，够给国民党军抓耳挠腮喝一壶了。"

毛宝："哈哈哈，知我者，江小白也。走。"说完带着老虎队撤退。

毛草根："队长，那我们接下来去哪儿？"

毛宝："走着瞧。"

过了一会儿，陆胜文带着部队赶到西侧。西侧守军过来报告："报告长官，共军撤了。"

陆胜文皱紧了眉头。

守军："要追吗？"

陆胜文："不用，做好防御工作。"

这时，东侧又响起了枪炮声，陆胜文明白了："这共军不断袭击我们，是让我们不得安宁啊。"


碾庄圩内，杨廷宴筋疲力尽地坐在办公室。

胡国忠给杨廷宴倒了杯茶："大哥，你也别急，共军也就是小打小闹，让我们不得安宁，只要我们沉住气，他们也拿我们没有办法的。"

陆胜文："怕是没那么简单。共军做事，从不会平白无故，接下来，万事都要谨慎小心才好。"

胡国忠冷冷道："难不成他们还想攻打进碾庄圩吗，只要他们打过来，就叫他们有来无回。"

杨廷宴揉了揉太阳穴："你们都下去吧，忙了一天了，也让我消停消停。"

胡国忠、陆胜文："是，大哥你好好休息。"

胡国忠、陆胜文走出办公室，并排走着。

胡国忠："共军不断袭扰我们，这事你怎么看？"

陆胜文："见招拆招吧。"

胡国忠："我倒要看看，这群共军还能玩出什么花样！"

陆胜文叹气："弹药和粮草空虚，接下来的路不好走啊！"

胡国忠沉默了一下："陆胜文，你不要长他人志气，灭我们自己的威风。"

陆胜文："我没有长他人的志气，也没有灭我们自己的威风。你看着吧，再这样下去，我们的士气会越来越弱，到那时共军就有机可乘了。"

胡国忠听了陆胜文的话若有所思。

碾庄圩的防线内，国民党守军打了一天的仗，筋疲力尽，饥肠辘辘，有几个胆子大的实在受不住了饥饿，准备出来找吃的。

碾庄圩外，毛宝正带着老虎队紧盯着碾庄圩内的动静。红娃正聚精会神地拿着枪对着残墙那边。他看到一颗带着军帽的脑袋露了出来，迅速瞄准将其击毙。另一个国民党士兵吓得连忙滚了回去，起身寻找食物的士兵瞬间倒地，另外一个士兵吓得瘫软在地。

碾庄圩内士兵打了个寒战，瞬间提高了警觉，一个士兵哆嗦着拿着一根竹竿，挑着一顶帽子，递了上去，瞬间，被防线外飞射过来的子弹击中。帽子冒烟，士兵吓得赶紧丢掉。

红娃见又一次击中目标，咧嘴一笑，毛宝满意地点了点头。

毛草根："这会儿国民党的乌龟脑袋是不敢再露出来了。"

毛宝："红娃，给我盯紧咯，不能给敌人喘息的机会。"

红娃："是！"

国民党士兵不敢再轻举妄动，士气颓废，而此刻天色转亮。

解放军阵地，毛宝望向碾庄圩，锁紧眉头，一言不发。站在一旁的江小白也面色凝重。

"咕噜……"毛草根的肚子发出了饥饿的信号，毛宝看向毛草根，毛草根不好意思地摸着肚子笑了笑。

毛宝从怀里掏出一个干馒头："吃吧。"

毛草根："队长，我不饿。"

毛宝："叫你吃你就吃。"

毛草根接过："谢谢队长。"说完蹲在树下吃着馒头，就着白开水狼吞虎咽。江小白盯着毛草根，毛宝也盯着毛草根狼吞虎咽的样子："饿坏了吧？"

毛草根讪笑："一天没吃东西了。"

毛宝笑着看向碾庄圩："那边的人应该更饿吧。"说完和江小白相视一笑。

毛草根吃完馒头，擦了擦嘴巴，起身："队长，接下来要怎么办？"江小白拉着毛草根："跟我来。"毛草根："跟你去干吗？"江小白："烤红薯。"毛草根："啊？"

狙击手们正对着碾庄圩方向瞄准，毛宝走近，红娃起身："队长！"

毛宝："怎么样？"

红娃："又干掉了好几个，这会儿国民党都不敢露脑袋了。"

毛宝："好样的，红娃，从现在开始，只监视，不狙击。"

红娃："是！"

毛草根等人架起火，在烤红薯。红薯飘香，铁猴子忍不住道："真香啊。"毛草根拿着扇子往下风向扇。

江小白："毛草根，用点力！"

大憨抢过扇子："来来来，我来。"说完加大了力度："保证让对面那帮孙子满肚子的馋虫。"

碾庄圩内的国民党士兵闻到了烤红薯的香味，饥肠辘辘，几个国民党士兵靠在墙壁边缘。

"这是什么味道？"

"好像是烤红薯。"

"真香！"

"嗯，真香！"

"我们那会儿在老家也经常烤红薯。"

"也不知道还有没有命活着再吃一次烤红薯。"

国民党士兵陷入沉思，这时，传来江小白的声音："对面的国民党军兄弟们，你们听我说……"

国民党士兵立马打起精神，透过残墙缝隙看向解放军的方向。碾庄圩外，毛草根拼命地扇着红薯堆，香味四溢。江小白拿着话筒喊话："你们已经被包围了。此刻，中华大地，革命的烈火正在熊熊燃烧，人民群众已然觉醒，独裁专制的蒋家政府已经在走向灭亡，无畏的挣扎，只会徒增伤亡。你们好好地想想国民党的所作所为，视你们的生命如草芥，置你们的生死于不顾。难道你们就不觉得心寒吗？只要你们放下武器，接受投降，我们中国人民解放军是人民老百姓的部队，我们必然会善待你们。因为我们都是中国人，中国人不打中国人。"

毛草根等人翻弄着烤红薯，香气扑鼻。城墙内的国民党士兵饥肠辘辘，面面相觑，已然动摇。其中一个士兵颓废道："我不想做一个饿死鬼。"其余人沉默，想投降，却不敢出去。

江小白继续喊话："如果你们不即刻投降，党和人民就要消灭你们，打倒你们。难道你们甘愿成为蒋介石的陪葬吗？高鸟相良木而栖，贤臣择明主而佐，弃暗投明，才是你们唯一的选择。"

碾庄圩外的小道上，何仙女带着民兵队将给解放军带来的物资运送到阵地。火凤凰看到了在那边喊话的江小白，何仙女顺着火凤凰的目光看到了江小白。

何仙女笑："走，带你去找他。"说完抱起大母鸡，火凤凰跟在她的身后，向毛宝、江小白走去。


碾庄圩内杨廷宴的办公室，杨廷宴正在和陆胜文讨论军事部署。

陆胜文："现在粮草急缺、士气不振，共军那边又在此刻煽风点火，动摇军心。当务之急，当先稳定军心，再伺机突围，摆脱这种困局。"

正在这时，窗外连续传来几声枪响。

杨廷宴："怎么回事？"

陆胜文："我出去看看。"

四个国民党士兵躺在血泊中，旁边站着一圈国民党士兵战战兢兢。胡国忠拿着枪训斥："都给我看好了，这就是叛徒的下场。"

陆胜文走近："怎么回事？"

胡国忠："发现四名通共叛徒，在逃跑时被捉，现已就地正法。"

陆胜文怒："国忠，你糊涂！"

杨廷宴："做得好！"

陆胜文："大哥！"

杨廷宴："这种卖国投敌、贪生怕死之辈，死有余辜。再有此事，如同四人，就地正法。"

胡国忠："是！"

陆胜文一脸担忧，不再说话。

回到了办公室，杨廷宴坐到办公室前，陆胜文和胡国忠站在对面。

杨廷宴："岂有此理，岂有此理！胡国忠，传令下去，上至军官下至士兵，密切排查，发现有投敌卖国、扰乱军心言论者，都给我抓起来。若有抵抗，就地正法。"

胡国忠："是！"

陆胜文："大哥，万万不可呀！"

杨廷宴："二弟，稳得军心，这话可是你说的。生死存亡之时刻，若不杀鸡儆猴，留这些扰乱军心分子动摇军心，不攻自溃。"

陆胜文："大哥，高压之下，必适得其反。这是共产党使的攻心计，我们断不能上当啊。倘若……"

杨廷宴："陆胜文，你这是要我放之任之吗？"

陆胜文："胜文不敢。只是，非常时期，不能一概而论。此刻，我们前无援军，后无援粮，将士难免士气不稳，用高压政策压制涣散的军心，实在是下下之策啊。"

杨廷宴："就因为现在是非常时期，才不能妇人之仁，何况，此等贪生怕死之辈，留有何用？国忠，执行命令。"

胡国忠："是！"说完看了一眼陆胜文，然后退了下去。

陆胜文："大哥……军座……"

杨廷宴："执行命令。下去吧。"

陆胜文无奈，退出了办公室。


碾庄圩外，江小白、毛草根、铁猴子等人还在烤着红薯。

何仙女好奇地抱着一只母鸡靠近："你们这是干吗呢？"

毛草根故作神秘状："斗法。"

何仙女："斗什么法？这种时候，你们还有闲情逸致烤红薯？就不怕你们队长把你们给……咔嚓了？"

毛草根："当然，这可是我们队长的意思。你要不要来一块？"

何仙女摆手："就这烤红薯，我还真不敢吃。"

火凤凰见到了江小白，娇羞一笑，没有说话。

铁猴子见到何仙女兴奋："队长，你怎么又抱着母鸡来了？"

何仙女："这次不一样，你们队长呢？"

铁猴子："在那儿呢。"

何仙女抱着母鸡走向毛宝，毛草根凑近铁猴子："打个赌，咱队长会不会收下这只鸡。"

铁猴子摇头："又不是第一次送了，就咱毛队长的脾气，估计八百年也转不过弯来。"

毛草根点头附和："也是，根本就没什么悬念。"

江小白笑："我赌这一次，队长一定会收下。"

毛草根和铁猴子狐疑地看向江小白，江小白自信一笑。

火凤凰："没错，毛队长一定会收的，这只鸡是村里的一位大娘非要送给解放军战士的，而且，我们队长也付了母鸡的钱。毛队长没理由拒绝，对吧？"

说完，看向江小白。

江小白点头："嗯，你们看。"

众人看向毛宝和何仙女的方向，毛宝正聚精会神地看向碾庄圩，何仙女出现："看什么呢？"

毛宝转头："你怎么来了？"

何仙女："看你们红薯烤得不错，想着要不要给你们再炖锅鸡汤。"

毛宝看着何仙女的鸡，何仙女赶紧解释："这次我可是用自己的钱向老乡买的。"

毛宝抱过母鸡："不错，不错，这主意很不错，这鸡来得及时啊。"说完抱着母鸡向江小白等人方向走去。何仙女一脸狐疑地看向天上太阳："这太阳是打西边出来了吗？"

阳光晃了晃何仙女的眼，何仙女回过神赶紧跟上毛宝的脚步。

毛草根、铁猴子等人张大了惊讶的嘴巴，然后转而佩服地看向江小白，对着江小白竖起了大拇指。江小白得意一笑，火凤凰一脸崇拜地看着江小白。

柴火熊熊燃烧，大母鸡在沸水中飘香。

毛草根："真香啊。"众人围着一锅鸡直流口水。何仙女拿着汤勺："我给你们盛。"

毛宝："别动，现在还不是喝汤的时候。"

何仙女："喝鸡汤还挑时辰啊？"

毛宝笑，然后对着江小白使了使眼色，江小白会意。

何仙女嘀咕："搞什么鬼啊？"

江小白拿起话筒对着碾庄圩方向，高喊："对面的国民党将士们，听好了。只要你们出城投降，我党必不会为难你们。在你们的家乡，你们的父亲、母亲、兄弟姐妹都在等着你们平安回家。也许，就在此刻，你们的亲人正围坐着饭桌旁，给你们烧了最爱的饭菜，等着你们，望眼欲穿啊。难道你们就忍心让自己葬身他乡，让辛苦养育你们的父亲、母亲白发人送黑发人吗？你们这是不孝啊。"

何仙女恍然大悟，嘀咕着："原来，我的母鸡，是诱敌之饵啊。"

毛宝笑："没错，这次你的鸡送得很好。"

何仙女听见被表扬，开心傻笑。

碾庄圩内的民房旁，胡国忠带着一队人马押着两个士兵走来。

被押着的士兵求饶："长官，饶了我吧，我们只是肚子饿了，想要出去找点吃的。我们不是叛徒，不是叛徒啊！"

胡国忠停下："拉下去！"

被押着的士兵哀号："长官，饶命啊，饶命啊！"

胡国忠吩咐其他手下："从现在开始，但凡有投敌叛国倾向者、影响士气言论者，杀！"

胡国忠手下："是！"

几个防守防线的国民党士兵看到胡国忠的所作所为，一直唏嘘着。国民党士兵闻着飘香的鸡汤，斗志全无，他们低声讨论着。

"我想我娘了。我们不会真的要死在这里了吧？"

"外面的鸡汤好香啊，就像我娘熬的一样。"

"嘘，不想活了，你忘记老李他们四个是怎么死的吗？"

"早死晚死还不都是个死字！"

"嘘，小声点，小声点。"

一个士兵环顾四周："我们已经被包围，上峰根本不顾我们的死活，杨廷宴更是残忍，待在这里也是死路一条，那还不如搏一把。"

士兵甲："怎么搏？"

众人附耳议论。


胡国忠的办公室内，胡国忠正在办公桌前喝茶，却被外面一阵嘈杂惊扰。

外面，一群国民党士兵在打架。现场狼藉，场面混乱。

"砰"，胡国忠对天开枪，众人瞬间安静，国民党士兵们慌张地看着胡国忠。

胡国忠："干什么？眼里还有没有纪律了？"

一个士兵："长官，我们不怕死，在我们饿死前，带我们出去跟共军拼了。"

另一个士兵："是啊，长官，至少带我们出去，抢点吃的，兄弟们也好吃顿饱饭，不做饿死鬼，也死而无憾了。"

众人齐声："是啊，长官，出去找点吃的吧，找点吃的吧。"

胡国忠思考了几秒："也好，我就不信，共军的包围圈是铜墙铁壁。走，顺便去探探共军的兵力部署，再给兄弟们加餐。"

众人欢呼，胡国忠带着一队国民党士兵悄悄地摸出了国民党军的防线，往碾庄圩的西南方向走去。不一会儿他们来到一处乱石峭壁处。重峦叠嶂，林影重重，已经是傍晚了。

胡国忠低声："前面乱石林立、地势陡峭，便于隐藏。穿过此处，务必小心，不要发出任何声音。"

众人点头。胡国忠右手一挥，大家小心谨慎地跟上。他带着国民党士兵悄悄地行进，走至狭小的岔路口，那打架的几个士兵悄悄地从人群中退了出来，往侧边走去，不自觉地加快了脚步。后面的士兵马上明白了他们的用意，略微思考，马上跟上了他们的脚步。

胡国忠觉察出脚步声的异常，回过头低声责问："你们在干什么？"

逃跑的士兵听到了胡国忠的声音，加快了脚步。胡国忠拔出了手枪，指向逃跑的士兵。

脚步声惊动了正在埋伏的姚公权部队，姚公权带人端着枪走来："谁？出来！"

胡国忠听到了姚公权的声音，没有扣动扳机，带着愤怒之色悄悄地潜伏往回走。众国民党士兵纷纷举手投降："别开枪，别开枪，我们是来投降的。"

姚公权谨慎地靠前："放下武器。"

众国民党士兵纷纷丢下武器："我们真的是来投降的。"

解放军战士收缴了武器，姚公权打量着国民党俘虏："果然不出毛宝所料啊。"

姚公权对着他的一个连长："把这几个给毛宝送去。"

解放军二团连长："是！"

胡国忠愤恨地看了眼投降的士兵，向碾庄圩方向悄悄地退去，消失在丛林之中。

毛宝的阵地，姚公权的一个连长押着十多个国民党士兵来到此处。

姚公权手下连长："报告毛队长，这是我们姚团长嘱咐给您送的大礼。"

毛宝看到了被俘虏的国民党士兵，大喜："好个姚公权，回去告诉你们营长，这礼物我毛宝收了。"

连长："是！"

国民党军俘虏："解放军长官，不要杀我们，不要杀我们。"

毛宝："你可以叫我毛队长，也可以叫我解放军同志。我们这里没有长官。"

国民党俘虏面面相觑："是，是。"

毛宝看着被俘虏的国民党士兵："松绑。"解放军战士给国民党士兵松绑。

毛宝拉起其中一个国民党士兵让他们坐下："来来来，坐，刚好我们熬了一下午的鸡汤可以喝了。"

国民党士兵个个面面相觑，解放军战士也是不明所以。毛宝亲自给国民党俘虏盛汤："来，喝。"

何仙女夺过毛宝手里的碗："哎，这鸡汤是拿来给咱解放军战士喝的。"

毛宝拿回何仙女手里的碗交给国民党士兵："以前你们跟错了人，做了很多坏事，的确可恨，但现在，你们愿意改邪归正、弃暗投明，党和人民就会给你们重新做人的机会。"

　　国民党士兵接过鸡汤哽咽："是，我们今后一定重新做人。"

　　毛宝一碗接着一碗，给国民党军俘虏分鸡汤。守阵地防线的国民党士兵远远地看到了此情此景，蠢蠢欲动。


　　碾庄圩杨廷宴的办公室内，杨廷宴拍案震怒："罪不可恕，罪不可恕。你信不信我这会儿就一枪毙了你！"说话间拿起枪对准了胡国忠的脑袋。

　　陆胜文："大哥，息怒，息怒啊。"

　　胡国忠："国忠自知罪该万死，但恳请大哥留国忠一条贱命，好让国忠能在战场上跟共军决一死战。"

　　杨廷宴稍稍冷静，收起了手枪，重重地拍在了桌子上。

　　陆胜文："现在的状况，对我军非常不利，不能再拖了，此战必须速战速决。"

　　杨廷宴："你是说，决一死战？"

　　陆胜文肃穆："陆胜文愿为党国杀身成仁。"

　　杨廷宴的神色严肃起来："好！"

　　胡国忠眼珠一转："对了，大哥，还有一事。"

　　杨廷宴："说。"

　　胡国忠从怀里掏出一个锦囊："这是张军长给您的，他吩咐必须得在危急时刻才能打开。"

　　杨廷宴接过锦囊，打开看。杨廷宴看完面色凝重，陆胜文接过纸条，纸条上只有三个字：炸大坝。陆胜文震惊："大哥，这万万不可啊。大坝一旦被炸，威胁的不仅仅是两军战士，还有数以万计的平民百姓啊。"

　　胡国忠："二哥，除了此计，别无他法。大哥，国忠愿意将功补过，率部亲去炸毁大坝，以掩护大军突围。胡国忠杀身成仁，在所不惜。"

　　陆胜文反手给了胡国忠一个巴掌："混账。我们当兵打仗，不就是为了建立一个全新的国家，还百姓一个安居乐业吗。如果真的这么做，那跟日本鬼子刽子手还有什么分别？"

　　胡国忠捂着脸颊愤怒但不再讲话，杨廷宴沉默良久："为了党国的大业，流血和牺牲也是在所难免的。"胡国忠听完微微一笑，陆胜文："大哥，兹事体大，务必三思啊。"杨廷宴："好了，我意已决。既然是张军长的意思，那三弟，就按张军长的意思去做吧。"

胡国忠："是！"说完出去了。杨廷宴拍着陆胜文的肩膀："胜文老弟，我知道你要说什么，魔鬼也好，恶魔也罢，都是他们身不由己，别无选择啊。"陆胜文知道再说无用，默默地退出了杨廷宴办公室。

当晚，陆胜文的房间里，陆胜文快速地脱下军装，乔装成普通百姓的样子。他看着镜子中的自己，一声叹息，在离开了杨廷宴的办公室之后，他其实又找了一次杨廷宴，希望收回炸大坝的命令，然而依然无果，他决定用自己的办法。

陆胜文透过门缝，见四下无人，悄悄地走了出去，消失在黑夜之中。胡国忠来到陆胜文房间门口敲门："二哥，二哥。"无人应答。胡国忠推开门，房间内空无一人，胡国忠带着狐疑之色离开。

此刻的陆胜文快速地向解放军驻扎地方向走去。等到了解放军驻扎地不远处，陆胜文嘴巴里发出了虫鸣声："叽叽叽叽……"他一边叫一边四下探望，焦急地等待毛宝出现。

驻地里，何仙女和毛宝静静地站在风中，看着碾庄圩方向。天色不早，两人正准备回去，隐约，何仙女听到了一个熟悉的声音，她停下脚步，毛宝诧异地看着她。

何仙女："你听。"

毛宝也听到了陆胜文发出的声音，顿时一个激灵。毛宝和何仙女四目相对，微微地对彼此点了点头，然后寻着声音的方向走去。声音越来越清晰，毛宝心跳加快。

难道胜文他来投诚了？

陆胜文隐约看到了一个熟悉的身影在靠近，不由紧张了起来。毛宝、何仙女走近，他们看到了草垛中的陆胜文，四目相对，不远处，解放军士兵在巡逻。陆胜文看到何仙女也一起跟了过来，诧异了一秒钟，但马上回过神来，用眼神和手势示意毛宝，让他跟自己走，毛宝点头。

陆胜文又看向何仙女，毛宝会意，低声说："你在这儿等着。"

何仙女嗔怒，低声说："不行，我要一起去。"

毛宝严厉地看向何仙女，威严的眼光不容置疑。

何仙女妥协："早去早回。"说完看向陆胜文，眼神疑惑、关切、复杂。

陆胜文微微地冲着何仙女点了点头，示意让她放心，然后转身离去。毛宝悄声跟着陆胜文一起消失在黑夜中。

枫桥江畔，毛宝见四下无人，激动地抱着陆胜文，拍了拍他的肩膀："胜文，真的是你，太好了，刚刚听到你的暗号，我的心脏都要跳出来了。"

陆胜文笑："我还以为你已经忘记了我们之间的秘密暗号。"

毛宝："怎么可能，别忘了，这可是我教你的。再说，你那声音，就算混在人声鼎沸的闹市区，我也能一秒钟辨认。"

陆胜文笑：是啊，你总是最了解我。"

毛宝："是啊，我刚还和何仙女打赌，你一定会来。"

陆胜文苦笑："你和何仙女，在一起了？"

毛宝连忙摇手："没……没有，我和何仙女是革命战友。"

陆胜文："何仙女喜欢你，我知道，看得出来，你对她也有好感，你们在一起，我也放心了。"

毛宝故意否认："谁会喜欢她啊，大大咧咧，跟男人婆一样。"

谁知不远处的大树下，何仙女偷偷地跟了过来。她不敢靠得太近，躲在树后面竖起耳朵听。

何仙女轻声暗骂："好你个毛宝，看我等会儿怎么收拾你。"

陆胜文和毛宝都觉察到了大树下的动静，两人顿时明白，默契一笑，陆胜文讪笑："我来是有事找你。"

毛宝兴奋地说："好，你说。"

陆胜文："来，坐下说。"

毛宝看着大树的方向，故意提高了分贝："走，我们去那边说。"说完带着陆胜文走到了距离大树稍远的河边。陆胜文和毛宝面朝枫桥江，并肩而坐。

陆胜文感慨道："你们两个一点都没变，还是和以前一样，喜欢闹腾。"

毛宝："好了，她听不见了，你说。"

何仙女听不到毛宝和陆胜文谈话的声音，只能无聊地靠着大树，沮丧地看着他们的背影。

陆胜文收起笑容，严肃而认真地说道："毛宝，你是了解我的，只要是我认定的事情，我一定会从始至终、至死不渝。不管党国的结局如何，我都会誓死效忠，绝不背叛。所以，对不起，不要做无畏的劝说，再说你也尝试过，没用的。"

毛宝的笑容逐渐凝固："我不需要你的道歉。"

陆胜文苦笑，再一次道歉："对不起。"

毛宝绝望："既然如此，你还来找我？"

陆胜文迟疑了一会儿："我来找你，是因为有件事需要你的帮助。"

毛宝："公事还是私事？"

陆胜文："公事。"

毛宝严肃地起立想要离开："抱歉，此时此景，我都觉得我们不该再继续见面。"

陆胜文："于公于私，你一定会帮忙的。"

毛宝难过，转身欲走："一个共产党员私下会见国民党军官，是要受处分的。话已至此，战场见。"

陆胜文提高了分贝："事关两军战士和千万碾庄圩百姓的性命。"

毛宝停下了脚步："国民党军已被我军包围，已然瓮中之鳖，只要你们投降，我党必会宽大处理。但若执迷不悟……"毛宝说到这儿，停顿了一下，继续说："那只能将你们全部消灭。至于碾庄圩的百姓，我们自会保护。"

陆胜文仿佛没有听到毛宝的话，他手指大坝轻描淡写："看到那大坝了吗？"

毛宝看向大坝，皱眉："你到底想说什么？"

陆胜文："如果有人把大坝给炸了，你说会是什么结果？"

毛宝怒抓陆胜文衣领："陆胜文，你是疯了吧？大坝毁了，这下游的百姓全得跟着遭殃啊。"

# 第十八章

　　枫桥江畔，天色已经暗下来，太阳下山去。何仙女听到了毛宝怒吼的声音，吃惊地站了起来："嘿，这两人怎么吵起来了？"

　　何仙女关切地看向毛宝、陆胜文。

　　陆胜文也提高了嗓门："就因为我没疯，所以才来找你。"

　　毛宝稍稍冷静："好好，你接着说。"

　　陆胜文见毛宝的语气平息下去，深呼一口气："张军长和杨军长他们想要炸毁大坝，用大水来掩护大部队突围。所以，你们务必赶在这之前阻止这次炸大坝的行动，接下来的时间不多了，你们尽早做打算。"

　　毛宝："看来国民党军真是黔驴技穷了，这么阴损的招也就你们国民党能想得来。"

　　陆胜文："不用挖苦我，该说的我都说了，接下来就看你们的了。"

　　毛宝："你为什么要告诉我这些？"

　　陆胜文："我只是不想无辜的百姓受到牵连。"

　　毛宝："陆胜文，既然你这么在乎百姓的安危，为什么非得跟着一群刽子手，做他们的爪牙与人民为敌呢？尽快地结束战争对于百姓来说，才是最好的选择，不是吗？"

　　陆胜文："毛宝，你不懂。"

　　毛宝："是你不愿意懂吧？"

　　陆胜文："该说的我都说完了，我走了。"说完要转身离开，毛宝赶紧叫住道："等等。"陆胜文停下脚步，毛宝走到陆胜文面前，从怀里掏出一张面饼，递给陆胜文。

陆胜文："我不要。"

毛宝："拿着，这是我毛宝给你的。"

陆胜文还是没有接，毛宝："就当是还当年的恩情。而且，而且你们那边已经断粮了，我可不想看着我当年的兄弟，不是死在战场上，而是被活活饿死的。"

陆胜文拿着面饼，神情复杂："你知道我们这边的情况？"

毛宝："哈哈哈，胜文啊，我就不瞒你了，你们那边已经有很多士兵偷偷地跑到我们的队伍中来了，难道你还不明白这事吗？士兵也是人啊，你们国民党军队里当官的，吃香的喝辣的，而那些士兵呢，连口饱饭都吃不到，真要他们喝着西北风，给你们卖命啊？"

陆胜文叹息了一声："我也心疼这些士兵，现在他们中有很多人已经吃不上东西了。"

毛宝："都是穷苦人家出身的孩子啊，胜文你们家是地主，不知道穷人家是多么珍惜一口饭，所以当年你给我一张饼，我就记你一辈子。现在也一样，你们那边的士兵吃不上饭，而我们这里有饭吃，我们真的不用去劝降他们，他们就会跑到我们这里。你说吧，这仗，你们还怎么和我们打？"

陆胜文："原来他们仅仅是为了吃口饱饭。"

毛宝："陆胜文啊，你又错了，他们不是仅仅为了吃口饱饭，他们是不想打了，想回家去了，回家去吃口饱饭，能够一直吃饱饭，自己家有田有地，能讨老婆，生几个孩子，太太平平地过日子。"

陆胜文微微点头，似乎有点理解："谢谢你告诉我这些。我要走了，你多保重，再见。"说完转身就离开。

毛宝看着陆胜文的背影，重复着："再见，再见，胜文啊，我们还会再见吗？"

何仙女看着陆胜文离开，狐疑道："哎，这陆胜文怎么走了，你们刚刚说得不是好好的吗，怎么就吵起来了？"

毛宝疾步走去。

何仙女急了："你倒是说话呀。陆胜文不是来投诚的吗？是吧？他是来投诚的吧？他既然是来投诚的，你怎么能放他走呢？"

毛宝突然停下脚步："有什么问题，等见到王司令员后再说。"

何仙女叉着腰，停了下来，气喘吁吁道："还得去见王司令员吗？"

毛宝只顾自己快步离去，何仙女大喊："毛宝，你等我。"

解放军驻地的作战室内，王司令员和洛奇政委坐在桌子两侧，昏暗的灯光影在作战室的墙壁上，烘托着严肃的气氛。

毛宝："事情就是这样的。"

何仙女："混蛋，这简直就是草菅人命啊。"

王司令员："那陆胜文有没有说起他们的行动时间和行动部署？"

毛宝："没有。但依照目前的形势来看，他们没有太多时间去筹划，势必会速战速决。所以，我们现在就必须采取行动，先发制人。"

碾庄圩内，陆胜文出现在黑夜之中，他环顾四周，见四下无人，迅速地走进自己房间，将房门关上。

胡国忠躲在暗处，他的身边站着他的亲信马涛。胡国忠将这一切看在眼里，眼神复杂。胡国忠离开陆胜文房间，带着马涛来到无人处。

胡国忠："都准备好了吗？"

马涛："嗯，准备就绪。"

胡国忠："好，派人监视陆胜文的一举一动。"

马涛："旅座，你是说，陆长官有猫腻？"

胡国忠微微点头："嗯，你带着兄弟们立即赶赴大坝，我去通知大哥。"

马涛："是！"

碾庄圩内的操场上，马涛带着人马集结。每一个人都拿着手榴弹、炸药包，有条不紊地列队站好，胡国忠看着这些士兵。

马涛："旅长，队伍已经集结好了。"

胡国忠："唔，很好。现在趁着天还没有亮透，共军还在睡梦中，我们抓紧行动，把他们统统地送去见阎王爷，哈哈哈。"

陆胜文坐在自己房间的桌子旁，他听到了部队集结的声音。陆胜文起身，向门外走去，两个士兵拦住了他的去路。

士兵："军座吩咐，天亮之前，没有他的命令，谁都不能擅自在军营走动。"

陆胜文："我要找我大哥。"

士兵："这就是军座的意思。"

陆胜文马上会意，他重重地关上房门，退回到自己房间，担忧地看向大坝方向。

杨廷宴的办公室内，胡国忠对着杨廷宴汇报："报告军座，部队集结完毕。"

杨廷宴："很好，三弟，此次任务，就交由你全权指挥。待你凯旋，我必报

274

告上峰，对你进行嘉奖。"

胡国忠："谢大哥，国忠不求嘉奖，只求完成党国的使命，鞠躬尽瘁死而后已。"

杨廷宴："很好，党国就需要你这样忠诚的勇士。"

胡国忠："大哥，突围的时候，属下不能在您身边保护，请大哥保重。"

杨廷宴拍了拍杨廷宴的肩膀："去吧。"

胡国忠对着杨廷宴敬礼，毅然转身离去。杨廷宴突然叫住了他："等等。"

胡国忠："大哥还有什么吩咐？"

杨廷宴："这次行动带上陆胜文。"

胡国忠："大哥的意思是……"

杨廷宴点头："你明白就好。记住，这次行动，你拥有绝对的指挥权。"

胡国忠："遵命！"


解放军阵地里，毛宝站着，何仙女站在他的旁边。毛宝目视前方："真不知道政委怎么会同意民兵队来协助战斗，你听着，没有我的命令，不得擅自行动。"

何仙女："知道了，毛队长。用得着这么严肃吗？"

毛宝："我们这是在打仗，不是儿戏。"

何仙女："是，遵命！"

毛宝还想训斥几句，何仙女赶紧说："别说了，他们来了，来了。"

老虎队在钱海英的带领下，迅速地在毛宝面前整齐列队。

毛宝："同志们，国民党军队正朝着枫桥江大坝进发，他们想要炸毁大坝，以掩护他们突围，我们必须阻止这场灾难，消灭敌人，保护碾庄圩百姓安全！"

老虎队队员个个神情肃穆："消灭敌人，保护碾庄圩百姓！"

毛草根："还有，为笑面虎报仇！"

毛宝："好，出发！"说完带着老虎队队员行进，何仙女跟在毛宝身边，向大坝方向迅速迈进。


碾庄圩内的操场上，马涛集结完部队，等候着胡国忠一声令下。胡国忠走来，旁边还跟着一脸怒容的陆胜文，马涛微微一愣，但马上反应过来，敬礼："报告长官，部队已集合完毕。"

胡国忠看向陆胜文，陆胜文黑着脸没有说话。胡国忠看了一眼陆胜文，然后下令："出发！"

马涛："是，出发！"

胡国忠带着国民党部队向大坝方向快速行进，先一步抵达枫桥江大坝的东侧。马涛看向胡国忠，胡国忠向马涛点了点头，马涛会意。

马涛对工兵说道："工兵组，跟我来。"

工兵："是！"

马涛带着工兵开始布置炸弹。陆胜文面露担心之色，他环顾四周，没有见到毛宝的身影。

胡国忠："二哥，你是在等人吗？"

陆胜文："我能等谁？只是这大好河山马上就要被这洪水吞噬，忍不住觉得可惜，多看几眼罢了。"

胡国忠："看来，你这是在责怪大哥，责怪三弟？"

陆胜文："我陆胜文怎敢责怪你们，况且这也是张军长的意思。只是，用践踏百姓的性命换来的安全突围，总觉得胜之不武啊。"

胡国忠："党国的大业总要有流血和牺牲。再说，比起我军上万壮士的性命，这些草民又算得上什么？"

陆胜文："国忠，你什么时候开始变成这个样子了？"

胡国忠："二哥，属下没有变，是您变了，您的心变了。"

陆胜文："我陆胜文，从始至终，做人做事，无愧于心。"

马涛带着工兵在大坝上紧张忙碌地布置着炸弹。有的负责传送，有的负责拉线，有的负责安装。陆胜文见工兵们有条不紊的样子，额头不由得渗出了汗珠，却极力保持着一副镇定的样子。胡国忠瞟了一眼，暗笑，然后吩咐手下："加强警戒。"

手下："是！"

胡国忠走到大坝上，来到马涛身边，问："还需要多少？"

马涛："半小时。"

胡国忠："这么长时间？"

马涛："这个大坝根基比较宽厚，普通的炸弹怕是只能炸开一个缺口。所以，工兵们正在将炸弹捆绑在一起，做一个大型的集束炸弹，保证将大坝一举毁灭。"

胡国忠皱眉点头，走下大坝。忽然背后响起枪声，一个脑袋露在外面的被一枪击毙。

大坝西侧，红娃拉了拉枪栓，得意一笑。胡国忠迅速躲到了掩体后面，马涛和工兵们也迅速躲到了掩体后面。

胡国忠大叫："掩护工兵！"

国民党士兵迅速进入作战状态，向枫桥江大坝西侧射击。陆胜文第一时间匍匐下来，长舒了一口气。

毛宝："海英，你带一队人马上去消灭国民党工兵，销毁炸弹！"

钱海英："是！走！"右手一挥，一队人跟上，向大坝冲去。

毛宝："狙击组，掩护钱海英！"

红娃："是！"说完带着狙击组跟了上去。

何仙女："那我呢？"

毛宝："其余人，跟我来，消灭对面的敌人！"

何仙女等人："是！"

火力集中在大坝上，马涛一边还击，一边对着工兵大叫："加快速度！"

胡国忠带着国民党士兵大喊："集中火力，不能让共军靠近大坝！"

钱海英强势的火力压制，国民党工兵根本腾不出手和脑袋继续装炸弹。红娃带着狙击队员，半蹲在地，向大坝方向瞄准。一个工兵试图将两颗炸弹的线连接上，红娃一颗子弹划过，击中了他的手臂。工兵忍痛躲在了一个掩体后面。

陆胜文象征性地一边还击，一边关注着大坝上方的战况。马涛撤退到胡国忠身旁："敌人火力太猛，根本无法继续作业。"

胡国忠："炸弹还需要多久？"

马涛："这种情况下，真不好说啊。"

胡国忠："那就尽快，如果保证不了大坝的完全摧毁，那至少得保证把对面那帮孙子给我炸死了。"

马涛："是！"说完，又向大坝方向跑去。

胡国忠四处观察，看到了陆胜文，邪笑："我怎么给忘了，还有二哥在这儿坐镇，可以为咱们工兵保驾护航。"说着一边还击，一边向陆胜文的身边退去。

钱海英带着队员冲在最前面，大坝上的国民党工兵被火力压制得不敢轻举妄动。

毛宝带着老虎队队员对国民党军进行猛烈攻击。树林子里，陆胜文带着国民党士兵以树为掩体，还击着对方的火力。

胡国忠靠近："二哥，必须马上压制敌方火力，否则工兵无法作业。"

陆胜文："敌军火力这么强大，怎么压制？能保持势均力敌、全身而退就已经很不容易了。"

胡国忠："二哥，这仗才刚开始打，你就想着全身而退，这可不是你的风格啊？"

陆胜文："那你说，怎么办？"

胡国忠："依小弟看，这队伍里，就属您的威信最高。就请二哥亲自带着兄弟们杀过去，这样，势必会让兄弟们士气大振。只要二哥带着兄弟们坚持二十分钟，坝上的工兵也必不会让党国失望。"

陆胜文："这怎么可能？就这样冲过去，不是自投罗网、自寻死路吗？"

胡国忠："莫不是二哥怕死了？"

陆胜文："我不怕死，但我不能带着兄弟们做无畏的牺牲。"

胡国忠："好一个侠肝义胆不怕死的人啊。既然如此，那小弟就得罪了，我以此次行动最高指挥官的身份，命令你，冲上去，就算是人肉盾牌也得给我撑到二十分钟。"

陆胜文："我要是不呢？"

胡国忠："这是军座的意思。违抗军令，你知道是什么后果。"

陆胜文愤恨地看了眼胡国忠："胡国忠，你的翅膀真是硬了。"

胡国忠："不敢当，小弟所做的一切都是为了党国的利益。"

陆胜文不再看胡国忠，他对着手下的人大声："兄弟们，跟我冲。"说完带着国民党士兵向大坝那侧钱海英的方向冲去，胡国忠邪魅一笑。

陆胜文带着一群国民党士兵冲向钱海英，他一马当先。国民党士兵打得格外勇猛，钱海英等人被突如其来的火力打得有点手足无措，连忙闪身躲在掩体后面。

马涛在陆胜文短时间强大的火力支援下，迅速地和工兵们展开工事，工兵们熟练地连接着炸弹的导火索。

大坝西侧，毛宝和何仙女瞪大了眼睛。

何仙女："陆胜文？毛宝，你看，是陆胜文。"

毛宝紧皱着眉头，何仙女起身："臭小子，我要去灭了他。"毛宝一把拉回何仙女："给我回来。"

何仙女："他们要冲过来了。"

毛宝一脸坚毅："他们坚持不了多久。"说完，弯腰躲避着子弹，向前冲去。

大坝西侧的草垛子旁，红娃带着狙击手一枪一个向国民党军射击。他发现了陆胜文，把目标瞄准陆胜文："这是你自己找死。"

陆胜文一边攻击一边躲避着子弹，红娃的瞄准镜紧紧地瞄向他的脑袋。

红娃聚精会神，刚要扣动扳机，一双手从背后握住了他的枪栓。

红娃回头："队长，我这就把那个领头的给毙了。"

毛宝："这个人留给我。"

红娃："是！"

毛宝说完，冲向钱海英方向。

钱海英："队长，要不要正面和敌人交战？"

毛宝："不，沉住气。稳住就是胜利。"

陆胜文看到了毛宝，他对着毛宝的方向打了几颗子弹，子弹打偏，他对着毛宝使了使眼色，毛宝会意。

毛宝吩咐钱海英："现在敌方的火力都集中在大坝前方，我在前面负责吸引他们的火力，你带一队悄悄地迂回到大坝后方。"

钱海英："是！"

毛宝故意大叫了一声："同志们，集中火力，消灭敌人！"

两军交战进入白热化。胡国忠也带人支援陆胜文，他被空前的白热化战斗所牵制，没有注意到大坝后方。大坝东侧，陆胜文退到掩体后面换弹匣。胡国忠狐疑地看向如此英勇的陆胜文，陆胜文觉察到胡国忠的眼神。

陆胜文："国忠，怎么了，赶紧打！"

胡国忠："嗯。"

陆胜文装好弹匣，又向前方冲去。胡国忠跟上了陆胜文。

大坝西侧，何仙女来到毛宝身边："不是要打消耗战吗？"

毛宝："时局在变，同志们，给我狠狠地打！"

何仙女兴奋："是！"说完，对着国民党军狠狠地补了两枪。

杨廷宴办公室里很安静，时钟滴滴答答地走着。杨廷宴坐在办公桌前，眼珠子一动不动地看着早已发凉的茶水。

一个通信兵跑进："报告军座，枫桥江大坝方向遭遇了共军的伏兵，现在胡长官等人正在全力抵抗。"

杨廷宴狐疑："伏兵？怎么会有伏兵？现在敌军有多少人？"

通信兵："暂时还不清楚。"

杨廷宴："去，随时报告！"

通信兵："是！"

大坝的西侧，老虎队和国民党军猛烈地交战。大坝上，马涛带着手下的工兵还要继续安装爆炸装置。

工兵："马长官，对面有共军的狙击手啊，我们还是撤吧。"

马涛："撤？炸弹还没有安置好呢，撤什么啊？"

工兵："不是啊，我们一探出身子去，就会被狙击手打死啊。"

马涛："你怕死啊？"

工兵点点头："怕。"

马涛用枪顶住了工兵的脑袋："你要是不去干活，老子现在就打爆你的脑袋。你们也一样。快，都给我干活，尽快把爆炸装置安装好了。"

国民党士兵很是痛苦无奈地继续去安装爆炸装置。刚才说话的那个工兵刚走到前面，一颗子弹打过来，一枪就被打爆了脑袋。

马涛发怒地抢起机枪，对着前方黑暗处，一阵扫射："娘的，老子要把你们这些共军统统干掉。"他一边对着前面开枪扫射，一边对着手下："你们几个掩护，你们两个快点安装爆炸装置。"

西侧，两军还在交战中。

陆胜文也看到了何仙女，他不忍心对着何仙女和毛宝开枪。胡国忠也看到了毛宝他们，看出了陆胜文的心思："二哥不会又心软了吧？"陆胜文不说话，胡国忠："我们面前的人可是敌人，他们要我们死，二哥，你醒醒吧，什么儿时的友情，把这些都忘了，干掉他们，我们才有活路。"说完对着毛宝他们这边一阵猛打，他回头对陆胜文喝了一句："打啊！"

陆胜文被胡国忠逼迫着，只能对着老虎队开枪。

大坝上，马涛带着手下和钱海英这边交战着。国民党军的爆破手已经接好了爆炸装置："长官，接好线了。"

马涛："是按旅座的意思接的吗？"

爆破手："没错，就算共军杀过来了，他们也不知道处理掉哪根线。"

马涛："嗯，很好，老虎队，你们就等着受死吧。"

爆破手刚起身想要撤离，一颗子弹飞来，击中了他的后脑勺，倒在了地上。

马涛："妈的，反正也没什么用了。"涛踢了一脚爆破手的尸体，尸体滚下山坡去。

国民党军工兵一边还击着，一边往回撤退。

西侧，何仙女看见了陆胜文，一阵猛骂，陆胜文默然不语，何仙女又骂起了胡国忠，引得胡国忠对着毛宝他们这边猛打。

胡国忠："这个马涛怎么还没完成任务？"

大坝上，钱海英带着红娃、江小白他们冲上来。江小白一眼就看到了爆炸装置，爆炸装置闪着红色的小灯："敌人已经安装好了爆炸装置，我们得尽快处理掉。"说完拿出一把小剪子，要去剪掉爆炸装置的线。

钱海英一把拉住了江小白："等等。"

江小白："怎么了？"

钱海英紧皱眉头注视着爆炸装置的线路："恐怕敌人有诈，这个爆炸装置有问题。"

江小白："有什么问题？"

钱海英："我以前在书上有看到过这种爆炸装置，有一种接线法就是无论我们剪掉那根线，都会引起爆炸。"

江小白："啊？不是吧，那我们难道要眼睁睁看着大坝被炸掉吗？"

钱海英："我们着急也没用，让我想想，一定能想出办法来的。"

红娃他们也焦急地看着钱海英。

大坝的西侧，马涛带着剩下的几个手下低着身子潜到了胡国忠身边。胡国忠看到了马涛："你小子终于死回来了。爆炸装置弄的怎么样？"

马涛邀功："旅座放心，我马涛办事什么时候让您失望过，我们把爆炸安装好了，这回够共军受的了。"

胡国忠："好样的，回去我给你请功。"

陆胜文担忧地看着胡国忠，还想要阻止胡国忠："国忠，我们真要这么做吗？大坝炸开，能挡住一部分共军，但是我们的人马也会受到损失的。"

胡国忠："你到现在怎么还没有想清楚，只要能挡住共军的进攻，让黄司令和大哥撤退出去，我们干什么都可以。马涛，把启动爆炸的装置准备好。"

马涛："旅座放心，一切都准备就绪了。"

胡国忠："好，我们抓紧时间离开这里。"

胡国忠他们对着老虎队这边还击了几枪，开始往后撤退。老虎队这边，何仙女看着陆胜文往后撤退，有些疑惑地问："他们怎么开始跑了？"

毛宝："不好，我估摸着他们是不是已经把爆炸装置给装好了。"

何仙女："不是吧，小白他们难道没有阻止？"

毛宝："同志们，跟我冲上去，包围住这些敌人。"

毛宝跳出了掩体，带着老虎队的战士们冲向胡国忠他们那边。

大坝上，钱海英研究着爆炸装置，脑门已经急出了冷汗来。

江小白他们也在一旁急地看着，江小白说："我说钱副队长，你是不是搞错了，要不先剪断一根线试一试？"

钱海英："不行，如果我们现在剪断一根线，立马就会启动爆炸，不但救不了我们的部队，我们老虎队也会全军覆没。"

江小白："哎呀，那到底该怎么办啊？"

钱海英："别吵我，我钱海英一定能阻止这场爆炸的，一定能。"

江小白他们闭上了嘴，但还很焦急。

此刻，胡国忠他们已经跑到了枫桥江大坝边上的一座小山上，老虎队在后面舍命追击。胡国忠他们在前面奔跑，后面的子弹打过来，倒下去两个国民党士兵。胡国忠等人躲到了树后，还击老虎队。

胡国忠对陆胜文命令道："二哥，你来抵挡住他们。"

陆胜文看了一眼胡国忠，点了一下头，对着毛宝他们这边开枪射击。

胡国忠转身躲到一块大岩石后面，对马涛说："现在就启动爆炸装置。"

马涛："旅座，这两个按钮往上一推，大坝那边就会爆炸。"

胡国忠阴冷地一笑："好。"

陆胜文回头，想要阻止胡国忠的行为："国忠，不要……"胡国忠没有理会陆胜文，把引爆装置的按钮往上一推。

大坝上，钱海英兴奋地大叫一声："找到了。"爆炸装置中一根细小的头发丝连接着重要关节点。突然，爆炸装置上的红灯警报器加速响了起来。钱海英迅速拿起剪刀，剪掉了头发丝。

红灯警报器慢慢地熄灭了。

碾庄圩的半山坡上，胡国忠他们这边，整个空气中都静止了，无声无息。陆胜文张大着嘴巴，胡国忠露出冰冷笑容。

没有一点反应。

胡国忠瞪大了眼睛，用力地把按钮再往上推，但还是没有反应。他大怒："怎么回事，怎么没有爆炸啊？"

马涛："怎么会这样？难道，难道是共军那边……"

胡国忠："不可能，他们怎么会知道我们的秘密，不可能阻止爆炸的。"

陆胜文松了口气。

大坝上，钱海英也重重地舒出一口气，擦了一把汗。

江小白："搞定了？"

钱海英："搞定了，我们如果慢个三秒钟，这里就全部要爆炸了。"

江小白："太可怕了。钱副队长，你真是太厉害了！"

江小白向钱海英竖起了大拇指，红娃他们也敬佩地看着钱海英。

钱海英淡然一笑："也不枉我在那边待了这么些年。"

钱海英他们都很开心，一副乐呵呵的样子，准备从大坝这边撤下来。

江小白："那些国民党反动派肯定不会想到，我们老虎队里还有这么厉害的人物，而且还是从他们国民党队伍中投诚过来的，估计黄百韬要是知道了，肯定得气得吐血，哈哈哈。"

红娃："小白，少说两句。"

江小白："好好好，难得我们红娃同志开口说话。遵命。"

红娃也笑了笑："你遵命什么，我红娃又不是领导。"

钱海英："你红娃虽然不是领导，但是你的枪法绝对是一流的，要是在国民党军那边啊，你说不定能得一枚青天白天勋章。嗨！要这破勋章干吗？"

江小白："走走走，我们还是赶紧去和队长他们会合。"说完往下走，红娃跟在后面警戒。


碾庄圩的半山坡上，胡国忠像是发疯了一样："不可能，我们一定要完成这次爆炸任务。马涛，你们几个跟我来。"

马涛："旅座，我们去干吗？"

胡国忠："去大坝那边，检查爆炸装置，重新启动爆炸。"

马涛："这个……"

胡国忠："什么这个那个，你们要是不服从命令，老子现在就毙了你们。"说完用枪指着马涛他们，马涛他们只能点头答应："是！"

胡国忠对陆胜文道："你带着几个人留在这里，给我挡住老虎队。"

陆胜文点了点头，胡国忠带着马涛又向大坝处奔过去，路上看到了江小白他们。

马涛："旅座，是老虎队的人，肯定是他们破坏了爆炸装置。"

胡国忠一副咬牙切齿的样子，他举枪瞄准了江小白他们这边，暗枪打响。红娃灵敏地听到了动静，大叫一声："小心！"红娃扑向了江小白，把江小白扑倒在地，子弹打进了红娃的后背心。

钱海英："有敌人，快隐蔽！"

胡国忠："给我狠狠地打，消灭这些可恶的共军！"

两边的人马激战起来。

碾庄圩的半山坡上，毛宝和陆胜文这边在对战中，两人的目光中都露出了无奈之色。

毛草根："队长，大坝那边好像传来了枪声。"

毛宝："不好，那个胡国忠杀了回去。"

何仙女："那小白他们会有危险？"

毛宝："走，我们去大坝那边，支援他们。"他们还击着，开始往枫桥江大坝那边撤退。

陆胜文看着毛宝他们往大坝方向撤退，没有开枪射击，但还是带着几个手下跟了上去。

枫桥江大坝的西侧，江小白翻过身，叫着红娃："红娃，红娃，你怎么了？"

红娃吐出一口血来："我，我好像被子弹咬中了……"

江小白把红娃拉到了一块大石头后面，紧紧地拉着红娃的手："红娃，你怎么这么傻啊，你干吗为我挡子弹啊。"

红娃淡然一笑："江，江小白，你答应过我的，要给我找到杀害我家人的凶手。"

江小白眼中含泪，重重地点头："嗯，我一定会找到杀人凶手，你红娃也不会有事的。"

红娃微微摇头："我不行了，我要去见我的家人了。"

江小白："不，红娃，你要坚持住！坚持住！队长，队长他们马上就赶到了！"

红娃昏厥过去。

胡国忠他们这边，胡国忠疯狂地开枪射击着，对马涛他们命令道："你们几个跟着我去爆炸装置那边，其余人给我挡住这些共军！"说完带着马涛他们潜向爆炸装置的方位。

钱海英："不好，敌人还想去连接爆炸装置。"他刚想要冲杀上去，但是被胡国忠这边打退下来。

毛宝带着毛草根他们冲上来，和钱海英会合。钱海英："队长，你们来得正好，敌人又杀回来了。"

毛宝："不能让他们的阴谋得逞，跟我干掉这些敌人！"

钱海英："是！"

胡国忠他们已经冲到了枫桥江大坝爆炸装置面前，看着被拆掉的爆炸装置，极其恼火："可恨的老虎队！"

马涛："怎么会这样，老虎队的人怎么会知道剪掉哪根线？"

胡国忠："废话少说，快把线接上，重新启动爆炸装置。"

马涛："可是……"

胡国忠用枪对着马涛："可是什么，快！"

马涛和一个工兵行动起来。这时，毛宝带着老虎队杀过来。胡国忠奋力还击："老虎队，老子跟你们拼了。"

大憨端着机枪对着胡国忠这边扫射，胡国忠抬不起头来，工兵的手颤抖着，根本接不上线。毛宝瞄准了国民党军工兵，连开两枪，把他击毙了。马涛看着工兵被击毙，吓得往后退去。胡国忠杀红了眼，大叫着："不准后退，谁都不准给我后退。给我打共军，给我把这个大坝给炸毁，把共军全都淹死。"胡国忠一边对马涛呵斥着，一边对着老虎队这边疯狂开枪射击，打光了枪中的子弹。

毛宝带着老虎队冲上来，干掉了胡国忠身边的两个国民党士兵。胡国忠拔出了短刀，喝了一声："跟共军拼了！"说着正要冲杀出去，被从后面上来的陆胜文拉住："国忠。"

胡国忠："给我杀出去。"

陆胜文："快走，老虎队包围过来了，再不走，我们都得死在这里。"

胡国忠："死就死，为党国尽忠，我胡国忠心甘情愿。"

陆胜文："你糊涂，大哥和黄司令还没有撤退，等着我们去保护他们。"

胡国忠一犹豫，陆胜文忙说："走。"说完拉着胡国忠往回撤退，胡国忠不甘心地看着爆炸装置："老虎队，我一定不会放过你们。"马涛他们几个人灰溜溜地跟在后面，胡国忠推了一把马涛："给我挡住共军，挡住他们。"

马涛："旅座……"

胡国忠："快！"

马涛无奈地转身去还击老虎队。大憨冲了出来，对着胡国忠逃跑的方向扫射，马涛对着大憨开枪，大憨躲过子弹，对着马涛这边一阵扫射。

马涛吓得连忙往后撤退："旅座，旅座，等等我……"

毛宝他们上来，大憨还要追上去。

毛宝："不要追了。"他看着陆胜文逃跑的背影，叹息了一声。陆胜文回头来，和毛宝对视了一眼，随即消失在树丛中。

毛宝："走，回去看看红娃他们。"

# 第十九章

老虎队队员们回到了解放军驻地，众人的脸上一脸的悲伤。毛宝抱着红娃的尸体，神情哀痛。

钱海英："队长，把红娃同志放下吧。"

毛宝："没事，我不累。"

何仙女："毛宝，你不要这样子，红娃已经走了，人死不能复生，早点让他入土为安。"

毛宝喝了一声："你不要烦我，让我一个人和红娃待一会儿！"

何仙女想要发火，但还是止住了怒气："你……好好好，我们走，我们走。"

何仙女他们几个人离开，但江小白还是没有离开，毛宝看了一眼江小白："你怎么不走？"江小白："我也想和红娃待会儿，和他再聊聊天，他临死前都没有把话说完。"

毛宝没有再赶江小白，江小白对毛宝说："队长，把红娃放下吧，让他好好睡一下。"

毛宝放下了红娃，江小白对着红娃的尸体说道："红娃，你说要我们帮你，我知道你想说什么。"毛宝看了一眼江小白，江小白接着说："你是让我们帮你找到杀害你家人的凶手，是不是？我答应过你的，就一定会做到。"

毛宝也点了点头："对，红娃，我们一定会做到。"

陆胜文与胡国忠带着残余小部队向碾庄圩军营这边撤了回来，他们都是灰头土脸的样子，一行人在碾庄圩内走着。

碾庄圩内一个国民党军传令兵跑到胡国忠面前："胡副旅长。"

胡国忠面色很难看，看了传令兵一眼。陆胜文对一起归来的工兵和战士们说："弟兄们，你们辛苦了，先回去好好休息一下。"国民党士兵们无精打采地点点头，准备四散而去。胡国忠低着头，露出狠狠的表情。

国民党军传令兵："胡旅长，我这就去把您回到碾庄圩的消息传达给杨军长。"胡国忠皱着眉头，紧闭着嘴，慢慢点头。传令兵敬礼，转身走去。胡国忠低着头，胸口起伏，面容生气，突然大声喊："慢着！"

在场的士兵们都怔住了，传令兵连忙停步，其他的士兵也都驻足。陆胜文看着胡国忠，若有所思。

传令兵："胡旅长，您还有什么吩咐？"

胡国忠气鼓鼓，突然掏出手枪，顶着陆胜文的脑门。陆胜文并没有惊慌，只是沉稳地看着胡国忠，胡国忠咬牙切齿："陆胜文。"

周围的国民党士兵连忙凑过来，惊呼："胡副旅长！"

陆胜文："国忠，你这是做什么？"

胡国忠："呸，国忠也是你叫的吗？给共军通风报信，让我们牺牲了这么多的战士，我没有你这样的兄弟。"

周围的国民党士兵面面相觑，随即用不可思议的目光看着陆胜文。传令兵看着后退想要走开去报告杨廷宴。胡国忠大喝："站住！"传令兵连忙站住，另一个在远处的国民党士兵小贾悄悄溜开了。

胡国忠仍用手枪指着陆胜文的脑门，其中一个国民党士兵："胡……胡副旅长，我想这其中一定是有什么误会，我们也跟了陆长官这么长时间，陆长官对弟兄们一直很好，战斗的时候也都多亏了陆长官的带领，我们才能打胜仗，陆长官怎么可能是通风报信的奸细呢？"

另一个国民党士兵："就是啊，胡长官，上次我清清楚楚地记得，就是因为陆长官的策略，我们才在共军半夜偷袭的时候堵住他们，我们也杀了好多敌人。"

胡国忠对陆胜文说："听见没有，你的那些好兵在为你辩护呢。陆胜文，你现在脸不红吗，你一点都不感到羞耻吗？"

陆胜文："我陆胜文一心为党国，怕是不知道你在说什么。"

胡国忠："没错，呵呵，好一个一心为党国啊，只怕是，你为的不是我们的国民党，而是共产党吧。"

周围士兵一阵唏嘘，难以置信，传令兵靠近："胡旅长，我想这肯定另有隐情，陆长官怎么可能和共产党扯上关系呢？您把枪先放下，大家有话好好说。"

胡国忠左手一甩，右手顶在陆胜文脑门上的枪更加了一下力道："和共产党没关系？你们是不知道，你们面前的这个陆长官，和共军老虎队的队长毛宝，关系可是非同一般呐。"

士兵们带着疑惑的目光看着陆胜文，陆胜文盯着胡国忠。

胡国忠对陆胜文说："怎么样，说不出来话了？从新安镇开始，我就发现你们在秘密通信，几场仗下来，一旦在战场上遇见那个毛宝的老虎队，你就心神不宁、坐立不安。我们每次围住老虎队，可到头来都让他们给跑了，我就纳闷，这毛宝是属猫的不成，每次都这么命大，现在看来，他们的命都是你陆胜文给的。"

陆胜文："胡国忠，无凭无据，你这是血口喷人！"

胡国忠冷笑一声："你在这装什么好人？证据？这次行动只有你我几个人知道，本来是万无一失的行动，那天我就看你鬼鬼祟祟的，所以赶紧派马涛去执行任务，却不知怎的共军的老虎队竟然有备而来，竟然好像知道我们要干什么。如果我们再晚一点，估计直接就被他们打了埋伏，连渣都不剩了。陆胜文，你怎么对得起党国，怎么对得起我们死去的弟兄们？"

周围的国民党士兵开始略显严肃地看着陆胜文，几个人还交头接耳。陆胜文看着国民党士兵们，低了低头，又看着胡国忠："死去的弟兄们？如果这项任务真被你得逞了，死的不仅仅是共军的士兵，也不仅仅是我们的战士，还有无数的无辜老百姓，你有想过这样的后果吗？这样的责任是你一个人能担得起的吗？"

胡国忠："有战争就会有伤亡，有牺牲，服从命令是军人的天职，如果都像你一样妇人之仁、儿女私情，这仗还怎么打，党国就会亡在你这种叛徒手里。"

陆胜文："战争不是你一个人的事情，这关乎千千万万的中国百姓的安危存亡，我们拼死作战的目的是给劳苦百姓一个安稳的家，而不是你建功立业、巧取豪夺的手段！"

胡国忠："放屁，陆胜文，你这算是承认了你去告密的事实了吧？"

士兵们手足无措地看着二人，胜文看着胡国忠，又偷偷看向旁边的士兵，旁边的士兵身上背着一把枪。

陆胜文："我不明白你说的什么意思，我只知道拉普通老百姓下水陪葬的政府，就算打赢了仗，也一定不会得意多久。"

陆胜文一边说着，一边看向士兵手中的枪。

胡国忠："陆胜文，你这是真反了？我他妈现在就枪毙了你。"他同时神色激动，握枪的手力道加重。陆胜文猛地扬手打开了胡国忠的手，胡国忠的手被打开，朝天开了一枪。

一声枪响，正在赶来的杨廷宴和国民党士兵小贾定了一下，脸上一惊。

小贾："军座，有枪声。"

杨廷宴："坏了，快走，这个胡国忠要是真打死了陆胜文，我一定饶不了他。"

两个人更加快步地向前赶去。

另一边，陆胜文快速夺过身边士兵的枪指向胡国忠，胡国忠也重新拿手枪指向陆胜文。

两个人举枪对峙着，周围的国民党士兵都瞪大了眼睛。

胡国忠："好你个陆胜文，敢拿枪指着你的副旅长，你这是要反抗？"

陆胜文看着胡国忠，眼里有一些犹豫。

他的脑海里闪过了很多情景：毛宝还给陆胜文一张饼时的情景，何仙女劝陆胜文离开国民党时候的情景，沈琳看着即将上战场的陆胜文，眼中充满担忧的情景。他眨了下眼睛，眼神变得坚定。

胡国忠："好，好，那就看看是我的枪快，还是你的枪快。"

陆胜文："慢着，胡国忠，你栽赃陷害完我陆胜文之后，就要杀人灭口了吗？"

胡国忠："你什么意思？"

陆胜文："哼，如果不是你自己通风报信、贼喊捉贼，干吗这么着急要私自枪毙我，大可以把我绑给军座，听候发落。"

胡国忠："你说什么？我通风报信？"

陆胜文："这么着急想除掉我，无非是因为我死了之后就死无对证，这样你就可以继续与共军勾结，再无后患。"

胡国忠："陆胜文，你他妈胡说。"

周围的士兵们不知所措，陆胜文接着说："我是否胡说，你自己心里清楚，有能耐你就开枪打死我，这样你就再无后顾之忧了，是吧？"

胡国忠用枪对着陆胜文："你……"

陆胜文也往上端了端步枪，胡国忠看向周围的士兵们，士兵们的脸上开始出现了怀疑的神色。

胡国忠："好你个陆胜文，贼喊捉贼，我劝你最好把枪放下，不要越玩越大！"

陆胜文："胡国忠，是你不要玩火自焚了，你把枪放下！"

胡国忠神情激动，身体向前颤动："把枪放下！"

陆胜文看准时机，用步枪一挥，打掉了胡国忠手里的手枪，胡国忠"啊"了一声，手枪掉在了地上。胡国忠急忙弯腰要去捡枪，步枪的枪口出现在胡国忠的面前。杨廷宴和传令兵赶了过来，看见了陆胜文拿枪指着胡国忠这一幕。

杨廷宴："陆胜文，把枪放下！"

陆胜文看到了杨廷宴，把地上的手枪踢到一边去，放下了步枪，胡国忠恨恨地看着陆胜文。


杨廷宴的办公室内，陆胜文和胡国忠站在杨廷宴的面前。

杨廷宴："这他妈都什么时候了，外面共军轮着番地冲上来，碾庄圩危在旦夕，你们在这儿搞这种幺蛾子。"

胡国忠："但是……"

杨廷宴："但是什么？在那么多士兵面前，你还有没有脑子，这项任务本身就是绝密，就是一个玉石俱焚的行动，士兵们要是知道了，他们会怎么想，他们还会继续战斗下去吗？跑的人还少吗？"

陆胜文看着杨廷宴，若有所思。

胡国忠："是，大哥，我们这次的任务失败了，国忠甘愿受罚，可这次行动明明这么隐秘，但却遭遇了共军的突袭，我们损失惨重，炸毁大坝的行动也没能完成，我怀疑，不，我确信，陆胜文把我们的行动暴露给了共军，他是共军的奸细。"

杨廷宴看向陆胜文，陆胜文看了看胡国忠，又看向杨廷宴："大哥，这次行动失败是我们作战不力，胜文甘愿受罚，但说我是共军奸细却是无稽之谈，共军向来狡猾，侦测到我们的行动方向也不是不可能的，希望大哥能够明察。"

胡国忠："你……"

杨廷宴："行了，胡国忠，第一，打了败仗别老在这些拐弯抹角的地方乱下功夫，不研究研究怎么去打败共军，反而搞这些内斗，这股子风气就是这么带起来的。第二，就算陆胜文是共军的奸细，他也是我们党国的高级军官，轮不到你私自裁决。第三，陆胜文随军多年，立下多次战功，很多难啃的仗都啃下来了，论这点你胡国忠可没这个本事。"

胡国忠："可是……"

杨廷宴："你怎么这么多可是，行了，国忠、胜文，我相信你们都是党国的好军官，我们现在要做的绝不是猜疑，更不是内讧。别忘了，我们三个人是拜过把子的兄弟，劲儿要往一处使，在这种关键时刻更要注意。"

胡国忠不语，杨廷宴接着说："既然炸毁大坝的行动未能成功，碾庄圩迟早会守不住，我们现在更应该齐心协力报效党国，做接下来的部署，打接下来的仗。"

陆胜文："现在碾庄圩最大的问题就是粮食的问题，如果士兵们有足够的口粮，碾庄圩还可以继续固守，这样也能够拖延时间，等待援军的到来。"

胡国忠："哼，任务失败，我看碾庄圩没戏了，还不如趁早往西面撤退出去。"

陆胜文："胡副旅长，撤退只会使我们的防线崩溃，西边也有共产党的军队部署，到时候就成了砧板鱼肉，任人宰割了。老想着撤退，这仗还打不打了？"

胡国忠："哼，陆长官，撤退总比跟敌人通风报信名正言顺多了。"

杨廷宴："你们俩还有完没完了，听着，接下来我要给你们安排的任务非常重要，而且是绝密，没有我的命令，任何人也不得对外声张，就算是黄百韬黄司令事先也要隐瞒，听见没有？"

陆胜文与胡国忠面面相觑。

杨廷宴："听见没有？"

陆胜文、胡国忠："是！"

陆胜文不知道是怎么走出办公室的，他没有想到，他和胡国忠的新任务就是要帮助黄百韬司令乔装成老百姓，向西面逃跑。他苦笑着实在不明白，之前不惜牺牲老百姓去炸毁大坝的军队，有什么脸面去乔装成老百姓呢？

然而战争不讲道理，陆胜文摇了摇头，却知道自己改变不了什么。


解放军阵地的营帐里，老虎队的队员们和政委围坐在长桌周围，队员们都很沉默，低着头没有说话。

洛奇："同志们这次任务完成得不错，成功地摧毁了国民党军队丧心病狂的行动，获得了圆满的成功，这次给老虎队记上一功。"老虎队的队员们点点头。

毛宝："谢谢洛政委，这一次，老虎队员们作战都很勇猛，并且得到了民兵队战士的支持，所以，才能取得成功，各位辛苦了。"

战士们都低着头。

毛宝："这次，还多亏了钱海英钱副队长，要不是他在最后关头成功地剪断了爆炸装置的黄线，我们不仅不能粉碎敌人的计划，恐怕直接就死无葬身之地了。"

洛奇："钱副队长，我代表所有的战士、百姓感谢你，要不是你，不知道有多少战士、无辜的老百姓遭殃。"

钱海英："政委和队长过奖了，我钱海英别的没有，所幸在德国念过军校，当时和我同去的朋友们，很多都在练习枪法，锻炼身体，我能在国内就搞懂的我也没有必要去国外学习，我就钻研德军的战术和一些新奇的事物。后来接触了爆破，被爆破的威力震慑到了，我想，这样高杀伤力的武器才是我应该学习的。所以在德国，我当时学的就是爆破，打日本鬼子的时候还炸瘫过他们的几辆坦克呢。"

在场的老虎队士兵们情绪缓和了一些，赞许地笑。

毛宝："怎么样，兄弟们，知道咱们这个钱副队长的厉害了吧！"

在场的老虎队队员们笑了起来，钱海英谦虚道："毛队长说笑了，我也只是学尽其用，能够完成任务就好。只是直到今天我才明白，以前我觉得学习爆破就可以杀掉更多的敌人，却没想到，学了爆破，其实还可以救这么多人。"

在场的士兵都点点头，毛宝拍了拍钱海英的肩膀。

毛宝叹了口气："只可惜，这个情景笑面虎和红娃兄弟没能看到。"

在场士兵沉默，毛宝黯然低了下头，随即又抬起头来："政委，这次，我们损失了一名好战士，就是狙击手红娃。在抢救大坝的时候，他成功狙击了对方的爆破手，可是撤退时被枪射中，没能挺过来，我毛宝对不起红娃兄弟，也没法向姚团长交代。"

大家沉默。

洛奇："红娃是位好同志、好战士，他的功绩我们是永远不会忘记的。"

毛宝重重地点点头，眼圈泛红。

会议结束了，毛宝走到军帐外，眼圈湿润，呆看着远处，吐出哈气。老虎队的队员们陆续从军帐中走出来，钱海英走到毛宝身边。

钱海英："队长，还好吧？"

毛宝点点头，大憨、毛草根、铁猴子等人走到两人面前。

大憨："队长，副队长。"

毛宝："怎么了大憨，有什么事就说吧。"

大憨："我们，呃，不是，是他们，啊不，我们，我们是专程来和钱副队长道歉的。"

钱海英："道歉？"

大憨："啊，对的，我们对不住副队长。"

毛宝："草根，你来说。"

毛草根："是这样的，钱副队长，我们必须坦白，你刚来到老虎队之时，我们对你的能力表示怀疑，我们也对你当上副队长一事不甚满意，所以一直以来对你故意刁难。经过大坝这件事情后，我们深刻认识到了自己的错误，也见证到了钱副队长的作战能力，所以特意来负荆请罪，希望钱副队长不计前嫌。我们以后可以好好合作，一起为新中国而战斗。"

钱海英："啊，呵呵，你们这是哪里的话，没关系没关系，这是应该的。"

毛宝："这都是谁教的词儿？"

毛草根："啊？什么，不不不，我们是真心实意地来向钱副队长道歉的，没有任何人教我们。"

毛宝："江小白。"

江小白从旁边溜了过来。

江小白："队长。"

毛宝："小白啊，以后再写这些词儿的时候不要这么多的之乎者也了，行吗？在老虎队里舞文弄墨，抓你出来真是太容易了。"

江小白不好意思："啊，队长，被你看穿了，好的好的。"

毛草根："队长，虽然这个词儿不是我写的，但是我们对钱副队长的佩服绝对是发自内心的，我们都没怎么读过书，大字都不认识几个，钱副队长是受过高等教育的，所以我们就寻思说的话也得搭对着点啊，所以……"

钱海英："草根兄弟多想了，大家都一样，都是一起作战的战友，哪还分这些。之前你们对我的怀疑是应该的，这些年国民党做的事越来越过分，这次还想炸毁大坝玉石俱焚，连老百姓都要牺牲，国民党的病，已经无药可救了。"

毛草根："说得没错，只是……"

毛宝："草根，只是什么？"

毛草根："只是，那个玉……什么焚，是啥意思啊？"

江小白："是玉石俱焚，就是同归于尽的意思。"

毛草根："就你知道。"

毛宝笑了。

毛草根："等仗打完了，我得好好学学认字，总不能以后在儿子面前也不识字吧，都没办法教他写'爹'字。"

铁猴子："你这想的也真够远的，现在连媳妇都没有呢吧！"

毛草根："瞧不起人，等仗打完了，我保准找个漂亮媳妇。"

大家面带笑意。

毛宝："话说回来，我毛宝虽然没什么文化，不过我在想，我们现在拼死拼活的，不就是为了让下一代的人们多吃几口饭、多认几个字吗？"

江小白："对，认字总是没错的。"

大憨："还是吃饱饭比较重要。"

毛草根："我觉着最重要的是要娶媳妇成家。"

毛宝："瞧你们几个德性。"

三个人不好意思地笑了笑。

毛宝："可是有时候我又在想，国民党的那些军官们都读过很多书，认识不少字，估计还有很多都是在洋人那儿学过的，吃饭和娶媳妇肯定也都不是啥难事儿，可是它现在是什么样子我们也都看到了。除了这些，还有一种其他的东西让我们和他们不一样吧，这种东西是什么呢？"

毛宝一边自言自语一边往前走去了。

毛草根："这还是我们的队长吗？"

江小白："在队长的带领下，我们都在成长，可没想到成长最快的，竟然是毛队长本人。"

毛草根："小白，这……这是啥成长，反正我是不理解。"

钱海英看着毛宝的背影，露出了笑容。


解放军阵地的郊外，笑面虎的坟头前竖立着一块木牌，旁边是另一个坟头。坟头前，一盒牛肉罐头被放在坟头前，坟前的木牌上写着：解放军战士老虎队红娃之墓。

毛宝坐在红娃墓的旁边："红娃，这是你最爱吃的牛肉罐头，我又给你带过来了。"毛宝把牛肉罐头放在坟前，继续说道："记得当时想尽办法费尽口舌也没能把你招到老虎队里来，最后还是小白想了办法，说动了你，说为你的家人找出凶手，但是现在我们还没有去找，不过你放心，我毛宝答应过的事，一定会给你做到。"

毛宝看着红娃的墓碑，眼睛里渗出泪水来："红娃啊，你枪法好，话不多，说得最多的那句话估计就是你那句口头禅了：一颗子弹，消灭两个敌人。"

毛宝擦了一把泪水："你平时不怎么喜欢笑，我不知道是什么原因，是不是因为你心里苦啊？因为你的家人被国民党给杀害了？红娃，你安心去，我毛宝发誓一定会为你报仇，为你的家人报仇。打赢这场仗，让中国的老百姓们不再挨饿。"

毛宝站起来，看着红娃旁边笑面虎的墓碑："笑面虎，你平时总是笑呵呵的，你得陪咱们的红娃同志多说说话，多逗逗他开心，这罐牛肉罐头我是专门带给红娃的，不要抢走，听见没有？"毛宝的眼里流下来泪水，摘下帽子，向两个墓敬礼。

突然，毛宝的身后响起了姚公权的声音："毛宝，你混蛋！"

毛宝没有回头："是，我是混蛋。"

姚公权走上来，蹲在红娃的墓前面："红娃子啊，你说毛宝是不是混蛋，你是不是因为忍受不了这个毛队长所以才离开这里的，是不是？"

毛宝："是，我是混蛋。"

姚公权："我没问你。"

毛宝沉默。天空阴沉沉的，两个人一站一蹲在墓前。

毛宝："姚团长，是我毛宝对不起红娃，如果当初红娃没有来老虎队的话，也许就不会参加这次战斗，也许，就不会牺牲。我毛宝该死。"

姚公权："毛宝，你死十次都不够。"

毛宝："对，我毛宝得死一百次，才能对得起死去的这么多兄弟。"

姚公权："红娃是个好孩子，在我姚公权的手下发挥不出他真正的实力，他能去你们老虎队是他的造化，虽然我很难受，但我还是想说，也许红娃在老虎队才真正过了一段开心的日子，所以你没什么对不起的，你刚才的对不起才是真正的对不起他。"

毛宝："姚团长，你说得对。"

姚公权站起身："毛宝，那个开枪杀死红娃的人是谁？"

毛宝："是我们的老对头了，胡国忠。"

姚公权："哼，有名有姓就好，我一定要亲手杀了这个姓胡的，为红娃报仇。"

天空阴沉沉的，两个人站在坟墓前。毛宝戴上帽子："那得看看，谁的枪快了。"

姚公权和毛宝相视，两人眼神中有对决，但更多的是信任之意。

毛宝："除了给红娃报仇，我还要找到杀害他家人的凶手，一旦让我找到，我决不会放过他。"

姚公权看向毛宝，毛宝坚定地看着远方。


解放军阵地，何仙女和火凤凰以及民兵队的战士们过来了，每个战士都推着一辆推车，里面放着衣物。何仙女在阵地里左找右找都找不到毛宝，之前毛宝对自己的严厉凶狠的态度又浮现在眼前，她不由得有些生气。

这时江小白迎面走来，何仙女看见了他："小白，江小白同志。"

江小白看见了何仙女和火凤凰、民兵队战士们，江小白看了火凤凰一眼，火凤凰微微低头，江小白忙向何仙女看去。

江小白："何……何队长，你怎么来了？"

何仙女："哼，我给你们带好东西了，来。"说完从箱子里拿出了一个棉帽子，放到江小白手里，握在手里的棉帽很像东北的狗皮帽子。

江小白："哎，这是？"

何仙女："你先戴上试试。"

江小白把自己的帽子先摘下来，戴上了新帽子："真暖和啊，哎，不是啊，这帽子怎么看着这么像……"

何仙女："毛宝。"

江小白一回头，毛宝正和姚公权两个人向这边走来。

姚公权："毛队长，这上战场还要处理家事，真够忙的。"

毛宝："说什么呢？"

姚公权："我可不掺和你们的事儿，我先走了。"说完转身走了。

江小白："队长，我也走了。"

毛宝："你回来。还有，你怎么来了？"

何仙女："我怎么不能来，别忘了，这可是政委亲自批准的，我们可是盟友，既然是盟友，我就不计前嫌，给你们带来了好东西，看。"说完指着身后箱子里的帽子。

毛宝："这是？"

何仙女："天气越来越冷了，这是民兵队的战士们和乡亲们为大家做的棉帽，毛宝你可不能不收下，不能辜负乡亲们的心意啊。来，我给你带上。"说着拿起一个棉帽戴在了毛宝的头上。

何仙女在给毛宝戴帽子的时候很近，呼吸变成哈气萦绕在毛宝面前，毛宝显得有些紧张，看向左右。何仙女一脸认真地为毛宝带上了帽子，然后看着毛宝。

何仙女："看，又帅气又暖和。"

江小白笑出声来，毛宝："哼，我估计只有傻气。"

何仙女："江小白同志，你笑什么？"

江小白："没什么，没什么。"他认真地看着毛宝，眼前一亮，又说道："我终于想起来了，这帽子是很像东北的那种狗皮帽子啊。"

毛宝："什么？"

何仙女："还是江小白同志眼睛尖。"

毛宝激动起来："狗皮帽子……这个帽子是谁做的？"

何仙女："村子里最近来了一个东北的大娘，说天气这么冷，肯定要冻坏耳朵，于是就教我们做了这种帽子，专门给解放军送来。"

毛宝："也就是说，东北的野战军也是戴的这种帽子？"

何仙女："这个我哪儿知道？"

江小白："是的，这种帽子我曾经见过，东北冬天气候寒冷，士兵们都是戴着这种帽子来御寒。"

毛宝："哈哈哈，御寒，御寒好啊。"

何仙女："毛宝你怎么了，我跟你说，这可是乡亲们的一份心意，你可必须得收下。"

毛宝："收下收下，一定收下。仙女，你这次可是帮了大忙了。"说完激动地去抱了何仙女一下。何仙女呆怔怔地，脸色泛红。

毛宝："小白，告诉弟兄们来领帽子，把之前的帽子先脱掉，统一带上这种帽子。"

江小白："噢，我懂了，我这就去叫他们来。"说完离开。

何仙女："这，你们懂什么了？"

毛宝半自言自语道："哈哈，这下可好玩了。"边说着边向前走去。

何仙女跟着："喂，毛宝，你快跟我说说，什么东西好玩？"

毛宝："哈哈哈哈。"

何仙女："喂，毛宝。"


解放军阵地的边缘，毛宝等人和民兵队的队伍正在营帐门口，装着衣帽的箱子被摆放在门口，老虎队的队员们排着队来领取衣帽。何仙女等人正在把衣帽分发给老虎队的战士们。大憨把新帽子带在头上，一副高兴的样子。

毛宝："同志们，这是民兵队的战士们和村里的乡亲们特意给咱们老虎队的战士做的衣帽，我们可不能辜负了这一片苦心，大家谢谢民兵队，谢谢乡亲们。"

老虎队队员们："谢谢民兵队，谢谢乡亲们。"

毛草根："谢谢何队长。"

何仙女笑了起来："哈哈，还是草根会说话。"

毛宝白了他们一眼，这时钱海英走了过来："队长。"

毛宝："海英同志来啦。"

钱海英："嗯，队长，我刚刚去了阵地边上看了看，估计是要发起进攻了。"

毛宝："什么？进攻？"

钱海英："是的，很多部队已经开始整装待发了，我刚刚还瞧见了叶团长的部队。"

毛宝："哎呀，这怎么可以，这怎么可以，怎么没有我们老虎队的任务？"

毛宝急地跳了起来。

此刻的碾庄圩，无数炮弹向庄内狂轰滥炸。解放军战士们向碾庄圩内冲过去。国民党军阵地机枪扫射，前面的解放军战士们纷纷倒地。

叶峰："分散，分散。"战士们分散开来。

国民党军机枪子弹纷至沓来，一个三团士兵伏在一个土堆后面。三团士兵看向机枪，国民党士兵正在用重机枪四下扫射，子弹飞来，三团士兵忙低下头。叶峰带着士兵们向国民党军射击，身边两个士兵中枪倒地。那个三团士兵拔开了一颗手榴弹扔了过去。

国民党士兵忙撇下机枪向外奔逃，一个趔趄倒在地上，手榴弹爆炸了，机枪残体与血肉横飞。

叶峰："同志们，冲！"

三团战士们站起身向前冲去，呐喊声遍野。几个国民党军士兵从壕沟里射击，被叶峰带领的战士们冲上来击毙。众人都杀红了眼，不断地向内冲去，直到碾庄内圩的重机枪的声音响起，叶峰带着战士们连忙躲在一个土堆后面以作掩护，准备开始了长时间作战的心理准备。

解放军阵地的作战室内，洛奇和王司令员正在作战室内议事。

王司令员："这次总攻务必要拿下碾庄圩。"

毛宝直冲冲地走进来："司令员、政委，我们老虎队什么时候上？"

洛奇："毛宝啊，你们老虎队刚刚执行完任务，需要休整一下，这次战斗……"

毛宝："司令员，我知道您爱惜我们老虎队，但您也应该知道我毛宝的急性子，总攻碾庄圩这么大的战斗，怎么能没有我们老虎队？"

王司令员："毛宝，越来越过分了，政委还没有把话说完，你怎么这么没礼貌？"

毛宝："司令员、政委，现在正是一鼓作气的时候，打完了这个战斗，我们老虎队有的是时间休息。两位领导，不要再让毛宝等了！上次也是这样的情形，等待，等待，只等来满身是伤的叶峰团长，现在连叶团长都可以再上战场，我毛宝毫发无伤，再不出击，未免也太丢人了。"

洛奇："毛宝。"

毛宝坚定地看着洛奇。

洛奇："毛宝，你头上戴的是什么？"

毛宝一怔，摘下棉帽："这是民兵队和乡亲们送给我们的棉帽。"

洛奇："拿来我看看。"

毛宝把帽子递给洛奇，洛奇拿着帽子："这帽子，没准可以好好地吓他们一吓。"

毛宝："没错，政委，我就是这么想的。"

洛奇点点头："老王啊，这次总攻确实需要我们的战士不间断地对碾庄圩进行攻击，势必要一举拿下碾庄圩，我看老虎队可以上场了。"

毛宝："真的吗？"

洛奇："别插嘴。"

王司令员："好，本来是想让你们老虎队好好休息一下，既然你这么着急……"

毛宝："不用休息，不用休息，等抓住了黄百韬再休息也不迟。"

洛奇："毛宝，告诉你别老插嘴。"

毛宝摸着后脑勺嘿嘿地傻笑。

洛奇："嗯，既然王司令员已经发话，毛宝，你即刻便可率领老虎队对碾庄圩发起进攻。"

毛宝："哈哈哈，得嘞，我这就去准备。"

洛奇："记住，敌人若是反抗，势必一举歼灭；敌人若是投降，就不要为难他们了。"

毛宝重重地点点头："好。"说完向外走去。

洛奇："往哪走，你的帽子不要了？"

毛宝笑着拿回帽子，戴在了头上，露出坚定的目光，向外面走去。

# 第二十章

碾庄圩内，国民党军第七兵团指挥部里，"轰隆隆"的声音传到屋子内，屋子也开始微微颤动。黄百韬、杨廷宴等在屋子中。屋子的门开着，外面战火连天，爆炸迭起，黄百韬看着皱了皱眉头，把门关上了，炮火声音顿时小了。

黄百韬走到桌子前，双手拄着桌子，一言不发。

杨廷宴："司令？"

黄百韬："唉，诸位，不成了，不成了，总统委托我守住碾庄圩的重任，今朝，我怕是完不成了。"

杨廷宴："黄司令，我们坚守碾庄圩的时日早就超出了当初规定的日期，为大部队的转移做出了决定性的贡献，这绝对不是黄司令的过错，不，司令，这根本就没有错误。"

黄百韬摇了摇头，看着几位军官："兵败就是兵败，也没什么好讲的。诸位从抗战到此时，随我多年，却落得如今局势，委屈诸位了。"

另一位国民党军官："黄司令，您别这么说，能在您的麾下效力，一直是我们的荣幸，此次被困碾庄圩，我们没有怨言，必当誓死效忠黄司令。"

杨廷宴："司令，碾庄圩难守，可毕竟还得有个半天可以支撑，趁此时机，尚有逃出生天的时机，我等这就可以保护司令离开碾庄圩。"

黄百韬："什么？离开碾庄？我黄百韬虽未在军校修习，并非黄埔系将领，可总统对我知遇之恩实在深重，本就无以为报。我黄百韬受此重恩，如若不能死守战线报答此恩，别说没脸见邱清泉他们，恐怕我自己的后半生，连照镜子的胆子都没有了。"

杨廷宴："司令，常言道，留得青山在，不怕没柴烧啊，党国的军队主力目前驻扎在徐州，如若和他们会合，战局并非不可逆转。黄司令，一次战败并不足以说明什么，撤出碾庄圩是以大局为重。黄司令，您可要想清楚啊。"

黄百韬沉吟不语，杨廷宴："黄司令，别再犹豫了，快走吧。"黄百韬看着杨廷宴，闭上眼睛。


炮火不断向碾庄圩内袭来，房屋不断被炸毁，炮弹掉到水濠里，激起千层浪。

毛宝带着老虎队冲入了碾庄圩："同志们，给我狠狠地打！"

国民党士兵的防线面前，出现了老虎队的队员们强烈的枪火攻击，老虎队员们头上都戴着棉帽。

国民党士兵们看到眼前戴着棉帽的部队。

"这……这是哪里来的部队？"

"啊？狗皮帽子，这是……这是我们东北的狗皮帽子。"

"什么？你们东北的帽子，那怎么会……"

"只有共产党东北的野战军才会带这种帽子，难道，难道他们也打进碾庄圩来了？"

"这，这还怎么打？"

"我，我不想打了，我想回东北，我想我娘了，我想回家。"

国民党士兵们向后慢慢退去，有的竟然开始小声哭泣。一个国民党军长官看见了，命令道："你们给我守住这里，不能后退一步。"

然而已经有士兵开始向后奔逃了，国民党军长官边骂着边开枪向逃兵射击，刚打死了两个战友，自己却也被一颗子弹打中，倒了下来。大憨正拿着枪奔过来："国民党军的当官的真没人性，连自己人都杀。"

毛宝："大憨，低下身子，注意隐蔽。"

一颗子弹飞来，打飞了大憨的棉帽，大憨连忙蹲下身来。

毛宝用望远镜看向远处："小白，在一点钟方向。"望远镜里是国民党军一个壕沟里的机枪组。

江小白："看见了。"说完用大拇指瞄准了方向，把炮弹放进弹筒，炮弹发射。炮弹落在了国民党军机枪组的旁边，几个国民党士兵被震到，低下头。

毛草根："这什么准度？"

江小白一脸窘相。

毛宝："冲！"

老虎队的队员们边开火边向前冲去，开枪打死了刚刚被震到的机枪组士兵，占据了一道壕沟，和国民党军激烈地交火。

江小白带着炮兵组在大憨的掩护下溜到敌人侧面，躲在一个残破的房子后面。他探过头，看见了国民党军的机枪组，忙贴在墙上，喘着粗气，匍匐在地上，慢慢移动，向远处的机枪组看去，然后从口袋中掏出纸笔。

巴甲："江老弟，你干啥呢？"

江小白："我得算算距离，可不能浪费了炮弹。"

巴甲："我的天，哪有你这么测的，你这测出来的时候，黄花菜都凉了。"

江小白不吭声，向前面看去，然后在纸上写写算算。两个国民党军士兵从后面拐角过来，江小白身边的解放军士兵忙开枪击倒两人。巴甲一边对着外面开着枪，一边催着江小白："江老弟，麻烦你快点。"

江小白还在写写算算，国民党的火力更加密集。毛宝："江小白啊江小白，你他娘的在干吗呢？"

江小白还在鼓捣，左量右测。远处机枪组的一个国民党士兵向这边看来，慌乱地向这边指来，其他士兵也向这边看来。

旁边的士兵："不好，他们往这边看过来了。"

江小白："好了。"说完站起身子。远处机枪组的国民党士兵枪口开始向这边转来。巴甲："快点，没时间了。"

江小白："放弹！"

毛宝和老虎队的队员们还在壕沟中。毛宝握着枪，满头大汗。后面"轰"的一声，之前密集的子弹渐止。毛宝和其他人互相看了看，毛草根慢慢探出头。

毛草根："队长，你看。"

毛宝也探出了头，刚才的机枪组已经被炸没，只剩下一缕硝烟，毛宝："哈哈，小白这小子，真是好样的，同志们，跟着我冲锋。"说完带着老虎队的队员们向前呼啸冲锋过去。

碾庄圩黄百韬的指挥部外面，胡国忠拿着望远镜望向远处，嘴里嘟囔："共军越来越近了，黄司令他们怎么还不出来？"

陆胜文看了他一眼，向前走去，往一个屋子上攀越过去。

胡国忠："喂，你干什么去？"

陆胜文攀登到了房顶上，远处战火纷飞，共产党的军队和国民党的军队正在激烈交战，不时有火炮砸向地面。他拿起望远镜向远处望去，望远镜里面是一些戴着狗皮棉帽的解放军士兵。陆胜文露出疑惑而焦急的表情，再拿望远镜看去，戴着狗皮棉帽的解放军战士正在开火作战。

陆胜文从房子上下来，胡国忠问："看到什么了？"

陆胜文："狗皮帽子，是共军东北野战军的装束。"

胡国忠："什么，东北野战军？共军的东北野战军也加入了战场？这样的话，黄司令再不转移就危险了。"

陆胜文低着头思索，看了看指挥部的房子，径直向指挥部走去。

胡国忠跟在后面："陆胜文，你又干什么去？"

陆胜文一言不发，依然径直走着。

胡国忠在后面追着："陆胜文，陆胜文！"

国民党军的指挥部内，黄百韬和杨廷宴等军官正在僵持中，门突然被打开了，陆胜文出现在门口，片刻后，胡国忠出现在陆胜文的身后。

胡国忠："黄司令、军座，对不起，我没拦住他。"

杨廷宴："陆胜文，你们怎么进来了，不是让你们在外面等着吗？"

陆胜文："司令、军座，我有重要的事情汇报。"

胡国忠："什么？"

黄百韬："嗯，现在，还有什么重要的事情？"

陆胜文："我们刚刚发现共产党东北野战军的军队也来了。"

杨廷宴："什么，共军东北野战军的部队？"

陆胜文："是的，估计很快就会打到这边。"

杨廷宴："司令！"

黄百韬没有说话，还在犹豫。陆胜文接着说："黄司令，属下斗胆有几句话想说，希望您能准许。"

杨廷宴："胜文，注意你的身份。"

黄百韬看了看陆胜文："无妨，你说。"

陆胜文："黄司令，您想想，碾庄圩如今已然守不住了，若是求死，不过是赚个身后之名；若是求生，逃离碾庄圩，以戴罪之身，再重新奋起，尚可再报总统厚恩。求死易，可求生才是效忠之道啊，还请司令委曲求全，暂时忍一忍这活下来的痛苦吧。"

黄百韬露出思索的表情，一声炮响，房子震了一下，大量灰尘洒落下来，每个人的头上、身上都蒙了一层尘土。

杨廷宴："司令！"

众军官："司令！"

陆胜文坚毅地看着黄百韬，黄百韬仰起头，叹了口气："罢了，罢了，走吧。"

杨廷宴:"国忠。"胡国忠拿出几件老百姓的衣服递上来。黄百韬和杨廷宴等人穿上了老百姓的衣服。

陆胜文:"司令、军座,我们这边走吧。"

杨廷宴做了个请的姿势,黄百韬向门口走去。


毛宝带着老虎队向前冲杀,已经打掉了第一道围墙。国民党的士兵边打边退,退到了水濠边上,大憨正在拿着枪猛烈射击。

毛宝:"大憨,停一下。"

大憨停下射击,被逼到水濠边的很多国民党军放下武器,举手跪在地上。

毛宝:"投降的就不要为难了,你们几个,看一下俘虏。其他人,跟我过水濠,可不能让黄百韬跑了。"

被毛宝指到的几个士兵:"是!"

解放军战士们端着枪走向国民党军俘虏边上。

钱海英:"队长,水濠也不知道深浅,不能贸然过去。"

一个魁梧的战士:"队长,我去试试。"没等毛宝同意,他向水濠里冲了过去。

毛宝焦急地看着,魁梧的战士向前使劲地蹚过去,只露出肩膀以上,子弹打在水上,从解放军战士的身边擦肩而过,他到达了对岸,回头大喊:"哎,我过来了,我过……"一道火柱从对岸喷射而出,正好穿过了魁梧的解放军战士的身躯,战士浑身着火,痛苦地跌进河里。

钱海英:"这……这是火焰喷射器,是美国武器。"

毛宝双眼通红,青筋凸出来:"管他娘的是什么武器,给我打。"

老虎队的战士们疯狂地向对岸射击,江小白等炮兵也开始向对岸开炮。对岸的树林中隐约可见国民党士兵中枪倒地,更多束火焰喷射而出。

毛宝:"打,掩护,过河!"

士兵们从残垣中拿起木板等可以漂浮的物体纷纷跳下河,解放军战士们向河对岸疯狂射击。

水濠两岸,遍布着解放军战士与对岸激烈地交火。十个魁梧的大汉跳下河,搭起一根长长的木板,木板两边每边五个人站在水里,搭起了一座木桥,毛宝看得双目发直。

搭起木桥的战士:"同志们,抓紧过河。"

在场的解放军战士们也愣了一愣。

毛宝眼圈泛红:"过河!"

解放军战士们跃上木桥，向河对岸跑去。其中一个战士正要跑到对岸，被对岸的国民党军开枪射中掉到水里，紧跟着的解放军士兵边过桥边开枪打死了刚刚的国民党士兵，冲上了对岸。

长长的水濠，解放军开始大批地向对岸冲过去。战士们一个个地从由战友搭起的木桥上通过，在水中的战士面容严峻地坚持着，一个战士脸色被冻得发白。

国民党士兵在对岸射击，脸色被冻得发白的解放军战士被子弹击中，淹没在水中，鲜血染红了河水。一个正在过桥的战士跳入水中，接替了死去的战士的位置。

大批的解放军渡过水濠，向国民党军开火冲杀，国民党军一点点被打退。冲过水濠的毛宝带着老虎队也向前冲锋。

毛宝："杀！"

解放军战士们呼啸着向前冲。

国民党军指挥部附近，一个传令兵压低着身体从指挥部跑出来，一脸委屈地向其他士兵们喊道："别打了，别打了，我们被抛弃了！指挥部里没人了，长官他们都跑了！"

一些国民党士兵听了之后瘫坐了下来，一边怒吼着一边拿起手枪朝天上疯狂开枪，开了几枪后只听到没有子弹的声音。

"这打的是什么仗，当官的跑了，却让我们在这儿送死，哪有这么便宜的事？"

"兄弟们，听我说，那些当官的现在早就跑出碾庄圩了，他们抛弃了我们，我们也没有必要再为他们拼上自己的性命了，弟兄们，我们投降吧。"

投降的声音不断地壮大，不断地蔓延，国民党士兵们都低下了头，慢慢地都扔下了枪，抬起双手蹲在了地上，解放军的队伍慢慢靠了上来。

毛宝带着老虎队来到了国民党军的阵地中，阵地上都是投降的国民党士兵。

毛宝："你们三人一队，去抓俘虏；剩下的人，跟我去国民党指挥部抓黄百韬。"

老虎队队员们："是！"一些老虎队队员们离开，只剩下钱海英、江小白、毛草根等人。

铁猴子从指挥部的方向跑来："队长，指挥部里没人。"

毛宝："肯定是跑了，我们得抓紧时间。"

铁猴子露出了惊讶的表情。

毛宝看到铁猴子的表情："干吗呢，跟见了鬼似的。"铁猴子指着毛宝身后，毛宝回头。何仙女带着民兵队赶来，队里面的民兵还押着一些国民党军俘虏。江小白看到了民兵队里的火凤凰。火凤凰也看见了江小白，羞赧地低下了头。

何仙女："毛宝，哈哈，看到你们的棉帽子，我就知道是你们，怎么样，戴着还暖和吧？"

毛宝："胡闹，你来干什么？"

何仙女："你这么凶干吗？"

毛宝："你知不知道这里有多危险，你一个女的。"

何仙女："女的又怎么了，这里这么危险，我还不是好好地站在这儿，再说了，现在他们都投降了，还有什么危险的？"

毛宝："你……好，我说不过你，你现在马上撤出去。"

何仙女："凭什么？我才不要撤下去，政委都说了军民一家，你就这么对待你的家……家人吗？"说完脸红了一下。

毛宝："你……"

毛草根："看咱们队长，打仗没怕过谁，一碰上咱们的仙女姐姐就……"

毛宝："毛草根！你去民兵队，一会儿的抓俘虏任务，你负责全程保护民兵队成员的安全，听见了没？"

毛草根："是，队长。"

何仙女："我们民兵队可不需要保护，等着看吧，我们民兵队抓的俘虏一定不比你们老虎队少。乡亲们，我们走。"说完带着民兵队的队伍离开了。

毛草根："队长，这……"

毛宝："这什么这，带几个人偷偷跟过去，给我务必保护好民兵队的安全，听见没有？"

毛草根："好的，队长。"

何仙女正在往前走，面容美滋滋地笑："哼，就知道你毛宝是关心我的。"

毛宝："我们也加快速度吧。"

老虎队队员们："是！"


碾庄圩西面，陆胜文和胡国忠掩护着穿着百姓服装的黄百韬、杨廷宴向前逃着。

杨廷宴："就快到出口了，胜文、国忠，你们两个就先不要跟过来了，不然黄司令可能就会暴露，你们也找条路先撤退。"

陆胜文、胡国忠："是！"说完领着小队向旁边进发，杨廷宴扶着黄百韬继续向前。

胡国忠："放心，嘿嘿，我还在他们追击的路上埋了点东西。"

陆胜文："你说什么？"


同时，何仙女带着队朝着西面飞奔而来。

火凤凰："何队长，你跑得这么快干吗？"

何仙女："可不得快点嘛，我都夸下海口说一定比他们老虎队抓的俘虏多，要是输了，肯定会被笑话的。"

火凤凰："是，是，队长啊，你们这一家两口的花样还蛮多噢。"

何仙女脸红："火凤凰，说什么呢？"

火凤凰："嘿，队长你看那边。"说完，指向不远处。

何仙女顺着指的方向看过去，四个穿着百姓衣服的人向外奔逃着。

何仙女过去："喂，你们站住。"

正是杨廷宴与黄百韬等人，杨廷宴看向何仙女，小声地对黄百韬说："司令，我们现在是百姓。"

黄百韬摇了摇头："嗯，知道。"

杨廷宴和黄百韬等人小跑了过来。

何仙女："你们是谁？"

杨廷宴："我……我叫二柱，这位是俺的老哥，还有这俩，是俺同乡，您是？"

何仙女："噢，我们是中国人民解放军……嗯……的民兵队。"

杨廷宴："噢，你们是解放军啊，解放军好，解放军好。"

何仙女："你们怎么在这儿？"

杨廷宴："唉，还不是因为打仗吗，党……国民党的军队占了我们的地和房屋，成天打仗，闹得我们无家可归，只好逃难了。"

何仙女："哼，国民党的军队也太蛮横了，任意欺压百姓，胡作非为，不过老乡你放心，总有一天我们会把他们打败的，让所有的乡亲们都能过上好日子。"

黄百韬低着头，叹了口气。

火凤凰："这位老乡怎么了？"

杨廷宴："噢噢，唉，俺大哥也是被他们害惨了，不但被他们抢走了身上的财物，现在得了重病也没钱看病了。"

何仙女："原来是这样，老乡你放心，我们已经收复了碾庄圩，迟早会收复徐州，最后打到他们南京去。"

杨廷宴："对，对，打得好，把他们赶走，我们老百姓的日子才能好过啊。"

何仙女："老乡说得没错，对了，你们来的路上，有没有看见国民党的军官？"

黄百韬咳嗽了起来，杨廷宴扶着黄百韬。身后的两个军官眼神警戒，对视了一下，慢慢移动着右手。

毛草根和两个老虎队队员在何仙女的不远处待着。

其中一个老虎队队员小张走在毛草根前面一段距离，回头说道："草根哥，何队长她们那儿好像有情况。"

毛草根向何仙女处眺望："应该是逃难的百姓，走，过去看看，不过不要离得太近啦。"

小张："好嘞。"

小张在前，毛草根在后一段距离向何仙女方向走去。

何仙女面前，杨廷宴回道："啊？嗨，我看那些国民党军穿的都是一个颜色，也分不出哪个是兵啊，哪个是军官啊。"

何仙女："这样啊，唉，难为你们了，行，那你们先走吧，路上一定要注意安全，若是看见黄色衣服的那些士兵，他们就是国民党的兵，可得小心。"

杨廷宴："好，谢谢解放军同志，俺老哥身体不好，我们得赶紧给他去看医生。"

何仙女："嗯，走吧走吧。"

杨廷宴点点头，右手扶着黄百韬，伸出左手做出一个"请"的动作，黄百韬慢慢向前走去。何仙女面露疑惑，黄百韬身后的两个军官右手插在怀里，慢慢走着。何仙女更加疑惑，面露警觉。

小张在前面走着，毛草根跟在不远处后面。小张回头："看来没事了草根哥，确实是普通的老百姓。"他一边说着一边后退着走，爆炸突起，是小张踩了地雷，整个人被崩开，血肉飘洒。

毛草根大叫一声："小张！"

另一个老虎队队员："小张！"说完赶紧向小张跑过去。

毛草根："是地雷，别过去！"

老虎队队员忙止步，摔了个趔趄。

何仙女和火凤凰听到身后的爆炸，忙跑过去："发生了什么？"

毛草根："别过来，这边有地雷！"

何仙女："地雷？"

何仙女回头向杨廷宴他们看过去，杨廷宴等人加快了脚步向远处跑去。何仙女："站住，你们给我站住！"杨廷宴等人跑得更快了。何仙女带着火凤凰等人冲过去："抓住他们，别跑！"杨廷宴等人正在跑着。何仙女："站住，别跑，再跑我就开枪了！"说着掏出手枪。

杨廷宴和另外两个军官齐齐转身，握着手枪开火。

何仙女身后的几个民兵队战士中枪倒地，何仙女也左肩膀中了一枪。火凤凰和其他民兵队队员开枪反击。两个国民党军官中枪身亡，杨廷宴护着黄百韬边开枪边撤退。

何仙女蹲下身，握着左肩膀。手拿开，手里面是血。

火凤凰："队长，你受伤了。"

何仙女站起身："不要紧，这肯定是国民党的大官，可不能把他们放跑了，赶紧追。"

火凤凰："可是你的伤……"

何仙女："我都说了不要紧，战士们，跟我追。"说完带着民兵队向前边开枪边追去。

毛草根对另外的老虎队队员道："你在这边守着，一会儿其他的战士来了，你告诉他们这片有地雷。"

老虎队队员："好。"

毛草根向何仙女的方向追了过去。


碾庄圩内，毛宝正带着老虎队的队员们收服俘虏。

铁猴子："队长，你说咱们抓到了这么多俘虏，能赢过何队长不？"

毛宝："想什么呢，还真和民兵队比上了？要比，我们也得和姚公权的二团，或者是叶峰的三团比，而且不是比谁的俘虏多，而是比一比谁先抓到黄百韬。瞧你这出息。"

铁猴子："嘿嘿，队长这是怕输啊，还是舍不得何队长输啊？"

毛宝："我发现你们一个个胆子越来越大了。嗯？给我看俘虏去。"

铁猴子："是！"

远处传来了枪响，铁猴子忙问："怎么还有枪响？"毛宝看向枪响的方向："是那边。"

江小白焦急地说："那好像是民兵队的方向。"

毛宝："不好，我们去看看。"说完带着老虎队队员们向西面出口的方向疾奔而去。

碾庄圩西面，杨廷宴和黄百韬躲进一个掩体后面，杨廷宴向民兵队开着枪。民兵队也向杨廷宴躲藏的地方开枪，杨廷宴不敢露出头来。

何仙女一边开枪嘴里一边说着："扮成老百姓逃走，真是无耻！"

这时，陆胜文和胡国忠带着小队赶了过来，匍匐在杨廷宴的掩体里，向前射击。

陆胜文："对不起，司令、军座，我们来晚了。"

杨廷宴："不，事出突然，你们来得正是时候，给我把枪。"一个士兵把枪递给杨廷宴，杨廷宴和士兵们开枪反击。

何仙女："可恶，这，这是哪里来的？"

毛草根："何队长，现在他们来了援兵，火力比我们猛，我们先撤吧。"

何仙女："不行，这可是国民党的大官，一定要抓住他们。"

毛草根："可是毛队长让我保护你的安全。"

陆胜文露头开枪，何仙女看到了陆胜文的脸："陆胜文，竟然又是你这个混蛋！"

陆胜文："司令、军座，你们赶紧撤退，这边有我和国忠顶着。"

杨廷宴："好，胜文兄弟、国忠兄弟，不要恋战，我们徐州会合。"

陆胜文、胡国忠："好。"杨廷宴护着黄百韬向后逃去。

何仙女："不好，军官头子要跑了。陆胜文，你个混蛋！"

陆胜文："何仙女？"

胡国忠："哼，现在就是检验你是不是奸细的时候了，狠狠地打！"

陆胜文不语，自顾自地开枪。

毛宝这个时候带着老虎队到来了。老虎队队员们各自找好掩体，向国民党军开枪。

何仙女："毛宝，啊。"肩膀伤口疼痛，何仙女捂住伤口。毛宝："你怎么了，你受伤了？"何仙女拿开手，肩膀还在流血。

毛宝怒火中烧："铁猴子，带何队长下去。"

何仙女："我不。"

毛宝："不是你任性的时候，听话。"

何仙女一怔，铁猴子将何仙女扶了下去。毛宝看向国民党军阵地，看到了正在后面逃跑的两个军官。杨廷宴扶着黄百韬，杨廷宴露出侧脸。

毛宝眯起眼睛："钱海英，江小白。"

钱海英、江小白："在。"

毛宝："那两个穿着老百姓衣服的，就是国民党的军官，给我，狠狠地打。"

钱海英、江小白："是！"

钱海英和大憨等人疯狂地向杨廷宴和黄百韬射击。杨廷宴和黄百韬猫着腰躲着逃跑。老虎队的其他队员向陆胜文他们攻击，陆胜文等国民党军开枪反击。陆胜文看见对面老虎队队员们的狗皮棉帽，又在人群中看见了毛宝。

陆胜文："想不到，这东北帽子竟然是你们戴着的。毛宝，你真是骗得我好苦。"

毛宝看见了陆胜文，又看见了陆胜文旁边的胡国忠。

江小白和队友架起炮筒，一发炮弹出去。炮弹打在了逃跑的两个人的方向，与两个人有一段距离，杨廷宴扶着黄百韬向边上躲去。又一发炮弹打去，杨廷宴和黄百韬被气流影响踉跄着趴在一个干草垛后面。

黄百韬："呵呵，想不到我黄百韬戎马一生，竟会有如今这个狼狈样。"

杨廷宴："司令，忍得此时，才能再见总统、东山再起啊。"

黄百韬："只怕我这副模样，已经再无颜面去见总统了。"

黄百韬说完突然抢过杨廷宴的手枪，指向自己的脑门。

杨廷宴："司令，不可。"说着去抢手枪，两个人纠缠了起来。

老虎队与陆胜文他们还在激烈交火。

江小白和战士们正在准备发射炮弹，一个战士说："这是最后一发炮弹了。"江小白很平静，正在耐心地调节炮筒，口中念念有词，炮筒对着干草垛的方向。

西面阵地的干草垛子中，黄百韬还在和杨廷宴争执："你别拦着我。"

杨廷宴："司令，我们都已经逃到这儿来了，万万不可前功尽弃啊。"

杨廷宴和黄百韬在争抢着手枪，手枪飞出，飞到附近一棵树下，杨廷宴一个趔趄躺在了干草垛上。

黄百韬："不要跟过来。"说着去树旁捡枪。

杨廷宴："司令，您这是何苦？"

黄百韬拿起枪："这般狼狈去见总统，我无颜面，总统更无颜面，唯有死在这碾庄圩，我才安心下去，报总统厚恩之万一啊。"

黄百韬说完举起了枪，向自己的太阳穴移去。

杨廷宴悲痛道："黄司令啊……"

一发炮弹落下，正好落在了树旁。

杨廷宴大叫一声："司令！"

老虎队队员们疯狂射击，陆胜文的手下死伤了几个人。陆胜文回头看去，见到杨廷宴趴在黄百韬的尸体旁。

陆胜文:"国忠。"

胡国忠:"什么?"他看见陆胜文在向后看,自己也向后看去。杨廷宴慢慢背起黄百韬的尸体,向远处逃去。

胡国忠:"黄,黄司令,尽忠了?"

陆胜文:"嗯。"

胡国忠发疯似的:"啊……给我打!"

毛宝和陆胜文都杀红了眼,疯狂地向对方阵地射击着。胡国忠:"胜文,陆胜文,陆胜文!"

陆胜文反应过来:"怎么了?"

胡国忠:"军座他们走远了,估计已经逃出去了。"

陆胜文:"好,那就好,咱们也不能恋战,如果军座半路遇上什么事情就麻烦了,扔几个手榴弹,然后撤退。"

国民党士兵们齐齐地扔了手榴弹。

毛宝:"趴下!"老虎队队员们躲藏趴下,手榴弹连着爆炸。毛宝没有趴下,在硝烟中仍旧疯狂开枪。

钱海英:"队长!"

大憨:"队长!"

毛宝还在开枪。

硝烟散去,陆胜文的小队向远处撤退了。

毛草根:"队长,要不要追过去?"

毛宝停止了开枪,枪身冒着烟。他看向逃走的胡国忠和陆胜文。

钱海英:"队长,西面有邱清泉和李弥的兵团,不能贸然进击。"

毛宝点点头,放下枪,双手已经变红。

从空中看去,碾庄圩已是一片废墟,一座完整的房屋都没有,硝烟弥漫。

硝烟慢慢散去,碾庄圩的阵地上插上了鲜红的旗帜,军旗飘飘。

# 第二十一章

　　毛宝和老虎队队员们走在碾庄圩内，火凤凰和几位民兵队队员正在照看着何仙女，何仙女坐在一个废墟的地上。何仙女在看着自己的伤，火凤凰抬头看见了毛宝。

　　火凤凰："毛队长。"

　　何仙女抬头看到了毛宝："毛宝，我……"她因为疼痛而停止了说话。

　　毛宝蹲下来："仙女，别急着说话，伤怎么样了？"

　　何仙女："我啊，没事，这都是小伤，毛宝我跟你说，这次我们抓获的俘虏肯定比你们老虎队的多，我们还抓了大官，那个国民党的司令官就是我何仙女发现的。"

　　毛宝："对，是你发现的，但是这有什么值得骄傲的吗？"

　　何仙女："怎么就不能骄傲一下了，毛宝，我看你是嫉妒我们民兵队吧？"

　　毛宝："仙女，你知不知道刚才有多危险，如果子弹再偏一点，也许就不是肩膀的事儿了，你知道吗？"

　　何仙女："你怎么又吼起来了，你看我现在在这儿不是好好的嘛，哎哟……"伤口扯了一下。

　　毛宝："现在没事是你命大，记住，以后不能再这么冒险了。"

　　何仙女："哼，我不听，我偏要冒险。"

　　毛宝："你，你怎么这么不懂事？"

　　何仙女："除非你答应我，你自己以后不要再那么冒险了，那我就乖乖的，你要是去冒险了，我肯定第一个冲上去跟你一起冒险。"

毛宝看着何仙女，神情怔怔的。何仙女也坚定地看着毛宝。

江小白在远处喊："队长！"毛宝转过头去，江小白拿着国民党军官的衣服："队长你看，估计这就是逃跑的国民党军官留下来的。"毛宝接过衣服，看了一下："在哪儿发现的？"江小白："就是在指挥所的箱子里。"毛宝点了点头，握着衣服，看了看何仙女那边。

火凤凰等人在为何仙女重新包扎伤口，何仙女还看着毛宝。毛宝转过了头，看着前方的硝烟："冒险不是好事情啊，总有一天，我会让大家没有险可以冒，那个时候才是老百姓安居乐业的时候啊。"

江小白："队长，你不要吓我。"

毛宝回过神来："什么，谁吓你了？通知他们，让大家千万不要懈怠，打扫战场，咱们拿下了碾庄圩，又抓到了国民党军的大官。"

毛宝看向何仙女那边，何仙女瞪着毛宝，毛宝说："又和民兵队一起击毙了国民党军的高级军官，哈哈，回去之后让王司令员和政委看看，也让姚公权和叶峰馋馋，看看咱们……老……民兵队战士和老虎队战士的厉害。"

毛宝说完看着何仙女那边，何仙女满意地点点头。

江小白："哈，这才是咱们队长的本色啊。"

毛宝："什么本色，去你的。"

江小白笑着离开。

战场上只留下毛宝和何仙女两人，毛宝对何仙女说："仙女，我们的部队马上就要开拔了。"

何仙女："嗯，我知道啊，你们要去徐州了。"

毛宝："接下去你怎么安排？"

何仙女："我当然是跟着你们了，不，是跟着人民解放军，解放军怎么能没有人民群众呢？"

毛宝："可是……"

何仙女："哪有这么多可是啊，我跟你说啊，我的民兵队就是来保护运送物资弹药的老百姓的。"

毛宝："好好好，我们解放军离不开你们民兵队，离不开人民群众。"

何仙女笑了笑："嘿嘿嘿，当然了，我们的独轮车可是比国民党军的大卡车还厉害的，要不然我们怎么能够常打胜仗呢？"

毛宝："对对对，人民群众的独轮车比国民党的大卡车还厉害。"

何仙女爽朗地笑了起来："哈哈哈。"

解放军已经行军到了徐州城外驻扎下来，王司令员、洛奇政委、毛宝、钱海英、姚公权、叶峰等人都在作战室里。

王司令员："同志们，你们辛苦了，碾庄圩已被我军攻克了下来，这为我们东进直捣徐州做了充分的保障，可以说，攻下碾庄圩，将是我们打赢淮海战役的一个关键节点。"

众人纷纷鼓掌："好。"

王司令员："不过这次，我们的部队也有不小的损失，我们解放军的伤亡从来没有这么大过，粟裕司令下令，进行一段时间的休整，才可投入战斗。"

毛宝："啊？又休整？那要是徐州的杜聿明率领部队趁这个时候突围出去可怎么办？"

洛奇："呵呵，毛宝同志说到点子上了，上面已经考虑好了，不打，徐州的敌人会向南撤退；打得急了，又会把敌人逼急，把敌人逼了出去。所以中央军委的命令是，对徐州杜聿明集团进行围而不歼的战略，让杜聿明集团和平津的傅作义集团彼此感到并不孤单，还可以支撑下去，不立刻做逃跑的部署，这样，我们就可以争取到充分的时间，休整好了，我们再一鼓作气将他们拿下。"

姚公权等人："好！好，我们的部队是要休整一下了。"

毛宝："好是好，可是光这么围着，也太浪费时间了。"

王司令："毛宝，你想说什么？"

毛宝："嘿嘿，我就是觉得，干这么等着有些无聊。"

众人哈哈大笑，洛奇说道："毛宝啊，我们知道你是个急性子。放心，不会让你无聊的，根据粟裕司令的指令，接下来我们将对徐州采取政治战略，对敌人进行政治手段攻击，从思想上瓦解敌人。"

毛宝："哈哈，就是攻心呗，这个我拿手。"

王司令员："那好，这个任务啊，就交给你们老虎队和民兵队来做。"

毛宝："啊？为什么还要捎上民兵队？"

洛奇："你和民兵队长何仙女同志这么熟，这叫军民一家亲，你们俩在一起啊，干活有效率。"

毛宝不好意思地挠挠头皮："嘿嘿嘿。"


军帐中，大憨来找毛宝，有些欲言又止的样子："队，队长，我……"

毛宝："张大憨同志，有什么事，怎么吞吞吐吐的，有屁快放。"

张大憨："队长，我想去看一下我老娘。"

毛宝："看你老娘？这大战在即，你张大憨可不能临时逃跑啊。"

张大憨："不不不，我不会逃跑，队长，我就是担心我那老娘了，你看这徐州，我们迟早要打的，而我们张家村就在徐州城郊。"

毛宝一拍脑门："噢，你看看我毛宝这记性，都忘了你张大憨是徐州人。"

大憨："嘿嘿嘿，队长，你就答应我，让我去看一眼我的老娘，我都不知道她现在咋样了。"

毛宝犹豫着："大憨，不是我不让你去看娘，但是你知道的，现在这战斗形势很严峻，徐州城周边都是国民党军，你这样去看娘，危险性也很大啊。"

大憨："队长，我会换上老百姓的衣服，不会让国民党军发现的。"

毛宝还是犹豫着，不说话，大憨道："队长，我张大憨从来没有求你过什么事，我就求你这一回。我现在都不知道我老娘的死活，我真的很担心她啊。就看一眼，看一眼，我就回军营。"

毛宝抬头看着大憨："好，我答应你，限你在三日之内回来。"

大憨："哈，谢谢队长，太谢谢了。三天，三天内，我一定会回来的。"说着就走向了自己的行军床边，迅速地换好了衣服，随后从自己床上的被褥下，拿起一个布包，就往外走："队长，那我走啦。"

毛宝："啊，好你个张大憨，原来早就准备好了啊。"

张大憨傻笑着："嘿嘿嘿。"

毛宝："走，我送送你。"

毛宝把大憨一路上送过来，送到了一条小路上。

大憨："队长，您回去吧，我会快去快回的。"

毛宝再三叮嘱着："大憨，一定要小心啊。"

大憨："嗯，知道，队长，您放一百个心。"

毛宝："大憨，如果你真遇上了国民党军了，千万千万要忍住你这性子，就装傻，对，装傻。知道不？"

大憨："知道了。"

大憨转身要走，毛宝叫住他道："等等，把你身上的枪留下。"

大憨："啊？队长，我那歪把子已经不带了，您还不让我带一把手枪啊？"

毛宝："手枪也不能带，如果被国民党军搜身了怎么办，他们一下子就会知道你有问题。"

大憨："这个……嘿，好好好，只要你让我走，怎么样都可以啊。"说着把手枪拿出来，交到了毛宝的手里。

毛宝："大憨，自己多保重，千万要小心。"

大憨："是！"说完向毛宝行军礼，毛宝回军礼。大憨转身兴冲冲地离开。毛宝一直目送大憨的背影消失在黄昏中。

徐州城外，国民党士兵向徐州城走去，他们大多是衣衫残破、灰头土脸。几个士兵抬着担架，架子上躺着一个穿着老百姓衣服的人，上面盖着一件国民党军服装。躺着的人是杨廷宴，杨廷宴身受重伤，他睁开了一下眼睛，又闭上了。陆胜文、胡国忠向前走着，眼睛通红。

徐州城下，国民党军士兵们开始进城。陆胜文看着徐州城，停了下来，胡国忠从旁走过："走吧。"

陆胜文若有所思，向前走去。他随着国民党士兵的队伍走进徐州城，士兵们普遍都是垂头丧气的样子。

隐约听见零碎的敲锣打鼓声，陆胜文皱了皱眉，向前面看去。街边，一些老百姓在街道两旁无精打采地站着，他们穿得很单薄，手里拿着锣鼓。国民党的军队刚一进徐州城，两边的百姓就开始敲锣打鼓。陆胜文脸上露出疑惑的表情，两旁的老百姓一边瑟瑟发抖一边敲锣打鼓，他皱着眉头向前面看去。

前面有两列老百姓在欢迎士兵们，一边又唱又跳，一边带着国民党军士兵向城里走去。国民党士兵们大多垂头丧气地向前走着，有的脸上露出疑惑的神情。

胡国忠："好啊，没想到老百姓这么欢迎我们，这下徐州上下军民一心，徐州肯定能守得住啊。"

陆胜文："国忠，你也不想想，我们明明是吃了败仗，为什么会有老百姓出来迎接我们？你看看，有些乡亲们还衣不蔽体，这么冷的天气，为什么都在这里敲锣打鼓？"

人群中打鼓的几个老百姓衣服残破，脸上冻得通红，全身微微颤抖。

胡国忠："这足以说明老百姓对咱们的爱戴。"

陆胜文："不，这只能说明老百姓对咱们的恐惧。也不知道是谁想出这样的馊主意，不仅不能鼓舞士气，反倒容易引起民怨。"

胡国忠面容严峻起来。

"陆长官，胜文哥。"陆胜文听到了喊声，环顾四周，沈琳一边跑过来："胜文哥。"陆胜文看到了沈琳："沈，小琳？"沈琳冲了过来："胜文哥。"说完冲过来抱住了胜文，把头埋在陆胜文身上，陆胜文也抱住了沈琳。

沈琳："胜文，我还以为我再也见不到你了，我还以为你……"说完哭泣了起来。胡国忠看了两人一眼，继续向前走去了。

陆胜文："小琳，不要哭，我还活着。"

沈琳看着陆胜文，用力地点点头。

陆胜文看了看四周的士兵们，将沈琳领到一旁的巷子。

国民党军士兵继续前进着，老百姓们继续敲锣打鼓。

沈琳："胜文哥，能再见到你真好。"

陆胜文还未答话，沈琳情不自禁地扑到了陆胜文的怀里。

陆胜文躲不开沈琳，轻轻地抱住了沈琳。

巷子很长很冷清，陆胜文与沈琳在巷子里相拥在一起，巷子口大道上国民党军士兵继续向前走着。

两人分开，互相看着。

沈琳："胜文哥，你知不知道，这些日子我好担心你，城里面传着你们在外面打胜仗的消息，可我却一直觉得心里很不安。我是一名记者，我的感觉是很敏锐的，我知道前线的战况和徐州城里传的根本不一样，我开始担心，害怕，我……"

陆胜文："对不起，小琳，让你担心了。"

沈琳："没关系的，胜文哥，你能回来就好，能回来就好。你回来了，我也有了生的希望了。"

陆胜文欲言又止，这时旁边传来了一阵混乱的声音，陆胜文转过头看去。

路边的一个百姓倒了下去，陆胜文忙跑了过去，沈琳也跟在后面。陆胜文跑到了倒下的老百姓身边，是一个中年男人，脸色苍白。陆胜文扶着中年男子："大伯？大伯？你怎么了？来个人，过来搭把手。"

过往的士兵继续向前走去。

陆胜文："喂，说你们呢，长官说话你们不服从吗？"

两个最近的士兵连忙凑了过来，要扶起中年男人，几个老百姓跑了过来，推开了两个国民党军士兵以及陆胜文："你们要干什么？"

国民党军士兵："嘿，你们这帮刁民。"

陆胜文："住口。"

国民党军士兵忙闭口不言。

陆胜文："老乡，这位大伯情况不太好，需要马上治疗。请交给我们，我们有专业的医疗设施，如果再迟一点恐怕就来不及了。"

那百姓："哼，装什么好人，明明是你们害了我爹，现在反倒过来装好人，你们还是省省力气吧。"

陆胜文："什么意思？是谁害了你们？"

那百姓："哼，自己做的事情反倒来问我们？还不是你们这些当兵的。现在我爹已经这样了，我也没什么好怕的了，要不是你们非要让我们这些百姓在这儿又敲锣又打鼓的，我们也不至于遭这罪。"

陆胜文沉默不语，沈琳的脸上也满是悲伤。

国民党军士兵："胡乱说什么呢？信不信我把你……"说着端起枪要杀老百姓，被陆胜文阻止："疯了吗？给我住手。"

国民党军士兵放下枪，陆胜文从口袋中摸索，取出了一些钱，蹲下身把钱递到百姓的面前。

陆胜文："这些钱拿去吧。"

百姓："走开，谁要你的臭钱？"说着扬起手，打掉了陆胜文手里的钱，继续说："我们不用你们治病，我们自己找大夫。"说完，和其他百姓扶起中年男人离开了。

陆胜文和沈琳目送着几个百姓离开。

沈琳："胜文哥，他们……"

陆胜文："国还不是国，人也还不是人。我们该何去何从？"

沈琳不明白他说的"我们"指的是什么，陆胜文继续说道："沈小姐，我要往前走了，总部也许还有重要的事情，不送了。"说完，跟着部队继续向前走去了。

沈琳呆愣住了，看着陆胜文离开的方向。国民党军队伍在行走着，两旁的百姓还在敲锣打鼓，街道却显得很凄冷。


解放军阵地的军帐中，毛宝对江小白说道："江小白同志，接下去，就得辛苦你一下了，把让国民党军，让那个杜聿明、张天泉、陆胜文他们投降的话，都给我写在纸上，弄个一百份宣传单，不，一千份，一千份宣传单。"

江小白："啊，队长，要写这么多宣传单吗？"

毛宝："嘿，说不定写一千份还不够呢，所以你得发动会写字的同志们。"

江小白："噢，我知道了。"说着领命而去，带着会写字的解放军战士，和民兵队队员开始干活。

江小白："就按照我写的话，一模一样写好了：徐州城的国民党军兄弟们，大家都是中国人，你们是被国民党军迷惑的，这些国民党军高官自己吃香的喝辣的，却不顾你们的死活，让你们在这里忍饥挨饿，为他们卖命，你们这样做，不值得。"

火凤凰很是崇拜地看着江小白。

江小白："凤凰，你可以吗？"

火凤凰："嘿嘿，我的字可是你教的，老师好，学生当然还可以喽。"

江小白："嗯，这就好。"

徐州城"剿总"司令部张天泉的办公室内，张天泉紧紧地握着陆胜文的手："胜文，人回来就好，回来了就好啊。"

陆胜文："军座，胜文惭愧，没能救出黄百韬司令。"

张天泉叹息了一声："唉，天命如此，黄百韬、张灵甫之辈又怎能逃出命运的魔掌啊？"

陆胜文："军座，但是您可以。"

张天泉："什么？"

陆胜文："现在共军已经包围徐州城，城中的将士们完全没有心思打仗了。"

张天泉："那又如何？"

陆胜文："趁着共军的包围圈还没有收紧，我们撤到长江防线，凭借着长江防线，再和共军决一死战。"

张天泉："这个……胜文，这个不是你该考虑的事，委员长、杜司令他们自有决策。"

陆胜文没法再说下去。


毛宝带着江小白他们几个炮兵队的战士来到解放军和国民党军阵地交界的地方。几发炮弹打到了国民党的阵地上去，不过携带的不是火药，而是宣传单。

宣传单落在了国民党士兵的身边，有个胆大的士兵抬头捡起来看了起来："弟兄们，共军打过来的，不是炮弹，是宣传单。"

另一个国民党士兵："写着啥呢？"

胆大的士兵看了看："是共军让我们投降。"

另外几个士兵："投降啊？"

胆大的士兵："对，说什么中国人不打中国人，别让我们再给老蒋卖命了。"

士兵们："说得好像有道理啊。"

夜里，国民党军阵地里静悄悄一片，士兵们有气无力地躺在战壕里。

突然国民党军阵地的上空飞过来一包包的干粮。

一个国民党军小兵看到了飞过来的干粮，以为是解放军扔过来的手雷，惊恐地大叫着："大家快卧倒，共军的手榴弹扔过来了。"许多国民党士兵躲在了战壕里。

干粮和宣传单一起落到了国民党军阵地里。一个老兵看到了干粮，抓起一个馒头，咬了一口："不是手榴弹啊，是馒头，是馒头啊。"

国民党士兵看到了粮食，都兴奋地抓起来："是共军打过来的粮食啊，我们有吃的了。"

这时，胡国忠带着几个手下上来："喂，你们在干吗？"

国民党士兵："长官，我们有吃的了。"

胡国忠："你们就不怕被毒死吗？"

胆大的国民党士兵："毒死总比饿死强，饿着实在太难受了。"胆大的士兵已经吃起来。别的士兵看着这个士兵吃了后没什么事，也都吃了起来。

胡国忠："疯了，简直都饿疯了。"

陆胜文也走了过来，他捡起了一张宣传单看了起来，自言自语地说了一句："共军太可怕了！"

胡国忠也看了宣传单："都不准吃，不准吃。"

士兵们根本不听胡国忠的话，只顾自己吃着。胡国忠拔枪："再吃的话，就打死你们。"胆大的士兵看了一眼胡国忠，还是不理睬他。胡国忠对着胆大的士兵的脑袋就是一枪，这个士兵倒地。其余士兵害怕地看着胡国忠。

陆胜文走上来："胡国忠，你怎么又乱杀无辜？"

胡国忠："共军在让他们投降，他们吃了共军的东西，就会跑到共军那边去。"

陆胜文："那你也不能胡来！"


解放军阵地上，毛宝对何仙女说道："政委的这条攻心计策真厉害，这样他们就真的没有斗志了，如果能不战而屈人之兵的话就最好了。"

这时从国民党阵地里传来了枪声，毛草根忙问："队长，国民党军的阵地上怎么有枪声啊？"

毛宝："难不成他们在自相残杀了？"

何仙女："哎呀，这些国民党反动派真的是不像话，就知道杀自己人。江小白，把你的那个传话筒给我。"

江小白："哦。"

何仙女拿过了江小白手中的传话筒，对着国民党军阵地喊起话来："对面的兄弟们，我是民兵队队长何仙女，送给你们的粮食，就是我带着人民群众一起给你们做的。这些人民群众和你们在老家的爹娘一样，他们也希望不要再打仗了，以后啊，每天给你们做好吃的……"

胡国忠听到了何仙女的声音："臭婆娘，看我不打烂你的嘴。"说完对着解放军阵地上连着开了几枪。国民党士兵们恨恨地看着胡国忠。

何仙女低头躲过了子弹，又拿起传话筒喊了起来："我知道你们已经饿了好几天了，大家都是中国人，我们解放军不会为难你们的，只要你们投诚了，你们就可以回家，回老家去，和你们的亲人团聚，你们的爹娘，你们的老婆孩子，都在等着你们回家呢。"

江小白在一旁赞叹："嘿嘿，何队长说的比我写的更有人情味，厉害啊。"

何仙女："哪里哪里，我一个私塾都没有上完的乡下妇女，哪能和你这位燕京大学的高才生相比？"

毛宝："都厉害，都厉害，你们都厉害。"

火凤凰更加崇拜地看着江小白。

江小白："我再给他们开几炮。"说完带着炮兵，又打过去宣传单和干粮。

陆胜文看着满天的宣传单飘了下来，眼神中露出了忧郁之色。国民党士兵们还是奋不顾身地去抢干粮。胡国忠疯狂地对着解放军阵地打过来，一直打光了枪中的子弹。

徐州城的郊外，大憨来到了张家村，张家村已是面目全非。大憨看着这片破败的家乡景色，快步向自己家走去。

屋子里几乎没有光线，一个老大娘坐在床上。

大憨在门口叫了声："娘，娘……"

大憨娘："是谁啊？"

大憨已经流下眼泪来："娘，是我啊，大憨，你的儿子张大憨啊。"

大憨娘听到了大憨的声音，差点从床上摔下来："大憨，我的儿子大憨回来，我的儿还活着啊。"

大憨跪在了娘面前："娘，儿子还活着。娘，大憨对不住您啊。"

大憨娘抱着大憨的脑袋哭了起来："大憨啊，我的儿子啊。"

大憨："娘，您别哭了，儿子带您离开这里，以后让您过上好日子。"

大憨娘还是哭着，大憨看着娘的脸说："娘，您的眼睛咋了？"

大憨娘："没事，没事，只要你回来，就好了。自从你走后啊，娘每天都在拜菩萨，求菩萨保佑你啊。后来我听村里人说，你在外面打仗，被打死了。然后我就日日夜夜哭啊，哭啊，哭着哭着，眼睛就哭瞎了。"

大憨也大哭起来："娘啊，儿子不孝啊，儿子对不起您啊。"

大憨娘擦大憨的眼泪："好了，别哭了。"

大憨："娘，儿子以后会好好孝顺您的，儿子现在已经是一名光荣的解放军战士，而且是机枪班的班长。"

大憨娘："哦，我儿真有出息啊，都当上了解放军的班长了。好，好啊。"

大憨："娘，走，我背着您离开。我把您送到方家村舅舅家里，那里刚刚解放，还有我们的民兵队在。"

大憨娘："好，好。"

大憨："等我打完仗，我们就可以好好过日子了，我大憨会好好孝顺您的。"

大憨背起娘，往屋子外走去。

徐州城外的小路上，大憨背着娘，大憨娘关切地说："大憨啊，要不要歇一下，你别累着啊。"

大憨："娘，我不累。我们再走半天，就到我们的解放区了，那里就安全了。"

大憨娘："好好好。"

大憨背着娘继续往前走。前面出现了十多个国民党军残兵，他们看到了大憨他们。残兵排长上来："你们给我站住了。"

大憨看到了国民党军残兵，眼神中露出了愤怒之意，但他的耳朵又回响了毛宝的话："大憨，如果你真遇上了国民党军了，千万千万要忍住你这性子，就装傻，对，装傻。知道不？"

大憨娘吓得瑟瑟发抖，大憨先是对娘说了句："娘，别怕。"

残兵排长："你们是什么人？"

大憨装傻："哎哎，我们是逃难的老百姓。"

残兵排长："逃难的老百姓？"

大憨："是的，我背着我娘逃难呢。"

残兵排长："那边可是共军的地盘了，你们往那边逃难啊？"

大憨："啊？我不知道啊。"

残兵排长："你们身上还有吃的吗？"

大憨："吃的……"

残兵排长对手下命令道："给我搜身。"

两个国民党军残兵上去搜大憨的身，大憨忍住了怒气，心里想着："队长真是太英明了，幸好没有带枪，不然被他们找到了枪，我大憨再厉害，也打不过他们十多个人啊。"

国民党军残兵从大憨身上找到两个馒头："排长，有吃的，大馒头啊。"

残兵排长一口咬了下去，询问道："好家伙，你们哪里的大馒头？"

大憨："大馒头啊，我们，我们捡来的……"

残兵排长："捡来的？哪里捡来这么好的大馒头？"

大憨："这个啊，后面的村子里。"

残兵排长笑了笑："我看你像共军。"

大憨愣了一下，继续装傻："共，共军？共军是啥，能吃不？"

国民党军残兵"哈哈哈"大笑起来，残兵排长拍了拍大憨的肩膀："好了，开玩笑，走吧……"

大憨连忙拉开了这个排长的手，就这么两人的手握了一下，残兵排长眉头一皱。大憨背起了老娘正要离开，残兵排长喝了一声："等等。"

大憨站住了脚，但还保持着镇定。残兵排长说："把你的手伸出来。"

大憨一开始不想伸手，大憨娘："儿啊，给他看下手，我们快走吧。"

大憨伸出手，残兵排长看到了大憨手上的茧子，随后又一摸："这是拿枪的手，你不是逃难的，是共军。"

大憨一听，自己的身份被发现了，奋力去夺这个排长的枪。残兵排长拉住了大憨的手，不让他夺枪："果然是共军。"

大憨娘在一旁叫着："不要打架，大憨啊，不要打架……"

突然，一声枪响，一个国民党军残兵开枪打死了大憨娘。

大憨回头，悲痛地喊道："娘啊……"一把甩开了残兵排长，扑向了那个打死大憨娘的残兵，一拳头打在了他的脑袋上，残兵倒地。

大憨看着死去的娘，悲痛欲绝："娘，娘……"

残兵排长："给我干掉这个共军。"

残兵们对着大憨开枪射击，大憨身中两枪，但还是一跃身，抓起身边的枪，打死了残兵排长，发疯似的大叫着："还我娘的命来，我要杀了你们，给我娘报仇……"他连着干掉了两个国民党军残兵，但残兵的人数实在太多，他们对着大憨疯狂开枪。大憨又中了数枪，他瞪大着眼睛："娘……"说着轰然倒地，临终前一刹那："队……长，我，张……大憨，不能，归队了……"

张大憨死去，死不瞑目。

国民党军残兵看着大憨瞪大着眼睛，不放心，继续对着大憨的尸体，开枪射击，把大憨的身体打成了马蜂窝。


"剿总"司令部里，张天泉在办公，陆胜文进来，说："军座，您找我？"

张天泉："胜文啊，坐。"

陆胜文正襟危坐地看着张天泉，等待着张天泉发话。

张天泉淡然一笑："胜文啊，我知道这个时候找你谈这事，似乎有些不合适。"

陆胜文："军座需要胜文做什么，胜文万死不辞。"

张天泉："不不不，不用你做出什么牺牲。我张天泉身为军人，上阵打仗从不含糊，但这让我做红娘啊，倒是第一回。"

陆胜文："军座，如今战况危急，胜文实在没有时间来考虑终身大事啊。"

张天泉："胜文，我就问你一句，你心里到底喜不喜欢小琳，如果你对她没有一点意思，我也会和她说，让她趁早死了这条心。"

陆胜文没有想到张天泉回来说这件事，原来沈琳在张天泉家里与赵美霞谈到了这件事，赵美霞看不得沈琳的落寞，又说给了张天泉，张天泉便答应做主，来找陆胜文了。陆胜文支吾着："我……"

张天泉："我看你心里还是喜欢她，喜欢她就和她在一起。"

陆胜文："军座，我知道沈琳很好，我陆胜文也确实喜欢她，但是我是怕耽误了她，您也知道现在的战争情况，我保不准哪天牺牲了，那不就是让她成为寡妇了嘛，所以我不能娶她。"

张天泉："如果按照你这样的想法，我们党国的军人们都不用结婚生子了。我张天泉当年在中原大战时，就和我夫人在一起，不也好好地在一起嘛，而且我们有了孩子，把他送到了美国，就算是我张天泉死了，也有后代了，死而无憾啊。"

陆胜文沉默着，张天泉继续说道："你陆胜文也是你们陆家的独子，你总不想你们家在你这里断了后吧。不孝有三，无后为大。你难道要做不孝之人吗？"

陆胜文站了起来说："军座，容我再想一想。"

张天泉："好，回去好好想一想。"

陆胜文回说"是"，便走了出去。


徐州城外的小路上，火凤凰带着几个民兵队队员途经张家村外的一条小路上。

一个民兵队队员突然被吓了一跳。

火凤凰："怎么了？"

民兵队队员："你看，前面。"

火凤凰顺着民兵队队员手指的方向，向前看，只见草丛中，露出了一条腿。火凤凰拔出了枪，谨慎地向前靠近。到达大腿处，火凤凰迅速拿枪对准脑袋："不许动。"说完惊讶地瞪大了眼睛："大憨？"

大憨全身是血，倒在了草丛中，身旁是大憨的老娘。火凤凰赶紧收起枪，伸手弯腰探了探大憨的鼻息，火凤凰瘫倒在地。


老虎队驻地内，毛宝和钱海英坐在桌子旁正在商量要事。毛宝给钱海英沏茶。茶杯倒满，茶水溢出。钱海英赶紧将毛宝手里的茶壶拿了过来："队长。"

毛宝回过神："对不起，没烫到你吧？"

钱海英："队长，你有心事？"

毛宝："海英，我最近几天总是心神不宁。"

钱海英："你在担心大憨？"

毛宝："嗯，大憨虽然平时大大咧咧的，但纪律观念非常严明，这都多少天了，他怎么还没回来？我实在是有些担心。"

钱海英："明白了，我去他老家看看。"

毛宝："也好。"

江小白慌慌张张地跑了进来："队长，不好了，队长。"

毛宝："怎么回事？"

江小白："你快去看看，大憨，大憨他……"

毛宝透过大门，远远地见到一群人围在那里，他迅速地起身，向人群跑了过去。老虎队队员们神情悲切，毛宝站在人群外，神情凝重。钱海英紧紧地跟在后面。众人给毛宝让出了一条道，只见大憨躺在担架上，满身鲜血，死不瞑目，他的身边躺着死去的娘。

毛宝艰难地抬起腿，向大憨走去。

火凤凰站在一旁，难过地说："对不起，我们发现他的时候已经晚了。"

毛宝跪倒在大憨身边，无言。他直勾勾地看着大憨，颤抖着双手替他合上了双眼。毛宝替大憨盖上了白布，然后对着大憨的娘磕了三个响头。毛宝又替大憨的娘盖上了白布，双眼迸发出愤怒的火焰。


徐州城的郊外，众人埋葬好大憨，替他立了一块简单的墓碑：老虎队大憨之墓。

毛草根："大憨，去了那边就去找笑面虎，找红娃，有他们几个在，你也不孤单了。你们的仇咱老虎队一定会报，你就放心地走吧。"

江小白、铁猴子等人眼含热泪。众人脱帽致哀。毛宝全程没说一句话，呆呆地看着大憨的墓碑。

何仙女："我们先走吧，让你们队长一个人静一会儿。"说完带着老虎队队员离开了。

毛宝："大憨啊，是我害了你，早知道应该让你带上枪啊。带上你的歪把子，这样你和你娘就不会死了。"想到此处，毛宝重重地将拳头砸向地面，鲜血染红了地面。随后，毛宝大声痛哭。

徐州城的郊外，何仙女和老虎队队员走在小道上。众人情绪低落。随后，远处传来毛宝痛哭的声音。

铁猴子伤心地说："笑面虎走了，红娃走了，大憨也走了。如果有一天我也走了，你们一定不要为我伤心。"

何仙女一个巴掌扇了过来："呸呸呸，闭上你的乌鸦嘴。"

铁猴子苦笑："身为军人，我早就做好了准备，只是，每当身边的同志一个个倒下，心里还是会觉得好难过。所以，有一天，我倒下了，不要难过，我的在天之灵想要看到你们微笑送别。"

江小白："如果有一天，我倒下了，不要难过，我的在天之灵想要看到你们微笑送别。"说完，看向火凤凰。

火凤凰盯着江小白努力微笑："如果有一天，我倒下了，不要难过，我的在天之灵想要看到你们微笑送别。"

钱海英："如果有一天，我倒下了，不要难过，我的在天之灵想要看到你们微笑送别。"

众人："如果有一天，我倒下了，不要难过，我的在天之灵想要看到你们微笑送别。"

何仙女的眼泪止不住地往下流。

寒风刺骨，肃杀冷冽。


解放军驻地的作战室内，王司令员问洛奇："毛宝那小子怎么样了？"

洛奇："心情还是很悲痛啊，毕竟大憨从抗日战争就一直跟着他。"

王司令员："是啊，老虎队的队员们走了好几个了，唉，找个机会给他们补充一下兵员。"

洛奇："嗯，我知道。现在我最希望的是毛宝能从悲伤中尽快走出来。"

王司令员："文工团马上来演出了，老虎队我们还要重点表彰呢。"

洛奇："是的，我会让毛宝上台讲几句。"

王司令员："唔，希望毛宝能够快些恢复心情啊。"

老虎队的军帐中，老虎队队员们都是一副悲伤的神情。毛宝一个人坐在角落里不说话。何仙女走了进来，走到了毛宝身边："毛宝，不要不开心了，人死不能复生，如果大憨在天有灵的话，也希望老虎队的兄弟高兴的。今天还有文工团要来演出，一起去看看吧，就当是散散心。"

毛宝看着老虎队队员们："你们去看吗？"

江小白："我们听队长的。"

毛宝："好，去看，大家都高兴起来。我们活着的人，要好好活着，心情好了，才有精神气把国民党反动派消灭掉。"

何仙女："对，毛宝，你说得好，只要心情好了，就有精神气把反动派消灭掉，为大憨报仇。"

毛草根他们都点点头。


当晚，文工团来到解放军军营里演出，舞台上载歌载舞，一片欢庆的气氛。老虎队的战士们坐在舞台下看着上面的文工团员跳着舞。毛草根看着领舞的女文工团员小翠出神："嘿嘿，真是好看啊。"

巴甲："我说毛草根，你的口水都要流出来了啊。"

毛草根连忙擦了一下："哪里有啊。"

巴甲："哈哈哈，害臊了啊。这有什么啊，哎，那个领舞的姑娘确实长得不错啊。"

毛草根有些不好意思再去看了。这时，小翠他们跳完舞，下台去了。场下的战士们鼓起掌来，掌声响亮。毛草根看着台上的女文工团员，使劲地鼓着掌。

洛奇政委走上台来："同志们，同志们，安静了啊。"

场下安静了一下。

洛奇政委："感谢前线文工团来我们华东野战军驻地里文艺演出，今天啊，除了演出，我们还要表彰在济南战役、碾庄圩战役等几场重要战役中，有突出表现的战斗英雄们。"

毛宝他们在台下，认真地听着洛奇讲话。

洛奇："首先，要表彰的是我们华东野战军的老虎队，这是一支从济南战役后组建的队伍，虽然组建时间不长，但是老虎队的队长毛宝同志，率领着老虎队队员们屡建战功，像尖刀一般，在多次战斗中，直插敌军的心脏，给我们华东野战军取得战役的胜利，付出了常人无法想象的血泪。"

场下姚公权和叶峰等人带头鼓掌起来，掌声比刚才文工团演出完的还要响亮，毛宝有些不好意思地笑着。

洛奇："好，现在我们就请老虎队队长——毛宝同志上台讲话。"

毛宝："啊，我不会讲啊。"

姚公权："毛宝啊，你装什么呢，快点上去讲。"

江小白："是啊，队长，快去讲。"

毛宝被老虎队队员们推上了台，何仙女期待地看着毛宝。

毛宝清了清嗓子："这个啊，我毛宝第一次上台讲话，真是不知道讲什么好。反正一句话，早日打败国民党，解放全中国。好了。"说着就要下台来，姚公权堵住了他："不行，毛宝，你讲得太少了。"

毛宝："老姚，你别添乱。"

王司令员："是啊，你小子得多说几句。"

火凤凰看出了何仙女的神情，对毛宝喊起来："毛队长，你难道没有什么话，要和我们何队长说吗？"

何仙女拉了一下火凤凰："凤凰，快坐下。"

毛宝："好好好，我再讲几句，讲几句。说实话啊，别看着我们老虎队总是能建功，打胜仗，其实不容易啊，不说别的，光是陈三笑同志、红娃同志，还有刚刚离开我们的张大憨同志，还有很多好同志，倒在我毛宝面前，我的心里如刀绞一般啊。"他的眼里含着热泪："尤其是大憨同志，跟了我毛宝这么多年，上阵杀敌从不含糊，这次是我毛宝错了啊，我不该让他请假去探亲的……"说着擦了一把眼泪。

姚公权有些难过地看着毛宝，台下的战士们都很安静地看着毛宝。

毛宝继续说："我们打这场仗啊，牺牲了这么多战友，为的是什么，为的就是能让全中国的老百姓早日过上和平安宁的日子。"

台下又响起了掌声。

毛宝继续讲："我毛宝呢，真是想早点打完仗，然后回家去。"看着何仙女，两人四目相对。

姚公权："然后呢？"

毛宝："然后，然后娶何仙女同志当老婆。"

何仙女听到了毛宝的这句话，一下子泪崩了，激动地哭着跑出了人群。

火凤凰："嘿，我们的队长还会不好意思啊。"

台下的解放军战士们再次给毛宝鼓掌，欢呼起来。

毛宝乐呵呵地笑着："大家继续看演出吧。"


徐州城，陆胜文走到了城楼上，看着城外。沈琳跟在后面："胜文哥。"

陆胜文："小琳，你怎么来了？"

沈琳："和你一样，来城上透口气啊。"

陆胜文微微点头，沈琳看着城外说："他们那边可是真够热闹的啊，好像是在文艺演出呢。"

陆胜文："是的，他们是在庆贺啊。"

沈琳："但是我们却在这里悲伤，胜文，你觉得这场战争还能再打下去吗？"

陆胜文苦笑了一声说："我也不想再打了，但是我们的高层还是要再打啊。"

沈琳："共产党注定要胜利的！打下去还有什么意义？"

陆胜文："高层他们是为了自己的利益。"

沈琳："胜文哥，如果我们逃到国外去生活怎么样，不去管他们了。"

陆胜文："小琳，人在这样的环境里，身不由己。"

沈琳："我明白你的意思，但是胜文哥……"

陆胜文看着胡国忠带着一些士兵过来，他转身走向了另一边，沈琳跟在后面。

徐州城外，江小白和火凤凰走到了小河边。火凤凰对江小白说："江小白同志，你把我叫到河边来，有什么事啊？"

江小白："就是走走，噢，对了，我今天读到徐志摩的一首诗，觉得蛮好的。"

火凤凰："徐志摩？"

江小白："嗯，大诗人，他的《再别康桥》写得可美了，不过，今天我读的这首诗感觉写得更加好。"

火凤凰："噢，那你快点念出来给我听啊。"

江小白："好。火凤凰同志你听着啊。我将于茫茫人海中访我唯一灵魂之伴侣；得之，我幸；不得，我命，如此而已……"

火凤凰听着江小白念出来的诗，她心里明白了什么，更加害羞地低下头去。

今夜灯火通明。

# 第二十二章

解放军阵地，文工团休息处的一个小屋子里冒出来热气。昏暗的光线里，小翠正在洗脸，把脸上的妆容擦掉，然后开始换衣服。

毛草根无意中走向了文工团员的休息处，文工团员的休息处静悄悄。他觉得有些奇怪，走了上去。从外面往里面一看，毛草根驻足了一会儿，不知不觉走到了里面。

小翠刚脱下了外套，突然听到了有人在她背后，她尖叫了一声。这个人吓了一跳，小翠伸手抓了毛草根一把。

毛草根也吓了一跳："里面怎么还有人在啊？"

小翠大叫起来："抓流氓啊！"

毛草根惊恐地说："什么？流氓？"转身就跑："我不是流氓……"

文工团的团员们都过来，小翠已经重新穿好了衣服，从里面出来。文工团团长："小翠同志，怎么了？"

小翠抽泣着："有流氓，他偷看我换衣服。"

文工团团长："什么，这解放军军营里还会有流氓？"

一个女团员："肯定是这里的士兵。"

另一个女团员："对，把他抓出来。"

文工团团长："好，小翠同志，你先别哭了，我会还你一个公道的。你有没有看清那人长什么样子？"

小翠想了想："对了，好像这个人是什么老虎队的，因为刚才文艺演出时，老虎队坐在最前面，我有点印象，但是看不清他是谁了。"

文工团团长："老虎队，老虎队，还什么英雄老虎队呢，走，找他们去。"

解放军驻地的野外，毛草根倚靠在树下，惊慌，懊恼，他不停地捶打着自己的脑袋："怎么办？怎么办？毛草根，你该死，该死啊。她们说你是流氓啊，你怎么会走到文工团那里去呢，你干吗走进那间小黑屋，但是我什么都没有看到啊。"

毛草根说着流下眼泪："但是他们会相信吗？他们肯定认为我毛草根是去偷看，我没有去偷看啊……呜呜呜。"他越想越苦，挣扎着拿出手枪，对准了自己的脑袋，痛苦地哽咽："队长，对不起，毛草根给您丢脸了。"说完痛苦地闭上了眼睛，刚想扣动扳机，身后传来铁猴子的声音。

铁猴子："毛草根，你小子干吗呢？"

毛草根马上收起了枪，转身，极力保持镇定地说："没，没干吗，我在玩枪呢。"

铁猴子："玩枪？玩枪还用枪顶着自个儿的脑袋啊。"

毛草根："我说是玩，就是玩。你怎么来了？"

铁猴子没有觉察出异常："还不是来叫你吃饭？"

毛草根发愣，铁猴子忙说："愣着干吗，队长等着你呢。"

毛草根发怵："队长，队长等我干吗？"

铁猴子："吃饭啊。"

毛草根："哦，吃饭好，吃饭好。"他自言自语地说着，然后向反方向走去。

铁猴子看着毛草根一脸纳闷："这小子，怕是丢魂了。"然后一把拽过毛草根："走这边。"

老虎队的驻地，毛宝正和老虎队队员吃着馒头聊着天。不远处，文工团团长带着小翠等文工团团员气势汹汹地从远处向毛宝等人走来。文工团团长在毛宝跟前站下，严肃质问："你就是老虎队队长毛宝？"

毛宝起身："我是。"

团长拉过小翠："我是文工团团长，这是我们文工团团员小翠。慰问演出之后，小翠回休息处休息，险些遭到不法之徒的非礼。所以，我们希望，毛队长把此人交出来，严肃处理。"

铁猴子拉着毛草根向驻地走来。远远地见老虎队和文工团团员在对话。毛草根愣在了原地，紧张地攥紧了拳头，额头冒汗。铁猴子兴奋地说："这不是文工团吗，来咱们老虎队了，走，快去看看。"说完拉着毛草根向老虎队队员们走去。

毛宝在向文工团团长解释："团长同志，我们老虎队的队员想要非礼你们文工团团员，这是绝对不可能的事情。我想这中间是不是有什么误会。老虎队的同志绝不会做出这种偷鸡摸狗之事。这点，我毛宝可以用人格担保。"

文工团团长："毛队长的人格我自然是信的，但是老虎队队员众多，怕是毛队长也担保不过来。"

毛宝一听文工团团长这话："你最好还是把话说清楚，把事情查明白，如果不是我老虎队的人干的，我毛宝也不会放过你。"

文工团团长："呵，毛队长，你这是在威胁我吗？"

毛宝："我没有威胁你，我只是不想被人诬陷，诬陷我们老虎队。"

此时，铁猴子和毛草根走到了队伍中间。毛草根紧张、羞愧地低下了头。

钱海英把毛宝拉住了，对文工团团长说："团长同志，这种罪名可不是随便能扣的。你们有证据吗？"

江小白："没错，我们老虎队行得正坐得直，绝不会干出这种龌龊的事。"

文工团团长："我们的团员清清楚楚地看到那个无耻之徒往你们老虎队军营里面跑了，而且刚才演出的时候，她看到那人就坐在老虎队的位子上。小翠，你说是不是？"

小翠点点头："嗯，因为你们老虎队的战士们都在前面，所以我看到那人，但是刚才光线有些昏暗，没有看清那人的样子，我也不知道他为什么走到那屋子里来的。"

钱海英："是的，刚才我们老虎队是坐在前面。但即使这样，那也不能证明，他就是我们老虎队的人啊？"

众队员："没错，凡事都得讲究个证据。"

文工团团长语塞："你们……"

毛宝："那你们有看到那人的样貌吗？"

团长看了看小翠，小翠摇摇头说："我那会儿太害怕了，情急之下也没了头绪，我只记得他瘦瘦的，高高的。哦，对了，我还抓了他的脖子下面一把。他的胸口一定有抓痕。"

毛草根摸了摸胸口，紧张的汗水湿透了额头。铁猴子愤怒地站在毛草根身边自言自语："岂有此理，竟然诬陷咱老虎队这种罪名。"

文工团团长看向毛宝："既然如此，那就好办了，毛队长。"

众队员看向毛宝，江小白劝说："队长，不可以啊，我们没做过就是没做过，身正不怕影子斜，为什么要接受这种侮辱？"

众队员："是啊，队长，我们不接受。"

毛宝挥手示意大家不要说话："都是革命同志，如果大家能消除误会，值。"

冰天雪地，毛宝毅然解开了衣服领扣，脱掉上衣，露出了胸膛，胸膛上布满了陈年的伤痕，疤痕狰狞。

钱海英紧接着也解开了衣扣，把衣服丢在了雪地上。其他队员紧跟着脱掉了上衣，露出了胸膛，他们一个个或多或少的伤痕，触目惊心。

文工团团员见此羞愧地低下了头。

小翠："团长，也许是我们搞错了。"

团长刚想道歉，眼光瞄到了没有脱衣服战战兢兢的毛草根。毛草根站在原地眼神异样，一动不动。

铁猴子催促道："快，把衣服脱掉。"

毛草根颤抖着手伸向自己的衣领。文工团团长向毛草根走了过来，小翠也盯着毛草根看。

毛宝走近毛草根："大老爷们的，有什么好害羞的，脱。"

小翠步步走近："我认得你，就是你。"

众人难以置信地看向毛草根。

毛草根扑通一声跪了下来，哭诉道："我不是故意的，不是故意的。刚才那个小屋子，我以为没有人，所以才不经意走了进去，谁想到……但是我真的什么都没有看到。"

毛宝瞪大了双眼，一把揪起毛草根："臭小子，你给我起来，把话给我说清楚了。"

毛草根颤抖着双腿，看向小翠，使劲地扇自己的巴掌："对不起，对不起，你杀了我吧，我也是没脸留在老虎队了。"

毛宝一记重拳挥向毛草根："混蛋，你对得起我们大家对你的信任吗？"

毛草根哭诉："队长，如果我毛草根真给老虎队丢脸了，你杀了我吧，我死有余辜，我给咱老虎队丢人了。"

毛宝拔出了手枪："你以为我不敢吗？"

铁猴子等人阻止："队长，队长！"

毛宝："你们谁也不要拦着我，今天，我就毙了他，以正军法。"

小翠和文工团团长看到这样的场面，他们也有些害怕了。小翠想要上来劝阻，但被文工团团长拉住了。

钱海英劝阻了毛宝："队长，不要意气用事啊，这中间一定有误会，我相信草根这孩子。"

铁猴子："是啊，队长，毛草根不是那种人。"

毛宝："误会？现在事实就摆在眼前，他自己都承认了。"

江小白拽着毛草根说："你快跟队长说说，到底是怎么回事。"

毛草根泣不成声："我，我，是我做错了事，队长，我对不起你，对不起老虎队，对不起文工团，对不起小翠，即使你们不杀我，我也没脸活下去了。以后不能跟你们一起上阵杀敌了，你们可都要保重啊。"

此时，文工团团长、小翠等人也动了恻隐之心。毛草根说完，迅速从怀里掏出手枪，对准了自己的太阳穴。众人惊讶，何仙女突然从身后冒出，一把夺过毛草根手里的枪。

小翠也大叫了一声："不要啊……"

何仙女："毛草根，老虎队怎么会有你这么没有担当的人？"

毛草根看到何仙女，羞愧地低下了头。

何仙女："一死了之，就能解决问题吗？你死了，犯下的错就能弥补了？"

毛草根低着头，抽泣。何仙女对着文工团团员："文工团的同志们，同样身为女人，我很能理解此刻你们的心情，我和你们一样，姑娘换衣服被男人看到了，确实很丢脸，但毛草根也是无意的行为。我还是恳请各位，把他这条命留在战场，战死沙场，将功补过。"

何仙女看着小翠，众人也将目光聚集在小翠身上。小翠一脸纠结、挣扎："团长，我……"

文工团团长："小翠啊，这事情还是得你自己来决定，要不要原谅他。"

小翠点了点头。

毛宝："小翠同志，身为老虎队队长，是我没有管教好自己的队员，以至于让你受到如此侮辱，这都是我的错，我愿意接受任何处罚，对不起。"

毛草根："不，队长，这不关你的事，千错万错都是我一个人的错。我不该往文工团休息的地方走过来，小翠同志，我愿意以死谢罪，还请你们不要因为这事牵扯到老虎队。"

毛草根说完，去抢夺何仙女手上的枪。

何仙女："毛草根，你给我住手！"

毛草根："就让我以死谢罪吧！"

毛草根、何仙女抢夺中，小翠大声喝止："住手！"

何仙女和毛草根停下手中的动作，看向小翠。

小翠："毛草根同志，我敬你是条汉子，那就把命留在战场吧。"说完看向毛宝："毛队长，这事我不追究了，人非圣贤孰能无过，就给他一次机会，将功补过吧。"

毛宝："小翠同志，真是委屈你了。"

小翠看了一眼毛草根，扭头离去。

文工团团长："毛队长，仅此一次，下不为例。"

毛宝："是，我保证。"

文工团团长带着众团员离去，毛草根低着头，小声抽泣。钱海英、江小白、铁猴子等人神情凝重，偷偷地观察毛宝的脸色。

毛宝皱着眉头，许久开口道："先给我关禁闭，好好反思。"说完转身离开。众人嘘了一口气，铁猴子赶紧将毛草根扶了起来。何仙女指着毛草根道："好好反思。"说完追向毛宝。


徐州城内张天泉家里，张家佣人正在准备晚餐，忙碌地将晚饭摆上餐桌。张天泉正坐在沙发上喝茶、看报纸，赵美霞坐在沙发上不时向外望去。门口，沈琳和陆胜文迎面走来，停在了张家门口。

进了屋，赵美霞将沈琳、陆胜文安排坐在了一起，自己则坐在了他们的对面。张天泉拿起筷子："跟自己家一样啊，多吃点，趁热吃。"

赵美霞给沈琳、陆胜文夹菜："来，多吃点肉。现在能吃上肉，可不容易了。"

陆胜文、沈琳："谢谢。"

赵美霞笑眯眯地看着沈琳、陆胜文，两人被看得尴尬地吃着菜。

赵美霞："越看越般配啊。天泉啊，你说是不是。"

张天泉："你啊，又想牵红线做红娘了。"

赵美霞："你不也说过的吗，陆胜文、沈琳郎才女貌、天作之合。"

张天泉："胜文啊，赶紧把沈琳娶回家，否则，我家夫人一天到晚地惦记着，哈哈哈。"

沈琳娇羞地看向陆胜文，陆胜文不敢正视沈琳的目光。陆胜文起身道："军座、夫人，谢谢二位的美意，只是，战争还没有结束，陆胜文断然不敢考虑自己的私事，也不敢耽误沈琳小姐的一生。"

沈琳激动地说："你不就怕自己战死沙场，留我一个人守寡吗？陆胜文，我不怕，我愿意。就算有一天，你真的离我而去，我也会因为自己的身份是陆夫人而骄傲地活下去。如果你要一直像只鸵鸟，那只能让我抱憾终生。"

陆胜文感动地看着沈琳，许久，陆胜文起身，严肃道："好，我娶你。"积郁多时的情感，此刻终于喷涌而出，铿锵有力。

沈琳热泪盈眶："好，我嫁你。"

赵美霞："太好了，你们的婚事都交给我吧。"

张天泉："徐州城是该办场喜事添添喜气了。"


解放军驻地，毛草根被关在禁闭室里，一个人在小声抽泣着，显得很孤独很可怜。

这时，门打开了，毛宝坐到了毛草根的身边，毛草根无力地看着毛宝："队长，对不起，我给老虎队丢脸了，但我真的不是有意走到那个小屋子去的，我真的没有看到小翠同志的……"

毛宝："好了，这事就到此为止，不要再说了。"说着拿出一个鸡蛋，放到了毛草根的手里："吃吧。"

毛草根："队长，这个……我不能吃鸡蛋，我在接受惩罚，我怎么还能再吃鸡蛋呢？"

毛宝："我叫你吃，你就吃。难道还要我给你剥好，喂你吗？"

毛草根："不不不，不用。队长，您对我真好。"

毛宝："草根啊，你知道为什么我对你这么严厉吗？"

毛草根想了想："您是为了我好。"

毛宝："你是我从诸暨枫桥老家带出来的，你是我的堂弟啊，是我在队伍里最亲的人啊，你犯了错，我毛宝就是有责任的。所以我对你这么严厉，希望你能够牢记在心里，人民群众是我们解放军的亲人，我们对亲人，就是要比对自己更好，我们绝对不能够让他们受到委屈。"

毛草根："嗯，队长，我知道，我毛草根以后会对人民群众更好的，比对自己更好，就算是献上我毛草根的这条性命，我也愿意的。"

毛宝："好了，在这禁闭室里也再好好想想，把心静下来，我们老虎队虽然经常能够打胜仗，但绝对不能够骄傲。"

毛草根："嗯，队长，我记住您的话了。"


徐州城的街道上，陆胜文和沈琳两人静静地走着，他们已经从张天泉的家里用完了餐。街道上冷冷清清的，偶尔能看到一两个国民党的残兵走过来。

沈琳有些瑟瑟发抖，陆胜文脱下了外套，披在沈琳身上："小琳，把衣服穿上。"

沈琳："谢谢胜文哥，我不冷。"

陆胜文："你穿吧，别冻着了。"

沈琳："谢谢你，胜文哥。"说着靠在陆胜文身边，陆胜文也轻轻地抱住了沈琳，沈琳脸上带着幸福的微笑。两人就这样慢慢地往前走着。

陆胜文："小琳，其实我心里一直很感谢你。"

沈琳："谢我什么啊。"

陆胜文："我陆胜文就是一个军人，无亲无故，但是你沈琳不一样啊，英国留学回来，战地记者，文化水平高，家世又这么好。"

沈琳："胜文哥，喜欢一个人是不需要理由的。"

陆胜文把沈琳抱得更紧了："小琳，我老家的父母亲都在抗战中离开了人世，我们结婚，也只有请张军长和夫人代我父母。"

沈琳："嗯，等打完仗，我们回你老家诸暨去，祭拜我的公公婆婆。"

陆胜文笑了笑："这么快就叫上公公婆婆了？"

沈琳："是的啊，反正我沈琳这辈子都是你们陆家的人了，你可别想抵赖啊。"

陆胜文："不会的。"他深情地看着眼前的这个女孩。

送走了陆胜文，沈琳的脸红彤彤的，她哼着英文小曲走进家里，沈家桥见说："看来今天晚上很开心啊。"

沈琳："爸爸，你吓我一跳，这么晚，怎么还没有睡觉啊？"

沈家桥："不是等你回来嘛，看你的样子，是有好消息啊。"

沈琳害羞地点点头："爸爸，你的女儿要结婚了。"

沈家桥惊喜道："要结婚了？"

沈琳："嗯，胜文哥答应娶我为妻。"

沈家桥："太好了，小琳啊，爸爸为你高兴啊，爸爸祝你和胜文幸福！"

沈琳："谢谢爸爸。"

沈家桥："嗯，打算什么举办婚礼啊？"

沈琳："张伯伯说在近期吧，可以为这被围困的徐州城添加一点喜气。"

沈家桥："也好，也好，只是要委屈你了，爸爸本来是想风风光光把你嫁出去的。"

沈琳："爸爸，我不委屈，只要选对了人，就算是在茅草屋里结婚，也是很幸福的。"

沈家桥："好，你能这么想，我心里也就宽慰了。"

沈琳："爸爸，早点去休息吧。"

沈家桥："哎，如今这时局，我哪里睡得着啊。不过今天有这么大的喜事告诉我，我可以笑着睡觉了。哈哈哈。"

沈琳也很开心地笑了。

沈宅一片喜气，大红灯笼挂在了门帘上，红丝绸点缀其中，大红的喜字贴满了房间。佣人们忙里忙外，喜气洋洋。张天泉夫妇和沈家桥坐在上位。陆胜文和沈琳穿着喜服，沈琳盖着喜帕站在他们的对面，赵美霞满脸欣喜。

　　沈家桥对着陆胜文语重心长道："胜文啊，从今天开始，我就把我的宝贝女儿交给你了。"

　　陆胜文："沈市长，您放心，我一定会照顾好小琳的。"说完，深情地看了一眼沈琳。

　　张天泉打趣道："胜文啊，该改口了。"

　　陆胜文笑："是，岳父大人。"

　　沈家桥："哎，哎，好。"

　　赵美霞热泪盈眶，下去拉住陆胜文的手说："胜文啊，你于我们家天泉有救命之恩，我们也一直视你为自家孩子，今天我们就代替你的双亲，见证你的婚礼。小琳是个好姑娘，相信你一定会好好待她的。"

　　陆胜文："夫人，谢谢您。"

　　赵美霞又拉起沈琳的手："小琳，嫁给一个军人，会有很多的委屈，今后的日子，你们要互相担待、相濡以沫。"

　　沈琳眼含热泪，她掀下盖头，看着陆胜文说："死生契阔，与子成说，执子之手，与子偕老。"

　　陆胜文感动地看着沈琳，热泪盈眶。

　　夜里，天空绽放开绚烂的礼花。而此刻，解放军驻地里，毛宝、何仙女站在空地上瞭望远处的礼花。

　　毛宝："今天是胜文的大喜之日。"

　　何仙女："是啊，虽然他投奔国民党的确可恨，但也真心替他高兴。听说是个很优秀的女孩。"

　　毛宝："嗯，我也放心了。"

　　何仙女看向毛宝："陆胜文都成亲了。"

　　毛宝笑："等战争结束，我就娶你。"

　　何仙女听完，笑了笑："嗯，好。"


　　"剿总"司令部张天泉的办公室里，张天泉召开会议。陆胜文、胡国忠等团级以上的军官悉数参加。张天泉神色凝重："徐蚌会战到了最关键的时刻，杜司令已下达指示，誓与共军决一死战。"

陆胜文、胡国忠等起身宣誓："愿为党国鞠躬尽瘁，死而后已！"

张天泉抬手示意："都坐下吧。"

陆胜文、胡国忠等人坐下，张天泉指着地图说道："现在，我们来看下具体的战略部署。"

张天泉指着地图上的徐州机场："这，徐州机场，根据杜司令的指示，我们接下来会进行地空协同的立体作战。空军部分，我军已征调两个轰炸机大队，一个侦察机中队，两个运输机大队，从空中压制敌军火力。陆军部分，新增一个坦克营、炮兵团、汽车团、步兵旅将协同作战，以提高陆地作战的机动性。"

胡国忠："太好了，有了这些精锐武器，定能将共党一举歼灭。"

张天泉："现在飞机正陆续抵达机场，共军势必会注意到这点。如果共军胆敢以身犯险，你们务必在共军赶到之前，做好战略部署，将共军歼灭于机场之外。"

胡国忠："属下明白，国忠誓死保卫徐州机场。"

张天泉："好，保卫徐州机场的任务就交给你了，陆胜文。"

陆胜文："到！"

张天泉："随时待命，等候支援。"

陆胜文："是！"


徐州城上空，飞机呼啸而过。毛宝抬头看向呼啸而过的飞机，一脸凝重。老虎队的队员抬头，看向呼啸而过的飞机。王司令员、洛奇政委在作战室里听到了飞机的声音，走出房间，抬头看向天上的飞机，也是一脸凝重。

王司令员和洛奇对视一眼，回到了房间，围着地图看。毛宝走进："报告，司令员、政委。"

王司令员："刚才的飞机你们都看到了吧？"

毛宝："是，看到了。"

王司令员："杜聿明这是在打天上的主意啊。"

洛奇："敌军有了轰炸机的协同作战，势必会削弱我军的作战能力，拉长战事，增加不必要的伤亡。"

毛宝走近，对着地图说道："徐州机场。"

王司令员："没错，如果能端掉这个老巢，必能事半功倍。"

洛奇："我们能想到的，杜聿明也猜得到。所以，机场附近肯定已是龙潭虎穴、刀山火海。"

毛宝："敌军会在机场附近部署重兵，那是一定的。但事在人为，司令员、政委，请把此次任务交给我们老虎队，老虎队有信心完成任务。"

王司令员："好，我就等你这句话。"

洛奇："来，我们来看看作战部署，你们看，这个地方……"


十多架轰炸机在天空盘旋。

飞行员从高空俯瞰，底下人头攒动，黑压压一片。徐州城外青龙集，老百姓们抬头看向突然出现的飞机，议论纷纷。

一个小女孩："娘，有飞机。"

女孩的母亲神色慌张："乖，我们早点回家。"


"剿总"司令部，张天泉坐在办公桌前，胡国忠坐在旁边。电话铃声响起，话筒传来声音："报告军座，二十架战斗机试飞，发现近万敌军，请指示。"

张天泉："很好，给共军来一个下马威。"

话筒传来声音："是！"

张天泉挂掉电话："这就当是给共党送的餐前甜点。"

胡国忠："军座英明。这么一来，共党势必会加快动作，一慌则乱。"

张天泉笑："唔，机场那边布置得怎么样了？"

胡国忠："军座放心，滴水不漏。"

张天泉满意地端起了茶杯。


徐州城外的青龙集，炸弹从战斗机上源源不断地丢了下来，落在了百姓身边。顿时，硝烟四起，百姓们四处逃窜，惨叫连连，现场一片狼藉。

正在作战室开会的王司令员、洛奇、毛宝听到了轰炸声，惊讶地冲到了外面，王司令员问："怎么回事？"

姚公权："暂时还不清楚，目测敌军轰炸的方位还没有到我们这边，应该是百姓聚集区。"

毛宝："不好！"

洛奇有些着急地命令道："带上医务兵，赶紧去瞧瞧！"

毛宝："是！"说完，冲了出去。

轰炸持续了十多分钟，轰炸机撤退。青龙集街道旁的房子已化为废墟，街道上躺满了被炸死的百姓，受伤的百姓痛苦呻吟。小女孩的母亲抱着女孩被炸弹碎片击中。女孩从母亲的怀里爬了出来，大声痛哭："娘，娘，你快醒醒，我们回家……"

轰炸声音停止。张天泉端着茶杯悠然自得地喝茶："唔，看来轰炸结束了。"

胡国忠："嗯，战斗机的威力果然厉害。"

张天泉："老美的家伙什就是好使。"

陆胜文这时冲了进来，脸色凝重，张天泉说道："胜文来了？"

陆胜文："军座，目标袭击错误。被轰炸的目标根本不是共军，而是青龙集的百姓。"

张天泉拍案而起："你说什么？"

陆胜文："被轰炸的目标根本不是共军，而是赶集的百姓。目前我军飞行员紧缺，这批飞行员也只是集训的成果，飞行素质根本不过关，最基本的飞行勘探都没有学会，全靠肉眼分辨。"

胡国忠见张天泉皱着眉头，宽慰道："军座，就算如此，我们也大可不必担心。这次轰炸不过是一次诱饵，炸死谁效果都一样。死的是平民百姓，这效果也许更好。"

陆胜文难以置信地看着胡国忠："国忠，你说的还是人话吗？"

胡国忠："两军交战，死伤难免，为党国牺牲，那群碌碌无为的百姓应该觉得光荣才是。"

张天泉："好了，都别说了。胜文，你去看看外面什么情况。"

陆胜文："是！"

陆胜文瞪了眼胡国忠，然后转身离开。


青龙集，毛宝带着老虎队，何仙女带着民兵队、医疗队赶到了现场。

众人看到眼前的景象，被深深地震撼。他们来不及悲伤，迅速地投入救援当中。明霞带着卫生队的医生和护士们小心地给伤员包扎。一个血肉模糊的百姓被炸断了腿，哀号着。一个百姓因为失去了至亲痛苦地号哭着。

小女孩哭累了，小声地抽泣："娘，娘啊。"

何仙女看到了女孩，她心疼地抱住她："乖，你的妈妈睡着了。"

小女孩突然放声痛哭，拉着妈妈的手不愿意松开："不，我妈妈没有睡着，妈妈，我要妈妈，我要妈妈。"

何仙女忍不住眼里的泪水，难过地抱起大哭的小女孩离开。老虎队队员和民兵队队员们抬着无辜百姓的尸体，神色凝重。小女孩的哭声直击内心，令人潸然泪下。

夜里的沈宅，陆胜文回到家，沈琳迎了上来，帮他脱掉了军装，挂在一旁。陆胜文突然抱过沈琳，难过地小声痛哭。沈琳拍着陆胜文的肩膀安慰着。

陆胜文："我好累，真的太失望了，对我们的党国太失望，完全不顾老百姓的死活。"

沈琳紧紧地抱着陆胜文，沈家桥走了过来："咳咳。"

陆胜文松开沈琳，收拾好情绪："岳父。"

沈琳扶着陆胜文："坐。"

沈家桥、陆胜文坐下，沈琳给他们沏茶。沈家桥对陆胜文说："胜文，这种事，你我都左右不了，你也不必自责。"

沈琳："是啊，胜文，你也别太难过了。"

陆胜文："岳父、小琳，我真的好迷茫，你们说，我是不是真的错了？"

沈家桥语重心长又颇多无奈："只要遵从自己的内心，不做违背良心的事，就好。做人，有时候真的没得选择。"

沈琳紧紧地握着陆胜文的手，沈家桥起身看着国民党党旗，叹气道："我老了，以后这天下还是你们年轻人的天下。这青天白日，朗朗乾坤，怕是没机会见到咯。"

沈琳："爸爸。"

陆胜文："岳父，您还年轻，一定会看到那么一天的。"

沈家桥突然提高了分贝道："那时候的天下是姓共还是姓蒋呢？"

陆胜文："岳父，您说得没有错，我也承认如今的局势下，我们党国失去了民心，这个天下迟早会是共产党的。"

沈家桥："陆胜文啊，你能醒悟过来，我心里很开心啊。你还年轻，不能把大好的前途耽搁了，选择一条光明的道路去走吧。"

陆胜文点点头："岳父，我知道。"

沈家桥拍了拍陆胜文的胸膛，转身离开。


毛宝带着老虎队出现在徐州机场外，钱海英担心道："队长，就我们这点人，怕是不够吧？"

毛宝："不，今天我们不打仗，就来试试水，人少方便撤退。海英，你带毛草根他们去那边，以枪声为号。枪声一响，我们集中火力，两面夹击，看看国民党到底在这儿埋伏了多少兵力。"

钱海英："是！"

毛宝："记住，见好就撤，不要恋战，大家伙儿趁着黑夜，向各个方位四散撤退，国民党疑心病最重，谅他们也不敢追击。"

钱海英："是。同志们，跟我走。"说完带着一队人马向机场一侧走去。

老虎队向机场开始攻击，胡国忠坐在指挥部内听到了枪声，邪笑道："鱼儿上钩了。走，出去看看。"

机场外，火光冲天，枪声震耳。

马涛报告："报告长官，共军分别出现在机场东西两侧。敌军数量暂时不明。"

胡国忠："唔，没关系，吩咐下去，坦克营准备，炮兵营准备，东西两路，把共军给我灭了。"

马涛："是！"

二十辆坦克分别向东西两侧进发。炮兵营架起了榴弹炮、迫击炮等。

毛宝见到坦克忙命令道："不好，同志们，撤！"

坦克进行试探性进攻，各种口径火炮一起猛攻。爆炸声振聋发聩，土坡被炸飞，升起几米高的土柱。榴弹炮、迫击炮架在高处，向老虎队埋伏方向轮流轰炸，硝烟弥漫，火光闪烁，树木、泥土都被炸飞。

一颗炸弹落在了老虎队前面的土坡，老虎队赶紧卧倒。众人被炸得灰头土脸，毛宝来不及抹去脸上的灰尘，大叫："撤！"

老虎队开始急速撤退，胡国忠眼光深邃，抬手制止了提议追击的马涛："共军狡猾，明知道机场附近重兵把守，竟然只敢带着一个营，这夜黑风高的，谁知道他们打的什么主意。记住，敌不动我不动，加强夜间巡逻，做好防御工作。"

马涛："是！"


解放军驻地，老虎队回到营帐，众人灰头土脸。

毛草根抖着衣服上的灰："队长，敌人火力太猛，根本杀不进去啊。"

毛宝不语，江小白说道："料想到机场附近必定重兵把守，没想到竟然还有坦克营。而且，炮兵营的火力也不能小觑。"

毛宝："敌军的火力的确远超我的预计。"

江小白："既然如此，那我们就避开与国民党正面交锋，给他们来一个出其不意。"

毛宝看向江小白："说清楚。"

江小白："我们撤退那会儿，他们没有乘胜追击，这说明他们对我们心存畏惧。而国民党向来狂妄自大，首战告捷，这会儿估计正在邀功请赏。但同时，他们势必会更加注重外部防御，因为不能出现一丁点的纰漏。所以，这就是我们的机会。"

毛草根听得稀里糊涂："没听懂。"

铁猴子："我也没听懂。"

毛宝皱眉深思："你是说，外紧内松？打入敌人内部，从内部攻破？"

江小白："没错，他们现在的注意力全在机场外的防御，脑子里每天都在演练咱共产党大部队杀过去，然后激烈地交战。那我们何不反其道而行？"

众人将目光齐刷刷地看向江小白，江小白继续说："虽然这听起来很疯狂，但同时，这也是敌人唯一料想不到的进攻方式。"

钱海英："精密部署，也不是没有可能。"

江小白："而且，如果成功，这会使我军伤亡降到最小。只是……"

毛草根："只是什么？快说啊，别吞吞吐吐。"

毛宝紧皱着眉头："只是，参加行动的同志也绝无生还可能。"

江小白低头："是！"

毛草根拍着胸脯："我不怕死，队长，我毛草根这条命是你给的，能战死沙场，也是将功补过，死而无憾了。队长，让我参加。"

钱海英："没错，死得其所，又有何惧？钱海英请求参战。"

江小白："江小白请求参战。"

老虎队队员："队长，我们也请求参战。"

众人齐刷刷地看向毛宝，毛宝沉默良久："大家伙儿也累了，早点休息，此事再从长计议。"

# 第二十三章

天朗气清，月光皎洁。

毛宝紧皱着眉头，拿着酒杯坐在大憨墓前。他先给大憨倒了一口，然后自饮。很快，毛宝喝完了一整壶酒，酒瓶放在了旁边。一阵寒风，毛宝的每一根汗毛都竖了起来，眼神也逐渐变得刚毅。钱海英带着老虎队的同志们站在毛宝的身后，默默地注视着毛宝的背影，众人无言。

一大清早，姚公权的军帐中，毛宝正和姚公权对着地图讨论着作战方案。

姚公权："也就是说，我们负责在外牵引敌军注意。你们潜入机场，炸毁飞机？"

毛宝："没错，就是这个意思。"

起初姚公权是拒绝的，此举太过危险，但拗不过毛宝的激将加怀柔一通游说，终于答应了下来。毛宝显得很高兴，姚公权却心思缜密，让毛宝把当日机场里敌军的布置交代清楚。

毛宝："敌军光坦克的数量就不低于二十辆。而且机场附近，地势平坦，机动性非常强。除去坦克，炮兵营的力量也不容小觑……"旋即又交代了战斗的具体部署。姚公权见毛宝准备周全，说道："毛宝，这计策很好，谅那国民党军也不敢轻举妄动。放心，你们没成功，我们二团绝不撤退。"

毛宝看着姚公权，信任地点了点头。

当晚，得知了毛宝有出战任务的何仙女又来闹着也要陪毛宝一起出战，毛宝拒绝了何仙女，他知道此行凶险异于往常。当他走到军帐中的时候，对待自己的队员也变得温和了。

徐州城外的机场，姚公权带着二团的战士们披着树叶、稻草趴在土坡后面，一动不动。毛宝带着老虎队乔装后匍匐在一条小路两侧。他们纹丝不动，眼珠子四处打量着。一个国民党军团长坐在吉普车上，带着一队国民党士兵经过。他们丝毫没有发现道路两边的异常。两个国民党军来到路边方便，正好背对着老虎队的人。

毛草根和钱海英对视一眼，使了使眼色，突然向上跃起。毛草根扑向左边的国民党军团长，钱海英扑向另外一个皮肤黝黑的士兵，将他们一举扣下。与此同时，毛宝等其他老虎队员一跃而起，拿着枪指着其余国民党士兵："不许动。"

国民党士兵被突如其来的埋伏吓得失了神，来不及拔枪就举起了双手，毛宝对着老虎队队员们露出胜利的微笑。

机场外围的小树林里，国民党士兵被扒去衣服，堵住嘴巴，围困在土堆里。毛宝和老虎队其他成员换上了国民党军的军装。钱海英换上了当国民党师长时穿的军装。毛宝盯着钱海英的军装看："这衣服还留着呢？"

钱海英："心想着也许有一天可能用得到，果不其然。"

众人围着钱海英的军装看，毛草根也说道："可以啊，这可是他们长官的衣服啊。"

钱海英有点不好意思："之前是误入歧途，穿错了军装。"

毛宝："别这么说，此刻，我们不就站在了同一战线吗？"

江小白穿着西装，拎着公文包，嬉笑着："没错，最后你不还是弃暗投明，这就足以说明，你的内心向善，是非黑白，自有论断啊。"

钱海英："小白，你什么时候也开始油腔滑调了。队长，我在国民党内待了那么多年，对他们内部的体制都非常熟悉，今天就让我带队吧。"

毛宝："也好。你带队，我也放心。大家伙儿记住了，千万不能紧张，无论发生什么事，都要镇定自若，尤其是各位的表情，决不能让敌人看出破绽。"

众人："是！"

机场外围，钱海英坐在吉普车上，带着乔装后的老虎队过来。江小白衣冠楚楚地坐在钱海英旁边，毛宝、毛草根等人背着炸弹镇定自若，跟在后面。

车子到了机场关卡处停了下来，钱海英等人下车，带着毛宝等人走向关卡。

一个高个子守关士兵向钱海英敬礼："长官好。"

钱海英："嗯。"然后故作傲慢，对毛宝使了使眼色。

毛宝拿出通关证和钱海英任职师长的证件："这是我们师座，这是美国来的航空专家江教授，奉杜司令之命，护送江教授检查飞机炸弹装置，支援徐州机场。"

高个子士兵接过证件，查验："师座好，教授好。失敬失敬。只是，先前我们并没有接到通知，还请各位稍等片刻，容手下核实之后，再给您放行。"

钱海英和毛宝短暂地对视，然后紧皱眉头："嗯，快一点。"

高个子士兵："是，是。"

毛宝怒："放肆，我们师座不辞辛劳，奔波至此，忙得连早饭都来不及吃，马不停蹄地赶来，你却让我们师座等，你算个什么东西？"

高个子士兵："长官息怒，卑职也是奉命行事。"

钱海英皱皱眉头，显出一副不耐烦的表情道："算了，算了，人家也是奉命行事，不要难为人家。"说完，捂住肚子，做出痛苦的样子。

毛宝："师座，您的老胃病又犯了？快来人，药！"

毛草根赶紧递过药丸："师座！"钱海英接过药丸，吞了下去。

江小白："我可是受杜司令亲自委派，你们就是这么对待长官的？上一次的试飞，就因为飞机的故障，导致炸弹投放失误，没炸到共军，反而炸伤了老百姓，上峰很是生气。接下来，将是大面积的轰炸，所以，才派我对所有飞机进行检查、整修。时间已经很紧迫了，你们竟然还在这设关拦卡。胡闹！"

毛宝对着江小白点头哈腰："江教授息怒，这群人是有眼不识泰山。"

毛宝转而对守关士兵说道："还不让我们进去，要是惹急了我们江教授，又让我们师座有个三长两短，你担待得起？"

钱海英责怪毛宝："不要大呼小叫，我和他们长官胡国忠也是至交好友，他现在可是军座面前的红人，江教授，就委屈你多等一会儿，这打狗还得看主人不是。"

江小白背着手，作生气状。钱海英说完对着高个子士兵："你去核实吧，我就在这里等一下。"钱海英说完，痛苦地直了直腰。毛宝狠狠地瞪了眼守关士兵。

高个子士兵不寒而栗，唯唯诺诺道："手下该死，师座的身体要紧，快请。快，开关，请师座和教授进去。"

毛宝："你，带路！"

高个子士兵："是，长官请。"说着打开关卡。毛宝扶着钱海英，走了进去，江小白大步踏进，老虎队队员紧跟其后。

看着钱海英等人远去的背影，另外一个士兵说："有没有觉得不对劲啊？"

守关的士兵："他的证件我查验过，是真的，没问题，这种人，可得罪不起。"

另外一个士兵点了点头，若有所思。

机场外，姚公权带着二团的同志继续埋伏着。姚公权看了看怀表："差不多了，同志们，打！"

瞬间，枪炮声震天。前面的国民党士兵被打得纷纷倒下，后排的国民党士兵迅速反应了过来，两军开战。

毛宝等人听到了枪战声，对钱海英点了点头。

高个子士兵："共军打进来了！"

毛宝："外面的共军有坦克营、炮兵营镇守，何足畏惧！"

江小白："时间紧迫，带我去停机坪，我要对飞机炸弹装置进行全面检查。"

高个子士兵："是，这边请。"

毛宝等人在高个子国民党士兵的带领下，加快了步伐。机场内的士兵列队向机场外跑步增援，与毛宝等人擦肩而过，气氛紧张。

机场指挥部内，胡国忠听到枪声，起身，笑："共军终究是坐不住了。我早就准备好了，坦克营给我狠狠地轰这些共军。"

机场外坦克压阵，二十余辆朝前开路，向姚公权处开了过来。子弹射向坦克坚硬的外壳，刀枪不入。

阿辉："团长，坦克压过来了。"

姚公权笑了笑："好，让敌人的坦克都压过来，同志们都往后撤，把坦克引到咱们的埋伏圈里，后退。"说着带着二团迅速撤退到后方的军事掩体后面。

坦克一路追赶，突然，陷入了泥坑中，停了下来。

阿辉兴奋地叫道："团长，你看，那些铁盒子果然停下来了。"

姚公权："嗯。毛宝的鬼点子果然好用。"

阿辉："团长，你说，他们会过来吗？"

姚公权："要是敢过来，就把他们炸得人仰马翻；要是不敢过来，咱就在这跟他们耗着，给毛宝争取时间。"

阿辉："底下埋了那么多迫击炮弹、炸药包、燃烧瓶，可不能让同志们白忙活一场。"

姚公权："那就看那群胆小鬼敢不敢了。"

坦克前面，铺满了玉米秆、红薯藤、茅草等杂物，看不清地底下，国民党军一时间不敢向前推进。坦克后面的步兵上前探视，他拿着刺刀，往茅草堆里面刺去。姚公权瞄准上前探查的步兵，一枪击中了他的脑袋。坦克驾驶员发怒了，他们一字排开，不再前进，转而停在离阵地几十米的地方，排成一列，对着凸出地面的工事，像点名一样，一炮一个，逐个开火。许多工事当场被逐个掀开，姚公权被炸得灰头土脸。

姚公权："转移预备阵地！"

二团很快就转移至预备阵地。坦克不再前进，敌军步兵向前冲去，在接近前沿二三十米的时候，姚公权发号施令："打！"

二团战士突然开火，子弹、手榴弹像阵雨一样扑打过去，干脆利落地击退了敌军的进攻。

机场内停机坪，钱海英带着高个子士兵来到一架战斗机背后，毛宝出其不意地将高个子国民党兵敲晕，然后，拖放在角落。

毛宝小声地命令道："同志们，行动！"

毛宝、毛草根等人卸下包上的炸弹，紧张有序地展开了布置炸弹的任务。

机场外，趁着短暂的休战间隙，二团战士抓紧时间抢修工事。

姚公权："凸出地面的工事都给我推了，那些个铁盒子，炸死我了。"

二团战士："是！"

姚公权："坦克不中用了，接下来应该是炮兵营了。同志们，加厚工事。就算敌人上炮弹，也让他们炸不到咱！"

二团战士："是！"

战士们针对敌军坦克的攻击特点，对凡是凸出地面容易暴露的工事都做了修改。主要掩蔽部分和机枪火炮工事都用门板或树干，再加上积土遮盖，一层门板一层土，压上三层，至少有一米厚。

而机场外的坦克营后，胡国忠亲临作战现场，他说道："共军就是诡计多端。不过没关系，就算没有坦克营，也照样能让他们有去无回。炮兵营。"

马涛："在！"

胡国忠："共军的火力点和百分之九十的有生力量都集中在阵前二百米左右的地方。把地面炮火集中到前沿阵地，集中进攻，突破重点，撕开口子。最后，上步兵，把共军一块一块地灭了。"

马涛："是！"

外面轰炸声不断。钱海英将炸弹全部布置完毕。他安装好定时器，定时器上十分钟倒计时开始。

毛宝看了看手表上的时间，对着钱海英点了点头，钱海英会意。众人集合，列队站好。

毛草根沾沾自喜："队长，这也太顺利了一点吧！"

毛宝瞪了一眼毛草根，毛草根赶紧收起笑容。

毛宝小声道："撤！"

钱海英正了正帽子，吐了口气，带着毛宝等人向机场外走去。

机场关卡处，陆胜文带着一队人马赶来。

守关士兵敬礼："陆长官！"

陆胜文："有没有什么异常？"

守关士兵："陆长官，早上来了一个修飞机的美国专家，你看，到时候要不要派兵护送？"

陆胜文停住了脚步："不好，快走！"说完带着人马向机场停机坪冲了进去。

陆胜文带着人马迅速赶到，钱海英、毛宝远远地看见了陆胜文。钱海英低下头迅速绕开，向右侧走去。

陆胜文："站住！"

钱海英等人加快了步伐，他们迅速地躲到了建筑物后面，掏出了手枪。

毛宝看了看时间："还有三分钟。海英，你们先撤，我殿后！"

钱海英："要走大家一起走！"

陆胜文赶到，对着毛宝等人射击："你们今天谁也走不了。"陆胜文说完边对着手下命令道："飞机下面有炸弹，快去！"

陆胜文手下："是！"

陆胜文说完，带着一队人马向停机坪飞奔而去。毛草根将手榴弹捆在裤腰上："队长，我去看看。可不能让这帮孙子把咱辛苦捆好的炸弹给毁咯。"说完也向停机坪跑去。

毛宝喊："毛草根，你给我回来！"

毛草根："大哥，来世咱还做兄弟。"

陆胜文等人向毛草根射击，毛宝迅速掩护，激烈反击。

见毛草根跑远，毛宝躲在墙后，热泪盈眶，看着毛草根的背影，对陆胜文喊过来："来不及了，炸弹还有三分钟就要爆炸了。今天就算是死在这里，我也无憾了。"

传来陆胜文震怒的声音："毛宝！"

毛宝躲在墙后，他看着手表，拖延时间："胜文，没想到咱们又见面了。"

陆胜文："毛宝，你已经被包围了，跑不掉的。"

毛宝对着钱海英等人，一边示意他们赶紧走，一边和陆胜文说话："我今天来就没打算跑。不过，遇到你倒是意料之外。"

钱海英等人对着毛宝摇摇头，不愿意撤退。

毛宝对着钱海英等人小声命令道："快走，我拖住他！"

众人："我们不走！"

毛宝盯着手表，最后一分钟在倒计时，他看着毛草根消失的方向，流下了眼泪。

定时炸弹在进行最后三十秒倒计时。一个国民党士兵拿着剪刀对着炸弹上的红黄蓝三根线犹豫，从红线到黄线，又到蓝线。其余几个国民党士兵躲得远远的观看着。

陆胜文劝降："毛宝，你不知道吧，在我到达机场的同时，就派了另一路人马前往停机坪了。"

毛宝紧张地抬起手腕，看着手表倒计时。秒针一步一步地走着，毛宝的额头渗出了汗水。

陆胜文："你投降吧，我保证，会善待你和你的队员。"

定时炸弹在进行最后五秒倒计时，国民党兵的额头也渗出了汗水，他闭上了眼睛，在最后一秒剪下了黄线。

炸弹没有爆炸，国民党兵擦了擦额头上的汗，松了一口气。毛草根躲在飞机的身后，注视着这一切。毛宝盯着手表，直到秒针走完，没有听到炸弹爆炸的声音，他心如死灰。

钱海英内疚地说道："队长，对不起，我们的任务失败了。"

毛宝青筋暴绽，绝望了："同志们，跟他们拼了！"说着冲了出去，和陆胜文火拼。钱海英等人抱着必死的信念，展开了激烈的战斗。

一时间，国民党军被老虎队的气势所压制，撤到了掩体的后面，狼狈不堪。

陆胜文手下："陆长官，接下来怎么办？"

陆胜文信心满满："不急，他们已是瓮中之鳖，就让他们最后再挣扎一下，很快，就会弹尽粮绝。"

国民党士兵见倒计时装置停滞，整个人松懈了下来，开始着手拆除炸弹。

毛草根整了整衣服，从飞机的后面光明正大地走了出来，他站在国民党士兵的身后。国民党士兵没有回头，以为是同伴："暂时安全了，赶紧把这些炸药包移除。"

毛草根瞪着愤怒的眼睛，在国民党士兵回头的一刹那，一掌将他敲晕了过去。剩余的国民党士兵看到了自己的同伴倒了下去，一边开枪一边向毛草根扫射过来。毛草根拉响了手榴弹，迅速放在了其中一个炸药包的旁边。毛草根继续以最快的动作将剩余的手榴弹拉开向飞机上炸弹的位置丢去。

国民党兵们见状，吓得赶紧往后跑去："快跑，快跑！"

毛草根笑："队长，毛草根不辱使命，没有给老虎队丢脸。"

第一颗手榴弹爆炸，引爆了旁边飞机上的炸弹，四溅的火光点燃了每一颗炸弹间的导火索，顿时，机场爆炸声起伏，振聋发聩。

毛草根笑着倒了下去。

正在酣战的老虎队和国民党军被巨大的火光冲击震得趴了下去，建筑物上的墙砖被震掉了下来。

毛宝瞪大了眼睛，大喊："毛草根，草根……"老虎队队员们热泪盈眶。

陆胜文看着机场开始爆炸："不，不，这怎么可能？"

机场外，姚公权听到了爆炸的声音，看着火光冲天的画面，欢喜："毛宝成功了。这小子，牛啊。同志们，集中火力，给老虎队争取撤退的时间。"

二团的战士们欣喜地回复道："是！"

姚公权对着他的连长说："去，接应毛宝！"

阿辉："是！"

二团的战士们受到了胜利的鼓舞，展开了又一轮激战。阿辉带着他的连离开了战场。

胡国忠听到了机场传来的爆炸声，揪起身旁人的衣领，大骂："混蛋，给我去死。"

被胡国忠揪着不放的士兵喘不过气来，胡国忠将他扔在了地上，愤怒开枪向其扫射。无辜的士兵死去，瞪大了难以置信的眼睛。身旁的士兵吓得后退了两步，不敢说话。

爆炸声在持续，震感加强。

老虎队开始撤退，陆胜文追击。毛宝转身向国民党军还击，陆胜文找准时机，但是枪口还是往上抬了一下，随后扣动了扳机。子弹打过来，打在了毛宝的肩膀上。

毛宝看到了陆胜文："陆胜文……"

钱海英见状，赶紧扶起毛宝："队长，队长！"

老虎队的同志们见毛宝被击中，一下子慌了神，围了过来："队长？"

钱海英背起毛宝："同志们，快撤！"

老虎队在钱海英的带领下，向后撤退。陆胜文放下枪，神色复杂，眼角落下了几滴泪水。

钱海英带着老虎队撤出了机场，国民党军紧随其后，紧跟不舍。

江小白："钱副队长，你带着队长先撤，我们断后。"

钱海英思忖片刻："好，那你们小心。"

钱海英背着毛宝向后撤退，一颗子弹向钱海英射来，击中了钱海英小腿。钱海英一个踉跄，险些摔倒。

江小白："怎么样，没事吧？"

钱海英摇头："没事，擦破了点皮。"

国民党军步步紧逼，老虎队的还击开始变得吃力，队员们陆续没了子弹。

铁猴子："钱副队长，我没子弹了。"

钱海英放下毛宝，跛着脚，交给铁猴子："猴子，一定要把毛宝平安地交给何队长。"

铁猴子背上毛宝，难过道："钱副队长！"

钱海英嘶吼："快走？"

老虎队掩护铁猴子撤退，国民党军逐渐逼近。就在这时，老虎队的背后出现了强大了火力。阿辉冲了上来："你们先撤，我掩护！"

江小白喜："是二团兄弟们，我们有救了！"

钱海英松了口气："二团的兄弟，及时雨啊！"

阿辉冲了上来："钱副队长，我来接应你们了，你们先撤，我断后！"

钱海英："好，那你们自己小心！"

阿辉："放心吧！"

钱海英："同志们，走！"说完带着老虎队撤退。

解放军驻地的战地医院，毛宝接受完手术，躺在手术台上，脸色苍白，昏迷不醒。明霞取出了毛宝肩膀上的子弹，微微松了口气，给毛宝做最后的包扎。

何仙女、火凤凰、钱海英、江小白、铁猴子等人焦急地等候在手术室外。

何仙女含着泪，注视着手术室的大门，默默无言。

火凤凰安慰道："队长，毛队长一定会没事的。"

何仙女点了点头："嗯，我相信他。"

明霞走了出来，何仙女等人迎了上去："明霞，毛宝没事吧？"

明霞："手术很顺利，庆幸，子弹没有击中心脏，但毛队长失血过多，要是再迟一会儿，我也无能为力。现在毛队长的情况啊，能不能醒来，就看他的造化了。"

何仙女握着明霞的手，激动地道："什么叫能不能醒来要看造化啊？明霞，你一定要救他啊！"

明霞："何队长，能做的我都已经做了。"说完，拍了拍何仙女的肩膀，然后转身离去。

"剿总"司令部张天泉的办公室内，胡国忠、陆胜文低头站在张天泉的面前请罪。

张天泉对着胡国忠痛骂："混账，当初是怎么立的军令状？誓死保卫徐州机场，保证完成任务。现在呢？啊？现在呢，机场被炸了，炸了。你们有什么，有坦克，有大炮，有最精锐的武器、最精密的部署，可最后，却被几杆子破步枪给耍得团团转。"

张天泉激动地举起茶杯丢向胡国忠的脑袋，杯子掉落在地，发出了清脆的声响。胡国忠的额头立刻渗出了鲜血。

胡国忠："军座，手下失职，手下愿以死谢罪。"

陆胜文："军座，机场被炸，我也有责任，请军座责罚。"

张天泉痛苦地闭上眼睛："你们死不足惜，我们都死不足惜。只是，这机场毁了，徐州也就毁了。"

夜里的战地医院，毛宝依旧昏迷不醒。

何仙女拉着毛宝的手，流着泪，静静地陪在毛宝的身边，轻轻地说话："毛宝，你答应过我，要娶我为妻的，你可不许耍赖。这辈子，我非你不嫁，你听到了吗？还有火凤凰和江小白，他们可指着你给他们做媒证婚呢。对了，刚刚，王司令员和洛奇政委都来看你了，还有那个二团的团长姚公权也来了，你要是跟病猫一样的再不醒来，他们可要笑话你了。"

何仙女说着，眼泪唰唰地往下流。老虎队的队员们守在毛宝的门口，默默地等待着毛宝醒来。

沈宅的婚房里，沈琳穿着睡衣坐在床上看书。陆胜文回到家，轻轻地开门，走进了房间，沈琳还没有睡，一直在等着他，两个人都没有说什么。良久，陆胜文先开了口："小琳，答应我一件事好不好？"

沈琳："好，你说。"

陆胜文："共军攻占徐州城，怕是难以避免了。小琳，你和爹先离开，找一个安全的地方，如此，我才不会有后顾之忧。"

沈琳突然抱紧陆胜文："不。不管什么事，我都可以答应，但唯独这一件，我做不到。"

陆胜文掰开沈琳的手，直视沈琳的眼睛："小琳，不要任性，徐州城马上就要沦陷了，你现在是我唯一的牵挂，我希望你安全。"

沈琳："胜文，记得成亲那天我说的话吗？死生契阔，与子成说，执子之手，与子偕老。"

陆胜文感动地："小琳，谢谢你，但是，你和爹，必须得走。你们放心，我一定会努力地活着。"

沈琳："胜文，有句话，我不知道该不该说。国民党早已腐朽不堪，内部更是矛盾重重，既然大势已去，那我们为何要做无谓的牺牲？胜文，我只想跟着你和爹一起，过着平平安安的日子。"

陆胜文激动："你想让我投降？"

沈琳："这怎么是投降呢，良禽择木而栖，贤臣择主而事。胜文，我们只是在选择正确的道路。"

陆胜文愤怒起身："我陆胜文岂是贪生怕死之辈，就算是死，我也要穿着这身军装死。当然，这是我个人的选择，你和爹大可以遵从自己的意愿，你们可以离开，也可以投共，但不要试图来说服我。"

沈琳："胜文，我不是这个意思。"

陆胜文："很晚了，我睡书房，你早点休息吧。明天一早，你和爹收拾收拾，就离开徐州吧。"说完离开了卧室。

沈琳大喊："陆胜文，你休想用激将法赶走我，我是不会离开你的。"

陆胜文、沈琳隔着卧室的门流下了眼泪。


清晨的解放军阵地战地医院，老虎队队员们一个个歪着脑袋，一个挨着一个和衣睡在毛宝的病房外。毛宝依旧昏迷不醒。何仙女靠在毛宝的身上累得睡着了，眼角依旧挂着泪痕。

毛宝微微地动了动手，触摸到何仙女的头发，何仙女睡梦中惊醒："毛宝，毛宝，你是醒了吗？"何仙女捧着毛宝的手，毛宝的手又微微抖动，何仙女喜极而泣："太好了，明霞，明霞，毛宝醒了。"

守在门口的老虎队队员听到了何仙女的声音都冲了进来："队长，队长。"

何仙女："快去叫明霞！"

铁猴子："我去，我去！"铁猴子激动地拔腿向外跑。

何仙女激动地握着毛宝的手，钱海英和江小白等人围在毛宝的床边。

钱海英对着毛宝轻声喊道："队长，队长！"

毛宝依旧昏迷不醒的样子。众人又重新陷入了失望。

火凤凰安慰道："队长，你一定是太累了，毛队长就让我们守着，你去休息休息吧。"

何仙女："不，你们要相信我，刚刚你们队长真的醒了，是真的，他的手指动了，还碰到了我的头发，还有手。"何仙女捧着毛宝的手，又流下了眼泪。

钱海英："何队长，你别急，咱队长一定会醒的。"

何仙女生气："你们为什么都不相信我？刚刚毛宝真的醒了，不是幻觉，是真的！"

这时，铁猴子带着明霞走了进来，何仙女迎了上去，比画着："明霞，你快来看，毛宝刚刚醒了，他们都不相信我，就刚刚，他的手指这样，这样地动了。"

明霞检查了下毛宝的瞳孔，又看了看毛宝的伤口："手指微动，也可能是神经性反应吧。唉！"

何仙女："明霞，你这是什么意思？你干吗叹气？毛宝是没救了吗？"

明霞："目前来说，情况不容乐观。战地医院条件有限，医药品短缺，好在病人求生意识强烈，能不能挺过去，就看他自己了。"

何仙女回到毛宝床头，握紧毛宝的手："我相信，你一定能挺过去。"

这时，门被重重地打开。姚公权拿着酒坛子走了进来。

姚公权："毛宝，给我起来。"

江小白拦着了姚公权："姚团长，你这是干吗？"

姚公权："把毛宝给我拉起来，喝酒。"

明霞："胡闹，病人正在昏迷，如何饮酒？"

姚公权："毛宝，你这个孬种，徐州城还没开打，你就晓得躺在这里装舒服啊，给我起来。"

钱海英、江小白拦住姚公权："姚团长，我们毛队长现在需要休息。"

姚公权吼叫："我不许他休息。"说完，大哭了起来："他是毛宝，他不能休息，我们说好的，等我们凯旋，诸暨王冕酒，不醉不归。酒都没喝，怎么能休息？我们说好的，接下来还要一起合作，一起上阵杀敌，建立新的中国，看新中国的太平盛世。"

众人被姚公权给吓到，不再阻拦。姚公权拿着酒坛子慢慢走向毛宝，何仙女起身给姚公权让了个位置。姚公权坐在毛宝身边，猛地喝了一口酒，然后给毛宝倒了一小杯，放在毛宝的嘴边，慢慢地给他喂了下去，喂完酒，又猛地给自己灌了一大口。

　　毛宝的嘴唇微动，何仙女第一个发现："你们看，毛宝的嘴唇动了。"

　　众人围了过来，明霞也赶紧过来查看，毛宝的嘴唇微启，似乎在品尝美酒。

　　明霞查看，欣喜地说："毛队长是扛过来了。"

　　姚公权也欣喜地说："好一个毛宝，有酒喝就醒了。"

　　何仙女拉着毛宝的手，小声试探："毛宝，毛宝。"

　　毛宝睁开了眼睛，极力微笑，发出微弱的声音："好酒。"

　　何仙女喜极而泣，她上前抱住毛宝，大哭："毛宝，我就知道你会醒的。你吓死我了，吓死我了！"

　　毛宝用力抬手紧紧地抱住了何仙女，此时此刻，两个人都是幸福的。

# 第二十四章

"什么？敢死队？"陆胜文难以置信地看着眼前的胡国忠，这个胡国忠已经越来越陌生，越来越恐怖，

胡国忠的办公室内，胡国忠召集了一队敢死队员，陆胜文站在胡国忠的身边。

胡国忠："为了党国的生机，我们必须拼这最后一把，如果我们能干掉共军的司令，还有那些军长、师长，我们这些人就可以为党国立下大功劳。"

陆胜文上前阻止："胡国忠，你不能这样做！"

胡国忠："什么我不能这样做，张军长都同意了，难道你要违抗他的命令吗？"

陆胜文："我……"

胡国忠贴到了陆胜文的耳边："如果你不执行命令，我枪中的子弹说不定就打到你的脑袋上。"

陆胜文冷冷地看了一眼胡国忠，走了出去。胡国忠冷笑一声："陆胜文，别不知好歹！"

陆胜文快步走进了张天泉的办公室："军座，是您下令让胡国忠这么做的吗？"

张天泉看着陆胜文的样子："陆胜文，我看你是越来越没有礼数了，在我面前敢如此无礼，你还把我这个军长放在眼里吗？"

陆胜文："军座，您是我陆胜文永远的军长，我尊重您。"

张天泉："呵，我看共军那边的粟裕、王强才是你的领导了吧。"

陆胜文："军座，胜文是党国的人。"

张天泉："如果你真的还忠于党国，就跟着胡国忠去执行任务。"

陆胜文："军座，我们不能这么做啊。"

张天泉："干掉共军的司令、指挥员，我们就有希望突围出徐州城，甚至反击共军。"

陆胜文："军座……"

张天泉："去吧，如果你想要投靠共军，我张天泉也不会放过你的。"

陆胜文沉默了一下，无奈地走了出去。


沈宅的婚房内，陆胜文穿着军装没有脱下，他有些愧疚地站在沈琳面前。

沈琳："你真的要和胡国忠，带着敢死队去突袭共军吗？"

陆胜文："这是最后一搏了，也是张军长的意思。"

沈琳的眼眶中渗出泪水来："最后一搏？难道你打算为这个党国尽忠吗？不打算回来了吗？"

陆胜文："我……"

沈琳："陆胜文，我们才结婚几天啊。你知道你前两天带兵去阻止共军炸机场时，我有多担心你吗？我沈琳以前不信基督的，但是我现在深深信了教，你知道为什么？因为我无时无刻不在祈祷，为你祈祷，乞求上帝能够佑护你，保佑你回到我的身边。"

陆胜文："小琳，对不起。"

沈琳："是的，你确实很对不起我，对不起我们的爱情，对不起我们的婚姻。"

陆胜文："如果我能够活着回来，不管怎么，我会永远陪在你的身边。"

沈琳："你还是要去打？"

陆胜文："自古国家和个人，不能两全。"

沈琳："这个国家、这个党是什么样子了，难道你心里还不清楚吗？你还要去白白牺牲自己的生命？"

陆胜文加大了嗓音："好了，别说了。"

沈琳有些激动地继续说道："我要说，我沈琳以前一直觉得自己如果找到了心爱的男人，就会无条件支持他的事业，但是现在看来我是错误的，我真的不能支持你的事业，我现在就是这样的自私，我要你好好活着。胜文，不要再打了，我爸爸已经和我说了，我们可以投诚，共产党不会为难我们的。"

陆胜文看着沈琳的眼睛，沈琳乞求的眼神里落下了眼泪来。陆胜文按住了沈琳的肩膀："小琳，你听我说，我心里很愧疚，也最放不下你。但是张军长对我陆胜文有栽培之恩，我不能违抗他的命令。如今党国危难之际，我不能因为自己的小家，而舍弃了大家。"

沈琳恶狠狠地看着陆胜文："我看你是执迷不悟。"

陆胜文："我……"沈琳推开了陆胜文道："陆胜文，我真后悔嫁给你这种人，你走，现在就走，永远都不要回来了。"

陆胜文还想要安慰沈琳："沈琳，你不要这样好不好。最后一次，这是最后一次。"

沈琳："滚，滚啊，给我滚。"

陆胜文看着新婚妻子，心里很不是滋味，但是什么话都没有再说，转身离开。沈琳撕心裂肺地大哭起来，陆胜文没有回头，自然也没有看到后来又哭着跑出来目送着他离开的妻子。


解放军阵地的军帐内，老虎队正在休整中。毛宝躺在床上想着事情，洛奇走了过来："毛宝。"

毛宝要起身："政委，您来了？"

洛奇："躺着，没事的，你的伤还没有恢复呢。在想什么呢？"

毛宝："噢，我在想这个杜聿明怎么这么顽固呢，要是他投降了，这仗也就不用再打了，我们两边就不用再死这么多人了。"

洛奇微微点头："都是中国人，就算是他们那边伤亡惨重，我也觉得很可惜，毕竟都是中国人。"

毛宝："真希望这战争早点结束了。"

洛奇："战争结束了，你有什么想法？"

毛宝："不瞒政委，虽然我毛宝表面上看着很喜欢打仗，但说实话，我现在真是厌恶战争啊，每次看着我的兄弟们牺牲，我心如刀绞。"

洛奇："老虎队的骨干牺牲了好几个了，我明白你的心情。"

毛宝："是的啊，我的五虎将都快没了，唉，徐州之战，老虎队还会有牺牲的。"

洛奇："我会和王司令员商量，给你们补充兵力。"

毛宝："这倒不用，老虎队现在的力量还够用。我只是希望能尽快结束战争，有一个太平世界，就算我毛宝死了也愿意。"

洛奇："嘿，你可不能死，你死了何仙女同志怎么办？"

毛宝笑了笑："嘿嘿嘿，刚才政委您问我战争结束了有什么想法，我毛宝啊，就解甲归田，回到诸暨枫桥老家去，弄两亩田，同仙女结婚生子。噢，对了，政委，到时您和司令员来给我们当证婚人。"

洛奇："好，这个证婚人啊，我洛奇就当定了。"

毛宝向洛奇敬礼："谢谢洛政委。"

洛奇："唔，希望早日喝上你们的喜酒。"

毛宝："嗯。"

洛奇："好了，你身上的伤还没有好，今天晚上的军事会议你派个代表过来参加。"

毛宝："不用，我可以的。"

黄昏时分，解放军驻地，毛宝在军帐里休息，江小白等人在一旁。毛宝皱着眉头，不说话。

江小白："队长，怎么了？有心事？"

毛宝："噢，没什么事，我在想晚上的军事会议，司令员是不是又要布置新的作战任务。"

江小白："现在杜聿明集团不肯投降，我估摸着还是要狠狠地教训他们一下。"

毛宝微微点头，这时何仙女从外面走了进来，手里还端着一碗汤。

江小白他们看到何仙女进来，识趣地往外走："队长，你和何队长先聊着，我们去外面透透气。"

江小白拉住巴甲出去。

毛宝："又给我炖了什么汤？不要老是麻烦乡亲们。"

何仙女："没有麻烦乡亲，这鸽子汤啊，从拔毛开始，都是我何仙女一个人亲手弄的。累死我了，杀个鸽子比杀个敌人还麻烦。"

毛宝感激地看着何仙女，何仙女示意毛宝赶紧喝了汤。毛宝喝完了鸽子汤，舒出一口气："好喝，仙女你的手艺越来越好了。"

何仙女："那当然了，我何仙女可是上得了战场，下得了厨房，这样的好媳妇，打着灯笼都找不到。"

毛宝："是是是，我毛宝命好，不打灯笼都给我找着了。"

何仙女："便宜你了。"

毛宝："仙女，你对我真好，等打完了淮海战役，我们就会再往南打，那时离我们诸暨老家就更近了，打完了仗我们就……"

何仙女的脸滚烫滚烫的，却滚烫得十分幸福。

陆胜文带着敢死队已经潜到了解放军驻地边上，他们都换上了解放军的军装，准备效法老虎队的机场之行。陆胜文又拿出了望远镜观察着解放军的营地，胡国忠有些不耐烦道："陆胜文，你到底在看什么，我们身上带了足够的武器，只要杀入了共军的营地，一定不会吃亏。"

陆胜文："光是和共军打一场有什么用，就算我们消灭他们一千人又怎么样？"

胡国忠："你是不是在拖延时间，让共军发现我们，这样你也就不用和那个毛宝交战了？"

陆胜文："你说的什么胡话！"

胡国忠："哼，别以为我不知道你心里在想些什么。"

胡国忠转身对身后的几个敢死队员："你们几个，跟我杀过去。"

陆胜文："胡闹。军座让我统一指挥行动，胡国忠，你是想要造反吗？"

胡国忠："军座让你统一指挥行动？可笑，这次行动的计划是我提出的。陆胜文，我没有造反，想造反的人是你。"

陆胜文拔出枪，对准了胡国忠的脑袋："胡国忠，我们都是为了党国，如果你不听从命令，我现在就可以枪毙你。"

胡国忠冷笑了一声："你想杀人灭口是吧？"

陆胜文："国忠，你听我一句劝，精诚团结，或许我们党国还有希望。"

胡国忠看着陆胜文，没有再说话。陆胜文放下了枪，他看着解放军的驻地："前面有一个地方从天暗下来后，就亮着灯，如果我猜的没有错的话，应该就是共军的老巢了。"

胡国忠似乎回过神来："那里是共军的老巢？哈哈哈，杀入共军的老巢，我胡国忠就能够立大功了。"

陆胜文微微点头："是的，如果能够生擒了共军的司令，接下去的战局，或许会有转变。"

胡国忠："陆胜文啊陆胜文，你果然是蛮聪明的，我刚才不应该这么冲动，我们还是应该团结一致，对付共军。"

陆胜文："好了，接下去大家一定要团结，听从指挥！"

陆胜文的手下们："是！"

陆胜文他们向华东野战军司令部所在的小村子这边摸了过去。

华东野战军司令部的作战室里已经站满了团以上干部。

王司令员："人都到齐了吧？"

洛奇："都到齐了。"

毛宝和姚公权、叶峰从后面上来，认真地听王司令员下达任务。

王司令员："淮海战役已经到了最后的阶段，杜聿明插翅难逃，胜负已成定局，但是我们不能掉以轻心，国民党军一刻不投降，就说明他们还想反击，还要负隅顽抗。"

姚公权："司令员，我看啊，只有狠狠地揍他，让他老实了，他们就乖乖地投降了。"

毛宝："揍他们容易，关键是让他们输得心服口服。还有最最关键的问题是，怎么能够少伤亡一些人。"

王司令员："唔，毛宝同志说得好，你小子终于成熟了。"

毛宝："谢司令员夸奖，我毛宝呢，是真心想要徐州城里的国民党军能够投降了，这样大家都不用打了。"

叶峰："哪有这么容易的事，他们要投降早就投降了。"

姚公权："是啊，毛队长，你心里应该最清楚，不说别的，就你那位打小一起长大的国民党军官陆胜文，你应该劝过他不下十次了吧，怎么样，他还是不肯投降啊，国民党里面啊，就是有些人这么倔。"

叶峰："是啊，就像孟良崮上的张灵甫，碾庄圩里的黄百韬，他们宁可为蒋介石尽愚忠，也不会投降的。"

毛宝叹息了一声，像是自言自语道："希望陆胜文不要有那些人一样的下场。"

此刻，陆胜文带着胡国忠他们已经悄声向解放军司令部所在的村子口靠近。村子口不断地有解放军战士轮番巡逻着，陆胜文他们故作镇定，他看到了王司令员作战室那边的灯光。

铁猴子他们拿着枪，在作战室外面的警卫防线警戒着。铁猴子对几个警戒的解放军战士说："大家都提起神啊，今晚上王司令员那边的屋子里可来了不少首长，我们要好好保卫他们的安全。"

解放军战士："知道了，猴子哥。"

正说着，何仙女和火凤凰走过来。不远处的陆胜文一眼就看到了何仙女，他连忙低下头，躲到了黑暗中去。

胡国忠也看到了何仙女，阴冷地一笑，骂了一句："臭娘儿们。"

何仙女她们走到了作战室门口，何仙女提醒道："都好好守在这里，你们毛队长可都在里面呢。"

铁猴子："嘿嘿，何队长，知道了，我们一定会好好保护毛队长的。您还是忙您的去吧。"

何仙女："好，那今晚上你们辛苦了，猴子你现在可是老虎队的骨干了，更加要严格要求自己。"

铁猴子："是，我知道，我会好好干。"

何仙女："嗯，找个时间我和毛宝说一下，让你替补上老虎队的五虎将。"

铁猴子开心道："真的啊，那太好了，谢谢何队长。"

何仙女："好了，大家都安静一下，好好警戒。"

铁猴子："队长，咱们离司令员的作战室远着呢，不会打扰到他们。"

何仙女："你们就别给我瞎聊了，有点纪律性好不好？"

铁猴子、巴甲等人："是！"

何仙女离开前，往作战室那边探了一下脑袋，随后才走开了。


作战室里，王司令员："现今这状况，杜聿明集团不肯投降，所以打是免不了的，今晚上把你们都叫来，最主要的事情，也是要商讨一下怎么打。"

洛奇："对，粟裕司令也是给我们纵队下达了作战任务，让我们纵队作为先锋，对徐州城发起总攻。"

姚公权："好啊，这个好，我们二团最喜欢打先锋。"

毛宝："哎，姚团长，你不会又要和我们老虎队来抢功了吧？"

姚公权："什么抢功啊，你们老虎队可是司令员和政委的宝贝，你们不适合打先锋，再说了你毛宝现在身体状况还没有恢复，吃得消打冲锋吗？"

毛宝："我……"

叶峰："对啊，毛队长，你还是好好养伤，这攻打徐州城的事情，我们三团必须打前阵。"

毛宝沉住气，拍了拍胸脯："我没有问题。"一拍完胸脯，就咳嗽了一声。

姚公权取笑道："哈哈哈，毛队长，我看你这身体啊，还是回老家去生娃算了，接下来的仗啊，我们替你打了。"

王司令员："毛宝同志，你还是得好好休息，徐州之战不参加，后面还要渡江，还要攻打南京城，有的是你们老虎队打呢。"

毛宝不紧不慢道："司令员，我毛宝知道，你们都爱惜老虎队，我也清楚，老虎队的作用应该发挥在什么地方。这打头阵的事情，可以让二团、三团，还有其他兄弟部队来，但是我们老虎队作为一支特殊的部队，理应发挥它特殊的作用。"

洛奇："唔，当时我们让你组建老虎队，也是这么想的。好，毛宝，你说说，怎么发挥特殊作用？"

毛宝："奇袭。"

王司令员也看着毛宝。

毛宝："我观察过徐州是一个平原地带，我们虽然围困住了杜聿明集团，但是杜聿明如果想要逃跑，还是可以的。我的想法是，我们的主力部队在对徐州城发起总攻的时候，我带着老虎队从一个口子切进去，深入敌营，活捉杜聿明。这样即可达到事半功倍的效果。"

王司令员："好。"

洛奇："但是想要捉住这杜聿明谈何容易啊！"

毛宝："政委，只要让我们老虎队参加战斗，只要让我毛宝带着老虎队打进去，就没有不可能的事情。你们都知道的，我毛宝可是一员福将啊。"

王司令员："唔，福将，对，你啊，要是在古代，就和那个程咬金差不多。"

毛宝："嘿嘿嘿，程咬金只会三板斧，我毛宝的本事可比他大多了。"

王司令员："哈哈哈，又要开始吹牛了。"

毛宝："没有，没有。不过呢，司令员、政委，还有各位师长旅长，你们看啊，我毛宝自从济南战役以来，只要我压阵了，就没有打不赢的仗，逢战必胜。"

王司令员："好了，我们还是继续谈正事。"


外面，陆胜文他们已经靠近了解放军的警卫防线这边。

胡国忠："看来这共军的头头们有很多都在那屋子里头啊，陆胜文，还是你厉害啊。"

陆胜文："都别说话了。"胡国忠闭上了嘴，陆胜文看到了何仙女从作战室这边走过来，转过身去。

何仙女从不远处走过来，正要往另外一条路走去的时候，瞥到了陆胜文的背影。她狐疑了一下："奇怪，这个背影怎么这么眼熟？陆胜文？呵，他怎么可能穿解放军的衣服？"

何仙女摇头笑了一下。

火凤凰："队长，我们快走吧，还得准备明天早上给同志们的早饭呢。"

何仙女又看了一眼陆胜文他们这边，对火凤凰说道："走。"

警戒线外，陆胜文看着何仙女离开，松了口气，随即他对胡国忠他们做了一个靠近解放军作战室的动作，胡国忠他们向作战室这边悄声过来。铁猴子他们守在那里，陆胜文他们低着头走过来。铁猴子喝了一声："什么人？"

陆胜文站在暗处，铁猴子看不清他的脸。陆胜文压低着嗓音："我们是二团姚团长这边的人。"

铁猴子："干什么呢，姚团长和各位首长在作战室那屋子里开会，你们赶紧走。"

陆胜文："有事情要跟姚团长汇报，你让我们去作战室那屋子一下，马上就出来。"

铁猴子："有什么事，等开完会再说。"

陆胜文："不行，是急事。"

铁猴子："有什么急事啊，能比领导们开战斗会议更重要的？"

陆胜文："有国民党军潜入了军营里。"

铁猴子："什么？有国民党军潜入进来了？"

陆胜文："是的，所以你赶紧让开，让我进去和姚团长汇报一下。"

巴甲对铁猴子说道："让他进去一下吧，真要国民党军潜入进来了，那可不得了。"

何仙女和火凤凰走着，何仙女越想越不对劲："不对劲。"

火凤凰："队长，有什么不对劲啊？"

何仙女自言自语着："那人真的太像陆胜文了，他不会，不会是穿着解放军军装混到我们军营里来了吧？"

何仙女说着转身快步走回去。

火凤凰："哎，队长。"边喊着也跟了上去。

警卫防线处，铁猴子想了一下："也对。好，那赶紧去汇报一下。"

陆胜文只点了一下头，胡国忠也跟在陆胜文身后想要进去。铁猴子拦了一下："一个人过去汇报就行了。"

胡国忠阴冷地看了一眼铁猴子，铁猴子也看着胡国忠，气氛已经越来越紧张，而作战室里还在开会，毛宝他们浑然不知。

王司令员正在下达作战任务："此次打头阵，还是由姚公权同志的二团和叶峰的三团来。"

作战室里照射出来灯光，铁猴子仔细地看着胡国忠："你是……"

铁猴子话音未落，胡国忠已经拔出了刀子，一刀子刺向了铁猴子。巴甲忙喊道："小心！"巴甲一把拉过了铁猴子，铁猴子大叫一声："不好，是敌人！"说着拔枪要反击，胡国忠他们这边已经开枪。

陆胜文要冲入作战室去，巴甲跳上来，杀向陆胜文，和他交手。

作战室内，毛宝警觉道："有敌人！老姚，你们快掩护司令员和政委，往屋子后面撤退，保护他们的安全！"

姚公权护着司令和政委，叶峰跟上了毛宝，往外冲出去。

何仙女听到了枪声，加快了脚步："刚才那人难道真的是陆胜文？"言罢赶紧向作战室门口奔来。

铁猴子他们想要抵挡住陆胜文，拼命地往前冲。铁猴子喊道："不能让他们冲到作战室那边去！"

胡国忠："陆胜文，给我挡住这些共军。"

陆胜文："好！"

胡国忠对着铁猴子开枪射击，打中了铁猴子。

巴甲："猴子，你没事吧？"

铁猴子捂住伤口："不碍事。"

这时，何仙女冲过来，大喝了一声："陆胜文，果然是你！"

陆胜文没有去看何仙女，继续对着铁猴子他们这边开枪。铁猴子因为受伤，来不及躲闪，被陆胜文又击中一枪，倒了下去。何仙女大叫一声："猴子……"说着也对着陆胜文开枪射击。

毛宝和叶峰从屋子里杀出来，毛宝连着打死了两个国民党军的敢死队员。陆胜文一看毛宝他们也杀了出来，看到了毛宝，他愣了一下："毛宝，你没死……"

毛宝愤怒道："你是想着我死，是吧？"

陆胜文对胡国忠说："国忠，从土墙那边跳进去。"

陆胜文往土墙一跃身，跳了进去。胡国忠也跟着跳了进去，向作战室那边杀过去。

毛宝："陆胜文，你这个挨千刀的！"他对着陆胜文背后开了几枪，转而又回向作战室的院子里。陆胜文和胡国忠跃入了作战室外面的院子里，作战室里的领导们已经往屋子后面撤退出去。

陆胜文："追上他们，尽量活捉住他们！"

胡国忠对着屋后那边开枪射击，打死了两个警卫员战士，陆胜文也要杀向屋子后。毛宝冲进来，和陆胜文对决，两人手中的枪对着彼此。

毛宝："陆胜文，放下枪。"

陆胜文："毛宝，对不住了，现在我们各为其主，生死时刻，不是你死就是我活。"

毛宝："执迷不悟……"

陆胜文先对毛宝开了枪，毛宝躲过了子弹。陆胜文又开了几枪，随后往屋子后面追击去。

毛宝："陆胜文，你给我站住！"说着追上去，胡国忠对着毛宝这边开枪射击。作战室的后屋外，姚公权等人保护着王司令员和洛奇政委等领导离开，陆胜文从里面追出来。

警卫防线处，何仙女抱着铁猴子，叫着他的名字："猴子，猴子，你醒醒啊，醒醒！"

铁猴子睁开眼睛来："何队长……"

何仙女："挺住，挺住啊。快叫卫生队，火凤凰，快去把明霞叫来！"

火凤凰："是！"

铁猴子："队长，我不行了。"

何仙女："你不会有事的，你要好好活着，我让毛宝给你做五虎上将。"

铁猴子笑了笑："谢谢队长，真的，队长，没有你，就没有我铁猴子的今天。"

何仙女："好了，别说了。"

铁猴子："队长，如果没有你把我带到民兵队，送来老虎队，我铁猴子就是农村里的一个混混，其实从我当上了中国人民解放军，我铁猴子就已经心满意足了……"

何仙女泪流满面："猴子，你不会有事，我带你去看医生……"

这时，明霞她们几个医生和护士跑过来。何仙女忙说："明霞，你快救救猴子，一定要救他啊。"铁猴子拉住了何仙女的手："队长，下辈子还跟着你和毛队长，一起打，打……"铁猴子说完，歪头死去。

明霞探了一下铁猴子的气息，摇了摇头："何队长，铁猴子同志已经走了。"

何仙女："不，不。猴子，猴子啊。"她悲恸地大哭，铁猴子已无声无息，她擦了一把眼泪："陆胜文，我何仙女不会放过你。猴子，队长一定会给你报仇。"说着拔出枪来，向作战室后屋追上去。

另一边，陆胜文就要追上王司令员和洛奇政委了。姚公权转身反击陆胜文，子弹擦过了姚公权的手臂，陆胜文继续追上来。姚公权对警卫营们道："你们保护好司令员和政委撤退，我来挡住他们。"

警卫营们："是！"

毛宝这边杀出来，陆胜文和胡国忠对战毛宝。这时何仙女也杀过来："陆胜文，你这个混蛋，还铁猴子的命来。"说完连着对陆胜文开枪射击。

陆胜文低下身去，胡国忠对着何仙女开枪。

毛宝拉住了何仙女："仙女，小心子弹！"何仙女还是泪眼汪汪的："毛宝，猴子没了，猴子被陆胜文打死了。"

毛宝也变得极其气恼："陆胜文！"说完杀出去，对着胡国忠和陆胜文连着开枪，打死了陆胜文身边的国民党军敢死队员。

巴甲等老虎队队员们也上来，毛宝一挥手，做了一个包围陆胜文他们的动作。巴甲等人一点头，包围过去。

陆胜文眼看着王司令员等解放军领导撤退走了，很是无奈地对胡国忠说："国忠，我们撤退，再不撤退，我们会被共军包围住的。"

胡国忠还是不甘心，想要往王司令员他们离开的方向冲过去。叶峰这边也带了许多解放军战士包围过来。

陆胜文："走，快走。"边说着边对着毛宝和何仙女再开了几枪。胡国忠扔出了一颗手榴弹，毛宝按倒了何仙女："卧倒！"

手榴弹爆炸开，陆胜文和胡国忠以及剩下的三个国民党军敢死队队员，迅速撤退。毛宝等人眼中爆着悲愤的血丝，向陆胜文等人追过去。


已经是清晨，王司令员他们又回到了作战室里。他重重地拍了一下桌子："这些国民党反动派真是太嚣张了，竟然敢闯我们的军营！"

洛奇："老王，我们有两名团长中弹牺牲，一名师长受重伤，还有十多位战士在战斗中牺牲了。"

王司令员气愤地又是一拳头砸在桌子上。

这时毛宝带着老虎队进来，洛奇："毛宝，有没有找到哪几个敌人？"

毛宝："没有，不过请司令员和政委放心，我们一定会把他们抓出来。叶团长已经带人封住了几个关口，他们逃不出去的。"

王司令员："唔，毛宝，你先下去休息，折腾了一晚上，身上的伤别复发了。"

毛宝："我没事。何队长他们的民兵队也在寻找，只要看到穿着解放军军装的可疑人物，都让他们询问一下。"

洛奇："好。毛宝，你还是先去休息一下吧。"

毛宝点点头，和巴甲他们走出了作战室。


村落里，陆胜文和胡国忠他们露出身来，胡国忠看到了几个推着独轮车、给解放军送食物的老百姓。胡国忠的目光阴了一下，叫了一声："老乡，你们是来送食物的吧？"

一个老百姓上来："嗨，是的，解放军同志，来来来，刚出锅的窝窝头，快吃吧。"

老百姓递上来几个窝窝头，胡国忠和敢死队队员们拿在手中。

胡国忠拉住了老百姓说："老乡，我有事和你说。"话音未落，刀子已经抹了这个老百姓的脖子，另外几个老百姓吓得不敢动了。

胡国忠对敢死队队员命令道："还不动手？"

陆胜文想要阻止："国忠……"

敢死队队员手中的刀子也抹了这几个送食物的老百姓。

胡国忠："别把他们的衣服弄上血，赶紧换了。"

陆胜文看着死去的老百姓，露出怜悯之色。胡国忠他们边咬着窝窝头，边换上了老百姓的衣服。

村落外，何仙女带着火凤凰等民兵队员搜寻过来。何仙女满脸愤怒道："给我找仔细了，角角落落都要找，别让这几个杀人凶手逃跑了。一定要给铁猴子报仇。"

火凤凰："对，给铁猴子报仇。"

何仙女他们走向村落边上。

陆胜文他们都换上了老百姓的衣服，低着头走来，他们身边走过一队解放军战士。二团的阿辉带着人经过，阿辉看到了胡国忠他们，说了一句："老乡，你们要小心啊，有国民党反动派混到了我们的队伍中来。"

陆胜文他们都点点头："好。"

阿辉他们走了过去，陆胜文他们往徐州城方向走去。而这时，何仙女他们遇上了阿辉等解放军战士们。

其中一个解放军战士说了句："营长，刚才那几个老乡好奇怪，身上还有血迹。"

阿辉："血迹？"

解放军战士："是的，领子口好像都沾满了血。"

阿辉皱着眉头思索，何仙女听到了他们的话，冲了过来："刚才你们看到的那几个往哪里去了？"

阿辉："噢，何队长，他们往西边方向去了。"

何仙女往西边看了看："是徐州城的方向。"

阿辉："难道他们是……"

何仙女："走，追上去！"

何仙女他们追了上去，陆胜文他们已经往徐州城城门口方向走去。何仙女："站住！"陆胜文听到了何仙女的声音，没有停下脚步。阿辉这边也喝了一声：

"再不站住，我们就开枪了！"

胡国忠轻声地对身边的敢死队队员命令道："准备战斗，跟共军拼了！"他一说完就转过身，直接向阿辉他们这边开枪射击。

阿辉："隐蔽！"

何仙女她们连忙躲避子弹，但还是有三名解放军战士被打中，倒地牺牲。

解放军阵地的军帐中，毛宝刚睡下，听到了枪声，跳了起来，拿起枪："有情况，走！"

毛宝和江小白、巴甲等人冲出了军帐，往枪声传来的方向跑去。

　　徐州城外的解放军驻地边上，陆胜文和何仙女他们在激战。胡国忠他们拿出了手榴弹，拉开引信向何仙女这边扔过来。何仙女他们卧倒在掩体后，手榴弹不断炸开。胡国忠等趁机往后撤退。

　　就在这时，毛宝带着老虎队杀过来，毛宝一枪干掉了冲在前面的国民党军敢死队队员。陆胜文一眼就看到了毛宝，两人对视了一眼，毛宝喝了一声："陆胜文，放下武器，投降！"

　　胡国忠连着对毛宝开枪，对陆胜文道："少跟这个共军废话，快走。"说完与陆胜文一同撤退。何仙女这边也追了上来，和毛宝这边的人马一起追击陆胜文。陆胜文负责殿后，何仙女对着陆胜文开枪，一颗子弹打进了陆胜文的腹部。陆胜文捂住了伤口，鲜血直流。

　　胡国忠看着陆胜文："你受伤了，还能走吗？"

　　陆胜文："我，我没事。"

　　胡国忠看了一眼敢死队队员："把陆旅长背上。"

　　敢死队队员正要去背陆胜文，毛宝一枪打死了这个敢死队队员。陆胜文对胡国忠："别管我，快走。我掩护你们。"胡国忠看着陆胜文，眼神中似乎有怜悯之意："陆胜文……"陆胜文："还愣着干什么？走啊。"

　　胡国忠和剩下的敢死队队员撤退，陆胜文开枪掩护他们。毛宝和何仙女杀上来，打死了胡国忠身边的敢死队队员，胡国忠越跑越远。陆胜文还击着，已经要被毛宝他们包围住。

　　胡国忠已经跑出很远，离徐州城已经很近。他回过头来又看了一眼陆胜文，只见子弹擦过了陆胜文的脑袋边，陆胜文一阵眩晕，倒了下去。

胡国忠："陆胜文，别怪我，你死有余辜。"说着拼命地往徐州城逃去。

毛宝和何仙女冲上来，包围住了陆胜文，何仙女用枪顶住陆胜文："陆胜文，我要杀了你。"

毛宝拦住了何仙女："住手。"

何仙女看着陆胜文，对他有种说不出的滋味。陆胜文气息微弱地看着毛宝，嘴里吐出几个字："你们杀了我吧，为你们死去的战友报仇……"

毛宝对陆胜文说道："你以为我们不会杀你吗？"

陆胜文叹息了一声："我陆胜文死不足惜，只是太对不起我新婚的妻子……"话音刚落，又晕厥过去。

何仙女怔怔地看着陆胜文，毛宝对巴甲他们说道："把他抬起来，送到战地医院去。"


"剿总"司令部张天泉的办公室内，胡国忠站在张天泉面前，张天泉有些不敢相信："胜文，胜文为党国尽忠了？"言罢退坐到了椅子上。

胡国忠："军座，军座你没事吧？"

张天泉抬头看着胡国忠："你确定？"

胡国忠："我亲眼看到的，他被共军老虎队的毛宝给打死了。"

张天泉突然发怒道："胡国忠，你为什么不保护好胜文？"

胡国忠："我，军座，我胡国忠罪该万死。我对不住我二哥，我以为他和那个毛宝关系那么好，共军不会杀他。"

张天泉："你以为，你以前还错怪胜文是共产党的奸细。"

胡国忠："我……军座，请您让我将功赎罪，我们这次杀进了共军的作战室，干掉了他们几个领导，本来还可以杀死他们的司令员。"

张天泉的怒气平息了一下，胡国忠继续说："我胡国忠会给黄司令报仇，会给陆旅长报仇的。我会和徐州城共存亡。"

张天泉："好了，别说了，出去！给我出去，滚！"

胡国忠："是！"说完走了出去。

张天泉："胜文啊，你死得太可惜了。我不知该如何向老沈交代，向你的新婚妻子交代！"


解放军的战地医院里，陆胜文躺在战地医院的病床上，毛宝站在一旁。明霞她们已经为陆胜文做完手术，丹丹等几个女护士走了出来。毛宝看着明霞出来，迎了上去："他怎么样？"

明霞："没有伤到要害处，子弹已经取出来了，休息一下就会没事的。"

毛宝："谢谢你医生。"

这时，陆胜文睁开眼睛来："我还活着？"

毛宝走了过去："你当然还活着。"

陆胜文看着毛宝："你为什么不杀我？"

毛宝："我说过，我们是兄弟。"

陆胜文："事到如今，你还把我当兄弟？"

毛宝："如果我们不打仗，我们会比兄弟还要亲，但是这场战争，不是我们两人之间的恩怨。胜文，只要你现在投诚，一切还来得及。"

陆胜文苦笑了一声："来得及？我杀了你们的人。"

毛宝："陆胜文，你为什么到现在还不肯清醒过来？只要你投诚了，我会和王司令员，还有洛奇政委去说。"

陆胜文："毛宝，谢谢你，但是不可能了。"

毛宝："什么不可能。陆胜文，你知不知道，你差点酿成大错，你要是伤了我们司令员或是政委，那我毛宝真的没办法了，现在他们安好，你就还有挽回的机会。"

陆胜文不作声，似乎在沉思。何仙女风风火火地走到医院外，后面跟着火凤凰、小花等女民兵。何仙女撞见了明霞，问道："那个人活过来了？"

明霞："噢，你说那个国民党军官啊，活了。"

何仙女狠下了眼神，对着战地医院里大骂了一声："陆胜文，我要给猴子报仇。"明霞想要拉住何仙女："哎，你不能进去，不要打扰到了病人。"然而何仙女已经冲进了战地医院里。毛宝和陆胜文在里面都听到了何仙女的声音。片刻间，何仙女已经冲到了毛宝面前。

毛宝拦住了何仙女："你要干吗？"

何仙女："给猴子报仇。"

毛宝："你糊涂，现在他是俘虏，你不能杀他。"

何仙女："我何仙女就是犯错，也要为猴子报仇。"

陆胜文："你杀了我吧。"

何仙女拔出枪："你以为我不敢吗？"

毛宝还是夺下了何仙女的枪："何仙女，你冷静一下。"

何仙女："看到这种混蛋，你叫我怎么冷静！"

毛宝："猴子牺牲了，我也很难过，但是现在你杀了陆胜文有什么用，我们真正的仇人不是他，是蒋光头，是国民党军那些大的刽子手。"

何仙女："但是他杀了猴子，猴子跟随我这么多年。"

毛宝："我们和陆胜文在一起也这么多年。"

陆胜文："好了，别说了，仙女，如果我死了，你能解气，我现在就死。"

陆胜文说着拿起桌子上的手术刀，向自己的胸口插去，毛宝眼疾手快，一把夺住了手术刀，说："陆胜文，你疯了吗，你不能死，我们都不能死。"

陆胜文表情痛苦，何仙女也落下痛苦的眼泪，转身走了出去。

毛宝叫了一声："巴甲、张华。"

巴甲和张华进来："队长。"

毛宝："你们给我看着他，他要是少一根毛，我饶不了你们俩。"

巴甲和张华："是！"

毛宝也快步走了出去。


沈宅客厅里，站着张天泉、赵美霞等人，他们已经把陆胜文阵亡的消息告诉了沈琳。沈琳瞪大着眼睛："不可能，不可能，你们在骗我，胜文不会死，他没有死。"

赵美霞安慰着："小琳，你别激动，别激动，胜文走了，我们也很难过。"

沈琳："我要去找胜文，活要见人，死要见尸，我不相信他会死的。"

赵美霞抱住了沈琳："沈琳，你不要这样子，胜文确实走了，他的尸体在共军那边，你现在这样去，会很危险。"

沈琳："我不管，我不管，我要去。"

张天泉："小琳，对不起，是我对不起你们夫妻俩。"

沈琳眼泪汪汪地看着张天泉，哀痛道："把胜文还给我，还我的胜文……"

张天泉："我……我答应你，把胜文的尸体抢回来。"

沈琳："如果胜文死了，我沈琳也不会苟活在这个世上。"她悲痛至极，突然猛撞向了客厅里的柱子，额头出血，晕了过去。

赵美霞："小琳，小琳……"

沈家桥："女儿，女儿。快，快去叫医生。"张天泉的警卫员跑了出去。


解放军驻地的作战室内，王司令员和洛奇正对着徐州城的地图在商量着事情。

洛奇："粟裕司令员说，现在还是围而不打，消耗国民党军的耐心，这两天又有很多徐州城的士兵跑到我们这里来。"

王司令员："唔，我估摸着啊，徐州城里的杜聿明现在就是热锅上的蚂蚁了，哈哈哈。"

毛宝走了进来："报告。"

洛奇："哦，我们的毛队长来啦。"

毛宝："司令员、政委，我有事要求你们。"

王司令员："不会又是来请战的吧？"

毛宝："不不不，我毛宝已经不是以前的毛宝了，我来找你们，是想请求你们放了陆胜文。"

王司令员略有些惊讶："放了陆胜文？"

毛宝："对，放了陆胜文。"

洛奇："说说你的理由。"

毛宝："司令员、政委，陆胜文虽然是我毛宝从小一起长大的伙伴，如果我毛宝对他没有私心，那是假话，但是放了陆胜文，我们或许能收到意想不到的效果。"

王司令员点了点头："继续讲下去。只要你说通了我们，可以放了陆胜文。"

毛宝："好，我几次三番劝说陆胜文，他都没有投降，我知道原因，因为他是一个重情义的人，包括蒋经国对他都有过恩情，所以他才会对国民党死忠。但是现在的情况，他也看在了眼里，国民党到底是个什么党派，我想他心里比谁都清楚。如果我们放他回去，让他去劝说张天泉起义投降，我们解放军对徐州城，说不定能不战而胜。"

洛奇："好，毛宝同志，你的政治觉悟越来越高了，讲得也很有道理。如果张天泉能够投诚，我们确实可以少打几仗了。"

毛宝："这么说，两位领导同意放走陆胜文？"

王司令员："只要你说动了陆胜文去劝降张天泉。"

毛宝："好，我一定会说服陆胜文。谢谢司令员和政委。"说着兴冲冲地走了出去。


沈琳的房间内，医生检查了沈琳的身体。沈琳已经醒了过来，眼泪汪汪的。

沈家桥："医生，我家女儿没事吧？"

医生站了起来："沈市长，恭喜你啊。"

沈家桥一愣："恭喜我？"

医生："沈小姐的身体没有什么大碍，而你沈市长啊，就要做外公了。"

赵美霞在一旁，也是一愣："小琳，小琳怀孕了？"

沈琳不敢相信似的看着自己的肚子："我怀孕了？怀了胜文的孩子？"

医生："是的，沈小姐，你怀了孕，要好好保重身子啊。"

沈琳再次落下了眼泪："胜文，你看到了吗，我们有孩子了。"

赵美霞坐到了沈琳身边，拉住了她的手："小琳啊，你有了胜文的孩子，千万不能再做傻事了。一定要养好身体，把孩子生下来，这样胜文在天之灵，也可安息了。"

沈琳已泪流满面，点了点头。


解放军驻地，陆胜文的伤已经恢复了一些，他走到了战地医院外面透气，后面跟着巴甲和张华。陆胜文看到了解放军驻地里，人民群众和民兵队自发地为解放军战士们送粮、送战需物资过来。他心里想着："为什么有这么多老百姓给他们送粮、送弹药？"

毛宝从后面走上来："你的身体好些了？"

陆胜文回身："毛宝……"

毛宝："看你脸色还行，我带你在这里走走。"

毛宝向前走去，陆胜文跟在后面。军民亲如鱼水的景象陆胜文看在眼里，毛宝带着陆胜文走了一圈："知道我们解放军为什么能打败你们国民党军队了吧？"

陆胜文沉默着没有说话。毛宝："你看看，我们能打胜仗，就是因为有他们——人民群众，千千万万的老百姓。我们解放军为什么叫人民解放军，而且把人民两个字放在前面，因为我们是为了人民打天下，人民永远高于我们。老百姓和解放军结合在了一起，心连在了一起，血浓于水，军民鱼水情，成了一家人。"

陆胜文还是不说话。

毛宝："而你们国民党军为什么会失败，蒋家王朝为什么会败，就是因为你们那些高官为了一己私利，为了自己发财，打仗不管下级士兵的死活。现在徐州城里已经饥寒交迫，但是我听说即使到了这个时候，你们的那些军官还在贪污，还在把本应该发给士兵的粮饷，收入自己囊中。"

陆胜文自言自语了一句："也许我陆胜文真的错了。"

毛宝："胜文啊，你是真错了。不过还有挽救的机会。"

陆胜文看着毛宝："还有挽救的机会？"

毛宝："我已经和我们司令员、政委请示了，放你回去。"

陆胜文有些惊讶道："他们同意？"

毛宝："当然同意了。不过有一个条件。"

陆胜文："什么条件？"

毛宝："劝降张天泉起义投诚。"

陆胜文："让我们张军长起义投诚？这个不可能。"

毛宝："胜文啊，难道你还想看着我们的同胞自相残杀，还想让这么多生命为这场战争丧命吗？"

陆胜文："我……"

毛宝："这几天你自己好好想想，等身体恢复了一些，你可以选择回去，还是留在这里。"说着自顾自离开，陆胜文看着毛宝的背影，若有所思。


翌日，徐州城外的小路上，毛宝和何仙女一起把陆胜文送了过来。

何仙女："陆胜文，希望你好自为之，如果你再为国民党反动派卖命，我何仙女就不会放过你。"

陆胜文："我也想通了，再这样打下去没有意思了。"

毛宝："胜文，我们永远是好兄弟。"他伸出一只手，陆胜文也伸手握住了毛宝的手，何仙女看了一下，也伸了过去。

三人像儿时那样："好兄弟，有饼一起吃，有酒一起喝，永远都是好朋友。"他们都欣慰地笑了笑。

何仙女突然问起："陆胜文，听说你已经结婚了？"

陆胜文点点头："是的，我很爱她，她也很爱我。等战争结束了，如果我们都还活着，我们要么去国外，要么回诸暨老家。"

毛宝："嘿，国外有什么好的，你以为美国有牛肉罐头吃就很好吗，他们那里也很乱的。"

何仙女："是啊，等战争结束了，我们一起回诸暨老家。"

陆胜文："好，一起回诸暨老家，在九里山过神仙般的隐居生活。"

毛宝："一言为定。"

陆胜文："嗯，一言为定，你们两个也快点结婚了，看我们谁先有小孩。"

何仙女有些害羞地低下头去："说什么呢，都还没在一起，怎么会有小孩！"

毛宝："嘿嘿嘿。"

三人开心地笑着。

毛宝："胜文，天色不早了，抓紧时间回徐州城。路上小心。"

陆胜文："嗯，知道了，你们也回去。"说完背着布包，向徐州城走去。毛宝和何仙女看着陆胜文离去的背影，一直等到他消失在徐州城那边。

毛宝和何仙女往回走，何仙女对毛宝说："毛宝，你说胜文会去劝说张天泉投诚吗？"

毛宝："我相信胜文会的，但是那个张天泉会不会投降，就难说了。"

何仙女："希望能够成功。"

毛宝："对，这样的话，这场战役也就能早点打完了。"


沈宅的大门口挂上了白灯笼，门口有一些国民党军官来祭拜陆胜文。寒风细雨，一片凄惨的景象。

沈宅的客厅改成了灵堂，沈琳看着陆胜文的遗像，眼泪无声无息地流着。

赵美霞在一旁安慰着："小琳，不要过于悲伤了，胜文已经上了天堂，活着要珍惜自己的身体。而且你现在肚子里有了孩子，更加要爱惜身体了。"

沈琳："美姨，我知道。"

沈家桥在灵堂门口接迎来悼念的国民党军官和高层，胡国忠也在其中，他站在角落里抽烟，表情冷漠。张天泉走了进来，许多国民党军官向张天泉点头致意："张军长。""军座。"张天泉也对他们点点头，沈琳没有去看张天泉。张天泉走到了沈琳面前，向她鞠躬致歉，沈琳只是点了一下头。

张天泉随后走到了灵堂之上："今天来了这么多胜文活着时候的战友、同志，我想胜文在天之灵，也会欣慰。开这个追悼会，是为了纪念我们的青年英杰陆胜文，委员长已经批示，追赠陆胜文为少将副师长，本来杜司令也要过来的，但是因为军情紧急，就让我代表他，向胜文的家人致意。"

沈琳没有听张天泉的话，只是看着陆胜文的遗像，泪流满面。

张天泉："胜文从戡乱开始的时候，就跟着我，可以说是我张天泉的左右手，他的牺牲，令我极其悲痛，但是他的勇敢，他对党国的忠诚，却让我无比敬佩，也是值得我们每一位党国的将领学习的。"

灵堂下的国民党军官都点头表示称是。

一个身影走了过来，有些国民党军将领认出了这个人，都吓得往后退了退。

这个人是陆胜文。

陆胜文看着沈宅的布置，很是惊讶。灵堂边上的胡国忠先看到了外面的陆胜文，他手中的烟掉落在地上，微张嘴巴，不敢相信道："陆……胜文？"

灵堂里陆陆续续有人看到了陆胜文，有胆小的惊叫出来："闹鬼了……"有军官也喊出来："陆胜文的鬼魂回来了？"

陆胜文走进来看到了灵堂前摆着自己的遗像，他的眉头一皱，随后他的视线转向了沈琳这里。沈琳也看向陆胜文，她睁大了眼睛，不敢相信眼前的事实。

两人四目相视，随后跑向对方，紧紧地拥抱在了一起。

沈琳喜极而泣："胜文，胜文，真的是你吗？你还活着？"

陆胜文："我还活着，小琳，对不起，我又让你伤心了。"

沈琳："不，你没有对不起我，你回来了，就算我沈琳死了也愿意。"

张天泉惊喜地走了过来："胜文，你还活着，你没有死？"

陆胜文和沈琳分开，向张天泉敬了个礼："军座，胜文没用，没有完成任务。"

张天泉："回来就好，回来就好。"

沈家桥也上来："胜文，你回来了，太好了。我们都以为你已经殉国了，所以，所以……"

沈家桥看了看灵堂，急忙对下人说道："快，快把这灵堂拆了。"

胡国忠上来："二哥，你不是被毛宝打中了……"

陆胜文："没有打中要害。"

张天泉："胜文，这到底是怎么回事？"

陆胜文："此事说来话长。"

赵美霞："天泉啊，胜文平安回来了，你让他们小夫妻先团聚。"

张天泉："好，胜文，你先照顾好小琳，找个时间来我军部再说。"

陆胜文："是，军座！"

张天泉他们走了出去，国民党军官们也都走了出去，胡国忠看了看陆胜文，目光阴了一下，也转身离开。


沈宅的婚房里，陆胜文和沈琳坐在床边，沈琳开心地说："胜文，告诉你一个好消息，我们有孩子了，你要做爸爸了。"

陆胜文惊喜道："真的？小琳，你的肚子里有孩子了？我要做爸爸了？"陆胜文摸着沈琳的肚皮。沈琳："是的，开心吧？"陆胜文："太开心了，孩子啊，我是你的爸爸，你能听到我在和你说话吗？"说着把脑袋靠在沈琳的腹部。

沈琳摸着陆胜文的头："你这个傻瓜，现在我们的孩子还是一棵小芽呢，怎么能听到你说话？"

陆胜文："哈哈哈，小芽儿啊，你要快快长大，这样你就能和爸爸见面了。"

沈琳："这个不能急啊。"

陆胜文笑了笑："嘿嘿，这个我倒是真的有点急，不知道我们的孩子长得会像谁。"

沈琳："如果是女儿，就会像你；如果是男孩呢，就会像我了。这是遗传学上说的。"

陆胜文："嗯，无论是男孩还是女孩，长得像你多点好，这样就会漂亮。"

沈琳脸上露出笑容，陆胜文也感到很幸福，然而他又想起了什么，想起了回来徐州城，身上所肩负的重要任务。

同一个夜里，张天泉的家中，赵美霞为张天泉脱去了外套。赵美霞感慨道："胜文能够活着回来，真是奇迹啊。"

张天泉："我觉得此事有蹊跷。"

赵美霞："有什么蹊跷？"

张天泉："总觉得哪里不对，明天他要来找我，我会好好问他。"

赵美霞："哎，共军已经围住我们好些天了，也不知道接下去的情况。"

张天泉："叫你先走，你不走。"

赵美霞："我死都会跟着你的。"

张天泉："你放心，校长已经安排了轰炸机，就算徐州城丢了，我们也可以突围出去的。"

赵美霞："嗯，早点休息吧。"


白天，"剿总"司令部张天泉的办公室，陆胜文走了进来，却看到了里面除了张天泉还有另一个人：胡国忠。陆胜文："国忠也在？"

胡国忠冷眼看了陆胜文，脸上没什么好气，陆胜文猜出了胡国忠在这里的目的。

张天泉："胡国忠，你先出去。"

胡国忠："请军座三思。"说完转身出去，看着陆胜文，露出恨恨的样子，心里想："陆胜文，别以为张天泉包庇你，你就可以为所欲为。好，张天泉，既然你不肯听我的劝，那也休怪我不客气。"心里想着，走了出去，看向"剿总"司令部杜聿明的办公室。

再说张天泉的办公室内，张天泉："陆胜文，我问你，你是怎么从共军那里出来的，是突围，还是共军放了你？"

陆胜文："军座，在您面前，我陆胜文就不说谎话了，是他们放了我。"

张天泉："放了你？呵，陆胜文啊陆胜文，你太令我失望了，你应该为党国尽忠。"

陆胜文："军座，我知道我愧对于您，但是如今这样的局势，难道您还没有看清吗？"

张天泉："反了，反了，陆胜文，你是想造反吗？难道胡国忠说的是对的，你是共党的奸细？"

陆胜文："不，军座，我陆胜文可以以死证明自己的清白，但是您心里也清楚，这场仗我们打不赢了。"

张天泉："陆胜文，你不要再说了。我们不可能输，我们有美国的支持。"

陆胜文："军座，我们就是因为太依赖美国了，现在美国政府也开始对我们冷漠了，我们就会输得更惨。共产党的部队得人心啊，老百姓们帮着他们运送粮草和弹药，我们真的没法和他们比。"

张天泉拔出了手枪："陆胜文，信不信我现在就毙了你。"

陆胜文："好，军座，您可以杀了我，但是请您为党国的千千万万生灵着想，让他们活着。"

张天泉："陆胜文，你是来替共军劝我张天泉投降的是不是？"

陆胜文："是的，军座，请您好好考虑一下，解放军欢迎您这样的大人物过去，他们不会亏待您。"

张天泉发怒道："陆胜文，你给我滚，滚出去！"

陆胜文看着张天泉，无奈地离开。


徐州城的街道上，到处都是饥饿的士兵。陆胜文走在街道上，看着这样的景象，很是难过。

一个士兵刚刚弄到半个馒头，便被另外几个士兵疯抢。这个士兵不肯放手，被另外几个打得浑身是血。

陆胜文上去："住手！"

带头的国民党士兵看到了陆胜文，停止了抢劫，叫了一声："陆旅长……"

陆胜文："你们还有廉耻之心吗？"

士兵："廉耻之心？呵，陆旅长，我们都饿了三天了，还谈什么廉耻之心啊？"

另外一个士兵："是啊，陆旅长，你不知道，徐州城里已经有人开始吃人肉了，实在太饿了。"

士兵都叫起来："我们太饿了，这仗不打了。"

陆胜文一时无法再说什么，内心很是难过。士兵抢了馒头，飞速地跑走了。

陆胜文有些失魂落魄地走向沈宅，沈琳看到了陆胜文，笑脸迎了出来："胜文，你回来了。"陆胜文只是点点头。

沈琳："昨天你和我说今天你要去劝降张伯伯，他那边怎么说？"

陆胜文摇了摇头："他不听我的话。"

沈琳："他还是要为国民党尽忠啊？"

陆胜文叹息了一声："现在徐州城里，到处都是饿殍，军队已经陷入了大饥饿。我们还怎么和解放军打，民心都向着共产党了。"

沈琳："胜文，你能够及时醒悟，真的太好了。"

陆胜文："小琳，我送你出城去。"

沈琳："不，胜文，我要和你在一起，我们一家都要平平安安地在一起。"说着摸了一下自己的肚子。

陆胜文："我现在不怕解放军打进城来，就怕我们的部队发生暴乱，现在大街上已经有许多抢劫事件了。"

沈琳："我们不会有事的，不过胜文，你一定要保重，你的那个结拜兄弟胡国忠是个奸诈小人，一定要当心他。"

陆胜文："好的，我知道。对了，爸爸去哪儿了？"

沈琳："爸爸早上就出去了，到现在还没有回来。"

陆胜文："一个人出去的吗？"

沈琳："嗯，是的。这兵荒马乱的，他一把年纪了，还乱跑。"

陆胜文："爸爸做事很谨慎小心，不会有事的。"

沈琳："嗯。"


沈家桥走到了城里一家叫作骆烨书屋的门口，抬头看了一眼书屋的牌子，随后又左右看了一下，确实没有什么可疑的人，才走进了书屋里。

书屋里有一个女店员，沈家桥问："请问，广益书局的《三国志通俗演义》到货了吗？"

女店员："《三国志通俗演义》还没有到货，不过有一批外国小说到了，《基督山复仇记》很不错，您要看看吗？"

沈家桥："大仲马的《基督山复仇记》啊，很不错的小说，好，我看看。"

女店员："那好，书在里屋呢，这边请，我们老板在里面了。"

沈家桥点点头，跟着女店员走进了书屋的里屋。

书屋内骆老板已静候在里屋，见沈家桥过来，热情地上来握住了他的手："沈市长您好啊。"

沈家桥："骆先生您好。"

两人坐定，沈家桥说道："外面已经乱糟糟一片了，您这里倒是一片安宁的样子啊。难得，难得啊。"

骆老板："等这徐州城解放了，我们共产党会让这座城市也安宁下来的。"

沈家桥："嗯，一定会的。我现在就来说说我沈家桥的情况，我这边无条件

384

支持共产党解放徐州城。"

骆老板："好啊，有沈市长您的支持，我们的解放事业就更进一步了。"

沈家桥："我相信你们共产党能把这座城市治理得更好。"

骆老板："到时还得要沈市长您大力支持啊。"

沈家桥："等徐州城解放了，我沈家桥也就可以告老还乡了。"

骆老板："哪里啊，您沈市长的精神还这么好，而且您管理徐州这么多年，比我们更加了解情况。我们的上级已经同意，徐州解放后，让您出任市长，安定徐州老百姓的民心啊。"

沈家桥："我沈某人都快六十了，不知道还用不用得上。"

骆老板："哈哈哈，'廉颇老矣，尚能饭否？'您沈市长完全没有问题的，我们共产党对您也是很信任的。"

沈家桥："好，我沈家桥当为这徐州城的老百姓们，鞠躬尽瘁死而后已。"

骆老板："感谢您啊，沈市长。"

骆老板和沈家桥紧紧地握住了手。

沈家桥："好。我先走了。"

骆老板："我送你。对了，带上这本书。"他把《基督山复仇记》交到了沈家桥的手里，两人走到了书屋外。

沈家桥："骆老板留步。"

骆老板："好，沈市长路上小心。"

沈家桥："嗯。"

沈家桥手里拿着书，走出了书屋。看了看外面，没有什么情况，夹着书往自己家走去。

这时，胡国忠带着几个手下走来，其中一个看到了沈家桥的背影，说了句："那人不是沈市长吗？我们打仗打得这么辛苦，他还有心思来买书。"

另一个国民党军官："书呆子。"

胡国忠没有说话，看了看那家书屋的门面和牌子："骆烨书屋？走，去看看。"说着带着他的手下走向了骆烨书屋。

女店员看了一眼胡国忠，没有说话。胡国忠走到了女店员面前："刚才那人买了什么书？"

女店员有些谨慎地看着胡国忠，这时骆老板走了过来："长官，长官，你好啊。"

女店员："老板，他们问刚才那人。"

骆老板很镇定道："噢，长官说刚才那小老头啊，嗨，挑挑拣拣，就买了一本外国小说。"

胡国忠："叫什么名字？"

骆老板："《茶花女》，小仲马写的。"

胡国忠："《茶花女》？"

骆老板："是啊，《茶花女》，讲述了一个妓女的爱情故事。真看不出来，这么斯斯文文的一个人，还喜欢看这种小说。"

胡国忠身边的国民党军官："妓女的爱情故事，新鲜啊，老板，这书你这里还有吗？"

骆老板："嘿，长官啊，还真巧啊，《茶花女》这书我进了两本，您看，还有一本在。"

骆老板把《茶花女》的书递给了这个国民党军官："长官您拿好。"

国民党军官拿着书，看着书的封面，淫邪地笑着。胡国忠从国民党军官手里拿过了书："都什么时候了，还有心思看书。"又对骆老板说道："现在这种时候，你们为什么还不离开徐州城，是在等共军来吗？"

骆老板："长官啊，我们没地方去啊，这房子好歹也是自己的，离开了徐州城，我们就什么都没有了。"

胡国忠阴冷地看着骆老板，手轻轻地摸着枪，气氛有些紧张起来。骆老板突然说了句："而且杜司令也喜欢看书，我还去你们司令部给他送过两次书呢。"

胡国忠："杜司令？"

骆老板："是啊，杜司令是个好人啊，我给他去送书，他还给我小费呢。"

胡国忠没有再理睬骆老板，对手下说："走。"说完他们走出了书屋。

骆老板和女店员看着胡国忠他们离开，都松了口气。

胡国忠他们走出了书屋，胡国忠还回头看了看书屋的牌子，对手下说："给我去查一下这家店的老板，是什么来路。"

马涛："是！"


解放军驻地的作战室里，王司令员和洛奇在一起。王司令员："刚才粟司令员来电话，杜聿明集团迟迟不肯投降，我们的部队准备对徐州城发起进攻。"

洛奇："嗯，是时候给杜聿明松松骨头了。"

王司令员："老虎队暂时休整，我让二团和三团跟着渤海纵队去打。"

洛奇："好，我同意。"


徐州城城外，中国人民解放军对徐州城发起进攻。号角吹响，渤海纵队的战士们已经冲向徐州城。

叶峰带着三团的解放军战士们跟着渤海纵队杀向徐州城。解放军战士们奋勇作战，国民党军节节败退。

胡国忠拿着冲锋枪，在坦克的掩护下，对着冲上来的解放军战士们扫射："杀啊，跟我狠狠地打这些共军。"

冲上来的解放军战士们倒下去一大片，姚公权还是带着战士们还击着。

解放军阵地前沿，毛宝拿着望远镜观察着："这个老姚和叶峰，真是不要命啊。敌人的坦克部队不好打啊。"

江小白："队长，我们的人海战术这样打有用吗？"

毛宝："当然有用了，你看看，这些国民党军也是在做最后的负隅顽抗了。"

毛宝把望远镜拿给江小白，江小白看了起来："是的，这样打下去，我们马上就能占领徐州城了。"

旁边的解放军战士陈永冲："哎呀，那不是没我们老虎队的事情了？"

毛宝："不急，不急。你们啊，要耐得住性子，我们老虎队得用在关键时刻，我毛宝可舍不得你们这些战斗英雄都当敌人的枪靶子了。"

巴甲："嘿嘿，队长说得对，我们老虎队是去活捉杜聿明和张天泉的。"

毛宝："唔，活捉杜聿明和张天泉。唉，陆胜文那边也不知道什么情况了。"

# 第二十六章

　　杜聿明的"剿总"司令部已经乱成一团，司令部外是手忙脚乱的传令兵，司令部里响着电话声、电报声，以及骂娘声。

　　张天泉的办公室中，张天泉也骂着娘，他的面前站着陆胜文等几个军官，张天泉把他们骂了个遍，让他们赶紧御敌。陆胜文正要出去，张天泉叫住他道："陆胜文，你留下，我还有事和你说。"

　　陆胜文回到了张天泉面前："军座……"

　　张天泉冷冷地看着陆胜文，看得陆胜文心里发麻。

　　张天泉："共军很有可能就要攻破徐州城了，有人把你告发到了杜聿明司令那里，杜司令说一旦证据确凿，让我立即枪毙你。"

　　陆胜文："军座，我……"

　　张天泉："胜文，我的忍耐也是有极限的，去吧，去和共军厮杀，让杜司令也看到你不是通共分子。"

　　陆胜文向张天泉敬了礼，走了出去。

　　他刚上了国民党军的阵地，有人在喊："共军撤退了，共军撤退了！"

　　陆胜文看着城外的解放军往后退去，停止了进攻。他看着城上横尸遍地、哀嚎一遍的景象，心里很是痛苦。

　　解放军阵地前沿，毛宝转过身对老虎队的战士们说："老虎队的同志们，我们现在交替作战，现在该我们上战场了。有没有信心，跟着我，攻进徐州城去？"

　　老虎队的战士们："有！"

国民党军刚想要松口气，解放军又冲杀上来。胡国忠又抢起了机枪，对坦克兵和手下的国民党士兵喊道："坦克掩护，跟着我杀共军！"

陆胜文没有跟上去，胡国忠狠狠地看了他一眼："陆胜文，杜司令不会放过你的！"说着已经杀向了解放军。

老虎队这边，毛宝对江小白道："小白，给我轰敌人的铁家伙！"

江小白对着坦克开了一炮，炮弹打在了坦克上。

毛宝："对，就这样打。干掉他们的铁家伙，看这些反动派还往哪里躲藏。"

江小白又要开炮，这时，刚才被打中的坦克竟然没有事情，继续向老虎队这边杀过来。

江小白："队长，不行啊。炮弹打在坦克上不管用，它还是能动啊。"

毛宝有些着急："那该怎么办，关键还是得干掉这些铁家伙。"

江小白："队长，得炸断这些铁家伙的履带。对，炸断履带，坦克就动不了了。"

毛宝："好，炸断他们的履带。同志们，准备集束手榴弹，喂给这些铁家伙们。"

张华和陈永冲带着七八个士兵身先士卒向坦克冲了过去，江小白手下的炮兵对着国民党军的坦克部队打过去了几颗烟幕弹。烟雾弥漫住了国民党军的坦克部队，胡国忠他们看不清前方，胡乱地开着枪。

陈永冲带头抱着集束炸弹冲向了坦克，张华他们也跟了上去。

胡国忠大叫一声："小心，共军来炸坦克了！"说完对着冲上来的老虎队战士扫射，倒下去两位战士，又有战士扑上来，抱起炸弹冲向坦克。

陈永冲已经把一捆集束炸弹塞进了坦克，拉开了引信，随即逃离。张华也把集束炸弹塞进了坦克里，胡国忠对着张华开枪，打中了张华的腹部。

集束炸弹陆续爆炸，陈永冲他们跳出了爆炸区。张华来不及逃离，和国民党军的坦克同归于尽。

毛宝悲痛地大喊一声："张华，你死得好惨，队长会给你报仇的……"

江小白他们也喊起来："为张华同志报仇！"说完带着解放军炮兵对着国民党军的阵地又开了几炮。胡国忠摔在了泥地里，他擦掉了脸上的灰和泥土，还想要和冲过来的解放军作战。

毛宝带着老虎队杀过来，国民党军节节败退，往徐州城里撤退进去。

徐州城里已经乱成一片，国民党军大面积溃败，内部的士兵为了抢夺粮食已经开始内斗厮杀，场面一片混乱。

陆胜文带着几个手下刚好经过，看见此情此景悲愤异常，骂道："大家都是中国人，现在为什么连国民党军自家的兄弟，都要互相残杀了？"

一个大胡子团长："哈哈哈，互相残杀？因为我们饿得实在不行了，这徐州城里已经是很多人在吃死人肉了。我不想吃死人肉，所以靠自己的本事，抢食物。"

陆胜文："那你也不能杀人。"

大胡子团长："都这个时候，杀人已经不犯法了，就算要受到军法处置又怎么样，我吃饱了，总比做个饿死鬼强啊。"

陆胜文："余连长！去把我的战马追风牵来，杀了吧。"

陆胜文的手下余连长："什么？"

陆胜文："杀了战马，把马肉分给弟兄们吃。留着性命，好好活下去。"

余连长："旅长，不可啊，那战马跟了您这么长时间，您忍心吗？"

陆胜文："追风虽然跟了我这么多年，它与我也是兄弟一般，但是你们的性命更加重要啊。去吧。"

余连长很是难过道："不，我不去。"

陆胜文看着余连长："那就跟我一同去马棚。"

陆胜文站在自己的战马追风面前，追风碰了碰陆胜文的脑袋，像是一个懂事的孩子。余连长他们站在马棚外面，没有进来。

陆胜文轻轻地抚摸着战马的脑袋，眼中含着热泪："追风，对不起，你的主人没有用，连自己心爱的马儿都不能保住。如果有来世，我陆胜文愿意给你做战马。"

追风轻轻地叫了几声，陆胜文给追风喂了一把草："吃饱点，好上路。"

追风没有吃干草，亲吻着陆胜文的脸，似乎在乞求着他不要杀它。陆胜文的眼泪一下子流了下来："追风，我的好兄弟，我们来生再见吧。"旋即转过身去："余连长，进来。"

余连长走了进来："旅长！"

陆胜文："追风就交给你们了，给它一个痛快的。"

余连长："旅长……"

陆胜文拍了拍余连长的肩膀："吃饱了，就不要再相互残杀了。"

陆胜文看了追风最后一眼，眼泪一下子流了出来。他快步走出了马厩，余连长看着追风叹了口气。

陆胜文走出军营没有多远，听到了一声枪响和一声短暂的马鸣声。他泪流满面，痛苦地大叫一声："啊……"举枪对着天空开了两枪。

啪，啪，像是绝响。

胡国忠坐在办公室里，脚搁在桌子上，擦着手枪，一副无所谓的样子。马涛走了进来："旅长，沈家桥那边我们监视了两天，果然有问题。"

胡国忠有些惊喜，把脚放下，站了起来："这个沈家桥是不是通共分子？"

胡国忠的手下："很有可能，我们发现他这几日都很忙的样子，还去见了徐州城里一个工厂的一批工人，那些工人都是穷光蛋，都很仇恨我们党国。"

胡国忠："哼，只要这个沈家桥有通共嫌疑，就该死。"

马涛："需要我们去除掉他吗？"

胡国忠："不，我亲自动手。"

这时，外面走进来一个张天泉的传令兵："胡旅长，军座叫您立马去他办公室开会。"

胡国忠点头："好，我马上到。"说完跟随传令兵走了出去。

陆胜文和胡国忠在张天泉办公室门口遇见，两人都冷冷地看了一眼对方，随后快步走进了张天泉的办公室，张天泉办公室已经站着一批国民党军官。

张天泉："杜司令他们已经往陈官庄方向撤退，现在共军还在攻打，我们必须为杜司令撤退争取更多的时间。"

胡国忠："是！"

张天泉看了一眼陆胜文："你们都跟我走！"说完带着他们急匆匆地走出去。

华东野战军开始猛烈地攻打徐州城，毛宝带着老虎队已经杀到了城门口。何仙女带着民兵队也赶过来，民兵队队员和老百姓们一起把弹药送上来。

老虎队越战越勇，国民党军抵挡不住解放军的进攻，弃城而逃。张天泉带着胡国忠他们杀过来，张天泉看着逃跑的国民党兵们，很是恼火："都给我杀回去，杀回去！"

胡国忠打死了两个逃兵："谁都不准逃跑！"

大部分士兵已经不听胡国忠的话，只顾自己跑去，陆胜文很是痛心疾首地看着被胡国忠打死的士兵。

张天泉和胡国忠他们杀向城门口。城门口，江小白和手下的几个炮兵一起对着城门口开炮，徐州城被攻破。张天泉他们刚到城门口，还来不及还击，就被炮火轰得抬不起头来。

陆胜文："军座，共军已经攻打进来了，我们挡不住了！"

张天泉恨恨地看着陆胜文。

陆胜文："胡国忠，你们掩护军座撤退，我来挡住冲上来的共军！"

胡国忠没有理睬陆胜文的话，陆胜文继续喊道："快走啊，保护好军座，我们在陈官庄那边会合！"

毛宝带着老虎队杀到城门口，子弹不断地向着张天泉他们这边打过来。

胡国忠看着张天泉："军座？"

陆胜文："军座，您多保重，如果我陆胜文还活着，一定会来陈官庄！"

张天泉："好，胜文，这里就交给你了！"

陆胜文："是！"说完向张天泉敬礼，张天泉回了礼，和胡国忠他们撤退。

陆胜文看着张天泉走远，毛宝已经杀到了陆胜文面前。陆胜文没有开枪，和毛宝对视了一眼，两人会意地点了点头，陆胜文转身迅速撤退。

毛宝和老虎队的战士们杀入了徐州城。

城中，胡国忠和张天泉一起撤退。胡国忠趁此机会告诉了张天泉沈家桥通共的事情，征询着张天泉的意见。

张天泉显得很震惊，却也没有过多力气去震惊。他犹豫了一下，然后说道："不能让沈家桥帮共产党接管徐州城！"

胡国忠已明其意，对两个手下命令道："你们两个跟我走，其余人保护张军长撤退！"说完带着两个手下往沈宅方向奔去。

此刻的沈宅，陆胜文疾步走进了客厅里，沈家桥和沈琳站了起来，陆胜文没有时间说废话："岳父、小琳，现在徐州城乱得很，赶紧出去避一避吧！"

沈家桥："避一避？去哪避啊？我们就留在城中，如果徐州一旦被解放军接管了，我这个副市长说不定能帮上什么忙。这城中的老百姓啊，还需要稳定他们的心。"

陆胜文："嗯，是的。不过小琳……"

沈琳："我哪也不去，就在家里。有你保护，我什么都不怕。"

陆胜文："小琳，对不起，我不能留下来。我还要去陈官庄，和张军长他们会合。"

沈琳："你要去找他们？"

陆胜文："徐州城虽然已经被解放军占领了，但是杜聿明集团还要在陈官庄负隅顽抗，陈军长他也没有投降。我再劝他一回，如果他还是不投降，我就帮助解放军将他生擒了。"

沈家桥："胜文，你放心去吧，我会照顾好小琳的。"

陆胜文："谢谢岳父大人。"旋即看了看沈琳说："小琳，等我回来。"

天空下起了蒙蒙细雨，陆胜文刚走到院子里，沈琳叫了一声："胜文。"陆胜文回过身，沈琳上去，抱住了陆胜文，极其地依依不舍。陆胜文："小琳，照顾好自己，还有我们的宝宝。"

　　沈琳的眼泪流了下来："一定要回来。"

　　陆胜文："好，我一定会回来的。"

　　两人分开，陆胜文蹲下来，贴在沈琳的肚子上说："孩子啊，你不要调皮，陪着你的妈妈，等爸爸回家。"

　　沈琳擦掉了脸上的泪水："去吧。"

　　陆胜文站了起来，向沈琳敬了一个军礼，他也泪流满面。沈琳一直看着陆胜文的背影消失在徐州城，消失在雨幕里。

　　胡国忠带着手下潜到了沈宅院子外，看到了陆胜文离开。胡国忠旋即对手下命令道："走！"

　　沈琳回到了客厅里，沈家桥安慰沈琳道："小琳，胜文不会有事的。你自己还是多多地保重身体。"

　　沈琳："嗯，爸爸，我知道的，我会保重自己的，肚子还有我和胜文的孩子。"

　　沈家桥有些开心地说："解放军进城了，徐州城解放了，以后啊，这个孩子就能享受到幸福和平的阳光了。"

　　胡国忠从外面走了进来："哈哈哈，幸福和平的阳光？哪有这么容易啊？"

　　沈琳惊恐地看着胡国忠："胡国忠，你想干吗？"

　　沈家桥有意识地把沈琳拉到了自己的身后去，胡国忠说道："我想干吗？哼，你们全家都是通共分子，你说我想干吗？"

　　沈家桥："胡国忠，你不要伤害我的女儿，有什么事，冲着我来！"

　　胡国忠阴阴地一笑："我不会伤害你的女儿的，如果有时间我还要好好地享用一下这个陆胜文的女人，哈哈哈。"

　　沈家桥："你……"

　　胡国忠："沈家桥，你帮着共产党，想要替他们卖命啊，呵呵，见鬼去吧！"

　　沈家桥："胡国忠，你这个混蛋！"

　　胡国忠举枪对着沈家桥开枪。

　　沈琳大叫一声："不要啊……"

　　枪声响起，子弹打在了沈家桥的胸膛前。

　　沈琳悲痛地喊道："爸爸！"

　　沈家桥："小琳，快走，不要管我！"

　　沈家桥想要推开沈琳，沈琳还是紧紧地拉着沈家桥的手："爸爸，我不能丢下你。"

胡国忠向沈琳逼近，沈琳恶狠狠地看着胡国忠："无耻之徒！"

胡国忠阴地冷笑着："哈哈哈，对，我胡国忠是无耻之徒，这年头只有无耻之徒能够活着。跟我走，不然我就杀了你。"

沈琳："你杀了我吧。"

胡国忠正要去拉沈琳，这时，骆老板带着几个中共地下党杀进来，骆老板一眼就看到了倒地的沈家桥："沈市长。"他眼疾手快，对着胡国忠这边开枪射击。胡国忠一个闪身躲过，子弹击中了胡国忠身边的一个手下。

骆老板一边迎战胡国忠，一边指挥着手下们："把这个反动派包围住，别让他跑了。"骆老板他们包围上去，胡国忠一看情况不对，对身边的手下命令道："给我挡住他们。"说着自己往外面撤退去。

骆老板走到了中枪的沈市长身边："沈市长，沈市长……"

沈家桥："我不行了，没有完成贵党交给我的任务啊……我沈家桥心中有愧。"

骆老板："沈市长，您不要说话了。"

胡国忠越出窗子逃跑了，骆老板对手下们说道："给我追上那人。"骆老板的手下们追了出去，沈家桥拉着骆老板的手："骆同志啊，替我照顾好小琳，保护好她，等，等胜文回来……"

骆老板："好，一定，我答应您，保护好您的女儿。"

沈琳哭泣着："爸爸，你不会有事的，不会有事的……"

沈家桥微笑着看着沈琳："小琳，好好活下去，等新中国成立的那一天，来我的坟前告诉我……"

沈琳悲痛地哭道："爸爸……"

沈家桥含笑死去，沈琳大哭起来，骆老板也很是难过，这天气也很难过，雨渐渐大了起来。

在这阴雨天气之中，解放军终于占领了徐州城。


陈官庄的一个小平房成了国民党军临时的指挥部，胡国忠走了进来。

张天泉："国忠，你回来了，事情办得怎么样？"

胡国忠："沈家桥已经除掉。"

张天泉叹息了一声："哎，沈家桥啊沈家桥，也别怪我不念及旧情，只怪你自己不知好歹。国忠，我们正在开会，你也快坐下吧。"

胡国忠："是！"

张天泉对几个师旅长说："杜司令已经下令，和共军厮杀到底，不成功便成仁。"

胡国忠带头喊了起来："不成功便成仁！"

其他几个国民党军将领也喊起来："不成功便成仁！"

张天泉："事到如今，我们也要拿出撒手锏了。"

指挥部里的将领们沉默着，看着张天泉。张天泉："委员长会派飞机过来，配合我们突围出去，现在我们要抓住最后的机会，给共军送上一份大礼。"

胡国忠眼睛里都是杀气："军座，我胡国忠誓死效忠党国！"

张天泉："嗯，很好，杜司令也对你赞赏有加。"

胡国忠有些愧疚地低下头去，张天泉对胡国忠说："这次送给共军的大礼，就由胡旅长你来执行。"

胡国忠："是！"


原先杜聿明的"剿总"司令部已经被占领，成了华东野战军的临时指挥部。

王司令员："徐州城虽然解放了，现在我们还不能大意，杜聿明集团逃到了陈官庄一带负隅顽抗，我们必须乘胜追击，把他们围歼在陈官庄，不能让他们突围出去。"

毛宝："请司令员放心，杜聿明和张天泉这些国民党反动派插翅难逃的。"

洛奇："好，现在我来宣布，陈官庄之战，由姚公权同志的二团担任主攻，叶峰你们的人员伤亡较大，暂时在徐州城休整。"

姚公权、叶峰："是！"

毛宝眼巴巴地看着王司令员和洛奇政委。

王司令员："毛宝听令。"

毛宝："在！"

王司令员："你们老虎队担任助攻，记住了，到了关键时刻，你们再杀上去，老虎队的拳头要打在敌人的太阳穴上。"

毛宝回味了一下王司令员的话，随后还是敬礼："是，毛宝明白！"


何仙女和火凤凰、小花等几个民兵来到沈宅。沈琳还沉浸在父亲去世的悲痛中。

何仙女安慰道："沈琳妹子，不要难过了，人死不能复生，沈市长所做出的贡献，我们共产党都会记在心里。"

沈琳点点头，给她们倒了茶水："何队长，你们快坐吧。"

小花看着沈琳的家："好啊，真好啊，这屋子和我们老家地主老财家一样的嘛。"

沈琳："这位姑娘真会开玩笑，我们哪里是什么地主啊，已经两天没吃上饭了。"

何仙女："小花，不要乱说话了。还不把粮食拿上来？"

小花拿了一包米过来："是，队长，给。"

何仙女把粮食送到了沈琳手上："沈琳妹子，看你这脸色也不好，赶紧煮上一锅饭。"

沈琳："何队长，这怎么好意思？现在你们解放军的粮食也很紧张啊。"

何仙女："嘿，你是陆胜文的老婆，那就是我们诸暨人的媳妇了，大家都是自己人，自己人客气什么。"

沈琳："谢谢何队长。"

何仙女："你放心，只要有我何仙女在，谁要是敢欺负你，我何仙女第一个不放过他。"

沈琳笑着点点头。


陈官庄的国民党军营地，国民党的飞机从天空飞过，投下来一些食物。国民党军将士们疯狂地抢夺，对着自己人开枪射杀，夺了食物就在尸体旁猛吃起来。

陆胜文看着这样的场面，内心很是痛苦，他的心里想着："战争已经到了这个地步，国民党已经是失败了，为什么杜司令和张军长他们还是不肯投降，难道他们没有为这些给他们卖命的手下考虑过生路吗？"

陆胜文走向陈官庄杜聿明的指挥部，胡国忠带着手下们准备好了一批毒气弹。陆胜文看到了胡国忠，随后也看到了毒气弹，他走了过去："你们这在干吗？"

胡国忠："呵，陆胜文，你命真够大啊，还能从徐州城出来？"

陆胜文："我问你，这是在干吗？"

胡国忠："给共军准备的礼物啊，你看看都快过年了，大家都忙着准备年货，我们也没有什么可以送的，就把这个送给共军当新年礼物，哈哈哈。"

陆胜文："你们都疯了，疯了！"

胡国忠："这可是杜司令下达的命令，军座让我这么做的。"

陆胜文看了一眼胡国忠，随后走向国民党军指挥部。陆胜文站在张天泉面前，张天泉说："胜文，你能回来，我很高兴。"

陆胜文："军座，你们不能这么做，你们不能动用毒气弹啊，这是违法国际战争条例的。"

张天泉："现在还管什么国际条例，只要我们能打败共军，为了党国能够生存下去。"

陆胜文："军座，不可啊，这样做的话，无论是您还是杜司令，还有委员长，都将成为千古罪人啊！"

张天泉："陆胜文，看来你真的被共军给收买了！"说完拔枪对着陆胜文。

陆胜文："军座，三思啊！"

张天泉："陆胜文，我要杀了你！"

张天泉开枪，子弹打在了陆胜文的肩膀上。陆胜文还是站在那里，毫无畏惧感。

张天泉："出去，别再回来见我！"

陆胜文："军座，我们真的败了，不能再这样下去了！"

张天泉："滚！"

陆胜文哀伤地走了出去，一个国民党军师长走了进来："军座，杜司令让我们今晚上就突围，上头已经派了轰炸机过来，掩护我们。"

张天泉："好，掩护杜司令突围出去，我张天泉不想再跑了。"

国民党军师长："军座！"

张天泉："我张天泉从济南城到这陈官庄，一直都在逃跑，想想当年，我和日本人打仗时，虽然没有连战连胜，但是打得何等英勇啊。如今却是狼狈不堪。"

国民党军师长还想劝说，张天泉说道："我张天泉受过校长的知遇之恩，理当为党国杀身成仁。"


解放军向陈官庄包围过来，姚公权带着二团的战士们走在前面，老虎队跟在队伍的后面。

突然，天空中出现几架战斗机。毛宝看着天空中的飞机："娘的，这些反动派竟然动用了飞机，看来陈官庄里的杜聿明是要开始突围了。"

解放军的冲锋号吹响，姚公权率领二团的战士们向陈官庄扑了上去。

战斗打响，国民党军的轰炸机对着冲杀上来的解放军投下去了炸弹。顿时解放军阵地上战火四起，解放军战士们前赴后继，冒着敌人的炮火前进！


张天泉等人掩护着杜聿明等人出来，杜聿明他们都换上了低级军官的衣服。张天泉对手下喊道："将士们，跟着我，掩护杜司令往西方向突围。"

几个师长、旅长："是！"

张天泉他们往陈庄方向逃去，胡国忠他们带着毒气弹来到村子口，外面的解放军还在奋勇地冲杀上来。

胡国忠："哼，你们这些可恶的共军，这陈官庄，就是你们葬身之地。"

胡国忠他们戴上了防毒面具，做了个手势，示意释放毒气。陆胜文看到了胡国忠他们的行为，上前来阻止："胡国忠，不能用毒气。要是再不停止，我就开枪了。"

胡国忠看到了陆胜文，说："陆胜文，你就是共党分子。我现在就杀了你，为党国清除奸细。"

陆胜文："给我住手！"他开枪打伤了正要放毒气的国民党士兵。胡国忠看着陆胜文开枪阻止他们，也对着陆胜文开枪，陆胜文连忙躲避。胡国忠一边对付陆胜文，一边对身边的手下命令道："放毒气弹。"

胡国忠的手下向解放军这边开始放毒气弹。

陆胜文："你们都给我住手。"说着又打伤了两个要放毒气的国民党士兵。

胡国忠戴上了防毒面具后，来对付陆胜文。陆胜文看着毒气弹射放出来，只能往后退。

姚公权带着二团已经杀进来，国民党军的士兵往后撤退去。突然，冲在前面的解放军战士都倒了下去。黑夜中，弥漫着一阵难闻的气味。姚公权也一阵眩晕："怎么回事，这是什么味道？"姚公权扶着树，连吐了几口，把吃进去的食物都吐了出来。

此时毛宝带着队伍前来支援，他看见了树前的姚公权，着急道："老姚，老姚，你怎么了？"

姚公权："毛宝啊，我感觉这里不对啊……额。"

姚公权又是一阵吐。

胡国忠对着中毒的解放军战士一阵扫射，解放军战士倒下去一片。江小白看到了胡国忠戴着防毒面具，又看到了呕吐的将士们："队长，不好，是敌人用了毒气弹。"

毛宝惊讶道："毒气弹？"

江小白："对，我们赶紧撤退，不然我们都会被毒死。"

毛宝："什么？这些国民党反动派真是疯了！"

胡国忠他们这边对着老虎队扫射，姚公权推了一把毛宝："毛队长你快走，再不走你们也会中毒。"

毛宝："我带你离开。"

姚公权："不了，毛宝啊，我一直和你斗，其实我心里真的很佩服你的。你也是我姚公权这辈子的好兄弟。"

毛宝："好了，别说了。"

姚公权："替我给明霞带句话，我姚公权喜欢她，一直不好意思表白，现在没有机会了，一定要把话带给她。"

毛宝点点头："好……"

还没等毛宝说下去，姚公权拿起机关枪，向胡国忠他们这边对射过去："毛宝，快走，走！"

江小白也拉了一把毛宝："队长，走！"

老虎队往陈官庄外面撤下来，毛宝看着姚公权冲向胡国忠他们，打倒了一批国民党士兵，随后他身上也连中了几枪，慢慢地倒了下去。

毛宝悲痛道："老姚……"


陈官庄外，何仙女带着民兵队上来，正要和毛宝说话。江小白上来："队长，别说话，毒气还没有散开，我们得离开这里。"

毛宝："不能离开，我们一旦撤退的话，国民党军就有反扑的机会了。"

江小白："不离开也可以，刚才敌人用的是毒瓦斯，大家赶紧用湿布捂住自己的鼻子和嘴巴，别让毒气进入体内。"

何仙女连忙从衣服上撕下两块布，倒上了水，一块递给了毛宝，一块自己捂上了。

巴甲他们叫起来："江小白，我们的水已经喝完了。"

江小白："用尿也可以。"

解放军战士们听到江小白的话，都撒尿在布头上，把湿布系在了自己的脸上。

火凤凰站在江小白身边："小白，我怎么办啊？"江小白："撒尿啊。"火凤凰："流氓。"江小白："噢，对不起，凤凰，来，用我的。"说完转过身去，对着布头撒尿，转过身来递给了火凤凰。

火凤凰有些不好意思道："这个，这个……"

江小白："快点啊，再不用，吸入了毒气，就完了。"

火凤凰无奈地接过："好吧。"

何仙女："民兵队的同志，快去通知大家，按照我们这样的方法做。"

火凤凰等人："是！"

毛宝也把湿布头系在了脸上："同志们，国民党反动派跑不了。活捉杜聿明，就在今晚上！"

老虎队队员们兴奋地喊道："活捉杜聿明，活捉杜聿明！"

毛宝率领着老虎队的队员们，再次杀入了陈官庄。

陈官庄内，胡国忠的手下说："胡旅长，共军好像不怕毒气啊，还在冲杀进来。"

胡国忠："走，去陈官庄和杜司令他们会合，掩护他们突围出去。"

马涛："是！"

胡国忠带着一批国民党士兵们往陈官庄方向逃去。

宝带着老虎队杀进陈官庄来，来不及逃跑的国民党士兵举手投降。明霞带着卫生队的医生们也跟上来救治受伤的解放军战士。

毛宝看到了明霞："明霞……"

明霞："哎，毛队长，你们老虎队的伤亡怎么样？"

毛宝欲言又止："还好……"

明霞："不知道二团的姚团长怎么样，有没有看到他啊？"

何仙女也在一旁，见毛宝的样子，知道他不知怎么开口，走到了明霞身边："明霞，有个事必须得和你说。"

明霞预感到了不妙："是不是老姚出事了？"

毛宝走到了明霞身边："老姚他……他牺牲了。"

明霞一下泪崩了："不，不可能。"

何仙女扶住了明霞："明霞，你不要难过！"

毛宝："老姚临死前让我带话给你，其实他心里一直喜欢着你，只是不好意思开口。"

明霞痛哭起来："老姚啊……"

阿辉走上前来："明霞医生，我们把姚团长带回来了。"二团的将士们抬着姚公权的尸体。明霞一下扑在了姚公权的尸体上："姚公权，你不是说过的吗，要带我去你们湖南见你的爹娘，怎么说话不算数啊？呜呜呜。"

毛宝也很是难过，背过身去。何仙女安慰着明霞："明霞，不要难过了，我们一定会给姚团长报仇的。"

这时，陆胜文向毛宝走来："毛宝。"

毛宝："胜文。"

明霞看到了陆胜文穿着国民党军官的衣服，冲上来拉住了陆胜文："你这个国民党反动派，把老姚还给我。"

陆胜文："我……"

毛宝："明霞，你放开他，这位国民党军官已经是我们的人了。"

明霞哭倒在陆胜文身边。

陆胜文："毛宝，杜聿明他们往陈官庄那边撤退了。"

毛宝："好，我们现在就往陈官庄方向追击。"

陆胜文："我也去。"

陆胜文和毛宝对视了一眼，点点头，带着老虎队向陈官庄方向追击去。


胡国忠带着一批残兵在张老庄看到了张天泉，连忙跑上去："军座。"

张天泉："国忠，毒气弹用了吗？"

胡国忠："用了，但只是暂时挡住了共军，老虎队的人还是杀了过来。"

张天泉："给我抵挡住老虎队。"

胡国忠："是！"

已经是夜里，张老庄不远处传来枪炮声，几个国民党军官保护着杜聿明撤退过来。

黑暗中有军官轻声叫着："杜司令，往这边走，出了这张老庄，我们就逃出共军的包围圈了。"

杜聿明："好，走。"

突然，在黑夜中毛宝喝了一声："都别动了！"

毛宝带着老虎队包围上来，国民党军军官们一愣，随即杜聿明喝了一声："跟共军拼了！"

国民党军官们奋起反抗，巴甲冲在前面射击对面的敌人。

毛宝："巴甲，不要把他们打死，中间有可能有杜聿明在。"

巴甲："是！"

老虎队向杜聿明他们包围上来，就在千钧一发之际，张天泉和胡国忠等人从老虎队的背后杀上来。胡国忠看到了毛宝，立即对着毛宝开枪射击。巴甲也看到了胡国忠，大叫一声："队长小心！"说着用自己的身体掩护了毛宝，子弹打在了巴甲的身上。

毛宝："巴甲……"他疯狂地对着胡国忠这边开枪射击，双方激战起来。

张天泉跑到了杜聿明身边："杜司令，你们快走，我来掩护你。"

杜聿明："好，天泉，你自己当心点，我们在南京再见。"

张天泉："是，司令，走。"

张天泉掩护着杜聿明撤退，杜聿明他们往黑暗中逃去。张天泉带着胡国忠等人牵制住了老虎队的兵力。

何仙女带着民兵队和明霞她们的卫生队埋伏在张老庄附近的野地里,何仙女看着有几个黑影狼狈地逃窜过来,她示意大家安静下来。杜聿明他们离何仙女他们越来越近,何仙女突然大喝一声,一根绳子拉起来,杜聿明等国民党军官被绊倒在地。

何仙女:"抓俘虏!"

民兵队队员们冲了上去,叫喊着:"投降不杀!"

几个国民党军军官都举起手来投降。杜聿明躲在后面,悄声地往草丛后面溜去。明霞看到了杜聿明:"那边还有一个反动派。"说着,已经和几个卫生队医生冲了上去:"不许动,不许动!"

杜聿明逃到了泥地里,结果拔不出脚来,他仰天长叹一声:"我一世英名,如今却落入这般境地。"话还没有说完,卫生队已经把他扑倒在泥地里。明霞叫着:"绑起来,把这个反动派绑起来。"

何仙女带着民兵队队员也俘虏了几个国民党军官,何仙女喊过来:"明霞,你们卫生队好样的。你们逮住的是什么官啊?"

明霞:"看不清是级别,好像是个军需处长。"

何仙女:"好,先押走再说。"

明霞:"嗯。"说着推了一把杜聿明:"走。"

杜聿明低着头,很是痛苦地从泥地里走出来。


已经是黎明时分,张天泉带着胡国忠等人在张庙台村拼命还击着老虎队。

张天泉:"天都快亮了,杜司令他们应该突围出去了。"

胡国忠:"军座,我掩护您突围。"

张天泉看了一眼胡国忠:"不,我张天泉这一回不逃了,要为党国尽忠。"

胡国忠:"军座,留得青山在不愁没柴烧,只要渡过长江去,还能和共军决一死战。"说着,奋力地对着老虎队这边开枪射击。

毛宝还击着,何仙女从后面跑上来,乐呵呵地说道:"毛宝。"

毛宝:"你怎么又回来了,不是去抓俘虏了吗?"

何仙女:"嘿嘿,你猜,我们和卫生队抓住了谁?"

毛宝:"谁啊?"

何仙女:"淮海战役国民党军最大的反动派。"

毛宝:"啊,什么,不会是杜聿明吧?"

何仙女:"哈哈哈,对,就是杜聿明,这么厉害的一个人物,结果是被我军卫生队的人给俘虏了。"

毛宝对着何仙女竖起大拇指："厉害，厉害！"

江小白在一旁也听到了毛宝和何仙女的话："杜聿明都抓住了，这个张天泉也跑不了。"

毛宝："嗯，跑不了。"旋即对着张天泉他们这边喊话："张天泉，你给我听好了，你们的总司令杜聿明已经被俘虏了，你还是乖乖放下枪，投降吧，不然只有死路一条。"

张天泉听到了毛宝的话："什么？杜司令被俘虏了？"

胡国忠："军座，不可能，杜司令肯定突围出去了，共军这是想要瓦解我们的心理防线。"

张天泉沉默着。

这时，何仙女这边用树枝支起了一件衣服："张天泉，你看看，这是不是杜聿明逃跑时候穿的衣服，嘿，还打扮成一个军需官。"

张天泉一看，果然是杜聿明逃跑穿的衣服，悲痛道："杜司令，难道你真的被俘虏了？"

毛宝："张天泉，你都看到了吧，杜聿明都被俘虏了，你还不快快投降，现在带着你的手下们一起投降，说不定还能算个起义投诚。"

胡国忠看张天泉犹豫了："军座，不可啊，士可杀，不可辱。宁可杀身成仁，也不能丢了委员长的脸。"

张天泉："国忠，你说得有理，士可杀，不可辱，不能丢委员长的脸。"

就在这时，陆胜文也出现在了毛宝身边，毛宝说道："胜文，你的那位军座还是不肯投降啊。"陆胜文微微点了下头，向张天泉喊了过来："军座，我是陆胜文。"

张天泉："陆胜文？"

胡国忠："这个陆胜文终于露出了他的狐狸尾巴，军座，我说得没错吧，他就是共军的奸细。"

张天泉："陆胜文，你这个叛徒，我非毙了你不可。"他愤怒地对着陆胜文这边连着开了几枪，陆胜文躲在掩体后面躲避了打过来的子弹。

陆胜文："军座，我们为党国出生入死这么多年，但是结果又如何呢，委员长一意孤行，独裁霸道，老百姓们生活在水深火热之中，而国民党的高层呢，每日每夜灯红酒绿，根本不顾百姓的死活。现在连美国政府都不管蒋家了，这仗的胜负已经定局了，您又何必为挽救这残局，而牺牲自己的性命呢？共产党为什么会胜利，因为他们是为了全中国的人民打这场战争，所以人民群众也支持共产党，你没看到吗，老百姓们宁可自己不吃不穿，也要给解放军战士们提供食物，提供衣服。军座，大势已去，民心所向，投降吧，共产党不会为难您的。"

毛宝："是的，张军长，我毛宝也敬佩你是一位抗战英雄，我们王司令员和洛奇政委，都不会为难你，只要你调转枪头，我们就是一家人了。"

胡国忠："妈的，谁跟你一家人。"说完对着毛宝这边开枪射击，然后对张天泉说："军座，你快突围去，这里交给我。"

张天泉："我不去突围了，誓死和共军作战到底。"

胡国忠："军座……"

张天泉："好了，不必多说，你要突围，你自己突围出去逃命吧。"

胡国忠："我……"

张天泉："如能活着，去找汤恩伯总司令，我和他有些交情，他说不定会用你。"

胡国忠："军座，我们还是一起突围……"

张天泉没有等胡国忠说完，拿起了几枪，冲出了掩体，杀向老虎队："来吧，共军，老子跟你们拼了！"他一下子打倒了好几个老虎队战士，陈永冲等人对着张天泉开枪。

陆胜文大叫了一声："不要啊……"

毛宝也喊了一声："活捉张天泉……"

张天泉的胸前已经连中两枪，但他还是拿着机枪对着毛宝他们这边扫射。胡国忠看到了张天泉中弹，叹息了一声："张军长，你命该如此啊。"言罢悄声地往后退去。

张天泉又中了几枪，瞪大着眼睛倒了下去。陆胜文冲上来，扶住了张天泉："军座，军座……"张天泉看着陆胜文："陆胜文，各走各的路，也许你的选择是对的。"

陆胜文："军座，我辜负了您的栽培。"

张天泉："替我照顾美霞……我……我张天泉没有给校长丢脸……"

何仙女看着张天泉死去："真是顽固不化啊。"

陆胜文为张天泉落下泪水，用手抚了一下张天泉的眼皮子："军座，您安息吧。"

毛宝带着老虎队冲上来，包围住了张天泉手下的几个师长："不许动，投降不杀。"

国民党军师长们都举起手来："我们投降，我们投降。"

毛宝发现了胡国忠没有在这些国民党军军官中："给我找找，还有那个胡国忠不知道逃哪里去了。"

陈永冲他们在投降的国民党军军官中寻找胡国忠的身影，陈永冲说道："队长，那个胡国忠不在这些投降的国民党军军官中。"

毛宝："这小子心狠手辣，不能让他逃跑了。永冲，你带着几个同志，给我去追。"

陈永冲："是！"他说完带着几名老虎队的战士去追击胡国忠。

# 第二十七章

中国人民解放军前赴后继，人民群众用独轮小车推着粮食和弹药支援共产党的部队，华东野战军某纵队的一支特殊队伍老虎队，在毛宝的率领下，屡立奇功，国民党军节节败退，徐州"剿总"司令部副司令员杜聿明被我人民解放军活捉。战役于一九四八年十一月六日开始，一九四九年一月十日结束，淮海战役是三大战役中解放军牺牲最重、歼敌数量最多、政治影响最大、战争样式最复杂的战役。

淮海战役的意义就如毛泽东同志在战役结束后的第四天，即一九四九年一月十四日发表的关于时局的声明中所说："现在，人民解放军无论在数量上士气上和装备上均优于国民党反动派政府的残余军事力量。至此，中国人民才开始吐了一口气。现在情况很明显，只要解放军向残余的国民党军再作若干次重大攻击，国民党统治即将土崩瓦解，归于消亡。"淮海战役的胜利，使长江中下游以北的广大地区获得解放，为解放军渡江作战奠定了基础。

徐州城内，张天泉等几位国民党将领的尸体被抬到了指挥部外面，还有一群被俘虏的国民党军官。王司令员和毛宝等人也在外面，陆胜文也在一旁。

毛宝："司令员，这些是被我们俘虏的国民党军官，这些是被击毙的。这个张天泉，本想活捉他的……"

王司令员看了一眼张天泉的尸体："这个张天泉也算是一位英雄人物，只可惜没有认清时局啊，至死还为蒋介石效忠。"

洛奇："可惜可叹啊。"

毛宝："司令员、政委，我请求安葬张天泉，让他入土为安。"

王司令员点点头："好，这样的人物，就算是死了，我们共产党也要厚待他。"

毛宝："是！"

这时，赵美霞从人群中过来，她的头上已经戴上了白花，一身黑色的旗袍。

陆胜文看到了赵美霞，说道："夫人。"

赵美霞异常冷静，她走到了张天泉的尸体旁边："天泉，没想到，到头来，你还是这样的结果。"陆胜文上前去劝慰赵美霞："夫人，对不起。"

赵美霞："胜文啊，你没有什么对不起我们的，你的选择是对的，是你的军长错了，如果他能够像你一样，就不会有这样的下场了。"

毛宝和王司令员他们都看着这个冷艳的女人，陆胜文说："夫人，张军长临死前，让我照顾好您，如果您不介意，可以先到沈宅安顿。"

赵美霞："不了，胜文，你照顾好小琳就行了，不用管我。"

陆胜文有些愧疚道："我……"

赵美霞走到了王司令员面前："您就是解放军的领导吧？"

王司令员："我是。"

赵美霞："如果可以的话，我能否带走张天泉的尸体，他以前说过，如果哪天战死沙场了，希望能够叶落归根，安葬到他的老家去。"

王司令员和洛奇对视了一眼，洛奇点点头："张夫人，我们答应你的请求，而且会派两名解放军战士护送你和张军长。"

赵美霞："感谢解放军领导的好意，但是不劳烦你们了，我家里还有一位老仆人，我和他两人一起带着张天泉走就行。"

洛奇："好，张夫人一路上注意安全。"

赵美霞向王司令员、毛宝、洛奇等人鞠了一躬。


沈宅的院子里，陆胜文看着眼前被胡国忠残忍杀害的岳父大人，悲愤异常，他安慰着沈琳，眼里布满了血丝："这个仇，我一定要报！"

毛宝和何仙女站在客厅门口，何仙女也说道："放心吧，要是被我何仙女抓住了，我一定会把这个反动派碎尸万段。"

陆胜文："嗯……噢，对了，还没有给你正式介绍，这是我儿时最要好的伙伴，毛宝和何仙女。一位是老虎队的队长，一位是民兵队的女队长，都很厉害。"

沈琳："我和何队长已经见过面了。"

何仙女："嘿，陆胜文，你这臭小子，娶了这么漂亮的媳妇儿，也不请我们喝杯喜酒。"

陆胜文:"那时不是情况特殊嘛。"

毛宝:"没事,没事,补上就行了。"

陆胜文:"对对对,补上,今晚上就补上。"

他们口中的胡国忠此时混在逃难的老百姓中,已经逃到了长江以南,他往后看了看,已经没有解放军的追兵,松了口气,继续往前走。

夜里,沈宅的客厅,毛宝、何仙女和陆胜文、沈琳、骆老板,五个人坐在桌子前。

陆胜文:"感谢骆老板救了我家沈琳一命。"

骆老板:"哪里的话,这都是我们应该做的,沈市长被害,我的心里也很难过,我们迟到了一步。"

沈琳:"好了,难过伤心的事情,我们就不要说了,欢迎毛队长、何队长,还有骆大哥来我们这陋室吃饭,没有什么菜招待大家,真是不好意思啊。"

何仙女从身后拿出一个包裹:"这个嘛,我何仙女是有点准备的。"

何仙女把包裹打开来,里面是一只烤鸡:"来来来,吃鸡吃鸡。"

毛宝:"仙女,你又从哪里弄来的鸡?"

何仙女:"放心好了,真是我何仙女用自己节省下来的钱,问老乡买的。来,沈琳啊,你怀孕了,要多吃点。"

沈琳:"谢谢何队长。"

何仙女:"哎呀,都是一家人,以后不要叫什么何队长啊,毛队长了,叫我仙女姐,叫他毛宝哥。"

沈琳:"嗯。"

陆胜文:"本来是想今晚补上喜酒的,可惜没酒。"

何仙女:"嘿,这个嘛……"

毛宝:"仙女,你不会又有准备吧?"

何仙女从身后拿出军用水壶:"还真有准备。"她把水壶的酒倒到了杯子里:"这可是从邱清泉邱疯子的指挥部里缴获的,我偷偷地留了下来,知道有人喜欢喝酒。"

毛宝:"嘿嘿嘿,仙女同志啊,你这可是违反纪律的。不过呢,这错误啊,就让我毛宝来承担吧。"

陆胜文:"我们的何队长,真是太厉害了。"

陆胜文拿起了酒杯:"来,这杯酒,就当是补上我和小琳的喜酒了。我陆胜文敬毛宝兄弟和仙女。"

陆胜文和毛宝、何仙女碰杯，沈琳也和毛宝他们碰杯。

陆胜文："小琳这杯就让我代替了。"

何仙女："呦呦呦，还挺疼老婆的。"

陆胜文笑了笑，连饮两杯。

沈琳："我听胜文常提起仙女姐和毛宝哥，说你们是发小，从小玩到大，虽然不是亲兄妹，但胜似亲兄妹。"

何仙女："可不是嘛，这胜文啊，小时候就喜欢……"

何仙女停顿了一下，毛宝拿在手中的杯子也停住了。

何仙女："嘿，他从小就喜欢毛宝。"

沈琳也愣了一下："啊？"

何仙女："亲兄弟啊，真的，比亲兄弟还要亲的那种，所以那时候啊，胜文虽然是地主家的少爷，但一直跟在毛宝后面，是不是，胜文？"

陆胜文："噢，那时候毛宝打架厉害啊，所以他也算是我和仙女的大哥了。"

毛宝："哈，对对，大哥。"

骆老板："唔，毛宝同志现在打仗也很厉害嘛，打得国民党军满地找牙。"

毛宝站了起来，向骆老板敬酒："骆同志，这杯酒，我代表老虎队，代表华东野战军，代表中国人民解放军，敬您，感谢你们地下党员们潜伏在徐州城，为了徐州的解放所做出的贡献。谢谢！"

骆老板："民心所向，民心所向啊。来！"

毛宝和骆老板一饮而尽。

何仙女有些激动，眼眶中含着泪水："今天真是个开心的日子啊，我们三人又友好地团聚在一起，胜文也有了自己的家庭，真是高兴啊，来，我们一起喝一个。"何仙女敬大家酒，一饮而尽。

毛宝："希望我们能够这样一直好下去，一起见证新中国的建立，一起为人民群众打出一个太平安宁的盛世来。"

陆胜文和何仙女异口同声地说出："好，一起打出一个太平盛世来。"


沈宅的婚房里，陆胜文已经穿上了中国人民解放军的军装，沈琳看着陆胜文的样子："还是这么英俊，而且看上去更加有气魄了。"

陆胜文："是的，这身解放军军装穿上还更加舒坦了。"

沈琳："胜文，这仗还要打下去吗？"

陆胜文："是的，解放军肯定要渡过长江去的，战争还是不可避免的。"

沈琳："希望战争早点结束。"

陆胜文摸了摸沈琳的肚子，沈琳的肚子已经微微隆起："我们的孩子一定会在一个和平中国生活的。"

沈琳："嗯。"

陆胜文有些为难的样子。

沈琳："胜文，你是不是有什么话要和我说？"

陆胜文："小琳，解放军部队马上就要开拔，离开徐州城，我也要跟着解放军部队走了。"

沈琳："你是一名军人，沙场就是你的第二个家，现在你是为正义而战，我能理解你。"

陆胜文轻轻地抱住沈琳："谢谢你，我的好妻子。"


一九四九年一月八日，中共中央政治局会议通过毛泽东起草的《目前形势和党在一九四九年的任务》的决议，决定"几个大的野战军必须休整至少两个月，完成渡江南进的诸项准备工作。然后，有步骤地稳健地向南方进军"。一月十二日，中央军委电示华野和中野休整两个半月，"完成渡江作战诸项准备工作，待命出动"。

渡江需要船只，解放军队伍经过开会，决定发动江边广大人民群众的力量。长江沿岸的村落中，何仙女带着火凤凰等民兵队队员在和人民群众做工作，毛宝和江小白等几个老虎队队员也跟在后面。

何仙女："老村长啊，请您相信我们人民解放军，船只我们一定会归还，如果在战斗中有损伤或者是被击沉了，我们会全额赔偿。"

老村长："好好好，我们相信解放军同志，我们骆家桥村差不多就有十五条船，加上隔壁先进村、杜黄桥村六七个村子的渔船加起来，能有一百条船了。"

何仙女："太好了，太感谢你们的支持了。"

老村长："应该的，应该的。"

毛宝和江小白往前走去，何仙女看到了毛宝他们离开，追了上去："哎，我说毛宝，你不替我干点事情也就算了，怎么只顾自己跑了啊？"

毛宝沉默着没有说话，只顾自己往前走去，爬上了堤坝上，他拿出了望远镜观察着长江对岸，何仙女没有再打扰毛宝。

国民党守军防守在长江对岸，胡国忠也在驻守的将士中，成功逃跑的他顺利地到达了南京，拜会了汤司令，汤司令给了他少将副师长的军衔，命他监督作战。

此刻的他指挥着国民党士兵道："都给我把掩体叠高一点，这样共军要渡江过来，我们就可以居高临下将他们消灭。"他说着往前巡视过去。

毛宝放下了望远镜，何仙女："怎么样，有没有什么发现？"

毛宝："国民党守军已经在长江对岸加强了防御体系。"

钱海英在毛宝身边说道："这样我们要渡江打过去就越发艰难了。"

毛宝微微点头："我们老虎队可以先渡过江看看，找到一个切入口。"

何仙女："啊？毛宝，这样做太危险了。"

毛宝："不入虎口焉得虎子，我会向司令员和政委汇报。"


长江对岸的国民党军防线，胡国忠带着手下在巡逻。他看到了几个防守的国民党士兵在抽烟，走了过去，踢了他们几脚："你们几个，都给我提起精神来，一旦发现共军和可疑人员，就给我当场击毙！"

国民党士兵："是，长官！"

这时，汤司令带着部队过来巡视，胡国忠看到了汤司令，快步地小跑过来，向汤司令敬礼："汤司令！"

汤司令拍了拍胡国忠的肩膀："唔，国忠啊，你辛苦了。"

胡国忠："国忠不辛苦，司令辛苦了。"

汤司令："好好好，大家都是为了党国嘛。今日我来这里，一来是为了巡视长江防线，二来是为了给你颁发勋章。"

胡国忠的眼睛一亮，汤司令身后走出一个军官，手里拿着忠勇勋章。汤司令亲自把忠勇勋章挂到了胡国忠的胸前："唔，这忠勇勋章啊，配在你胡国忠身上，真的是名副其实了。"

胡国忠："谢汤司令栽培，谢委员长器重，国忠当肝脑涂地，为党国尽忠！"

汤司令："好好好。"


解放军军营，毛宝挑选了老虎队的骨干战士钱海英、江小白、陈永冲，还有陆胜文。得到了王司令的批准，他们准备贯彻寻找切入口的计划。

毛宝："我们几个都是南方人，水性好，此次行动，只许胜利，不许失败。"

钱海英等人："是！"

这时，何仙女带着火凤凰上来："毛宝，你怎么又要背着我去执行任务了？"

毛宝："仙女，渡江侦察很危险，不是闹着玩的。"

何仙女："我知道不是闹着玩的，但是何仙女作为民兵队队长也不是没用的啊，到了江对岸，我也能发挥作用，和那边的老百姓联络一下感情，为我们渡江后做好准备工作。"

毛宝犹豫着，何仙女继续说道："还有，我把老村长也带来了，他和我们一起去，他可是撑了三十年的船了。"

老村长："对对对，毛队长，在长江撑船啊，可是要真本事的。"

陆胜文："毛宝，你就让何仙女她们跟着我们去吧。"

江小白看着火凤凰："是啊，队长，你就带着何队长和火凤凰同志吧。"

毛宝："好，一同去。"

火凤凰和江小白对视笑了一下，毛宝和老虎队队员、陆胜文、何仙女、火凤凰、老村长一起出发，在星月之夜里上了小船，向对岸驶去。

黎明时分，毛宝他们登陆上岸，清波门上只有少许国民党士兵在巡逻。毛宝观察了这清波门的地势，江小白拿出本子做着记录。毛宝指挥着大家低着身子潜过去，避开了国民党军视线，冲过了长江防线。

他们隐蔽在杂草丛中，江小白看着国民党军防线，迅速地在小本子上画防线，记录兵力布置。陆胜文突然看到了胡国忠："胡国忠？"

毛宝："这小子果然还活着，还升了官。"

陆胜文看着长江防线上另外的几个国民党军官："白师长也还活着。"

毛宝："白师长？胜文，你是说在新安镇和我们交战的那个师长？"

陆胜文："是的，就是那个白师长白喜。看他的军衔，现在也是个中将副军长了。"

毛宝微微点头："唔，如果能说服他起义，我们打这场渡江战役，可以事半功倍了。"

陆胜文："毛宝，让我试试。"

毛宝看着陆胜文，陆胜文露出坚定的眼神，毛宝点了点头。他们潜到了江防司令部白喜住处外，看着白喜回到了住处里。

毛宝："我和胜文去劝降那个白喜，你们留在这里放哨。"

何仙女等人点点头："好。"

毛宝和陆胜文一起悄声走向了白喜的住处，白喜以为是警卫营："小于啊，你也去休息吧。"

陆胜文叫了一声："白师长。"

白喜回头："陆……陆胜文？你还活着啊？"

陆胜文笑了笑："是的，白师长，噢，现在应该叫您白军长了。"

白喜走到了陆胜文面前，拍了拍他的肩膀，面带微笑："嗨，胜文，我们都是老熟人了，叫师长，叫军长，不都一个样？怎么样，你现在是……"

陆胜文："白军长，我现在已经是一名人民解放军了。"

白喜惊讶道："什么？你是共……共军了？"

毛宝："对，陆胜文同志已经投诚，加入了人民解放军。"

白喜有些防备地看着毛宝和陆胜文："你们这么晚到我这里来，有什么企图？"

陆胜文："白军长，请您放心，我们不会伤害您。这位是老虎队的队长毛宝同志。"

白喜看着毛宝："老虎队，毛宝，大名鼎鼎啊。"

毛宝："嗨，比起白军长来，我毛宝就是个小喽啰嘛。"

白喜："在老虎队面前，我白喜是个败军之将啊。"

毛宝："不，白军长，您不是败军之将，您只是跟错了队伍，只要您现在回过头来，您还可以做一名胜利将军。"

白喜："胜利将军？"

陆胜文："对，胜利将军，三大战役后，国民党军气数已尽，人民解放军马上就要渡江，一渡江，南京城就保不住了，老蒋也就彻底败了。白军长，您也看到了，从张灵甫开始，到黄百韬，再到杜聿明，还有我的老军长张天泉，不是被解放军击毙，就是被活捉。难道白军长您没有想过您的未来和前途吗？"

白喜犹豫着。

江防司令部的外面，何仙女他们等在外面，何仙女有些焦虑起来："他们怎么还不出来？"

江小白："何队长，您不要着急，说服这个白军长哪里有这么容易啊！"

何仙女："也是。"刚说完，看到不远处一个国民党军官带着几个手下士兵走过来，她定睛一看，眼神中就冒出火来："胡国忠！"

火凤凰也看到了胡国忠："队长，我们上去干掉他。"

何仙女强忍住了怒气，拉住了火凤凰的手："迟早要干掉这个奸诈小人，但现在不是时候，我们不能坏了大事。"火凤凰咬牙切齿地点点头。

白喜的房间内，陆胜文继续说道："就算您不为您自己考虑，也得为您的家人想想啊。"

白喜："如果我起义投诚，你们可以保证我白喜的安全吗？"

毛宝："白军长，这个当然没有问题了，如果您愿意起义，我们解放军不会亏待您。您现在是副军长，来到我们部队，照样是副军长，说不定还能升为正军长。"

白喜："可是我的家人现在还在上海。"

毛宝："这个请您放心，您把您家人的地址给我们，我们在上海的地下党员，会带他们去一个安全的地方，保证他们的人身安全。"

白喜还是犹豫着："二位，容我白某人再想想。"

陆胜文："白军长，还要再想什么啊，国民党已经注定要失败了。"

毛宝拉了一下陆胜文："胜文，就让白军长再考虑考虑，毕竟起义投诚，可是大事情啊。"

陆胜文："好，白军长，您多保重。"

毛宝："白军长，不管您怎么样，我们解放军的大门永远对您敞开着，只要您愿意来了，我们就热烈欢迎。"

白喜点点头，毛宝和陆胜文正要转身走，白喜叫住了他们："你们等一下。"

毛宝站住了脚："白军长，怎么了？"

白喜从抽屉里拿出了一张长江防线的布防图："这张江防图，就算是我给解放军的见面礼。"

毛宝拿着城防图："太好了，太感谢白军长了。"

白喜淡淡地一笑："我能做的也就这点了。"

陆胜文："不，白军长，还有您的部队，也要为这么多弟兄的性命想想啊。"

白喜："我知道了。胜文、毛队长，你们出去后，都小心点。"

毛宝："谢白军长提醒。"

陆胜文感激地对白喜点点头，二人离开白喜的住处。

毛宝和何仙女他们会合，何仙女过来："你们终于回来了，那个白军长肯起义吗？"

毛宝："我和胜文联手，还会有搞不定的事情吗？"

何仙女："又吹牛，肯定是胜文把白军长说服的。"

陆胜文："事不宜迟，我们赶紧离开这里。"

何仙女："对了，刚才胡国忠刚从这里巡逻过去。"

毛宝："胡国忠？呵，这小子就多留他这条狗命几天。走。"

毛宝等人离开，消失在黑暗中。胡国忠他们巡逻至此，胡国忠说："感觉有点不对劲。"

马涛："什么不对劲？"

胡国忠："总觉得这长江防线里有共军在活动，走，往前去看看。"说着带着手下往毛宝他们离开的方向走去。

毛宝他们正往清波门这边走来，何仙女远远地看见了几个国民党士兵抓着老村长："不好，被发现了，老村长被抓了。"

陈永冲："队长，我去救老村长。"

毛宝拉住了陈永冲："不行，这里视野太开阔了，我们的行动很有可能会被发现。"

何仙女："那怎么办？"

陆胜文："毛宝，我来引开这几个国民党军士兵的视线，你们抓准了时机，营救老村长。"

毛宝："好，胜文，小心点。"

陆胜文："嗯。"他说完走到了这几个国民党士兵面前。国民党军连长："你是什么人？"

陆胜文："连我是什么人都不认识了，我是你们胡师长的上级，刚从对面逃过来。"

连长："胡师长的上级？从对面逃过来的？"

陆胜文："放了这个老头子，等我去了汤司令那里，就是你们的军长了。"

连长还是怀疑着："这个老头子是可疑分子，就算要放人，也让我先去向胡师长汇报一下。"

毛宝他们已经悄声潜过来，毛宝看着连长不肯放人，对钱海英他们做了个手势，示意解决掉这几个国民党士兵。钱海英点头会意，和陈永冲摸了过去。

陆胜文也注意到了钱海英他们这边，故意拖住这个国民党军连长："可以啊，你现在就去找胡国忠，看我过会儿怎么收拾你们这几个小子。"

国民党军连长被陆胜文这么一说，有点担心了："嘿嘿，长官，有话好商量，好商量啊……"

钱海英奋身一跃，抓住了这个国民党军连长，拔刀，抹了他的脖子。另外几个国民党士兵要反抗，陈永冲打倒了两个国民党士兵，陆胜文也顺手解决掉了一个国民党士兵。

就在营救行动就要成功时，胡国忠带着人冲过来："你们是什么人？"说着便对着陆胜文他们这边开枪射击。

毛宝见胡国忠他们杀来，还击胡国忠这边的人，陆胜文也开枪射击胡国忠。钱海英眼疾手快把老村长救了过来。

枪声一响，大批的国民党士兵往枪声处跑来。

毛宝："不好，大家赶紧撤！"

胡国忠："哼，来了我们的地盘，这一回可没有这么容易逃出去了。给我包围住他们！"

国民党军两路人马夹击着毛宝他们，毛宝他们往清波门方向撤退去。

越来越多的国民党军包围过来，陆胜文射击着胡国忠，对毛宝这边说道："毛宝，你带着人快走，这里有我殿后。"

毛宝："胜文，要走一起走！"

陆胜文："走，快走，再不走，大家都走不了！"

何仙女："胜文……"

陆胜文："毛宝，如果我牺牲了，替我照顾好沈琳。"

毛宝想要杀过去，但被冲上来的国民党军抵挡住了。

陆胜文："毛宝、仙女，我们一辈子都是好兄弟、好兄妹。走。"

何仙女含着热泪喊着："胜文！"

胡国忠："你们都逃不了。"他带着手下们杀过去，陆胜文奋力抵挡，马涛想要立功，冲在前头，被陆胜文一枪击毙。胡国忠看着马涛死去，骂了一声："没用的东西。"

陆胜文和胡国忠对射，两人怒目相视。陆胜文："胡国忠，枉费你我结拜兄弟一场，到头来你还是执迷不悟。"

胡国忠："哈哈哈，陆胜文，你这个叛徒，你有什么权力说我，见鬼去吧。"说着对着陆胜文开枪射击。胡国忠的手下也对着陆胜文开枪，陆胜文身中一枪。

毛宝他们往长江岸边撤下去，看到了陆胜文被子弹击中，毛宝喊道："胜文兄弟！"

钱海英："队长，快走！"

大批的国民党军追击上来，子弹呼呼呼地从毛宝他们身边飞过，江小白用身体掩护着火凤凰，子弹打在了江小白的腹部，但他还坚持着往岸边跑去。

胡国忠也一枪打在了陆胜文的胸口，陆胜文猛地吐出了一口血，他打光了枪中的子弹，回头看着毛宝他们离开："毛宝，我陆胜文也算死得其所了，这辈子和你做了兄弟，死而无憾。"

胡国忠他们杀过来，陆胜文笑着看着胡国忠。胡国忠："陆胜文，投降吧，念在你我曾经兄弟一场，我可以放你一条狗命……"

陆胜文大笑着："哈哈哈，谁跟你这种人是兄弟了！"

陆胜文身下的手榴弹已经拉开，冒着青烟。胡国忠看到了手榴弹冒出的青烟："陆胜文，你这个混蛋……"说完往外一跃身子，手榴弹爆炸开。

岸边，何仙女看着陆胜文那边的爆炸，痛苦地喊了出来："胜文……"

毛宝："胜文！！"

钱海英掩护着老村长："村长，快，快去开船。"

老村长："好好好。"

火凤凰发现了江小白中枪："小白，小白，你怎么了？"江小白面色苍白，已经走不动路了。火凤凰："我来背你。"江小白："凤凰，你快走。"火凤凰："不……"

国民党军从三面包围上来，毛宝他们奋力还击着。

胡国忠从地上爬起来，看着死去的陆胜文，狠狠地对着陆胜文的尸体开了几枪："陆胜文，你这种人，死一百次都不够。"他看着毛宝他们快要逃到小船上，对手下们命令道："还不给我快追！"

胡国忠他们向岸边追击过来。岸边，老村长和钱海英已经上船，老村长撑起船来。钱海英叫着："队长，快上船，快上船！"

毛宝和何仙女正要往船上跑去，何仙女看到了江小白和火凤凰还落在后面，何仙女喊道："小白、凤凰，快，快跑啊。"

毛宝要冲上去救江小白，但胡国忠他们这边杀了过来，子弹打在毛宝面前。

江小白："凤凰，别管我，你快走！"

火凤凰："要走一起走，要死一起死。"

胡国忠打向火凤凰这边，江小白看到了推开了火凤凰，子弹打在江小白身上。

毛宝躲着子弹跑上来："小白！"

江小白从身上掏出笔记本，笔记本上染上了江小白的鲜血，毛宝扶住了江小白说："小白，我带你走。"

江小白："队长，我不行了，把笔记本带上。"

毛宝拿着笔记本，流着眼泪："你不会有事的。"

江小白笑了笑："队长，谢谢你，让我江小白成长了起来，成了一名战斗英雄。我江小白真的很开心，你快走，快走。"他说着挣脱开了毛宝，反转身，还击冲上来的胡国忠他们。何仙女也冲上来拉着火凤凰："火凤凰，快走啊。"

胡国忠他们已经逼近到了眼前，钱海英喊过来："队长，快上船，敌人已经包围上来了。"

老村长已经把小船往水上撑出去，毛宝把笔记本放进了怀里，对何仙女说："仙女，走！"毛宝拉着何仙女离开，火凤凰没有跟着何仙女离开，转身又跑向了江小白。

何仙女："凤凰，回来！"

火凤凰回头看了一眼何仙女："队长，我火凤凰下辈子还跟着你当女民兵。"说完跑到了江小白身边，和江小白一同抵挡杀来的胡国忠他们。

　　江小白："火凤凰，你糊涂啊，怎么又回来了？"

　　火凤凰："江小白，你不是教过我一首诗嘛，'死生契阔，与子成说'，我火凤凰生死都要和你在一起。"

　　江小白摸了摸火凤凰的头："'死生契阔，与子成说。'好，凤凰，我们生生死死都在一起。"两人一起还击胡国忠这边。

　　毛宝和何仙女已经登上了小船，小船往长江而去。国民党军追到了水里，陈永冲和钱海英对着国民党军开枪射击。何仙女在小船上看着火凤凰和江小白这边，悲痛地大哭起来。

　　火凤凰也中弹，江小白的子弹也打光了，他拉住了她的手，两人紧紧地拥抱在一起。

　　胡国忠他们攻上来，一排排子弹打在了江小白和火凤凰的身上，两人相视而笑，共赴黄泉路。

　　江小白："凤凰……"

　　火凤凰："小白……"

　　两人含笑牺牲。

　　胡国忠跑上来，看着毛宝他们的小船开到了长江上，渐渐远去，他恼火地抢起机枪，对着长江扫射过去。


　　第三野战军指挥部，毛宝把染上了鲜血的笔记本和江防图一起交到了洛奇的手上："政委，江小白同志把国民党军防守长江的兵力部署、工事和长江水情、两岸地形，都写在了这本笔记本上。还有，这是国民党军白喜军长给我们的江防图。"

　　洛奇拿着江防图和笔记本点点头，他翻看着笔记本，热泪盈眶。何仙女悲痛地低着头，站在一旁不说话。

　　王司令员："革命烈士的血不会白流的，渡江战役马上就要发起总攻了。"

　　何仙女："一定要为江小白、火凤凰，还有死去的老虎队队员们报仇雪恨。"

　　毛宝："司令员、政委，这次我们到长江对岸都侦察，我和陆胜文同志一同去了国民党军白喜军长那里，并说服了他起义投诚，我们发起渡江战役时，他会率领部队和我们里应外合。"

　　洛奇："好，很好啊。这样一来，更加能保证我们渡江战役的胜利啊。"

　　毛宝点点头："只是胜文看不到胜利的那一天了。"

王司令员也很难过道:"陆胜文也是我们人民解放军的一位好同志啊,我们会记住这些为新中国的成立而牺牲的战斗英雄们。"

毛宝和何仙女都点头。

洛奇:"渡江战役即将打响,同志们,都提起精神来,新中国的曙光就要升起来了。"

毛宝等人信心十足地点点头。

渡江的决战即将开始,老虎队如约开始了切口子的行动。国民党军清波门据点,胡国忠带着残兵败将们在负隅顽抗。他脱掉了外套:"为党国尽忠,为党国尽忠。给我狠狠地打,消灭共军!"

毛宝带着老虎队的战士们,何仙女带着民兵队队员们渡过长江,登陆上岸,冲杀上来。一批解放军战士倒在了岸滩上,毛宝带着老虎队队员们继续冲锋。

何仙女看到了胡国忠,她也杀红了眼,愤怒道:"胡国忠,今日我何仙女一定要消灭你这个反动派。"说完冲了上去。

毛宝:"仙女,小心!"

胡国忠抢起了机枪,对着老虎队扫射。国民党士兵用火焰喷射器对着冲上来的解放军战士喷火,抵挡住了解放军的进攻。

钱海英:"队长,敌人的火焰喷射器太猛了,我们冲不上去啊。"

毛宝:"冲不上去也要冲,我们只要切开了这个口子,大部队就可以突破国民党军的长江防线。"

钱海英:"是!同志们,跟我冲啊!"他拿起了集束手榴弹,带着几名老虎队的战士们向国民党军的火力点冲过去。

毛宝看着钱海英英勇冲过去:"海英,当心啊!"

老虎队战士前赴后继,钱海英在战友们的掩护下,抱着集束手榴弹来到了国民党军火焰喷射器的下面,寻找能支撑集束手榴弹的位置,但是没有找到合适的位置。他看着敌人的火力还在扫射,他举手拖着集束手榴弹,顶住了敌人火焰喷射器喷出的位子,拉开了引信,悲壮地大叫一声:"同志们,为了新中国,冲啊!"

毛宝眼泪汪汪道:"海英……"

"轰"的一声,钱海英炸毁了国民党军火焰喷射器喷射出来的位置,里面的敌人被炸得人仰马翻,胡国忠也被炸到了一边。

毛宝看着钱海英牺牲,大叫一声:"为了新中国,冲啊,给牺牲的战友们报仇!"毛宝带着老虎队队员们冲锋。

胡国忠醒过来，又拿起机枪，对着外面扫射，刚要冲破国民党军防线的解放军战士又倒了下去。毛宝看着胡国忠很是恼火，扔过去手榴弹，在胡国忠面前炸开，胡国忠这边终于安静下去。

毛宝："猴崽子，终于完蛋了。"他带着何仙女等人上去，胡国忠倒在血泊中，奄奄一息，但是他还是悄声地从身上拿出一把小手枪。

毛宝靠近了胡国忠，何仙女突然发现了胡国忠的举动，急忙去为毛宝挡子弹："毛宝，小心！"

胡国忠开枪，子弹打在了何仙女的胸前。

毛宝："仙女……"他愤怒地对着胡国忠的身上脑袋上开枪，连着打了几枪，胡国忠终于被击毙。

毛宝放下了枪，抱着何仙女："仙女，仙女，你为什么这么傻，为什么要替我挡子弹？"

何仙女看着毛宝："在你面前，我就是个傻大妞啊。"

毛宝："别说了，我会救你的，我们还要成亲呢，还要生一堆孩子呢。"他抱起了何仙女，大叫着："卫生队，医生！"

何仙女："毛宝，让我把话说了……我怕再不说就来不及了。"

毛宝："不会的，我们还有很多时间可以说，你不会有事的。"

何仙女口吐鲜血："毛宝，我打心眼里喜欢你，我这辈子最大的心愿，就是做你的老婆……"

毛宝："好好，今晚上，我们就成亲，你是我毛宝的老婆，永生永世都是我的老婆，好老婆。"

何仙女微微笑着："毛宝，我好冷，好冷啊，抱紧我……"

毛宝："抱紧你，抱紧你，你不会有事的。卫生队，你们快来啊……"

明霞她们几个卫生队医生护士冲过来，何仙女微笑着，她握着毛宝的手慢慢地放了下去，何仙女牺牲了。

毛宝抱着何仙女，跪在了地上，仰天大叫一声："仙女啊……"

大批的解放军战士们从毛宝身边经过，冲向了国民党军长江防线以内，把胜利的红旗插到了国民党军的江防司令部上。

鲜红的旗帜迎风飘扬。


一九四九年四月二十日，国民党政府最后拒绝在《国内和平协定最后修正案》上签字。二十一日，毛泽东和朱德发布了向全国进军的命令。一九四九年四月二十日晚和二十一日，人民解放军第二、第三野战军遵照中央军委的命令和总前委的《京沪杭战役实施纲要》，先后发起渡江。

毛泽东同志得知渡江战役的胜利后，诗兴大发，当即挥毫泼墨，写就了传世佳作《七律·人民解放军占领南京》：

> 钟山风雨起苍黄，百万雄师过大江。
> 虎踞龙盘今胜昔，天翻地覆慨而慷。
> 宜将剩勇追穷寇，不可沽名学霸王。
> 天若有情天亦老，人间正道是沧桑。

一九四九年四月二十三日，中国人民解放军第三野战军一部解放了南京，南京国民政府垮台。接着，各路大军向南挺进，五月三日解放杭州，五月二十二日解放南昌。五月二十七日，第三野战军主力攻占上海，上海就此解放。渡江战役的胜利，为人民解放军继续前行南进，解放南方各省创造了有利条件。

陈三笑坟墓旁边，多了一大批新坟，每一座坟前的墓碑上都写着牺牲战士的名字：何仙女烈士之墓、陆胜文烈士之墓、江小白烈士之墓、毛草根烈士之墓、钱海英烈士之墓、红娃烈士之墓……

毛宝看着这一座座的坟头，落下了热泪，毛宝身后站着巴甲、陈永冲等老虎队战士，他们也热泪盈眶的。

这时，沈琳也挺着大肚子走上来。

毛宝看到了沈琳，很是抱歉地说："沈琳，对不起，我毛宝没有把胜文带回来，对不起。"

沈琳强忍着泪水："毛宝大哥，战争本来就会有牺牲，我不怪你。"他看着陆胜文的衣冠冢，还是忍不住流下泪水来："胜文，你放心，我一定会把我们的孩子生下来，把他抚养成人，培养成为有用之人。"

毛宝："胜文，你安息吧，沈琳和孩子，我毛宝都会照顾好他们的。新中国马上就要建立了，你的孩子会享有一个太平的世界。"

沈琳微微点头。

这时，洛奇政委和王司令员上来，王司令员拍了拍毛宝的肩膀，以示安慰。

洛奇看着这老虎队的一座座墓碑也很是感慨："这些死去的老虎队的战斗英雄们，都是为新中国的建立而献出宝贵的生命的，历史将永远铭记他们，人民群众永远不会忘记他们的！"

毛宝："司令员、政委，老虎队在淮海战役、渡江战役中的伤亡惨重，我想重建老虎队，开始新的征程。"

王司令员："好，毛宝同志，我和政委都支持你。"

毛宝敬礼："谢司令员、政委。"

在毛宝他们身后，一轮红日缓缓升起。


一排排的烈士陵墓，一排排的松柏，显得相当庄重。阳光照射下，树梢间筛落下的阳光斑斑点点地照在地上。

毛宝被毛荷荷搀扶着，他们身后站着市政府的领导们，他们也凝重地看着烈士陵墓。

毛宝闭上了泪眼，声音洪亮地喊了起来：

"老虎队的兄弟们，归队喽……"

"归队喽……"

声音环绕着烈士陵园，久久不息。

而在冥冥之中，似乎还有着回应，那是战场上他们一阵阵齐声的冲锋呐喊，那是在战斗之余他们一次次的笑语欢歌，那是生离死别时候他们一次次的情深义重，那是他们曾经许下的誓言：

如果有一天，我倒下了，不要难过，我的在天之灵想要看到你们微笑送别。


———————— ·全书完· ————————